W0264915

KRIS BRYNN

OUT OF BALANCE

Der Sammelband

art skript PHANTASTIK
»Verlag & Design«

1. Print-Auflage 2023
Art Skript Phantastik Verlag | Salach
Print-Sammelband der Einzelbände, bestehend aus:
Folge 1: Out of Balance – Kollision
Folge 2: Out of Balance – Verrat
Folge 3: Out of Balance – Zusammenbruch
Folge 4: Out of Balance – Rebellion
Folge 5: Out of Balance – Untergang
Folge 6: Out of Balance – Überleben

Alle Einzelbände sind als EBook und Hörbuch im Original bei
»be« – Das eBook-Imprint der Bastei Lübbe AG erschienen.

Textredaktion: Hanka Leo
Lektorat/Projektmanagement: Johanna Voetlause

Komplette Gestaltung der Print-Ausgabe » Grit Richter
Druck » BookPress | www.bookpress.eu

ISBN » 978-3-949880-02-5

Der Verlag im Internet
» www.artskriptphantastik.de

OUT OF BALANCE

Die Welt

Die Erde in naher Zukunft: Alle Versuche, den Klimawandel aufzuhalten, sind gescheitert. Intensive Sonneneinstrahlung, unreines Wasser, verschmutzte Luft und Hungersnöte sind die Folge.

Um den Hunger zu bekämpfen, entwickeln Biotechnologie-Unternehmen genmodifizierte Nahrungsmittel in eigens dafür gebauten Raumstationen. Es heißt, die Nahrungsmittel sollen allen zugutekommen – klar aber ist, dass nur diejenigen davon profitieren werden, die am besten zahlen: die First Class.

Auf all diesen Raumstationen herrscht die sogenannte Balance-Regel. Schon ein Mensch zu viel sprengt die Kapazitäten. Überzählige werden auf andere Stationen umgesiedelt, wenn es dort Todesfälle gegeben hat – wenn es sein muss auch ohne den Rest der Familie.

Doch nicht alle folgen blind der gegebenen Ordnung: Im Untergrund bilden sich Unruhen, und eine Rebellion gegen das menschenverachtende Regime bahnt sich an …

Erster Teil
KOLLISION

DAS CAMP

Wie immer stürzten sie sich auf die Lager, wenn sie in den Slums nichts gefunden hatten.

»Sie kommen!«, schrie Michael von oben. Er saß rittlings auf einer dicken Astgabel, das Fernglas vor den Augen.

Cap schaute hoch und konnte den hageren Körper ihres Spähers gegen das grelle Sonnenlicht kaum ausmachen. Er kniff die Augen leicht zusammen und beschattete sie mit der Hand. »Wie viele?«

Michael strich sich über den Vollbart, und ein Teil des Meerjungfrauentattoos auf seinem Unterarm schob sich unter dem Hemdsärmel hervor. Es sah aus, als kitzele die Flosse die Rinde des Baums. »Es sind zwei«, sagte er schließlich. »Zwei Jeeps.«

»Die waren doch erst letzte Woche da«, brummte Cap mehr zu sich selbst. »Denen muss ja verdammt langweilig sein.«

»Kann das Logo nicht erkennen. Vielleicht ist es CropUniverse. Einer der Typen hat so eine reflektierende Großfressenbrille auf.«

Das war nichts Besonderes, die Männer von der Security hielten sich alle für die Crème da la Crème.

»Jepp!« Michael setzte das Fernglas ab und zurrte das Lederband um seinen Hals zurecht. »Sag den anderen Bescheid. In zehn Minuten sind die Typen im Camp.« Noch während des letzten Satzes schwang er ein Bein über den Ast und begann hinunterzuklettern.

Louis, der bis dahin stumm neben Cap gestanden hatte, unruhig wie ein Jagdhund an der Leine, spurtete los. Cap wartete, bis Michaels Füße den Boden berührten, klopfte ihm auf die Schulter, und gemeinsam rannten sie hinterher.

Einige Alte behaupteten, von hoch oben sähe das Gelände aus wie ein Zirkus. Wäscheleinen als Lampionschnüre und bunte Zelte wie Zuckertüten, die naschhafte Kinder auf den Boden geworfen hätten. Ein gelb-blau-rotes Farbenmeer aus Zeltplanen, manche heil, manche von den Stürmen zerrissen. Und mittendrin die große Kochjurte, das Hauptzelt, in dem Elefanten tanzten und Trapezkünstler durch die Luft segelten.

Cap wusste mit Begriffen wie »Zirkus«, »Zuckertüten« und »Trapez« nichts anzufangen. Die Alten sprachen von einer Zeit lange vor seiner Geburt; in der sie selbst noch nicht gelebt hatten, und die sie nur vom Hörensagen kannten. Die Allerältesten unter den Campbewohnern schwärmten von der »Hippie-Atmosphäre«. Auch etwas, was Cap nichts sagte. Für ihn war das Lager einfach sein Zuhause. In das er hineingeboren worden war, in dem er selbst einen Sohn gezeugt hatte, und in dem Sohn und Ehefrau gestorben waren. Er hatte nie ein anderes gehabt.

Michael bog zum Wohnwagen ab, Cap sprang mit Louis über herauskragende Heringe, hastete geduckt unter der aufgehängten Wäsche hindurch, und gemeinsam wichen sie geschickt Bewohnern aus, bis sie die Mitte eines großen Platzes erreichten.

In einer einzigen Bewegung riss Louis eine rote Flagge aus der aufgesprungenen, trockenen Erde und schwenkte sie über dem Kopf, während Cap mit einem Kochlöffel auf einen Topf hämmerte, den er sich aus der Jurte geschnappt hatte.

»Hey!«, schrie er. »Macht euch vom Acker! Es ist wieder so weit!«

Köpfe flogen herum. Viele machten ihrem Unmut lautstark mit Stöhnen und Flüchen Luft.

Cap trommelte weiter. »Macht, dass ihr wegkommt!«

»Sie haben's kapiert.« Die Fahne landete im Dreck und Louis zerrte an seinem Ärmel. »Wir sind dran.« Er nahm Cap den Topf aus der Hand und drückte ihn einer unschlüssig herumstehenden alten Frau in die Armbeuge, die ihr Haar zu einem grauen Knoten zusammengebunden hatte. »Hier Lara. Wenn du ihn bitte zurückbringen würdest.«

Sie nickte freundlich.

Sie hatte nichts zu verlieren.

Andere schon.

Cap und Louis stürmten davon.

DER MATTE KIESEL

Brigadier Lawrence Huggins beobachtete Nia, deren Augen der blaubraunen Murmel folgten. Abgesehen vom Arboretum im Zentrum der Station, das von einer Panoramakuppel überdacht wurde, hatte man vom Konferenzsaal aus die beste Sicht auf die Erde. Auch wenn der Planet vor Jahren schillernder im Weltall gestrahlt hatte, faszinierte ihn der Anblick jedes Mal aufs Neue. In Gedanken verglich er das Bild des Planeten mit den Aufnahmen, die die ersten Astronauten einst von ihm gemacht hatten. Bevor aus ihm ein matter Kiesel inmitten der schwarzen, weiten See geworden war.

Über Mitteleuropa zog ein Sturm auf. Nicht ungewöhnlich. Das Wetter machte dort unten, was es wollte. Hier oben hingegen blieb alles ruhig. Zumindest außerhalb von Kopernikus.

»Doktor Patel?«, sprach Mr Hong sie an.

Lawrence konnte ein Grinsen nicht unterdrücken, als Nia bei der Erwähnung ihres Namens leicht zusammenzuckte. Irritiert strich sie sich eine Strähne ihres dichten schwarzen Haars hinters Ohr. Eine Geste, die Lawrence liebte.

Das Haar von indisch beheimateten Frauen war bei der First Class für Perücken äußerst beliebt. Wenn Nia die abgeschnittenen Strähnen, die sich jedes Mal auf dem Boden kringelten, nachdem sie beschlossen hatte, sich ein neues Selbst zu verpassen, verkaufen würde, ergäbe das sicherlich kein schlechtes Zubrot.

»Alles gut, Sir«, sagte sie in die Kamera.

Die korrekte Antwort auf alle potenziellen Fragen, die ein Geschäftsführer stellen könnte, dachte Lawrence und sein Grinsen wurde etwas breiter.

Der ältere Asiate auf dem View Screen an der langen Wand des Konferenzsaals zog die Augenbrauen hoch. Die Zeit hatte ihn um das Meiste seines Haars erleichtert und den übrig gebliebenen Kranz trug er extrem kurz. Miene und Gesten wirkten nonchalant, aber Lawrence wusste, dass dieser Eindruck täuschte. Mr Hong konnte ein Hai im Koi-Becken sein.

»Es gab also keine auffälligen Krankheitsfälle, die Sie mir melden müssten?«, hakte Hong nach und wischte in einer fahrigen Bewegung eine unsichtbare Faser von seinem Jackett.

»Nein, Sir. Nur die üblichen marginalen Verletzungen, die während der Erntezeit bei einigen Arbeitern auftreten und über die ich schon beim letzten Briefing berichtet hatte. Kleine Schnitte an der Hand. Leichte Verätzungen. Solche Dinge.«

Nia war bei dem Wort »Ernte« leicht ins Stocken geraten. Kein Wunder, denn das sogenannte Feld, auf dem der weiterentwickelte Weizen gezüchtet wurde, ähnelte eher einem Hochregallager.

»Ansonsten das Übliche: Erkältungen, Magenverstimmungen …«, fuhr sie fort.

»Keine neuen Schwangerschaften?«

Es sollte wahrscheinlich beiläufig klingen, aber Nias schlanker Körper schien sich bei den Worten zu verkrampfen.

Sie strich vorsichtig mit den Fingern über die glänzende Tischplatte und zeichnete kleine Kreise. Ihre Art, sich zu sammeln, um Ruhe zu bewahren.

»Selbstverständlich nicht, Mister Hong, Sir«, antwortete sie und blickte dem Präsidenten von SpaceSeed dabei fest in die Augen. »Die wöchentlichen Urinuntersuchungen von Personen mit zwei X-Chromosomen wiesen keinerlei Abweichungen auf.«

»Die letzten Überzähligen haben wir vor vier Wochen nach Kepler gebracht«, sagte Lawrence neben ihr ein wenig lauter als nötig. Als Security Chief einer Weltraumstation bot es sich an, immer etwas harscher zu sprechen als alle anderen. Auch wenn sein Londoner Akzent dann überdeutlich wurde. »Vier Neugeborene. Das hatte mit einigen« – Lawrence räusperte sich – »nicht fachgerecht durchgeführten Screenings zu tun, die Doktor Patels unzulänglich qualifizierter Vorgänger –«

»Ich erinnere mich nur allzu gut, Brigadier Huggins«, unterbrach ihn Hong barsch. »Und ich hoffe, Sie alle haben nicht vergessen, dass SpaceSeed sich weitere Zwischenfälle, egal welcher Art, nicht leisten kann. Mit der Übernahme der Nachbarstation Kepler haben wir unseren Wirkungskreis erweitert, aber um das führende Biotechnologieunternehmen bleiben zu können, müssen wir die Dinge im Griff behalten. Fest. Wir dürfen uns nicht von CropUniverse abhängen lassen. Die First Class zählt auf uns und wir brauchen sie ebenso.«

Lawrence verschränkte die Arme vor der Brust. Er ließ sich nicht gern sagen, wie er seinen Job zu machen hatte. Genauso wenig, wie er sich von Nia sagen ließ, dass er seine durchgeschwitzten Trainingsklamotten in den Wäscheschlucker werfen und nicht einfach in die Ecke des gemeinsamen Schlafzimmers pfeffern sollte.

Hong bohrte weiter. »Die Plätze, die wir für die neuen Rekruten Ihrer Abteilung frei gehalten haben, sind noch vorhanden, Brigadier? Die haben Sie in Ihre Rechnung mit aufgenommen? Sie wissen, dass ich Sie bei der Rekrutierung, so weit ich kann, unterstütze.«

»Gewiss, Sir. Danke, Sir. Haben wir.«

»Und der Sachverhalt des … momentanen Ungleichgewichts ist nicht bis zu den Arbeitern auf Kopernikus durchgedrungen?«

»Natürlich nicht, Sir«, antwortete er ein wenig zu schnell. »Wir haben die unvorhergesehen Todesfälle auf Kepler ausgeglichen, so wie es Vorschrift ist – aber von der Vakanz weiterer Plätze hier auf Kopernikus weiß keiner außer den hier Anwesenden.«

Hoffentlich. Lawrence zwang sich, unverkrampft zu wirken. Der Alte konnte einfach keine Ruhe geben. Wenn die Erntehelfer, denen in naher Zukunft eventuell Sterilisationen bevorstünden, erführen, dass die Raumstation nach dem Transport der Säuglinge vier Menschen zu wenig beherbergte, bräche ein Sturm los. Ein Sturm, den die Security, seine Truppe, zu bekämpfen hätte. Aber er musste diese Plätze für die ankommenden Rekruten freihalten. Wenn die Bewohner außerdem erfahren würden, was mit den Säuglingen auf Kepler wirklich geschah … Lawrence wollte sich das nicht vorstellen. Nur er, Hong und die leitende Sicherheitschefin auf Kepler, Liz Kreissler, wussten davon. Und sie sprachen in Anwesenheit der anderen – wenn überhaupt – nur in Chiffren darüber. Äußerst anstrengend, aber eben auch äußerst notwendig.

»Natürlich ist mir das Ableben einiger Bewohner auf Kepler im Gedächtnis geblieben«, sagte Hong. »Ein bedauerlicher Zwischenfall, der uns aber recht gelegen kam, wenn man bedenkt, dass wir auf diese Art den redundanten Nachwuchs losgeworden sind. Auf Kepler gab es Todesfälle durch …?«

»Einen kleineren Unfall in der Kantine der Raumstation«, ergänzte Lawrence geduldig, was ihn enorme Kraft kostete. Am liebsten wäre er aufgesprungen und hätte den Screen mit den Fäusten malträtiert. Das hatten sie doch schon hundertmal durchexerziert! »Die dadurch mangelnde Humanmasse konnte wenige Zeit später durch hier auftretenden Überschuss … durch die Neugeborenen, wollte ich sagen … ausgeglichen werden, wie Sie schon korrekt anmerkten.« Jedoch nur für kurze Zeit. Dann würden sie für die First Class, die in den Großstädten in ihren großkotzigen Herrenhäusern lebten, um die sie Lawrence insgeheim beneidete, zur Adoption bereitstehen. Die sich die Erweiterung ihrer Familien etwas kosten ließen. Weil sie selbst oft nicht in der Lage waren, Nachwuchs zu zeugen. Die Mediziner auf der Erde machten die Enhancements dafür verantwortlich.

Die unsichtbaren Kreise, die Nia auf der Tischplatte zeichnete, wurden größer und unregelmäßiger. Ihre schmalen Finger zitterten vor Zorn, und Lawrence wusste, warum. Sie hasste es, wenn er so sprach. Wenn er einen Aufstand als einen »kleineren Unfall« bezeichnete. Und Menschenleben als »Humanmasse«.

Das Gleichgewicht auf den Raumstationen zu halten, wurde jedoch immer schwieriger. Weder Kopernikus noch Kepler waren dafür gemacht worden, eine Kleinstadt zu beherbergen. Regeln waren nötig. Die Menschen begehrten jedoch immer mehr und heftiger gegen diese Regeln auf. Ja, Menschen – nicht »Überschuss«. Das wusste er doch alles. Aber Hong hörte die Wahrheit nicht gern. Und Lawrence war es auch lieber, die Dinge zu umschreiben. Mit Druck, Leiden und Tränen wollte er sich nicht belasten.

Nias Blick glitt wieder hinaus zur blauen Murmel und dem drohenden grauen Trichter über der europäischen Landmasse. Er spürte, wie schwer es ihr fiel, sich auf Kopernikus zu integrieren. Vor drei Monaten hatte er sie auf die Raumstation geholt, als der Platz der medizinischen Leitung auf Kopernikus frei geworden war. Inzwischen wusste er nicht mehr, warum sie damals sofort zugesagt hatte. Aber er wollte sich einbilden, dass es nur wegen ihm gewesen war.

DER ORKAN

Er verabscheute sie.

Auch wenn Verbrennungsmotoren schon seit Langem nicht mehr benutzt werden durften, waren die Männer der Security wieder mit Jeeps gekommen. Die Fahrzeuge hatten den vertrockneten Boden aufgewirbelt, als die Reifen schlitternd zum Stehen gekommen waren, und die knöchelhohen Stiefel der Männer brachten den Staub zum Tanzen, als sie vor den heruntergekommenen Zelten mit den zerrissenen Planen auf und ab gingen.

Eng in die Mulde gedrückt, lag Cap da und wagte kaum zu atmen, obwohl die Schreie und gebellten Befehle der Security jeden anderen Laut übertönten. Verdorrte Kiefernnadeln stachen durch Caps Hose in sein Knie. Der unangenehme Geruch von Benzin heftete sich in seine Nase wie frische Farbe an eine Tapete und malträtierte seine Lunge.

Vorsichtig spähte er über den Rand seines Verstecks und konnte gegen das grelle Sonnenlicht hinter den Silhouetten der Bäume sechs Männer in Uniform ausmachen. Würde die Station Security keine Freiwilligen finden, , würde sie sich aufteilen, ausschwärmen und die Zelte nach Frischfleisch durchsuchen. Nach jungen Männern und Frauen, die sich nicht schnell genug in Sicherheit gebracht hatten oder denen ihre Rekrutierung komplett einerlei war, weil sie nicht mehr wussten, was Hoffnung und Überlebenswillen bedeuteten. Bliebe auch diese Suche erfolglos, wäre mindestens eine der Frauen an der Reihe. Bevorzugt unverbraucht, mit langem dichtem Haar und festen Kurven, die sich unter unförmigen T-Shirts und weit sitzenden Jeans immer noch gut erahnen ließen. Sie würde zu den Reichen und Schönen gebracht werden, die ihr Leben in bewachten Villen durch technische Enhancements verlängerten.

Eine künstliche Leber, um mehr saufen, einen elastischen Magen, um mehr fressen zu können.

Die First Class stand auf Frauen wie Marge, Caps damals achtzehnjährige Schwester, die vor zwei Jahren nach dem Auftauchen der Security während ihrer Flucht gestolpert und unglücklich gestürzt war. Die Männer hatten sie sofort in einen der Jeeps gesteckt.

Seitdem hatte Cap ihre Stimme im Kopf. Wie sie ihn anschrie, weiterzulaufen und sich nicht umzudrehen. Und genau das hatte er getan. Obwohl es ihm das Herz gebrochen hatte. Er hatte sie hinter sich gelassen. Seine kleine Schwester. Hatte sich nicht beschützend wie ein großer Bruder vor sie gestellt. Hatte den Schwanz eingezogen. Weil er Pris hatte retten müssen. Seine jüngste Schwester. Schon vor Langem hatte er die Verantwortung für die Geschwister übernommen, denn seine Eltern waren dafür einfach zu alt geworden. Und nachdem seine eigene kleine Familie nun mal …

Er schloss die Augen und atmete tief ein.

»Alles in Ordnung, Mann?« Louis lag flach wie eine Flunder neben ihm, den Kopf zur Seite gedreht, die Wange im Dreck.

»Hm.«

»Pris ist in Sicherheit, Cap. Mach dir keinen Kopf. Hab gesehen, wie sie auf den Baum geklettert ist. Wie ein Eichhörnchen.«

Cap musste grinsen. Pris, die Wildkatze. Er stellte sich vor, wie sie gerade in der Krone einer Kiefer hing und den Männern Grimassen schnitt, die unter ihr auf der Suche nach Opfern waren.

Sie dufte er nicht verlieren. Sie war erst elf. Die Nachzüglerin, die seine Eltern nicht mehr erwartet hatten. Sie würde ein Leben als Sklavin der First Class nicht überstehen. Immer wieder kursierten Gerüchte über Sklavinnen, die in den Kellerräumen der Villen gehalten wurden wie gefährliche Tiere. Und jedes Mal, wenn jemand im Camp anfing, davon zu sprechen, wirbelten Caps Gedanken herum wie ein Tornado. Marge geht es gut, redete er sich dann ein. Ihr geht es gut.

Sein Vater und seine Mutter hingegen hatten ein Alter erreicht, das ihnen ermöglichte, im Camp unbehelligt zu leben. Für die Station-Security stellten sie keinen Gewinn dar; man konnte sie weder für den Dienst auf den Raumstationen noch als Angestellte eines Haushalts der Oberschicht gebrauchen.

Die Schreie wurden lauter.

»Was geht da ab?«, flüsterte Louis.

»Sie lassen alle antreten.«

»Unsere Leute sollen aufmarschieren? Scheiße, das ist neu. Das haben die sonst nicht gemacht. Dann waren heute die meisten von uns schnell wie die Hasen, nehme ich an.«

Louis hatte recht. Irgendein Idiot hatte sich sonst immer zu langsam vom Acker gemacht, sodass die Security am Ende ihres Besuchs mindestens einen jungen Mann in die Jeeps verfrachten konnte.

»Wer ist denn noch übrig, außer den Alten, die sie sowieso nicht wollen?«, fragte Louis weiter.

Cap sah vertraute Gesichter auf den staubigen Platz treten. Unter ihnen auch seine Eltern. Seine Mutter schloss vorsichtig die Tür des vergammelten Wohnwagens, den Cap vor einiger Zeit auf der Straße unweit des Camps gefunden und gemeinsam mit Louis ins Lager geschoben hatte. Das anfängliche Johlen und Staunen war bald in vorwurfsvollen Neid übergegangen, und inzwischen hatte man sich darauf geeinigt, dass man sich bei der Benutzung des Wagens abwechselte. Diese Woche war Caps Familie an der Reihe.

»Wer fehlt von den anderen?«, fragte Louis noch einmal. »Ich meine außer uns und Pris?«

Angestrengt spähte Cap über den Rand der Mulde. Wind kam auf und er wischte sich Sand aus den Augen. Obwohl alle Campbewohner Tücher vor den Gesichtern hatten, um sich gegen Luftverschmutzung, Dreck und Hitze zu schützen, erkannte er jeden einzelnen an der Haltung. Der alte Jakob stand da wie ein gespannter Bogen: durchgedrücktes Kreuz, hochgerecktes Kinn. Ein Abbild des Trotzes. Der Rücken seines Bruders Hannes hingegen formte ein in sich zusammengesunkenes C.

»Alle unter vierzig fehlen … Die übrigen sind brav angetreten.« Cap kniff die Augen zusammen und strich sich die Haare aus dem Gesicht, an denen der Wind zerrte. »Michael hat sich wohl auch rechtzeitig vom Acker machen können.«

»Den habe ich vorhin in euren Wohnwagen steigen sehen«, drang Louis' Stimme dumpf unter dem Tuch hervor. »Deine Alte hat ihn versteckt.«

Noch bevor Cap anmerken konnte, dass dieses Versteck kein besonders gutes war, stürmten drei der Bestiefelten los.

»Ihr nehmt euch die Zelte vor«, schrie einer, die OC-Gun im Anschlag. Eine fiese Waffe. Der Mantel der einzelnen Geschosse löste sich, nachdem diese den Lauf verlassen hatten, und die Patronen verformten sich nach dem Aufprall. Stellten sich quer, verhakten sich in Muskelsträngen oder deformierten sich anderweitig im Körper. Manche zerfielen in kleine Splitter, sodass man von innen aufgeschlitzt wurde. Zudem verfügten die Waffen über einen Laser, der das Ende der Reise markierte, und einen Chip, der berechnete, ob das Projektil am Ziel einschlug oder nicht. Die Patrone wurden automatisch in dem Moment des geringsten Abstands zum Objekt gezündet. Mit großen Schritten näherte der Mann sich dem Caravan.

»Scheiße«, fluchte Cap.

»Was?«

»Sie durchsuchen den Campingwagen.« Was hatte seine Mutter sich nur dabei gedacht? Plötzlich überkam ihn eine Ahnung.

Louis richtete sich ein wenig auf und spähte ebenfalls in Richtung der Zelte. Sein Mundschutz klebte fast an Caps Wange, als er sprach. »Deine Alte ist und bleibt ein ausgekochtes Luder«, stellte er fest. »Also, bei der werde ich in Zukunft noch vorsichtiger sein müssen. Aber da Michael noch nicht so lange bei uns ist, hat er ihr blind vertraut.«

Also hatte Louis denselben Verdacht. Caps Ma hatte Michael Unterschlupf gewährt, um von ihrem eigenen Sohn und ihrer jüngsten Tochter abzulenken. Cap war unschlüssig, was er von dieser Art Mutterinstinkt halten sollte.

Dreck kreiselte um die Stiefel der Männer, wurde von einer heftigen Bö hochgewirbelt und ließ sich auf den Uniformen nieder. Der Wind nahm minütlich zu und der Himmel verfinsterte sich derart plötzlich, als habe jemand das Sonnenlicht ausgeknipst. Cap erkannte die Zeichen eines jähen Wetterumschwungs genauso wie die alten Campbewohner, die sich nun hektisch umdrehten, die Bewaffneten ignorierten und zu ihren Zelten zurückrannten. Panisch schlugen einige weitere Heringe in den Boden, schnürten Planen fester und beschwerten Stoffbahnen mit Steinen. Um die Männer in den hohen Stiefeln kümmerte sich keiner mehr.

Als der Mann mit der OC-Gun mit Michael im Schlepptau aus dem Caravan auftauchte und sich mit seinem muskelbepackten Körper gegen einen heftigen Windstoß warf, wurden seine gebrüllten Befehle vom aufziehenden Orkan davongetragen. Donner grollte und einige Männer der Security zuckten zusammen. Blitze erhellten den dunkelgrauen Himmel.

»Wir müssen Michael holen!«, brüllte Cap gegen das Wetterpoltern an.

»Nein, das müssen wir verdammt noch mal nicht. Wir sollten bleiben, wo wir sind!«, schrie Louis Cap ins Ohr.

Er hatte recht. In der Mulde waren sie vergleichsweise sicher. Und Michael konnte auf sich selbst aufpassen. So leid es Cap tat, ihn im Stich zu lassen. Seine Priorität hieß Pris.

Unwillkürlich zuckte er zusammen. Und das nicht, weil das Krachen eines Blitzes durch die Bewaldung dröhnte.

»Sie sitzt noch auf dem Baum!«, schrie er und war auf den Beinen, noch ehe ihn Louis am Ärmel packen konnte.

***

»Es gab einen kleineren Unfall in der Kantine?«, stieß Nia hervor. Sie wich einem Trupp Erntearbeiter aus, der sich nach Ende einer Schicht ihren Weg durch die breiten Gänge der Raumstation in den Quartiersektor bahnte. »Was hast du dir dabei eigentlich gedacht?«

»Was war es denn sonst?«

Sie bedachte ihn mit einem prüfenden Seitenblick. »Eine Meuterei war es. Ein Aufbäumen von Menschen – oh, entschuldige, ich meine natürlich Humanmasse –, die sich nicht vorschreiben lassen, wie groß ihre Familie sein darf.«

»Sei nicht albern, Darling.« Lawrence umfasste ihre Taille und zog sie während des Gehens an sich.

Nia machte sich los. »Ich bin nur froh, dass Hong nicht wieder von diesem Sterilisationsquatsch angefangen hat.«

»Das hätte er, wenn sich die Regierung der Nördlichen Hemisphäre endlich auf einen Zeitplan einigen könnte. Dauert nicht mehr lange.« Lawrence spürte, dass Nia bereits bereute, dieses Thema überhaupt aufgebracht zu haben. Und auch er hasste solche Diskussionen mit ihr. Es lief jedes Mal aufs Selbe raus. Zudem hatte er Angst, dass er sich irgendwann einmal verquatschte.

»Ich will davon nichts hören«, sagte sie barsch.

»Du hast angefangen.«

»Vergiss es.«

»Bist du jetzt sauer? Wegen was? Hong hat eine Frage gestellt und ich habe sie beantwortet.«

Abrupt blieb sie stehen. »Er hat mir eine Frage gestellt und du hast geantwortet.«

»Ich dachte, du seist fertig gewesen mit deiner Erklärung.« Lawrence strich sich über den rasierten Schädel. »Du hast abwesend gewirkt. Hast laufend aus dem Panorama-Fenster gestarrt. Ich wollte nur helfen.«

»Ist dir super gelungen.«

»Grundgütiger, Nia.«

Sie waren vor ihrem Quartier angekommen und Lawrence hielt sein Gesicht vor den biometrischen Scanner. Die Kamera fuhr über die

Regenbogenhaut seines linken Auges, es blinkte und eine weibliche Stimme sagte freundlich: »Herzlich willkommen Brigadier Lawrence Huggins.« Mit einem Zischen glitt die Tür zur Seite.

Nia ging an ihm vorbei, zog noch im Gehen ihren Labormantel aus und hängte ihn über eine Stuhllehne. »Wann treffen eigentlich die nächsten Rekruten ein?«, fragte sie so beiläufig, als ob es sie nicht wirklich interessiere.

»Heute Nachmittag.« Lawrence trat zur Küchenzeile und goss sich ein Glas Wasser ein. »Haben wir auch dringend nötig. Schon manch einer hat sich lieber den Kopf am Schleusentor eingerannt, als auf dieser Raumstation zu dienen. Die wissen gar nicht, was ihnen entgeht.«

»Die holen sich eben lieber eine Schädelfraktur und umgehen damit das Leben in diesem Designalbtraum«, stellte Nia nüchtern fest.

Lawrence zog die Augenbraue hoch. »Du lebst in diesem Albtraum doch ganz gut, oder etwa nicht? Frisches Wasser, ich betone: heißes frische Wasser, keine Luftverschmutzung, angenehme Temperaturen, saubere Einrichtung, bequeme Betten, keine Massenunterkünfte, Drei-Zimmer-Apartments, kleine Kochnischen. Und zwar für alle. Das alles haben wir der Balance-Regel …«

»… zu verdanken, ja ja, bla bla. Bitte Larry, nicht schon wieder.« Nia machte eine wegwerfende Handbewegung. »Auf alle Fälle wirst du nach Ankunft des Shuttles rund um die Uhr beschäftigt sein. Die verlorenen Schäfchen brauchen ihren Hütehund.«

Mit dem Glas in der Hand drehte er sich um. »Das klingt nicht so, als ob dir das Probleme bereiten würde.«

Nia seufzte. »Larry, lass uns nicht streiten.«

»Du hast angefangen.«

Sie trat näher und strich mit dem Finger sanft über sein Schlüsselbein, das sich unter dem engen Shirt abzeichnete. »Tut mir leid. Diese Raumstation kann einen verrückt machen. Es war nur eine Feststellung von mir. Mehr nicht.«

»Mehr nicht?« Wasser schwappte aus dem Glas, als er sie an sich zog.

»Nein«, flüsterte sie. Sie wandte den Kopf zur Decke und sprach in Richtung des eingebauten Mikrofons: »Computer: Stelle sicher, dass wir in den nächsten dreißig Minuten nicht gestört werden.«

Lawrence grinste anzüglich und stellte das Glas auf die Arbeitsplatte. »Computer: Mach sechzig draus.«

***

Der Orkan zerrte an Caps Körper und machte ein Vorwärtskommen fast unmöglich. Die Jeeps waren außer Sichtweite, die Security hatte die Fahrzeuge mit Michael auf der Rückbank wohl aus dem Camp bringen können, bevor der Sturm richtig aufgedreht hatte. Cap war das alles entgangen. Er suchte seine Schwester.

Äste peitschen durch die Luft, kleinere Stämme bogen sich. Laub wurde herumgewirbelt.

»Pris!«, brüllte Cap und hustete, als er Staub schluckte. »Pris!«

Verflucht! Inzwischen hatte er Mühe, die Hand vor Augen zu sehen. Nach seiner Schwester Ausschau zu halten und gleichzeitig allem auszuweichen, was in der Luft herumwirbelte, war nahezu unmöglich.

»Pris!«

Mit lautem Krachen schlug ein kleinerer Baum neben ihm auf den Boden. Die Vibration der Erde ließ Cap taumeln und er stürzte.

»Scheiße«, presste er hervor, als er auf allen vieren mühsam gegen den Wind vorwärtskroch. Den Kopf zog Cap zwischen die Schultern wie eine Schildkröte.

Durch einen Schleier von Staub und aufgewirbelter Erde sah er seine Mutter in gebückter Haltung vor dem Wohnwagen. Das Fahrzeug wackelte bedrohlich und sie hielt sich krampfhaft mit einer Hand an der Tür fest. Ihr Mundschutz war fort. Der Orkan riss an ihren Haaren und ihrem Shirt. Ihre andere Hand beschirmte die Augen. Sie suchte nach ihm – und nach Pris.

Schwer keuchend schleppte Cap sich vorwärts und sah, wie sein Vater mühsam nach seiner Frau griff, um sie in den Caravan zu ziehen. Er lehnte sich bedrohlich weit nach vorn und als eine starke Bö seinen hageren Körper erwischte, wurde er an den Türrahmen geschleudert.

In diesem Moment hörte Cap das Krachen von splitterndem Holz. Es übertönte das allgemeine Ächzen und Knattern des Sturms und schwoll an. Irgendwo stand ein Baum, der dem Wind nicht mehr lange würde standhalten können.

Panisch sah Cap zur Seite. Er stand kurz vor der Lichtung, auf dem sich das Zeltlager befand, von dem nicht viel mehr übrig war als Planen, die sich geräuschvoll aufplusterten, um dann wieder in sich zusammenzufallen. Festgehalten von Menschen, die unter ihnen kauerten und ihre Finger in den Stoff krallten.

Cap sah die Tanne fallen, noch bevor er begriff, wohin sie stürzen würde.

»Passt auf!«

Seine Warnung kam zu spät. Mit einem ohrenbetäubenden Krachen stürzte der Baum auf den Caravan – und alles, was Cap noch sehen konnte, bevor die Tanne seine Eltern donnernd unter sich begrub, war, wie seine Mutter vor Entsetzen die Hände vor den Mund schlug.

EINER ZU WENIG

Das enervierende Summen des Com-Panels weckte Lawrence. Schläfrig ließ er seinen verschwitzten Oberkörper von Nias Busen gleiten und rollte sich neben ihr zusammen. »Computer: Es sind todsicher noch keine sechzig Minuten um«, nuschelte er.

»Brigadier Lawrence Huggins. Das ist richtig, aber es liegt ein Anruf für Sie in der Warteschleife.«

»Dringlichkeitsstufe und Verschlüsselung?«, hakte er immer noch undeutlich nach.

»Beta und nur in ihrem Quartier zugänglich.«

Nia stupste Lawrence an und zog sich die Decke über den Kopf. »Wer ist es?«, fragte sie.

Die weibliche Stimme des Computers antwortete: »Markus Schwarz von der Berliner Koordinationsstelle, Doktor Nia Patel.«

»Durchstellen«, befahl Lawrence.

»Hallo, Larry«, begrüßte ihn ein schwerer deutscher Akzent. »Es tut mir leid, aber es gibt Verzögerungen mit dem Shuttle. Beziehungsweise … es ist nicht das Shuttle, wir mussten einen Transporter nehmen. Alles nicht so einfach, dieses Mal. Tut mir leid, dass ich dich damit belästigen muss.«

Lawrence zog an der Bettdecke, als er sich aufrichtete, und augenblicklich riss Nia die Stoffbahn kräftig zurück. Ihre Haare breiteten sich wie schwarzer Teer auf dem Kopfkissen aus. Er fand, sie war noch nie so schön gewesen, und er hätte das Gespräch am liebsten beendet, riss sich aber zusammen.

»Sprich weiter, Markus«, sagte er.

»Über Berlin hat sich ein Orkan ausgetobt. Schweregrad vier. Leider genau in dem Moment, als der Rekrutierungstrupp im zentralen deutschen

Camp nach« – Schwarz zögerte einen Moment – »Freiwilligen suchte. Der Sturm hat sich seinen Weg durch mehr oder weniger alle europäischen Großstädte gebahnt. Im Norden wurden Sturmfluten gemeldet. Heute ist es wirklich beschissen für uns gelaufen.«

Nia stieß einen leisen Pfiff aus. »Den Orkan hab ich vom Konferenzsaal aus gesehen«, flüsterte sie.

»Das bedeutet was genau?«, fragte Lawrence.

»Nun, die konnten dort leider nur zwei Typen rekrutieren. Im Berliner Camp war die Hölle los. Es gab einige Tote, mehrere Verletzte. Ein Baum hat einen Wohnwagen zerquetscht wie eine Konservenbüchse und zwei Alte unter sich begraben. Unsere Leute scheinen die Nerven verloren zu haben. Sie kehrten zwar ein wenig später zum Camp zurück, aber das Chaos war zu diesem Zeitpunkt schon perfekt.«

»Idioten«, zischte Lawrence.

»Wurde medizinische Hilfe zur Verfügung gestellt?«, mischte sich Nia ein. Sie sprach eher ins Kissen als in das an der Decke installierte Mikrofon, aber Markus Schwarz schien sie trotzdem zu hören.

»Sorry, ich hatte keine Ahnung, dass ihr beide im Raum seid.« Nach einem kurzen Auflachen wurde er wieder ernst. »Nia, du weißt, dass die Security sich nicht weiter einmischen darf.«

»Das ist der Witz des Tages«, schnaubte sie. »Und du weißt, dass die Regierung den Campbewohnern keine medizinische Unterstützung anbietet, und ihr wart schließlich direkt vor Ort. Wo ein Wille ist … Du weißt, was ich meine, Markus.«

Lawrence warf ihr einen vorwurfsvollen Blick zu und drückte ihren Kopf mit gespielter Härte zurück in die Kissen. »Ignorier sie, Markus. Was ist mit dem Shuttle?«

»Das wurde ebenfalls beschädigt«, antwortete Schwarz. »Deswegen mussten wir auf den Handels-Transporter ausweichen, der euch die Erweiterungsteile für das Weizenfeld bringt.«

»Das heißt, die Teile kommen auf jeden Fall mit?«, bohrte Lawrence nach.

»Alles unter Kontrolle, Larry«, bestätigte Markus.

Lawrence schloss vor Erleichterung kurz die Augen. »Gut. Aber ich bekomme nur zwei lausige Rekruten und auf die muss ich auch noch bis morgen warten? Ich habe hier verfluchte vier Plätze frei, die ich extra für den Security-Zuwachs freigehalten habe und riskiere meinen Kopf, Markus!«

Nia fuhr hoch und bedeckte ihren Busen mit dem Leinentuch, obwohl Markus sie nicht sehen konnte. »Nein, Larry, das heißt, dass ihr eure Greenhorns ungesichert in einem Frachtraum hockend zur Raumstation befördert!«

»Oh, entschuldige, Darling. Nicht auszudenken, was passieren könnte, wenn der Frachterpilot scharf bremsen muss, weil eine Oma nicht schnell genug über die Ampel der Milchstraßenkreuzung kommt«, ätzte Lawrence.

»Das ist nicht lustig!«

»Ein wenig schon«, erklang Markus' Stimme aus dem Lautsprecher. »Aber, um auf deine Frage zurückzukommen, Larry: Wir schicken dir die zwei Typen aus dem ehemaligen deutschen Gebiet und noch eine Ex-Französin aus einem Camp bei Lyon. Die wenigen Rekruten aus den anderen Großstädten hat Kepler angefordert. Denen steht gerade das Wasser wegen der Randalierer bis zum Hals.«

Lawrence stöhnte. »Und uns nicht? Mir ist egal, woher die Rekruten stammen, aber es fehlen Leute auf Kopernikus, Markus. Wir müssen vorbereitet sein.«

»Das glaube ich dir, Larry, aber ich kann sie nicht herzaubern. Das geht gerade verdammt schleppend bei uns, es wird immer schwieriger. Die Typen in den Camps werden ständig kreativer, was ihre ach so plötzliche Abwesenheit angeht, wenn unsere Männer dort auftauchen. Die Familien und Bewohner halten alle zusammen wie die Kletten. Es ist überall die gleiche Scheiße.«

»Dann sollten wir ernsthaft anfangen, über eine Zwangsverpflichtung ab einem gewissen Alter zu sprechen.« Lawrence war laut geworden.

»Das wird nichts ändern«, erwiderte Markus ruhig. »Die Leute wissen von der Balance-Regel der Stationen und sie lehnen sie rundweg ab. In den Camps leben zum Teil Familien mit fünf Kindern, die vermehren sich wie die Karnickel, wie willst du denen klarmachen, dass die Raumstationen nur funktionieren, wenn wir die Anzahl der Bewohner konstant halten und schon ein Mensch zu viel den sorgfältig austarierten Kreislauf sprengt? Die hauen ab, sobald sie uns sehen. Und unter uns: Was machen wir denn anderes als zwangsrekrutieren?«

Lawrence wusste verdammt gut, dass Markus recht hatte. Aber er war auch verdammt angepisst. »Hier fehlen Leute«, beharrte er. »Und ich brauche die für mich. Für mein Team. So ist es geplant und vorgesehen. Ich fürchte, dass die Arbeiter hier in Kürze spitzbekommen, dass es auf Kopernikus trotz der kürzlich verschifften Neugeborenen freie Plätze gab, beziehungsweise gibt, wenn ich jetzt einen Rekruten zu wenig bekomme. Dann haben wir hier gleich die nächsten Randale.«

IM FRACHTER

Im Nachhinein hatte Cap Mühe, die Ereignisse des Tages in die richtige Reihenfolge zu bringen.

Seine Eltern hatte er gemeinsam mit Louis nur noch tot aufgefunden. Pris hatte plötzlich weinend neben ihm gestanden. Er hatte sie in den Arm genommen und ihr immer wieder übers Haar gestrichen, ihr die Stirn geküsst, ihr Mut zugesprochen.

Wie von einem unsichtbaren Portal ausgespuckt, standen dann die Jeeps wieder auf dem Zeltplatz, die Männer rissen Pris aus seinen Armen, alle liefen verwirrt durcheinander, viele jammerten, die meisten schrien. Vor sich hin stolpernde Gestalten, die kopflos versuchten, die Lage zu sichten. Äste, kleinere Stämme und entwurzelte Büsche versperrten die Wege, Zeltplanen waren zerrissen oder fortgeweht, Verletzte stöhnten, versuchten Blutungen zu stillen, und plötzlich hatte er sich die Worte schreien hören, von denen er geglaubt hatte, sie würden seinen Mund nie verlassen.

»Nehmen Sie mich!«

Es war die einzige mögliche Bitte gewesen. Caps Gedanken waren ihm saftlos im Gehirn herumgekullert wie verschrumpelte Trauben, aber diesen Satz, diesen einen Satz hätte er nicht überzeugender vorbringen können. Pris war von den Männern zum Jeep gezerrt worden. Sie wäre der First Class ausgeliefert worden, wo sie als Sklavin dahin vegetiert wäre. Was hätte er anderes tun sollen?

»Nehmen Sie mich statt ihr!« Gebrüllt hatte er es. Es ihnen ins Gesicht gespuckt.

Und jetzt saß er hier. Zusammen mit Michael, der es kurz geschafft hatte, sich im Sturm aus den Händen der Security zu winden – um prompt über eine Plane zu stolpern und auf ein paar Militärstiefel zu fallen. Sie hatten ihn aufgelesen wie fauliges Obst.

Cap hatte nicht einmal Zeit gehabt, sich von seiner kleinen Schwester zu verabschieden. Kein Weinen, kein Winken,

Pris hatte nur stumm dagestanden, bis ein befreundetes Ehepaar sie in die Mitte genommen hatte. Louis war längst im Durcheinander abgetaucht. All das hatte nicht länger als drei Minuten gedauert.

Es folgten der Abtransport, das Umsteigen in den nächsten Jeep, die Weiterfahrt mit der NextGenRail zum Space-Terminal, das Einchecken in den Frachter, und danach hatte sich das Schleusentor des Raumhafens zu seiner Welt geschlossen: Eine Wand aus Stahl, die sein altes Leben von seinem neuen Leben erbarmungslos trennte. Die ihn von Pris, von Marge und von allem anderen trennte.

Während der stundenlangen Fahrt über Land war ihnen ein Sicherheitsbeamter der Security nicht von der Seite gewichen. Den Frachter hatte er jedoch nicht mit ihnen bestiegen. Michael und Cap waren übermüdet und hungrig allein hineingewankt. Hatten nicht nach links und nicht nach rechts geschaut, sondern waren nur stur den Anweisungen des Piloten gefolgt, bis sie sich erschöpft auf den Boden des Frachtraums sinken ließen.

Cap hatte noch niemals den festen Boden der Erde unter den Füßen verloren. Im Gegensatz zu den Alten, die den Fall Europas und den Zusammenschluss zum Staat der Nördlichen Hemisphäre noch hautnah miterlebt hatten, waren er und seine Schwestern im Camp geboren worden. Provisorische Schulzelte ersetzten das staatlich organisierte, kostenpflichtige Bildungssystem, das ohnehin nur der First Class zugänglich war, und nachdem Cap Lesen, Schreiben und die Grundlagen der Mathematik gelernt hatte, half er seinen Eltern beim Verkauf von verwertbarem Schrott, den sie in der Umgebung einsammelten. Dann war er Lilly begegnet, die ihrem Namen alle Ehre machte.

Mit ihr ging er zwei Jahre durch dick und dünn, bis sie ihm kurz nach der Geburt des gemeinsamen Sohns ebenfalls aus den Armen gerissen worden war. Zusammen mit Aaron. Dem kleinen Aaron. Seinem Sohn. Die medizinische Versorgung im Camp hatte nicht ausgereicht, um die Infektion zu stoppen.

Eine Zeitlang hatte ihn die Fahrt mit der Rail aus seiner Lethargie gerissen, ihn und Michael in ungläubiges Staunen versetzt, aber der Start des Raumers war mit nichts zu vergleichen, was Cap je erlebt hatte. Selbst die Orkane, die er im schwankenden Caravan hatte aussitzen müssen, hatten seine Innereien nie dermaßen durcheinanderpurzeln lassen. Er war dankbar, dass es keine Fenster oder Sichtluken gab, durch die ihn der Weltraum begrüßte. Das hätte seinem Magen den Rest gegeben.

Sein Herz stolperte. Cap kauerte auf dem Boden des Schiffes, die Knie eng mit den Armen umschlungen. Er war derart darauf konzentriert, nicht an Pris zu denken, nicht zu kotzen, dass er nicht mitbekommen hatte, dass er und Michael die ganze Zeit über schon Gesellschaft hatten.

Im Schatten einer Transportkiste kauerte eine Gestalt, die plötzlich laut und deutlich Rotz hochzog. Ihre Schultern bebten stark. Offensichtlich weinte sie.

»Wisst ihr, wo sie uns hinbringen?« Ihre Stimme war weiblich und ein Akzent drang deutlich durch das Common-English.

Cap schüttelte den Kopf, bevor ihm einfiel, dass sie es wahrscheinlich nicht sehen konnte. »Zu einer der Raumstationen, aber wir wissen nicht, welche.«

»Kopernikus oder Kepler«, warf Michael ein. »Die Männer der Security hatten das Logo von SpaceSeed am Revers.« Er klang erstaunlich gefasst.

Cap kannte Michael noch nicht lange; er war erst vor ein paar Monaten allein mit nichts weiter als der Kleidung am Leib und einem Rucksack im Camp angekommen. Aber Michaels Abgeklärtheit hatte Cap zuvor schon verwundert.

Vielleicht lag das am Alter: Cap schätzte, dass Michael mindestens fünfzehn Jahre älter war als er selbst. Wenn er wirklich um die vierzig war, dann hatte er schon so einiges hinter sich. Und gegebenenfalls nicht mehr viel vor sich. Die Lebenserwartung war allgemein nicht sehr hoch.

»Oder Galilei?« Sie schniefte.

»Nein, definitiv nicht. Galilei steht unter der Fuchtel von CropUniverse. Ist das nicht scheißegal, wo wir landen?«, fragte Michael.

»Nein. Auf Galilei kenne ich jemanden.«

»Wenn derjenige noch da ist«, murmelte Cap.

»Was meinst du?«

»Ich meine, dass dein Bekannter eventuell schon woanders hingebracht wurde. Allem Anschein nach geht das schneller, als man denkt. Zumindest habe ich Gerüchte gehört, dass die Stationen untereinander Leute austauschen. Allerdings nicht firmenübergreifend.«

Sie kroch auf allen vieren zu ihnen hin. Ihre Augen waren gerötet. Strähnen ihres blonden Haars hatten sich aus dem Pferdeschwanz gelöst und hingen ihr ins Gesicht. »Sie ist Erntehelferin. Bei den Kartoffeln.«

»Na, ich will dir nicht deine Illusionen nehmen«, sagte Michael, »aber wir werden auf keinen Fall auf eine CropUniverse-Station gebracht.« Er verschränkte die Arme vor der Brust und starrte ihr ins Gesicht. »Sorry.«

»Ist eine Freundin«, sagte sie leise. »Meine beste Freundin. Ich hab sonst niemanden mehr.«

»Dann hast du dich freiwillig gemeldet?«, fragte Cap. »Um bei ihr zu sein?«

Sie nickte. »Ist, wie es scheint, verdammt blöd gelaufen.«

»Darauf kannst du einen lassen«, brummte Michael. »Voll nach hinten losgegangen. Hast du das Logo nicht erkannt?«

Sie schüttelte den Kopf. »Das ging alles einfach zu schnell.« Dann streckte sie die Hand aus. »Larissa.«

»Michael.«

»Cap.«

Ihre Augenbrauen schnellten amüsiert nach oben. »Wie in Captain?«

Michael grinste breit. »Seine Eltern haben ihn eigentlich Kaspar genannt. Muss wohl ein Augenblick der geistigen Umnachtung angesichts des sich erweiternden Familienglücks gewesen sein. Das erste Kind und dann auch noch ein Stammhalter. Aber eigentlich will er mit der coolen Abkürzung nur über sein Babyface hinwegtäuschen. Lass dich nicht in die Irre führen, er selbst mag aussehen wie ein Teenager, er hat aber noch jüngere Schwestern und einen Sohn, der …« Michael brach ab. »Tut mir leid, Mann«, sagte er. »Das war komplett daneben. Muss dieser scheiß Frachtraum sein. Macht einen irre, wenn man wie eingesperrt im All herumtrudelt.«

»Ist okay«, murmelte Cap.

Larissa sah von einem zum anderen, verkniff sich aber ein Nachfragen. »Ihr zwei kennt euch demnach?«, fragte sie stattdessen.

Cap nickte. »Gleiches Camp. Berlin.«

»Seine gerissene Erzeugerin hat mich versteckt, als die Security kam, um unverbrauchte Seelen einzusammeln.« Michael lachte leise in sich hinein. »Ich muss schon sagen, das war ganz schön ausgekocht von ihr. Ich hab erst später kapiert, warum sie das getan hat, aber ich nehm's ihr nicht übel. Da kam das Muttertier durch … Verdammt, Cap. Tut mir leid. Ich rede wieder nur Stuss.« Seine Stimme wurde leiser. Hilflos zuckte er mit den Schultern.

Larissa konnte die Frage dieses Mal nicht zurückhalten. »Was ist denn passiert?«

»Ein Orkan.« Cap räusperte sich.

Sie nickte, schien zu wissen, wovon er sprach. »Wie bei uns. Deine Mutter also?« Zum wiederholten Mal strich sie sich die störrische Strähne aus dem Gesicht.

Michael atmete tief durch und legte Cap behutsam die Hand auf die Schulter. »Sein Vater auch. War ein echt verschissener Tag. Meine Eltern sind schon lange tot, aber … heute kam es wirklich dick.«

»Ist ja noch nicht zu Ende. Der Tag. Kann noch verschissener werden«, erwiderte Cap.

»Tut mir leid«, sagte Larissa. »Da hat es dich innerhalb kurzer Zeit hart getroffen.«

Cap stand betont lässig auf. »Die Stürme sind in den letzten Jahren immer heftiger geworden. Dann die scheiß Sonne … und der ganze andere Rest trägt auch nicht gerade zu einem entspannten Leben bei.« Er lehnte sich an die Wand des Frachters. Er hatte keine Lust zu erzählen, was passiert war; er hatte es längst noch nicht schlucken können. Es steckte quer in seinem Hals und machte ihm das Reden schwer. Und Pris' schmales Gesicht mit den Grübchen in den Wangen tauchte immer wieder vor seinem geistigen Auge auf.

Der Raumer war von einem leisen Brummen erfüllt, das manchmal stärker wurde und seine Gedärme rhythmisch vibrieren ließ.

»Wo kommst du her?«, fragte er Larissa nach einer Weile; vor allem, um die Schiffsgeräusche zu übertönen, die ihn nervös machten.

»Paris«, sagte sie leise.

»Hört man, glaube ich«, bemerkte Michael.

»Bei euch hört man auch was«, erwiderte sie, und Cap meinte, einen verletzten Tonfall zu vernehmen.

»Wir sprechen im Camp deutsch«, sagte er.

»Wir französisch. Ich habe gehört, dass es alle so machen. Dass sie die Heimatsprache in den Zeltlagern bewahren.«

Cap stieß sich von der Wand ab und wanderte im Frachtraum herum.

Das Lager bestand aus zwei Etagen, deren obere Galerie über eine Leiter erreichbar war. Von der Mitte des Raumes aus konnte Cap dort ein paar unbeschriftete Behälter ausmachen. Außerdem gab es einige heruntergefahrene Rolltore, die offenbar kleinere Lagerräume schützten. Neben Larissa, die im Schneidersitz auf dem Boden saß, standen die typischen Transportkisten der Raumstationen, wie sie Cap ein paar Stunden zuvor am Raumhafen gesehen hatte. Das Logo von SpaceSeed, dem Biotechnologieunternehmen, das die Raumstationen Kopernikus und Kepler leitete, prangte auf der Außenhülle. Zu einer der beiden Stationen waren sie nun also unterwegs.

»Weiß jemand von euch, was wir transportieren?«, fragte er.

Larissa schüttelte den Kopf und Michael zuckte mit den Schultern. »Irgendwelche technischen Teile?«

Mit steifen Knien ging Cap neben einer der Kisten in die Hocke. »Steht nichts drauf.«

»Was soll denn draufstehen? ›Schusswaffen und Handgranaten: Bitte bedienen Sie sich‹?«

Larissa kicherte und auch Cap musste grinsen. »Idiot.«

»Na, dann bist du ja richtig froh, dass du mich dabeihast, oder? Würde dir ja sonst langweilig werden, ohne meine ständigen Erklärungen.«

Tatsächlich war Cap der Gedanke auch schon gekommen. Obwohl er lieber Louis an seiner Seite gehabt hätte. Von ihm hatte er sich genauso wenig verabschieden können wie von Pris.

Trotz seines Alters und der Ernsthaftigkeit des Lebens im Camp war Michael ein Kindskopf geblieben. Einer, der immer einen Spruch auf den Lippen hatte – und jemand wie er konnte entweder nützlich sein oder extrem nerven. Zumindest im Moment lenkte er Cap ein wenig von seinen Sorgen ab.

Entspannt an eine der Säulen gelehnt wandte sich Michael an Larissa. »Hat deine Freundin was erzählt? Was war das noch gleich … Kartoffelfelder?«

»Wie sollte sie das tun? Habt ihr etwa eine Com-Verbindung im Camp?«

Michael zog nachdenklich an seinem Bart. »Ich habe gehört, dass es das in einigen Zeltstädten inzwischen gibt. Die haben sich die Dinger selbst gebaut und betreiben die Zellen mit Solarenergie. ‘ne ziemlich gute Sache, wenn man’s sich überlegt. Cap, wenn wir von der Station wieder runterkommen, machen wir das auch.«

»Sehr witzig«, ätzte Cap. »Du meinst, wir bekommen einen Zeitvertrag?«

»Also bei uns gibt es keine Möglichkeit der Kommunikation mit außen«, unterbrach Larissa die Frotzelei. »Wir pflegen das gute alte Gespräch am Lagerfeuer von Angesicht zu Angesicht.« Sie sprach die letzten Worte mit starkem französischem Akzent aus, und Cap lächelte in sich hinein.

»Also genauso romantisch wie bei uns«, sagte er.

»Ich fand’s gar nicht übel, dort unten«, murmelte Michael. »Wenn die Seeleneintreiber von den Stationen einem nicht immer den Tag versaut hätten. Jetzt werden wir in eine Blechbüchse gesperrt, die durch die Galaxis trudelt.«

»Ich hoffe nicht, dass sie trudeln wird«, warf Cap ein. »Mein Magen ist nicht so stabil.«

Die Französin ließ ihr helles Lachen erklingen, als ein harter Ruck Cap fast von den Beinen riss. Michael geriet aus dem Gleichgewicht und hielt sich am Pfeiler fest.

»Was zum …?«, zischte er, da erfasste ein weiteres Beben den Raumer und schleuderte ihn zu Boden. Cap fiel schmerzhaft auf die Knie und verzog das Gesicht.

In den weit aufgerissenen Augen der Französin stand die nackte Panik. »Werden wir angegriffen?«

»Angegriffen?«, wiederholte Michael mit hochgezogener Augenbraue und rieb sich die Hand, mit der er erfolglos versucht hatte, seinen Sturz abzubremsen. »Wir sind nicht auf dem Weg zur Orion und werden dabei von der Frogs attackiert. Verfluchter Mist!«

»Was?«

»Ignorier ihn, Larissa«, ging Cap dazwischen. »Ist 'ne uralte deutsche Serie … erzählt von einem uralten Knacker.«

»Und das mit den Frogs war nichts Persönliches«, ergänzte Michael. »Ist mir rausgerutscht. Bestimmt ist was mit dem Antrieb. Wir beschleunigen.«

Larissa riss erneut die Augen auf, als ein Zittern durch den Frachter ging. »Sollte vielleicht mal einer vorgehen und nachfragen?«

Da knallte etwas gegen die Schiffshülle.

KHICHURI

Nia beäugte kritisch den gedeckten Tisch mit den brennenden Kerzen in der Mitte. Die Hände in den Manteltaschen vergraben stand sie davor, und ihre Miene war für Lawrence ein offenes Buch. Sie fragte sich, was das zu bedeuten hatte.

Eben hatte sie ihre Tagesschicht beendet und damit einen Tag voller Datenblätter, die sie regelmäßig ausfüllte und SpaceSeed übermittelte. Eine Tätigkeit, deren Sinnhaftigkeit sich ihr nicht erschloss, denn sie bezweifelte, dass irgendjemand vom Unternehmen sich die Daten auch nur eine Sekunde lang anschaute.

Lawrence war sich ebenso sicher wie Nia, dass SpaceSeed das psychische und physische Wohlbefinden der Raumstationsbewohner am Rektum vorbeiging, behielt diesen Gedanken aber stets für sich. Wichtig waren für das Unternehmen nur drei Dinge: der reibungslose Ablauf der Weizenproduktion, der Verkauf von Neugeborenen an die First Class und Ruhe auf der Station. Und zumindest die letzte Sache betraf Lawrence persönlich.

Der Duft von Koriander und Knoblauch zog durch den Raum und er sah befriedigt, wie sie für einen kurzen Moment die Augen schloss. Sie hatte enormen Hunger. Sie konnte ihre Gefühle schlecht verbergen, ganz im Gegensatz zu Lawrence, der sich selbst zu einem Meister des emotionalen Tauchgangs erzogen hatte. Was Hong anging, war er mit dieser Taktik bis jetzt durchaus erfolgreich. Nias Sticheleien hingegen brachten ihn des Öfteren auf die Palme.

Er trat von hinten an sie heran, nahm ihr den Mantel ab, warf ihn auf den Boden und lehnte seinen Körper an ihren, als er die Arme um ihre Taille legte. »Na, wie geht's meinem Täubchen heute?«, murmelte er in ihr dichtes Haar.

»Beschissen«, gluckste sie.

»Na, das ist doch wunderbar zu hören, denn ich habe das Allheilmittel: Khichuri.«

Erstaunt drehte sie sich in seinen Armen um. »Wie hast du das geschafft?«

Seine Mundwinkel verzogen sich zu einem weltmännischen Grinsen. »Ich bitte dich.«

»Sag schon!«

Auf der Raumstation an Gemüse zu kommen gestaltete sich noch schwieriger als auf der Erde. Der Erhalt von frischen Lebensmitteln war das Privileg der First Class. Der Großteil der Bevölkerung aß oft das Gleiche: Mais, Weizen, Kartoffeln. Den Auswirkungen des Klimawandels würde jedoch keine Pflanze noch lange standhalten können. Oliven, Tomaten, Orangen oder Reis waren Schnee von gestern, da zum einen verschiedene Schädlingspopulationen enorm gewachsen und zum anderen Bewässerung zu einem großen Problem geworden war.

Mit Tee hatte Lawrence erst ein einziges Mal in seinem Leben Bekanntschaft gemacht. Bei der Unterzeichnung des Vertrags mit SpaceSeed hatte ihm der Sekretär von Hong eine Tasse Darjeeling vor die Nase gestellt. Lawrence hatte sich an dem leeren Porzellangefäß so lange festgehalten, bis man ihm wenig freundlich zu verstehen gegeben hatte, er könne jetzt wegtreten.

Seine Mundwinkel zuckten erneut. »Markus hatte da was eingefädelt bei der letzten Nahrungsmittellieferung.«

»Du meinst bei der letzten Tütenlieferung. Das pürierte Etwas, das man in der Kantine bekommt, verdient den Begriff Nahrung nicht. Sie reichern es zwar mit allen Stoffen an, die der menschliche Körper benötigt, um nicht zusammenzuklappen, Geschmack aber ist ein Fremdwort für die. Diese Hefezusätze schmecken immer gleich.«

»Wir haben leckere Insekten an Bord, frische Weizenmilch … und wenn die Frau Doktor sich nun bitte setzen würde?«

Nia nahm Platz und gab dabei einen kurzen Laut des Wohlbefindens von sich.

»Ich mag es, wenn du das machst«, kommentierte er.

»Was?«

»Dieses Geräusch.«

»Ich mache keine Geräusche.«

Sein Lächeln war verschmitzt. »Natürlich nicht.« Mit schwungvoller Bewegung stellte er einen dampfenden Teller vor ihr ab. »Voilà – selbst aufgewärmt.«

»Fantastisch!« Sie griff zum Besteck, hielt gleich danach inne. »Wo war noch mal der Haken?«

»Nia, verdammt! Iss endlich!«, mahnte er in gespieltem Zorn. Er nahm ihr gegenüber Platz und goss Wasser aus einer Karaffe in die Gläser. »Für Wein hat's nicht gereicht. Sekt ohnehin nicht. Keine Ahnung, was man dafür anstellen müsste.« Markus Schwarz war ein Organisationstalent, aber eben kein Zauberer.

»Man kann eben nicht alles haben. Auch nicht auf dieser Station.«

»Du sprichst ein wahres Wort gelassen aus.« Lawrence hob die Hand, als Nia den Mund aufmachte. »Nein, kein Kommentar jetzt. Ich will nur essen, nicht diskutieren. Das war eine äußerst unbedachte Bemerkung meinerseits. Computer: bitte streichen.«

»Brigadier Lawrence Huggins. Ich kann diesem Befehl keinen Sachverhalt zuordnen«, antwortete die KI freundlich.

Nia gluckste und schob sich ein Stück Aubergine auf die Gabel. »Sag, was los ist, du bist komplett aufgedreht«, sagte sie mit vollem Mund.

»Ich denke, ich werde befördert. Nein, ich weiß, ich werde befördert. Bald.«

Lawrence konnte den Triumph in seiner Stimme nicht unterdrücken.

Erstaunt ließ sie die Gabel sinken. »Wohin? Ich meine, auf welchen Posten? Ein militärischer Rang hat doch keine Bedeutung mehr.«

»Wir haben Aussicht auf ein Appartement. In Neu-Moskau. Im First Circle. Mit allem Drum und Dran.«

Langsam schob Nia ihren Teller beiseite. »Moskau?«

»Wohin willst du? Neu-Delhi? Wasserknappheit ist nur eines der vielen Probleme dort. Eins, was London zurzeit nicht hat, wenn man sich den Pegelstand der Themse mal anschaut. Dahin sollten wir also auch nicht.«

Alles sprach dafür, dass die ganze Stadt wie ein fischverarbeitender Betrieb stank. Lawrence hatte schon lange keinen Fuß mehr in seine Geburtsstadt gesetzt.

»Was ist so schlecht an Moskau?«, fuhr er fort. »Die Zeiten der Alleinunterhalter im Osten sind vorbei.«

»Mal abgesehen davon, dass du mich schon wieder woanders hinbringen möchtest, hast du Moskau doch nicht ohne Hintergedanken herausgesucht.«

»Was soll das heißen?« Er fuhr sich kurz über den Schädel, wie er es oft tat. Die kurzen Haarstoppeln kratzten an seinen Fingern. Zeit, sich wieder zu rasieren.

»Dass die ehemaligen Ordensträger dort immer noch scharf aufs Militär sind und dir dein lächerlicher Rang, der keinerlei Bedeutung mehr hat, seitdem private Sicherheitsfirmen euren Job übernommen haben, kindisch wichtig ist. Aber nur weil du kommst, stampfen die keine Armee aus dem Boden.«

Er sog die Luft ein und wollte schon auffahren, war sich aber bewusst, dass er auf die Art und Weise kein Stück weiterkam. »Ich brauche meinen militärischen Rang nicht. Außerdem: Du fühlst dich hier nicht wohl«, sagte er in ruhigem Ton. »Ich bin doch nicht blind. Und das ist die Gelegenheit, Darling.«

Sie musterte ihren Teller. »Ich bin doch im Grunde erst angekommen.«

»Ja und? Wo liegt das Problem?« Die Frage war rein rhetorisch. Das Problem kannte er sehr gut: Nia verabscheute die First Class, aber ebenso wenig kam sie mit der Balance-Regel auf Kopernikus zurecht. Sie saß zwischen etlichen Stühlen. Er hatte gehofft, es würde reichen, wenn sie beide zusammen wären. Er hatte gehofft, sie würde ihm einfach überallhin folgen.

»Willst du diese durchgeknallten freiwilligen Helfer unterstützen, die auf der Erde von Camp zu Camp und von Slum zu Slum pilgern?«, fragte er. »Stinkende eitrige Wunden säubern und danach von Pusteln übersäte verschrumpelte Pimmel beäugen?«

Sie hielt das Messer in der Hand. Die Spitze zeigte in stummer Anklage auf ihn.

»Würdest du …«, bat er sie.

Sie ließ das Messer sinken. »Du bist ekelhaft.«

»Tut mir leid.«

Sie stand auf. »Entscheide nichts ohne mich.«

»Nia, tut mir leid!«, wiederholte er und hob die Hände, als wolle er sich ergeben. »Ich will dir nur was bieten, okay? Ein besseres Leben. Gilt das denn nichts? Du kannst deinem moralischen Anspruch in dieser Welt nicht gerecht werden, ohne dabei zu verlieren.«

»Spinnst du?«

»Dein hippokratischer Eid hat keine Rechtswirkung. Schon lange nicht mehr.«

»Ach, und deswegen soll ich mich nun den Pseudokranken der First Class widmen? Abstoßungsprozesse der Enhancements verhindern? Beratungsgespräche zu Cyberware führen?«

»Bringt Geld.«

»Ein schlechtes Gewissen bringt das.« Ihre Finger umklammerten die Stuhllehne.

»Nia …«, hob Lawrence an.

Sie hob ihren Labormantel auf und betätigte den Türsensor. »Falls irgendetwas ganz Dringendes sein sollte: Du findest mich im Arboretum. Ich muss nachdenken.«

»Nia!«, rief er ihr nach, doch außer seiner Stimme war nur noch das Flattern des steifen Mantelstoffs im schwach erhellten Gang zu hören. Die Abendbeleuchtung hatte sich schon eingeschaltet. Bald würde sie in den Nachtmodus schalten.

Lawrence schaute auf das beinahe unangetastete Essen und fragte sich, weshalb dieses Gespräch so grundlegend schief hatte laufen können.

»Probleme des Herzens, Sir?«

Er zuckte zusammen. »Verflucht, Wallace! Sie sollen sich nicht anschleichen!«, fuhr er den jungen Mann an, der sich neben ihm am Türrahmen aufgebaut hatte.

»Habe ich nicht. Ich wollte zu Ihnen. Konnte ja nicht ahnen, dass es Trouble in Paradise gibt.« Die Hände des Blondhaarigen steckten in den Hosentaschen und er gab sich alle Mühe, gelangweilt auszusehen. Dann spähte er ins Zimmer und seine Miene erhellte sich. »Ein romantisches Abendessen! Ist noch was übrig?«

»Was wollen Sie?«, fragte Lawrence genervt und versperrte seinem Security-Mann den Weg, als der Anstalten machte, das Zimmer zu betreten. Der junge Zach Wallace selbst war die Inkarnation von Trouble, ob nun in Paradise oder in Hell. Er war ein Alpha-Männchen, das jede Sekunde seines Lebens der Suche nach einem potenziellen Opfer widmete, und nur wenige konnten mit seiner dominanten und geschwätzigen Art umgehen. »Sie haben Dienstschluss, es sei denn, es liegt eine Zwangslage vor, und das ist sicher nicht der Fall. So wie ich Sie kenne, haben Sie nur wieder Spaß daran zu provozieren.«

»Sie schätzen die Situation völlig falsch ein, Sir.«

Lawrence stieß zischend die Luft aus. »Zurück ins Quartier, zu Ihren Huren oder in den Pub, Wallace, aber marsch.«

Wallace rührte sich nicht. »Stichwort: Zwangslage. Brigadier Huggins, unsere Lage ist ein wenig … kompliziert geworden.« Er betrachtete seinen Vorgesetzten, der einen halben Kopf größer war als er, mit einem herablassenden Lächeln. »Es geht um den Frachter mit dem Frischfleisch. So wie es aussieht, haben die Probleme. Eventuell … haben Sie die auch, Boss.«

»Vergessen Sie nicht, mit wem Sie sprechen«, knurrte Lawrence.

»Ich wollte nur verlauten lassen, dass es einen Zwischenfall gegeben hat und dass es Ärger geben könnte. Denn sollte unser Team-Nachwuchs nicht ankommen, dann …«

Lawrence zwang sich, tief durchzuatmen und den Gedanken zu verdrängen, Wallace mit einem gezielten Schlag die Hochnäsigkeit aus der

Visage zu prügeln. »Ich höre«, sagte er scheinbar gelassen. Irgendeine Gelegenheit würde sich noch ergeben, es diesem überheblichen Klugscheißer heimzuzahlen. Beim Training zum Beispiel. Oder in Form einer Extraschicht.

»Die stecken mitten in einem Schrotthagel. Sie wissen schon. Ausgebrannte Raketenstufen aus der Steinzeit, kaputte Satelliten aus dem Jura …« Wallace grinste hämisch.

»Ich wusste gar nicht, dass Sie Paläontologe sind. Was haben Sie mir denn sonst noch vorenthalten?«, erwiderte Lawrence. Innerlich verfluchte er diesen Tag, der miserabler nicht hätte laufen können.

»Ha ha. Lustig, Sir. Zurück zum Raumer. Das komplette Paket an im All herumschwirrender Scheiße klebt denen an den Hacken.«

Lawrence fluchte.

Jetzt hatte er es sich nicht nur für die nächsten Tage mit Nia verdorben, sondern es kündigte sich auch noch ein weiterer Fehlschlag an. Abgesehen davon, dass er noch etwas erledigen musste, über das er sich bis jetzt noch keine detaillierten Gedanken hatte machen können, und das direkt mit seiner Beförderung zu tun hatte. Hong hatte ihn eingekauft, und ohne zu überlegen, war Lawrence darauf eingegangen. Doch das Mittel zum Zweck, seine Eintrittskarte ins Imperium der Schönen und Reichen, befand sich im Raumer. Er brauchte es. Dringend.

»Holen Sie Dekker«, knurrte er. »Büro.«

»Wohin gehen Sie?«

»OPS.«

»Dann muss es wirklich schlimm sein, wenn Sie sich zu den Eierköpfen wagen.«

Lawrence gab ungern zu, dass Wallace recht hatte. Die Ansammlung von Wissenschaftlern und Technikern, mit denen er am liebsten jegliche Diskussion vermied, war nicht seine Kragenweite.

Sein Reich war der Rest der Station, die Quartiere und Korridore, Kantinen, Bars und Vergnügungszentren. Bereiche, in denen sich die

Menschen, die hier lebten, normalerweise aufhielten und in denen sie Ärger machten. Lawrence hatte es bis jetzt fast immer geschafft, der Kommandobrücke aus dem Weg zu gehen.

»Wir zwei …« Er hielt Wallace seinen Finger so dicht vor die Nase, als wollte er sie daran aufspießen. »Wir zwei sprechen uns noch.«

Es war stets wichtig, den Rekruten zu zeigen, wer der Arsch war und wer der Stiefel. Gerade wenn einem die Kacke bis zum Schaft stand.

SCHROTT

An Caps Ohren drang ein grässlicher Laut. Schlimmer als das Krachen des Baumes, als der auf den Wohnwagen gestürzt war.

»Was war das?«

Michael verzog das Gesicht. »So stelle ich mir es vor, wenn neben einem jemand auf einen tibetischen Gong drischt, der zuvor durch die Metallpresse vom Schrottplatz wanderte.«

Ein weiteres Krachen.

Plötzlich schien es Cap, als ob sein Körper nicht zu ihm gehören und er das alles von weit weg beobachten würde. Er hob ab und segelte für eine Sekunde hilflos in der Luft, dann knallte er mit dem Rücken gegen die Frachterwand, rutschte daran hinab und landete auf der Seite. Die Schwerkraft schien für einen Moment ausgesetzt zu haben. In seinen Ohren klingelte es, der Innenraum verschwamm kurz vor seinen Augen. Ihm war, als höre er Larissa schreien – oder war es Michael? Er konnte das Gesagte weder verstehen noch die Stimme identifizieren.

Jemand griff nach seiner Schulter, schüttelte ihn. Half ihm mühsam hoch. Und plötzlich spürte er es. Ein starkes Vibrieren, das ihn und Larissa erfasste, die ihn stützte. Gemeinsam starrten sie schwankend nach unten, zwischen ihre Füße – direkt in etwas Tiefes, Schwarzes, von dem Cap erst nach ein paar Sekunden begriff, dass es ein Loch war. Ein verdammtes Loch im Schiff, durch das er seine Fußspitze stecken könnte. Hinaus in das Nichts.

Sein Magen krampfte, er rang nach Luft. »Was zum …?«, presste Cap hervor, wandte den Blick ab und sah Larissa, die ihn aus der Gefahrenzone zerren wollte.

Er blockte ihren Versuch ab. »Raumanzüge?«, schrie er. Es war als Frage und als Vorschlag gedacht, aber sie schüttelte den Kopf. Auch er hatte keine gesehen. Nicht hier. Und wenn es doch welche gab, dann waren sie so gut versteckt, dass die Suche danach zu lange dauern würde.

Der Raumer schüttelte sich wie ein nasser Hund, und Cap war nahe daran, sich zu übergeben. Er musste etwas tun. Und zwar jetzt. Er machte sich los und bedeutete Larissa, sich an das andere Ende des Frachtraums zurückzuziehen. Jetzt erst hörte er das Zischen, das aus dem Loch kam, laut und aggressiv, und da er immer noch danebenstand, zupfte der Sog an seinen Hosenbeinen wie noch vor einem Tag der Orkan. Ein Zerren und Ziehen. Sein Körper gegen die Naturgewalten. Damit konnte er umgehen. Er musste nur diese entsetzliche Schwärze ausblenden.

Das Klingeln in seinen Ohren wurde stärker. Es ist nur ein Loch, redete er sich ein. Ein faustgroßes Loch, sonst nichts. Aber so sehr er seinen Verstand auch bemühte, für seinen Bauch war dieses kleine Loch die Tür ins Nichts, die ihn eindringlich bat einzutreten. Er blinzelte ein paar Mal und sah sich fieberhaft nach etwas um, was dem Luftstrom standhalten und das Loch abdecken oder verstopfen könnte.

Das ohrenbetäubende Jaulen der Alarmsirene übertönte für einen Moment das Zischen. Drängte das Ächzen und Stöhnen des Schiffes in den Hintergrund. Dann verstummte sie. Eine gelbe Lampe über der Frachtraumtür blinkte zornig.

»Der Alarm! Der Druck sinkt! Wir verlieren Sauerstoff!«, hörte er Michael brüllen. Seine Stimme klang gequetscht, Cap konnte ihn nirgends sehen. Er hoffte, dass Michael sich hinter einer der Kisten in Sicherheit gebracht hatte und dass es ihm gut ging.

»Nimm irgendwas, verdammt!« Erneut Michael. »Deine Jacke, dein Shirt – irgendwas!«

Cap entdeckte eine kleinere Transportkiste, schrie Larissa zu, sie solle ihm helfen, und gemeinsam schoben sie die Box in Richtung des Lecks. Er fluchte, als die alte Armbanduhr, die ihm sein Großvater einmal geschenkt hatte, an einer Halterung hängenblieb. Cap trug sie, obwohl sie nicht mehr funktionierte. Er nestelte kurz an dem abgewetzten Lederband, stemmte dann erneut die Arme gegen die Kiste. Zentimeter für Zentimeter kroch die Box vorwärts, Cap hörte den schweren Atem der Französin neben sich und vermied es, allzu genau auf das Loch zu schauen, bis sie die Kiste direkt darüber platziert hatten. Über dem gierigen, hungrigen, alles verzehrenden Schlund.

»Und jetzt bleib da verdammt noch mal stehen«, flüsterte Cap, der jede Sekunde weitere Einschläge, Löcher und Risse befürchtete, die sich wie Mäuler öffnen und sie in die Schwärze des Alls reißen würden. Vorsichtig legte er sich auf den Boden direkt neben die Kiste und lauschte. War da noch das Zischen oder bildete er sich das nur ein? Wenn das Loch immer noch wie eine aggressive Python züngelte, verloren sie stetig Luft.

»Was ist?« Larissa hatte sich neben ihn gelegt und schaute ihm direkt ins Gesicht.

»Hörst du das auch?«

Sie stand auf, ging um die Kiste herum und legte sich erneut auf den Boden. Nach einigen Sekunden ging sie in die Hocke. »Der Boden der Box ist anscheinend nicht komplett eben.«

»Dann hörst du's?«

»Es wird Zeit, dass wir ankommen«, sagte sie.

***

Die Tür zur anderen Welt öffnete sich mit einem sachten Seufzen.

Als Lawrence seinen Job auf der Station angetreten hatte, war er davon ausgegangen, dass seine militärische Laufbahn hier wieder eine Rolle spielen würde. Seit dem Zusammenbruch des Militärs auf der Erde hatte er sich mit der Erkenntnis herumgeärgert, dass jeder dahergelaufene Schläger nun die gleiche Arbeit verrichten konnte wie er. Seine Vergangenheit in der britischen Armee interessierte keine Sau mehr, seine Referenzen waren hinfällig geworden. Aber nachdem er Kopernikus betreten hatte, hatte er feststellen müssen, dass er sich getäuscht hatte. Die Station wurde von Laborratten und Geschäftsleuten regiert, die gemeinsam an Aktienkursen schraubten und auf seine Meinung keinen Wert legten.

Die OPS betrachtete Lawrence nicht als das Herz der Raumstation, sondern eher als das Gehirn eines Fachidioten. Ein Denkapparat, in dem Neuronen Informationen abfeuerten, die ihn nicht die Bohne interessierten, die aber seiner Meinung nach alles durcheinanderbrachten. Zu vergleichen mit den intellektuellen Sturzgeburten, die die Eierköpfe verbal von sich gaben, wenn sie an einer der Sitzungen teilnahmen. Was eher selten vorkam. Dem Himmel sei Dank.

Während seines ersten Arbeitstags auf der Station war ein Rundgang Teil des Programms gewesen, bei dem man ihm einen kurzen Blick in das verglaste Halbrund gestattet hatte. Seitdem hatte er die Kommandobrücke großräumig umschifft.

Kurz schwindelte ihm, als er nun ein zweites Mal dort stand und hinaussah. Die Panoramafenster waren verschwenderisch groß, was sicherlich keinen touristischen Aspekt hatte, wie im Konferenzsaal, wo ihn die Sicht hinaus auf die Erde kurz von der beunruhigenden Realität ablenken konnte.

»Was haben wir?« Er warf die Frage in den Raum.

Keiner schenkte ihm Beachtung. Überall blinkte es. Alle starrten wie in Trance auf ihre Bildschirme. Finger huschten über Keyboards, wischten Informationen zur Seite, öffneten neue Fenster. Zahlen wurden heruntergerattert, Berechnungen ausgestoßen und mathematische Gleichungen deklamiert.

Lawrence verstand kein Wort und er wurde wütend. »Oi!«, rief er und sein Londoner Akzent kam wieder durch. »Kann mir jemand sagen, was hier los ist? Das sind meine Leute da draußen!« Er zeigte mit dem Finger in das sternenübersäte, aber ansonsten schwarze Nichts vor ihm.

»Streng genommen befinden sich Ihre Grünschnäbel nicht dort, wo sie hinzeigen«, erwiderte eine untersetzte Frau vor ihm. Sie arbeitete seelenruhig an einer Konsole weiter, ohne sich auch nur umzudrehen.

Lawrence ließ gereizt die Fingerknöchel knacken. »Ich möchte einen Bericht der Lage. Jetzt!«

Sie zeigte auf eine benachbarte Station, wo Lawrence auf einem Bildschirm die Umrisse des Frachters erkannte. Das Schiff flog keinen geraden Kurs, sondern zuckte immer wieder zurück wie ein Kuhschwanz, der einen elektrisch geladenen Zaun berührte.

»Schon kleinste Teilchen des Schrotts können immensen Schaden verursachen«, erklärte die Technikerin übertrieben langsam, nachdem sich zu ihm gesellt hatte. »Da reicht schon ein Objekt von der Größe eines Zentimeters, um Instrumente lahmzulegen. Hinzu kommt, dass es sich bei dem Raumer nicht gerade um das neueste Modell handelt, was bedeutet, dass etwaige Korrosionen der Hülle nicht unbedingt zu dessen Stabilität beitragen.«

»Halten Sie das für witzig?«, knurrte Lawrence.

Sie zog die Augenbrauen hoch. »Das ist Fakt. Ich scherze nicht.«

Der Brigadier sog zischend die Luft ein, als der Frachter wieder ins Trudeln kam. »Haben wir Kontakt?«

»Der ist vor ungefähr fünf Minuten abgebrochen.«

»Und?«

»Und was?«

»Na, der Status! Verletzte? In welchem Zustand ist das Schiff?«

Sie spitzte die Lippen und betrachtete ihn abschätzig. »Den Zustand des Schiffes kann ich Ihnen genau sagen, ohne die Zahlen erneut gesehen zu haben, Brigadier Huggins. In ihrem Vokabular: lausig, bis unter aller Kanone. Und was die Passagiere angeht: Wir haben keine Ahnung. Der Pilot hat keine Verbindung zu Ihren Grünschnäbeln. Er selbst aber war zu dem Zeitpunkt, als er mit uns sprach, unverletzt. Wenn Sie es aber ganz exakt wissen wollen: Der Druckabfall beträgt pro Quadratzoll …«

»Das heißt, wir haben ein Leck in der Hülle?«, unterbrach er sie. Es fühlte sich an, als habe eben eine Abrissbirne seine Innereien getroffen.

»Wir nicht.«

Lawrence’ Halssehnen trat hervor. »Ersparen Sie mir Ihre Klugscheißerei und Ihr Astronautengequatsche! Wo genau befindet sich das Leck? Im Frachtraum? Unternehmen Sie etwas!«

Sie funkelte ihn an. »Zügeln Sie Ihre Zunge! Was bitte schön glauben Sie, was wir von hier aus tun könnten? Soll ich den Staubsauger auspacken und die Schrottteile aus dem All hoovern?« Sie hob die Hände in einer Demutsgeste. »Es tut mir leid, Brigadier. Wir sind alle angespannt. Fangen wir noch einmal von vorne an. Kleineren Teilchen kann die Hülle widerstehen, aber wir sprechen hier von Objekten mit einem Durchmesser von mehreren Zentimetern. Der Einschlag befindet sich im Frachtraum, ja, das heißt, der Pilot wird diesen bald versiegeln müssen. Falls er es inzwischen nicht schon getan hat. So schnell wie der Schrott auf den Raumer zuschießt, kann er gar nicht ausweichen, und wir können hier nur stehen und dem Ganzen zusehen.«

Man ließ der Security in vielen Dingen freie Hand, insofern die Ruhe auf Kopernikus dadurch gewährleistet wurde. Geleitet wurde der Sicherheitsdienst von der Erde aus, aber auf den einzelnen Stationen herrschte weitestgehend Eigenregie. Eine Eigenregie, die Lawrence jedoch nicht bis aufs Äußerste ausreizen wollte. Er besaß schließlich noch Ehre im Leib. Zumindest hatte er das von sich gedacht, bis zum Anruf von Hong nach der Konferenz heute Vormittag.

Der Frachtraum. Ausgerechnet der Frachtraum. Lawrence’ Kehle fühlte sich an, als ob sich der gesamte Sand der Sahara darin befände. Er räusperte sich und zwang sich zur Ruhe. »Wann sind sie durch? Ich meine, wie lange kann das noch gehen?«

»Noch einige Minuten.«

»Also eine Ewigkeit.« Lawrence sagte das eher zu sich selbst, aber die Technikerin hatte ihn gehört.

»Sie sagen es.« In einem gespielten Anfall von Empathie legte sie ihm ihre Hand auf den Unterarm. »Vielleicht sollten Sie die OPS verlassen? Ich rufe Sie dann.«

Lawrence schüttelte den Kopf. So leicht wurde sie ihn nicht los.

NOCH MEHR SCHROTT

Ein weiterer Einschlag in der Hülle ließ Cap herumrollen, weg vom Loch und hin zu Larissa, die sich an einer großen Transportkiste festhielt. Sie drückte sich gegen den Behälter, als ob sie ihn in hineinkriechen wollte.

Kurze explosionsartige Geräusche folgten schnell hintereinander, als würde ein stählerner Fußball wieder und wieder an die Hülle des Frachters geballert. Ein Aufprall nach dem nächsten. Das Schiff plärrte.

Cap lag neben Larissa ausgestreckt auf dem Boden, versuchte tief durchzuatmen, und legte seine Hand auf den Unterarm der Französin, die die Lippen aufeinandergepresst und die Augen zugekniffen hatte. Ein Knall, dann ein weiterer. Er dachte an Pris, Marge, seine Eltern und irgendwo flackerte der Gedanke auf, dass er verdammt noch mal nicht vorhatte zu sterben. Dass Pris ihn brauchte. Dass er sie brauchte. Vorsichtig richtete er sich auf und packte den Griff der Kiste. Er erwog, seinen Unterarm durch den Sicherungsgurt der Halterung zu schieben, fürchtete aber, er könne ihm beim nächsten heftigen Einschlag abgerissen werden.

»Ist die Box schwer genug?«, dröhnte Michaels Stimme zu ihm herüber. »Kann sie vom Loch wegrutschen?«

»Sie wird wahrscheinlich nicht lange an ihrem Platz bleiben«, schrie Cap zurück.

Larissa Schultern bebten. Er strich ihr kurz über den Rücken, dann bereitete er sich auf den nächsten Donnerschlag vor. Seine Knöchel traten weiß hervor, als er den Griff umklammerte.

Der folgende Einschlag ließ ihn erneut schweben. Der Schub des Schiffes schien ausgefallen zu sein. Dieses Mal hoben zuerst seine Beine, dann sein Unterleib ab, es war, als könne er fliegen. Für einen kurzen

Augenblick stand alles Kopf, und er verlor die Orientierung. Der Raum kippte um neunzig Grad.

»Fuck! Fuck, fuck, fuck!« Seine Finger krallten sich um den Haltegriff. Nur nicht loslassen! Nicht loslassen!

Larissa trieb hilflos und wild rudernd neben ihm – und dann riss mit einem lauten Peng der Sicherungsgurt der übereinandergestapelten Kisten, hinter denen sich Michael in Sicherheit gebracht hatte.

Kurz stiegen die Kisten ebenfalls auf, ein Ballett aus Objekten, die sich elegant im Raum bewegten, als ob sie ein begnadeter Marionettenspieler tanzen ließ – dann setzte mit einem Mal die Schwerkraft wieder ein. Cap stürzte schmerzhaft auf die Hüfte, Larissa schaffte es, sich rechtzeitig abzufangen.

Cap entdeckte die Meerjungfrau auf Michaels Unterarm, welche den herabstürzenden Kisten freundlich entgegensah.

Er sprang auf, ignorierte seinen pochenden Beckenknochen. »Michael!«

Dem Krachen der aufprallenden Kisten folgte ein metallisches Kreischen, als sich ein weiteres Schleusentor über die geschlossene Tür zum Frachtraum schob. Die Härchen auf Caps Körper standen stramm.

Der Raum war versiegelt worden. Sie waren endgültig eingesperrt. Das Loch war wieder ungeschützt. Und Michael lag unter den Kisten begraben.

***

»Sie sind fast durch!«, rief die Technikerin Lawrence zu, der wie ein eingesperrtes Tier auf und ab ging.

Er hielt inne. »Was?«

»Das Schiff ist durch. Die Hülle hält stand, ich kann momentan keine weiteren Anzeichen für ein zweites Leck ausmachen. Allerdings sind die Angaben, die ich empfange, nicht eindeutig.« Die Frau hielt inne und ihre Finger glitten über einige Displaysensoren. »Sie können in« – ihre Augen huschten über eine Zahlenkolonne – »vierundvierzig Minuten mit der Ankunft des Frachters im Hangar rechnen. Wenn alles nach Plan läuft.«

»Was soll das heißen?«

»Das soll heißen, Brigadier, dass ich Ihnen noch nicht sagen kann, ob das automatische Andocksystem beschädigt ist oder nicht.«

»Und wenn es das ist?« Lawrence kam sich wie ein Idiot vor, aber er brauchte Gewissheit. »Das geht doch sicher auch manuell?«

Sie sah ihn an, als hielte sie ihn tatsächlich für einen Volltrottel. »Das ist nicht mit dem Einparken eines Jeeps zu vergleichen.«

Er schwieg.

Vierundvierzig Minuten. Eine Masse schwer wie Blei löste sich von Lawrence' Lunge. Er konnte wieder besser atmen. »Dann treffen Sie jetzt alle Vorbereitungen für die Ankunft?«, fragte er heiser.

»Hoffen wir, dass das Schiff nicht vom Kurs abweicht, denn das steht momentan auch noch in den Sternen.« Die Technikerin nickte zu einer hageren Frau, auf deren Jackenkragen das SpaceSeed-Logo prangte und die mit verschränkten Armen hinter einer Konsole stand, auf einem Touchscreen herumtippte und Lawrence die ganze Zeit keines Blickes gewürdigt hatte. »Kommandantin Beljajew hat Maßnahmen veranlasst, während Sie Ihren Spaziergang gemacht haben. Vielleicht haben Sie den Eindruck, dass wir hier nur untätig auf unsere Bildschirme starren, aber im Hintergrund laufen die üblichen Routinen ab, Brigadier. Unter anderem ist Doktor Patel bereits verständigt worden und schon dabei, Vorbereitungen für das Eintreffen der Crew zu treffen.«

Lawrence erwiderte nichts. Man hielt ihn offenkundig für eine hysterische Arschgeige, die dumme Fragen stellte und keinerlei Sachkenntnis mitbrachte.

»Es ging mir immer nur um das Leben meiner Rekruten«, erklärte er bockig.

»Natürlich«, entgegnete die Technikerin. »Aus diesem Grund hat die Kommandantin Sie hier geduldet. Wenn alles gut läuft, können Sie ihre

Lieferung in einer dreiviertel Stunde in Empfang nehmen.« Sie versuchte sich an einem Lächeln und wandte sich dann ab.

Meine Lieferung, dachte Lawrence, als seine Finger über den Türsensor glitten. Er wusste, dass die Technikerin damit nicht dasselbe meinte wie er.

Zischend schloss sich die Tür zur OPS hinter ihm.

***

Larissa atmete zu flach. Ihr Brustkorb hob und senkte sich in einer Geschwindigkeit, die Cap Angst machte.

»Du hyperventilerst«, sagte er.

»Ich habe so etwas noch nie gesehen und es macht mir verdammt noch mal Angst!«, krächzte sie.

»Du musst ruhiger atmen! Uns ist nicht geholfen, wenn du jetzt zusammenklappst. Wir verlieren außerdem Sauerstoff. Mach es dir nicht noch schwerer.«

»Ich versuch's ja.«

»Konzentrier dich auf deine Atmung. Durch den Mund ein, durch die Nase aus, okay?« Seine Mutter hatte ihm das vor langer Zeit einmal beigebracht, nachdem er sich beim Schneiden der Äste für ein Lagerfeuer in die Hand geschnitten hatte. Seine Mutter, die ihn vor der Security hatte beschützen wollen und dafür Michael ans Messer geliefert hatte. Seine Mutter, deren Körper zerquetscht unter dem Stamm einer Tanne gelegen hatte, als er und Michael in die Jeeps gestiegen waren.

Nach einigen tiefen Zügen nickte Larissa. »Besser, glaube ich. Danke.«

Cap war erstaunt gewesen, wie viel Kraft in ihm steckte, aber gemeinsam hatten sie es geschafft, die Kisten von Michaels Beinen zu hieven. Er lehnte nun an einer Wand des Frachtraums, seine Augen waren geöffnet, aber die Lider flackerten. Er sah nicht gut aus.

»Nicht einschlafen. Hörst du mich?« Cap hockte sich neben ihn und umfasste seine Schultern. »Du musst uns hier jetzt helfen.«

Ein dünner roter Faden stahl sich aus Michaels Mundwinkel, als er rasselnd hustete. »Soll das ein Versuch sein, mich abzulenken?«, flüsterte er. »Misslungen.«

Cap nahm an, dass Michael Erfahrung mit Verletzungen dieses Schweregrads hatte, weil er einige Zeit in den Slums zugebracht haben musste, bevor er ins Camp gekommen war. Ein Leben, das an Gewalt, Aggression und Bandenüberfällen gekoppelt war. Vielleicht half das seinem Freund jetzt.

»Sollten wir die Beine abbinden?«, fragte Larissa. »Er verliert eine Menge Blut.«

Der Hosenstoff war dort, wo die Kisten die Beine eingequetscht hatten, zerfetzt. Offene Wunden mit zerrissenen Rändern zogen sich über beide Unterschenkel.

Das Blut sickerte nicht, sondern strömte aus ihnen heraus.

»Gute Idee«, stimmte Cap zu. Abbinden erschien ihm momentan das Vernünftigste, was sie tun konnten. Sein Gehirn war voller Blasen, klares Denken fiel ihm schwer.

Larissa wandte sich an Michael. »Wie fühlst du dich?«

Michaels Mundwinkel zuckten nach oben. »Ich weine mich gleich in den Schlaf.« Er stöhnte. »Warte erst mal, bis Kortisol- und Kortisonausstoß nachlassen, dann fange ich vor Schmerzen an zu singen wie ein Kastrat.«

Also weiß er wirklich etwas darüber, wie ein verletzter Körper reagiert, dachte Cap und brachte ein qualvolles Grinsen zustande. »Immer noch die gleiche große Klappe wie früher. Die Einschläge sind vorbei. Was auch immer es war, es hat aufgehört.« Da er ein Vibrieren unter seinen Füßen spürte und er nicht schwebte, nahm er an, dass der Antrieb noch funktionierte. Auch knirschte es nirgends mehr und er interpretierte das ebenfalls als ein gutes Zeichen. Doch dann fiel ihm wieder das Loch ein.

»Die Kiste!«, rief er und blickte sich um. Die Transportbox war umgekippt und weggerutscht. Augenblicklich schob sich das zischende Geräusch in sein Bewusstsein. Er wollte aufstehen, aber Larissa hielt ihn zurück.

»Geht jetzt nicht! Schau ihn dir an! Er verblutet uns.«

Die Haut an Michaels Unterschenkeln war regelrecht aufgeplatzt und hatte das Fleisch freigelegt.

Er wandte sich von dem Anblick ab. »Niemandem ist geholfen, wenn wir hier alle ersticken, Larissa.«

Michael keuchte. »Macht schnell. Ich muss in die Horizontale. Mein Blutdruck fällt rapide ab. Es rauscht in den Ohren, ich fange an zu schwitzen. Keine sehr beruhigenden Zeichen, wenn du mich fragst.«

Nachdem sie die Kiste wieder auf die durchgeschlagene Stelle geschoben und Michael vorsichtig auf den Boden des Raumers gelegt hatten, banden sie seine Unterschenkel oberhalb der schlimmsten Wunden ab. Larissa hatte ihr leichtes Blouson gespendet, von dem sie die Ärmel abrissen und als zirkuläre Verbände benutzten. Vorsichtig hob die Französin Michaels Bein an.

Der ächzte laut und starrte an die Decke. Mit zusammengepressten Lippen nickte er. »Macht weiter. Das muss aufhören zu bluten. Ich habe keine Lust auszulaufen wie ein Rotweinfass mit Leck.«

»Wann hast du denn zum letzten Mal Wein getrunken?«, fragte Larissa und gab sich hörbar Mühe, einen lockeren Tonfall anzuschlagen. »Das war einmal das Vorrecht unseres Staates.«

»Ich muss schon sehr bitten.« Michael lächelte schwach. »Die deutschen Tropfen waren auch nicht zu verachten, das werden dir deine Urgroßeltern garantiert einmal gebeichtet haben. Au, verdammt!«

Sie schnalzte mit der Zunge und widmete sich wieder voll und ganz dem Anlegen des Verbands.

Cap fragte sich, wie lange die Luft reichen würde. Er machte sich Vorwürfe. Sie hatten zu lange mit der Kiste gewartet. Als ob Larissa seine Gedanken lesen könnte, warf sie ihm einen kurzen Blick zu.

»Du hast selbst gesagt, wir sind bald da«, flüsterte sie. Sie kniete neben ihm und er spürte ihren Atem auf seiner Wange. »Also, kein Grund zur Sorge, oder? Du hast es selbst gesagt.«

Er fühlte sich wie ein Lügner, als er zustimmend nickte.

»Geht's?« Larissa strich Michael mit der routinierten Geste einer Krankenschwester eine verschwitzte Strähne aus der Stirn.

»Fühl mich frisch wie Morgenschiss.« Er stöhnte kurz auf, als sie den Stoff festzurrte. »Es gibt nur ein Problem.« Er wischte sich zitternd den Schweiß von der Stirn. »Wir wissen nicht, ob unser Pilot inzwischen tiefgefroren im All treibt.«

DER PROFESSOR

»Ludd und seine Leute werden den Aal, der am Arsch der Station herumgezittert hat, sicher schon entdeckt haben«, sagte Fenna Dekker. »Vom Arboretum aus hat man einen hervorragenden Blick auf ihn.« Ihr rotblonder Irokese flammte im Schein von Lawrence' Bürobeleuchtung. Sie stand breitbeinig vor seinem Schreibtisch, auf dem es aussah wie in einem Fundbüro. Ordnung zu halten war nicht Lawrence' Sache. Kreuz und quer stapelten sich PDAs verschiedener Größen. Über ein Wanddisplay lief wie immer der Newsfeed und zeigte den aktuellen Verlauf der SpaceSeed-Aktie im Vergleich zur der von CropUniverse.

»Das Zeitfenster ist ein wenig zu klein, um den Professor davon abzuhalten, den nächstbesten Weg hierher zu nehmen, Sir.«

»Er hat Schicht«, warf Lawrence ein, der sich vornübergebeugt hatte und die Ellbogen auf dem Tisch abstützte. »Ich habe vorher nachgeschaut.«

Dekker lachte kurz auf und sah ihn dann mit gerunzelter Stirn an. Ihre hellblauen Augen blickten spöttisch.

»Ja, ich weiß, Dekker, ich weiß.« Lawrence tippte nervös mit dem Finger auf die Tischplatte. Er war sich ebenso wie sie darüber im Klaren, dass Professor Ned Ludd die vorgesehenen Arbeitszeiten auf dem Feld für hinfällig erachtete, wenn es darum ging, der Security mit Karacho vor den Koffer zu treten. Die Sache mit Nia und die Fragezeichen den Raumer betreffend steckten in Lawrence' Körper wie ein Pestbakterium. Er durfte nicht zulassen, dass es ausbrach.

»Ich möchte, dass Sie sich zum Feld aufmachen«, sagte er.

»Sollen wir ihn verhaften?«, fragte Wallace, der neben Dekker stand. Ein wenig zu nah, wie Lawrence fand, aber Wallace hielt sich eben für den unwiderstehlichen Rudelführer. Allerdings wirkte er neben der hochaufgeschossenen, durchtrainierten Frau aus den ehemaligen Niederlanden eher wie ein aufgeregtes Schoßhündchen.

Dekkers Stirn runzelte sich erneut, und ihre Augen verdrehten sich Richtung Decke. »Aus welchem Grund sollten wir das bitte schön tun, Zach?«

»Zur Vorsicht.«

»Scheiße, du bist dermaßen …! Vielleicht solltest du dir morgen eine Hose anziehen, die einen weniger engen Gürtel hat. So stauen sich die Säfte nicht und das Blut kann besser im Gehirn zirkulieren.«

Lawrence unterdrückte ein Lachen. »Dekker, Sie gehen zum Feld. Wallace, Sie beziehen vor meinem Büro Stellung«, kommandierte er. »Ich selbst werde kurz in die Krankenstation gehen und dort prüfen, wie weit Doktor Patel und ihr Team mit den Vorbereitungen sind.« Er stand auf und rieb sich den Nacken. »Und Wallace …« Lawrence fixierte den jungen Mann. »Keine Alleingänge, ist das angekommen?«

»Er wird sicher Ärger machen, Boss«, wandte Wallace ein.

»Er ist noch nie gewalttätig geworden«, warf Dekker ein. »Der Mann kann keiner Mücke was zuleide tun. Er hat ein großes Maul, aber das ist alles. Sollte dir bekannt vorkommen, Zach.«

Wallace spitzte die Lippen wie zum Kuss. »Es gibt immer ein erstes Mal, Fenna.«

»Du bist unausstehlich«, erwiderte sie.

Mit einem abschätzigen Laut schob Lawrence den Stuhl zurück, umrundete den Schreibtisch und trat an seinen Rekruten heran, bis dessen Nase fast den Kehlkopf des Brigadiers berührte. »Der Mann ist ehemaliger Geschichtsdozent und kein Enemy of the State. Professor Ned Ludd ist eine nervtötende, herumschwirrende, ständig Lärm machende fette Fliege, ja, da gebe ich Ihnen vollkommen recht, aber das ist kein Grund, ihn einzubuchten. Noch nicht. Haben Sie das kapiert?«

Wallace schwieg.

»Ist das angekommen?«, wiederholte Lawrence ein wenig lauter.

Wallace willigte achselzuckend ein. Dekker trat zu ihm und drehte ihn an den Schultern Richtung Ausgang. Als die Sensoren anschlugen und die Tür zur Seite glitt, gab sie ihm einen kleinen Schubs, und er stolperte ein paar Schritte auf den Gang. Er fluchte leise, aber sie ignorierte ihn, drehte sich zu Lawrence um und sagte: »Er hat's gefressen, Sir.«

Fenna hatte Wallace im Griff. Und Lawrence wusste, dass sie wusste, dass Wallace darauf spekulierte, mit ihr eines schönen Tages in die Kiste springen zu dürfen. Aber der Brigadier wusste auch, dass seine Rekrutin dem arroganten Cowboy eher den Arm brechen würde, als das zuzulassen. Das selbst ernannte Alpha-Männchen würde sich an der Amazone die Zähne ausbeißen, und momentan gab es nichts, was Lawrence mehr freute.

Lawrence bog gerade eilig in den Gang von Stationsebene B zur Krankenstation ein, als hinter seinem Rücken ein Bariton dröhnte: »Mister Huggins, hätten Sie die Güte, Ihr Bremspedal zu betätigen?«

Er musste nicht einmal den Kopf drehen, um zu wissen, wer ihn ansprach, und wäre am liebsten weitergelaufen. Aber vor Professor Ned Ludd gab es kein Entkommen, hatte der einen erst einmal aufgespürt. Also blieb er stehen und wandte sich dem leicht außer Atem gekommenen Mann zu, dessen kleine Äuglein ihn herausfordernd musterten. Der Ernte-Overall hüllte den runden Körper wie eine Pelle ein. Die wenigen Haare, die er noch hatte, standen ungekämmt vom Hinterkopf ab. Auch in der SpaceSeed-Bekleidung erweckte Ludd den klischeehaften Eindruck des zerstreuten Professors, was er mit einer fahrigen Geste unterstrich, als er seine randlose Brille zurechtrückte. Der Mann war von gestern. Vorgestern.

»Mister Ludd, was für eine Überraschung«, sagte der Brigadier mit gespielter Freundlichkeit. Dann aber kippte die Tonlage. »Oder eher nicht, um ehrlich zu sein.«

Ludd kicherte. »Ich sehe, Ihr messerscharfer Verstand hat mich erneut durchschaut, und Sie ahnen, weswegen ich hier bin.«

»Ich bin darüber im Bilde, dass Sie Ihre Schicht verlassen haben«, erwiderte Lawrence. »Und das ist, was ich ebenso mit Sicherheit weiß, nicht erlaubt.«

In entschuldigender Geste erhob Ludd die Hände. »Ich bitte Sie! Das ist eine Pinkelpause. Dass Sie mir auf dem Weg zu den Örtlichkeiten begegnen, ist reiner Zufall.« Er beugte sich verschwörerisch vor. »Spätabends muss ich öfters.«

Lawrence wich zurück. »Dann gehen Sie immer eine Ebene tiefer aufs Töpfchen?«

»Da sind sie sauberer.«

»Sind Sie das?«

»Mister Huggins, Sie glauben ja nicht, wie der Harn in die Blase schießt, wenn die Nährflüssigkeit für den Weizen anfängt zu gluckern. Standen Sie schon einmal längere Zeit neben einem Aquarium? Das gleiche Phänomen.«

Lawrence drehte sich brüsk um und setzte seinen Weg fort. Wie immer ließ sich Ludd nicht abschütteln, sondern trottete schwer atmend nebenher.

»Was wollen Sie?« Nur noch ein paar Meter, dann würde Lawrence die Tür zur Krankenstation hinter sich schließen und die Nervensäge draußen zurücklassen können.

»Das, so nehme ich an, war eine rein rhetorische Frage. So ziemlich jeder auf dieser Station hat das mit dem Raumer mitbekommen, der vor einer halben Stunde wie der peitschende Schwanz eines gereizten Bullen, die sich einst auf der Weide den Mücken erwehren musste, hin und her schwang.«

Obwohl Lawrence damit gerechnet hatte, dass sich diese Neuigkeit verbreiten würde, überraschte ihn die Geschwindigkeit. »Klartext!«, forderte er nur.

»Ein Meteoritenschwarm?«

»Weltraumschrott.«

Ludd riss erneut die Hände hoch, was im Laufen den Eindruck einer Gymnastikübung erweckte. »Verzeihen Sie. Meine Kenntnisse in Astrophysik sind rudimentär.«

»Nicht vorhanden trifft es besser. Und was die versteckte Frage in Ihrem Sermon angeht – der Frachter ist okay, die Lieferung ist sicher«, erklärte Lawrence. Sein Finger wollte eben über den Sensor zur Patientenaufnahme streichen, blieben aber in der Luft stehen, als Ludd wie beiläufig bemerkte: »Interessante Wortwahl, will ich meinen. Ich war eher am Leben der Besatzung interessiert.«

»Ach ja? Der Frachter transportiert Ersatzteile für das Feld. Und zwar genau die, die Sie und Ihre Leute vor einigen Wochen angefordert hatten.« Mit jedem Wort drohte sich Lawrence' Souveränität allmählich in Luft aufzulösen. Ludds hinterfotziger Methodik war er momentan nur schwer gewachsen.

»Ist das alles?«, fragte der Professor.

Lawrence ließ den Arm sinken. Ludd wusste eine nicht gerade kleine Gruppe von Erntehelfern hinter sich, die er jederzeit auf ihn loslassen konnte. Die Bewohner fingen an zu denken, Dinge zu hinterfragen, sich zusammenzurotten und zu intervenieren. Vor allem die Balance-Regel lehnten viele ab. Das Letzte, was die Station brauchte, war ein Arbeiterstreik oder ein Aufstand wie auf Kepler. Hong war durch die Ausschreitungen auf der Nachbarstation angespannt genug, und Lawrence musste sowohl seinen Posten als Chef der Security als auch seine Reputation als knallharter Hund verteidigen. Das war verdammt schwierig, da er Ludd nicht einfach wegen seiner affigen Blasiertheit einbuchten konnte.

»Was wollen Sie mir damit sagen, Ludd?«

»Der Staatsdienst muss zum Nutzen derer geführt werden, die ihm anvertraut sind, nicht zum Nutzen derer, denen er anvertraut ist. Das ist von Cicero.«

»Unverschlüsselt?«

»Mister Huggins, ich bitte Sie. Tun Sie nicht so, als ob sich Ihnen der übertragene Sinn dieser Rede nicht erschlösse. Sie können für Ihre eigenen Zwecke die Balance-Regel nicht umgehen. Und ich rede hier nicht von den Ersatzteilen. Ich glaube an etwas, Mister Huggins!«

»Das tun viele Leute, und fünf Minuten später haben sie ihre Großmutter verkauft.«

»Gehen Sie von sich selbst aus?«

Lawrence brach der Schweiß aus. »Wovon sprechen Sie?«

Ludd zuckte mit den Schultern. »Habe ich Sie erwischt, Mister Huggins? Führen Sie etwas im Schilde?«

»Es heißt, Brigadier Huggins, auch wenn das Ihnen noch nie eingeleuchtet hat.«

»Sehr wohl. Aber Sie ahnen schon, dass ich auch in Zukunft auf Ihre Rangbezeichnung verzichten werde. Meinen Titel sparen Sie sich ja ebenfalls. Und ich ahne, dass Sie mir jetzt nur nicht die Visage polieren, weil meine Stellung auf der Station … nun, sagen wir mal einflussreich ist. Nachdem Sie mich also nett gerügt haben, wie es Ihre Art ist, werden Sie mir jetzt freundlicherweise meine Frage beantworten? Brigadier?«

»Nein, das werde ich nicht tun.« Lawrence' Finger strich über den Sensor. Er war selten so froh darüber gewesen, die stöhnende Hydraulik der Tür zu hören, als diese zur Seite fuhr.

Als er eintrat, folgte Ludd ihm nicht. Doch noch bevor sich die Tür hinter Lawrence ganz schließen konnte, drängte sich der Bariton des Erntehelfers in den Raum: »Spätestens in einer halben Stunde werden wir es wissen, Mister Huggins. Die gesamte Station wird es wissen. Und die Mütter der Kinder, die Sie nach Kepler ausgewiesen haben, werden das nicht unkommentiert hinnehmen!«

***

»Wir könnten versuchen, das Seitenpanel aufzustemmen«, schlug Larissa vor. Nachdem sie die Transportkiste wieder über das Loch geschoben hatten, hatte sie sich vor dem Schleusentor aufgebaut und schien nun die Stahltür mit den Augen zu scannen.

Cap blieb skeptisch. »Das kannst du vergessen. Mit was wollen wir es aufkriegen? Sollen wir ein paar Mal ›Sesam öffne dich‹ rufen?«

Schon seit ein paar Minuten standen sie nun schon unschlüssig vor dem versiegelten Ausgang des Frachtraums und warteten darauf, dass sich die Tür von selbst öffnen würde.

»Witzig. Schau dich um, hier liegt doch einiges.«

»Hier stehen Kisten. Verpackungen. Die sind biometrisch gesichert. Es liegt nichts einfach so herum.«

»Stimmt. Aber dir ist schon klar, dass wir nach dem Piloten sehen müssen, oder?«

Theoretisch gab es zwei Gründe dafür, dass das der Frachtraum immer noch verriegelt war. Entweder wurde der Druckabfall vom System als zu gefährlich für den Rest des Schiffes interpretiert oder der Kapitän hatte das Zeitliche gesegnet. Cap behagte weder das eine noch das andere, aber er war auch nicht sicher, ob und wie das Schiff ohne seinen Kapitän zur Station gelangen konnte. Flog es jetzt schon mit Autopilot? Übernahm dieser automatisch? Hatte ihn der Pilot noch aktivieren können? Die manuelle Steuerung war während des Vorfalls doch sicher abgeschaltet gewesen. Oder nicht? Cap hatte nicht die leiseste Ahnung davon, wie man ein Schiff flog, was die Statuten unter derartigen Umständen vorschrieben oder ob die Technik in diesem Fall selbst übernahm.

»Der Inhalt der Kisten scheint nicht unwichtig zu sein«, überlegte Cap laut, während er in die Hocke ging, um sich durch einen Stapel Abdeckplanen zu wühlen. »Sonst könnte man sie leichter öffnen.«

»Was, wenn Michael vorhin keinen Witz gemacht hat?«

Cap sah auf. »Über was?«

»Über den Inhalt.«

»Du meinst, wenn wirklich Waffen drin wären?«

Sie nickte.

»Und wir quasi mitsamt dem heruntergekommenen Schiff als Tarnung dienen?«

Sie nickte abermals. »Wir sind die Ablenkung.«

»Aber für was?« Das war Bullshit. Das Leben im Camp machte einen anfällig für Verfolgungswahn und Verschwörungstheorien. »Das ist ein wenig weithergeholt, findest du nicht auch?«

Sie sah ihn lange an. »Sorry. Du hast recht. Das verdammte Leck und Michaels Verletzung haben bei mir wahrscheinlich einige Schrauben gelockert. Ich kann in diesem verfluchten Schiff nicht auch nur eine Minute lang klar denken. Vergiss es einfach.«

»Schon passiert.« Cap warf einen leeren Jutesack zur Seite, in dem, laut Beschriftung, früher einmal Weizenkeime transportiert worden waren. »Kennst du dich denn mit so einem Panel aus?«, fragte er und wühlte weiter. »Wir können nicht einfach auf gut Glück daran herumfummeln und warten, was passiert.«

Larissa stieß nur ein schnaubendes Geräusch aus. Cap fuhr alarmiert herum und zog überrascht die Augenbrauen hoch.

Die Französin hielt triumphierend etwas hoch, das nach einem gebogenen Metallhaken aussah, und grinste breit. »Regardez ce que j'ai trouvé!«

»Wo hast du denn das plötzlich her?«

»In seiner Jacke gefunden. Ich wollte noch einmal nach dem Verband sehen und da ist das Ding rausgerutscht.« Sie deutete mit dem Werkzeug auf Michael, der die Augen geschlossen hatte. Die Lider flackerten. Sein Brustkorb hob und senkte sich nicht gleichmäßig, aber wenigstens bewegte er sich.

»Wozu sollte er das denn mitnehmen? Um jemandem ein Auge auszukratzen?«

»Ihr sprecht schon wieder über meinen Kopf hinweg«, krächzte Michael unter Schmerzen und spähte Richtung Schleuse. »Macht euch an meinen Taschen zu schaffen und denkt, ich merke es nicht.« Seine Hand krallte sich in den Oberschenkel, als er versuchte, sich aufzurichten. »Scheiße, verfluchte …« Mit einem Stöhnen fiel er zurück und versuchte sich an einer abwinkenden Geste, als Larissa den Mund öffnete, um sich zu verteidigen. »Vergiss es. Das ist übrigens ein Winkelschlüssel. Ich nehme an, damit könnte man jemandem ein Auge aus der Höhle pulen – ich hab noch nie drüber nachgedacht –, aber normalerweise ist er für den Einsatz an Stellen gedacht, an die man mit dem Dreher nur schwer hinkommt.«

»Ich habe keine Ahnung, was du mit dem Ding vorhattest, aber ich finde, es sieht aus, als ob es für unsere Situation gemacht wäre«, stellte Larissa fest und drückte Cap das Werkzeug in die Hand. »Bitte schön.«

Er betrachtete den Schlüssel in seiner Hand. Er war rund, mit einem kleinen Knubbel an dem langen Schenkel. Der kurze war am Ende abgeflacht. Cap war sich sicher, das Werkzeug bei Michael noch nie gesehen zu haben. Im Camp hatte er oft mit ihm die Reparaturtrupps unterstützt, aber das Ding war niemals zum Einsatz gekommen. Daran könnte er sich erinnern.

»Hab ich gefunden, kurz bevor ich in euren Campingwagen gestiegen bin«, antwortete Michael heiser auf die unausgesprochene Frage. »Ist klein … sieht praktisch aus. Hab's behalten und dann vergessen.«

Mit gerunzelter Stirn setzte Cap den Winkelschlüssel an einer Seite des in die Wand eingelassenen Panels an. Vorsichtig versenkte er die flache Kante des kurzen Schenkels in die schmale Vertiefung im Stahl, dann verstärkte er den Druck auf das Werkzeug, bis die Kante feststeckte. War die Luft inzwischen dünner geworden, oder warum fiel ihm das Atmen plötzlich so schwer? In leicht gebückter Haltung stand er vor der Abdeckung und versuchte, nicht zu sehr zu schwitzen. Was unmöglich war. Dass eine Strähne von Larissas Haar, die dicht neben ihm stand, über seine Wange strich, machte die Sache auch nicht besser. Kurz schloss er die Augen, konzentrierte sich, dann presste er den Handballen fest auf das verkeilte Ende des kurzen Schenkels und bewegte den langen vorsichtig in die Gegenrichtung. Das hydraulische Zischen der sich bewegenden Schleusentür ließ ihn zusammenzucken.

»Was zum …?«, stammelte Larissa.

Der Schlüssel fiel Cap aus der Hand und schlug scheppernd auf dem Boden auf. Abwehrend riss er die Hände hoch. »Das war nicht ich, Leute!«

GEH WEG!

Monica, eine von Nias Krankenschwestern, brach mitten im Satz ab, als Lawrence eintrat. Nach einem kurzen Seitenblick auf ihre Vorgesetzte räumte sie zusammen mit einigen Medi-Packs das Feld. Sie wirkte fast erleichtert.

»Geh weg.« Nia stand mit dem Rücken zu ihm. Vornübergebeugt justierte sie die Sensoren der Krankenliege. »Ich hab zu tun.«

»Deswegen bin ich hier.«

»Du musst mich nicht kontrollieren. Es läuft alles, auch ohne, dass du mir hinterherspionierst. Ich bin Profi. Deswegen hast du mich hierhergeschleppt. Schon vergessen?«

Mit vor der Brust verschränkten Armen stand Lawrence hinter ihr und wusste nicht, wie er reagieren sollte.

Offenbar war sie noch immer verärgert. Wegen ihm. Weil sie keine Beziehungen schätzte, die nur ein paar Tage gemeinsame Zeit in drei Monaten vorsah.

»Ich überprüfe. Ich spioniere nicht«, erwiderte er schließlich. »Ich will sicher sein, dass du auf alles vorbereitet bist. Wir wissen nicht, wie es den Passagieren und dem Piloten geht.«

Auf Nias Gesicht erschien ein kleines triumphierendes Lächeln, als sie sich umdrehte. »Hat man dich nicht informiert?« Langsam schüttelte sie den Kopf und wandte sich wieder der Liege zu. »Also so was.«

Instinktiv griff Lawrence in die Beintasche seiner Uniform und warf ein Blick auf das Com. Die Nachricht, die vor wenigen Minuten eingegangen war, war ihm während der ärgerlichen Debatte mit Ludd entgangen. Er überflog den Text. »Der Pilot hat nur leichte Verletzungen?«

»Wir haben einen Schwerverletzten mit starken Quetschungen an beiden Beinen. Den anderen geht es so weit gut.«

»Hier steht nichts über den Zustand des Frachters insgesamt«, bemerkte Lawrence.

Nia strich die Decke auf der Patientenliege glatt. »Seit wann interessierst du dich für die Flotte?«

»Es geht um die Fracht.« Lawrence steckte das Com wieder weg. »Wichtige Ersatzteile für das Feld. Die Arbeiter warten drauf und momentan kann ich mir nicht leisten, dass sie angepisst sind.«

»Das werden sie sein. Egal, ob die dämlichen Ersatzteile kommen oder nicht. Du hast neue Rekruten angefordert, dafür hast du Arbeiter von ihren Kindern getrennt. Das reicht.«

»Und einen meiner Rekruten kann ich nicht mal gebrauchen«, knurrte Lawrence.

»Er wird trotzdem hier ankommen! Und ich werde ihn behandeln. So lange, bis er wieder gesund ist.« Endlich wandte sie sich ihm zu, stemmte dabei die Hände in die Hüften wie ein trotziges Mädchen. »Und du kannst Ludd und seinen Anhängern gerne erklären, warum dein Rekrut auf Kopernikus bleiben darf. Denn das ist nicht mein Problem, auch wenn er bei mir auf der Krankenstation liegt.« Sie ließ die Arme sinken. »Ludd hat dich schon angesprochen, oder? Es gibt Ärger.«

Lawrence nickte. »Dem entgeht nichts.«

»Er war kürzlich bei mir.«

Lawrence wurde hellhörig. »Bei dir?«

»Hier auf der Krankenstation.« Nia setzte sich auf eine Liege und ließ die Beine baumeln. »Wollte sich unterhalten.«

»Unterhalten?«

Sie grinste. »Bist du ein Papagei, oder was? Er hat« – sie zögerte – »nun, sagen wir mal, psychologische Einwände bezüglich der neuen sensorischen Feldüberwachung.«

»Die Kameras sind erst in der Testphase.«

»Trotzdem gibt es sie.«

Lawrence rieb sich die Nasenwurzel. Die Arbeiter waren über den Einsatz von weiterführender Überwachungssoftware informiert worden. »Es wurde bekannt gegeben. Schon vor einigen Wochen.« Dekker hatte ihm erzählt, dass es naturgemäß Gemurmel und Widerspruch im Feld gegeben habe, als der Vorarbeiter den Informationstext herunterleierte, der ihm von SpaceSeed vorgelegt worden war. Aber sie hatte nicht eingreifen müssen. Selbst Wallace hatte sich zügeln können und das Alpha-Tier in sich an der kurzen Leine gehalten.

»Sie erzielen gute Erträge, Larry. Sie arbeiten hart. Der Qualitätsweizen erreicht hohe Proteingehalte und Sedimentationswerte. SpaceSeed kann zufrieden sein.«

»Es gibt immer noch Luft nach oben.« Lawrence sprach aus, was er seit seinem Gespräch mit Hong dachte. Und vielleicht wurde es ja wahr, wenn er es nur oft genug wiederholte?

Nia warf mit einer energischen Bewegung den dicken geflochtenen Zopf nach hinten. »Unsinn. Die Weizen-Entwicklung ist auf einem guten Weg. Es gibt keinen Grund, die Arbeiter auf diese Art und Weise zu triezen. Die Sensoren zählen unter anderem verrichtete Handbewegungen. Sie scannen deine Iris. Berechnen, ob du zu müde bist. Ludd sagte mir, dass er laut Auswertung zu langsam sei, obwohl er an seine Grenzen geht.«

»Dann ist er einfach zu alt für den Job.«

»Er ist Mitte vierzig. Nur wenig älter als du, Larry!«

»Dann muss er sich eben mehr anstrengen. Wo liegt sein Problem? Und warum kommt er damit ausgerechnet zu dir?«

»Weil es auf der Station keinen Therapeuten gibt.«

Lawrence lachte kurz. »Jetzt hör aber auf. Dann soll er sich an einen der Barkeeper wenden.«

Nias Fingerknöchel gruben sich in die Matratze, als sie die Hände zu Fäusten ballte. »Die Menschen hier haben Probleme. Und sie wollen, dass ihnen jemand zuhört.«

»Und das bist du?«

»Wo ist dein Problem?«

»Es ist nicht dein Tätigkeitsfeld.«

»Es gehört zum Arbeitsbereich eines jeden Arztes, verflucht noch mal!« Sie sprang auf. »Und wenn Ned Ludd zu mir kommt und mir sein Herz ausschüttet, dann bin ich für ihn da, okay? Weil er in dem Moment mein Patient ist.«

Lawrence atmete heftig aus. Es war wichtig, Nia auf seiner Seite zu wissen. Er brauchte sie. »Dann darf ich mich auch ausgiebig bei dir ausheulen?«, fragte er.

Ihr Augen wurden zu Schlitzen. »Interessenskonflikt«, teilte sie aus und traf damit Huggins mitten in die Magengrube.

Er wollte eben widersprechen, zumal sie immer betont hatte, seine Gedanken seien bei ihr gut aufgehoben, da vibrierte das Com an seinem Oberschenkel. Mit einer Hand bat er Nia um eine Feuerpause, während er mit der anderen über das Display wischte. Eine Nachricht von Dekker.

BEWAFFNETE LUDDIANER AN DER ANDOCKSCHLEUSE DES HAFENS. WALLACE IST NUR NOCH SCHWER IN DEN GRIFF ZU BEKOMMEN. WIR TREFFEN UNS DORT. SOFORT.

***

Der Geräuschpegel war enorm.

Bis jetzt hatten sie nur ihre eigenen Stimmen im Ohr gehabt, das Rauschen des Antriebs, die Vibration des Frachtschiffs, das kurze, aber intensive Johlen der Alarmsirene und schließlich den Aufschrei von Michael, als der Frachterpilot geholfen hatte, ihn auf eine Bahre zu legen. Bleich im Gesicht, aber grinsend, hatte er sich als Jack Kramer vorgestellt. Sie waren alle drei verflucht froh gewesen, ihn zu sehen.

Mit flauem Magen, aber froh, endlich aus dem Frachter entkommen zu können, war Cap durch den schwach beleuchteten Durchgang getappt und hatte gehofft, im Anschluss ein wenig Ruhe zu finden, bevor sein Dienst oder seine Schicht oder was auch immer losginge. Sein Magen knurrte, seine Kehle war wie ausgedörrt und schmerzte und sein Freund benötigte dringend professionelle ärztliche Hilfe.

Hier im Hangar von Kopernikus aber rief und brüllte man durcheinander. Man hatte auf sie gewartet. Aber nicht mit Blumen. Hände griffen nach Stoff, verzerrte Fratzen reckten sich ihnen entgegen, es wurde gepfiffen und gejohlt und das spärliche Licht verlieh den Gesichtern etwas Geisterhaftes.

Mit einer Hand klammerte sich Larissa an Caps Shirt und brachte ihn damit beinahe zum Stolpern. Er nahm die Griffe der Bahre fester in die Hand und schritt energisch aus, bis Kramer am anderen Ende der Trage abrupt stehen blieb und etwas schrie. Der Rand der Liege schnitt Cap in die Oberschenkel und irgendetwas traf ihn an der Schläfe. Er spürte etwas Feuchtes in sein Auge rinnen und zuckte zusammen.

Larissas Finger strichen ihm kurz über die Wange.

Sie waren umringt von Menschen, die nur widerwillig Platz machten, schließlich aber ein Spalier bildeten und den Blick auf eine weiße Wand vor ihnen frei gaben, auf der in großen schwarzen Buchstaben KOPERNIKUS: EBENE 0 stand.

Der Griff der Trage schwamm auf dem Schweißfilm seiner Handflächen. Wenn er jetzt losließe, würde sich die Menge ganz gewiss wie eine Herde Kojoten auf Michael stürzen. Sie sahen aus, als seien sie zu allem bereit. Wie blutleere Vampire starrten sie ihn an, die Augen lagen durch die dürftige Beleuchtung beschattet tief in ihren Höhlen. Kein Lächeln, kein Zeichen der Aufmunterung. Kein Herzlich willkommen.

Was hatte er auch erwartet? Konfetti?

»Passt auf«, rief Kramer erneut.

Dieses Mal duckte sich Cap rechtzeitig und etwas segelte an seinem Kopf vorbei. Die Bahre kam ins Schwanken und Michael stieß einen Schmerzenslaut aus.

»Was haben wir denen getan?« Larissa hob beschwichtigend die Hände in Richtung der aufgewühlten Menge. »Lasst uns durch! Wir haben einen Verletzten!«

»Wir sind da, das reicht denen schon«, knurrte Cap. »Und anscheinend bringen wir irgendein Gleichgewicht zum Wanken«, fügte er hinzu, als aus der Kakophonie vereinzelte »Balance«-Rufe herauszuhören waren.

Plötzlich eröffnete jemand das Feuer.

Die Kugel schlug neben Larissa in die Wand ein, ließ Teile der Verkleidung wie kleine Projektile durch die Gegend fetzen. Cap brauchte einige Sekunden, bis er begriff, dass man ernsthaft auf sie schoss.

Die Französin warf sich sofort auf den Boden und hielt schützend die Hände über den Kopf. Cap jedoch wollte die Bahre nicht loslassen, stand unschlüssig da und überlegte fieberhaft. Als Kramer sich zu ihm umdrehte, und ihm mit verzerrtem Gesicht zuschrie, er solle die Trage endlich absetzen, reagierte er nicht gleich. Dann erklang ein weiterer Schuss und dieses Mal splitterte neben Cap ein Stück Holzverkleidung von einem Pflanztrog, der den Ankommenden wohl etwas irdische Atmosphäre vermitteln sollte. Er zog den Kopf ein und ging mitsamt der Bahre in die Knie. Panisch sah er sich um auf der Suche nach dem tanzenden kleinen grünen Kreis der OC-Gun, aber er konnte nichts entdecken. Erneutes Feuergeräusch. Eine andere Waffe. Der Ton war heller, die einzelnen Schüsse folgten nicht so schnell hintereinander, folglich war die Ladezeit länger. Eine OC-Gun ließ sich mehrmals hintereinander ohne große Pause dazwischen abfeuern.

Kramer ließ die Bahre fallen und stürzte. Schon glaubte Cap, dass der Pilot getroffen worden war, als der auf allen vieren zu Larissa robbte und sie an der Hand packte. Energisch zog er sie mit sich und bewegte sich zielstrebig durch die Menge, die ihrerseits hektisch wogte.

»Steh nicht rum!«, brüllte er Cap noch zu.

Aber Cap konnte sich nicht bewegen. In der Hocke starrte er in die Menge und als sich eine hochaufgeschossene Person aus dem Gedränge löste und mit großen Schritten und einer Security-OC-Gun in der Hand auf ihn zueilte, dachte er zuerst an einen Traum, und dann daran, dass er nun doch sterben müsse, nachdem er dem Tod so viele Male von der Schippe gesprungen war.

Erst als das Traumbild ihn schmerzhaft an der Schulter packte und Cap ein weibliches, kantiges Gesicht erkannte, dessen Mund Worte formte, fand er ins Jetzt zurück.

»Mitkommen!«, befahl die Frau. Ihr rotblondes Haar war an den Seiten ausrasiert und ihre Finger griffen zu wie Stahlkrallen.

»Wohin?«

Sie sah ihn kurz an. »Bist du bescheuert? Du hältst jetzt den Rand und tust, was ich dir sage!«

»Ich habe hier einen Verletzten«, erwiderte Cap eigensinnig und deutete auf Michael, der inzwischen zusammengekrümmt wie ein Embryo auf der Bahre am Boden lag.

»Um den kümmert sich Doktor Patel.«

»Wer?«

»Himmelherrgott!« Sie steckte die Gun ins Holster, packte Cap am Kragen seines Shirts und schleppte ihn geduckt hinter einen Stützpfeiler. »Eben hattest du Glück, dass deine Eier nicht ins Vakuum gesogen wurden, und jetzt willst du dich auf der Station abknallen lassen?«

Während sie ihr Com aus der Beintasche der Security-Uniform nestelte, versuchte Cap zu erfassen, was der Menschenauflauf überhaupt wollte. Inzwischen liefen alle durcheinander, stolperten über die Beine der anderen, duckten sich, um Hieben auszuweichen. Einigen gelang das. Andere jedoch wälzten sich auf dem Boden und versuchten sich mit den Armen vor den Fußtritten der Flüchtenden zu schützen, die über sie hinwegrannten.

Der Lärm war überwältigend.

»Sir?« Die Irokesin brüllte in ihr Com. Dann runzelte sie die Stirn. »Ich weiß nicht, wo er momentan ist! Ludd ist auch nirgends zu sehen, womöglich hält sich die Memme schön aus der Schussbahn. Und … sie haben eine Waffe. Oder auch zwei. Keine Biometrie, keine Laserzielerfassung. Ein altes Modell, aber nichtsdestotrotz effektiv.« Sie lauschte eine Weile. Allem Anschein nach erhielt sie weitere Befehle. »Gut«, fuhr sie knapp fort. »Jawoll, Sir.« Sie steckte das Com weg und zog wieder die Waffe. Eine fließende Bewegung. Das machte sie nicht zum ersten Mal.

»Unten bleiben!«, herrschte sie Cap an.

Dann rannte sie los. Die Gun über dem Kopf und mitten in die wogende Menge hinein.

***

Lawrence beendete den Anruf, während er den Gang von Ebene B entlangrannte. Der Lift war schon in Sichtweite und der Brigadier legte noch einen Zahn zu. Das Quietschen der Gummisohlen auf dem Kunststoffboden hinter ihm gehörte zu Nias Turnschuhen. Noch im Laufen zog er seine Waffe und entsicherte sie. Falls ihnen jemand im Aufzug blöd kam, konnte er entsprechend reagieren: demjenigen die OC-Gun vor die Nase halten und grimmig schauen. Er konnte das verdammt gut.

Das Erste-Hilfe-Set rutschte auf dem Boden an Lawrence' Füßen vorbei, nachdem sich die Aufzugstür geöffnet hatte. Nia folgte, schob die Tasche mit dem Schuh ein wenig zur Seite und stellte sich neben ihn.

Der Aufzug setzte sich in Gang.

»Die brauchst du nicht.« Sie deutete auf seine Hand.

Lawrence umfasste die Waffe fester. »Sag mir bitte nicht, was ich tun soll. Erst recht nicht, nachdem du mir gebeichtet hast, dass der Mann, der für die Scheiße auf Ebene 0 verantwortlich ist, sich regelmäßig an deiner Schulter den Rotz abwischt.«

»Du solltest versuchen, die Dinge anders in den Griff zu bekommen.«

Lawrence lachte. »Natürlich. Sollten wir das nicht alle?«

»Was meinst du damit?«

Die Tür glitt zur Seite und Lawrence spähte kurz auf den Gang, bevor er mit der Gun im Anschlag hinaustrat. Schon jetzt drangen Schreie zu ihnen, obwohl der Hangar einige Gehminuten entfernt lag. In Lawrence' Körper zitterte jede Faser. Dieses Gefühl kannte er von früher. Ein kurzes Aufbäumen der Nerven, dem eine konzentrierte Gespanntheit der Sinne folgte.

Nia lief mit dem Erste-Hilfe-Set in der Hand voraus. Nicht zu fassen, wie naiv sich diese Frau manchmal benimmt, dachte Lawrence, holte sie ein und packte ihren Arm.

»Du bleibst hinter mir«, zischte er und seine Stimme duldete keinen Widerspruch. »Hinter mir! Ist das klar?«

Als Schüsse durch den Gang donnerten, fiel bei Nia der Groschen. Ihre Augen wurden groß und sie nickte stumm.

»Woher haben sie die Waffen?«, flüsterte sie. »Es hat doch nur dein Team biometrischen Zugang zu den Sicherheitsschränken.«

Lawrence zuckte mit den Schultern. Dekker hatte nicht sagen können, wer alles eine Waffe bei sich trug, also wusste er nicht, mit wie viel Widerstand sie rechnen mussten.

»Wallace«, bemerkte Nia, und es war keine Frage.

Lawrence schnaubte abfällig. »Der ist wahrlich nicht die hellste Kerze im Leuchter, aber dermaßen blöd ist er auch wieder nicht, und niemand hasst Ludd mit einer solchen Inbrunst wie er.«

»Du hast recht. Aber Fenna bringt so was nicht fertig. Niemals!«, zischte sie.

»Ich habe kein Wort darüber verloren, dass ich sie verdächtige.« Auf die Frau war hundertprozentig Verlass.

Jemand musste die Schusswaffen eingeschmuggelt haben. Da Lawrence aus eigener Erfahrung wusste, dass das nicht schwierig war, wenn nur man die richtigen Fäden zog und die richtigen Leute kannte, schien ihm das die einzige plausible Erklärung zu sein. Die Kontrolle am Hafen war lax. Praktisch nicht vorhanden. Etwas, was ihm selbst bei genau diesem Frachter zupasskam.

Das würde er ändern, gleich nachdem er Hongs Auftrag ausgeführt hätte. Sicherheitsposten und Durchsuchungen nach jedem Andocken.

Ein Schrei, ein Stöhnen, schlurfende Schritte.

Lawrence umfasst die Waffe fester und atmete tief durch. Alles in ihm glitt in einen Ruhezustand. Er zielte auf die Biegung des Ganges. Im trüben Schein der Nachtbeleuchtung fuhr der grüne Punkt der Laserzielerfassung über die Korridorwand, dann erfasste sie einen Schatten, zuckend und schwankend. Danach die Gestalt einer Frau. Lawrence erkannte sie … wie hieß sie noch gleich … aus der Kantine … sie gab das Essen aus. Er ließ die Waffe sinken.

»Ruth!« Nia war unterwegs, bevor Lawrence sie zurückhalten könnte. Das Medi-Pack schlug gegen ihren Oberschenkel, als sie auf die Frau zurannte, die mit beiden Händen ihren Kopf umfasste. Die Gun erneut im Anschlag näherte sich Lawrence. Blut rann durch die Finger der Frau, die sich in ihrem Haar verkrallt hatten. Offensichtlich eine Kopfwunde.

Nia packte Verbandsmaterial aus und sprach beruhigend auf die Verletzte ein.

»Alle rennen durcheinander«, flüsterte Ruth. Sie hielt sich verzweifelt an Nias Oberarm fest, sodass diese kaum Bewegungsfreiheit hatte. »Geschossen, es wurde geschossen.«

»Wie viele Waffen?«, wollte Lawrence wissen.

»Wir wollten doch nur ein wenig unserem Unmut Luft machen.«

»Wie viele?«, wiederholte er lauter.

Nia sah ihn vorwurfsvoll an. »Larry, verdammt!«

Er behielt die OC-Gun in der Hand, senkte und sicherte sie jedoch. Seine Stimme war kalt, als er Nia ansprach. »Du holst jetzt den Rest deines Teams aus dem Schlaf. Nicht nur den harten Kern, sondern jeden. Und vergiss Adekunle nicht.« Der Nigerianer hatte ein Kreuz wie ein Ochse und konnte zupacken wie eine Baumaschine. Auf die Krankenstation wurde er immer gerufen, wenn sich ein Patient querstellte. Im

Festhalten war er exzellent, nicht einmal Lawrence selbst konnte da mithalten, und seine eigene Statur hatte man oft genug mit der einer Riesendogge verglichen.

»Das Druckpolster musst du draufdrücken, Ruth«, sagte Nia und stand auf. Sie wischte sich die blutigen Finger am Shirt ab, zog ihr Com aus der Tasche und tippte auf das Display. »Du gehst auf direktem Weg in die Krankenstation, schaffst du das? Monica wird dich dort in Empfang nehmen.«

Ruth schluchzte leise, nickte aber.

Lawrence fing Nias Blick auf, als sie Adekunle die Situation schilderte. Ihre Stimme war sachlich, professionell, fast unbeteiligt, aber ihre Blicke wanderten immer wieder unruhig zu der Stelle, von wo ihnen Ruth entgegengekommen war.

Es war ein Fehler gewesen, Nia auf Kopernikus zu bringen. Sie verdiente ein gewisses Maß an Sicherheit und Frieden. Moskau wäre ein Neuanfang, das musste er ihr begreiflich machen. In dem ganzen Getümmel hatte er beinahe vergessen, dass ihm der Raumer nicht nur neue Rekruten, sondern auch die angeforderte Ware gebracht hatte. Die ihm den Neuanfang mit Nia überhaupt erst ermöglichen würde.

***

Cap presste sich an den Stützpfeiler. Larissa und Kramer hatten sich hinter einer Art quadratischem Pflanzkübel verschanzt. Bevor die Irokesin sich wie ein Bohrer in die Menge gefräst hatte, hatte sie sich die Trage geschnappt und mitsamt Michael zu Kramer gezogen. Jetzt verschluckte der Tumult in der Halle ihre breiten Schultern.

Nichts war so, wie es sich Cap vorgestellt hatte. An die Balance-Regel hatte er im Camp keinen Gedanken verschwendet. Es wurde auch nie groß darüber geredet. Um der Wahrheit die Ehre zu geben, hatte er es immer für ein Gerücht gehalten. In den Lagern scherte sich niemand um Geburtenregelung. Hier jedoch war alles anders. Mehr als ein Kind war nicht erlaubt. Und offensichtlich war es keine Halbwahrheit, sondern die ungeschminkte Realität.

Cap las die Schilder in den Händen der Protestierenden. KINDER SIND DIE ZUKUNFT stand auf einem, ein anderes lag auf dem Boden. Über die Feststellung, dass die Loyalität den Menschen und nicht dem Konzern gehöre, trampelten Flüchtende. Durch Lücken in der Menge konnte er sehen, dass die Station, zumindest diese Ebene, hell gestrichen war. Sie hätte freundlich gewirkt, wären die verzerrten Fratzen der auf dem Boden Kauernden oder Liegenden und das Blut nicht gewesen. Hier hatte ein Hurrikan gewütet, aber keiner von der Sorte, die Cap bisher kennengelernt hatte.

Ein Militärstiefel stieß an seinen Fuß und er sah auf.

Ein Typ mit rasiertem Schädel und einem Brustumfang wie ein Bodybuilder schaute von seinem Com zu Cap und wieder zurück. »Ich glaub's nicht«, grunzte er. »In Wirklichkeit siehst du noch jünger aus.« Er hielt Cap sein Com mit einem Foto vor die Nase, das die Irokesin vom ihm geschossen haben musste.

Ich bin sechsundzwanzig, du Hornochse, wollte Cap bockig erwidern, aber als ob der Mann das geahnt hätte, hob er autoritär die Hand. »Was in drei Teufels Namen soll ich mit so einem Spargel wie dir anfangen?«

Uniform der Security, Militärstiefel, kleine Ohren, schmale Lippen, hervorstehende Wangenknochen, die so gar nicht zu seinem kompakten Äußeren passen wollten.

Das alles hätte es nicht gebraucht, um den Mann als denjenigen zu identifizieren, der er war. Seine Haltung allein genügte. Vor Cap stand sein zukünftiger Vorgesetzter.

»Ich …«, setzte Cap an. Er hatte das tiefe Bedürfnis, der Bulldogge die Meinung zu geigen, wurde aber sofort unterbrochen.

»Das war rein rhetorisch«, sagte der Mann barsch. »Halt einfach die Klappe.«

Da schoss die athletische Irokesin aus der Menge auf sie zu. Im Schlepptau einen entschlossen dreinblickenden Cowboy mit Bürstenhaarschnitt, der gut einen Kopf kleiner war als sie, energisch die Waffe vorreckte und scheinbar willkürlich den grünen Punkt der Laserzielerfassung über die Gesichter von Menschen wandern ließ, die die Chuzpe hatten, seinen Weg zu kreuzen.

Die Dogge rieb sich die Nasenwurzel. »Stecken Sie die Wumme weg, Wallace.«

»Zehn Personen festgenommen und eingebuchtet, Sir«, schnarrte der. »Einer von ihnen bewaffnet. Standardknarre, nicht aus unserem Bestand. Ludd konnte ich noch nicht finden, der Hornochse hält sich raus, wahrscheinlich ist er in seinem Quartier, liest eins seiner verschissenen Traktate und macht einen auf harmlos. Soll ich ihn verhaften?«

»Und welchen Grund willst du ihm nennen, Wallace?«, zischte die Irokesin. »Jedes Mal, wenn du die Schnauze öffnest, machst du dich lächerlich. Ich kann dir nicht mal beim Essen zusehen.«

»Dekker, du hast eine sehr eigene Art auszudrücken, dass du mich toll findest …«

»Wallace!«, fuhr ihm die Dogge über den Mund. »Noch mal zum Mitschreiben: Lassen Sie Ludd in Ruhe. Wir werden einen geeigneteren Zeitpunkt finden, um ihm das hier« – er machte eine allumfassende Geste – »vor die Füße zu werfen.«

Der Anschiss schien von dem Mann namens Wallace abzuperlen wie Wasser von einem Lotusblatt. »Wir könnten Reizgas versprühen, Sir«, schlug er vor.

»Damit hier noch mehr kopflose Hühner durch die Gegend stolpern? Verschonen Sie uns bitte mit weiteren Ideen.«

»Aber, Sir …«

»Der Aufstand war stümperhaft geplant und noch dilettantischer durchgeführt, das sollten sogar sie gemerkt haben. Ich werde mich mit Ludd unterhalten, Wallace, da machen Sie sich mal keine Sorgen. Das regle ich schon. Auf meine Art. Räumen Sie hier lieber mal auf, und Sie Dekker, Sie kümmern sich um unsere … Neuerwerbungen.« Er sah Cap ins Gesicht.

Der spöttische Tonfall und der abschätzige Blick jagten Cap einen Schauer über den Rücken. Er wollte sich lieber nicht vorstellen, wie die Dogge Dinge regelte. Das mit diesem Ludd, und das mit ihm und Larissa.

Doch im Moment kam es darauf an, zu funktionieren. Cap kam auf die Beine.

»Ist das der Pilot des Frachters?« Die Dogge deutete auf Kramer. Jetzt erst konnte Cap den Namen am Revers der Security-Uniform lesen: BRIG. LAWRENCE HUGGINS. Es sah so aus, als lege man hier noch Wert auf militärische Ränge.

»Das ist Jack Kramer. Der Kapitän und Pilot, ja.« Cap überlegte und schob kurzentschlossen ein »Sir« hinterher, das seine Wirkung offensichtlich nicht verfehlte. Zumindest verschwand der höhnische Gesichtsausdruck des Brigadiers für einen Augenblick. Er hatte nicht vor, dem Mann in den Arsch zu kriechen, aber ansatzweise vorzugeben, es zu tun, konnte vielleicht nicht schaden.

Der Brigadier ging zu Kramer und Larissa hinüber, die kreidebleich ihre Finger knetete. Michael, der immer noch zusammengekrümmt auf der Trage lag, würdigte er keines Blickes. Huggins wechselte ein paar Worte mit dem Frachterpiloten, aber Cap konnte nichts verstehen, da der Typ namens Wallace mit herumfuchtelnder OC-Gun und damit einhergehendem unflätigem Gebrüll die Menschen, die noch in der Lage waren, selbst zu gehen, vor sich hertrieb wie eine Viehherde.

Cap suchte den Augenkontakt mit der Französin und als sich ihre Blicke trafen, wusste er, dass sie das Gleiche dachte. Nicht, dass alles vorher nicht real erschienen wäre, das Loch im Schiff, die Schwärze darunter, Michaels zerfetzte Beine … Aber das hier … Wenn das ein Traum war, dann wäre es jetzt an der Zeit aufzuwachen.

DAS VERMEINTLICHE PARADIES

Wenige Minuten später versuchten sich Caps Sinne, einen Weg durch die Reizüberflutung zu bahnen, die sie bisher gelähmt hatten. Kramer war zur Kommandantin gerufen worden und Michael hatte sich in die rettenden Hände der Mediziner begeben. Beziehungsweise war er mitsamt der Trage von einem Typ in der grünen Kluft der Quacksalber und einem weiteren Mann mit dunkler Haut und dicken Muskelsträngen, der ausgesehen hatte, als könne er die Krankenliege auch problemlos auf seinem kleinen Finger balancieren, hochgehoben worden und dann aus dem Sichtfeld verschwunden.

In den Korridoren, durch die Cap mit Larissa und der Irokesin zum nächsten Lift eilte, fänden ohne Weiteres sechs Menschen nebeneinander Platz, ohne sich berühren zu müssen. Cap hatte seine Vorstellung einer dreckigen und heruntergekommenen Raumstation, ähnlich den Müllhalden, auf denen er mit Louis nach etwas Verwertbarem gesucht hatte, bereits revidiert. Denn neben einer großzügigen Weite hatte man auf Kopernikus, warum auch immer, Wert auf Design und Klarheit gelegt.

Und neben der ungewohnten Aufgeräumtheit bemerkte er noch etwas.

»Riechst du das?«, raunte er Larissa zu.

»Was?«

»Genau. Es riecht nach … nichts. Nicht nach Schweiß, nicht nach Dreck, nicht nach überflutenden Toilettenanlagen, nicht nach Essen. Ich hatte mir vorgestellt, dass es hier mieft wie in einem Karton mit einem Hamster drin, um den man sich seit zwei Wochen nicht mehr gekümmert hat.«

»Du hattest als Kind also einen Hamster?«, ächzte sie neidisch.

Cap verdrehte die Augen. »Natürlich nicht. Noch nie gesehen. Wir hatten ab und zu einen Wildhasen, sehr selten, aber in Mengen Ratten und Wühlmäuse und …«

»Kakerlaken und Ameisen«, vervollständigte Larissa.

»Ach, du auch?« Er grinste. »Aber mein Großvater hatte einen Hamster, als er noch sehr klein war, und einmal hat er das Aroma einer Suppe, die meine Mutter gekocht hatte, mit meuchelndem Käfiggeruch verglichen.«

»Scheint ja ein sehr netter Herr gewesen zu sein.«

»Von ihm habe ich die Uhr.« Cap deutete mit dem Finger auf das Zifferblatt an seinem Handgelenk. »Funktioniert nicht mehr, aber ich behalte sie trotzdem.«

»Also. Kein Hamstergeruch hier, aber Aseptik«, nahm sie den Faden wieder auf. »Sowohl optisch als auch olfaktorisch.«

»Olfaktorisch?«

Sie hielt sich während des Laufens dicht bei ihm und zwickte ihn spielerisch in den Arm. »Blond und blöd is' bei mir nicht.«

»Ist mir schon aufgefallen.«

Sie erreichten den Lift und Dekker schob die beiden sanft aber bestimmt hinein. In der Kabine erwartete sie die verantwortliche Stationsärztin. Dr. Nia Patel stellte sich vor, sie kam offenbar aus dem ehemaligen indischen Herrschaftsgebiet. Sie war kleiner als Larissa, schön wie ein Gemälde und strahlte Selbstbewusstsein aus.

Wenn sich Cap das Innere des Aufzugs hätte vorher vorstellen sollen, dann hätte er die Klingelreihen der heruntergekommenen Häuser in den Slums im Kopf gehabt. Ein Name unter dem anderen, alles in Grau und eintönig. Hier jedoch hatte jede Stationsebene ihre eigene Farbe, und jedes Farbschema wurde von einem elliptisch geformten Rahmen begrenzt. Dr. Patel tippte leicht auf eine der eiförmigen roten Tasten des Navigationspanels. »Krankenstation, medizinische Versorgung und Apotheke«, war daraufhin eine angenehme Frauenstimme zu vernehmen.

Larissa sah erstaunt drein, und die Ärztin schmunzelte. »Ich weiß. Fehlt nur noch die Fahrstuhlmusik«, bemerkte sie.

Cap hatte keine Ahnung, wovon sie sprach.

»Uns wäre es lieb, wir könnten zuerst einmal etwas essen und trinken«, sagte Larissa bemüht freundlich.

»Die Untersuchung dauert nicht lange«, erwiderte die Ärztin in ihrem akzentfreien Common-English. »Danach wird Ihnen die Kantine zur Verfügung stehen. Wir sagen Kantine, nicht Messe. Es soll den Eindruck erwecken, hier sei alles wie früher auf der Erde.« Sie seufzte und fuhr fort. »Die Essensausgabe ist rund um die Uhr geöffnet. Kein Problem also, dort auch noch mitten in der Nacht etwas zu bekommen.« Ohne die Irokesin anzusehen fügte sie lächelnd hinzu: »Fenna Dekker wird Sie gerne dorthin begleiten.«

Die starrte betont desinteressiert an die Decke, lächelte jedoch leicht. »Sicher. Die Köstlichkeiten der Welt. Alles da.«

»Alle Farben«, schloss Dr. Patel an, und Dekker grinste schief.

»Genau«, stimmte sie zu. »Und alle Haufengrößen. Ich wollte einmal vorschlagen, Bioscanner an den Tellern anzubringen, damit ich mein Essen identifizieren kann. Aber der Brigadier hielt das für keine gute Idee.«

»Sag nur«, bemerkte die Ärztin trocken, und in ihren Augen blitzte es.

Cap entspannte sich ein wenig. Die beiden Frauen, so verschieden sie auch in ihrem Aussehen, ihrem Beruf und ihrer Herkunft waren, schienen sich zu mögen.

»Ich habe mir die Station anders vorgestellt«, bemerkte Larissa und sah zur Ärztin.

»Wie denn?«

Der Lift kam zum Stehen, die Tür zischte zur Seite.

»Hässlicher«, warf Cap an Larissas Stelle ein. »Es sieht hier aus, als habe ein hochdekorierter Designer einen kreativen Orgasmus erlebt.«

Die Französin kicherte und die Irokesin feixte.

Sie passierten einige ausladende Sitzgruppen, die neben Pflanzkübeln auf bunten Teppichen standen. Larissa nahm vorsichtig ein breites Blatt zwischen die Finger und strich darüber. »Plantes vraies«, hauchte sie ungläubig.

»Wir haben außerdem ein wunderschönes Arboretum auf der Station«, erzählte die Ärztin. »Und Pflanzkübel finden Sie hier auf allen Ebenen. Ihr Licht erhalten sie von Speziallampen.«

Ein grünes rundes Ding in der Größe eines Suppentellers flitzte über den Teppich, bremste abrupt, machte dann kehrt und schoss zwischen Dr. Patels Beinen hindurch, die fluchend einen Schritt zur Seite trat.

»Diese Saugroboter benehmen sich manchmal wie rollige Katzen«, murrte sie.

»Um auf den Orgasmus zurückzukommen«, meinte die Irokesin. »Sagen wir, ein stinkreicher Pharmaboss der First Class hat hier seinen schöpferischen Input verteilt.«

Dr. Patel sah sie vorwurfsvoll an, aber ihr Schmunzeln verriet, dass sie es nicht ernst meinte. »Sehen Sie …« Die Ärztin hielt inne und wandte sich an Cap. »Ich kenne Ihren Namen gar nicht.«

»Cap Hallberg«

»Wie in …? Egal. Sehen Sie, Mr Hallberg, manchmal funktioniert's.«

»Die Notbeleuchtung?«, fragte Larissa verwirrt nach.

Dr. Patel lachte. »Nein. Das Design. Die Aufgeräumtheit. Die Großzügigkeit. Das Helle. Die Klarheit.«

Cap spürte Larissas bohrenden, neugierigen Blick, den er in den letzten Stunden so gut kennengelernt hatte. »Was meinen Sie damit?«, fragte sie.

»Sie werden schon sehen.«

Dr. Patel überlegte sich doch anders und erlaubte den beiden Neuankömmlingen, zuerst einen Abstecher in die Kantine zu machen und sich danach häuslich einzurichten. Die Untersuchungen seien momentan nicht so dringend, meinte sie, sie wirkten beide gesund und munter, wenn auch leicht dehydriert, und außerdem warteten noch Verletzte auf sie. Also eilte sie mit wehendem Laborkittel davon, während Cap und Larissa einen weiteren Lift betraten und Dekker die Taste für Ebene C drückte.

»Mannschaftsquartiere, Kantine und Vergnügungszentren«, meldete die Aufzugstimme.

»Vergnügungsebene?« Larissa Augen verengten sich misstrauisch.

Dekker lehnte sich mit dem Rücken an die Wand des Aufzugs und verschränkte die Arme vor der Brust. »Unser eigentliches Haupteinsatzgebiet. Schlägereien im Pub, Ärger mit Gästen, die meinen, sie könnten jederzeit die Tänzerinnen begrabschen, unbezahlte Rechnungen. So was. Ihr werdet's ja früh genug erfahren.« Sie fuhr kurz mit der Hand über ihre Haarborsten. »Kantine oder doch zuerst eine Dusche?«

Larissa und Cap wechselten ungläubige Blicke. »Dusche«, antworteten sie wie aus einem Mund.

»Dachte ich mir. Ich konnt's auch nicht glauben, als ich das erste Mal unter der Brause stand. Warmes Wasser auf der Haut, eine Massagedüse, ein weiches Handtuch oder automatische Trocknerdüsen. Ihr müsst mich nicht so anschauen. Luxus ist hier kein Fremdwort. Für niemanden. Weder für die Security noch für die Arbeiter. Auch wenn unser Luxus mit dem, der Mister Hong in seinen privaten Quartieren zu Verfügung steht, wenn er auf Kopernikus ist, nicht zu vergleichen ist. Euch würden die Augen herauskullern.«

»Und der ist …?«, fragte Cap.

»Unser Oberboss.«

»Der mit dem schöpferischen Orgasmus?«

»Du hast's erfasst.«

»Will ich ihn kennenlernen?«

»Glaube ich kaum, aber möglicherweise wirst du ihm nicht aus dem Weg gehen können. Er bekommt ab und zu den Sozialen. Und will seine Sklaven begutachten.«

Schon kurz nachdem Cap die Mannschaftsunterkunft der Security betreten hatte, ahnte er, dass hier in naher Zukunft etwas schiefgehen könnte. Die

Großzügigkeit der Räume beeindruckte und bedrückte ihn gleichermaßen. Sie öffnete Türen zu Emotionen und verschloss zugleich andere. Im zentralen Bereich des Quartiers lag ein großer Aufenthaltsraum mit einer kleinen Kochnische, einer Sofagruppe und einem Couchtisch. Links und rechts davon ging es zu insgesamt drei Schlafzimmern, in denen je zwei Betten standen. Eine weitere Tür links führte zum Gemeinschaftsbad.

»Wallace und ich hatten vor eurer Ankunft jeweils ein eigenes Schlafzimmer«, sagte Dekker, nachdem sie alle auf dem Sofa Platz genommen hatten. »Aber … also …« Sie sah von Larissa zu Cap und wedelte mit der Hand. »Wenn ihr beiden …«

Larissa begriff eine Sekunde früher als Cap, worauf die Irokesin hinauswollte. »Wir sind nicht zusammen«, sagte sie. »Nein, ich werde natürlich bei dir einziehen. Frauenzimmer. Männerzimmer.«

Fenna stieß erleichtert Luft aus. »Wunderbar. Ein Zimmer mit Wallace zu teilen, hätte mich umgebracht. Das dritte Zimmer sollen wir für die anderen Rekruten frei halten. So die Order. Wann auch immer die kommen werden. Nun gut. Alles, was ihr braucht, werde ich euch gleich auf die Betten legen. Der Rest ist im Bad. Wir haben zwei Waschbecken, aber nur eine Dusche, also richtet euch bitte nach dem hygienischen Fahrplan.«

Nachdem Dekker gegangen und Larissa im Bad verschwunden war, bekam Cap seinen Hintern nicht von der Couch. Das vergnügte Quietschen der Französin unter der Brause schob sich wie durch Watte zu ihm, er starrte auf den hochflorigen Teppich zu seinen Füßen, als wäre darin etwas Wertvolles versteckt. Vorsichtig zog er Schuhe und Socken aus und vergrub ungläubig die Zehen in dem weichen Wollgemisch.

Das war also Kopernikus. Ein schwebender Luxustempel. Und er hatte gedacht, er hätte sich geopfert.

Sein schlechtes Gewissen machte ihn schier verrückt.

Gerade als er aufstehen wollte, meldete das Zischen der Tür einen Besucher an. Fenna eilte herein und ließ einen Tablet-PC auf den Couchtisch fallen.

»Sorry, vergessen. Hier geht's gerade drunter und drüber. Ihr beide müsst noch hier« – sie deutete auf eine leere Stelle am Ende eines Dokuments – »euren Fingerabdruck hinterlassen.«

»Was ist das?«

»Eine Erklärung, dass SpaceSeed im Falle eures Todes keine Haftung übernimmt. Entschädigung gibt es nicht. Für niemanden.«

***

Nachdem Lawrence' Verstand angefangen hatte, die Situation zu analysieren, erteilte er Befehle zur Auflösung des armseligen Rests, der sich noch im Gang zum Hangar zusammenrottete, aber offensichtlich nicht mehr wusste, was er eigentlich hier sollte.

Nia hatte dafür gesorgt, dass ihr Team auf der Krankenstation einsatzbereit war, während sich Adekunle mit anderen Kollegen um die Verletzten kümmerte, die nicht aus eigener Kraft gehen konnten. Der Nigerianer klemmte sich die Verwundeten unter den Arm, als wären es Schaufensterpuppen.

»Was für eine Scheiße«, fluchte Lawrence, nachdem sich auch der letzte Protestierende verzogen hatte und er sich seinen Weg zum Raumer bahnte. Fast wäre er über ein zu Boden gefallenes Banner gestolpert – wütend kickte er es zur Seite.

Das Innere des Transporters sah aus wie nach einem Angriff. Nun, auf eine gewisse Art entsprach das wohl den Tatsachen. Er stieg über einen umgestürzten Container und räumte etliche weitere Hindernisse aus dem Weg, bevor er schließlich die versiegelten Kisten im Frachtraum erreichte. Mit einem Mal wich alle Anspannung von ihm, und er atmete erleichtert aus. Fast zärtlich strich er mit den Fingern über den intakten Iris-Scanner und klopfte dann mit den Fingerknöcheln auf den Deckel.

»Gutes Mädchen.«

Sein Com vibrierte.

Er ahnte, wer dran war.

Der Anrufer nutzte eine Videoverbindung, was die Sache nicht einfacher machte.

Lawrence erlaubte sich für einen Moment die Augen zu schließen und sich zu sammeln. Dann nahm er an.

»Mister Hong.« Alle Freundlichkeit und Zuversicht, zu der er momentan fähig war, lagen in seiner Stimme. »Was kann ich für Sie tun?«

»Sie haben meinen Anruf erwartet?«

»Die Chancen standen ziemlich gut.«

»Wenn Sie derart empathisch veranlagt sind, Brigadier, ist Ihnen sicher auch klar, dass ich darüber informiert bin, in was für einem riesengroßen Scheißhaufen Sie gerade stehen.«

Wenn der Geschäftsführer von SpaceSeed diese Ausdrucksweise benutzte, standen die Dinge hochgradig schlecht.

»Wir haben die Situation bereinigt und alles ist unter Kontrolle. Der Krawall war amateurhaft inszeniert.«

»Ich hörte anderes. Wie Sie wissen, will sich Kommandantin Beljajew nicht mit unangenehmen Dingen abgeben, die jenseits der Weizenproduktion liegen. Wir sind in erster Linie eine wissenschaftliche Station, Brigadier. Trotzdem dringen Dinge zu mir durch, die mir nicht gefallen. Und besonders gefällt mir nicht, dass ich mich dann mit diesen Dingen beschäftigen muss.«

»Wie bereits erwähnt, Mister Hong. Es gibt keinerlei Grund zu Besorgnis.«

»Der Aufstand?«

»Aufgelöst. Keine Toten, einige Verletzte.«

»Das Wort ›Bewaffnung‹ drang an mein Ohr.«

»Es handelte sich um nur eine Waffe und diese ist in sicherer Verwahrung, genauso wie ihr Träger«, improvisierte Lawrence. Er wusste nicht, ob noch weiteres Kampfgerät im Umlauf war.

Eine Weile herrschte Stille und Hong starrte mit gerunzelter Stirn in die Kamera. »Der Frachter«, sagte er dann. »Es gab ein Loch in der Hülle?«

Endlich hatte der Pharmaboss die Kurve bekommen. Die Unruhen waren nur das Vorgeplänkel gewesen.

Lawrence richtete das optische Auge des Coms zuerst auf die Transportkisten, anschließend wieder auf sich. »Das hatte keine Auswirkung auf die Handelsware.«

»Passiert das häufig, Brigadier?«

»Sir?«, fragte Lawrence verwirrt.

»Dass ein Frachter durch einen Batzen Weltraumschrott fliegt.«

»Ich verstehe nicht. Das Verhalten von Weltraumschrott lässt sich nicht konkret berechnen.«

»In einer der Kisten, vor denen Sie stehen, befinden sich Sprengmittel – regen Sie sich nicht auf, Brigadier, das ist eine sichere Verbindung –, und außerdem waren in dem Frachter Ihre neuen, auf der Station ungeliebten Rekruten. Wie lautet der Name des Piloten?«

»Sein Name ist Kramer, aber er hat keine Ahnung, was in den Transportkisten ist. Und Markus Schwarz würde ich mein Leben anvertrauen.« Lawrence konnte nicht glauben, dass er sich auf diese Diskussion überhaupt einließ. Welcher Vollidiot würde in einen Kamikazeflug einwilligen und sein Leben und das dreier Passagiere opfern? Für Weizen? Denn dafür war der Sprengsatz vorgesehen. Für das Weizenfeld. Glaubte Hong etwa, dass Ludd und seine Männer einen Wahnsinnigen gefunden hatten, der absichtlich durch Weltraumschrott navigierte, um die darin befindliche Ladung loszuwerden? Umständlicher ging's ja nicht! Zudem wäre dies ein arg unzuverlässiger Plan, wie man gesehen hatte. Alle lebten, die Ladung war sicher angekommen.

»Mister Hong, ich habe alle notwendigen Vorkehrungen getroffen, um die« – er suchte nach dem richtigen Wort – »um die Mission dergestalt auszuführen, dass wir auf der absolut sicheren Seite sind. Wir haben es hier nicht mit einem Anschlag zu tun. Es war ein Unfall. Ein dummer, zugegeben, aber eben nur ein Unfall.«

Hong schwieg und nickte dann langsam. »Tut mir leid, Brigadier. Die Lage ist angespannt. Mir schießt momentan einiges durch den Kopf.«

Offenbar war es von dort auch nicht weit bis zum Verfolgungswahn. Lawrence ließ sich seinen Unmut nicht anmerken. Mit Extremsituationen dieser Art kannte er sich aus. Hong dagegen war ein Sesselpupser der Sonderklasse, der den ganzen Tag nur auf diese verdammten Aktienkurse starrte.

»Dass der Frachter in Weltraumschrott hineinnavigiert, ist aber schon ein eigentümlicher Zufall«, fuhr Hong fort.

Lawrence konnte sich gerade noch zusammenreißen, um nicht die Augen zu verdrehen. »Aber, genau das ist es, Sir. Zufall. Sonst nichts. Der Raumer ist nicht mit Vorsatz hineingeflogen, das kann ich Ihnen versichern. Alles ist in Ordnung.«

»Nun gut.« Hongs Gesicht entspannte sich ein wenig. »Dann läuft alles weiter wie geplant. Kontaktieren Sie mich nicht, ich melde mich bei Ihnen.« Es klang, als habe er zu viele alte Kriminalromane gelesen. »Nach dem von Ihnen durchgeführten Attentat auf das Feld wird der Aktienkurs von SpaceSeed erst einmal fallen. Und dann wird er derart in die Höhe schnellen, dass der Konkurrenz hören und sehen vergeht. Aber das kann nur geschehen, wenn …?«

»Der Anschlag auf CropUniverse zurückzuführen ist«, deklamierte Lawrence wie ein unterwürfiger Schüler.

»Vorbildlich, Brigadier. Vergessen Sie nicht, dass es nach CropUniverse aussehen muss. Wir vernichten sie. Und danach ist es nicht mehr weit, bis wir alle Raumstationen in unserer Hand halten.«

»Wie könnte ich das vergessen, Sir«, sagte Lawrence leise.

Zweiter Teil

VERRAT

EIN TAPFERER SOLDAT GIBT NIE AUF

Der erste Schlag kam unerwartet, hart, schnell, punktgenau. Cap hatte keine Gelegenheit auszuweichen. Etwas krachte gegen seinen Kopf, sogleich wurde ihm schwindelig, und schwarze Punkte tanzten vor seinen Augen. Er biss die Zähne zusammen und konzentrierte sich auf seine Atmung. Der Schwindel ließ nach, die Sicht wurde klarer.

Er war durch Larissas Schreie, die durch den Trainingsraum von Stationsebene A hallten, abgelenkt worden. Jedes Mal, wenn sie unter der gnadenlosen Kritik von Fenna Dekker auf den Boxsack eindrosch, entfuhr ihr ein Laut, der hörbar von der Brust- zur Kopfstimme überging. Wie konnte sich ein Mensch bei diesem Gejodel auf seinen Gegner konzentrieren?

»Hörst du auch schön die Engelein singen?«, höhnte Wallace, der ihm gegenüber von einem Fuß auf den anderen trat und die Faust in seine Handfläche schlug. »Täte mir wahnsinnig leid, wenn mein Schlag zu bleibenden Schäden führen würde.«

Mit einem kurzen Anheben des Kinns signalisierte Cap, dass er okay war. Auch wenn ihm die gesamte Galaxis vor den Augen tanzte – vor dem Möchtegern-Rudelführer würde er keinen Millimeter zurückweichen. Die Regel war einfach: Der Kampf dauerte so lange, bis einer das Handtuch warf. Oder um es mit Wallace' Worten auszudrücken: »Ein tapferer Soldat gibt nie auf.«

Was für ein abgrundtief dummer Spruch!

Cap hatte sich ein halbes Dutzend Mal im Camp gegen Typen verteidigen müssen, die aus den verwahrlosten Innenstädten gekommen waren und versucht hatten, die Vorräte zu stehlen. Die waren aber eine völlig andere Nummer gewesen, denn seine vor Hunger geschwächten Gegner hatten ihm nicht viel entgegenzusetzen gehabt. Cap war drahtig, wendig und er lernte schnell. Aber eine grundlegende Kampfausbildung hatte er nie genossen.

Wallace war ein Widerling mit der Statur eines klein geratenen Tresors. In seiner Überheblichkeit übersah er, dass Cap ihn während des Trainings genau beobachtete. Der Amerikaner war muskulös, aber unelegant. Seine Technik war schwerfällig und derart durchschaubar, dass er für Cap, ohne es zu wissen, einen recht ordentlichen Lehrer abgab. Hätte Wallace das geahnt, hätte er sich geweigert, jemals wieder mit den Neuen zu trainieren.

Cap hob die Fäuste, spannte die Muskeln und bewegte die Beine locker über den Boden. Gegen seine geschmeidigen Bewegungen wirkten Wallace' Schritte wie das Stampfen eines Ringers. Ein schnittiger Flitzer gegen einen Panzer. Cap wusste diesen Vorteil zu nutzen. Während der ersten Trainingsstunden war er noch vor seinem Gegner zurückgewichen und hatte es erst bemerkt, als sein Rücken an die Wand des Trainingsraums stieß. Wallace' Reaktion darauf war boshaftes Gewieher, und einige Minuten lang war er nicht mehr in der Lage gewesen, sein übliches ignorantes Geschwätz von sich zu geben. Muss frustrierend sein, dachte Cap, wenn man es gewohnt ist, von anderen nicht unterbrochen zu werden, jedoch dann selbst kein Wort mehr herausbekommmt.

Jetzt verzog Wallace keine Miene, als er wieder zuschlug, aber dieses Mal sah Cap den Hieb kommen. Leichtfüßig wich er aus, und der blonde Amerikaner, der seine gesamte Kraft in den Haken gelegt hatte, stolperte an ihm vorbei wie ein wütender Bulle.

»Zufall«, murrte er, nachdem er sich gefangen hatte.

»Kein Sieger glaubt an den Zufall«, gab Cap zurück. »Deine Worte, oder?«

Statt einer Antwort ließ Wallace seinen Arm in einem Schwinger heransausen. Cap kauerte sich kurz hin. Die Faust sauste ins Leere, der Schwung brachte Wallace erneut aus dem Gleichgewicht, und dieses

Mal nutzte Cap den Augenblick, schnellte nach oben und drosch zurück. Sein Schlag landete im Magen des Gegners. Wallace klappte zusammen, richtete sich aber schnell wieder auf.

»Zufall!«, hechelte er erneut mit einem gehässigen Grinsen und spie aus.

Cap schnalzte mit der Zunge. »Vielleicht lässt du dich absichtlich treffen? Willst mir eine Chance geben? Hast das Gute in dir entdeckt?«

»Genau. Ganz plötzlich über Nacht.« Fenna stellte sich breitbeinig am anderen Ende der Matte auf und verschränkte die Arme vor der Brust. »Larissa, komm! Lass mal den Sack in Ruhe, dein Gejapse geht mir aufs Ovarium. Hier wird's interessant.«

Für einen kurzen Moment drehte Wallace den Kopf, womöglich um einen seiner vorhersehbaren Bonmots zum Besten zu geben – und obwohl Cap sich der Ungerechtigkeit der Situation bewusst war, verlagerte er das Gewicht nach hinten, trat schnell einen Schritt vor, drehte das Bein kurz ein und ließ die Schlaghand ein weiteres Mal nach vorn sausen. Eine einzige Bewegungsabfolge innerhalb weniger Sekunden. Die Faust traf das linke Jochbein des Amerikaners.

»Strike!«, rief Fenna und hüpfte auf und ab wie ein Cheerleader, als Wallace ins Taumeln geriet. »Alle Neune!«

Cap sah in Wallace' Augen, dass er einen großen Fehler begangen hatte. Sein Gegner war ein Tier. Ein Tier, das ihn hasste.

Als Wallace zum Fußtritt ausholte, blieb Cap keine Zeit, um auszuweichen. Der Schlag schleuderte ihn zu Boden. Zischend verließ Luft seine Lungen. Etwas pfiff in seinen Ohren, in seinem Magen war ein Höllenfeuer ausgebrochen, und – wo zum Teufel waren die Sauerstoffmoleküle alle hin? Es kam ihm vor, als hätte Wallace sie aus ihm herausgequetscht.

Undeutlich sah er Larissa auf sich zurennen. Wie durch Watte hörte er Wallace lachen. Dann wurde es finster.

DER JOB

Auf Ebene A der Raumstation Kopernikus hatte Brigadier Lawrence Huggins in seinem Büro einen miesen Tag. Er war angepisst. Angepisst und verzweifelt. Eine brisante Mischung, die eher eine Implosion als eine Explosion nach sich ziehen würde. Lawrence fühlte sich, als würden ihm gleich alle Blutgefäße im Schädel zeitgleich platzen.

Vor knapp einer Woche hatte er die Bombe aus der biometrisch gesicherten Transportkiste des angedockten Raumers geborgen, der die Novizen seines Teams, Weichlinge alle zusammen, auf die Station gespuckt hatte.

Seitdem verwahrte er den Sprengstoff in seinem Apartment. Im Bad. Hinter dem Schrank, in dem Nia ihre Schönheitswässerchen bunkerte. Im Bad! Hinter einem Schrank! Eine Schande war das für einen ehemaligen britischen Elitesoldaten wie ihn.

Mr Hong, der Präsident von SpaceSeed, nervte ihn mit seinen Anrufen. Anfänglich hatte er an Huggins' Loyalität appelliert, dann begonnen, ihn zu drangsalieren. Etatkürzungen angedroht. Lawrence jedoch war weder illoyal noch feige, er versuchte nur, den geeigneten Ort im Weizenfeld zu finden, um eine Bombe zu platzieren.

Mit zusammengepressten Lippen starrte der Brigadier auf den großflächigen Bildschirm in seinem Büro, über den der tägliche Newsfeed mit den Aktienkursen flimmerte. Die Werte des Konkurrenten CropUniverse hatten die von SpaceSeed überholt. Das sah gar nicht gut aus. Wenn Lawrence den Sprengsatz nicht bald zündete, wenn das Feld nicht bald in die Luft flog und die Ernte mit sich nahm, würde die Aktie seines Arbeitgebers womöglich ins Bodenlose stürzen. Und das durfte nicht geschehen. Sie durfte den Grund des Tümpels erst erreichen, nachdem die Katastrophe auf Kopernikus eingetreten war. Dann nämlich würden die Anleger wie wild verkaufen, ihre Anteile abstoßen, SpaceSeed den Rücken kehren. Und nur wenige Stunden später käme der große Auftritt von Hong, der mit stoischer Miene und aufgesetzter Wut verkünden würde, dass man den feigen Attentäter gefunden habe. »CropUniverse«, würde er in seiner abgehackten Sprechweise verkünden, »unser Konkurrent, dem wir immer mit größtem Respekt begegneten, hat versucht, uns mit den Mitteln barbarischer Sabotage das Genick zu brechen. Wir jedoch haben nach differenzierter Untersuchung durch unseren geschätzten Brigadier Lawrence Huggins und sein Security-Team« – hier würde er mit schmalen Lippen und stechendem Blick das Beweisstück in die Kamera recken – »das Corpus Delicti ausfindig machen können.«

Es lag im Bereich des Möglichen, dass er »unseren geschätzten« wegließ.

Das Wertpapier von SpaceSeed würde kurz danach wie eine Rakete über den Horizont des Aktiendiagramms hinausschnellen. CropUniverse könnte sich begraben. Was auf lange Sicht mit der Aktie von SpaceSeed passierte, interessierte Lawrence nicht. Denn dann wäre er bereits in Neu-Moskau. Hoffentlich.

Der zweite Grund für seine schlechte Laune lautete: Zach Wallace. Lawrence fragte sich jeden Tag, womit er dieses Teammitglied verdient hatte, aber er konnte nicht wählerisch sein und musste nehmen, wen ihm Markus Schwarz von der Erde sammelte. Wallace hatte mit schiefem Grinsen und einer offen zur Schau gestellten Überheblichkeit zuerst einige sexistische Bemerkungen über Larissa Martinez gemacht, die junge neue Rekrutin aus dem ehemaligen Frankreich, und war danach abschätzig über den schlaksigen Exdeutschen Kaspar Hallberg hergefallen.

»Mit dem kann ich nicht arbeiten, Sir. Der hinterfragt alles. Darf ich dem Schnitzel einfach mal eine reinhauen?«

Eine Bitte, die Lawrence zwar einige Male in seinem Gehirn wälzte, ihr letztendlich jedoch nicht stattgeben konnte, auch wenn er ein klein wenig

Verständnis für den Selbstdarsteller vor seinem Schreibtisch hatte. Hallberg konnte wirklich nerven.

Beim letzten Grund, weswegen Lawrence' Tag dermaßen lausig verlaufen war, handelte es sich um den bedeutsamsten. Vor ein paar Stunden hatte er verschiedene verschlüsselte Nachrichten seines in die Ereignisse eingeweihten Freundes Markus Schwarz erhalten, der in Neu-Berlin auf der Erde für die Rekrutierung des Security-Nachwuchses zuständig war und Lawrence beim Einschleusen der Bombe geholfen hatte.

Die erste Nachricht lautete:

Es gibt Probleme, Larry. Es scheint so, als wäre jemand schon bei dir, um auf Kopernikus nach dem Rechten zu sehen.

Noch bevor Lawrence »Was zur Hölle willst du mir damit sagen?« abschicken konnte, war die nächste Notiz eingetrudelt.

Vermutung bestätigt. Habe jedoch keine weiteren Informationen. Moment, melde mich gleich wieder.

Wenig später folgte:

Hong weiß nichts, und ich versuche, dafür zu sorgen, dass es so bleibt. Ich lehne mich hier verdammt weit aus dem Fenster, Larry!

Lawrence versuchte, Markus über eine Com-Verbindung zu kontaktieren, damit er ihm ins Gesicht sehen konnte, aber vergebens. Die letzte Nachricht lautete schließlich:

Scheiße, Larry! Schieb endlich deinen Arsch in das Weizenfeld und erledige deinen Job, bevor uns die Kacke hier unten so richtig um die Ohren fliegt!

Den Job.

Lawrence hatte gelernt, seinen Job zu hassen. Und nun klebte ihm ein weiterer an den Hacken, der auch nicht besser war. Aber er wollte weg von der Raumstation. Mit Nia. Und Hong hatte ihnen ein neues Leben in den höchsten Kreisen von Neu-Moskau versprochen, wo Lawrence erst einmal eine ruhige Kugel schieben und anschließend altmodische Postkarten verschicken würde, auf denen Dinge standen wie:

Farewell, Kopernikus.

Farewell, Ned Ludd.

Farewell, Balanceregel.

Ihr könnt mich alle mal.

Seufzend rief er den Konstruktionsplan des Weizenfelds auf und suchte weiter. Verflucht, es musste doch irgendwo in diesem beschissenen Hochregallager eine Stelle geben, an der er, ohne Aufsehen zu erregen, den Sprengsatz unterbringen konnte! Aber er war nicht bei der Sache. In Gedanken ging er die letzten Zugänge auf der Raumstation durch. Wen hatten sie außer dieser blonden Französin, dem hageren Deutschen und dem verwundeten anderen Typen aus dem Berliner Camp, den er so schnell wie möglich loswerden wollte, in letzter Zeit noch aufgenommen? Womöglich musste er in den Aufzeichnungen Monate zurückgehen, um einem NH-Spion auf die Spur zu kommen. Diese Austauschgeschichten mit Kepler, der Schwesternstation von Kopernikus, verursacht durch die Balanceregel, brachten immer alles durcheinander. Hinzu kamen die Servicekräfte auf der Vergnügungsebene, die alle naselang wechselten.

Die allgemein ungeliebte Balanceregel war vor allem intern wichtig, denn damit konnten ungebetene Neugeborene an die zum Teil unfruchtbar gewordenen Interessenten der First Class auf der Erde verkauft werden. Doch auch die offizielle Begründung hatte ihre Berechtigung: Eine Raumstation konnte man nicht mir nichts dir nichts erweitern wie ein Zeltlager.

Und während seine Gedanken noch um Spione, Eindringlinge und brüllende Säuglinge kreisten, entdeckten seine Augen auf dem Grundriss des Feldes die perfekte Stelle.

***

»Verdammt!« Cap wich zum dritten Mal einem Saugroboter aus, der den Korridor zur Krankenstation derart akribisch bearbeitete, als fürchtete er, sonst in die Müllpresse auf Ebene 0 gesteckt zu werden. »Hau ab! Was ist so verdammt wichtig daran, diese Station ständig zu wienern?«

Ihm war klar, dass das Gerät ihn nicht hören konnte, aber seine Laune war im Keller. Und falls SpaceSeed durch Sauberkeit und Glanz über die wahrhaftige Situation der Station hinwegtäuschen wollte, so funktionierte das doch seit einiger Zeit schon nicht mehr richtig. Spätestens seit dem Aufstand der Luddianer im Gang zum Hangar, den sie genau zu dem Zeitpunkt losgetreten hatten, an dem Cap und die anderen eingetroffen waren, hatte auch der letzte verblendete Idiot auf Kopernikus kapiert, dass etwas auf der Raumstation nicht stimmte. Wobei Cap nicht genau wusste, wo man da überhaupt anfangen sollte: bei der unsinnigen Balance-Regel, die man auch ganz anders umsetzen konnte – zum Beispiel, indem man chronisch Kranke zurück auf die Erde brachte, anstatt Neugeborene auszufliegen –, bei den Luddianern, die sich regelmäßig heimlich in der Kantine zusammenrotteten und für Unruhe sorgten, oder bei der ständigen elektronischen Überwachung der Arbeiter auf dem Feld. Die Versammlungen hatte er nicht gemeldet. Und das würde er auch in Zukunft nicht tun. Wenn Huggins nicht von selbst entdeckte, was Cap bereits in seiner ersten Woche herausfand, dann musste der Brigadier eben damit leben, dass hinter seinem Rücken Dinge vorgingen, die ihm nicht gefallen würden.

Cap bog in den nächsten Gang ab und folgte dem Korridor bis zur Tür der Krankenstation, die sich mit dem inzwischen vertrauten Zischen öffnete.

»Ah, unser treuer Besucher.« Monica, eine von Dr. Patels Krankenschwestern, strahlte ihn an. »So zuverlässig wie die Sandstürme auf der Erde. Schichtende, nehme ich an?«

Cap nickte freundlich. »Ist er noch wach?«

»Sind wir im Altenheim? Natürlich ist er noch wach. Schließlich wartet er doch auf Sie.«

»Bist du das?«, drang es krächzend aus dem Nebenraum. »Schwing deinen Arsch hierher, Mann. Ich komme um vor Langeweile. Pronto!«

Als Cap ins Krankenzimmer kam, klopfte Michael schon ungeduldig mit der flachen Hand auf seine Matratze. »Setz dich.«

»Ich nehme lieber den.« Cap zog sich einen feuerroten Sessel ans Bett. »Sonst muss ich dir nächstes Mal noch Blumen aus dem Arboretum mitbringen.«

Über dem Bett flimmerten verschiedenfarbige Anzeigen. Auch hier hatte man ganz auf ovales Design gesetzt, und die eingelassenen Displays wirkten wie das Trance auslösende Muster einer Tapete.

Langsam richtete sich sein älterer Freund auf, und sein Kissen passte sich sofort der neuen Körperhaltung an. Der Monitor am Fußende des Bettgestells zeigte schematisch die aktuelle Gewichtsverlagerung und glich diese an den betreffenden Stellen durch Erhöhung der Polsterung automatisch aus.

Cap schnalzte mit der Zunge. »Dein Gesichtsgestrüpp wird jeden Tag dichter. Gefällt das Monica so?«

Michael strich fast zärtlich über seinen Vollbart. »Ich muss das gute Stück hegen wie ein seltenes Pflänzchen, bevor El Aurens mir es herzlos abschneidet. Das wird nämlich das Erste sein, was er tut, wenn ich meinen Dienst antrete.« Er betrachtete Caps Gesicht. »Du bist derjenige, der beschissen aussieht, Mann. Hat dir der Dreckskerl im Training wieder die Fresse poliert?«

Cap lachte. »Dieses Mal war es umgekehrt.« Kurz gab er wieder, wie der Kampf verlaufen war. »Zumindest habe ich ein paar effektive Treffer landen können, auch wenn er mir danach mal wieder den Arsch aufgerissen hat«, endete er.

»Du machst Witze.« Sein Freund strahlte und hieb erneut auf die Matratze. Es piepste, und die Kurve auf der Anzeige vor Cap schlug kurz rot aus. »Schwester Monica!«, rief Michael melodramatisch. »Gibt es in diesem Saftladen einen Verdienstorden oder irgendein anderes Metall, das man meinem mutigen Genossen an den Zwirn heften könnte?«

»Hey, lass gut sein.« Cap rückte mit dem Sessel näher ans Bett und senkte die Stimme. »Muss sich ja nicht rumsprechen. Wir wollen doch nicht, dass der Amerikaner noch mehr Minderwertigkeitskomplexe bekommt.«

»Gute Neuigkeiten verbreiten sich eben schnell.« Michael feixte.

»Ebenso wie schlechte.«

»Was heißen soll?«

»Was heißen soll, dass du Ned Ludd in Sachen Spekulation inzwischen den Rang abgelaufen hast.«

»O ja?« Michael runzelte die Stirn. »El Aurens weiß nicht, was er mit mir machen soll, stimmt's?« Seit Kurzem benutzte er für den Brigadier den Namen einer zentralen Figur aus einem alten Film, die reitend auf ihrem Kamel durch die Wüste zieht und dabei eine Schneise aus Blut hinterlässt. Äußerlich, so hatte Michael betont, erinnere gar nichts an Huggins. Aber der Protagonist wäre genauso irre wie er. Und ebenfalls Engländer. Wenn auch nicht aus London. Was Cap nicht sonderlich weiterbrachte.

»Um mich von der Station zu schmeißen, benötigt er das Einverständnis seiner hübschen Freundin«, fuhr Michael fort. »Und das bekommt er nicht. Doktor Patel sagt immer nur, das brauche alles Zeit. Zerrissene Blutgefäße, geschädigte Nerven, Sehnen im Eimer, Bänder zerfetzt. Die Operationen sind gut verlaufen, das weißt du ja, nur – kurzes Badehöschen ist nicht mehr. Als ob ich das jemals in meinem Leben würde einsetzen können.«

»Wegen uns wurden vier Neugeborene nach Kepler abgeschoben«, gab Cap zu bedenken, und allein der Gedanke bereitete ihm Übelkeit. »Und jetzt sind wir nur zu dritt.«

»Und einer davon liegt faul im Bett rum«, ergänzte Michael. »Ja, kann mir schon denken, dass da die Gerüchteküche brodelt.« Seine Miene wurde verschlossen. »Vielleicht sollte ich Doktor Patel bearbeiten. Damit wenigstens zwei Familien wieder zusammenfinden.«

Cap schüttelte den Kopf. »Es ist überhaupt nicht gesagt, dass Huggins diese Kinder zurück auf die Station holt. Ich rechne eher damit, dass er die Lücken mit neuen Rekruten für die Security füllen wird, nach dem was vor ein paar Tagen an der Schleuse passiert ist.«

»Du hast recht. Schöne Scheiße.« Michael hielt kurz inne. »Wie kann eine derart attraktive und patente Frau wie Doktor Patel mit einer solchen Bulldogge wie El Aurens zusammenleben?«

Cap ließ die Frage, auf die er ohnehin keine Antwort hatte, im Raum schweben. »Für mich ist auf jeden Fall klar, dass du so schnell wie möglich aus diesem Bett rausmusst, weil du hier sonst geistig krepierst. Ich werde mal mit ihr sprechen. Du könntest doch als Bürohengst Dienst schieben«, schlug er vor.

»Meinst du, El Aurens lässt mich in seinen flauschigen Sessel furzen, auf die Überwachungsbildschirme starren und überträgt mir die Kommunikation mit Hong? Kannst du vergessen. Auf die Arbeit wäre ich ohnehin nicht scharf.«

»In seinen Sessel würde ich schon mal gerne furzen«, brummte Cap.

Michaels Koboldgrinsen hielt nur wenige Sekunden an. »So schlimm?«, fragte er dann.

»Schlimmer.«

»Du bist nicht für das verantwortlich, was passiert ist.«

»Natürlich waren Ned Ludd und seine Anhänger schon vor uns hier. Das meine ich auch gar nicht. Es geht mir eher darum, dass …« Cap brach ab.

»Dass du Tess zurückgelassen hast, um jetzt deinen Hintern auf einem weichen Bett zur Ruhe legen und jeden Tag duschen zu können.«

Cap nickte. Er hatte sich freiwillig für den Einsatz auf Kopernikus gemeldet, um seine kleine Schwester im Camp vor der First Class zu retten. Vor dem Dienst in einem reichen Haushalt, in dem sie vermutlich wie ein unerwünschtes Haustier gehalten worden wäre. Als Sklavin neuer Herren. So wie ihre ältere Schwester Marge. Und nun genoss er hier jeden nur denkbaren Komfort, während sie weiterhin im Camp Staub schlucken musste. Wäre ihm das klar gewesen, hätte er einen anderen Weg gewählt.

»Du hattest keine Wahl«, sagte Michael, als hätte er Caps Gedanken gelesen. »Wir alle haben von dem Luxus hier nichts gewusst. Ich hab mir genauso wie du vorgestellt, dass wir in einem übelriechenden Mistkübel landen würden. Konnte keiner ahnen, dass das hier das Ritz ist. Zumindest, was die Unterkunft angeht. Das Essen ist grauenhaft.«

»Das Ritz?« Manchmal fragte sich Cap, woher Michael seine Vergleiche nahm. In dessen Gehirn schienen Informationen umherzuspuken, die er – nüchtern betrachtet – gar nicht haben dürfte. Informationen über längst vergangene Tage der Erde, an die man normalerweise gar nicht rankam. Berichte über die Zeit, als dort unten noch alles grünte und blühte und Lebensmittel nicht unerschwinglich gewesen waren.

»Das Ritz war ein Hotel. Ein mondänes Hotel.«

»Aha.« Cap lehnte sich zurück. »Es gibt da eine Sache, die ich dir noch nicht erzählt habe. Wallace ist …«

»… laut deinen Erzählungen ein beispielloser Armleuchter, der mit der Nase im Darmausgang seines Brigadiers steckt«, ergänzte Michael und seufzte. »Ja, da möchte ich dir jetzt gerne zur Hand gehen, mein Freund, und Wallace mal die Knarre aus der Hand reißen, um sie ihm in die Weichteile zu rammen. Aber, wie ich Dekker einschätze, würde sie uns zuvorkommen. In der Zwischenzeit musst du ihn eben regelmäßig beim Training vermöbeln und ansonsten auf Durchzug schalten.« Wieder das Koboldgrinsen. »Sie war heute Morgen hier. Fenna Dekker. Vor Schichtbeginn. Hat mich aus dem Schlaf gerissen, was sie nicht im Geringsten gejuckt hat. Mann, die Frau hat ein Kreuz wie einst Arnold Schwarzenegger.«

»Wer ist das denn jetzt schon wieder?«, unterbrach ihn Cap. »Ich wollte eigentlich nur mitteilen, dass Wallace gestern in das leere Zimmer in unserem Quartier umgezogen ist, das eigentlich dir zugestanden hätte.«

»Was du nicht sagst.« Michael hob theatralisch die Stimme. »Glückwunsch!«

Tatsächlich hatte Cap aufgeatmet, als Wallace umgezogen war. So wie die Frauen sich ein Schlafzimmer im großzügig bemessenen Mannschaftsquartier teilten, hatte er mit Wallace ein Zimmer bewohnt, weil der dritte Raum für Michael und ein weiteres Teammitglied der Security gedacht gewesen war. Jedoch hatte SpaceSeed bisher niemanden mehr rekrutieren können.

»Man sieht sich trotzdem häufig genug. Ist ja nicht so, als ob man sich im Dienst ausweichen könnte.«

»Tja, mal eine Woche Auszeit im Arboretum mit einem Schirmchendrink in der Hand, das hätte wohl was.« Michael wirkte plötzlich erschöpft und warf einen verstohlenen Blick auf die Digitalanzeige der Uhr an der Zimmerdecke. »Es ist spät. Ich will dich nicht aufhalten. Hast du schon gegessen?«

»Bin so erledigt, dass ich keinen Hunger mehr habe. Oder mein Magen hat entschieden, nach dem Schlag den Dienst einzustellen. Zumindest für heute.« Cap stand auf und schob den Sessel an seinen Platz. Er genoss die freien Minuten am Krankenbett des Freundes. Dr. Patels Station verschaffte ihnen eine gewisse Anonymität. Cap fühlte sich hier weder beobachtet noch belauscht. Es war fast wie im Camp, als sie um das Lagerfeuer herumgesessen hatten. Sie hatten den wärmenden Effekt nicht benötigt, aber sie waren es leid gewesen, vor den Zelten zu sitzen, ohne in Flammen zu schauen.

Das Gefühl, außerhalb des Krankentraktes und der überfüllten Kantine bespitzelt zu werden, mochte trügen, aber Cap vertraute auf sein Bauchgefühl. Nicht nur die Arbeiter am Weizenfeld standen seines Erachtens unter Dauerbeobachtung.

Nachdem er sich von Michael verabschiedet hatte, trottete er zum Aufzug, stieg ein und berührte die gelbe, elliptisch geformte Taste auf dem Navigationsdisplay. Cap wusste nie, ob der Lift fuhr oder nicht. Es war, als ob man in einen geräumigen knallbunten Schrank trat, der sich nicht selbst bewegte, sondern um den herum sich der Raum auf magische Weise veränderte.

»Ebene C. Mannschaftsquartiere, Kantine und Vergnügungszentren«, flötete die inzwischen vertraute weibliche Stimme, die Cap geradewegs in den Schlaf zu singen schien. »Haben Sie eine angenehme Nacht.«

Erschöpft trat er in den Korridor. Auch wenn er es nicht wahrhaben wollte – er schlief verflucht gut im All.

BLUMIG ODER HERB?

»Meine Güte, Larry, bist du früh auf.« Nia stand vor dem Spiegel und fuhr sich mit den Händen durch ihr dichtes Haar. Sie gähnte. »Ich hab schlecht geschlafen.«

Lawrence verkniff sich lächelnd die Bemerkung, dass er es gewesen war, der in der Nacht so gut wie kein Auge zugetan und aus diesem Grund neidisch hatte beobachten können, wie seine Freundin mit leicht geöffnetem Mund wie ein Stein schlief. Der Schlummer der Befreiten, der Sorglosen. Nein, korrigierte er sich, Nia macht sich permanent Sorgen über Gott und die Welt; über ihre Patienten, die Arbeiter, ihre Beziehung. Im Gegensatz zu ihm konnte sie sich nachts jedoch regenerieren. Wie eine Blume schloss sie abends ihren Kelch, um ihn morgens in neu erstrahlender Schönheit wieder zu öffnen. Lawrence hatte keine Ahnung, wie sie das zustande brachte.

Er lehnte seinen Kopf gegen ihren und umfasste ihre Hüfte. »Ich habe noch einiges an Bürokram zu erledigen«, sagte er, und seine Gedanken schweiften einige Stunden zurück, als er nachts aus dem gemeinsamen Quartier geschlichen war, nicht ohne vorher dem Badezimmerschränkchen noch einen Besuch abzustatten.

Die Nachtbeleuchtung im Korridor hatte ihm nicht den Weg zum Feld weisen müssen, inzwischen konnte er sich fast blind auf Kopernikus orientieren. Den Haupteingang vermeidend, war er durch den Seiteneingang ins hintere Labor geschlüpft, hatte einem jungen Ernährungswissenschaftler dabei beinahe einen Herzinfarkt beschert und war hinaus ins Feld getreten, wobei er vorgab, »unangekündigt nach dem Rechten« sehen zu wollen. Der handliche Sprengstoff in der Tasche seiner Uniformjacke hatte ihm das Gefühl vermittelt, eiskalt und gleichzeitig gnadenlos clever zu sein, während er die Teleskopgabeln des Feldes unbeobachtet von Arbeitern und Überwachungskameras untersucht und dann die geeignete Stelle gefunden hatte.

Kinderspiel. Lappalie. Die einfachste Sache der Welt.

»Larry?«

Er zuckte zusammen. »Was hast du gesagt?«

»Nichts, ich habe mich nur gewundert, dass du so ruhig bist.«

»Hm«, machte er. Nach einer kleinen Pause wagte er sich in verimintes Gebiet vor. »Wir sollten uns später noch über Michael Winter unterhalten«, sprach er in ihr Haar.

Sie betrachtete ihn im Spiegel. »Da gibt es nichts, was ich dir sagen könnte, außer dass er in der Krankenstation bleiben muss.«

Er hob den Kopf. »Der Mann ist transportfähig. Es gibt keinen Grund …«

»Er ist noch nicht vollständig wiederhergestellt«, unterbrach sie ihn. »Du hast ihn rekrutieren lassen, er wurde beim Transport hierher schwer verletzt, und nun bist du für ihn verantwortlich. Du kannst ihn in diesem Zustand nicht zurück ins Camp schicken. Das geht nicht. Er braucht Zeit. Er mag in etwa so alt sein wie du, aber er hat nicht deine Kondition. Das Leben im Camp hat ihm körperlich zugesetzt.«

»Moment. Ich soll für ihn verantwortlich sein? Was … Nein, da siehst du etwas vollkommen falsch, Nia.«

Sie umklammerte den Rand des Waschbeckens. »Nun gut, dann eben ich. In meiner Funktion als leitende Ärztin dieser Station habe ich dafür Sorge zu tragen, dass er vollends gesund wird.« Mit einer fahrigen Bewegung fasste sie ihr Haar zu einem Knoten zusammen und steckte es fest. »Und das ist alles, was ich zu diesem Thema noch sagen werde.«

Die Problematik eines auf längere Sicht arbeitsunfähigen Teils des Security-Teams auf Kopernikus war nicht derart einfach aus der Welt zu schaffen. Aber gegen Nia kam er mit diesem Einwand nicht an. Er würde einen anderen Weg einschlagen müssen, auf dem sie ihn nicht abblitzen lassen konnte. Michael Winter musste weg.

»Warum lässt du dein Haar nicht offen, Darling?«, versuchte er, das Thema zu wechseln.

»Weil es mich beim Arbeiten stört, wenn es mir ständig ins Gesicht fällt.« Sanft löste sie seine Hände von ihrem Becken und trat vor den Badezimmerschrank. »Blumig oder eher herb?«

Während der letzten Tage war Lawrence bei diesem Ritual, das Nia jeden Morgen abspulte, in Panik geraten und hatte fieberhaft überlegt, welcher Flakon an vorderster Stelle stand. Nia hatte so einige. Die Gefahr, dass der kleine, nicht fest montierte Schrank ins Wanken geriet, während Nia sich durch etliche Fläschchen wühlte, war groß gewesen. Nicht auszudenken, wenn sein Paket sich dabei von der Wand gelöst hätte.

Aber da er sich diese Last vor ein paar Stunden selbst von den Schultern genommen hatte, deutete er entspannt auf eine schmale Flasche in der ersten Reihe, die blau schimmerte wie ein Kristall. »Nimm doch das.« Sanft drängte er sie zur Seite, griff danach, öffnete sie und hielt sie sich an die Nase. »Grapefruit?« Er hatte nicht die leiseste Ahnung, und es war ihm auch egal.

Sie lächelte. »Gute Wahl.«

Lawrence hauchte ihr noch einen Kuss auf den Hals, bevor er das Quartier verließ.

Noch in der Nacht hatte er Markus Schwarz von der Berliner Koordinationsstelle eine codierte Nachricht übermittelt. Jetzt ging er ungeduldig in seinem Büro auf und ab. Als das Com piepste, stürzte er sich geradezu auf seinen Drehsessel und aktivierte mit zitternden Fingern den kleinen Bildschirm vor sich. Er wollte die geschützte Verbindung nicht über den Wandscreen laufen lassen, da bald Fenna Dekkers Schicht begann, die sie jeden Tag mit einem »Guten Morgen, Sir« in seinem Büro startete. Sie war die Einzige, die das tat, und Lawrence hatte keinen Schimmer, womit er diese Geste der Etikette verdient hatte. Die Frau aus den ehemaligen Niederlanden mit dem rotblonden Irokesenschnitt war schon etwas Besonderes.

»Markus, verflucht. Warum hat das so lange gedauert?« Lawrence schrie fast.

Auf der Stirn des blonden Mannes bildete sich eine steile Falte. »Das wollte ich selbst gerade fragen. Ach ja: Ebenfalls einen guten Morgen. Also: Wo liegt das Problem?«

»Das Problem liegt darin, dass ich erst gestern Abend einen geeigneten Platz entdeckt habe«, blaffte Lawrence.

Markus zog die Augenbrauen hoch. »Erst nach einer Woche? Verarsch mich nicht.«

»Gut Ding will Weile haben«, erklärte Lawrence.

»Da wir nun auch anderweitig Schwierigkeiten haben«, sagte Markus, »würde ich dir dringend empfehlen, heute noch in die Gänge zu kommen und das … Paket abzuliefern.«

»Ist erledigt. Und du brauchst nicht umständlich drum herumzureden, wir haben eine sichere Leitung.«

Sein Freund sah ihn überrascht an. »Du hast es schon platziert? Das klingt … gut. Das klingt doch gut … oder?«

»Die Nacht ist nicht allein zum Schlafen da.« Beinahe hätte Lawrence gesungen. Er musste wieder runterkommen.

Markus Schwarz stierte aus dem Bildschirm. »Überwachungskameras?«

»Toter Winkel. Ich kenne das System in- und auswendig.«

»Feldarbeiter? Schichtdienst?«

»Notbesetzung. Das ist nachts normal. Gewöhnlich geht es da nur um die Überwachung der Systeme. Checken der Nährlösung, Entnahme von Proben und solche Dinge.«

»Hatte Ned Ludd Dienst?«

Lawrence schnaubte, und sein Londoner Akzent drang durch die nächsten Sätze. »Himmel, Markus, wo liegt dein Problem? Ich hab's erledigt, okay? Wieso in aller Welt sollte ich mir dafür einen Zeitpunkt aussuchen, an dem Ludd Schicht hat?«

»Einer seiner Anhänger?«, bohrte Markus weiter.

»Nein, verdammt!« Lawrence bemühte sich um einen normalen Tonfall. »Ich habe die Liste derjenigen überprüft, die sich im Feld eingeloggt hatten. Außerdem wird jeder Arbeiter an seinem Platz überwacht. Ich weiß, wer Dienst hatte und wer nicht.«

»Jetzt flipp nicht aus. Hong wird alles wissen wollen. Und zwar bis ins Detail. Außerdem ... vielleicht hätten wir es einem der Rebellen in die Schuhe schieben können. Wenn alle Stricke reißen.«

»Hör auf, sie Rebellen zu nennen!« Das klang zu heroisch für diese aufmüpfigen Arbeiter. Zu bedeutend.

»Aber das tun sie doch. Sie rebellieren. Wie soll ich sie denn sonst nennen?«

»Randalierer. Krawallmacher.«

»Sie sind ein wenig mehr als das, Larry.«

Lawrence' Lippen kräuselten sich spöttisch. »So wie ich Hong verstanden habe, will er nur, dass es erledigt wird. Und das ist es jetzt.«

»Nun gut«, sagte Markus. »Dann will ich's halt genauer wissen.«

»Eigentlich habe ich dich nicht sprechen wollen, um dir einen halben Roman zu erzählen«, blaffte Lawrence. Es hatte ihn nicht einmal zehn Minuten gekostet, um den Sprengsatz im Feld zu platzieren. »Ich habe vorgegeben, die Sensoren der Feldüberwachung zu überprüfen. Du kannst dich erinnern? Wir haben dieses System vor Kurzem eingeführt, um Qualität und Effizienz zu steigern.«

»Das Zählen verrichteter Handbewegungen. Scannen der Iris. Berechnungen, ob der Bediener müde ist. Die Sensoren schlagen Alarm, wenn man unter den Anforderungen ist. Kann mich erinnern.«

Lawrence fuhr fort: »Die Weizenkeimlinge liegen in einer Art Trommel, die ständig rotiert und an Nährlösung und Bewässerungssystem angeschlossen ist.«

»Ich hab's zwar nur einmal gesehen, aber den Anblick vergisst man nicht so schnell. Auf eurem Feld sieht es aus wie in einem gigantischen altehrwürdigen Solarium. Nur dass das, was Sonnenbänke sein könnten, in einer Art rotierendem, automatischem Hochregallager untergebracht ist und die Arbeiter die … Sonnenbänke, die sie benötigen, zu sich drehen können.«

Lawrence zog die Augenbrauen hoch. »Dein Vergleich ist etwas schrullig, aber ja, im Prinzip trifft er den Kern der Sache. Heutzutage muss man sich auf der guten alten Erde ja nur zwei Minuten in die Sonne legen und man ist gut durchgebraten.«

»Wo hast du's jetzt platziert?«, fragte Markus. »In einer der Trommeln?«

»In einer der Teleskopgabeln.«

»Da kommt man ran?«

»An die schon. Wenn das Ding losgeht, nimmt es das komplette Feld mit.« Lawrence blendete die Tatsache aus, dass er nicht wusste, welche Art Explosivstoff die Bombe in sich trug. Hong hatte ihm versichert, es würde bei der Aktion niemand zu Schaden kommen.

»Wann zündest du?«

»Noch während der Frühschicht.« Lawrence warf einen kurzen Blick auf die geschlossene Schublade, in der das kleine dunkle Kästchen mit dem biometrischen Scanner lag, das ihm Markus zusammen mit dem Sprengsatz im Lagerraum des Raumers übermittelt hatte, mit dem die neuen Rekruten angekommen waren.

»Okay. Allem Anschein nach können wir hinter diese Sache einen Haken machen.« Markus atmete hörbar aus.

»Dahinter schon. Aber ich wollte dich wegen der anderen Sache sprechen. Seit wann weißt du von … meinem Besucher?« Lawrence versuchte, nicht nervös zu wirken. »Den Schnüffler, den sie hergeschickt haben?«

»Seit gestern. Im Gegensatz zu dir gebe ich Informationen, die wichtig sind, sofort weiter und warte damit nicht stundenlang.« In der Stimme des Berliner Koordinators schwang ein Vorwurf, den Lawrence ignorierte.

»Ich brauche mehr Informationen. Seit wann ist er hier? Ist er überhaupt schon hier? Ist es ein Mann? Oder eine Frau?«

»Er oder sie ist bei dir. In deiner nächsten Umgebung. Mehr weiß ich nicht.«

Lawrence schnaubte. »Dann komm du mal in die Gänge und finde das für uns raus.«

Markus lehnte sich ein wenig vor. »Ich riskiere auf diesem ungeselligen Planeten den Arsch für dich, Larry, und du sitzt in deinem komfortablen Tempel, duschst jeden Morgen heiß, musst kein Wasser sparen, atmest gefilterte und angereicherte Luft, lustwandelst mit deiner hübschen Freundin im Arboretum und sitzt knutschend mit ihr auf einer Picknickdecke, während ich –«

»Ich habe gerade einen beschissenen Sprengsatz auf der Station platziert!«, warf Lawrence aufgebracht ein. »Das ist –«

»Das ist der Unterschied«, unterbrach Markus ihn und schien sich wieder zu entspannen. »Du hast das zum allersten Mal getan. Ich drehe Dinger dieser Art laufend für Hong. Ich würde dir nie vor den Koffer scheißen, Larry. Ich tu alles, was ich kann. Aber wie sagtest du noch? Gut Ding will Weile haben.«

»Ist es jemand von der Konkurrenz?«

»Es handelt sich nicht um Industriespionage, so viel weiß ich schon. Ich vermute, bei dir schleicht ein Vertreter der Regierung der Nördlichen Hemisphäre herum.«

»Aus welchem Grund sollte die NH mir einen Spitzel schicken?«

Markus' blaue Augen fixierten die Kamera. »Denk doch mal nach. Die Ein-Kind-Regel auf den Stationen bringt die Regierung seit einiger Zeit in eine brenzlige Situation. Auf der einen Seite arbeiten sie wohl gerade einen Zeitplan für das Sterilisationsprojekt aus, auf der anderen Seite braut sich hier unten etwas zusammen, was ich noch nicht genau benennen kann.«

»Was meinst du damit?«

»Es gibt Widerstand.«

»Wie auf Kepler und Kopernikus?« Lawrence fuhr sich fiebrig mit der Hand über den kahl rasierten Schädel. Hatte Ned Ludd seinen Einfluss auf die Erde ausgedehnt? War das möglich?

»Sieht so aus. Und da ist noch was anderes, und das weißt du genauso gut wie ich.«

Ja, Lawrence wusste es. Wenn herauskäme, dass die Säuglinge verkauft wurden …

Er musste die Kontrollen an der Schleuse verschärfen. Sie waren einfach zu schluderig gewesen. Er brauchte Hintergründe. Biografien. Nicht nur Namen und ein paar persönliche Daten. Er musste genau wissen, wer seine Raumstation betrat und wer sie verließ. Man musste auch die Dinge auf Kepler genauer überwachen. Dazu musste er allerdings Kontakt mit Security Chief Liz Kreissler aufnehmen, und Lawrence konnte die resolute Frau mit dem Stock im Hintern nur schwer ertragen.

»Was im Einzelnen läuft, kann ich nicht sagen, Larry. Aber auch wenn die NH nur jemanden schickt, der inkognito die Stimmung auf der Station inhalieren soll, reicht das schon.«

Jedem offiziellen Vertreter der NH würde Hong eine grandios inszenierte Show der Brüderlichkeit und Gemeinschaft präsentieren. Das wusste Lawrence. Hong war in derlei außerordentlich geschickt.

Markus schien ebenfalls nachzudenken. »Möglicherweise wollen sie aber auch einen Spitzel bei deinen Krawallmachern unterbringen. Vielleicht ahnt die NH mehr, als wir uns eingestehen wollen, was die Zusammenhänge des Widerstands auf der Erde angeht.«

»Fuck.«

»Besser kann man's nicht ausdrücken.«

***

Cap wartete seit geraumer Zeit vor der Frühstücksausgabe der Kantine auf Ebene C. Etliche Tische waren schon von Feldarbeitern in orangefarbenen SpaceSeed-Overalls besetzt. Die Mitarbeiter des Labors, die sich um die optimale Zusammensetzung der Nährstofflösung kümmerten und die Pflanzen auf Krankheiten, Wuchshöhe und Proteingehalt überprüften, trugen wie üblich ihr hellblaues Outfit. Das Corporate Design war, im Gegensatz zur hochmodernen Ausstattung der Station, nicht gerade der letzte Schrei.

Gemurmel schwebte durch den hellen Raum wie das Brummen von Insekten. Besteck klapperte. Aus etlichen kleinen Luken konnte man ins All sehen. Cap hatte sich noch nicht daran gewöhnt, quasi im Nichts zu treiben. Denn für ihn war da draußen das Nichts.

Als Larissa endlich auftauchte, war ihr Gang ungewöhnlich schwunglos. Sein Eindruck, dass sie einfach nur unausgeschlafen sei, schlug in Besorgnis um, als sie neben ihm hielt. Ihr Gesicht war blass. Die Augen rot umrandet. Es sah aus, als habe sie geweint.

»Alles okay?«

»Hm«, machte sie und nahm sich ein Tablett. »Du warst heute schon früh wach. Ich hab dich gehört.«

»Sorry, wenn ich dich geweckt habe. Konnte nicht mehr schlafen«, erwiderte Cap wahrheitsgemäß, denn die Schmerzen im Oberbauch waren schlimmer geworden. Die Prellungen spielten jetzt ins Lilafarbene. »Mir geht diese ständige, gleichbleibende Geräuschkulisse auf den Wecker«, improvisierte er. »Ist dir schon aufgefallen, dass es nie ganz still ist auf der Station?« Larissa wollte offensichtlich nicht über ihre Nacht reden, und er nicht über seine Verletzung.

Eine Mitarbeiterin schaufelte etwas, was geschmacklich Porridge recht nahekam, aus einem großen Essensbehälter auf seinen Teller. »Danke, Ruth«, sagte er freundlich und zwinkerte der abgearbeiteten Frau hinter der Theke zu.

»Ich hasse das gleichmäßige Geschmatze am Morgen«, murmelte Larissa mit einem Blick auf den Brei und versuchte sich dann an einem Lächeln. »Ich werde demnächst bei Hong den Vorschlag eines morgendlichen Schweigegebots einreichen, das Essgeräusche miteinbezieht.«

»Nicht unbedingt das, worauf ich hinauswollte.« Cap grinste. Seit er auf der Station angekommen war, wunderte er sich tatsächlich über ein stetiges elektronisches Summen im Hintergrund. Verbunden mit einem leisen Wummern oder einem Zischen. Er konnte es nicht richtig benennen, und anfangs hatte er befürchtet, sich das alles einzubilden. »Nicht dass ich hier Windrauschen, Holzknacken oder Blätterrascheln erwarte, aber dieses ständige Vibrieren ist stark gewöhnungsbedürftig.« Noch während er dies sagte, vermisste er die Geräusche des Camps.

»Wie der prasselnde Urinstrahl deines Zeltnachbarn mitten in der Nacht?«, fügte Larissa hinzu, deren Gedanken wohl in eine ähnliche Richtung gingen.

Cap suchte mit dem Tablett in den Händen nach einem freien Tisch. »Das Gepinkele vermisse ich beinahe genauso wie die beschissenen glühenden Strahlen der Sonne.«

»Tja, gegen unser Heimweh können wir nichts tun. Die Erde ist tausend Kilometer unter uns. Oder über uns? Links, rechts? Ehrlich gesagt habe ich keine Ahnung, wo sie genau ist.«

Cap zuckte mit den Schultern. Auch er fühlte sich im Weltraum fremd wie ein Fisch in einem Vogelkäfig. Oder wie in einem Kasten ohne Wasser, der in einem Ozean schwamm, und man konnte das Fenster nicht aufmachen.

»Nehmen wir doch den.« Larissa zeigte auf einen Tisch nahe der Essensausgabe. »Wenn es hier still wäre, würde es nichts Gutes bedeuten«, nahm sie den Gesprächsfaden wieder auf, während sie sich setzten.

»Was meinst du?«

»Das Pochen, das Zischen, das Rauschen. Das kommt doch sicher von Leitungen, Filtern oder von der Luftreinigung. Solange du das hörst, ist alles in Butter. Stell dir vor, du würdest es nicht mehr hören.« Sie goss Weizenmilch aus einer Karaffe in ein Glas. »Dann doch lieber den unterschwelligen Geräuschpegel. Auch wenn er komplett anders klingt als das, was wir vermissen.«

Cap nickte langsam und schob eine Ladung Pseudo-Porridge auf den Löffel. Alles, was auf die eine oder andere Weise mit Getreide zu tun hatte, stand auf dem Menüplan der Kantine. »Eines Tages hören wir ihn gar nicht mehr.« Hoffentlich bleibe ich nicht so lange hier, fügte er in Gedanken hinzu, obwohl er keinen Plan hatte, wie er überhaupt von der Station herunterkommen sollte. Aber Tess wartete auf ihn. Sie hatte ihre gesamte Familie verloren. Und die Vorstellung, dass seine kleine Schwester bei anderen Leuten aufwuchs, bedrückte ihn.

Larissa stocherte lustlos in ihrem Getreidebratling herum und deutete dann mit der Gabel auf seinen Teller. »Wie kannst du dieses klebrige Zeug nur essen? Auf dem Raumer hätten wir das sicher gut brauchen können. Damit lassen sich bestimmt wunderbar Lecks in der Außenhülle stopfen.«

»Erinnere mich nicht daran«, sagte er undeutlich. »Macht satt. Mehr brauche ich morgens nicht.«

Larissa verzog das Gesicht.

»Entschuldige, aber wer hat sich gestern etliche Tüten gerösteter Insekten aus dem Automaten gezogen?« War sie deswegen so blass? Heuschreckenvergiftung?

»Proteine sind gesund. Und die Viecher werden im Arboretum gezüchtet. Ein regionales Produkt. So wie die Weizenmilch, die du auch mal probieren solltest. Außerdem muss man Insekten nicht gießen, und sie ernähren sich selbst. Ein nachhaltiger Snack für zwischendurch.«

»Widerlich.«

»Du hast sie noch nicht probiert.«

»Verzichte dankend. Habe die Viecher schon auf der Erde nicht gegessen. Sag mal, erwartest du jemanden? Du spähst dauernd zum Eingang.«

Larissa beugte sich über ihren Teller. »Ist Wallace schon aufgekreuzt?«, fragte sie betont beiläufig.

Cap hielt inne. »Was willst du denn von der Arschgeige?«

»Ach, nichts.«

»Larissa?«

Mit einer fahrigen Geste legte sie ihre Gabel beiseite und warf dabei fast ihr Glas um. »Es ist nichts, es gab nur einen … einen Zwischenfall heute Morgen im Bad.«

Caps Löffel blieb auf halbem Weg zum Mund in der Luft stehen. »Hat Wallace sich etwa nicht an Fennas berühmte Hygienechoreografie gehalten?« Sie mussten sich im Bad, das nur eine Dusche hatte, an einen Plan halten. Ihm schwante Übles.

Larissa spielte mit ihrem Messer.

»Was?«, bohrte Cap nach. »Du musst es mir sagen.« Wie konnte er von ihr verlangen, etwas zu berichten, das er selbst nicht aussprechen wollte? Aber wenn Wallace Larissa …

»Ich war eben mit Duschen fertig«, unterbrach sie seinen Gedankengang.

»Und?«

»Er hat mich quasi erwartet. Ich hatte vergessen, die Tür zuzusperren.« Ihre Stimme zitterte. »Das passiert mir garantiert nicht noch einmal, das kann ich dir sagen, aber ich war alleine im Quartier. Zumindest dachte ich das, als ich ins Bad bin.«

Cap knallte den Löffel auf den Tisch.

»Es ist nichts passiert.« Sie bemühte sich um einen ruhigen Tonfall. »Fenna kam dann zurück. Als er die Kabinentür zischen hörte, drehte er sich um und ging. Hatte sicher Panik, sie würde ihm … les roubignoles … die Klöten langziehen.«

Cap entspannte sich ein wenig. »Was sie garantiert getan hätte.« Fenna konnte erbarmungslos sein, wenn es um Zach Wallace ging, und ein wenig beneidete Cap sie um diese Haltung. Sie war spontan, aufbrausend und fackelte nicht lange.

»Bei Gelegenheit muss sie mir mal zeigen, wie das geht«, meinte Larissa bitter und starrte auf ihren Teller.

»Wie was geht?«, spottete Wallace' dunkle Stimme hinter ihm.

Larissas Kopf fuhr hoch und sofort spürte Cap ihre Hand auf seinem Unterarm. Eine wortlose Bitte, nicht auszuflippen. Sanft schob er sie weg, stand langsam auf und drehte sich mit zusammengepressten Lippen um.

»Kaspar.« Wallace grinste anzüglich. »Isst du wieder deinen Babybrei? Mehr geht sicher auch nicht rein, nachdem ich dir gestern Abend deine Magensäfte derart durcheinandergewirbelt habe.«

»Wallace«, erwiderte Cap verächtlich. »Tut das gut, dich zu sehen. Weißt du, ich habe gerade an dich gedacht.«

»Wirklich? Möchtest du nachher eine Revanche? Verdammte Scheiße, mit dir hat Huggins eine wandelnde Niete gezogen.«

»Jederzeit. Aber momentan brennt mir etwas anderes auf der Seele.«

»Ja? Da komm ich gerade nicht hinterher.« Wallace kratzte sich theatralisch am Kopf.

»Wir haben Regeln aufgestellt.«

»Und?«

»Und an die sollte man sich halten.«

»Ach.« Wallace' Brauen wölbten sich herablassend nach oben. Er schien zu begreifen, worauf Cap hinauswollte. »Steht jetzt mein Wort gegen das von der da?« Er deutete auf Larissa, die nervös an der Unterlippe nagte. »Das verspricht ja, spaßig zu werden.«

»Ich befürchte, mein Humor unterscheidet sich recht deutlich von deinem«, sagte Cap.

Wallace lachte kurz auf. »Weißt du, Hallberg, dafür, dass du erst seit Kurzem auf der Station bist, reißt du das Maul ganz schön weit auf.«

Ohne nachzudenken, ließ Cap seinen Arm vorschnellen und versetzte Wallace einen Kinnhaken. Doch der Amerikaner blieb stehen wie eine Eins.

»Was war das denn?«, höhnte er und rieb sich demonstrativ gelassen die getroffene Stelle. »Sollte das so was wie ein Schwinger sein? Meine Güte, ihr ehemaligen Deutschen kriegt aber auch nichts auf die Reihe. Hattet ihr nicht mal ein paar gute Boxer? In grauer Vorzeit? Und ich dachte, du hättest aus unserem letzten Fight was gelernt.« Er änderte seine Position, stellte die Beine weiter auseinander, beugte den Oberkörper leicht nach vorn und hob die Arme. Übertrieben langsam ballte er die Hände zu Fäusten. »Ich mach Schritt für Schritt, damit du auch mitkommst, Arschkrücke«, knurrte er. »Slow Mo, extra für den Debütanten.«

Cap erwiderte nichts.

»Jetzt kneift er wieder«, spottete Wallace, richtete sich auf und schüttelte lässig die Hände aus. »Ich sag's dir gleich: Es sind nur ungefähr zehn Schritte bis zur Wand. Aber wirf die Tische nicht um, wenn du rückwärtsgehst.« Er hüpfte wie zur Lockerung der Fußgelenke ein wenig auf und ab und drehte sich dann kurz dümmlich grinsend zu einer kleinen Gruppe von Feldarbeitern um, die am Nachbartisch saß und sich bemühte, den Streit zu ignorieren.

Bisher war Cap der Meinung gewesen, dass Meinungsverschiedenheiten mit Wallace in der Trainingshalle ausgetragen werden müssten – aber heute war der Tag, an dem er seine Einstellung grundlegend änderte. Die Kantine würde es jetzt auch tun. Schwungvoll trat er Wallace zwischen die Beine. Unfair, aber effektiv. Kurz verharrte er in gespannter Haltung, bis Wallace sich so weit nach vorn gekrümmt hatte, dass seine Nase Richtung Kantinenboden zeigte, dann holte Cap erneut aus und rammte ihm das Knie ins Gesicht. Etwas gab nach, und augenblicklich tropfte Blut auf das Linoleum.

Zach Wallace presste die Finger an die Nasenwurzel, fiel hart auf die Knie und rollte sich wie ein Fötus zusammen. »Scheißkerl«, stieß er undeutlich hervor.

Cap spürte Larissas zitternde Finger auf seinem Arm. Sie stand neben ihm und lächelte den Amerikaner geringschätzig an. »Ist dir aufgefallen, Spanner, dass ich ihn nicht zurückgehalten habe?«, sagte sie leise Richtung Boden. »Ist sonst gar nicht meine Art.«

Stöhnend richtete sich der Amerikaner auf und deutete auf Cap. »Das zahle ich dir heim.« Erste kleine Schwellungen bildeten sich in seinem Gesicht. Cap vermutete eine Fraktur, denn die Nase stand etwas schief.

Da schrillte der Alarm.

Zuerst fürchtete Cap, dass einer der Laborarbeiter, die der Security noch freundlich gesinnt waren, bei Huggins Bericht über eine tätliche Auseinandersetzung in der Kantine erstattet hatte, doch in solchen Fällen ging nicht die Sirene los. Und vor allem nicht so prompt.

»Was ist das?«, rief Larissa, die sich die Hände auf die Ohren presste. Der Warnton war kaum auszuhalten.

»Feldalarm«, brüllte ein älterer Arbeiter gegen den Lärm und stopfte sich ein paar Tüten mit gerösteten Insekten in die Overalltasche. »Das ist der verfluchte Feldalarm. Dort muss es einen Unfall gegeben haben.«

Wallace rappelte sich auf, warf Cap einen feindseligen Blick zu und stieß den Arbeiter grob zur Seite. Bevor er aus der Kantine hastete, las Cap die Worte »Wie sprechen uns noch« von seinen Lippen ab. Dann eilte der Amerikaner zusammen mit den anderen in den Korridor. Cap und Larissa hinterher.

Mehrere Erschütterungen rollten über die Station. Cap sprintete neben Larissa her, an Arbeitern vorbei, die sich in entgegengesetzter Richtung bewegten, um möglichst schnell in ihre Quartiere zu kommen.

»Wie viele Personen sind zu der Zeit dort?«, fragte er, während er mit der flachen Hand auf das Anforderungsfeld für den Aufzug hieb. Nun rächte sich, dass er während der Einführung nicht richtig zugehört hatte.

Larissas Atem ging schwer. »Weiß nicht. Nicht viele, denke ich. Die Schichten mit den meisten Personen finden ab Mittag statt.«

Noch einmal schlug Cap auf das Display. »Verdammt, jetzt komm schon!«, schrie er den Lift an. »Fenna hat das doch erwähnt«, versuchte er sich laut zu erinnern.

»Herrgott, Cap, was weiß ich! Da ging es um resistenten Weizen, Kompensationstypen, stabile Erträge, Nährlösung und diese blöden Barsche, deren Scheiße man aufbereitet und die für die Reinigung des Wassers sorgen. Ich hab doch da nicht im Detail zugehört! Der Aufzug ist da.«

»Endlich«, stöhnte Cap, während er sich den Schweiß von der Stirn wischte. »Ebene D«, sagte er zittrig und drückte auf das entsprechende Feld.

Bis jetzt waren sie als Team noch nicht wirklich zum Einsatz gekommen. Ein paar Reibereien wegen unbezahlter Rechnungen im irischen Pub auf Ebene C. Eine aufmüpfige Patientin, die sich geweigert hatte, in der Krankenstation in einen Becher zu pinkeln und sich zur Demonstration ihres Widerstandes im Labor verbarrikadiert hatte. Routine für die Security. Einsatz ohne die OC-Gun. Bewältigung der Situation mit Worten und ein paar schnellen Handgriffen.

Die Durchsuchung der Quartiere nach der Waffe, die beim Aufstand am Hangar benutzt worden war, hatte Cap bewegt. Er war vorsichtig vorgegangen, hatte freundlich mit den Menschen gesprochen, in denen Privaträume er eindringen musste, und alles, was er in die Hand genommen hatte, wieder dorthin gestellt, wo es hingehörte. Nur zu gut kannte er diese Situation aus dem Camp. Mit umgedrehten Vorzeichen. Deshalb schluckte er die Beleidigungen und harten Worte hinunter, die ihm von einigen Stationsbewohnern an den Kopf geworfen worden waren. Im Gegensatz zu Wallace, der verbal zurückschoss und nach der Durchsuchung ein Chaos hinterließ.

Gefunden hatten sie nichts.

Den Rest der Zeit hatten sie trainiert, Huggins' lahmarschigen Ausführungen gelauscht oder ebenso langweilige technische Handbücher gewälzt, deren Inhalt Cap sofort wieder vergessen hatte.

»Jetzt wird's ernst«, murmelte Larissa. »Ich glaube, mir wird gleich schlecht.«

Er drückte kurz ihre Schulter. »Wenn's geht, nicht hier im Aufzug, bitte.«

Das entlockte Larissa ein kleines Lächeln. »Du mich auch.«

Die sanfte Stimme des Aufzugs kündigte »Ebene D: Weizenfeld, Arboretum und Labore« an.

Cap holte tief Atem und trat in den Korridor, wich dort orangenen und hellblauen Overalls aus, die konfus durcheinanderliefen, drängte sanft eine schluchzende Frau zur Seite, und versuchte, die entsetzten Mienen auszublenden, die ihm entgegenstarrten.

SCHUTT UND ASCHE

»Wo seid ihr?« Fennas Gesicht erschien auf Caps Com. Sie wischte sich mit dem Handrücken über die Stirn und hinterließ dabei schwarze Streifen auf ihrem Gesicht.

»Auf dem Weg.« Sie hasteten den Korridor entlang, Larissa voran. Cap sah vom Display des Kommunikationsgeräts auf, wich erneut ein paar Arbeitern aus und beeilte sich hinterherzukommen.

»Kein Riss in der Hülle. Kein Druckabfall. Keine Anzüge nötig«, hörte er Fenna sagen. »Aber ihr solltet euch beeilen.«

Ein Mann rempelte ihn an, brachte ihn aus dem Gleichgewicht.

»Ich habe Nia verständigt. Sie ist ebenfalls auf dem Weg. Bringt ihr Team in Bereitschaft.« Fennas Stimme wurde von einem lauten Krachen übertönt.

Der Eingang zum Feld kam näher. Qualm strömte in den Korridor, als Larissa als Erste durch das zur Seite gleitende Tor fegte.

Hier war keine biometrische Authentifikation nötig. Die wurde erst dahinter erforderlich, nach dem schleusenartigen Durchgang und dem Reinraum. Cap folgte der Französin, drückte sich, kaum hatte sich das Tor erneut geöffnet, durch den entstehenden Spalt und steckte sein Com in die Beintasche der Uniform. Die OC-Gun drückte gegen seinen Oberschenkel. Die Aussicht, die Waffe womöglich einsetzen zu müssen, behagte ihm ganz und gar nicht.

Er hastete weiter und erstarrte. Den Reinraum gab es nicht mehr. Stattdessen klaffte ein Loch in der Wand, durch das zwei Security-Jeeps nebeneinander hätten fahren können.

Schutt und Asche. Rauch. Schemen von Körpern, die dasaßen oder durcheinanderliefen. Vereinzelt züngelnde Flammen. Schreie. Wimmern.

Schluchzen. Ein grauenhafter Geruch nach verbranntem Fleisch und etwas anderem, was er nicht identifizieren konnte. Denkbar, dass es die Nährlösung war, die sich entzündet hatte. Er hustete.

Eine Silhouette kam auf ihn zugewankt, und instinktiv wich er ein paar Schritte zurück. Es war Larissa. Haare hatten sich aus dem Pferdeschwanz gelöst, und sie hatte sich den Ausschnitt ihres T-Shirts bis über die Nase hochgezogen.

»Atemmaske?«, schrie Cap.

Sie starrte ihn nur an.

»Wo sind die Atemmasken, Larissa? Du brauchst eine Atemmaske!«

Sie begriff, lief ein paar Schritte zurück, bückte sich und kam mit den Masken zurück, die Fenna anscheinend eben austeilte. Sofort legte Cap eine davon an. Das Halteband riss an seinen Haaren. Den kleinen Sauerstoffbehälter stopfte er in die zweite Beintasche. Unzählige Male hatte er diese Bewegungen in der letzten Woche üben müssen, und jedes Mal waren sie ihm sinnloser vorgekommen. Jetzt war er froh darüber. Larissa, die sich noch nicht gefasst zu haben schien, ließ sich widerstandslos von Cap ihre Maske umlegen.

»Tut mir leid«, stammelte sie. »Ich … so was habe ich noch nie gesehen. Es ist grauenhaft. Einfach grauenhaft.«

»Ist gut«, sagte er dumpf in den Atemschutz. »Bring mich zu Fenna.«

Er folgte ihr und ließ sich von Fenna einweisen, die routinemäßig mal dahin, mal dorthin deutete. Einige kleinere Brandherde waren schon gelöscht worden, und Verbrennungsrückstände verteilten sich auf dem gesamten Feld. Das Inventar, das noch intakt war, stöhnte. Aber es war kein Ächzen wie in dem angeschlagenen Raumer, sondern eher ein Quietschen und Knirschen.

Fieberhaft sah sich Cap um. Rutschte beinahe auf einem toten Barsch aus. Überall lagen Fische, die meisten verendet, einige zuckten noch. Da war es wieder, dieses Geräusch. Es erinnerte ihn an den umstürzenden Baum im Camp. Der dicke Rauch nahm ihm den größten Teil seiner Sicht, die Absauganlage kam damit offensichtlich nicht so zurecht, wie sie es sollte. Also versuchte er, den Ton allein durch Hören zu lokalisieren. Was wegen der anderen Geräusche nicht einfach war.

Wallace tauchte neben ihm auf. Wie im Triumph riss er sich das Atemgerät vom Gesicht. »Milchfresse!«, johlte er. »Dein erster richtiger Einsatz. Gratulation! Gleich ein Volltreffer. Frische Windel an?« Mit einer Hand zog er lässig die Maske wieder auf, mit der anderen räumte er wie nebenbei ein Stück Metall aus dem Weg und schlenderte zu einem Arbeiter, der auf dem Boden lag und sich vor Schmerzen wand. Blut schoss aus einer klaffenden Wunde im Oberbauch, aus dem etwas hervorlugte wie der Kopf einer weißen neugierigen Schlange. Cap widerstand dem Drang, sein Frühstück von sich zu geben.

Wieder das jammernde Quietschen.

Der Qualm über seinem Kopf verzog sich, Cap sah zur Decke, und auf einmal erkannte er es. Aus dem zerstörten Feld hatten sich einige Teleskopgabeln gelöst, die mehrere Meter über ihnen hin- und herschwangen. Ein Mobile der Zerstörung. Wie ein bedrohliches Windspiel bewegte es sich in einer unheilvollen Choreografie – die bald enden würde.

Hektisch nestelte er am Band des Atemgeräts und zog es sich auf die Stirn.

»Zach!«, brüllte er.

Über dem Amerikaner nahm das Ballett der auseinandergerissenen Streben Fahrt auf. Steuerte auf den Höhepunkt zu.

Cap rannte los. »Zach!«, schrie er erneut. Wie wild deutete er nach oben.

Der Amerikaner sah kurz auf, feixte, riss in gespielter Furcht die Augen auf und äffte Caps Armbewegungen nach.

»Du blöder Arsch, über dir!« Dieser Idiot sah in seiner Selbstgefälligkeit nicht, was sich über ihm zusammenbraute.

Da gaben die Streben auf. Noch im Laufen warf sich Cap linkisch zur Seite, rollte ein paar Mal herum, spürte, wie sich Waffe und Sauerstoffbehälter in seine Oberschenkel bohrten, stieß an einen Körper, der sich nicht mehr bewegte, blieb keuchend liegen und schützte den Kopf mit den Händen.

Das darauf folgende Krachen ließ ihn seinen Kopf noch fester umfassen.

Als er sich nur wenige Atemzüge später aufrappelte und die Maske zurechtrückte, war der Amerikaner verschwunden. Ebenso wie der schwer verletzte Feldarbeiter, neben dem Wallace gekniet hatte. Nichts ließ erahnen, dass unter dem Schrott zwei Körper lagen. Nichts war mehr zu sehen. Keine Hand, kein einziger Finger.

Obwohl sie alle ahnten, dass jede Hilfe zu spät kommen würde, versuchten sie, die Teleskopgabeln zur Seite zu wuchten. Arbeiter packten mit an, Cap gestikulierte Befehle. Irgendwann riss er sich die von innen beschlagene Maske vom Gesicht, die ihn mehr am Atmen zu hindern schien, als ihn mit Sauerstoff zu versorgen, und warf sie achtlos beiseite. Er zerrte den kleinen Sauerstoffbehälter aus der Beintasche und genoss kurz die wiedererlangte Beweglichkeit, bevor er erneut mit einer Metallstange versuchte, durch Hebelbewegungen die Lage der Streben zu verändern.

»Stärker!«, schrie Larissa, als Cap mit zusammengepressten Lippen seinen Oberkörper auf die Stange legte. »Stärker!« Auch sie hatte ihre Maske abgenommen, sie jedoch auf die Stirn gerückt.

»Das Ding schneidet mich gleich in zwei Hälften! Ich tue, was ich kann.« Cap holte tief Luft, verschluckte blaue kleine Teilchen, die herumschwebten, garantiert der Rückstand irgendeiner Chemikalie, hustete, zwang sich weiterzumachen, während ihm Dreck von der schweißnassen Stirn in die Augen rann.

Realität und Einbildung verschmolzen miteinander. Der Berg von Metall wurde zu einem Baum, und darunter lag nicht mehr Wallace, sondern da lagen seine Eltern, die er hervorholen musste. Die Geräusche der Absauganlage waren das Rauschen des Windes – da legte sich eine Pranke auf seine Schulter.

»Ich übernehme ab hier, Mister Hallberg.« Das dunkelhäutige Gesicht von Adekunle, dem Nigerianer aus Nias medizinischem Team, tauchte neben seinem auf. »Helfen Sie den anderen. Es gibt noch viel zu tun.«

Seine zuckenden Muskeln an den massigen Oberarmen schienen sich auf den Einsatz vorzubereiten.

Schwer atmend übergab Cap die Stange. Er war sich nicht sicher, überhaupt etwas bewirkt zu haben. Kurz stemmte er die Hände auf die Knie und starrte auf den Boden, dann richtete er sich auf und eilte zu Dr. Patel, die ihr Team um sich versammelt hatte und knappe Anweisungen an die Freiwilligen gab.

»Sie checken kurz den Zustand von jedem, den Sie finden«, sagte sie. »Achten Sie auf Blässe im Gesicht und starre Pupillen. Sprechen Sie die Person an, warten Sie auf Reaktionen. Fühlen Sie den Puls an Hals und Handgelenk. Legen Sie dazu vier Finger auf die Pulsader, nicht nur einen! Ohr auf den Brustkorb.«

»Und dann?«, fragte Larissa.

»Erkennen Sie einen Puls oder irgendeine andere Reaktion, dann rufen Sie jemanden aus meinem Team. Bleibt alles ruhig – weiter zum Nächsten. Noch Fragen?«

Cap folgte den Anweisungen von Dr. Patel und machte sich daran, die Lebenden von den Toten zu unterscheiden. Emotionslos. Wie eine Maschine. Sein Zeitgefühl setzte aus.

Als Adekunle das, was vom Security-Team übrig geblieben war, zu sich rief, reagierte Cap mit Verzögerung. Dann starrte er in Wallace' verunstaltetes Gesicht und wunderte sich, dass er nichts empfand. Keinerlei Abscheu, keine Trauer, keine Wut. Wallace hatte sich stets durch unüberlegtes Handeln, ständiges Maulaufreißen und saublöde Sprüche ausgezeichnet. Und seit er an diesem Morgen Larissa nachgestellt hatte, war auch der letzte Funken Respekt verflogen, den Cap den kämpferischen Fähigkeiten des kleinen blonden Amerikaners entgegengebracht haben mochte. Nur Abscheu war übrig geblieben. Das Gesicht des Security-Mannes war dermaßen deformiert, dass man nicht einmal mehr die gebrochene Nase erkennen konnte, die Cap ihm vorhin verpasst hatte. Natürlich hatte er versucht, ihn zu retten. Alle hatten es versucht. Aber die Tatsache, dass Wallace jetzt tot war, bewegte Cap nicht.

»Was denkst du?«, fragte Larissa neben ihm, wartete seine Antwort aber nicht ab. »Ich werde dir sagen, was ich denke. Ohne ihn wird unser Leben auf dieser Station um einiges angenehmer werden. Und ich schäme mich nicht, das zu denken.«

Er drückte ihre Hand. Sie antwortete mit einem Gegendrücken.

Wie Fremdkörper standen sie auf dem verwüsteten Feld. Immer noch hing Rauch in der Luft, doch die Absauganlagen arbeiteten jetzt besser. Immer wieder flimmerte es blau über ihren Köpfen auf und vermischte sich mit dem Schwarz der Asche. Menschen hockten auf dem Boden und starrten ins Leere. Manche suchten noch nach Verletzten. Eine Frau wiegte einen Toten in den Armen wie ein kleines Kind. Viele schluchzten. Einige schrien.

Fenna fuhr geistesabwesend mit gespreizten Fingern über ihren rotblonden Irokesen, griff dann in die Hosentasche und betrachtete eine Weile ratlos ihr summendes Com, bevor sie annahm.

»Sir?«

Es konnte nur Huggins sein. Anscheinend war er aufgehalten worden.

Cap war imstande, jede Frage, die der Brigadier stellte, im Gesicht der Scharfschützin abzulesen. Wie viele Tote, wie viele Verletzte? Wie groß ist der Materialschaden? Irgendwelche Hinweise auf die Ursache?

Während Fenna Zahlen, Jas und Neins herunterleierte, hockte sich Larissa nur einige Meter entfernt neben einen verletzten Arbeiter auf den Hallenboden. Ihre Augen waren weit geöffnet; sie versuchte, das Zittern ihrer Hände zu verbergen. Jenseits des Feldes, am Eingang, hatte sich eine Traube Menschen gebildet, die minütlich größer zu werden schien.

Cap folgte ihr. Ging in die Hocke. »Wenn der Schock erst mal vorbei ist«, sagte er behutsam, »geht der Ärger los. Wir sollten vorbereitet sein.«

Larissa sah nervös zum Eingang. »Sie würden es nicht wagen, die Bergung der Toten und Verletzten zu behindern. Es sind Freunde und Kollegen.«

Cap zuckte mit den Schultern und schubste einen der störenden Saugroboter zur Seite, der sich seinen Weg vom Eingang, auf einen nur für ihn hörbaren Befehl hin, freigesaugt hatte. »Darauf solltest du dich nicht verlassen.« Er deutete mit dem Kinn zu einem Mann, dessen ungekämmte Haare vom Kopf abstanden und dessen Körper im Overall eingepfercht war wie in einer Pelle. Er hielt die Hände vor den Mund gepresst, seine randlose Brille war verrutscht. »Ludd ist hier.«

***

Nachdem er seinen Zeigefinger vom biometrischen Scanner des Kästchens genommen hatte, meinte Huggins die Druckwelle zu spüren und schalt sich augenblicklich einen Schlappschwanz. Dafür, dass er Gespenster sah. Dafür, dass er sich von Gefühlen leiten ließ.

»Diese verdammte Station macht aus mir noch einen kompletten Waschlappen«, murmelte er und fuhr sich wie immer, wenn er sich ärgerte, über den rasierten Schädel.

Die genau dosierte Sprengladung würde nur die Weizenröhren in Schutt und Asche legen, und er hatte die Bombe derart befestigt, dass es gar nicht möglich war, dass etwas anderes mit in die Luft ging.

Wenige Sekunden später malträtierte das durchdringende Schrillen des Feldalarms seine Ohren, und er erhob sich langsam, um zu tun, was man von ihm als Security Chief der Raumstation erwartete. Nach dem Rechten sehen, die Lage beurteilen, Entscheidungen treffen, Befehle erteilen. Ruhig, aber unmissverständlich.

Lawrence holte tief Atem, blieb vor dem Schreibtisch stehen und zählte langsam bis dreißig. Dann ließ er sich in den Stuhl sinken und legte die Beine hoch. Er hatte keine Eile. Wie es auf dem Feld aussah, konnte er sich vorstellen. Zerstörung, ausgelaufene Aquarien, auf dem Boden zappelnde Fische. Er spielte kurz mit dem Gedanken, Markus zu informieren, beschloss dann aber, damit zu warten, bis die Schadensmeldungen bei ihm eingegangen waren. Schließlich schloss er die Augen und hing seinen Gedanken nach. Gedanken, die um Neu-Moskau kreisten.

Nach etwa einer halben Stunde kam ihm die Sache komisch vor. Niemand meldete sich. Er nahm die Beine vom Tisch, zog das Com aus der Beintasche seiner Uniformhose und tippte auf das Display.

Es dauerte eine Weile, bis er Fenna Dekkers tief tönendes Organ hörte. »Sir?« Sie klang weniger selbstsicher als sonst, und ihre Stimme schien ein wenig zu zittern.

»Ich bin unterwegs. Was haben wir?«

Im Hintergrund hörte er Rufe, verzweifelte Schreie, ein Knistern wie von einem gigantischen Lagerfeuer, das Knallen von Stiefeln auf dem Hallenboden. Eindeutig zu viel Getue für eine kleine Explosion.

»Nun, Sir. Es sieht nicht … gut aus. Wir können das Ausmaß der Zerstörung noch nicht abschätzen. Aber … Zach hat's erwischt. Unter anderem.«

Unter anderem? Lawrence fing an zu schwitzen. »Wenn Sie bitte die Freundlichkeit hätten, etwas präziser zu werden, Dekker? Sie sind doch sonst nicht derart ungenau. Halten Sie sich an das Protokoll, verdammt noch mal!«

Erneute Klageschreie durch das Com.

»Wie gesagt, wir … ich kann's nicht genau sagen.«

»Konkreter, Dekker!« Lawrence schlug mit der Faust auf die Tischplatte.

»Hallberg schätzt, dass wir ungefähr fünfundzwanzig Verletzte und sieben Tote auf dem Feld haben, Sir. Wallace ist ebenfalls … nun … Als wir ankamen, haben wir erst einmal angefangen, die Überlebenden aus der Halle zu schaffen, aber es haben sich immer noch Teile des Felds gelöst. Sie sind einfach heruntergestürzt wie defekte Drohnen, Sir.«

»Weiter«, forderte er.

»Einige Teleskopgabeln, die sich nachträglich lösten, haben Wallace und einen Arbeiter unter sich begraben. Wir haben die Dinger von den Körpern räumen können, aber sie waren schon tot. Sieben Tote«, wiederholte sie. Dekker, sonst der Fels in der Brandung, kämpfte hörbar mit ihrer Beherrschung. »Scheiße«, setzte sie mühsam hinterher.

Mit zusammengepressten Lippen stand der Brigadier steif hinter dem Schreibtisch. Er rechnete. Sieben Tote. Unter ihnen einer seiner eigenen Leute. Fünfundzwanzig Verletzte. Momentan wusste er nichts vom Zustand der Verwundeten, aber eventuell würden sie einen negativen Bestand der Humanmasse von zehn oder zwölf auf Kopernikus erreichen. Dazu kam die eine Leerstelle, die er durch den ausgebliebenen Rekruten auszugleichen hatte. Was bedeutete, dass diese Anzahl fehlender Personen durch überschüssige Subjekte von Kepler ausgeglichen werden musste. So viele waren dort mit Sicherheit nicht verfügbar. Was hieß, dass Markus Schwarz ihm neue Arbeiter aus den Camps schicken musste. Was bedeutete: Papierkram ohne Ende, neue Ankömmlinge, zusätzliche Überprüfungen. Lawrence hatte nicht vorgehabt, sich im Anschluss an die Sache mit diesem Dreck abgeben zu müssen.

Er hielt einen derben Fluch zurück.

»Was ist mit der Ernte?«, wollte er wissen.

Dekker hustete. »Vieles liegt in Schutt und Asche, Sir«, krächzte sie. »Gut sieht's eindeutig nicht aus. Da wird es einiges zu reparieren und neu anzupflanzen geben. Und hier fliegen blaue Flocken durch die Luft. Bis jetzt konnte mir noch keiner sagen, was das ist, kommt aber wahrscheinlich von der Nährlösung, deren Rückstände sich irgendwie mit der Asche verbunden haben. Worauf ich hinauswill, ist: Keine Ahnung, ob sich noch was entzünden kann. Trödeln dürfen wir auf alle Fälle nicht.«

»Diese grauenhaften Saugroboter wuseln hier überall herum, Huggins! Wer hat die denn programmiert? Kann man die nicht abschalten?«, brüllte eine andere Stimme durch das Com.

Aus Hunderten hätte der Brigadier das Organ Ned Ludds erkannt. Der Vorarbeiter, der aufgeblasene Quertreiber der Station, der sich grundsätzlich weigerte, ihn mit seinem militärischen Rang anzureden. Der sich gegen die Balanceregel aussprach. Sie menschenverachtend nannte.

»Bin unterwegs«, schnarrte Lawrence barsch. »Und, Dekker, schaffen Sie Ludd und seine Männer raus!« Es war ihm egal, ob Ludd ihn hören konnte. »Ich will keinen zusätzlichen Ärger, ist das klar?« Er fuhr über das Display und steckte das Gerät noch im Gehen in die Tasche zurück.

Was zum Henker war da schiefgelaufen? Hong würde ihm den Sack auf die Tischplatte nageln. Hatte er gerade sein Ticket nach Neu-Moskau in die Luft gejagt?

Lawrence verabscheute Glücksspiele, aber er erkannte einen schlechten Lauf, wenn er einen sah.

Und das war so einer.

***

Cap wusste nicht, was er von Professor Nedd Ludd halten sollte. Auf der einen Seite ging ihm dessen besserwisserische Faselei auf die Nerven, auf der anderen versteckten sich hinter Ludds gebildeten Worten Tatsachen, denen sich Cap nicht verschließen konnte. Seine Reden pflegte Ludd in der Kantine zu schwingen, nachdem das Security-Team seine Teller auf das Laufband gestellt hatte und gegangen war. Cap allerdings hatte vor einigen Tagen die ersten Minuten seines Redestroms aufgeschnappt, denn der ehemalige Professor, der laut Fenna innerhalb des First Circles unterrichtet hatte, bis man seiner Ansichten überdrüssig geworden war, hatte ein lautes Organ, das auch durch eine verschlossene Tür bis in den Korridor dringen konnte. Es waren Minuten gewesen, die ihn gefesselt hatten. Der Mann konnte außerordentlich überzeugend sein.

»Miss Dekker, bei allem nötigen Respekt, den ich Ihnen persönlich schon immer angedeihen ließ, aber das sind meine Männer, meine verwundeten Männer, die meines Beistands bedürfen, und aus diesem Grund – allein aus diesem – kann ich Ihrer Bitte nicht Folge leisten.« Nedd Ludds Gesicht hatte sich vor Empörung gerötet. Die Hände zitterten, als er sich durch das zerzauste Haar fuhr und die verschmutzte Brille zurechtrückte. »Sehen Sie sich das an! Haben Sie … Was für eine Szenerie des Grauens!«

»Ich will Ihnen hier keinen Stein in den Weg legen, Mister Ludd«, entgegnete Fenna erstaunlich ruhig. »Aber Brigadier Huggins hat mir einen Befehl erteilt, und den werde ich befolgen.«

Sie legte dem Vorarbeiter auffordernd eine Hand auf den Unterarm, die dieser entrüstet wegschlug. »Huggins ist ein Menschenverächter, der kein anderes Instrument als seinen Zynismus gegen uns einsetzen kann!«, keifte er. »Er schert sich einen feuchten Kehricht um die Toten und Verletzten. Ich wette, Ihr Brigadier geht schon jetzt in Gedanken mit einem Plan schwanger, wie er diese verlorenen Potenziale« – er spuckte das Wort förmlich aus – »durch die Balanceregel wieder rückvergüten kann. Er betrachtet uns in rein ökonomischen Dimensionen. Als altmodisches Überbleibsel. Arbeitsdinosaurier. Und sobald SpaceSeed auch auf den Stationen künstliche Intelligenzen einsetzt, werden wir Altlast sein. Es ist ihm gleichgültig, dass er irgendwann mehr Arbeiter auf dem Gewissen haben wird, als die Syphilis im neunzehnten Jahrhundert mit sich genommen hat.«

»Professor Ludd.« Larissa trat heran. Bis jetzt hatte sie sich um den Hünen im Overall der Feldarbeiter gekümmert, der auf dem Boden hockte, die angezogenen Beine umklammert hielt und hin und her schaukelte wie ein Kind. Verunsichert starrte er in die Luft, in der die blau schimmernden Ascheflocken tanzten. »Professor Ludd«, wiederholte sie mit sanfter Erzieherinnenstimme. »Die Verletzten werden versorgt, das Areal ist gesichert, die Brandherde automatisch gelöscht. Wäre es nicht sinnvoller, Sie würden sich um die Angehörigen kümmern?«

Cap sah Larissa bewundernd an. Ludd von seiner Wut abzulenken, indem sie ihm eine andere Aufgabe zuteilte, war äußerst clever. »Sie könnten die Kantine nutzen«, fügte er hinzu. »Wir würden dafür sorgen, dass sie ungestört sind.« Er hatte keine Ahnung, ob sich dieses Angebot in die Tat umsetzen ließe, aber er wollte nicht einfach nur dastehen und Ludds Lamento lauschen. Zudem dieser allen Grund der Galaxis hatte, verzweifelt zu sein.

Der Professor legte den Kopf leicht schief, ignorierte Caps Vorschlag und sah stattdessen Larissa an. »Miss Martinez«, begann er bedächtig. »Wir können uns glücklich schätzen, Sie auf der Station zu haben.«

»Professor …«, begann sie, aber schon hatte er wieder den Schalter in sich umgelegt und sich erneut Fenna zugewandt.

»Ich lege hiermit offiziell Beschwerde bezüglich der neu eingeführten Überwachungssysteme ein, Miss Dekker. Falls sich herausstellen sollte, dass einer meiner Männer einen Fehler begangen hat und es aus ebendiesem Grund zu dieser Katastrophe gekommen ist, möchte ich betonen, dass einzig und allein die skrupellose und barbarische Observierung unserer Arbeit der Auslöser dafür gewesen sein kann.«

»Diese Beschwerde ist bei Mister Hong besser aufgehoben«, hielt Fenna dagegen und wies ihm mit einem Arm den Weg nach draußen. »Wenn ich Sie nun bitten dürfte.«

BACKEN ZUSAMMENKNEIFEN

Lawrence wusste nur zu gut, dass er sich auf dem Weizenfeld blicken lassen musste. Und zwar bald.

Doch noch saß er vor seinem Kommunikationspanel, trommelte mit den Fingern auf der Schreibtischplatte, kratzte sich am Schädel und versuchte, sich nicht vom Laufband des Aktien-Newsfeeds irritieren zu lassen, das er aus dem Augenwinkel wahrnahm.

Dann baute er eine abgeschirmte Verbindung zu Markus Schwarz auf.

Offenkundig sprach seine Miene Bände, denn der Leiter der Koordinationsstelle platzte sofort mit einem »Was ist passiert, Larry?« heraus.

»Es gibt Schwierigkeiten«, sagte Lawrence.

»Wie das?«

»Die Sprengwirkung erfolgte nicht so wie erwartet.«

»Das Ding ist nicht hochgegangen?«

Lawrence presste die Lippen aufeinander. »Das Ding ist zu hoch gegangen«, sagte er dann.

Sein Freund schlug mit der Hand auf die Tischplatte. »Verdammt, Larry, du …«

»Wir haben Tote und Verletzte. Einer der Toten ist Zach Wallace.«

»Das Arschloch?«

»Nicht jetzt, Markus. In wenigen Minuten muss ich mich auf dem Feld blicken lassen, ich wollte nur, dass du Bescheid weißt.«

Lawrence sah, wie Markus' Kehlkopf sich bewegte, als sein Freund mühsam schluckte.

»Hong sollte sofort informiert werden, bevor er es aus einer anderen Quelle erfährt«, fuhr der Brigadier fort.

Markus nickte zögernd. »Wir müssen die Presseerklärung anpassen. Ich bereite das vor.« Er runzelte die Stirn. »Meinst du, das Beweisstück ist, wie wir es brauchen?«

»Du meinst, ob die Teile von CropUniverse, die ihr in den Sprengsatz eingebaut habt, noch zu identifizieren sind? Ich habe nicht den blassesten Schimmer. Ich weiß nicht mal genau, nach was ich suchen soll.«

»Es ist ein Chip. Mit der Identifikationsnummer und dem Logo der Konkurrenz. Finde das gute Stück. Und zwar ruckzuck. Ohne diesen Beweis sind wir am Arsch. Denk dran, was für uns auf dem Spiel steht. Auch mir hat Hong Dinge versprochen, von denen ich bisher nur träumen konnte, Larry. Und ich will sie verdammt noch eins auch bekommen.«

Lawrence schwieg. Wenn es nicht klappen sollte, der Welt zu verkaufen, dass CropUniverse das Attentat begangen hatte, dann würde Hong ihnen die Eier lang ziehen und sie höchstpersönlich in einem der heruntergekommenen Camps auf dem überhitzten, furztrockenen Himmelskörper aussetzen, der sich affigerweise immer noch »Der Blaue Planet« nannte, wo einem der Staub in jede Pore kroch.

»Es gibt noch was anderes«, begann er. »Wir müssen –«

»Ich bin mir darüber komplett im Klaren«, unterbrach ihn Markus gereizt. »Wie viele Tote und wie viele Verletzte?«

»Sieben. Die Zahl der Verletzten kann ich dir noch nicht sagen. Momentan fünfundzwanzig.«

Markus sog entsetzt die Luft ein. »Nia soll dafür sorgen, dass ihr die Opfer nicht abkratzen«, presste er hervor. »Du weißt schon, an wem die Scheiße wieder hängen bleibt? Es ist jetzt schon schwer genug, Leute für die Stationen zu finden.«

Ja, die Scheiße klebte an Markus und seinen Leuten. Das war Lawrence sehr wohl bewusst.

»Wirf einen Köder aus.«

»Kongeniale Idee! Du verstehst die Situation da unten eventuell nicht richtig, Larry«, schnaubte Markus. »Denen geht es nicht um warmes

Wasser und weiche Teppiche! Denen geht es um ihre verdammten Kinder!«

»Dann nimm sie ihnen weg.«

»Das tun wir doch schon! Was ist los, Larry? Verlierst du den Überblick?« Markus war ernsthaft verärgert.

»Nicht die Älteren, verdammt. Die Jüngeren! Die Jüngsten! Die Säuglinge!«

Für einen Moment schien Markus sprachlos zu sein. Dann redete er so langsam, als ob er Mühe hätte, überhaupt etwas zu formulieren. »Hast du deinen Verstand zusammen mit dem Weizen pulverisiert? Was erzählen wir denen, was wir mit den Babys machen? Nicht lange, und wir müssten zugeben, Babys an die First Class zu verkaufen. Das können wir nicht. Ein Grund dafür, dass wir das nicht herausposaunen, ist, dass sich auch hier unten etwas zusammenbraut, das mehr ist als nur ein Grüppchen Irrer, die Transparente hochhalten. Davon habe ich dir doch erzählt.« Er hielt kurz inne. »Larry, ich weiß, da oben bei dir ist die Kacke am Dampfen. Aber du kannst mir glauben, dass es hier unten nicht viel besser ist. Also: Sucht die Überreste dieses verschissenen Sprengsatzes, und präsentiert Hong das Beweismaterial, sodass er es der Weltpresse unter den Riechkolben halten kann. Wenn seine dämlichen Aktienkurse die Himmelsleitern der Börsen erklimmen, wird ihn das fürs Erste zufriedenstellen. Ich werde so schnell wie möglich versuchen, dein Team aufzustocken, damit du deine Station wieder einigermaßen in den Griff bekommst. Und ich schicke dir zusätzliche Techniker und Arbeiter, die die Reparaturen und den Wiederaufbau kurzfristig übernehmen. Die haben keine permanente Aufenthaltsgenehmigung, die werfen wir wieder runter, wenn die Arbeit getan ist.«

»Und Setzlinge.«

»Ja, verdammt! Du bekommst deine Scheißsetzlinge! Und bis dahin musst du das tun, was du getan hast, als du im Militärdienst warst, okay?«

»Und das wäre?«

»Deine Arschbacken zusammenkneifen, verflucht noch eins!«

***

Dr. Patels Krankenstation war für zwanzig nichtambulante Patienten ausgerichtet und nach der Evakuierung auf dem Weizenfeld gnadenlos überfüllt. Das Personal hatte Betten auf den Korridor von Ebene B geschoben. Angehörige und Freunde hatten sich vor der medizinischen Versorgungsabteilung niedergelassen, Schwestern und Pfleger teilten Sedativa aus, da sie keine Zeit hatten, sich um die persönlichen Belange der Wartenden zu kümmern. Also wurden sie einfach ruhiggestellt.

Mit hämmernden Kopfschmerzen stieg Cap über die Beine von Arbeitern, die mit feinem schwarzem Staub und mit Schrammen im Gesicht auf dem Boden neben einem Patientenbett kauerten, und bahnte sich seinen Weg zur eigentlichen Station. Immer noch brachten sie Verletzte zu Dr. Patel, mittlerweile waren es weniger dringende Fälle. An Caps Arm hing ein älterer Mann, dem aus einer Platzwunde auf der Stirn Blut über das faltige Gesicht lief. Zu zweit schwankten sie durch die Kranken.

»Flüssigkeitszufuhr und Kleben der Wunde, Adekunle«, befahl Dr. Patel, nachdem sie den Patienten auf einen der wenigen noch freien Stühle gesetzt hatte. »Schmerzmittel und danach ins Quartier. Können Sie alleine laufen, Sergeij?«

Der alte Mann nickte und versuchte sich an einem Lächeln. »Danke, Doktor Patel.«

Sanft legte sie ihre Hand auf seinen Arm. »Wird schon. Ist Katharina in Ordnung?«

»Unverletzt«, flüsterte er und bekreuzigte sich.

»Das freut mich wirklich«, erwiderte sie, und ihr war anzuhören, dass sie es genauso meinte.

»Wir sollen uns mit Huggins auf dem Feld treffen«, raunte Larissa, die neben Cap aufgetaucht war. Sie nickte Dr. Patel zu und ließ das Gummiband ihrer Maske schnappen, die ihr um den Hals baumelte. Ihr T-Shirt war am Saum eingerissen. Blonde Strähnen hingen ihr ins

Gesicht. Genauso wie Cap strotzte sie vor Ruß. »Er ist auf der Suche nach der Ursache.«

»Und wonach suchen wir, bitte schön?«, fragte Cap, der sich nichts lieber wünschte als ein Schmerzmittel und eine warme Dusche. »Ich weiß nicht mal, wie die Anlage funktionierte, als sie noch intakt war.«

Die Französin zuckte mit den Achseln.

Nach nur einer Stunde fieberhaften Wühlens hatten sie den Auslöser entdeckt. Unentschieden hielt Cap etwas zwischen den Fingern, das Fenna nach näherem Hinsehen und Hin- und Herdrehen als einen integrierten Schaltkreis identifizierte. Er hatte keine Ahnung, wovon sie sprach, und Larissa verschränkte die Arme vor der Brust, als ob sie das alles nichts anging.

»Sir!« Fenna nahm Cap das nur wenige Zentimeter große Teil aus den Fingern und reckte es in die Luft. »Ich glaube, wir haben da was.«

Der Brigadier flog geradezu herbei. »Zeigen Sie her!«

»War der Chip Teil der Anlage, Sir?« Fenna, die sich von allen Mitarbeitern des Security-Teams am besten mit den technischen Gegebenheiten des Weizenfeldes auskannte, zog kritisch die Augenbrauen hoch.

Huggins betrachtete den Prozessor in ihrer Hand. »Dekker«, sagte er nach einer Weile betont, »Sie können sich den Abend frei nehmen. Beenden Sie Ihren Dienst ein wenig früher. Hallberg wird gerne für Sie übernehmen.«

Na wunderbar, dachte Cap.

»Sir, ich, das …«, stotterte Fenna. »Nicht ich habe das Beweisstück gefunden, sondern Hallberg.«

Der Brigadier sah auf, verzog keine Miene und fuhr mit der Hand kurz über den kahl rasierten Schädel. »Tatsächlich? Es geschehen noch Zeichen und Wunder.« Ein irres Lächeln stahl sich über sein Gesicht. Dann schnappte er sich das Fundstück aus Fennas Fingern, machte auf dem Absatz kehrt und stapfte aus der Halle.

»War's das?«, fragte Larissa.

»Sieht so aus«, erwiderte Fenna unsicher. Dann straffte sie die Schultern. »Zurück in die Krankenstation. Dort gibt es noch genug Arbeit für uns. Der freie Abend ist allem Anschein nach hinfällig. Für alle von uns.«

Gemeinsam verließen sie den Tatort, eilten aus der Halle, und Cap fragte sich, was zum Teufel den Brigadier eigentlich ritt. Hatte er etwa gewusst, wonach er suchen musste?

KEINE OPTION

»Warum friert ihr die befruchteten Eizellen nicht einfach ein?«, fragte Cap ein paar Stunden später, als sie in ihrem Quartier saßen, mit Bier aus dem Pub und einem Schälchen gerösteter Insekten, die er misstrauisch beäugte, als ob er befürchtete, sie würden gleich aus der Schüssel krabbeln und ihn anfallen. Dr. Patel hatte Michael in das Gemeinschaftsquartier der Security verlegt, denn sie brauchte jedes Bett auf der Krankenstation. Nach einem Bier, mit dem er seine Ausquartierung gefeiert hatte, war er eingeschlafen, und leises Schnarchen drang aus dem Nebenzimmer, das er sich fortan mit Cap teilen würde.

Sie alle befanden sich noch in Bereitschaft. Huggins war jedoch über sich hinausgewachsen und hatte seinem Team eine kurze Auszeit bewilligt. Cap rechnete jede Minute damit, dass das Com eine weitere Katastrophe verkündete.

Sie hatten sich darauf verständigt, nicht mehr über den Unfall zu sprechen, als unbedingt nötig war. Jedem saßen die Geschehnisse des Tages in den Knochen. Keiner verspürte die geringste Lust, die Ereignisse wieder hochzuwürgen und erneut darauf herumzukauen.

»Warum sollte man die Eizellen einfrieren?« Larissa warf Cap einen kritischen Seitenblick zu.

»Jetzt überleg mal«, sagte er und legte die nackten Füße auf den Tisch. Nach der Dusche fühlte er sich besser, wenn auch nicht erholt. Vor allem die Kopfschmerzen plagten ihn. »Wenn man sie braucht, kann man sie auftauen.«

Zu irgendeinem Zeitpunkt hatte er aufgeschnappt, dass dies zum gängigen Prozedere der First Class gehörte. Wie verlässlich diese ins

Camp getragene Information war, wusste er jedoch nicht. Im Prinzip konnte man den Campbewohnern alles Mögliche erzählen, sie würden kaum je die Mittel und Wege haben, es nachzuprüfen. Jedoch wunderte ihn, dass die mit Enhancements getunte First Class überhaupt noch an derart mühsame Dinge wie Schwangerschaft und Geburt dachte. Es war nicht auszuschließen, dass sie diese Last andere tragen ließen. Frauen wie seine Schwester Marge, die von der Security bei einem der Campeinsätze wie ein Tier eingefangen und abtransportiert worden war. Wenigstens war Huggins' Truppe nicht in den Camps unterwegs. Keine Sekunde könnte Cap diesen Dienst dort unten durchziehen.

»Das Einfrieren und Auftauen haben wir am Anfang gemacht«, sagte Fenna und kratzte sich am Unterarm. Sie hatte sich bei den Erste-Hilfe-Maßnahmen auf dem Feld geschnitten. Die professionell von Monica versorgte Wunde war nun nicht mehr als ein roter Streifen.

»Und?«, fragte Cap.

»Hat nicht funktioniert.«

»Weil?«

»Im medizinischen Labor fingen die Kryobehälter an, sich zu stapeln. Wir haben nicht den Platz für was-weiß-ich-wie-viele besamte Eizellen, die die potenziellen Eltern unbedingt behalten und dann auch noch besuchen wollen. Das haben die getan! Standen vor den Behältern und bekamen feuchte Augen. Außerdem kommen die meisten aus den Camps – so was wie Verhütung kennen die nur vom Hörensagen.«

»Na hör mal!«, brauste Larissa auf. »Wir hausen nicht in Höhlen da unten, wir sind genauso –«

»Das weiß ich doch«, beschwichtigte Fenna. »Du vergisst, dass ich auch in einem gelebt habe. Ich wollte damit nur sagen, dass es auf der Erde, trotz der enormen Überbevölkerung und der Nahrungsmittel- und Wasserknappheit, diese Ein-Kind-Regel eben nicht gibt. Und sich kaum jemand über Familienplanung Gedanken macht. Auch ich bin kein Einzelkind, ich weiß nur nicht genau, wo« – sie suchte nach Worten – »sie alle geblieben sind. Nach einer Weile hört man auf zu suchen und lebt sein eigenes Leben.«

»Da unten gibt es einen dringenden Grund für große Familien«, sagte Cap. »Je mehr helfende Hände, desto besser. Und bis diese Hände helfen können, dauert es seine Zeit.«

»Die wir hier nicht haben«, fügte Fenna an. »Wenn wir Arbeiter ersetzen müssen …« Sie unterbrach sich kurz, als sie Larissas verkniffene Miene sah. »Wenn wir sie ersetzen müssen – tut mir leid, mir fällt momentan kein anderes Wort dafür ein –, dann sofort.«

Larissa beugte sich vor, hielt unentschlossen eine gegrillte Heuschrecke in der Hand und schien Löcher in die Tischplatte zu lasern. Cap verstand Fenna durchaus. Sie war während der zwei Jahre, in denen sie auf Kopernikus arbeitete, zu einem Teil des Systems geworden. Und er konnte ihr das nicht verübeln. Sie war aus den Niederlanden auf die Station gekommen. Landmasse, die inzwischen nicht einmal mehr existierte. Zumindest nicht über der Wasseroberfläche. Die Station war ihre neue Heimat, mit der sie sich arrangiert hatte. Auch wenn er selbst nicht bereit war, sich den Gegebenheiten auf Kopernikus unterzuordnen, konnte er nachvollziehen, dass es andere taten.

»Also hat man sich entschlossen, den Eltern ihre ineffektiven Neugeborenen wegzunehmen.« Larissas Stimme war fest.

»Wenn wir hier zu viele Bewohner haben, ja. Die Stationsbewohner kennen die Regel. Und sie wissen um die Konsequenz, wenn diese nicht befolgt wird«, stellte Fenna nüchtern fest, aber ihr Blick verriet, dass sie früher einmal lange über diesen Punkt nachgedacht hatte. »Den Kindern geht es gut. Sie bekommen neue Eltern auf Kepler, wenn dort Plätze frei sind, was immer wieder der Fall ist. Die Altersstruktur ist dort anders.«

»Das heißt, die Kinder wachsen bei Eltern auf, die ihre Großeltern sein könnten?«

»Na und?«

»Und das reicht dir?«

»Was?«

»Ob es dir reicht zu wissen, dass die Babys neue Eltern haben.«

»Ja, Larissa. Das reicht mir.«

»Den leiblichen Eltern reicht es nicht. Mir reicht es nicht.«

»Du bist noch nicht lange genug hier.«

»Kennst du die Namen der neuen Eltern?«

»Nein. Sollte ich das?«

»Dann weißt du nicht, wie es den Säuglingen geht?«

»Nein.«

»Wissen es die leiblichen Eltern?«

Fenna sah Larissa verärgert an.

Die Französin schwieg. Nach einer Weile legte sie die Heuschrecke zurück in die Schale, schnappte sich ihre Bierflasche und stand auf. »Ich bin müde. Wenn was ist, dann weckt mich.«

»Sie ist ein wenig zu emotional für diesen Job«, meinte Fenna, nachdem sich die Tür zu ihrem gemeinsamen Schlafzimmer geschlossen hatte.

Cap schüttelte den Kopf. »Über diese Dinge denke ich auch nach. Es gibt hier einiges, über das wir uns hier klar werden müssen.« Er hielt große Stücke auf Larissa und wunderte sich über ihren Willen, die Dinge zurechtzurücken, obwohl sie wusste, dass sie nichts ausrichten konnte.

»Klar werden darüber, ob sie hierbleiben will oder nicht?« Fenna lachte freudlos auf. »Ich weiß nicht, ob ihr das schon mitbekommen habt, aber da gibt es keine Option. Eure Vorgänger sind bei Einsätzen in den Camps derart schwer verletzt worden, dass sie gleich unten geblieben sind. Woraufhin Hong die Reißleine gezogen hat und die Koordinationsstelle auf der Erde aufbauen ließ. Hier kommen wir vor unserem Ableben nicht mehr runter, fürchte ich.«

Cap sah auf. »Ich dachte, die Teams auf der Erde, die für Frischfleisch zu sorgen haben, wären schon immer dort stationiert gewesen?«

»Nein. Aber man bekommt in den Camps ja auch nicht mit, wie sich die Teams organisieren. Hong hatte nach den Verlusten die Nase gestrichen voll. Und Huggins hasst die Camps mehr als alles andere. Nicht erst seit Rekruten bei Einsätzen dort unten verwundet worden sind. Er hält deren Bewohner für Neandertaler. Womit wir wieder bei Larissas Höhlen wären.« Sie seufzte.

»Aber trotzdem muss er sich bei diesen Neandertalern bedienen?«, fragte Cap scharf.

»Woher soll er seine Leute sonst bekommen? Freiwillig macht das hier keiner. Oder nur einige wenige. Man muss schon alles verloren haben, um diese Entscheidung von sich aus zu treffen.«

»Wie du?«

Fenna schwieg.

Cap wechselte das Thema. »Was wird mit Wallace' Leiche passieren?« Er griff nach einer Heuschrecke und zog die Hand verwirrt wieder zurück. Das alles brachte ihn noch um den Verstand. Jetzt wollte er schon geröstete Krabbler essen.

»Ich habe mit Huggins gesprochen. Der Körper wird mit dem nächsten Frachter auf die Erde geschickt. Zu Zachs Familie. Die übrigens auch in einem Camp lebt. Irgendwo in Nebraska.«

Innerlich atmete Cap auf. Keine Zeremonie. Auch Fenna schien erleichtert, dass ihnen ein feierliches Ritual für einen Menschen, der ihnen zuwider gewesen war, erspart blieb.

»In dem jetzigen Durcheinander käme eine Trauerfeier für ein Security-Mitglied auch nicht gut an«, fügte Fenna hinzu. »Aber die anderen Verstorbenen, die keine Familie auf der Erde haben, die werden hier verbrannt. Nia hat darauf bestanden, dass Freunde und Angehörige die Möglichkeit haben, sich angemessen von ihnen zu verabschieden. Und Nia kann äußerst überzeugend sein, wenn's drauf ankommt.«

Zwei weitere Biere später verabschiedete sich auch Cap in sein Zimmer. Huggins hatte sich noch nicht gemeldet, aber was nicht war, konnte ja noch werden. Cap rechnete nicht mit einer Nacht, die seine Akkus wieder auflud.

Im Schein der Nachbeleuchtung betrachtete er Michael, der mit offenem Mund im Bett auf der anderen Seite der Kabine lag. Cap unterdrückte ein Grinsen und ließ sich auf seine Matratze fallen.

»Alles klar?«, brummte es.

»Du schläfst ja gar nicht.«

»Warum sollte ich? Du kannst dir gar nicht vorstellen, wie viel ich auf der Krankenstation gepennt habe. Gab ja nichts anderes zu tun.«

Cap streckte sich aus. »Dein Mund stand offen. Und vorher hat man dich schnarchen hören.«

Michael lachte. »Nun ja. Eventuell hat sich mein Körper doch einen anderen Rhythmus angewöhnt, und ich habe noch nie durch die Nase atmen können. Wie sieht's aus?«

»Selten dämliche Frage.«

»Sorry, war ein Smalltalk-Versuch.«

»Versuch's noch mal. Aber fass dich kurz. Ich muss jede Sekunde genießen, die Huggins mich nicht aufs nächste Schlachtfeld schickt.«

»Zumindest hat er mich nicht in ein Shuttle gesteckt.«

»Momentan bin ich nicht sicher, ob das was Gutes ist.«

»Du brauchst jemanden zum Quatschen«, stellte Michael fest.

Cap lachte leise. »Bewirbst du dich jetzt um die Stelle des Stationspsychologen?«

Stöhnend richtete sich Michael auf. »Verdammt, das tut immer noch weh, obwohl sich die Medis doch mit dem Alkohol vermengt haben müssen.«

Cap sparte sich die Anmerkung, dass Michael lediglich ein Bier getrunken hatte.

»Diese Station ist ein Irrenhaus«, fuhr Michael fort. »Und glaub mir, das wird nicht besser werden.«

»Und woher willst du das wissen?«

Die Beleuchtung warf Michaels Schatten an die Wand. Als er mit den Schultern zuckte, sah es aus, als habe er Flügel. »Glaub mir, ich weiß es. Für Ludd und seine Anhänger ist das ein gefundenes Fressen.

Wenn El Aurens die Station nicht verlieren will, wird er hart gegen sie vorgehen müssen.«

Cap hatte keine Lust, darüber zu diskutieren, denn das bedeutete, sich einzugestehen, dass er Teil dieses harten Durchgreifens sein würde.

»Computer: Licht aus«, sagte er nur.

LANG LEBE SPACESEED

Lawrence wartete gemeinsam mit einem Großteil der Besatzung in der Kantine darauf, dass Hong der Welt verkündete, was Sache war.

Das Beweisstück hatte ihm der Brigadier durch Markus Schwarz zukommen lassen, der sich dafür persönlich auf Kopernikus bequemt hatte. Lawrence konnte sich nicht erinnern, wann dies das letzte Mal vorgekommen war. Bleich wie eine Made hatte sich der Koordinator durch die Korridore der Station bewegt und bezüglich des zynischen Kommentars zu seiner Gesichtsfarbe nur »Ich bevorzuge es, mich nicht auf der Erde rösten zu lassen« geantwortet. Beim Anblick des Feldes war ein »Verdammte Kacke« aus ihm herausgekrochen, und Nia hatte er nicht einmal begrüßt.

Mit dem Chip in der Tasche hatte er nach ungefähr einer Stunde wieder das Shuttle bestiegen, das ihn zurück in den Hochofen namens Erde brachte.

Lawrence meinte, in der Kantine einen Mix aus Neugier, Verzweiflung und stiller Erwartung erschnüffeln zu können, was seine eigene Nervosität verstärkte. Er stand mit seinem Team zusammen, das Mobiliar war vorübergehend aus dem Raum geschafft worden. Gemeinsam schauten sie auf den Bildschirm über der Essensaugabe. SpaceSeed promotete in einem Film den genmanipulierten Weizen, der auf der Station entwickelt wurde und später allen zugänglich gemacht werden sollte. Außer Lawrence wussten nur wenige enge Mitarbeiter von Hong, dass auch das eine Lüge war. Nicht nur in Sachen Familienplanung arbeitete SpaceSeed eng mit der First Class zusammen. Hong bekam den Rachen nicht voll.

Nur zu, dachte Lawrence. Ihn selbst störte das nicht weiter, denn er gedachte, davon zu profitieren.

Hier und da war leises Flüstern zu vernehmen. Dekkers Arm drückte an seinen, es war wenig Platz in der Kantine. Rechts von ihm stand Nia, vor sich erkannte er die hellbraunen Stoppeln des hageren Deutschen. Lawrence achtete darauf, dass die männlichen Teammitglieder ihr Haar nicht lang trugen. Hallbergs schulterlange Mähne hatte er mit einem Hochgefühl fallen sehen. Der Vollbart von Winter würde als Nächstes dran glauben müssen. Im Einsatz oder nicht – der Mann sah so verwahrlost aus wie ein Drogenabhängiger, und das konnte Lawrence nicht durchgehen lassen. Dass Dekker damals schon mit einem Irokesenschnitt den Dienst antrat, hatte ihn fast glücklich gemacht. Die Französin neben Hallberg trug ihr blondes Haar zu einem Zopf gebunden. Einige Strähnen hatten sich im Kragen ihres Security-T-Shirts verfangen. Auch aus Martinez und Hallberg würde er noch ordentliche Befehlsempfänger machen. Zumindest hatten sie bis jetzt keinen kompletten Bockmist gebaut. Und Hallberg hatte sogar den Chip gefunden.

Wie Hong vorausgesagt hatte, waren die Aktien seines Biotechnologieunternehmens in den Keller gerutscht. Jetzt kam es darauf an, ob sich auch der raketenhafte Anstieg der SpaceSeed-Aktie nach der »Enthüllung« bewahrheitete.

Das Logo des Unternehmens erschien auf dem Bildschirm, und ein Zischeln ging durch die Menge. Hong trat vor die Kamera. Sein Äußeres wie aus dem Ei gepellt. Die Augen starr nach vorne gerichtet. Kein Lächeln auf den Lippen.

Den Harten markiert er gut, ging es Lawrence durch den Kopf.

Die Übertragung fand im Pressesaal des Unternehmens in Neu-Peking statt. Hong stand hinter einem Rednerpult und zupfte kurz an der Krawatte. Den Drang, imaginäre Fusseln von seiner Kleidung zu entfernen, konnte er offenbar auch vor der Kamera nicht ablegen.

»Dieser geckenhafte Anzug würde einen Feldarbeiter um die Hälfte seines Jahreseinkommens bringen«, hörte Lawrence den Deutschen zischen.

»Muss irgendeine spezielle Faser sein«, erwiderte die Französin. »Habe ich noch nie gesehen.«

Natürlich nicht, dachte Lawrence gereizt. Wo auch? In dem Loch, in dem ihr euch mit eurer Sippe bis jetzt verkrochen habt?

Hong begann wie immer ohne begrüßende Worte, und seine Miene blieb maskenhaft. »Vor zwei Tagen hat sich auf Kopernikus eine Katastrophe ereignet, die Leben gefordert hat. Leben von tüchtigen Männern und Frauen, die gemeinsam seit Jahren daran arbeiten, ihre Mitmenschen auf der Erde vor dem Verhungern zu bewahren.«

»Wir fressen auch gerne Sand da unten«, ließ sich eine Stimme rechts neben Lawrence vernehmen. Vor ihm fuhr sich der Deutsche nervös über die Haarstoppeln. Der Brigadier räusperte sich laut, straffte die Schultern und ignorierte darüber hinaus den Zwischenruf.

»Zuerst«, fuhr Hong fort, »dachten wir an einen Unfall. Ein furchtbares Vorkommnis, infolge dessen wir Tote zu beklagen hatten.«

Beklagen. Hong hat die Bedeutung dieses Verbs sicher erst nachschlagen müssen, dachte der Brigadier.

»Einige von Ihnen haben Angehörige und Freunde auf der Station verloren. Und ich spreche Ihnen mein tiefes Beileid und Mitgefühl aus.« Hong brachte in der Tat so etwas wie ein betretenes Lächeln zustande.

»Hört, hört!« Das war Ludd. Er klatschte langsam und salbungsvoll in die Hände.

»Mitgefühl!«, brüllte ein anderer. »Das Wort haben sie ihm heute erst beigebracht!«

Einige johlten.

Lawrence knirschte mit den Zähnen.

»Aber nun …« Eine dramatische Pause folgte, in der Hong die Augenbrauen zusammenkniff, bis sie sich fast berührten. »Nun sind wir der Ursache auf die Spur gekommen. Nicht ein technischer Defekt, nicht ein falscher Handgriff, nicht Fahrlässigkeit war die Ursache dieser Katastrophe! Nein! Hart arbeitende Menschen sind zu Tode gekommen, weil ein skrupelloser Attentäter auf Anweisung eines bösartigen Auftraggebers handelte! Nämlich CropUniverse! Hier!« Nun holte er alles aus sich heraus, was er an Theatralik zu bieten hatte, und reckte mit zitternden Fingern das Beweisstück in die Luft, das alle Kameras blitzartig in Großaufnahme erfassten. »Hier! Das haben wir in den Resten des Sprengsatzes gefunden. Ich kann Ihnen allen die Seriennummer vorlesen. Und: Sehen Sie es? Erkennen Sie das Logo?« Hongs Stimme kippte fast. Er ließ seine Augen wandern, als ob er jedem Zuschauer persönlich ins Gesicht sehen wollte. »Erkennen Sie es?«

Typisch, dachte Lawrence und schluckte seine Enttäuschung hinunter. Hatte er allen Ernstes erwartet, als Entdecker der Sabotage geehrt zu werden? Hatte er wirklich geglaubt, dass etwas wie »unser geschätzter Brigadier Lawrence Huggins« fallen würde?

Vor ihm wechselten der Deutsche und die Französin argwöhnische Blicke.

»Mörder!«, brüllte jemand. »CropUniverse will uns fertigmachen!«

»Ich brauche meinen Job auf der Station!«, stimmte eine weibliche Stimme zu.

Lawrence konnte sich ein kleines Lächeln nicht verkneifen und nahm fast mit väterlichem Stolz zur Kenntnis, dass es durchaus Menschen auf Kopernikus gab, die voll hinter der Station standen.

»Das werden wir nicht hinnehmen«, vollendete Hong seine Show, und seine Lippen verzerrten sich. Das harte Lächeln eines Mannes, der, ohne mit der Wimper zu zucken, selbst über Leichen gehen würde, um sein Ziel zu erreichen, verschwand und machte einem dünnen Strich Platz.

»Wenn er jetzt noch die Hände nach oben reißt und ›Lang lebe SpaceSeed‹ schreit, dann kotze ich hier und jetzt auf den Boden«, murmelte Hallberg.

»Deine Rekruten scheinen eine gesunde Einstellung zu haben«, raunte Nia Lawrence zu.

Dem riss der Geduldsfaden. »Verdammt! Wir haben hier ein ernsthaftes Problem, das Tote gefordert hat!«, fuhr er sie an.

»Und wem schiebst du es in die Schuhe?«, zischte sie zurück. »Kepler? Dem Weihnachtsmann? Der Zahnfee? Oder Ludd?«

Inzwischen kam es in Neu-Peking zu einem Pressetumult. Die Kamera fuhr in die Menge der Journalisten, die von ihren Stühlen aufgesprungen waren und versuchten, zum Rednerpult zu gelangen.

»Du weißt, wer dafür verantwortlich ist«, schnappte er. »Der Beweis zeigt es.«

»Ich halte dieses … Ding … nicht für einen Beweis. An den Chip, der in den Sprengsatz verbaut wurde, könnten so einige Leute gekommen sein. Bevor ihr keine überzeugenden Beweise habt, glaube ich erst mal gar nichts.«

Lawrence schluckte eine bissige Entgegnung herunter und fing den Blick auf, den Dekker der Ärztin zuwarf. Es lag Zustimmung darin. Aber die Niederländerin schwieg. Sie kannte ihren Platz.

Die Auswertung der Feldüberwachungskameras hatte natürlich nichts ergeben, denn Lawrence hatte darauf geachtet, in einem toten Winkel zu agieren. Eindeutige Beweise waren jedoch für die Presse und das Handeln der Finanziers im Augenblick auch nicht wichtig. Es ging einzig und allein darum, Anschuldigungen auszusprechen und Gerüchte zu streuen. Die Konkurrenz musste geschwächt werden. Und es schien zu funktionieren. Angesichts des Aktienkurses würde Hong feuchte Träume bekommen.

Aber Nia war nicht auf den Kopf gefallen. Und zum ersten Mal bedauerte es Lawrence ein wenig, sich nicht eine Partnerin geangelt zu haben, die weniger methodisch dachte. Nia war Naturwissenschaftlerin. Und sie war feinfühlig. Die Luft in ihrem gemeinsamen Quartier wurde immer dicker. Er hatte nicht erwartet, sich eines schönen Tages vor der Frau, die er liebte, verstellen zu müssen. Vor der Frau, für die er den Sprengsatz deponiert hatte. Ihre investigative Ader ließ ihm jedoch keine Wahl. Das Lügen würde in seinen eigenen vier Wänden nicht aufhören. Und wenn sie ihre Einstellung nicht bald änderte und den Mund nicht hielt, dann bewohnte er das Apartment im First Circle eben allein, und sie konnte hier weiterhin ihren Patienten die schwieligen Händchen halten und sich ihr Gejammer anhören. Das war doch alles lächerlich!

»Sir, sollen wir eingreifen?«, raunte Dekker.

Verwirrt sah Lawrence sich um – und begriff, dass die Stimmung in Neu-Peking auf die Kantine übergegriffen hatte. In der Nähe von Ludd standen sich zwei kleine Gruppen gegenüber, die sich anschrien und drohend gestikulierten.

Auch Hallberg hatte sich zu ihm umgewandt. Allerdings konnte Lawrence auf dessen Gesicht keine Entschlossenheit ablesen. Er schien abzuwarten. Wie immer. Der Deutsche wartete stets ab. Als ob er jeden Befehl erst einmal verdauen müsse.

»Lass die Bewohner das unter sich ausfechten«, sagte Nia. »Das brauchen die jetzt. Es tut ihnen gut, sich abzureagieren. Bei einer kleinen Schlägerei könnt ihr ein Auge zudrücken.«

»Halt den Mund«, platzte es aus Lawrence heraus. »Das ist nicht dein Zuständigkeitsbereich.«

»Ich soll … was? Den Mund halten?«, wiederholte sie benommen.

Er drückte sie zur Seite – unsanfter, als er vorgehabt hatte –, schob sich an ihr vorbei und zog seine Waffe.

***

Cap hatte damit gerechnet, dass es zu Tumulten kommen würde – ganz gleich, wie die Pressekonferenz verlaufen wäre. Die Menschen auf der Station waren angespannt, verzweifelt und taumelten noch durch eine Art Schockzustand. Verhältnisse, wie er sie nur zu gut vom Camp kannte. Brodelte der Kessel, kochte er früher oder später über. Vor allem in einer Blechbüchse wie der Raumstation. Besonders in einem zu kleinen Kochtopf wie der Kantine.

Auf Huggins' Befehl hin griffen sie zu ihren OC-Guns, und erneut hoffte Cap, seine nicht abfeuern zu müssen. Er folgte Fenna, die sich ihren Weg zu den Tobenden bahnte. Als er sich an Dr. Patel vorbeidrücken wollte, hielt sie ihn kurz zurück.

»Feuern Sie nicht, Cap«, beschwor sie ihn.

»Hab ich nicht vor, Doktor.«

»Das würde alles nur noch viel schlimmer machen.«

Er nickte nur.

»Wir haben schon genug Tote und Verletzte.«

Das wusste er.

Hinter ihm drängte Larissa zum Weitergehen. »Bleib nicht stehen. Ich werde mit Ludd reden!«

»Er ist einsichtig«, bestätigte die Inderin. »Man kann ihn mit Argumenten überzeugen. Soll ich Ihnen …?«

»Nicht nötig, Doktor Patel«, sagte Larissa schnell.

»Besser, Sie warnen Ihr Team vor«, fügte Cap hinzu, dem der Gedanke, nun auch noch auf die Ärztin aufpassen zu müssen, missfiel. Er wollte sie aus der Schusslinie haben. Aus der sprichwörtlichen und aus der realen.

»Ich hab das Gefühl, dass wir Sie bald brauchen werden, Doktor«, sagte er mehr zu sich als zu ihr.

Huggins brüllte Befehle, die Cap durch den Geräuschpegel nicht verstehen konnte. Die OC-Gun fest in der Hand, setzte er seinen Weg fort. Als er sich kurz umdrehte, sah er, wie die Ärztin eindringlich zu Larissa sprach, ihren Arm festhielt und sich dabei zu ihr vorbeugte.

Da traf ihn ein Faustschlag im Gesicht. Er verfehlte knapp seine Nase und glitt am Ohr vorbei. Für einen Moment gesellte sich zu dem Dauerkopfschmerz ein Rauschen, aber er hatte sich schnell wieder im Griff. Mit nur einem einzigen Ruck drehte er dem Angreifer den Arm auf den Rücken und brachte ihn zu Fall. Das Training schien sich bereits auszuzahlen. Schon tauchte Fenna auf und jagte dem Mann ein Narkotikum in die Halsvene. Er erschlaffte sofort.

»Handfesseln und abführen is' nicht«, stieß sie hervor. »Zu wenig Zeit. Komm weiter!«

Mit erhobenen Armen, die Guns über dem Kopf, näherten sie sich den Ruhestörern um Ludd, die sich inzwischen nicht mehr verbal beleidigten, sondern aufeinander eindroschen.

Mehrmals aktivierte Fenna ihren Narkose-Pen und stach wild in Oberschenkel, Arme und Hälse der Kämpfenden. Körper fielen zu Boden. Cap stieg darüber.

Er entdeckte Larissa, wie sie mit Ludd sprach, der die Hände abwehrend erhob und den Kopf schüttelte.

Ein orangefarbener Stationsoverall rempelte ihn an, seine sehnige Trägerin hielt ihn am Arm fest. Blutunterlaufene Augen schauten ihn apathisch an. Die Frau, der er schon auf dem Feld über den Weg gelaufen war, öffnete den Mund, wollte offensichtlich etwas sagen, aber es lief ihr nur Speichel auf den Shirtkragen. Sie zuckte kurz, als Fenna ihr das Narkosemittel in den schmalen Nacken drückte, dann riss sie ihn bei ihrem Sturz fast mit sich.

»Nia holt noch mehr Pens.« Die Irokesin keuchte. »Von mir aus singen wir hier alle in den Schlaf. Mir scheißegal.«

Etwa eine halbe Stunde später lagen vierzig erschlaffte Körper auf dem Korridor vor der Kantine. Unter ihnen Ludd, der von Huggins selbst ins Reich der Träume geschickt worden war, weil er ihm zu viel geredet hatte.

»Sollen wir sie in ihre Unterkünfte schaffen?«, fragte Larissa und war sich sicher im Klaren darüber, dass sie das nur mithilfe von Leuten wie Adekunle schaffen würde.

Fenna schüttelte den Kopf. »Lass sie alle hier. In einer Stunde wachen sie auf, müssen kotzen, fühlen sich elend und schleppen sich von allein in die Quartiere.«

DREAMZ

»Blast it, Huggins! Wie viele Vorfälle sollen mir noch zu Ohren kommen, bevor ich mein Shuttle zu Ihnen fliegen lasse, um Ihnen höchstpersönlich die Meinung über Ihren Führungsstil zu geigen!«, brüllte Hong ungewohnt umgangssprachlich. »Greifen Sie durch! Seien Sie nicht so eine … Pussy, Huggins! Denken Sie an Neu-Moskau!«

Das tat er. Er tat seit geraumer Zeit nichts anderes. Er malte sich aus, wie es sein würde, von dieser Scheißstation herunterzukommen, wieder festen Boden – richtig festen Boden – unter den Füßen zu haben und sich mit einem Pint auf ein stilvolles, weiches Sofa niederzulassen. Vielleicht nach einem angenehmen Barbecue-Abend mit den respektablen, stinkreichen Nachbarn.

»Bei allem nötigen Respekt, Sir!« Lawrence konnte sich kaum mehr beherrschen. »Nicht ich habe diesen Sprengsatz in irgendeinem heruntergekommenem Scheißhaus auf der lieben alten Erde zusammengepuzzelt. Und dieser Hobbybastler hat ihnen offensichtlich einen Haufen Dreck erzählt, was die Wirkung der Sprengladung betraf. Es ist nicht« – das Wort unterstrich er mit einer fahrigen Handbewegung – »meine Schuld, dass wir Tote zu beklagen haben.« Ihm fiel auf, dass er dasselbe Verb benutzte wie Hong, und er klappte den Mund zu. Für einen kurzen Moment fürchtete er, den Bogen überspannt zu haben.

Hong starrte ihn entgeistert an. Dann entfusselte er gleichmütig seinen Hemdkragen, was den Brigadier schier zum Platzen brachte, und fuhr sich mit der Zunge über die Lippen. »Bringen Sie die Aufständischen unter Kontrolle, Brigadier Huggins. Buchten Sie sie ein, sperren Sie sie weg, schubsen Sie sie ohne Anzug aus der Schleuse. Haben wir uns verstanden? Zur Unterstützung ihrer dezimierten Mannschaft lasse ich Ihnen neues Material schicken. Die Koordinationsstelle hat zugesagt, sich sofort darum zu kümmern. Die neuen Teammitglieder lernen Sie dann mit Karacho ein. Gewöhnen Sie die Schlappschwänze an eine harte Gangart. Habe ich mich anschaulich genug ausgedrückt?«

Als ob er das nicht schon immer getan hätte. »Wie Rembrandt. Sir.«

Ohne weitere Worte verschwand Hongs Gesicht vom Bildschirm und machte dem SpaceSeed-Logo Platz, das in schillernden Farben rotierte. Lawrence ließ wütend die Finger knacken, dann ging er zu seinem Schreibtisch und öffnete die Datei mit den Neuankünften der letzten Wochen. Er durfte das andere Problem nicht aus den Augen verlieren.

Gedankenverloren schweifte sein Blick über die Namen derjenigen, die die Station erst vor Kurzem betreten hatten. Er griff nach dem Glas Weizenmilch neben sich, trank einen Schluck, verzog angewidert das Gesicht und wurde gefühlsduselig bei dem Gedanken, dass die Whiskeylieferung, die ihm Markus stets zu Monatsanfang zwischen Ersatzteilen für die Station zukommen ließ, beim nächsten Mal ausfiel, da Markus momentan andere Prioritäten hatte. Den bescheidenen Stand der Dinge auf der Station würde er sich also nicht schöntrinken können. Eine Flasche befand sich noch in den Tiefen seiner Schreibtischschublade. Die letzte Reserve.

»Tjark van der Linden«, murmelte Lawrence, und seine Augen wanderten weiter. »Beruf: Lokomotionsartist. Was zum Henker …«, fing er an, dann las er den darauf folgenden Eintrag. »Herrgott, ein Tänzer! Verstehe. Wenn ich dich mit meiner Elektroimpulswaffe ein wenig kitzele, dann wirst du Lokomotionen vollführen, an die du im Traum noch nicht gedacht hast.«

Er notierte, dass er diese Person, die im Dreamz die Arbeit aufgenommen hatte, einmal näher unter die Lupe nehmen wollte.

»Rosie Ward. Ernährungswissenschaftlerin.« Auch diesen Eintrag markierte er.

»Kaspar Hallberg.« Ein weiterer Vermerk.

»Larissa Martinez.« Noch eine Notiz.

»Michael Winter.« Er zögerte. Dann kennzeichnete er auch diesen Namen.

»Charles Beauvin, Techniker. Lara Weinberg, Barkeeperin. Kate Millway, Botanikerin.«

Verdammt! Hinter jeden dieser Namen konnte er ein Fragezeichen setzen! Jeder dieser Neuzugänge konnte der Spitzel sein, vor dem ihn Markus gewarnt hatte. So kam er nicht vorwärts. Lawrence stieß einen Fluch aus und wischte die Datei fort.

Erneut nahm er einen Schluck von der Milch, verschluckte sich fast, hustete und hieb zornig auf die Tischplatte. Mit dieser Plörre wurde alles nur noch unangenehmer.

Er musste unter dem Vorwand, nach dem Attentäter auf der Station zu suchen, sein Team einweihen. Allein konnte er sich nicht auf die Suche nach dem NH-Spion machen. Nicht nach der Scheiße, die wie Ratten aus allen Löchern der Station zu dringen schien.

Zum ersten Mal bedauerte Lawrence das Ableben von Zach Wallace. Der Amerikaner hätte jeden Stein einzeln umgedreht, um den potenziellen Terroristen ausfindig zu machen. Danach hätten sie ihn gemeinsam skalpiert und dann Hong zum Fraß vorgeworfen.

Möglicherweise fand er in Dekker eine würdige Nachfolgerin für Wallace. Sie hatte sich in den letzten zwei Jahren bei allen Einsätzen vorzüglich verhalten und bewährt.

Er nahm noch einen Schluck Weizenmilch.

***

Cap stand im ehemaligen Feld. Um ihn herum herrschte geschäftiges Treiben, die Aufräumarbeiten waren in vollem Gang. Trotz der fleißigen Absauganlage hing noch ein eigenartiger Geruch in der Luft. Die Halle verfügte über keine Sicht nach außen, ihm war, als ob er in einem riesigen Materialschuppen auf der Erde stehen würde – sicher nicht der schlechteste Ort, um im All zu arbeiten. Ihm selbst wurde immer leicht schummrig, wenn er durch die Sichtfenster der Kantine nach draußen blickte. Im Teamquartier vermisste er sie daher nicht. Im Arboretum hatte er es bis jetzt nicht lange ausgehalten: Die weite durchsichtige Kuppel machte ihn irre. Larissa hingegen meinte, dort eine Camp-Atmosphäre zu spüren. Für Cap ein absurder Vergleich. Das Arboretum, so gigantisch es auch war, konnte nicht als Ersatz für den freien Himmel über seinem Zuhause dienen. Der Staub und die brennende Sonne fehlten.

»Gibt es noch was?«

Cap zuckte wie ertappt zusammen und drehte sich um. Braune Augen sahen ihn an. Der blaue Overall der Labortechniker konnte ihre ausgeprägten Kurven nicht verbergen.

»Ich dachte nur, weil sie zurückgekommen sind. Hat Brigadier Huggins Sie geschickt?«, fügte sie fast entschuldigend hinzu.

»Nein. Ehrlich gesagt weiß ich selbst nicht so recht, warum ich hier bin.«

»Der Ort des Geschehens. Braucht man wohl zum Verarbeiten.«

Cap schwieg. Sie hatte recht.

»Der Schaden ist enorm«, sprach sie weiter. »Ich meine damit nicht die menschlichen Verluste, die sind natürlich … Das kann man nicht in Wort fassen.« Ihre Stimme war fest, doch die Lippen wurden schmal.

»Bis die Ersatzteile hier sind, wird es noch eine Weile dauern«, sagte Cap, um ihr auszuhelfen.

Sie nickte dankbar. »Zeit, die wir nicht haben. Denn wir müssen in einigen Bereichen ganz von vorne anfangen. Wir waren dabei, große Fortschritte beim Gehalt von Proteinen pro hl-Gewicht zu machen.« Sie interpretierte Caps Miene wohl richtig, denn sie lächelte. »Entschuldigung. Ich vergesse manchmal, mit wem ich gerade rede. Es gibt derart viel zu tun – ich weiß gar nicht, wie ich das mit meinen Kollegen bewerkstelligen soll. Und natürlich sitzt uns die Firma im Nacken.« Sie strich sich eine Strähne aus dem Gesicht. »Zurück zu vorhin. Hektolitergewicht. Der Rohproteingehalt nimmt mit dem hl-Gewicht leicht zu. Diesen Effekt konnten wir verstärken. Damit erzielen wir höhere Preise auf dem Markt, der …« Sie brach ab. »Ach, das ist ja komplett uninteressant.«

Aber Cap wurde neugierig. »Spielen die Verkaufspreise in dem Fall überhaupt eine Rolle? Das Getreide wird erst einmal an die bedürftigsten Regionen verteilt.« So hatte es ihnen Fenna zumindest erzählt.

Die Frau lächelte unsicher. Dann schob sie sich erneut eine hellbraune Strähne hinter das Ohr. Eine Geste, die Cap auch bei Larissa beobachtet hatte. Sie tat es aus Verlegenheit oder weil sie sich aus etwas herauswinden wollte.

»Natürlich«, sagte die Technikerin dann. »Aber hohe Proteingehalte sind ernährungsrelevant.«

Cap nickte automatisch. Was lief hier?

»Rosie Ward. Neu-Peking. Ursprünglich Neu-London. Ist jetzt aber ein stinkendes Fischbecken, auf das ich keine Lust mehr habe.« Sie streckte ihm ihre Hand entgegen.

Cap nahm sie. Sie war warm, weich, und der Händedruck war genau richtig. Nicht zu fest. Nicht zu lässig.

»Kaspar Hallberg. Camp bei Neu-Berlin.«

»Richtig«, sagte sie mit angenehm rauchiger Stimme. »Das Security-Team besteht ja aus …« Sie suchte nach dem richtigen Wort.

»Hippies?«, half ihr Cap aus, obwohl er mit dem Begriff nichts anfangen konnte.

Ihr Lachen klang ansteckend. »Das haben Sie jetzt gesagt. Vor allem habe ich diese Bezeichnung noch nie aus dem Mund eines Mannes in Ihrem Alter gehört.«

»Ehrlich gesagt, weiß ich gar nicht, was dahintersteckt«, gab Cap grinsend zu. »Das ist Camp-Gerede.«

»Gefällt mir.« Sie steckte die Hände in die Taschen ihres Overalls. »Es tut mir leid, aber ich sollte …« Sie deutete linkisch auf das, was einmal Setzlingsbehälter gewesen waren. Beim Rückwärtsgehen blieb sie mit dem Schuh an einer Metallstrebe hängen, die man noch nicht weggeräumt hatte. Geistesgegenwärtig griff Cap nach ihrem Oberarm. »Danke. Man sollte hier besser die Augen offen halten. Auch da, wo man sie eigentlich gar nicht hat«, sagte sie. »Und an die kleinen, wuseligen Dinger, die ständig hinter einem her saugen, muss ich mich auch erst noch gewöhnen.«

»Dann sind Sie noch nicht lange hier?«, fragte Cap. Diese merkwürdige Bemerkung über den Verkauf des Getreides ließ ihn nicht los. Der sollte doch preisgünstig oder sogar umsonst an die Nördliche Hemisphäre geliefert werden?

»Erst seit Kurzem. Ich wurde von SpaceSeed in meiner Funktion als Ernährungswissenschaftlerin geschickt, und ich muss sagen, dass ich das Abenteuer, überhaupt von Neu-Peking hierher zu … wie sagt man … fliegen? Oder gibt es da ein Astronautenwort? Es heißt doch Raumfahrt, bin ich dann gefahren?« Ein kehliges Lachen. »Egal. Ich bin da nicht auf dem Laufenden. Ich wollte sagen, dass ich das alles ziemlich genossen habe.«

»Sie sind also nicht mit Weltraumschrott bombardiert worden? Glück gehabt.«

»Ach, Sie waren das?«, sagte Ward überrascht. »Meine Reise war wesentlich ruhiger, muss ich zugeben. Auch meine Ankunft gestaltete sich weniger spektakulär.« Für einen Augenblick schien er nach einem Anschlusssatz zu suchen. »Wie gut haben Sie Mister Ludd bisher kennengelernt?«, fragte sie.

»Nicht sehr gut«, antwortete Cap verwundert. Dieses Gespräch nahm seltsame Züge an. Wurde er ausgequetscht? Gerade wollte er anmerken, dass Ludd mit Sicherheit alle Stationsbewohner besser kannte als die ihn, da vibrierte sein Com.

Fennas Gesicht erschien auf dem Display. »Triff dich mit Larissa im Dreamz«, sagte sie knapp. »Ich komme, so schnell ich kann.«

Kam diese Station nie zur Ruhe? Er senkte das Com. »Tut mir leid, Miss Ward, ich –«

»Rosie«, unterbrach sie ihn. »Natürlich, Sie müssen weg.«

»Die Pflicht ruft.« Was für ein wahnsinnig eloquenter Satz!

»Ich habe auch zu tun, Kaspar. Bis bald.«

»Cap«, korrigierte er automatisch, und sie lächelte.

Dann strich sie ein letztes Mal die widerspenstige Strähne hinter ihr Ohr, erhob kurz die Hand zum Gruß und ging zu dem Teil der Halle, in dem gestern noch das Labor existiert hatte.

Zum ersten Mal sehnte sich Cap nach einer Sicherheitstruppe, die aus so vielen Leuten bestand, dass man die Schichten sinnvoll verteilen konnte.

»Der Barkeeper berichtet von einer Schlägerei«, fuhr Fenna fort, als er sich auf dem Weg zum Lift wieder bei ihr meldete. »Huggins ist in einem wichtigen Gespräch mit Hong. Garantiert bekommt er nach der Sache in der Kantine gerade den Arsch aufgerissen, und ich stehe in der Krankenstation und helfe Nia. Die brauchen mich noch eine Weile hier. Ein Patient ist gerade ausgetickt.«

»Das schaffst du alleine?«, fragte Cap.

»Jepp! Kennst mich doch. Keine halben Sachen. Fange gleich damit an, ihm die Testikel langzuziehen.«

Cap hieb auf das Ebene-C-Display.

Er hatte bisher nur einmal das zweifelhafte Amüsement gehabt, das Dreamz zu besuchen. Danach war für ihn klar gewesen, dass es bei dieser einmaligen Gelegenheit bleiben würde. Zumindest, was seine privaten Gepflogenheiten anging.

Nach der Schicht bevorzugte er sein Bier in einer der zwei anderen Lokalitäten zu trinken, die sich ebenso wie das Dreamz auf Ebene C befanden. Eine gemütliche Bar ohne Schnickschnack, die ihm Fenna empfohlen hatte: das Good Day Sunshine. Hier konnte er sich mit ihr und Larissa unterhalten, ohne befürchten zu müssen, dass ihm nach zwanzig Minuten das Ohr blutete, weil es durch den infernalischen Musiklärm Schaden genommen hatte, oder dass ihm ein betrunkener Gast auf den Schoß fiel.

Wie schon bei seiner ersten Stippvisite im Dreamz schmerzten auch jetzt nicht nur seine Ohren, sondern auch seine Augen. Licht. Viel Licht. Grell. Bunt. Neonfarben. Die stroboskopartigen Blitze durchdrangen den künstlichen Nebel, der im Eingangsbereich waberte. An Stangen wanden sich Körper. Zappelten auf erhöhten Plattformen. Allein. Zu zweit. Männlich. Weiblich. Dürftig bekleidet. Die Tänzer schichteten nur für jeweils eine Woche auf Kopernikus, dann gaben sie ihrer Ablösung an der Schleuse die sprichwörtliche Klinke in die Hand. Die Theke hinter den zuckenden Leibern strahlte wie eine hell erleuchtete Leinwand. Eine, auf der ein Maler die verschiedensten Farben aufgetragen hatte. Grün, Gelb, Rot. Die Flüssigkeiten in Flaschen und Gläsern glühten wie Pinselstriche.

Auf der gegenüberliegenden Seite der Theke erstreckte sich eine Art Bühne. Bekränzt von einem roten Samtvorhang und beleuchtet von der Replik eines antiken Kronleuchters zog sie sich über die gesamte Länge der Wand. Drei Stufen führten zu einer Sofagruppe, auf der Hong, wenn er auf Kopernikus weilte, nach den Konferenzen gerne dem Treiben auf der Tanzfläche zusah. Persönlich hatte Cap den Geschäftsführer von SpaceSeed noch nicht kennengelernt, war jedoch durch Hörensagen zu der Überzeugung gekommen, dass man einem Treffen mit Hong nicht entgegenfiebern sollte. Der jüngste Auftritt des Asiaten hatte das bestätigt. Der Mann war kalt wie das All.

Cap widerstand der Versuchung, die Augen gegen das grelle Licht mit der Hand zu beschirmen, und suchte den Raum nach den Randalierern ab. Es roch nach Schweiß, Parfum und dem Duftstoff, der dem Nebelfluid hinzugefügt worden war.

»Erdbeere!«, schrie Larissa gegen den Lärm an und trat zu ihm. »Hier riecht es nach Erdbeere! Habe ich ein einziges Mal gegessen. Vergisst du dein Leben lang nicht, das kannst du mir glauben. Hat meine Eltern ein Vermögen gekostet.« Sie zog an seinem Ärmel. »Dort!«, brüllte sie in sein Ohr und zeigte mit dem Finger auf zwei sich drehende Gestalten in orangen Stationsoveralls im hinteren Teil des Clubs. In unmittelbarer Nähe der Bar schienen sie eine kesse Sohle aufs Parkett zu legen.

Sie tanzten jedoch nicht. Sie kämpften miteinander. Als Cap auf sie zusteuerte, sprang ein weiterer Mann im Overall eines Feldarbeiters auf die Theke, trat ein paar Flaschen zur Seite und hechtete in die ineinander verkeilten Leiber der Unruhestifter unter ihm. Es war der Hüne, der nach der Explosion auf dem Feld apathisch auf dem Boden gelegen hatte.

Cap bahnte sich mit den Ellbogen einen Weg durch die tanzende Menge. Die meisten von ihnen hatten noch nicht mitbekommen, was vor sich ging, oder sie ließen sich durch eine Prügelei nicht aus dem Konzept bringen. Das war ihr Abend. Sie hatten ihn sich verdient, nach dieser ganzen Scheiße, die passiert war. Sie wollten vergessen.

Der minimalistische, bassbetonte Grundrhythmus der elektronischen Musik schluckte fast jedes andere Geräusch. Faustschläge, hechelnder Atem, Schmerzensschreie oder geschriene Beleidigungen: All das ging in stampfender Gleichmäßigkeit unter.

»Hey!«, grölte Cap, packte einen der Prügelnden am Overall und stieß ihn von dessen Kontrahenten weg. Gläser fielen zu Boden, als der Mann auf einem der Tische vor der Bar aufschlug.

Noch bevor Cap sich vergewissern konnte, ob er zu hart zugepackt hatte, hielt ihn jemand von hinten fest. Seine Schultergelenke knackten schmerzvoll, als ihm die Arme auf den Rücken gedreht wurden. Starke Finger legten sich wie in eine Schraubzwinge um seine Handgelenke. Die Hand auf Caps Rücken, vermutlich die des Hünen, zwang ihn rigoros, sich vorzubeugen. Die Kellnerin – entweder komplett verwirrt oder nicht aus der Ruhe zu bringen – versuchte, sich mit einem vollen Tablett an den Männern vorbeizudrücken. Der Druck auf Caps Schultergelenke ließ einen Moment nach, und mit einem schmerzhaften Ruck befreite er seine Arme aus der Umklammerung.

»Verschwinde, verdammt!«, schrie er die Bedienung an, die verharrte und ihn anstarrte.

Erneut spürte Cap Hände, die seine Arme packten. Ruckartig drehte er den Oberkörper, und beim Versuch, das Gleichgewicht zu behalten und den Hünen abzuwehren, schlug er der Kellnerin versehentlich mit dem

Ellenbogen in die Seite. Sie geriet ins Taumeln, verlor den Halt, schlug mit dem Kopf gegen den Tresen und blieb liegen.

»Scheiße«, japste Cap und machte sich bereit gegen einen weiteren Übergriff.

Er konnte einen Kinnhaken landen, doch seinen Schwinger blockte der Hüne lässig mit dem Unterarm ab, und Cap schoss der Gedanke durch den Kopf, dass er sich bei einer solchen Reaktion sicherlich einen Knochen gebrochen hätte. Er wich ein paar Schritte zurück. Aber die Fäuste seiner Gegner hatten plötzlich kein erkennbares Ziel mehr, droschen nur wild in die Luft.

Larissa tauchte neben ihm auf.

»Wo warst denn du so lange?«, schrie er.

»Ich hab Fenna informiert, dass sie sich beeilen soll!«, brüllte sie gegen den Lärm zurück und half der jungen Frau auf, die sich die Stirn rieb und weinte. Larissa schob sie hinter die Theke und drückte sie dem Barmann, der dem Geschehen fassungslos zusah, in die Arme. »Hier! Runter. Hinhocken. Unten bleiben! Und mach die alberne Musik aus!«, bellte sie, woraufhin sich der Mann gehorsam und mit zitternden Fingern an ein paar Reglern zu schaffen machte. Umgehend nahmen das Wummern der Bässe und Kreischen der Synthesizer zumindest im Bereich der Theke ab. Im Rest des Clubs ging die Party unverdrossen weiter.

Larissa wandte sich zu Cap und der Prügelei um. »Was ist denn mit denen los?«

Die beiden Männer vor ihnen schienen sich nicht länger zu schlagen, sondern eine Art Schattenboxen zu absolvieren. Ihre Mimik war erschlafft.

Cap zuckte die Schultern. »Fing eben erst an. Davor hätte ich deine Hilfe gut gebrauchen können.«

»Ist der eine nicht der vom Feld? Neben dem ich gesessen habe? Und der andere, der kommt mir auch bekannt vor. Die habe ich beide nach dem Attentat gesehen! Die wirken nicht betrunken«, sagte Larissa. »Die wirken …«

Stoned, dachte Cap. Schwer entspannt. Absolut abwesend. Fenna hatte Drogen auf der Station nie erwähnt, aber nach dem Aufruhr an der Schleuse und der Explosion im Weizenlager war er sich nicht sicher, was alles unerkannt im Umlauf war. Zuerst Waffen, dann Sprengmittel und jetzt eben harter Stoff.

Cap wollte ihr eben antworten, als sich der Arbeiter, den er auf den Tisch geschickt hatte, aufrappelte und einen Schrei ausstieß. »Ich brech dir alle Knochen, Security!« Er hustete und spie etwas Dickflüssiges aus. Blut rann ihm über das Kinn. »Von der Schulter bis zum kleinen Zeh!«

»Es ist alles gut. Deine Kumpels haben aufgegeben.« Langsam ging Larissa um die Theke herum. »Warum setzt du dich nicht einfach, und ich hole dir was zu trinken?«

Cap bedeutete ihr stehen zu bleiben.

Da stimmte etwas nicht. Die Augen des Mannes waren blutunterlaufen. Geplatzte Äderchen schlängelten sich durch das Weiß. Unter den Jochbeinen hatten sich dunkelrote Schwellungen gebildet. Er schwankte leicht, aber seine Hände waren zu Fäusten geballt.

»Alles okay?«, setzte Cap vorsichtig nach.

Der Arbeiter schlug zu. Cap sah die Faust kommen, ließ sich fallen und spürte, wie sich Glassplitter in seine Handflächen bohrten. Er biss die Zähne zusammen, griff nach den Fußgelenken des Mannes und versuchte, ihn zu Fall zu bringen. Ihm war, als ob er an einer Eiche rüttelte. Da spürte Cap einen heißen Schmerz, der ihm vom Oberschenkel in die Hüfte fuhr. Aus den Augenwinkeln sah er, dass die zwei anderen aus ihrer Starre aufgewacht waren und nun auf ihn eintraten. In stiller Verzweiflung bemühte er sich, sich aufzurichten, und als seine Blicke an dem Körper des Mannes vor ihm hoch wanderten, registrierte er ein Zucken in dessen Hand. Und Larissa direkt vor ihm.

Cap schrie und sprang gleichzeitig, aber er war nicht schnell genug. Mit einem Grunzen schnappte sich der Arbeiter die OC-Gun der Französin, die viel zu spät registrierte, was passierte. Zu spät, um zu verhindern, dass der Laser der Waffe ein Ziel suchte und den Barmann fand.

Zur falschen Zeit am falschen Ort, fuhr es Cap durch den Kopf. Aber er kann nicht abdrücken. Nicht diese Waffe. Nicht diese.

Ungläubig glotzte der Barmann auf den grün leuchtenden Punkt auf seiner Brust. Cap lief es kalt den Rücken hinunter, als sich der Laser zitternd auf den Kopf des Barkeepers zubewegte.

Die biometrische Sicherung funktioniert, ging es Cap panisch durch den Kopf. Aber das Ziel kann die Waffe trotzdem anvisieren. Das reicht, um das potenzielle Opfer um den Verstand zu bringen.

Da drang eine andere Lichtquelle durch das Stroboskoplicht, sie kam von hinten und wurde von einem knisternden Geräusch begleitet. Der Schütze knickte ein und stürzte zu Boden. Die Waffe glitt aus seinen Händen und schlitterte über das Linoleum. Er starrte mit aufgerissenen Augen zuerst an die Decke der Bar und dann in Caps Gesicht, sein Körper bebte, seine Arme zuckten. Dann blieb er reglos liegen. Es knisterte ein weiteres Mal, und als Nächstes knickten die Beine des Hünen ein. Er fiel hart auf die Knie und sank ohnmächtig zur Seite.

Eine Hand legte sich auf Caps Rücken, und in Erwartung eines weiteren Angriffs drehte er sich um. Seine Hüfte protestierte, und Cap schrie laut auf.

»Nia ist gleich hier«, sagte Fenna.

»Was?« Cap brauchte eine Weile, um zu verstehen, dass der Kampf vorbei war.

»Er hat anvisiert«, japste Larissa.

»Aber er konnte nicht abdrücken. Die Sicherung hat das verhindert. Jetzt beruhig dich«, sagte Fenna. »Die Sache ist erledigt.«

»Der dritte Mann?«, keuchte Cap. Die Schmerzen wurden unerträglich.

Fenna deutete auf eine Elektroimpulswaffe an ihrem Gürtel. »Alle Gemüse«, antwortete sie knapp. »Zumindest vorerst.«

»Meint ihr, das war so was wie ein posttraumatisches Syndrom?«, fragte Larissa mit zitternder Stimme.

Fenna schüttelte den Kopf. »Die Typen sahen aus, als ob man ihnen Stierhormone verabreicht hätte. Und ich will wissen, woher sie das haben. Nach einigen Tagen werden sie sich erholt haben, und dann quetschen wir sie aus. Nia wird sie zuvor durch den Laborwolf drehen.« Sie richtete einen Stuhl auf und ließ sich darauf plumpsen. Wie hypnotisiert sah sie die sich drehende Silberkugel der Decke an. »Außerdem weiß ich eins. Bei Stress saufe ich. Ich prügele anderen Leuten nicht die Seele aus dem Leib und versuche auch nicht, sie abzuknallen.«

Cap dachte in eine ähnliche Richtung. Ihm fielen die blutunterlaufenen Augen der Frau aus der Kantine wieder ein.

Seine Hüfte schrie, sein Rücken jammerte, sein Kopf dröhnte. Er konnte Nias Medikamente im Moment verdammt gut gebrauchen.

Die blutunterlaufenen Augen. Bei allen vieren. Und alle vier waren auf dem Feld gewesen.

Das konnte kein Zufall sein.

Dritter Teil

ZUSAMMENBRUCH

FUNKELNDER TEPPICH

Lawrence hatte gerade ein weiteres enervierendes Gespräch mit Neu-Peking beendet, als ein Summen an der Tür jemanden ankündigte.

»Herein!«, rief er in freudiger Erwartung, Nia zu sehen. Sie hatten sich am Morgen wie so oft gestritten. Ihre Meinungsverschiedenheiten gehörten inzwischen genauso zum gemeinsamen Tagesablauf wie das schweigsam eingenommene Abendessen oder die Nächte, die jeder auf der eigenen Bettseite verbrachte. Sie bat ihn morgens nicht mehr, ihr Parfum für den Tag auszusuchen, sondern achtete darauf, vor ihm aufzustehen und das Quartier zu verlassen. Sie verbrachte mehr Zeit auf der Krankenstation als Kommandantin Beljajew auf der Brücke.

Vielleicht wollte sie jetzt eine Aussöhnung?

Zu Lawrence' Unmut schob sich ein beleibter Mann im roten Stationsoverall und mit ungekämmten Haaren in den Raum.

»Was machen Sie hier, Ludd?«, blaffte der Brigadier. »Hat Ihre Schicht nicht längst begonnen?«

»Professor Ludd, wenn ich bitten darf. Und nein – ich habe noch Zeit genug, um eine Beanstandung vorzubringen.«

Lawrence' Mund verzog sich zu einem gehässigen Lächeln. Er wusste, was jetzt kommen würde. »In der Tat? Formulieren Sie diese bitte schriftlich.« Er stand auf, wollte durch die Tür treten und Ludd dabei in den Korridor zurückdrängen, aber der Professor versperrte ihm den Weg.

»Abgesehen davon, dass Sie schon wieder ein kleines Kind aus den Händen seiner rechtmäßigen Eltern gerissen haben – ein Vorgehen, das ich zutiefst verabscheue –, besitzen Sie nicht die Handhabe, ich wiederhole, nicht die Handhabe, unsere persönliche Kommunikation, sowohl untereinander als auch mit Familien und Freunden, zu speichern und zu durchsuchen.«

Er hatte richtig vermutet, es ging um die vor einigen Tagen angekündigte Maßnahme. »Zuerst: Ihnen ist gegenwärtig, dass mit Kepler ein intensiver Personentransfer läuft? Arbeitskräfte, die uns beim Neuaufbau des Felds helfen, im Tausch gegen den Nachwuchs von Paaren, die den Bogen ihrer Fruchtbarkeitsriten überspannt haben? Und Ihnen ist außerdem bewusst, dass wir durch das Vorgehen der Kommunikationsüberwachung versuchen, dem Attentäter auf die Spur zu kommen?«, fragte Lawrence sarkastisch.

Ludd plusterte sich auf wie ein Gockel. »Machen Sie sich nicht lächerlich! Sie wissen genauso gut wie ich, dass der Attentäter längst nicht mehr auf der Station ist. Wer wäre dermaßen verblödet, sich noch hier aufzuhalten, nachdem er den Auftrag ausgeführt hat? Piloten, Frachtarbeiter … alle Personen mit zeitlich begrenzten Aufenthalten auf der Station kämen infrage. Diese weit hergeholte Begründung ist ein Vorwand für Ihr impertinentes Prozedere. Und ich wiederhole: Sie haben dazu kein Recht.«

Lawrence richtete sich zu seiner vollen Größe auf und verschränkte die Arme vor der Brust. »Nein?«

Der Professor ließ sich von der muskulösen Gestalt des Security Chiefs nicht beeindrucken. »Nein!«

»Sie haben nicht den Eindruck, dass Sie eventuell falsch informiert sind, Ludd?«

»Professor Ludd. Und ich bin richtig informiert. Auch in einer bedrohlichen Situation, in der wir uns – zumindest Ihrer Meinung nach – momentan befinden, ginge Ihre Befugnis nicht so weit.« Der Professor wich nicht zurück, weder äußerlich noch innerlich. »Selbst wenn eine Anordnung der Geschäftsleitung vorläge, fehlt Ihnen in dieser Sache der Rückhalt der Nördlichen Hemisphäre. Ihr Vorgehen widerspricht evident den Persönlichkeitsrechten, die uns zustehen.«

Lawrence lachte lustlos und fühlte Ärger in sich aufsteigen. »Sie sind amüsant, Ludd. Wollen Sie sich nicht im Pub vorstellen? Uns fehlt noch ein Stand-up-Comedian.«

»Es heißt Professor Ludd. Und ich möchte«, postulierte er nun um einiges lauter als zuvor, »nachdem ich Ihnen verbal angekündigt habe, dass wir mit diesem Prozedere nicht d'accord gehen, in aller Förmlichkeit mitteilen, dass wir gedenken, Ihnen die Stirn zu bieten.«

»Wie ich schon sagte, Sie sind eine echt komische Nummer«, entgegnete Lawrence, dem es große Mühe bereitete, ruhig zu bleiben. Sein Londoner Akzent kam durch, und er konzentrierte sich auf die nächsten Worte. »Darf ich mich höflich erkundigen, wie die Umsetzung dieses Trutzes aussehen wird? Die Bühne gehört ganz Ihnen. Für fünf Minuten, ich habe einen Termin.«

Ludd schien nicht zu merken, dass ihn der Brigadier verhöhnte. »Wir streiken.«

Lawrence prustete. »Ohne Witz?« Das war lächerlich.

»Etliche Männer und Frauen auf dieser Station stehen hinter mir. Etliche!« Ludds Gesichtsfarbe nahm eine ungesunde Röte an. »Wir werden dies mit finsterer Entschlossenheit in die Tat umsetzen!«

»Nun, Mister Ludd«, Lawrence betonte die Anrede überdeutlich. »Dann wünsche ich Ihnen viel Vergnügen. Ich kann Ihnen jetzt schon mitteilen, dass ich mich amüsieren werde. Sie entschuldigen mich nun? Ich habe zu tun.« Mit diesen Worten schob er den Professor auf den Flur und verschloss die Bürotür mit dem Abdruck seines Daumens. Bemüht, sich seine Wut nicht anmerken zu lassen, bummelte er herausfordernd langsam den Korridor entlang.

Ein Streik! Katastrophe! Er brauchte einen Vertrauenspartner auf der Station. Dringend. Das Attentat, durchgeknallte Arbeiter, ein Spion der NH und jetzt noch Arbeitsniederlegung: Das konnte er alles nicht mehr allein bewältigen.

***

Cap atmete schwer und starrte in die Sterne. Funkelnde Flusen in einem schwarzen Teppich. Manche strahlten heller als andere, manche erschienen größer. Insgeheim hatte er befürchtet, ihm könne schlecht werden, ihm könne der Verlust von oben und unten auf den Magen schlagen, aber nun fühlte er sich fast glücklich. Trotzdem würde er diese bodenständige Art zu denken nie aufgeben können. Oben und unten. Hinten und vorn. Die Erde war seine Heimat. Egal wie unwirtlich sie war. Für das All fühlte er sich einfach nicht geschaffen. Jetzt und hier vergaß er jedoch den Mist, der auf Kopernikus geschah –wenn auch nur für ein paar Stunden.

»Alles okay?«, fragte der Pilot des Shuttles.

»Was?«

»Sie haben geseufzt. Klang irgendwie … merkwürdig.« Er lachte, und sein blonder Walrossschnurrbart, der ihm bis zu den Mundwinkeln reichte, zitterte wie eine behaarte Raupe.

»Ist ‘ne Weile her, seit ich das letzte Mal …« Cap suchte nach dem richtigen Wort, aber ihm wollte keines einfallen, und so beendete er den Satz mit: »… hier draußen war.«

»Und die Erfahrung gehört nicht zu Ihren glücklichsten, nach allem, was man sich erzählt.«

»Man erzählt sich was über mich?« Cap zog die Augenbrauen hoch.

»Na ja, Weltraumschrott auf der Route spricht sich unter Piloten rum.« Die Raupe zitterte erneut. »Aber keine Panik. Alles sauber hier.«

Das hatte Jack Kramer, der Pilot des Raumers, der Cap, Larissa und Michael nach Kopernikus gebracht hatte, sicher auch gedacht.

»Kein schlechter Ausblick hier, was?«, sagte der Pilot.

»Kann man sich dran gewöhnen«, stimmte Cap zu. »Allerdings reicht es mir, wenn wir geradeaus fliegen. Keine abrupten Schwenks, bitte.«

Der Pilot lachte. »Abrupt geht hier gar nichts, Mister Hallberg. Wir sitzen nicht in einem Achterbahnwaggon.« Er griff nach einem Becher in einem provisorisch montierten Halter neben seinem Sitz. »Kein Alkohol«, betonte er bei Caps argwöhnischem Blick. »Labberige Weizenmilch. Gibt es fassweise auf den Stationen und ist das Einzige, was sie ohne großes Geschrei für die Fahrten rausrücken. Zumindest verdurstet man nicht auf den Flügen.«

»Welche Stationen fliegen Sie noch an, außer Kopernikus und Kepler?«

»Keine mehr. Nur die langweilige Erde, die allerdings mit dem Raumer. Fracht und so weiter. Ersatzteile, Verpflegung, Passagiere. Na, Sie kennen das ja jetzt auch.« Er gluckste und stellte den Becher zurück. »Muss ja ein Höllenritt gewesen sein, den Sie da absolviert haben.«

Cap verspürte einen Stich und wechselte das Thema. »Wie geht's da unten?«

»Auf der Erde?« Der Pilot schüttelte den Kopf. »Kriege ich nicht mit. Bin ständig unterwegs. Weiter als zur Koordinationsstelle komme ich nicht. Muss ich aber auch nicht. Ist halt immer noch trocken und staubig.« Er fuhr sich über die Lippen, als ob ihn allein der Gedanke an die Temperaturen auf der Erde durstig machte. »Hier oben gefällt's mir eindeutig besser. Wollte nicht da unten leben. Wollte ich nicht«, murmelte er.

Einige Sterne explodieren, andere werden neu geboren, fuhr es Cap durch den Kopf. Schwarze Löcher verschlingen alles, was ihnen zu nahe kommt, und trudelnder Weltraumschrott kann die Außenhülle der Frachter beschädigen. So viel weniger gefährlich war es im All seiner Meinung nach nicht. Auch hier mochte einen der Tod erwischen. Und zwar schneller, als man bis drei zählen konnte.

Sternenklare Nächte jedoch waren in seiner Heimat eine Kostbarkeit. Es gab gewiss Kinder, die noch nie mit dem Finger gen Himmel gedeutet und ihre Eltern gefragt hatten, was denn da oben blinke und funkele. Der Kosmos war schön und erhaben, daran gab es keinen Zweifel. Aber auf dem ehemals Blauen Planeten bekam das fast niemand mit. Auch Cap hatte den Sternenhimmel vor seinem Abflug noch nie gesehen – weswegen das Bild der Unendlichkeit ihm fast die Tränen in die Augen trieb. Dennoch fehlten ihm die Farben. Die Farben der Erde.

»Bäume sind auch ganz hübsch«, sagte Cap abwesend.

»Was?«

»Bäume. Tut mir leid, ich war in Gedanken. Sie sprachen über den Ausblick hier.«

»Ah. Bäume. Ja. Da gibt es noch ein paar, habe ich gehört. Sie sind also aus den Camps und nicht freiwillig hier.« Es war eine Feststellung.

Cap nickte, obwohl der letzte Aspekt nicht ganz der Wahrheit entsprach.

»Und wie ist es da, in den Camps?«

»Heiß, wie überall.«

»Und sonst?«

»Staubig.«

Der Pilot zog amüsiert einen Mundwinkel hoch. »Sag ich doch. Will nicht da unten leben.«

Das Shuttle zog nach links oder rechts oder backbord oder steuerbord – Caps Magen machte einen kleinen Hüpfer, spontan wurde ihm übel –, und dann kam die glänzende Hülle von Kepler in Sicht. Wie ein beleuchteter gigantischer Pilz schwebte die Station im Schwarz des Alls.

Zischend stieß Cap Luft aus. Den Anflug auf Kopernikus vor einigen Wochen hatte er verpasst, da er damit beschäftigt gewesen war, nicht in den Frachtraum zu kotzen und Michael das Leben zu retten. Außerdem waren seine Eier Gefahr gelaufen, durch das Leck im Raumer ins Vakuum gesogen zu werden, wie Fenna es nach seiner Ankunft so treffend formuliert hatte.

»Effektvoll, nicht?«, fragte der Pilot, wartete jedoch nicht auf eine Antwort. »Sie hatten ja bis jetzt nicht das Vergnügen, Kopernikus von außen zu sehen. Ja, das kann einen schon kurz aus der Fassung bringen. Und der Luxus … Aber das ist für Sie inzwischen nichts Neues mehr, was? Teppiche. Sitzgruppen. Heiße Duschen. Auch für uns Piloten. Tolle Bars. Die Qualität der Spirituosen ist bombastisch. Ich weiß, wovon ich spreche, schließlich bin ich einer von denen, die das Zeug anliefern. Und auch die restlichen Bedürfnisse –« Wieder kicherte er. »Na, ich muss Ihnen davon auch nichts erzählen. Sie kennen ja die Station mit all ihren

Vorzügen. Ich meine, wenn man bedenkt, was vor hundert Jahren alles im All herumgetrudelt ist: Saljut 7, MIR, die ISS, die NHSS. Keine Schwerkraft, minimale Grundfläche – zumindest verglichen mit heute –, Krebs durch kosmische Strahlung, keinerlei Luxus. Grundgütiger!« Nicht einer der Namen sagte Cap irgendetwas, aber er hatte keine Chance einzuhaken; der Pilot schwafelte selbstvergessen weiter. »Ist nicht schade um die alten Blechdosen. Allerdings hat man verpennt, die späteren Modelle kontrolliert zum Absturz zu bringen. Das wird man noch nachholen müssen, bevor Neu-Peking von einem Solarpaneel getroffen wird.«

»Hat man nicht?«, grätschte Cap in den Redefluss.

»Nee, die schippern noch vor sich hin. Allerdings weichen sie immer mehr vom ursprünglichen Kurs ab. Wird also nicht mehr lange dauern, bis es Teile regnet. Die stammen noch aus Zeiten, bevor CropUniverse und SpaceSeed die Kontrolle im All übernommen haben.«

Von hinten erklang ein Wimmern, das langsam in ein Schluchzen überging und schließlich zu einem Heulen wurde.

»Unser Passagier ist aufgewacht«, stellte der Pilot fest. »Sehen Sie mal nach ihm, wenn's recht ist. Bei dem Geplärr kann ich mich nicht konzentrieren. Ehrlich, Mister Hallberg, diese Babytransporte sind nicht mein Ding. Einfach unglaublich, wie laut diese Würmer brüllen können. Und die Tonlage! Als ob man einer Katze auf den Schwanz tritt.« Er betätigte die Funkanlage und schrie gegen den Säugling an. »Hier Shuttle Triticum an Kepler. Ich komme jetzt rein. Hört ihr mich?«

Zuerst klang nur Rauschen aus den Lautsprechern, dann meldete sich eine weibliche Stimme. »Triticum, hier Kepler. Bist pünktlich wie die Uhr. Wie sieht's aus bei dir?«

»Euer nerviger Nachwuchs kräht, als ob man ihn abstechen würde, aber ansonsten ist alles gut. Bekomme ich das übliche Quartier, Mae?«

Ein heiseres Lachen war zu hören. »Klar doch, Elias. Und Kreissler hat angekündigt, heute Abend 'ne Runde im Lighthouse zu schmeißen. Du bist wie immer herzlich willkommen.«

Der blonde Schnauzer zitterte heftig. »Manchmal wächst die Alte echt über sich hinaus, oder? Hast du ihr endlich den Stock aus dem Arsch gezogen? Zu der Einladung sag ich natürlich nicht Nein, meine Schöne!«

»Macho!« Mae kicherte. »Du kannst andocken. Lass dich reinbringen, Elias, von unserer Seite ist alles klar. 3,1 Meter pro Sekunde. Du scheinst es eilig zu haben, aber kein Grund zur Sorge.«

Cap hielt dem Baby seinen Daumen hin, welchen es glucksend ergriff. Er strich ihm sanft über die Wange und versuchte, die aufkommende schmerzliche Erinnerung an Aaron, seinen verstorbenen Sohn, zu unterdrücken. Vorn betätigte Elias ein paar Kippschalter, drückte auf einige Knöpfe und verschränkte dann die Arme hinter dem Kopf. Cap fragte ihn, ob er sich wieder hinsetzen müsse, aber der Pilot verneinte und betätigte erneut die Funkanlage.

»Mae, meine Schöne«, sagte er. »Habe eben auf automatisches Andocksystem geschaltet. Lehne mich jetzt zurück. Wenn du brav bist, darfst du gleich meinen Schnauzer streicheln. Bevor ich dich unter den Tisch trinke.«

»Und wovon träumst du nachts? Streichle dich doch selbst, du alter Bock!«, kam es amüsiert aus dem Lautsprecher.

EBENE B

Lawrence hatte ohne rechtes Ziel das verbale Schlachtfeld verlassen und automatisch den Weg zu Ebene B eingeschlagen.

Nun gut, dachte er, als er im Aufzug stand und auf die Tür starrte. Wenn mein Unterbewusstsein zur Krankenstation will, dann sollte ich versuchen, mit Nia die Wogen zu glätten. Zumindest ein Gefecht musste er zu einem guten Ende bringen, es kostete ihn einfach zu viel Nerven und Zeit, sich mit mehreren Scharmützeln gleichzeitig auseinanderzusetzen.

Der unbekannte Kundschafter der NH im Nacken, vor dem ihm Markus Schwarz gewarnt hatte, machte ihm momentan am meisten Sorgen. Die geplante Überwachung von privaten Kommunikationskanälen der Stationsbewohner diente in erster Linie dessen Entlarvung. Was Lawrence darüber hinaus erfahren würde, war sicherlich hervorragend verwertbar. Die Aktion würde sich auf jeden Fall in irgendeiner Weise als gewinnbringend herausstellen.

Auf dem Korridor der medizinischen Versorgungsebene war so gut wie niemand unterwegs. Doch Nias Station war an ihren Kapazitätsgrenzen. Viele Schwerverletzte waren das Ergebnis der Explosion gewesen. Von den anderen Zwischenfällen ganz zu schweigen.

Unwillkürlich ballte Lawrence die Hände zu Fäusten. Krankheitsfälle auf der Station betrachtete er als empfindliche Störung der Balanceregel. Dieses Scheißstationsgesetz macht mir in den letzten Wochen mehr Ärger als in den ganzen Jahren zuvor, dachte er.

Der Brigadier erwartete das gewohnte Zischen der zur Seite gleitenden Tür und prallte beinahe dagegen, weil der Eingang zur Krankenstation sich nicht öffnete.

»Was zum …?« Prüfend warf er einen Blick auf das Display an der Wand, tippte einen Überbrückungscode ein und wartete. Nichts geschah. Er probierte es erneut. Die Tür blieb verschlossen. Einen Moment lang war er versucht zu klopfen, obwohl er wusste, dass durch die Stahltür kein Laut drang. Nach einem dritten vergeblichen Bemühen, die Tür durch die Überbrückung zu entriegeln, aktivierte er sein Com und rief Nias Profil auf.

Keine Reaktion auf seinen Anruf.

Lawrence wurde unruhig.

»Nia?« Es war unsinnig zu schreien, aber Lawrence tat es trotzdem. »Nia?« Mit der Faust hämmerte er gegen die Tür.

Er fuhr herum, als sich eine Pranke auf seine Schulter legte, und seine Hand glitt zur OC-Gun.

»Gibt es ein Problem?« Adekunles breite Stirn legte sich in besorgte Falten. »Ich konnte Doktor Patel nicht erreichen, Sir.«

Lawrence entspannte sich und sah zu dem einen Kopf größeren Nigerianer auf. »Verschlossen«, gab er knapp zurück. »Überbrückungscode funktioniert nicht. Wir brauchen einen Techniker.« Schon zückte er erneut das Com, doch Adekunle hielt ihn zurück.

»Das lässt sich anderweitig regeln.«

»Anderweitig? Ich verstehe nicht.«

»Wir entriegeln manuell, Sir.«

Lawrence betrachtete ihn argwöhnisch. »Das klingt, als ob Sie das schon öfter gemacht hätten.«

»Das mag eine Raumstation sein, Sir, aber die Technik ist dieselbe wie auf der Erde. Auch ich hatte früher einen anderen Job, bevor ich das Glück hatte, von Doktor Patel angeworben zu werden.«

Lawrence verkniff sich die Frage, ob dunkle Arbeitskleidung, Dietriche und Glasschneider Teile dieses Jobs gewesen waren. »Legen Sie los«, sagte er jovial und trat ein wenig zur Seite.

Zu seiner Verblüffung holte Adekunle ein schlankes Werkzeug aus der Hosentasche, an dessen langem Schenkel sich ein kleiner Knubbel befand. »Winkelschlüssel«, erklärte er wie selbstverständlich. »Universalwerkzeug hier.«

Als ob er genau wisse, wovon Adekunle sprach, nickte Lawrence. »Nur zu«, bat er weltmännisch. Es war selten, dass sich ein Bürger der Südlichen Hemisphäre in die NH verirrte, seit die Sicherheitszone errichtet worden war, und grundsätzlich traute Lawrence keinem von ihnen über den Weg. Aber der Nigerianer war in der Vergangenheit stets loyal und integer gewesen, und demzufolge verließ sich der Brigadier auf ihn.

Es dauerte weniger als eine Minute, bis die Verkleidung scheppernd zu Boden fiel. Anschließend beugte sich Adekunle über das Kabelgewirr, zog einige Drähte auseinander und versenkte Daumen und Zeigefinger im entstandenen Spalt. Lawrence hörte es einmal leise klicken, und die Tür öffnete sich mit einem Ruck um circa zehn Zentimeter. Lawrence war beeindruckt.

»Eine manuelle Entriegelung«, erklärte Adekunle, »hat jede Tür hier. Das Schwierigste ist, die Abdeckung zu entfernen.«

»Verstehe«, entgegnete Lawrence und machte sich eine innere Notiz zur Optimierung dieser Mechanismen. Die Liste mit Verbesserungsmaßnahmen bezüglich der Sicherheitsaspekte auf Kopernikus wurde immer länger.

Seine Finger umschlossen das Türblatt. Noch immer drang kein Laut aus der Krankenstation. »Nia?«, rief er hinein. Es blieb still.

Es dauerte eine weitere Minute, bis sie die Tür gemeinsam so weit aufgeschoben hatten, dass sie sich hindurchquetschen konnten. Das Vorzimmer war leer.

Adekunle trat in den Nebenraum, in dem die Laborgeräte standen. Nur Sekunden später erschien er wieder. Eine von Dr. Patels Krankenschwestern hing weinend an seinem Arm.

»Sie haben sie einfach mitgenommen«, schluchzte Monica.

»Wer wen?«, blaffte Lawrence, der das hilflose Gestotter von Augenzeugen hasste.

»Zwei … Patienten. Sie haben Doktor Patel. Im Zimmer 2. Wir konnten die meisten noch in die anderen Räume schieben, als wir bemerkten, dass mit diesen Arbeitern etwas nicht stimmt.« Sie klammerte sich derart verzweifelt an den Nigerianer, dass ihre Fingerknöchel weiß hervorstanden.

Der Krankentrakt bestand aus einem Flur, der sich ringförmig um fast die Hälfte von Kopernikus legte. Von diesem Flur aus gelangte man in die einzelnen Zimmer. Jedoch gab es aus Sicherheitsgründen nur einen Zugang vom Hauptkorridor auf Ebene B. Und der führte durch das Vorzimmer.

»Blutunterlaufene Augen, Aggressivität und kurz anhaltende Körperstarre?«, hakte Adekunle nach.

Monica nickte stumm, kämpfte mit den Tränen.

In Lawrence' Magen begann es zu rumoren. Warum hatte Nias Personal die Zeit nicht anders genutzt? Die eintretende Bewegungsarmut der Infizierten hielt nur wenige Minuten an, doch in dieser Zeit hätte man versuchen können, sie zu überwältigen.

»Ich wollte Morphium injizieren«, schluchzte Monica. »Ich hatte die Spritze schon in der Hand, ein anderer Patient hatte starke Schmerzen. Aber ich war zu … Ich war zu langsam. Zu langsam.« Ihre Stimme kippte. »Und Doktor Patel … ihr war der Schutz ihrer Patienten wichtiger. Ich habe völlig allein versucht, diese … diese … ich hatte solche Angst, und dann haben sie mich weggefegt wie ein Insekt … Doktor Patel haben sie geschnappt. Einfach geschnappt«, ihre Stimme brach, und ihre Schultern zuckten.

Aus diesem aufgelösten Weibstück würde er keine weiteren Informationen herausholen können. Als Monica erneut den Mund aufmachte, gebot ihr Lawrence mit einer brüsken Handbewegung zu schweigen. Dann übernahm, wie immer vor einer brenzligen Situation, seine militärische Ausbildung das Kommando. Beherrscht griff er zur OC-Gun und legte den Finger auf den biometrischen Scanner. Mit einem blauen Licht bestätigte die Waffe, dass die Zielerfassung einsatzbereit war.

»Bleiben Sie hinter mir«, raunte er Adekunle zu, der mit einem Knurren bestätigte. »Und Sie, Monica, Sie gehen ins Labor zurück. Haben wir uns verstanden?«

Die grüne Laserzielerfassung tanzte über den Boden und bewegte sich an der Wand entlang, als Lawrence vorsichtig einen Fuß vor den anderen setzte. Dieses Mal erfolgte das vertraute Zischen, bevor sie über die Schwelle der Tür in das erste Krankenzimmer traten.

Er erstarrte.

Vor ihm lagen drei blutüberströmte, übel zugerichtete Körper neben den Betten. Es sah aus, als ob ihnen ein wildes Tier mit Reißzähnen die Eingeweide herausgezerrt hätte. Teile von Innereien lagen neben einer der Leichen. In der Zimmerecke hing eine tote Frau in einem Rollstuhl, als ob sie bereit für eine Ausfahrt wäre. Ihre Kehle war durchgeschnitten. Nicht weit vom Rollstuhl entfernt lag ein Skalpell. Nia war nicht zu sehen. Vor Erleichterung hätte Lawrence beinahe aufgeseufzt.

»Verdammte Sauerei«, murmelte er, wieder ganz Security Chief, und holte mit der freien Hand sein Com hervor.

Adekunle ging neben einer ausgeweideten Leiche in die Hocke. »Nicht mit dem Skalpell vorgenommen wie der Schnitt durch die Kehle. Sieht wie auseinandergezogen aus. Sehen Sie die unsauberen Ränder an der Bauchdecke?« Er stand auf und wischte sich die blutigen Finger an der Hose ab. »Ich habe das ungute Gefühl, dass die stärker werden. Vielleicht gibt es so eine Art Höhepunkt bei dieser … Krankheit, die die letzten Reserven anzapft, oder etwas in der Art.«

»Behalten Sie das mit der Krankheit erst mal schön für sich.« Lawrence hatte keine Lust, sich die Schweinerei aus der Nähe anzusehen. »Wenn das stimmt, dann können wir nur hoffen, dass diesem Höhepunkt möglichst bald der körperliche Absturz folgt«, sagte er mit gesenkter Stimme und aktivierte sein Com. »Dekker«, flüsterte er. »In die Krankenstation. Sofort. Bringen Sie außer Martinez auch Sakamoto und Bianchi mit. Alle bewaffnet. Jetzt.«

Er wartete nicht auf eine Bestätigung.

Feuerprobe für die zwei Neuen. Jetzt konnten sie zeigen, was sie wert waren. Bei Kaito Sakamoto hegte er keine Zweifel an dessen

Entschlossenheit. Diego Bianchi allerdings hatte seit seiner Ankunft vor einigen Wochen nicht gerade durch Effizienz geglänzt. Der Italiener dachte zu viel nach. Wie Hallberg. Den sich Lawrence trotz aller Vorbehalte jetzt jedoch herbeiwünschte. Der hagere Deutsche mit dem jungenhaften Gesicht handelte oft verzögert, wägte zu viele Alternativen ab, war Lawrence einige Male zu sanft vorgegangen, aber was er tat, hatte letztlich Hand und Fuß. Bei Bianchi bestand die Gefahr, dass er reagierte wie ein kopfloses Huhn. Oder sich bei dem Anblick der Leichen auf die Militärstiefel kotzte.

Lawrence spürte Adekunles Atem auf seinem rasierten Schädel und sah kurz auf. Dann steckte er das Com zurück, umrundete die Toten, gab darauf acht, nicht in die Blutlachen zu treten, trat in den Korridor und deutete mit dem Finger auf die Tür zum nächsten Raum.

Sie ließ sich nicht öffnen. Aber Lawrence bildete sich ein, dahinter Geräusche zu hören. Die Sorge um Nia machte ihn beinahe irre. Er schluckte trocken und atmete kurz durch.

Wo verdammt noch eins blieb Dekker?

***

Die hochgewachsene Frau in Uniform, die Cap entgegentrat, war um die fünfzig, trug das helle Haar zu einem festen Knoten auf dem Hinterkopf zusammengesteckt und bewegte sich, als ob ihre Gelenke mit Blei ausgegossen wären. Für Cap bestand kein Zweifel daran, dass er es mit Security Chief Liz Kreissler zu tun hatte, der Dame »mit dem Stock im Arsch«.

»Mister Hallberg, nehme ich an?«, begrüßte sie ihn mit rauer Stimme und rammte ihm ohne Vorwarnung eine Nadel in den Unterarm. »DNS-Probe. Hier herrschen nach dem Attentat auf Ihrer Station noch strengere Sicherheitsvorkehrungen als sonst.«

Während Cap sich den Arm rieb und ein »Schön, Sie mal kennenzulernen« murmelte, hatte Kreissler die Spritze schon an einen dunkelhaarigen Mann weitergegeben, der mittels eines tragbaren Geräts Caps Identität prüfte.

Schweigend standen sie sich gegenüber. Die Babytasche in Caps Hand bewegte sich, und das Kind fing an zu wimmern.

»Wie lang dauert das denn noch, Goldberg? Dieses Balg fängt jeden Moment an zu kreischen.« Kreissler trat ungeduldig von einem Fuß auf den anderen.

Goldberg, dem deutlich anzusehen war, dass er kurz davor war, in kalten Schweiß auszubrechen, starrte auf das Gerät. »Alles klar, Ma'am«, erklärte er dann erleichtert. »Er ist es.«

»Wie schön«, ätzte Kreissler. »Nehmen Sie das Kind mit, Goldberg, und übergeben Sie es den neuen Eltern.«

»Dürfte ich dabei sein?«, fragte Cap.

Kreissler sah ihn verwirrt an. »Bei was?«

»Ich würde gerne sehen, wie sein neues Zuhause aussieht.«

Sie lachte kurz auf. »Nein, das würden Sie nicht. Seien Sie bitte nicht albern. Brigadier Huggins hat mir schon erzählt, dass Sie ein schräger Vogel sind. Sie folgen mir, Hallberg. Wir haben zu tun.«

Ein schräger Vogel. Das konnte ja heiter werden.

Er folgte den staksenden Schritten der Frau hin zum Lift, der sie auf Ebene A brachte. Elias hatte recht gehabt; die Station war identisch zu Kopernikus gebaut und eingerichtet worden. Selbst die Teppiche und Sitzgruppen in den Korridoren hatten dieselbe Farbe. Wäre nicht Kreissler vor ihm gelaufen, Cap hätte gedacht, er befände sich auf dem Weg zu Huggins' Büro.

Als sich die Bürotür hinter ihnen schloss, stellte er fest, dass sogar diese Einrichtung gleich war. Und auch Kreissler hatte keine persönlichen Dinge aufgestellt. Keine Fotos, keine Bilder, kein Sonstirgendwas, mit dem sie ihre Existenz als Individuum hätte rechtfertigen können. Wie Huggins war Kreissler Teil der SpaceSeed-Maschinerie. Wie er würde auch sie jeden Befehl ausführen, den Hong ihr gab.

Sie deutete mit einem knappen Handwedeln auf den Stuhl vor ihrem Schreibtisch. Cap setzte sich.

»Nun«, fing Kreissler an. »Reden wir nicht um den heißen Brei herum, Hallberg. Ich weiß von den Schwierigkeiten, die momentan auf Kopernikus herrschen, und ich möchte Sie hiermit davon in Kenntnis setzen, dass wir über einen Lockdown der Station nachdenken.«

»Wir?«

»Nun. Der Brigadier und ich.«

»Einen Lockdown?«, wiederholte Cap wie ein Papagei.

Sie seufzte, als ob sie es jetzt schon leid wäre, sich mit einem Camp-Idioten unterhalten zu müssen. »Eine komplette Schließung der Station.«

»Ich weiß, was ein Lockdown ist«, erwiderte Cap leicht gereizt.

»Was Sie nicht sagen! Wie schön.«

»Aber Sie werden mich nicht hierbehalten, oder?«

»Gott bewahre!«, rief sie. »Wo denken Sie hin? Natürlich nicht.«

»Weswegen wollten Sie dann mit mir sprechen?«

»Nun.« Sie schien zu überlegen, wie sie es ihm am besten beibringen sollte. »Wir müssen jetzt noch alles regeln, bevor Kopernikus isoliert werden kann.«

»Was regeln?«

Kreissler stand auf und strich ihre Uniformjacke glatt, an der sich kein einziges Fältchen zeigte. »Ich werde Ihnen kurz mitteilen, was ich im Falle eines Lockdowns Ihrer Station zu tun gedächte. Ich will damit nicht sagen, dass Huggins genauso handeln muss.«

Cap verkniff sich ein Lachen. Das war der Gipfel der Absurdität. Die Frau verlangte von ihm, dass er Huggins Ratschläge übermittelte. »Warum können Sie dem Brigadier nicht selbst mitteilen, was Sie an seiner Stelle tun würden, Security Chief Kreissler?«

Bei der Nennung ihres vollen Titels schien sie dahinzuschmelzen. Dass Kreissler sich gern im Rampenlicht drehte, war deutlich zu sehen.

Im Stillen war Cap klar, warum diese Frau nicht mit Huggins reden wollte. Die beiden waren sich derart ähnlich, dass sie sich unmöglich ausstehen konnten. Zudem hatte Kreissler offenbar die Angewohnheit, jeden zu bevormunden. Vermutlich sprang die Frau mit dem jüngeren Huggins um wie mit einem unbedarften Halbwüchsigen.

»Sagen wir es so: Ich habe entschieden, dass Sie eben jetzt den Boten spielen werden, um Huggins zu berichten, wie ich darüber denke.«

Cap wartete noch auf einen Zusatz wie »mein Sohn«, aber der kam nicht, und deswegen nickte er nur kurz. »Ich verstehe.« Gegen die forsche Art der Frau schien kein Kraut gewachsen zu sein.

»Wissen Sie, Hallberg, kompliziert kann jeder. Aber Einfachheit ist eine Kunst.«

»Haben Sie das auf Ihr Kopfkissen sticken lassen?«, rutschte es Cap heraus.

Für einen Moment verfinsterte sich das knochige Gesicht der Frau. »Die Situation auf Kopernikus erfordert hartes Durchgreifen, Hallberg. Hintertürchen und Schleichwege sind da fehl am Platz. Es kommt jetzt darauf an, in möglichst kurzer Zeit möglichst effektiv aufzuräumen.«

Cap wollte gerade anmerken, dass Huggins gewiss absolut identisch darüber dachte, überlegte es sich aber anders. Wenn er jetzt wieder einhakte, würde sie ihn für komplett schwachsinnig halten.

»Solange keiner Ihrer Eierköpfe ein Antidot gegen das Virus, oder was es auch immer ist, entwickelt hat, könnte diese Plage weiter grassieren. Nicht nur dass Ihnen dadurch Arbeiter genommen werden, die Seuche macht auch vor dem Sicherheitspersonal nicht mehr halt«, fuhr sie fort.

Die Theorie eines Virus drehte seit dem Zwischenfall im Dreamz Pirouetten in den Köpfen des führenden Stationspersonals, und offenbar hatte Huggins seine Kollegin eingeweiht, angesichts der Tatsache, dass immer mehr Bewohner auf Kopernikus ausfielen. Einige Keplerianer sollten zeitlich begrenzt Aufbauhilfe leisten und danach wieder zurückgeschickt werden. Sicher befriedigte Huggins auf diese Weise auch seinen Leitsatz, die hirnverbrannte Balance-Regel so gut es ging einzuhalten, obwohl von einem Eins-zu-eins-Austausch von Bewohnern keine Rede mehr sein konnte.

Man vermutete den Auslöser der Infektion, wenn es sich denn um eine handelte, in dem Attentat auf dem Weizenfeld, da sich alle Personen, die innerhalb kürzester Zeit zu debilen Tobsüchtigen geworden waren, im Feld befunden hatten, als die Bombe hochging. Oder danach dort bei den Erste-Hilfe-Maßnahmen zugegen gewesen waren. So wie Cap selbst. So wie Larissa, Fenna und auch Dr. Patel mit ihrem Team.

»Die These ist, dass sich Nährflüssigkeit des Hydroponiksystems durch die Explosion in etwas anderes verwandelt hat«, führte Kreissler ihre Ausführungen belehrend fort, »mit dem die Personen dann in Berührung kamen.«

»Ich kenne diese These. Nur, was soll das sein, dieses andere?«

»Das wissen wir ja noch nicht«, fuhr sie ihn an. »Und bis wir es verstehen, müssen Sie und Ihre Kollegen dafür sorgen, dass es auf der Station ruhig bleibt. Und dazu gehört, frühzeitig Schritte zu unternehmen.«

»Die da wären?«

»Alle Infizierten einkassieren, Mister Hallberg. Was denn sonst? Jetzt spielen Sie nicht den Begriffsstutzigen! Schon beim leisesten Anzeichen einer Erkrankung schließen Sie die entsprechende Person weg.«

Cap dachte an die blauen Teilchen, die nach der Explosion in der Luft geschwebt hatten. Hatte er die Flocken eingeatmet? Lag hier der Infektionsherd? Ihm wurde heiß. Litt er nicht seit geraumer Zeit an wiederkehrenden bohrenden Kopfschmerzen? Waren sie das erste Symptom der Erkrankung? Seine Gedanken überschlugen sich. Bevor er durchdrehte wie die anderen, bevor er das Leben unschuldiger Menschen nehmen würde, nahm er lieber sein eigenes. Aber wann wäre der Zeitpunkt gekommen? Würde er ihn erkennen?

»Ihnen ist klar, dass Sie keine andere Wahl haben, Hallberg«, riss ihn Kreissler aus seinen Überlegungen. »Ihnen ist klar, dass Sie mitspielen müssen. Die Krankenstation ist voll. Die Inhaftierungszelle wird nicht ausreichen. Sie müssen Huggins überzeugen, dass es keinen anderen Weg gibt.«

Dazu braucht er mich nicht, dachte Cap. Er persönlich hätte gern einiges zu der Internierungsmaßnahme gesagt, aber er erwiderte nur: »Ich bin der Überzeugung, dass der Brigadier ähnliche Ansichten hat, Security Chief.« Bestimmt hatte Huggins in der Richtung schon Vorbereitungen getroffen, ohne sein Team vorher einzuweihen.

»Wunderbar. Wir haben uns verstanden.« Kreissler zog erneut an ihrer Jacke und setzte sich wieder. »Sie haben noch etwas Zeit, bevor Sie gehen. Sehen Sie sich doch noch ein wenig um, Mister Hallberg.«

Das war's? Erstaunlich. Offenbar war nun alles in Butter. Cap richtete sich auf seinem Stuhl auf. »Eine gute Idee, Ma'am«, entgegnete er nicht ohne Ironie. Wo sich die Stationen doch wie eineiige Zwillinge glichen.

Kreissler schien der Unterton in seiner Stimme nicht aufzufallen. »Ahab's Cave ist empfehlenswert. Bullaugen, Fischnetze an den Decken, leere Fässer als Barhocker und eine Shanty-Band. Die Bar öffnet erst in zwei Stunden, die Band wird unter Umständen noch proben. Lohnt sich trotzdem. Mal was anderes.« Daraufhin wedelte sie mit der Hand, und Cap interpretierte dies als Aufforderung zu gehen.

Vielleicht sollte er sich diese Walfängerhöhle einmal anschauen. Es war sinnlos, darüber zu brüten, ob er selbst schon infiziert war. Er musste sich ablenken.

***

»Was ist das für eine Scheiße, Sir?«, zischte Dekker und umfasste ihre Waffe fester. »Eine derartige Riesenschweinerei hatten wir noch nie.« Ihr rotblonder Irokese loderte im Neonlicht des Krankenzimmers wie eine Flamme.

Lawrence bedeutete ihr, leise zu sein und Adekunle in Ruhe arbeiten zu lassen, der erneut mit der Hand in den Eingeweiden des Öffnungsmechanismus der Tür steckte. »Halten Sie sich bereit«, sagte er. »Und Bianchi, hören Sie mit dem Reihern auf. Ich brauche Sie jetzt alle hochkonzentriert. Ist das klar?«

Sakamoto hob herausfordernd das Kinn, Bianchi wischte sich verstohlen einen Speichelfaden aus dem Mundwinkel und Martinez versuchte, ihre Augen von den Toten im anderen Zimmer zu lösen, dessen Tür noch offen stand. »Sir?«, fragte sie mit zitternder Stimme. »Mit wie vielen Personen müssen wir rechnen?«

»Das werden wir sehen, wenn wir drin sind, Larissa«, antwortete Dekker emotionslos anstelle von Lawrence. Dann grinste sie der Französin aufmunternd zu. »Wird schon schiefgehen. Entsichere deine Waffe. Durchatmen. Ruhiger Arm.«

In diesem Moment öffnete sich Krankenzimmer 2 mit einem metallischen Schnarren, und sofort drang Stöhnen und Wimmern aus dem Raum. Auf Lawrence' Zeichen schob Adekunle mit vor Anstrengung verzerrten Gesichtszügen den Eingang auf, der Brigadier trat mit der Waffe im Anschlag ein und erfasste sofort die Situation.

Nias braune Augen waren vor Panik weit geöffnet, die Lippen formten lautlos ein Wort. Auf ihren Hals war eine Spritze gerichtet. Eine Frau mit kurzen ungepflegten Haaren in einem Patientenhemd hatte ihr von hinten den Arm um den Brustkorb gelegt und hielt sie eng an sich gedrückt.

Wieder formten Nias Lippen das Wort. Dieses Mal langsamer und klarer. Und jetzt glaubte Lawrence, es zu erkennen.

Morphium.

Der Brigadier wusste, was passierte, wenn das stark wirkende Opioid überdosiert ihren Kreislauf erreichte: Atemdepression, Bewusstlosigkeit, Tod. Je nach Höhe der Dosis.

Er durfte nichts riskieren.

»Neun Uhr!«, schrie Dekker neben ihm. Der grüne Punkt ihrer Zielerfassung nahm ohne Zittern seinen Weg, als sie die Waffe hob und sofort durchzog. Die Kugel drang ins Schlüsselbein des Mannes ein, durchschlug den Hals und entfaltete sich wie eine fleischfressende Pflanze, bis sie aus im Genick austrat und dabei ein riesiges Loch ins Fleisch riss. Hirnmasse spritzte an die Wand, auf Dekker und Adekunle.

Der Mann, der sich auf sie hatte stürzen wollen, fiel Martinez vor die Füße und blieb liegen.

Das Brüllen der Frau zwang Lawrence' Aufmerksamkeit zurück zu seiner Freundin. Die Verrückte schickte sich an, die Spritze in Nias Halsvene zu rammen. Noch bevor jemand aus seinem Team reagieren konnte, warf Lawrence sich auf sie, griff mit der freien Hand nach ihrem Arm, riss dabei beide Frauen zu Boden und presste der Angreiferin umgehend die OC-Gun an die Schläfe. Der Brigadier, der unsanft gefallen war, spürte keinen Schmerz, Adrenalin pumpte durch seinen Körper. Heftig atmend nahm er nur nebenbei wahr, wie Nia sich zur Seite rollte, zu einem der Betten kroch und sich schwerfällig daran hochzog. Martinez eilte zu ihr und stützte sie. Lawrence zog sich wie ein Alb auf den Brustkorb der Feldarbeiterin und starrte in blutunterlaufene Augen.

»Spritze weg!«, bellte er und versuchte, ihren Arm auf den Boden zu drücken. Vergebens. Die Kräfte der Frau waren enorm. Sein Bizeps zuckte vor Anstrengung.

Sie grinste. Öffnete den Mund, als ob sie etwas sagen wolle. Stattdessen liefen kleine weiße Bläschen über ihre Wange. Ein Krächzen entwand sich ihrer Kehle, und sie hob den Arm. Die Spritze zeigte wie die Verlängerung eines Zeigefingers auf Lawrence' Kehle.

»Fallen lassen!« Diego Bianchi, der allem Anschein nach beschlossen hatte, über sich hinauszuwachsen, stand plötzlich mit der Waffe neben Lawrence. Die Zielerfassung zeichnete eine stark zitternde Linie von der Kehle der Frau zu deren Schläfe. Dort kreiste der grüne Punkt in einer unruhigen kleinen Bahn. »Sofort!«, sagte er heiser.

Sie grinste erneut, brüllte dann wie ein schwer verletztes Tier, warf sich herum, stach zu und jagte die farblose Flüssigkeit in Bianchis Wade.

Lawrence drückte ab.

VERGIFTUNG

Cap betrachtete gerade interessiert den ausgestopften Fisch über der Bar von Ahab's Cave, als sein Com summte. Er kam nicht dazu, sich vorschriftsgemäß zu melden, denn sofort hörte er Dr. Patels eindringliche Aufforderung, sich sofort nach Kopernikus zu begeben.

»Der Pilot, der sie hergebracht hat, ist informiert. Er wird sie umgehend zurückbringen.«

»Er wird davon nicht begeistert sein, er hat sich auf einen Umtrunk gefreut. Der Security Chief gibt einen aus«, erwiderte Cap, der überhaupt keine Lust hatte, sich sofort wieder in den Vorhof zur Hölle zu begeben, wo es doch auf Kepler so hübsch ruhig war.

»Normalerweise würde ich jetzt sicher lachen, Mister Hallberg«, sagte Dr. Patel schärfer, als es bei ihr üblich war. »Aber momentan ist mir der Humor ausgegangen. Es gab einen Zwischenfall.«

»Das Virus?«, fragte Cap, nickte dem Mann hinter der Theke kurz zu und eilte auf den Korridor und Richtung Lift.

Weder beantwortete sie seine Frage, noch korrigierte sie ihn. »Ich brauche eine Blutprobe von Ihnen.«

»Die haben Sie doch schon«, sagte er abgehackt, während er den Gang entlangrannte.

»Eine aktuelle, Mister Hallberg«, forderte sie ungeduldig.

»Was ist passiert?« Cap legte den Finger auf die ovale schwarze Taste für Ebene 0. Der Lift setzte sich wie auch auf Kepler unmerklich in Bewegung. Nur die Anzeige verriet, dass er überhaupt fuhr.

»Wir haben fünf Tote, und Bianchi bekam eine Überdosis Morphium injiziert.«

»Das heißt?« Cap dachte an die vielen Fehler, die sich der Kollege aus dem ehemaligen Italien seit seiner Ankunft bereits geleistet hatte, und fragte sich, ob er womöglich selbst schuld war.

»Wir konnten den Atemstillstand durch Verabreichung eines Opioid-Antagonisten noch rechtzeitig stoppen. Viel hat aber nicht gefehlt.«

Das hatte er genau genommen nicht wissen wollen. Und Dr. Patel hatte von Toten gesprochen. »Larissa? Fenna?« Cap atmete ungewollt schneller.

»Miss Martinez hat einen Schock. Aber das wird wieder. Fenna ist hart im Nehmen, das wissen Sie ja. Bei den Verstorbenen handelt es sich um vier meiner Patienten. Mister Hallberg, ich habe keine Zeit mehr zum Reden. Ich brauche Ihr Blut, und das so schnell wie möglich.«

***

»Da ist ja die Kacke so richtig am Dampfen bei euch drüben.« Elias schnaubte, als er Cap an der Schleuse in Empfang nahm.

Cap bekam nur ein entschuldigendes Schulterzucken zustande. Seine Gedanken fuhren Achterbahn und da er nicht wusste, was ihn auf Kopernikus erwarten würde, konnte er sich schlecht darauf vorbereiten.

Der Schnurrbart, der wie eine Fahne auf Halbmast gehangen hatte, richtete sich wieder auf. »Halb so wild. Zumindest von meiner Warte aus. Bis zum Besäufnis bin ich wieder hier. Ich hole schnell auf.« Elias grinste. »Und wenn Sie den Wahnsinn auf Kopernikus überleben sollten, Hallberg, dann führe ich Sie nächstes Mal in die gesellige Runde auf Kepler ein.«

»Das sind die ersten aufmunternden Worte, die ich hier draußen höre.« Cap klopfte Elias auf die Schulter. »Dann stoßen Sie schon mal auf mich an.«

»Beim weißen Wal«, grinste der Schnauzer. »Das werde ich!«

***

»Es wäre nicht notwendig gewesen, diese Patienten zu töten«, sagte Nia scharf zu Lawrence. Ihrer Meinung nach hatten er und Dekker komplett überreagiert. »Ein Schuss in den Oberschenkel hätte gereicht.«

Wollte sie ihn verarschen? Er hatte ihr eben das Leben gerettet, verflucht!

»Nur fürs Protokoll: Erstens war dieses Vorgehen zwingend geboten, sonst würdest du nicht mehr hier stehen, und zweitens sind wir nicht zusammengekommen, um über den Einsatz zu diskutieren«, erwiderte er mit unterdrücktem Ärger in der Stimme, »sondern um über die Laborbefunde zu sprechen.«

»Trotz allem …«, begann Nia erneut, brach aber zermürbt ab, als sie den fuchsteufelswilden Blick des Brigadiers auffing.

Im Privaten mochte sie sich in der Position fühlen, ihn zu kritisieren, aber hier, im Konferenzsaal, vor seinem Security-Team, hielt Lawrence das für ein absolutes No-go. Hier blieben sie Kollegen, ihre Partnerschaft hatte in diesen Räumen nichts zu suchen. Wobei sowohl das eine als auch das andere Verhältnis derzeit kurz vor dem Scheitern stand.

Neben ihm räusperte sich Dekker und rieb wie peinlich berührt über die ausrasierten Stellen ihres Schädels, und Martinez ihr gegenüber starrte auf die Tischplatte, als ob sich darauf gerade etwas äußerst Interessantes materialisiert hätte.

»Steht uns jetzt eine Lockdown-Situation bevor?«, fragte Hallberg, und sein Freund nickte, als ob er dasselbe wissen wollte.

Mechanisch strich er dabei über die Flosse seines Meerjungfrauentattoos. Lawrence hatte das schon oft bei ihm beobachtet. Michael Winters linkes Bein ruhte auf einem Stuhl – es war dauernder Belastung immer noch nicht gewachsen, aber die Orthese, die ihm Nias Team vor einigen Tagen angepasst hatte, tat verlässlich ihren Dienst. Nia war zuversichtlich. Wenigstens ein kleiner Lichtstreifen am Horizont des enormen Scheißhaufens.

»Wir werden das auf andere Art und Weise lösen«, antwortete Lawrence auf Hallbergs Frage. »Deswegen hat Doktor Patel uns auch nicht zusammengetrommelt.« Das nahm er zumindest an. Auch er war von der Einberufung des Treffens überrascht worden. Mit einer knappen Handbewegung forderte er Nia auf zu beginnen.

»Ich habe die aktuellen Blutproben miteinander verglichen. Ebenso wie die Ergebnisse der Knochenszintigrafien.« Mit einer routinierten Geste warf sie ihren dicken geflochtenen Zopf nach hinten und tippte auf einem Keyboard, das auf die Tischplatte projiziert wurde. In der Mitte des Konferenztisches erschien eine flimmernde, horizontale Scheibe, aus der sich dreidimensionale chemische Verbindungen herausschraubten.

»Was ist das?«, murrte Lawrence missgelaunt. Wollte sie ihn mit ihrer wissenschaftlichen Erbsenzählerei quälen? Sie wusste genau, wie er es hasste, wenn sie ihn als unbedarften Soldaten abqualifizierte, der intellektuell nichts anderes zustande brachte, als Befehle ausführen. In den letzten Tagen hatte sie diesen Sachverhalt immer wieder in epischer Breite dargelegt.

»Ist der Begriff Bleivergiftung bekannt?«, fragte sie und sah ihn dabei nicht an, sondern schien die Frage speziell an die anderen zu richten.

Martinez und die beiden Deutschen nickten, Sakamotos neugieriger Gesichtsausdruck zeigte, dass er nicht zu wissen schien, worauf die Ärztin hinauswollte, und Dekker räusperte sich erneut. »Kam das nicht vor einigen Hundert Jahren bei Seefahrern häufiger vor?«, fragte sie.

Nia nickte. »Durch Nahrung aus Dosen, die mit Blei verplombt wurden, richtig. Das Blei wurde aufgenommen und reicherte sich in den Knochen an. Die Auswirkungen waren unter anderem Nieren-, Magen- und Kreislaufversagen.«

»Worauf willst du bitte hinaus?« Der Brigadier spürte die Ungeduld glühend in sich aufsteigen und lachte geringschätzig. »Begeben wir uns jetzt mit einer Wünschelrute auf die Suche nach bleihaltigen Wasserrohren? Kochen wir nur noch über dem Lagerfeuer? Jagen wir wieder?«

Nia ignorierte ihn und vermied weiterhin Blickkontakt. »Momentan kann ich die Krankheit noch nicht präzise in Worte fassen, deswegen möchte ich es mit diesem Vergleich erklären.«

»Komm zum Punkt«, schnappte Lawrence.

Sie seufzte leise. »Es handelt sich natürlich nicht um Blei, sondern um etwas anderes. Und dies befindet sich auch nicht im Wasser oder in der Nahrung, sondern in der Luft.«

Ein fiependes Geräusch, das an einen Welpen erinnerte, drang aus Martinez' Kehle. »In der Luft? Auf der gesamten Station?«

»Nein. Beruhigen Sie sich. Es geht nur um das Feld«, sagte Nia. »Und ich spreche nur von dem kurzen Zeitpunkt nach der Explosion und vor der vollständigen Säuberung. Ich habe mittlerweile das gesamte Belüftungssystem durch unsere Techniker untersuchen lassen, die Station ist sauber.«

»Du hast was?«, ächzte Lawrence, der sich komplett übergangen fühlte. Wie konnte ihm so ein Einsatz entgangen sein?

Erneut ignorierte sie ihn.

»Die blauen Teilchen«, stieß Hallberg hervor und hörte auf, an seiner Armbanduhr zu nesteln, die ihm Lawrence eigentlich verboten hatte zu tragen. Alle Augen richteten sich auf den Deutschen.

Nias Finger berührte eine der projizierten chemischen Verbindungen und drehte sie, schob sie an den Rand des Hologramms und zog eine andere Struktur in die Mitte. »Das habe ich bei allen gefunden, die … ausgerastet sind«, erklärte sie. »Ich weiß selbst noch nicht genau, was ich vor mir habe. Erythrozyten, Leukozyten, Thrombozyten … Da ist nichts normal. Die Hämatopoese, also die Bildung der Blutzellen, ist schwer beeinträchtigt. Es scheint, als ob sich die Vermutung, dass sich Teile der Nährlösung durch die Explosion verändert haben, nun bestätigt. Ich kann leider noch nicht erklären, durch was und wie. Aber, Mister Hallberg, die blau schimmernden Partikel, die wir alle in der Luft herumschweben sahen und die sich mit der Asche verbanden, hatte ich ebenfalls sofort im Kopf. Und wir liegen mit dieser Annahme richtig. Sie waren der Auslöser.

Es ist kein Virus, das sich durch die Luft verbreitet. Es war die einmalige Inhalation dieser Teilchen. Zum Glück, muss ich sagen, sonst hätten wir hier ein noch massiveres Problem. Es ist etwas, das sich in uns ablagert. In unserem Blut und in unseren Knochen.«

Lawrence verlor den Faden. Auch er hatte auf dem Feld nach dem Rechten gesehen. Allerdings erst nachdem die Absauganlage schon den größten Teil der Luft gereinigt hatte. War er somit aus dem Schneider? Diese sogenannten blauen Teilchen … an so was konnte er sich verdammt noch mal nicht erinnern.

»Wen genau betrifft das hier?«, fragte er und deutete auf das Strukturmodell in der Mitte.

Zum ersten Mal sah ihm Nia ins Gesicht. Ihre Miene schien beinahe ausdruckslos, wäre da nicht der verkniffene Zug um die Mundwinkel.

Lawrence, der gelernt hatte, ihre Mimik zu lesen, verstand sofort und sprang auf. »Oh nein!« Er hieb mit der flachen Hand auf den Tisch, sodass Martinez erschrocken Luft holte. »Komm mir jetzt nicht mit dieser lächerlichen ärztlichen Schweigepflichtnummer! Sakamoto, Bianchi und Winter waren nicht auf dem Feld. Die scheiden aus. Aber: Wer. Ist. Von. Den. Anderen. Anwesenden. Infiziert?«

Nach einer halben Ewigkeit antwortete Nia: »Noch einmal. Es ist keine Infektion.«

»Wer?«, brüllte er.

»Fast alle Anwesenden haben Ablagerungen, aber … krank … ist noch niemand.«

Dekkers Finger, die die Tischplatte umklammert hatten, entspannten sich. Hallberg stieß hörbar Luft aus. Nur die blonde Französin schien plötzlich in Gedanken versunken.

»Martinez, spucken Sie's aus!«, stieß Lawrence wütend hervor.

Sie zögerte. Sah in die Runde. »Ich würde gerne wissen, auf welche Symptome man achten soll«, fing sie nach einer kleinen Pause an. »Denn … Ich habe diese blauen Teile eingeatmet. Ich bin mir sicher. Ich habe sie verschluckt. Ich leide seitdem an andere Struktur in die Mitte. »Das habe ich bei allen gefunden, diepfschmerzen. Heftige. Sie kommen wie kleine Attacken, gehen aber genauso schnell wieder.«

Hallberg, der während Martinez' Äußerung wieder seine Uhr malträtiert hatte, sah zu Nia. »Das Gleiche bei mir, Doktor Patel. Wie Nadelstiche. Von großen Nadeln wohlgemerkt.«

Die Französin sah den Deutschen fast dankbar an.

Wenn sie jetzt weint und fragt, wann sie sterben muss, dann drehe ich ihr sofort den Schwanenhals um, dachte Lawrence zornig. Was für ein Affentheater! »Eben haben wir gehört, dass niemand krank ist«, schnaubte er. »Hallberg und Martinez sind die Luft auf der Station nicht gewöhnt oder überempfindlich … oder was weiß ich. Kann doch sein, dass sie seit ihrer Geburt falsch atmen?«, fügte er polemisch hinzu.

»Ich sagte ›noch‹ niemand.« Nia erhob sich abrupt, brachte dadurch ihren Stuhl fast zum Kippen, und ihre braunen Augen blitzten den Brigadier entrüstet an. Mit in den Taschen ihres Labormantels versenkten Händen begann sie, um den Tisch herumzulaufen. »Ein Symptom der Vergiftung ist in der Tat die Kephalalgie, also der Kopfschmerz«, sagte sie. »Dann folgen massive Magen- und Darmschmerzen und Hämatochezie, also Rektalblutung.«

Kaito Sakamoto entfuhr ein würgendes Geräusch.

»Danach oder parallel – ich kann das noch nicht sagen – erfolgt eine Hautveränderung oder -verfärbung. Das periphere und zentrale Nervensystem wird geschädigt. Und in allen Fällen litten die Betroffenen unter einem Hyposphagma«, beendete sie ihre Aufzählung.

»Die Unterblutung der Bindehaut? Geplatzte Äderchen im Auge?«, fragte Winter.

»Ja, das ist richtig. Woher kennen Sie diesen Fachbegriff?«, fragte Nia verwundert.

Lawrence hatte keine Zeit für Mätzchen. »Sind die Kopfschmerzen jetzt schon das erste Krankheitssymptom bei Martinez und Hallberg, oder nicht?«

Nia blieb direkt vor der Panoramascheibe stehen und sah ins All hinaus. »Es ist so ruhig da draußen«, murmelte sie, als ob sie die anderen Anwesenden vergessen hätte. »So ruhig.« Ein weiteres Mal warf sie den Zopf nach hinten. Dieses Mal energischer. »Die Intoxikation greift auch das limbische System an. Die Region im Gehirn, die – einfach gesagt –für Emotionen zuständig ist. Deswegen die Überreaktion, die Gewaltausbrüche, dieses völlige Neben-sich-Stehen.« Für einen Moment war nur Sakamotos lautes Atmen zu hören, dann sprach Nia weiter. »Es geht hier nicht nur um Emotionen wie Angst oder Freude, sondern auch um den Sexualtrieb.«

Der Japaner rieb sich die Nasenwurzel. »Sie meinen, es könnte zu … Vergewaltigungen oder was in der Art kommen?«, fragte er ungläubig.

»Ich fürchte, ja. Zumindest müssen wir bei allen Vorfällen genauer hinsehen. Das gilt für exaltierte Heiterkeitsausbrüche, für hemmungslose Wutanfälle und andere Anzeichen eines ungeregelten emotionalen Zustands.«

»Das bedeutet aber auch, dass wir jeden informieren müssen«, gab Dekker zu bedenken. »Und Gefahr gehen, dass die Leute sich misstrauen, wenn jemand mit dem falschen Fuß aufgestanden ist.«

Für Lawrence war die Sache klar. »Wir wissen, woran wir sind, und das Wissen um die wahre Ursache der Vorfälle wird diesen Raum nicht verlassen, haben mich alle verstanden?«

»Was meinen Sie damit, Sir?« Dekker wirkte betroffen.

»Ich meine«, antwortete Lawrence, der überrascht war, dass ausgerechnet seine beste Mitarbeiterin ihn das fragte, »dass wir das Zauberkürzel PTBS nennen, falls jemand nachhakt. Das gilt auch für das medizinische Personal.«

Nia sog scharf Luft ein. »Posttraumatisches Belastungssyndrom? Das kannst du nicht machen! Es geht nicht, dass –«

Er fuhr mit der Handkante durch die Luft. »Das ist ein Befehl. Keiner außer den hier Anwesenden erfährt von den Auswirkungen dieser albernen blauen Teilchen.«

»Auch nicht Mister Hong?« Das kam von Hallberg, der ihm natürlich wieder in die Parade fahren musste.

»Wir werden die Situation in den Griff bekommen, und Mister Hong wird mit uns zufrieden sein. Ich habe bereits Kontakt mit ihm aufgenommen, als uns allen bewusst wurde, dass wir mit einer Krankheitswelle zu kämpfen haben, und die Marschrichtung ist klar definiert.« Er musste diese Station in den Griff bekommen, und dazu gehörten Maßnahmen, die einigen Leuten nicht schmeckten. Dass er und Hong diesbezüglich auf der gleichen Welle schwammen, hatte das Apartment in Neu-Moskau wieder auf die Ziellinie gerückt. Der Brigadier wusste, dass er sich mit dem, was er jetzt verkündete, außerordentlich weit von seinem Team, selbst von Dekker, entfernen könnte. Wenn er Schwein hatte, würden sie und Sakamoto ihn dennoch unterstützen, einfach weil den beiden Befehlsverweigerung nicht im Blut lag. Hallberg und Martinez jedoch … Und Nia … Aber er hatte das Ende seines Aufenthalts hier auf Kopernikus vor Augen, und er musste es erreichen. Es hieß Neu-Moskau, beinhaltete ein Leben in der First Class, und das ließ er sich verflucht noch eins nicht nehmen.

Nia sah wieder hinaus ins Schwarze. Ihre Arme hielt sie vor dem Brustkorb verschränkt, und Lawrence konnte von der Seite sehen, wie sie die Lippen aufeinanderpresste.

»Ich habe inzwischen Lagerhalle 2 auf Ebene 0 räumen lassen«, tat er gleichmütig kund. »Dort wird ein Isolationszentrum eingerichtet, bis eine medizinisch zufriedenstellende Lösung für das Problem gefunden worden ist.«

Als ob sie ohne Sauerstoff aus der Tiefe des Alls aufgetaucht wäre, schnappte Nia nach Luft. »Du hast was?«

»Es gibt dort genügend Platz, wir werden Betten aufstellen und Nahrungsmittel und Wasser für« – er überlegte kurz – »sagen wir, erst einmal für eine Woche zur Verfügung stellen.«

Alle starrten ihn an.

Lawrence ging langsam zu Nia und drehte dem Rest des Teams den Rücken zu, als er sich zu ihr beugte. »Mir ist klar, dass du denkst, ich benutze meine Uniform, um meine Menschlichkeit zu verdecken«, raunte er ihr zu.

»Momentan zweifle ich daran, dass so etwas wie Menschlichkeit überhaupt noch in dir steckt«, zischte sie.

»Ich bin kein Unmensch, Nia. Auch ich habe ein Herz.«

»Ach? Hast du das zusammen mit deinen Waffen weggeschlossen?« Sie drehte sich demonstrativ von ihm weg und trat ein paar Schritte zurück.

Es war ein Versuch gewesen. Lawrence fühlte sich nicht als Monster. Hier bot sich ihm eine Gelegenheit, sein Leben upzugraden, und die durfte er nicht verstreichen lassen.

»Des Weiteren wird Wachpersonal eingeteilt«, fuhr er zu den anderen gewandt fort.

»Wer soll das machen?«, wagte Kaito Sakamoto zu fragen. »Wir sind nur zu viert. Bianchi und Winter sind noch nicht einsatzfähig.«

Der Brigadier, hocherfreut, dass endlich mal jemand mitdachte, antwortete: »Kepler. Wir werden weiteres Personal von dort anfordern, temporär wie die anderen Hilfskräfte auch. Das setzt die Regel nicht außer Kraft, und durch die zeitliche Beschränktheit der Einsätze ist jeder zufrieden. Das sollte erst einmal reichen. Kreissler wird die Traumatisierungsstory glauben. Auch sie darf den wahren Sachverhalt natürlich … vorerst nicht erfahren.« Er musterte die Französin. »Martinez, wie viele Arbeiter hatten zur Zeit der Explosion Schicht?«

»Bitte?« Sie schien in sich zusammenzusinken. »Das weiß ich nicht, Sir.«

»Dann schauen Sie verdammt noch mal nach!«, polterte Lawrence, der anfing, die Situation zu genießen.

»Ich hatte gleich nach der Explosion dreiundzwanzig Verletzte in meiner Krankenstation, davon etliche schwer«, sprang Nia ein. »Sehr viele sind inzwischen entlassen, aber das heißt ja nicht, dass sie sich nicht vergiftet haben könnten.«

»Danke, Nia«, sagte Lawrence. »Wenn wir also von ungefähr dieser Zahl an Feldarbeitern ausgehen und noch einmal zehn bis fünfzehn Personen dazurechnen, die sich um die Verletzten gekümmert haben, dann landen wir bei circa vierzig potenziellen Kranken. Ich brauche die genauen Zahlen und die Namen, Martinez! Sie sind nicht aus dem Schneider.« Er überlegte. »Die Lagerhalle ist für eine solche Personenanzahl überdimensioniert.«

»Dann sperr sie doch in die Toiletten auf Ebene 2.« Nias Stimme war scharf. »Ich kann das nicht gutheißen. Ich werde auch nicht dabei helfen, das umzusetzen.«

»Wir nehmen zur Kenntnis, dass du Protest einlegst. Noch jemand?« Lawrence glotzte in die Runde. »Nein? Wunderbar. Erledigt. Dann kläre ich jetzt die Personalien mit Security Chief Kreissler.« Er wollte schon aufstehen, als Nia sich zu ihm drehte.

»Ich bin auf deine Frage von vorhin noch nicht eingegangen«, sagte sie schroff. »Die Antwort lautet: Nein.«

Lawrence legte irritiert den Kopf schief. »Nein?«

»Miss Martinez und Mister Hallberg sind nicht krank. Und sie werden es auch nicht. In ihren Körpern hat sich nicht das Geringste abgelagert, in ihrem Blutkreislauf lassen sich ebenfalls keine Hinweise auf eine Vergiftung finden. Und das, obwohl sie beide die Partikel eingeatmet haben.« Sie schaute ihm direkt in die Augen. »Das wäre nicht ungewöhnlich, denn Ablagerungen könnten noch entstehen. Die Vergiftung schreitet bei jedem mit einem anderen Tempo voran. Aber bei den beiden habe ich etwas Seltsames gefunden.«

»Gibt es noch andere Auswirkungen?« Martinez flüsterte fast. »Schlimmere?«

Nia brachte ein fast mütterliches Lächeln zustande. »Das Gegenteil ist der Fall, Larissa. Bei Ihnen und Cap habe ich Hinweise auf eine Abstoßungsreaktion gefunden.«

Lawrence verstand nicht gleich, Winter jedoch schaltete sofort: »Sie wollen damit sagen, dass Cap und Larissa –«

»– immun sind«, beendete Nia den Satz. »Korrekt. Ich für meinen Teil nehme an, dass das etwas mit den Umwelteinflüssen in den Camps zu tun hat.«

Unwillkürlich fing Lawrence an zu lachen. »Immun?«, prustete er. Ausgerechnet Hallberg und Martinez!

»Ich brauche Spezialisten«, fuhr Nia fort. »Neurologen, auf die menschliche Biochemie spezialisierte Forscher. Als Allgemeinmedizinerin überschreitet das meine Kompetenz. Wir müssen uns im Klaren darüber sein, was wir im Einzelfall vor uns haben und wie wir den Vergiftungen so schnell wie möglich entgegenwirken.«

Lawrence hatte sich wieder gefangen. »Nein.«

»Bitte?« Nia sah ihn an, als habe sie sich verhört.

»Ich fürchte, das wird nicht möglich sein. Tut mir leid«, entgegnete Lawrence knapp. »Du wirst mit deinem Team allein klarkommen müssen.«

Ihre Augen verengten sich. »Aber es erregt kein Aufsehen, wenn wir das medizinische Personal aufstocken! Nicht in der jetzigen Situation! Diese« – sie wedelte mit den Händen – »alberne PTBS-Erklärung könnte ein Grund für das Rekrutieren weiterer Mitarbeiter sein! Wenn du schon bei diesem Theater bleiben willst, dann kannst du auch Experten darin mitspielen lassen.«

Er schwieg eine Weile. »Ich werde sehen, was ich tun kann«, log er dann. Für diesen Mist hatte er keine Zeit. Außerdem würde Hong niemals einwilligen. Der Brigadier glaubte zu wissen, was sein Vorgesetzter vorhatte: die Erkrankten einsperren, Nahrung und Wasser hinstellen, bewachen und die Vergifteten sich selbst überlassen. Dieses Vorgehen würde weniger lange dauern als die Entwicklung irgendeines obskuren Pülverchens, und auf der Station wäre der Normalzustand schneller wiederhergestellt. Dafür benötigte Lawrence aber ein größeres Team, eines, auf das er sich hundertprozentig verlassen konnte. Eines, das Kopernikus mit eiserner Hand im Griff behielt. Etwas, das Hong ihm ganz gewiss abnickte. Eines, das ihm Kreissler ausleihen musste.

Lawrence fing einen emotionslosen Blick von Nia auf. Schnell sah er in die Runde und blieb an Hallberg hängen, dessen Miene ebenfalls verschlossen war. Aber in seinen Augen lag etwas, das den Brigadier wissen ließ, dass auch der junge Deutsche eines an dieser Situation verstanden hatte: Er und Martinez waren nun in die erste Liga aufgerückt.

***

Larissa und er waren also gemeinsam die Karriereleiter hinaufgestolpert, was Cap wahrscheinlich ebenso missfiel wie Huggins. Doch auf Fennas gesundheitliche Robustheit konnte sich der Brigadier nicht mehr hundertprozentig verlassen. Das Risiko, dass sie bei einem Einsatz Anzeichen der Krankheit zeigte, ließ sich nicht berechnen.

Huggins' neues Schoßhündchen zu sein entsprach nicht dem, was Cap erwartet hatte. Nicht dem, was er hatte erreichen wollen. Im Gegenteil. Er hatte vorgehabt, so bald wie möglich von der Station herunterzukommen und auf der Erde für seine kleine Schwester Tess zu sorgen. Allerdings hatte er für dieses Vorhaben noch nicht einmal im Ansatz irgendeinen Plan entwickelt.

Die heruntergedimmte Beleuchtung auf den einzelnen Ebenen kündigte den künstlichen Abend an, und Caps langer Schatten huschte neben dem kleineren von Larissa über die Wand des Gangs. Gemeinsam mit ihr und Fenna war Cap auf dem Weg zum Hangar, wo bereits der Raumer wartete, der sie nach Kepler bringen sollte. Huggins hatte nicht lange gefackelt und Kreissler kontaktiert. Das war ihm zwar schwergefallen, aber er brauchte ihre Leute.

Zu dritt sollten sie nun das zukünftige Sicherheitspersonal zur Bewachung der Quarantänestation abholen. Sakamoto sollte sich um die Auswertung der Kommunikationsdaten kümmern und Michael – nun, der war erneut leer ausgegangen.

Vor ihrem Aufbruch hatte Huggins von Notwendigkeiten und Regeln gesprochen – eine Rede, die er sicher insgeheim geübt hatte –, und wieder waren Caps Gedanken abgeschweift. Es konnte durchaus auch Vorteile haben, vom Security Chief plötzlich als Nummer 1 oder 2 betrachtet zu werden. Unter Umständen gelangte er auf dem Weg einfacher an Informationen. Denn obwohl er tausend Kilometer entfernt von der Erde war, war er der First Class da unten näher als je zuvor. Und die hatten seine Schwester Marge. Cap beschloss, die Ohren in Zukunft besser aufzustellen und jede sich ihm bietende Gelegenheit zu ergreifen, um etwas über ihren Verbleib herauszufinden.

»Es muss nichts passieren, Fenna«, unterbrach Larissas Stimme die Stille. »Du musst dich nicht –«

»– mit blutunterlaufenen Augen auf euch stürzen und das Herz rausreißen?«, gab sie zurück. »Und anschließend eure Gedärme als Halskette umhängen?«

»›Vergiftet haben‹, wollte ich sagen«, erwiderte Larissa. »Deine Blutuntersuchungsergebnisse sehen gut aus.«

»Bis jetzt. Das kann sich schnell ändern, wie wir erfahren haben«, entgegnete Fenna und stöhnte. »Könnten wir bitte das Thema wechseln?«

Keiner wusste, wie lange es dauern würde, bis Dr. Patel und ihr Team ein Heilmittel entwickelt hatten, ob es ihnen überhaupt möglich war – oder ob sich die Sache allein aus der Welt schaffte, weil alle Vergifteten verstarben. Ein Szenario, das auch Cap postwendend aus seinem Hirn zu vertreiben versuchte.

»Was ist das eigentlich für ein Unsinn mit dem Abgesandten der Nördlichen Hemisphäre, den Huggins verzapft hat?«, fragte Larissa. »Warum sollte die Regierung jemanden schicken, der die Station … infiltriert? Geht es da um Ludd und seine Männer?«

»Glaube ich nicht«, antwortete Fenna über die Schulter. »Dass wir mit einigen Querdenkern Probleme haben, ist denen doch nicht entgangen.«

»Du kennst Huggins am besten«, sagte Cap. »Was, glaubst du, könnte der wahre Grund für seine Abhöraktion sein?«

»Du meinst, dass Huggins diese Spionagegeschichte nur vorschiebt? Warum sollte er das tun?« Fenna legte die Hand auf die OC-Gun, als ob sie sich dadurch sicherer fühlte.

»Das frage ich dich. Bisher ist nur klar, dass er jemand Spezielles ausfindig machen will«, antwortete Cap.

»Das Attentat?«, warf Larissa ein.

Er schüttelte den Kopf. »Andere Baustelle. Die Quartiere haben wir durchkämmt, die Kommunikation wird überwacht.« Was es auch ihm schwerer machte, jemals Kontakt mit der Erde aufzunehmen. »Da läuft was anderes.« Schlagartig fiel ihm Rosie Ward, die Ernährungswissenschaftlerin ein, mit der er auf dem Feld nach dem Attentat ein recht seltsames Gespräch geführt hatte. Unvermittelt blieb er stehen. »Wie ist das konkret mit den Weizenverkäufen geplant?«

Larissa lief beinahe in ihn hinein. »Hast du nicht zugehört, als Fenna uns das damals erklärt hat? Den Weizen erhält die Bevölkerung. Umsonst. Also zumindest die, die es am nötigsten brauchen. Wie kommst du jetzt darauf?«

»Leuchtet euch das ein? Ich meine, nach dem, was wir von SpaceSeed inzwischen wissen und was wir hier auf der Station durchgestanden haben? Glaubt ihr das noch?«

Auch Fenna machte halt und kam ein Stück zurück. »Weißt du etwas, was ich nicht weiß? Denn das will was heißen – ich bin schließlich schon recht lange hier.«

»Ich hatte ein Geplauder mit einer Ernährungswissenschaftlerin, die meinte, dass man versuche, auf dem Markt höhere Preise durch … irgendetwas mit dem Proteingehalt … zu erzielen. Ich komm jetzt gerade nicht drauf. Sie erwähnte eine Maßeinheit.«

»Hl-Gewicht?«, fragte Fenna.

Cap nickte.

»Und sie sprach von Verkaufspreisen?«, hakte sie nach.

Cap bestätigte erneut.

»Wie heißt die Frau?«, wollte Larissa wissen.

»Rosie Ward. Ursprünglich aus Neu-London.«

»Sagt mir nichts«, murmelte Fenna. »Kam sie dir verdächtig vor?«

Jetzt musste er lachen. »Nein, sie wirkte komplett normal. Es war im Grunde eine angenehme Unterhaltung.«

»So, so«, warf Larissa ein.

»Sie war nett«, sagte Cap verteidigend, obgleich er nicht wusste, weshalb.

»Aha«, machte Larissa.

Fenna hob die Hände. »Stopp. Lasst uns überlegen.« Sie ging langsam weiter. »Es gibt natürlich Behauptungen«, gab sie nach einer Weile widerstrebend zu.

»Welche?«, wollte Cap wissen.

»Ludd redet eben viel. Der quasselt ja ohne Punkt und Komma«, erwiderte sie. »Trompetet alles Mögliche hinaus.«

»Der Mann mag reden wie ein Wasserfall, aber er ist deswegen nicht komplett auf den Kopf gefallen. Das wissen wir alle. Und bei Huggins ist uns nicht entgangen, dass er ein Mistkerl ist.«

»Huggins macht seinen Job, Cap«, protestierte Fenna schwach.

»Il est un idiot«, schimpfte Larissa. »Beim Meeting mit Doktor Patel hat er doch wieder bewiesen, dass er nur Rührei in der Birne hat.«

»Ludd redet also vom Verkauf der Produktion?« Cap blieb dicht neben Fenna.

»An die First Class«, bestätigte sie ein wenig blass. »Aber ich halte das immer noch für Anti-SpaceSeed-Propaganda.«

»Ich nicht.« Er erinnerte sich jetzt deutlich an den Satz, den Rosie gesagt hatte: Damit erzielen wir höhere Preise auf dem Markt. »Die NH hat davon Wind bekommen.«

»Dann ist diese Rosie Ward, mit der du eine derart angenehme Zeit verbracht hast, höchstwahrscheinlich der Spitzel«, stellte Larissa fest. »Damit ist die Sache erledigt.« Sie beschleunigte ihren Schritt und ließ die beiden hinter sich.

»Will heißen?« Cap eilte ihr nach und war alles andere als überzeugt, dass Larissa recht hatte. »Hast du vor, diese Information an Huggins weiterzugeben?«

»Warum sollte ich?« Sie hob herausfordernd das Kinn, sodass der blonde Pferdeschwanz wippte. »Diese Frau ist mir Jacke wie Hose.«

Cap holte sie ein. »Genau das wollte ich von dir hören«, raunte er ihr ins Ohr.

Ihr Kopf zuckte herum. »Du kannst ein ganz schön intriganter Arsch sein, Kaspar.« Ihre Wangen wurden ein wenig rot.

»Meine erste Lektion auf Kopernikus«, entgegnete er und drehte sich um. »Fenna?«

Sie war zurückgefallen und schien ins Nichts zu starren. »Scheiß drauf, Cap«, sagte sie dann und schloss zu ihnen auf. »Hier geht doch ohnehin gerade alles vor die Hunde. Was interessieren mich verkackte Weizenpreise? Mein Problem ist, nicht mit den anderen Irren in Lagerhalle 2 eingesperrt zu werden.«

Cap ahnte, dass das nicht der einzige Grund war, weswegen Fenna den Betrug an den Schwächsten der Schwachen für nicht relevant hielt. Die Erde war ihr schlichtweg fremd geworden. Für ihn jedoch war sie immer noch sein Zuhause. SpaceSeed musste dazu gebracht werden, das Versprechen, das der Konzern gegenüber der dahinsiechenden Bevölkerung gemacht hatte, einzulösen.

LUDDITEN

Starker Wind zerrte an Tess' Haaren. Sie hatte sich nicht die Mühe gemacht, ihren kümmerlichen Pferdeschwanz unter das Tuch zu stopfen, das sie sich über den Mund gebunden hatte. Die Böen würden immer wieder einzelne Strähnen erfassen und herumwirbeln. Staub kreiselte um ihren dürren Körper, und sie rückte die viel zu große Schutzbrille zurecht, an deren Kunststoffgläsern der Sand wie Miniaturhagel abprallte, als sie sich in gebeugter Haltung gegen den herannahenden Sturm vorwärtsschob. Undeutlich sah sie den Verschlag vor sich, den sie erst kürzlich aus Fundholz gebaut hatten und einmal in der Woche als Versammlungsraum nutzten.

»Louis!« Sie zog das Tuch herunter und hämmerte mit ihren kleinen Fäusten gegen die klapprigen Bretter. »Louis!«

Krause Locken tauchten im Türspalt auf, die der Wind sofort zerzauste. Eine Hand packte ihren Arm und zog sie hinein. »Mach schnell, ich hab keine Lust auf Sandburgenbau hier drin«, brummte der junge Mann. »Hier.« Er drückte ihr einen Becher in die Hand. »Schmier deine Staublunge, Kleines.«

Skeptisch sah sie auf die zähe hellbraune Flüssigkeit. »Das ist doch nicht etwa diese Scheißhaselnussbrühe?«

»Aber sicher doch.« Louis grinste. »Aromatischer geschmackvoller Genuss durch manuelle Kleinserieneigenröstung. Und du mich auch.«

»Das ist bäh. Du weißt das.« Sie gab ihm den Becher zurück, drängte sich an ihm vorbei und war mit zwei kurzen Schritten bei einem Kistenstapel. »Haben wir noch pures Wasser?« Tess riss eine Abdeckung auf der Suche nach einer gefüllten Flasche auf. Dann drehte sie sich um. »Jetzt bekommst du wieder die Falten auf der Stirn«, maulte sie. »Ich weiß genau, was das bedeutet.«

»Wie viel hattest du heute schon?«

»Nur zwei Gläser. Ich bin nicht blöd, Louis.« Sie verschränkte bockig die Oberarme vor der flachen Brust und spürte die Rippenbögen unter der Haut. Die Pubertät war noch in weiter Ferne, und Tess empfand das als Segen. Mit den monatlichen Unannehmlichkeiten, mit denen sich die Frauen im Camp herumschlugen, wollte sie nichts zu tun haben. Sand, trockene Blätter oder alte Stofffetzen in der Unterhose. Hygieneartikel bedeuteten für Frauen fast so viel wie Wasser, und die wenigsten konnten sie sich leisten. Wenn es sich einrichten ließe, dann wollte Tess diesen unnötigen Schwachsinn so weit wie möglich hinauszögern.

Louis drückte Tess einen Wasserbeutel in die Hand. Das Messglas stand griffbereit auf dem kleinen Tisch, um den vier Leute dichtgedrängt Platz fanden.

»Eines?«, fragte sie.

Er nickte. »Tut mir leid, Eichhörnchen. Aber du kennst die Regeln.«

Das tat sie. Wie jeder im Camp. Die Höchstgrenze für ein Kind in ihrem Alter lag bei fünf Gläsern am Tag. Das entsprach fast einem Liter. Sieben Gläser für Frauen, zehn für Männer. Auch wenn einem der Staub in der trockenen Kehle kratzte und man beinahe keinen Laut mehr herausbrachte.

Wenigstens musste sie nicht duschen.

»Wo ist der Alte?« Louis setzte sich und drehte das Glas, das Tess in einem Zug geleert hatte, indem er es mit zwei Fingern am Rand hielt und rotieren ließ.

Sie ließ sich ihm gegenüber auf eine durchgesessene Couch plumpsen. »Noch auf'm Schrottplatz.« Abschätzig zog Tess die Nase kraus. »Der Idiot sucht einen Sechskant-Stiftschlüssel, dabei kann er doch auch den verstellbaren Schraubenzieher benutzen, den er letztes Mal gefunden hat.«

»Hast du ihm das gesagt?« Louis lachte.

»Worauf du einen lassen kannst, aber du kennst ihn ja.« Sie ahmte die krächzende Stimme von Jakob nach. »Du bist doch nur ein kleines Mädchen, was weißt denn du schon?«

Louis schlug sich auf den Schenkel. »Erste Sahne, Tess! Als ob er vor mir stehen würde.«

Sie grinste geschmeichelt.

»Das mit dem Schraubenzieher hat mir Cap beigebracht«, sagte sie dann leise.

»Weiß ich.«

»Wann kommt er wieder?« Sie schaute auf ihre abgewetzten Stiefel.

»Darüber wollte ich mit dir reden.«

»Wolltest du?« Tess sprang auf und stützte sich mit den Händen auf dem Tisch ab. »Weißt du was Neues?« Ihr schmaler Oberkörper hing beinahe waagrecht über der Resopalplatte, als sie sich zu ihm vorbeugte.

»Ich nicht, aber –«, begann Louis, wurde jedoch von einem Hämmern am Verschlag unterbrochen. »Kann sein, dass uns unser Besuch weiterhelfen kann.« Er grinste. »Kommt wie auf Kommando.«

Tess' dürre Gestalt schien in sich zusammenzufallen, und ihre Augen verengten sich. »Du hast gesagt, dass wir niemandem trauen können, Louis«, sagte sie mit kindlichem Ernst in der Stimme.

»Das stimmt, Eichhörnchen, aber hier liegt der Fall ein wenig anders.« Seine Hand lag schon am Holz. »Vertraust du mir?«

Sie nickte.

»Dann bitten wir unseren Gast mal herein.«

***

»Mister Hallberg, ist es denkbar, dass man Sie nur schwer loswird?«, bemerkte Security Chief Liz Kreissler, nachdem sie ihm auch dieses Mal mit unverhohlenem Vergnügen eine DNS-Probe entnommen hatte. »Sie kommen zurück wie ein Bumerang.«

»Dann müssen Sie mich nächstes Mal eben weiter werfen«, brummte Cap und rieb sich den Arm. »Dann dauert es etwas länger.«

Überraschend freundschaftlich schlug sie ihm auf die Schulter. »In der Tat. Miss Dekker und Miss Martinez, nehme ich an?« Kreissler stellte die Frage nicht an die beiden Frauen, sondern an denselben Mann mit den dunklen Haaren, der schon bei Caps letztem Besuch neben der Sicherheitschefin in Schweiß ausgebrochen war. Ein wenig zittrig stand er neben Liz Kreissler und wartete darauf, die Identitäten der restlichen Besucher bestätigen zu können. »Mister Goldberg?«, hakte sie mit bedrohlichem Unterton in der Stimme nach.

»Alles in Ordnung, Ma'am«, krächzte er. »Fenna Dekker und Larissa Martinez.«

»Schön, schön«, kommentierte Kreissler. »Willkommen auf Kepler. Und ich muss Ihnen auch gleich gute Heimreise wünschen, denn Ihre Fracht kommt in diesem Augenblick in Sichtweite.« Sie deutete auf sechs Männer und Frauen in orangefarbenen und hellblauen Overalls, die sich phlegmatisch der Schleuse näherten. »Ich habe die Namen vergessen, also machen Sie sich selbst miteinander bekannt, wenn Sie dazu Lust haben.« Breitbeinig baute sie sich vor Cap auf und legte die Arme hinter den Rücken. »Und Ihnen geht es gut, Mister Hallberg?« Sie versuchte sich an einem Lächeln.

»Prächtig«, erwiderte er verwundert. »Und selbst?«

Sie ließ die Bemerkung links liegen. »Es ist mir natürlich bewusst«, fuhr sie fort, »dass die Stressfaktoren auf Kopernikus nach dem Anschlag ein wenig über das Normallevel hinausgeschossen sind, aber« – sie wippte auf den Zehenspitzen, was ihren angespannten Körper wirken ließ wie eine Waffe kurz vor dem Abfeuern – »finden Sie nicht auch, dass Markus Schwarz in Zukunft ein wenig mehr Sorgfalt walten lassen sollte?«

»Markus Schwarz?« Cap hatte den Namen noch nie gehört.

»Von der Koordinationsstelle in Neu-Berlin«, half sie aus. »Bestünde die Möglichkeit, diesbezüglich Brigadier Huggins erneut etwas auszurichten?«

Diese Frau war das Letzte. Cap glaubte, Larissa neben sich leise glucksen zu hören. »Selbstverfreilich, Ma'am«, antwortete er todernst.

»Psychologische Gutachten«, fuhr sie belehrend fort. »Unsere Rekruten müssen allen Eventualitäten gewachsen sein.«

Wenn du wüsstest, dachte Cap. »Ich werde es Brigadier Huggins gerne vorschlagen.«

***

»Was für eine Pestzecke«, brummte Fenna und ließ sich in einen Passagiersitz im Cockpit fallen. »Die ist ja noch schlimmer, als ich sie mir vorgestellt hatte.«

Das Innere der Kanzel glänzte wie ein Weihnachtsbaum kurz vor der Explosion. Cap hatte den Eindruck, noch mehr blinkende Lichter, sich drehende Schaubilder und farbige Schaltflächen zu sehen als im Shuttle Triticum. Allerdings waren sie jetzt auch mit einem Raumfrachter unterwegs. Laut Fenna handelte es sich um die gleiche Klasse, die Cap und Larissa nach Kopernikus in den Weltraumschrott geflogen hatte. Wenn das mal kein schlechtes Omen war.

»Also ich fand sie recht unterhaltsam«, sagte Larissa, die sich neben Fenna mit ihrem Gurt abmühte und deren blasser Teint im Schein der Cockpitbeleuchtung noch kränklicher aussah als sonst. »Und Entertainer kommen mir im Augenblick äußerst gelegen, ehrlich gesagt.«

»Das muss ausgerechnet die sagen, die sicher nicht in Lagerhalle 2 bei den Zombies landen wird«, gab Fenna scharf zurück.

»Elegant, wie du Dinge stets präsentierst, ohne vorher Puderzucker drüberzustreuen«, meinte Larissa und rüttelte erneut an dem Riemen. »Außerdem hat Michael ein Gespräch mit Doktor Patel und Monica verfolgt, als er zum Check seiner Orthese nach der Konferenz auf der Krankenstation war. Die Sache mit der Lagerhalle ist noch nicht gegessen. Doktor Patel hat vor, die Patienten mit

Vergiftungserscheinungen in ein künstliches Koma zu versetzen und auf ihrer Abteilung unterzubringen.«

»Da wird Huggins ein oder zwei Wörtchen mitreden«, kam es von Fenna. »Mal davon abgesehen, dass es auf der Krankenstation keinen Platz für fünfzig Kranke gibt, die alle an Sensoren angeschlossen sein müssen. Dafür haben wir zu wenig modifizierte Betten. Über die notwendige Medikation will ich gar nicht sprechen. Keine Ahnung, was für ein Depot Nia hat, aber dafür wird es nicht reichen. Über kurz oder lang wird die Lagerhalle der Ort sein, an dem ihr mich finden werdet. Besuchszeiten nur vormittags. Füttern verboten.« Sie presste die Lippen aufeinander und starrte an Larissa vorbei auf die Konsole, über die die Finger des Piloten flogen.

»Hör auf mit dem Pessimismus. Du kannst nicht wissen –«

»Meine Liebe«, unterbrach Fenna die Französin, »wegen dir male ich kein schwarzes Bild rosa an und tupfe Blümchen drauf. Ich bin realistisch, nicht pessimistisch, und kann Spaßvögeln aktuell wenig abgewinnen. Erinnere mich daran, dass im Moment nichts, aber auch gar nichts in meinem Leben lustig ist. Himmel, Larissa, lass mich das mit deinem Gurt machen.« Sie beugte sich zu ihr und ließ den Riemen geschickt mit einem Klick einrasten. »Im Übrigen brauchst du den gar nicht. Schließlich fliegen wir kein Wettrennen.«

Cap, der auf dem Kopilotensitz saß, musste grinsen. Schon beim Hinflug hatte Larissa peinlich genau darauf geachtet, korrekt in ihrem Sitz angeschnallt zu sein. Er konnte es ihr nicht verdenken nach dem, was sie auf ihrem Jungfernflug mitgemacht hatte. »Sind unsere Gäste im Frachtraum?«, wollte er wissen.

Der Pilot nickte. »Alle sechs hinten, Mister Hallberg«, sagte er geschäftig, während seine Finger ununterbrochen Regler betätigten, über farbige Displays fuhren oder Kurvendiagramme vergrößerten.

Cap sehnte sich danach, Elias aus dem Lighthouse herauszuzerren und in den Pilotensitz zu pressen, da dessen Ungezwungenheit in diesem

Moment überaus wohltuend gewesen wäre. Trink einen auf mich, sagte er in Gedanken und erwischte seine Hand dabei, wie sie ein imaginäres Glas hob.

Der junge Mann neben ihm betätigte den Schalter, von dem Cap inzwischen wusste, dass er die Funkverbindung zur Station herstellte. »Hermion ist bereit. Schalte auf Autopilot. Kepler, bitte bestätigen. Ich wiederhole: Schalte auf Autopilot.«

Das mechanische Abspulen aller Direktiven, die der Pilot während seiner Ausbildung eingetrichtert bekommen hatte, langweilte Cap jetzt schon.

»Bestätigt«, klang es aus der Sprechanlage. »Godspeed Hermion.«

Das leise Zittern des Raumers verstärkte sich, und Cap schloss kurz die Augen. Mit einem dumpfen Geräusch entkoppelte der Raumer, und auf dem Monitor, der das Schiffsheck zeigte, sah Cap, wie sich Kepler entfernte und sich dabei neigte. Drehten sie jetzt etwa? Auf Wendemanöver im All, auch wenn sie sanft und langsam ausgeführt wurden, reagierte sein Gleichgewichtssinn leicht allergisch.

»Geht es Ihnen gut?«, fragte der Pilot.

»Das scheinen mich alle zu fragen, sobald ich in diesen Dingern sitze«, entgegnete Cap. »Sehe ich aus, als ob ich Ihnen gleich auf die Konsole kotze?«

»Manchen Passagieren, die nicht oft fliegen, hilft es zu wissen, was sie vor sich haben.« Er deutete auf eine Reihe Monitore vor sich. »Hier haben wir die Anzeigen für den Kabinendruck und Treibstofftank sowie das Funkmodul, das ich eben benutzt habe.«

»Aha.«

»Die Diagramme hier überwachen den Flug und die Systeme. Zentral befindet sich das Navigationsmodul, hier drüben kann ich das Haupttriebwerk steuern, und einen Lichtschalter haben wir natürlich auch.«

Cap horchte auf. »Einen Lichtschalter?«

»Manchmal hat man es eben gerne ein weniger heller im Cockpit. Dieses Blinken und Leuchten kann einem beachtlich schnell über werden.

Stört mich ab und an in meiner Konzentration. Außerdem will ich sehen, wo ich meine Weizenmilch hingestellt habe.«

Noch ein Abhängiger, dachte Cap amüsiert.

»Mein Trick bei meinen ersten Flügen lautete Ablenkung«, fuhr der Pilot fort. »Gehen Sie in Gedanken Ihre Karriere durch, zählen Sie die Geburtsdaten Ihrer Familie und Freunde auf oder rezitieren Sie von mir aus Shakespeare.«

Cap lächelte. »Sie haben keine Ahnung von meinem Leben.«

»War nur ein Vorschlag.«

»Ich schätze Ihre Bemühungen«, erwiderte Cap belustigt. In ihm keimte die Hoffnung auf, dass der junge Mann doch nicht auf Schlaftablette gebürstet war. »Darf ich?« Sein Zeigefinger ruhte auf dem kleinen, grün leuchtenden Display, auf das der Pilot zuletzt gedeutet hatte.

»Nur zu.«

Zuerst dachte Cap, das Betätigen des Lichtschalters hätte eine kleine Explosion in der Kanzel ausgelöst. Geschockt drehte er sich zum Piloten.

Aus der Austrittswunde in der Brust spritzte das Blut wie aus einem lädierten Wasserhahn und benetzte die Konsolen vor ihm mit kleinen roten Flecken. Cap erinnerte sich an ein Gemälde, das ihm einmal als Reproduktion auf einer Abfallhalde unweit des Camps in die Hände gefallen war. Karmesinrote Farbspritzer auf schwarzem Untergrund. Auf der Uniform des Piloten bildete sich ein Fleck, der rasch größer wurde. Wie in Watte gepackt hörte Cap hinter sich Larissas spitzen Schrei, eine volltönende Stimme rief vorwurfsvoll »Wilson!«, dann folgte das Klicken eines Gurtes, der aus dem Schloss sprang.

»Was …?« Nur ein Röcheln. Der Pilot legte die Hand auf die Brust und begann, an seiner Jacke herumzufingern. Die Verblüffung stand ihm ins Gesicht geschrieben. »Aber …«, keuchte er und schaute Cap verwirrt an. »Aber, das ist … woher …« Er brach ab, sein Oberkörper bäumte sich nach vorn und erbrach einen Schwall Blut auf die Konsole. Anschließend schnappte er in seinen Sitz zurück, und der Körper erschlaffte. Seine Augen schienen einen Punkt in der Unendlichkeit des Alls zu fixieren.

Cap merkte, dass er bis jetzt die Luft angehalten hatte, und atmete verzweifelt ein.

»Lösen Sie Ihren Gurt und drehen Sie den Sitz langsam zu mir.«

Cap konnte das eben Gesehene nicht sofort verarbeiten, konnte kaum atmen, konnte nicht reagieren, obwohl ihm klar war, dass die volltönende Stimme mit ihm sprach. Er hatte doch nur mit der Fingerspitze auf das grüne Licht getippt.

»Mit Verlaub, das dauert mir zu lange«, sprach die dunkle Stimme weiter.

Eine Hand legte sich auf seine Schulter; Cap zuckte zusammen. Sein Sitz drehte sich, die Finger griffen fester zu. Plötzlich tauchten braune mandelförmige Augen vor ihm auf, und in seinem Hinterkopf lauerte der Gedanke, dass er sie schon einmal gesehen hatte. Er verstand den Zusammenhang erst, als er hinter dem Gesicht mit den asiatischen Zügen Larissa entdeckte. Ihre gefalteten Hände lagen auf ihrem Kopf. Der Lauf einer OC-Gun war auf ihre Schläfe gerichtet. Ihre eigene Schusswaffe lag neben ihren Füßen. Ihre Beine zitterten leicht.

»Und wer fliegt jetzt die Kiste?« Es war das Einzige, was Cap gerade in den Sinn kam.

»Das automatische Flugsystem«, antwortete der Asiate amüsiert. »Kein Grund zur Sorge. Aufstehen, bitte. Wenn Sie die Güte hätten, sich neben Ihre Kolleginnen zu stellen.« Der Asiate sprach fast akzentfreies Common-Englisch; nur der leicht abgehackte Redefluss verriet, dass er nicht im englischsprachigen Raum aufgewachsen war. Er trug den hellblauen Overall eines Laborarbeiters, und die Art, wie er die OC-Gun hielt, verriet, dass er genau wusste, wie man damit umging.

»Das ist Security-Ausrüstung«, sagte Cap. »Woher haben Sie die? Wie konnten Sie die Sicherung umgehen?«

Der Mann lächelte, und wenn Cap keine Angst gehabt hätte, auch seine Brust könne demnächst Bekanntschaft mit einem Projektil machen, das ihn von innen zerlegen würde wie seine Mutter einen Wildhasen am Erntedankfest, hätte er dieses Lächeln sympathisch gefunden.

»Woher ich die Ausrüstung habe, ist im Moment unerheblich.« Der Asiate dirigierte Cap mit der Waffe neben Fenna, deren Brustkorb sich heftig atmend hob und senkte. Nicht vor Angst, Cap kannte sie inzwischen gut genug. Sie war stinkwütend.

»Hiroyuki Hoshi. Doktor der Biologie. Auf Kepler seit« – er legte den Kopf leicht schief, als müsse er nachzählen – »drei Jahren. Meine zwei anderen Kollegen kennen Sie auch noch nicht namentlich, da Chief of Security Kreissler nicht den Anstand hatte, uns alle vorzustellen.« Er deutete auf die Frau in orangefarbenem Overall, die ihre Waffe an Larissas Schläfe gedrückt hielt. »Galina Kusnezow, Feldarbeiterin. Und das ist Craig Wilson. Er war für die Fische zuständig. Entschuldigen Sie seine Unbeherrschtheit. Der Tod des Piloten war nicht eingeplant.«

»Fische?«, krächzte Larissa heiser.

»Wir haben uns jobmäßig umorientiert.«

»Und wann haben Sie beschlossen, sich Ludds Tierpark anzuschließen?«, zischte Fenna.

Hoshis entgegenkommendes Lächeln stand in krassem Kontrast zu dem blutüberströmten Körper des jungen Piloten, der im Sitz hing wie eine Marionette mit gekappten Fäden. »Man bevorzugt in gewissen Kreisen den Begriff Ludditen.«

Fenna prustete amüsiert.

»Ihnen ist der Begriff aus der britischen Geschichte bekannt?«, hakte Hoshi höflich nach.

Sie gähnte theatralisch und hielt geziert die Hand vor den Mund, was ihr ein gereiztes Lidzucken von Wilson einbrachte.

»Mister Ludd hat uns mehrmals auf die Namensgleichheit hingewiesen«, sagte Cap, der sich das Hirn zermarterte, wie die Männer an Kampfgerät des Sicherheitspersonals gelangt waren und deren biometrische Identifizierung außer Gefecht hatten setzen können. Bestand die Möglichkeit einer Umgehung oder Umprogrammierung? Verdammt, wenn er doch mehr über diese Dinge wüsste! »Der Professor ist äußerst stolz auf die Taten seines Namensvetters«, sprach er weiter. »Er schmiert es jedem aufs Brot, ob der es wissen will oder nicht.«

»Manchmal scheinen sich Dinge im Universum doch nicht so zufällig abzuspielen, wie man meint«, stellte Hoshi fest, und Cap meinte, einen ironischen Unterton herauszuhören. »Ob sich nun eine Legende namens Ned Ludd im neunzehnten Jahrhundert in England gegen die Auswirkungen der Industrialisierung wehrt oder ein wirklich existierender Ned Ludd auf einer Raumstation rund dreihundert Jahre später gegen die Winkelzüge und menschenverachtenden Machenschaften einer Biotechnologiefirma vorgehen will …« Er schnalzte mit der Zunge. »Glauben Sie, einige Wege sind vorherbestimmt? Ich bin mir da oft nicht sicher.«

»Einen Scheiß sind sie«, spie Fenna aus und trat Wilson mit voller Wucht gegen das Knie.

ENTSCHEIDUNGEN

Tess betrachtete die Frau, die neben ihr auf dem Sofa Platz genommen hatte, skeptisch. Ihr Haar sah aus wie der Pelz einer Wühlmaus, Gesicht und Arme waren sommersprossenübersät, und wenn sie lachte, erreichten die Mundwinkel fast ihre Ohren. Sie lachte offenbar oft. Tess wusste nicht, ob sie das gut oder schlecht fand. Im Allgemeinen war sie der Auffassung, dass es im Camp wenig gab, über das man lachen konnte.

Als die Frau nach Tess' Händen griff, ließ sie es zu.

»Mein Name ist Ciara Selig, und ich arbeite innerhalb der Koordinationsstelle Neu-Berlin für SpaceSeed. Mein Vorgesetzter heißt Markus Schwarz, und er steht in ständigem Kontakt mit Kopernikus.«

»Und dort stimmt was nicht«, ergänzte Louis.

Selig nickte. »Ich habe Beweise dafür. Und ich kann nicht zulassen, dass Menschenrechte mit Füßen getreten werden.«

»Und dieser Typ, der Schwarz heißt, weiß nicht, dass Ciara weiß, dass da oben die Kacke am Dampfen ist.«

»Auf den Punkt gebracht, Louis«, stimmte Selig zu. »Er hat keine Ahnung, und das soll auch so bleiben.«

»Geht es Cap gut?«, fragte Tess leise.

»Deinem Bruder geht es gut«, bestätigte die Frau. »Aber anderen Menschen auf der Station eben nicht.«

»Und Sie kennen diese anderen Menschen?«, hakte Tess vorsichtig nach.

Abermals nickte Selig. »Die Kommunikation mit ihnen ist zwar schwierig geworden, aber wir sind zuversichtlich, dass wir weiterhin miteinander reden können. Es ist für uns wichtig zu wissen, was genau auf Kopernikus und Kepler geschieht. Es gibt böse Menschen dort, Tess, die –«

Das Mädchen zog die Hand fort. »Sie müssen nicht mit mir reden, als ob ich blöd wäre.«

»Tut mir leid. Ich bin es nicht gewohnt mit … jungen Frauen zu reden.«

»Ich bin ein Mädchen«, verkündete Tess stolz. »Junge Frauen können mir gestohlen bleiben.«

Erneut erreichten die Mundwinkel die Ohren der Frau. »Hab schon verstanden.« Sie wurde wieder ernst. »Wir brauchen Hilfe. Von Louis, von dir, von anderen aus den Camps. Von allen, die mitmachen wollen.«

»Und wer ist wir?«

»Manche nennen uns Ludditen.«

»Weshalb?«

»Weil unser Verbindungsmann auf Kopernikus so heißt. Abgesehen davon ist der Name nicht bedeutsam.«

»Und wenn ich Ihnen helfe, helfe ich damit auch Cap? Und Marge? Und Michael?«

»Wahrscheinlich.«

Tess stand auf. »Wann geht's los?«

***

Wilson heulte auf und krümmte sich. Aber noch bevor Fenna zu ihrer eigenen Waffe greifen konnte, die etwa einen Meter von ihrem Fuß entfernt auf dem Boden des Shuttles lag, versetzte ihr Hoshi einen Handkantenschlag gegen das Brustbein, der sie zurücktaumeln ließ. Sie stürzte zu Boden, brachte aber, noch bevor sie aufschlug, mit einem gezielten Fußfeger Wilson zu Fall. Er prallte mit der Stirn gegen einen Sitz und hielt sich den Kopf.

»Du blöde F…« Seine Stimme war heiser, und Cap konnte sich gut vorstellen, wie der Mann am Abend zuvor irgendeiner Ludditen-Veranstaltung beigewohnt und sich dabei vor Begeisterung die Seele aus dem Hals gebrüllt hatte.

»Wilson!« Hoshi erhob herrisch die Hand. »Wir regeln das anders.«

»Wir sollten ihr auch ein Loch in den Pelz brennen wie dem da.« Wilson zeigte auf den Piloten. »Was anderes kapiert die doch gar nicht.«

Die Frau namens Kusnezow lachte.

»Was wollen Sie?« Cap wurde es langsam zu bunt. »Waffen haben Sie schon, der Pilot ist tot, das Shuttle ist in Ihrer Hand.«

»Nur für den Moment«, brummte Fenna, die erneut in die Mündung von Wilsons OC-Gun starrte. Sie hockte auf dem Boden und rieb sich das Brustbein. »Das war ein Haitō-Uchi. Die Technik braucht man sicher nicht als Biologe. Oder bekriegen Sie auf diese Art Ihre Weizenschädlinge?«

Hoshi hob belustigt eine Augenbraue. »Sie haben vorher einen Kani-Basami bei Wilson ausgeführt. Insofern steht es eins zu eins.«

»Solange ich Ihnen nicht den Hals umgedreht habe, kann davon nicht die Rede sein«, erwiderte sie bissig und richtete sich langsam auf. »Nur damit Sie's wissen: Mir geht es heute beschissen. Es ist ein Dreckstag. Besonders Sie« – Fenna deutete auf Wilson, der sie grimmig musterte – »sollten aufpassen.«

Statt einer Antwort knallte der Griff von Wilsons OC-Gun an ihren Kopf. Ein erstickter Laut kroch aus Fennas Kehle, und sie griff benommen nach Caps Arm, der sie geistesgegenwärtig auffing und vorsichtig auf den Boden legte. Mit weit offenen Augen sah sie ihn an, aber ihre Pupillen huschten unruhig hin und her.

Cap fühlte enorme Wut in sich aufsteigen. Diese Situation war ein einziger Albtraum. »Was wollen Sie, verdammt?«, schrie er.

»Das Schiff«, antwortete Kusnezow.

»Das haben Sie doch schon.« Larissa kniete sich neben Fenna und versuchte, die Blutung mit einem Zipfel ihres Shirts zu stillen. Sie wirkte ebenfalls stocksauer. Von Angst war keine Spur mehr. Das Adrenalin hatte ihren Körper offenbar komplett im Griff.

»Aber Sie sind noch drauf.« Kusnezow sah die Französin beinahe mitleidig an. »Und das geht doch nicht. Leider haben wir nur einen Raumanzug an Bord. Wollen Sie das über Schnick-Schnack-Schnuck regeln?«

Ein ohrenbetäubender Lärm zerfetzte das letzte Wort. Dauerfeuer.

Cap warf sich auf den Boden, riss Larissa mit sich und versuchte, so gut es ging, die Körper der zwei Frauen abzuschirmen. Aus den Augenwinkeln sah er, dass Wilson hinter einem Sitz in Deckung ging.

Die OC-Gun verstummte. In Caps Ohren rauschte es, und die Grabesstille, die darauf folgte, wirkte fast noch grauenvoller als die Salve davor. Nach ein paar Sekunden richtete er sich auf.

Hoshi stand vor ihm, die OC-Gun wie eine Fackel in der Hand. Die oberen Messinstrumente des Shuttles waren zum Großteil beschädigt, aber Caps Furcht, erneut ein Leck in der Außenhülle überleben zu müssen, blieb unbegründet. Die Instrumente verhielten sich still. Kein Warnton kreischte.

»Alle beruhigen sich jetzt«, tönte das volle Organ des Biologen durch das Cockpit, und er warf Wilson und Kusnezow einen gebieterischen Blick zu. »Alle.« Er ließ den Arm sinken und richtete die Mündung auf Cap. »Wir beide müssen reden.«

Dass Hoshi einen Kopf kleiner war als er und zu ihm aufsehen musste, bereitete Cap unverhohlenes Vergnügen. Dieser Pluspunkt schaffte eine Art Unentschieden zwischen ihnen. Denn die herrische Art des Biologen, gegen den Ned Ludd wirkte wie ein knuddeliger Teddybär, war für Cap schwer zu ertragen. Hoshi machte den Eindruck eines Feudalherrn, der es allein durch seine angeborene Autorität schaffte, seine Untergebenen in Schach zu halten.

»Was wollen Sie, verdammt? Wie oft müssen wir Sie das noch fragen?«

Sie standen zu fünft im Frachtraum. Fenna hatte das Bewusstsein verloren, und Larissa saß an ihrer Seite. Wilson und Kusnezow bewachten die beiden Frauen im Cockpit. Der Rest von Hoshis Team saß auf dem Boden und unterhielt sich leise.

Der Biologe ging auch diesmal nicht auf die Frage ein. »Ich bin mir relativ sicher, wen ich vor mir habe, aber ich muss es trotzdem aus Ihrem Mund hören. Sind Sie Kaspar Hallberg?«

Cap schwieg.

»Kaspar Hallberg aus dem Neu-Berliner Camp? Freund von Louis Manner? Heißt Ihre jüngste Schwester Theresa?«

»Warum ist das wichtig?«, wollte Cap misstrauisch wissen und fürchtete insgeheim, dass nun eine Woge furchtbarer Nachrichten auf ihn zuschwappen würde. Tess in Gefangenschaft, Louis tot. Oder umgekehrt. Wollte Hoshi hier an seine Angst appellieren? Ihm alle schlechten Vorahnungen auf einen Schlag präsentieren?

Der Japaner setzte sich auf eine Transportkiste. Sein Gesicht blieb freundlich. Tatsächlich waren ihm seine Züge kein einziges Mal entgleist. Selbst wenn er schrie, wirkte sich das nicht auf sein zuvorkommendes Mienenspiel aus. »Warum es von Bedeutung ist, erfahren Sie, nachdem Sie mir Ihre Identität bestätigt haben. Leider haben die Uniformen der Security keine aufgestickten Namen mehr. Ich kann das verstehen. In den letzten Monaten wurde in Ihrer Abteilung das Personal derart oft ausgewechselt oder aufgestockt – da kann man solche Details schon mal aus den Augen verlieren.«

Was Hoshi auch immer vorhatte, es funktionierte. Cap hatte nichts zu verlieren. Also sagte er: »Mein Name ist Cap Hallberg. Der letzte Stand meiner Informationen lautet, dass meine kleinste Schwester Tess mit Louis Manner im Camp bei Neu-Berlin und meine Schwester Marge bei einer Familie der First Class lebt. Meine Eltern, meine Frau und mein Sohn sind tot. Und jetzt erzählen Sie mir, was Sie von mir wollen.«

»Ihre Unterstützung.«

»Bei was?«

»Das müssen Sie nicht fragen. Ihr familiärer Hintergrund, Ihre Lebensumstände und Ihre Art und Weise, Dienst unter Huggins zu leisten, sprechen Bände.«

»Ich bin kein Freund von verbohrten Fanatikern.«

Hoshi lachte. »Wir sind keine Fanatiker, Mister Hallberg. Wir wollen nur das Gleichgewicht wiederherstellen.«

»Die gleichen Worte habe ich schon von Brigadier Huggins gehört.«

»Huggins«, schnaubte der Asiate, »denkt nicht groß über das nach, was er tut. Die Balanceregel ist ein Witz.«

»Und Sie denken nach? Hat deswegen der Pilot Blut auf seine Konsole gespuckt? Liegt deswegen meine Kollegin vorne im Cockpit? Haben Sie ihr deswegen den Schädel eingeschlagen?«

»Sie ist nur bewusstlos, Mister Hallberg. Und die Sache mit dem Piloten bedauere ich sehr, was ich schon vorhin sagte.«

»Haben Sie deshalb auch das Weizenfeld in die Luft gejagt und wissentlich den Tod von Menschen in Kauf genommen? Weil Sie nachdenken?«

Hoshis Augen weiteten sich, und zum ersten Mal meinte Cap, etwas wie Fassungslosigkeit in seinem Gesicht lesen zu können. »Sie glauben doch nicht im Ernst, dass wir das waren?«

»Denken Sie etwa, ich segne Hongs hirnrissige These ab, dass die Konkurrenz SpaceSeed schaden wollte?«

»Sie trauen uns zu, unsere eigenen Leute in die Luft zu jagen?«

»Der Pilot ist tot. Er war ein Unbeteiligter. Genauso wie die Arbeiter, die auf dem Feld gestorben sind, gehörte er nicht zu Ihnen. Es gibt auch einige, die ihr Leben auf der Station einfach unbehelligt leben wollen und froh sind, dass sie Arbeit und ein Quartier haben.«

»So wie Sie?«

»Ich habe andere Pläne. Diese Pläne schließen Sie und Ihre Leute aber nicht ein, Mister Hoshi.«

»Ihre Familie denkt da anders.«

Cap war fassungslos. »Wollen Sie mich erpressen?«

»Nein, Mister Hallberg. Ich will Sie nur auf den neuesten Stand bringen. Louis Manner hat sich uns gleich nach Ihrer … nun ich möchte es neutral ›Versetzung‹ nennen … angeschlossen, und Ihre kleine Schwester wird sich in diesem Moment ebenfalls dafür entscheiden, uns zu helfen.«

»Sie rekrutieren Kinder?«, schrie Cap wütend. »Sie ist elf Jahre alt! Sie kann solche Dinge nicht entscheiden. Sie kann die Tragweite ihres Entschlusses nicht einschätzen.«

»Wie ich hörte, handelt es sich bei Ihrer kleinen Schwester um ein äußerst gewieftes Mädchen, das sehr wohl Entscheidungen für sich treffen kann.«

Cap stand Tess' vor Augen, wie sie sich mit verschränkten Armen und bockiger Körperhaltung vor ihm aufbaute. Ihr Mund ein trotziger Strich im schmutzigen Gesicht. Unwillkürlich musste er lächeln. Hoshis Einschätzung stimmte.

»Glauben Sie mir, sie würde für ihren Bruder durchs Feuer gehen.«

»Sie würde auch einen Grizzly mit ins Bett nehmen, nur weil er so schön kuschelig ist«, erwiderte Cap. »Das gibt Ihnen trotzdem kein Recht, ihr einen in den Schlafsack zu legen.«

»Ich hätte Tess nicht auf unsere Sache angesprochen, wenn ich nicht wüsste, dass es nicht auch Ihre Sache ist, Mister Hallberg. Und wir passen auf Ihre Schwester auf. Sie haben mein Ehrenwort.«

»Ihr Ehrenwort? Dann sagen Sie mir, wer für das Attentat verantwortlich ist«, forderte Cap.

»Wir vermuten, dass Huggins dahintersteckt. Auf Hongs Befehl hin.«

Je mehr Cap überlegte, desto einleuchtender erschien ihm das. Anweisungen, die nicht erklärt worden waren, die fieberhafte Suche nach Beweismaterial auf dem Feld, als ob Huggins genau gewusst hatte, wonach er Ausschau hielt. Aktienkurse, die nach der Beschuldigung von CropUniverse in die Höhe schnellten. Seine Abscheu gegenüber dem Brigadier steigerte sich ins Unermessliche. Huggins war mehr als nur ein Drecksack. Er war Abschaum.

»Es gibt noch mehr«, sagte Hoshi. »Sie haben kürzlich einen Säugling nach Kepler gebracht?«

Cap nickte. »Zu seiner neuen Familie.«

»Sie halten das für richtig?«

»Das habe ich nicht gesagt.«

»Was, wenn ich Ihnen sage, dass die Babys dort nicht bleiben.«

»Was wollen Sie nun schon wieder andeuten?«

»Die First Class hat ein Nachwuchsproblem.«

Mit einem Mal erinnerte sich Cap an das Gespräch, das er kurz nach dem Anschlag mit Fenna und Larissa gehabt hatte. Die Französin war geschockt und verärgert über Fennas beinahe gleichgültige Einstellung gegenüber der Ein-Kind-Regel auf den Raumstationen aus dem Zimmer gestürmt.

»Die Kinder werden an Familien verkauft, die am meisten dafür bieten«, fuhr Hoshi fort.

Die Puzzleteile schienen sich zusammenzufügen. »Wie der Weizen«, fügte Cap hinzu.

Das väterliche Lächeln erschien erneut auf Hoshis Gesicht. Und dieses Mal erreichte es seine Augen. »Sie denken mit. Ich ahnte, dass Sie sich von Anfang an gefragt haben, was wirklich auf den Stationen läuft.«

»Was geschieht mit der Hermion?«, fragte Cap.

»Wir brauchen das Schiff.«

»Ohne uns, nehme ich an.«

»Falls Sie sich entscheiden, für und mit uns zu arbeiten, dann benötigen wir Sie auf Kopernikus als Teil des Security-Teams. Als unsere Augen und Ohren. Wir werden Sie auf Ebene 0 kurz … absetzen. Natürlich muss es so aussehen, als hätten wir Sie überwältigt.«

»Haben Sie das nicht?«

»Sie stehen gesund vor mir, und wir plaudern angeregt. Das sieht mir nicht nach einer Geiselnahme aus.«

»Und wenn wir nicht mitspielen?«

»Wir haben nur einen Raumanzug an Bord.«

»Das erwähnte Ihr Kettenhund bereits.«

»Für das Verhalten meines Teams möchte ich mich in aller Form entschuldigen. Der Tod des Piloten war nicht eingeplant, das müssen Sie mir glauben. Wilson ist äußerst impulsiv.«

»Scheint mir auch so.« Cap überlegte. »Was ist mit Fenna und Larissa? Sind die Teil Ihres Plans?« Vor allem Fenna machte ihm Sorgen. Sie würde nie mitziehen. Niemals.

»Wie gesagt, der Raumer verfügt über einen Anzug. Wenn eine nicht mitspielt, gehört er ihr.«

»Das ist ein Gedankengang, der mir absolut nicht gefällt.«

»Man könnte jedoch ebenso die Bewusstlosigkeit Ihrer kurzhaarigen Kollegin nutzen. Sie wird gar nicht mitbekommen, was passiert, und wenn sie Glück hat, erst auf der Krankenstation aufwachen.«

»Und wenn nicht –«

»– haben wir den Raumanzug«, wiederholte Hoshi geduldig.

»Das ist keine Option!«

»Tut mir leid, Mister Hallberg, aber mehr kann ich im Moment für Ihre Kollegin nicht tun. Mir gefällt die Entschlossenheit und Tatkraft von Miss Dekker, aber es steht zu befürchten, dass sie unserer Sache nicht so positiv gegenübersteht wie Sie. Mein Bauchgefühl sagt mir, dass Miss Martinez offener für Argumente sein wird.«

Cap fühlte sich, als ob eine enorme Kraft an seinen Armen zog und ihn auseinanderzureißen drohte. »Fenna wird nichts geschehen, ist das klar? Den Anzug können Sie einem von Ihren Leuten in die Hand drücken, Hoshi. Larissa und Fenna treffen ihre eigenen Entscheidungen. Ich bin nicht so ein Bestimmer wie Sie.«

Hoshi betrachtete ihn eindringlich und seufzte. »Das ist nicht das, was mein Team von mir erwartet. Wenn ich jetzt zustimme, haben Sie sich dann wenigstens entschieden?«

»Verschachern von Säuglingen, Mord, Verrat an der Erdbevölkerung? Sie haben mich längst.«

TAKING SIDES

»Es fehlen drei OC-Guns, Brigadier!« Kreisslers Gesicht auf dem Monitor war gerötet. Lawrence hatte sie selten derart echauffiert gesehen. Er dachte an die Waffe, die während des Aufstands an der Schleuse auf Kopernikus benutzt worden war. Einer von Ludds Anhängern hatte eine konventionelle Pistole benutzt. Bis heute wusste er nicht, ob sich noch weitere illegale Waffen auf der Station befanden. Die Durchsuchung der Quartiere hatte nichts zutage befördert.

»Die Biometrie der Guns zu umgehen benötigt einiges an Know-how, Security Chief«, entgegnete er, um Ruhe bemüht.

»Und wenn sie das haben?«

»Wer ist ›sie‹?« Wenn jetzt auch noch Kreissler an Verfolgungswahn litt, machte das die Sache ungemein komplizierter. Lawrence musste sich anstrengen, angesichts der sich zuspitzenden Ereignisse nicht komplett den Überblick zu verlieren. Da durfte ihm die stocksteife Amerikanerin nicht auch noch querschießen.

»Sie könnten einen Störsender benutzt haben, um den Chip elektrostatisch auseinanderzunehmen«, spekulierte Kreissler. »Das erscheint mir am wahrscheinlichsten. Oder sie haben auf Basis hochauflösender Holos Fingerabdrücke fotografiert und anschließend konvertiert.«

»Liz! Wer ist ›sie‹?«

»Diese Rebellen! Die mir vor einigen Wochen die Kantine auseinandergenommen haben! Und das ist passiert, bevor die Knallköpfe bei dir auf der Station ausgerastet sind!«

»Die laufen doch alle nicht mehr frei herum!«

»Da gibt es noch mehr. Ich weiß das, Lawrence. Die sitzen in den Ritzen unserer Stationen wie Unkraut.« Ihre Wangenknochen schienen noch spitzer zu werden. »Wir sollten sofort Hong unterrichten.«

Auf Lawrence' Stirn bildete sich Schweiß. »Das halte ich für keine gute Idee.«

»Die Regel muss fallen, Lawrence. Zumindest für den Augenblick. Wir brauchen mehr Personal. Nicht im Austausch miteinander, sondern Frischfleisch. Leute, die den Umständen gewachsen sind. Freiwillige. Mit Nerven wie Drahtseilen. Keine Pussys, die sich beim ersten abgefeuerten Schuss in die Hosen scheißen oder auf die Schuhe kotzen.«

Jetzt waren sie wieder beim alten Thema angelangt. Aber Lawrence schluckte die Bemerkung, dass es Freiwillige nicht geben würde, mühsam herunter. Diesen Zahn hatte ihm Markus Schwarz vor langer Zeit gezogen.

»Du hast eine Sondersituation, Larry.« Wenn sie ihn so nannte, führte sie etwas im Schilde. Meist nichts Gutes. »Die psychischen Reaktionen deiner Arbeiter auf die Ereignisse im Feld. Du weißt nicht, wie lange diese Traumata anhalten werden.«

Von einem seelischen Knacks der Vergifteten konnte zwar keine Rede sein, obwohl das Nia sicherlich anders sah, aber wie lange er die Kranken noch an den Hacken hatte, wusste er in der Tat nicht.

»Das muss Hong klargemacht werden. Du musst es ihm klarmachen.« Ihre dunkle Stimme wirkte nun fast einlullend. »Wir brauchen die offizielle Freigabe von oberster Stelle, hart durchgreifen zu können. Ganz hart. Das siehst du doch sicherlich genauso, oder?«

Lawrence stöhnte. Er hasste es, wenn Kreissler so mit ihm sprach. Aber er gab ihr recht.

***

»Wie haben Sie sich das vorgestellt?«, fragte Larissa Hoshi mit gesenkter Stimme und lehnte sich an einen der Passagiersitze im Cockpit. Die

Russin und der Amerikaner waren auf Hoshis Anweisung hin zu den anderen in den Frachtraum gegangen.

Fenna lag auf dem Rücken – die Augen geschlossen. Nichts deutete darauf hin, dass sie bei Bewusstsein war.

Kurz nachdem Hoshi mit der Schilderung der Säuglingsverkäufe begonnen hatte – wohl in der Annahme, dass die meisten Frauen gleich gestrickt waren –, hatte sich Larissa schon auf die Seite der Ludditen geschlagen. Sie glaubte Hoshi, dass nur die Rebellen momentan in der Lage seien, den Stand der Dinge zum Guten zu wenden.

Cap wunderte sich nicht. Sie hatte noch weniger zu verlieren als er selbst. Keine Familie, keine Freunde. Sie hatte ihr Leben zwar in einer Campgemeinschaft verbracht, dort aber offenbar nie richtig Fuß fassen können. Ihre Rolle im Security Team schien ihr Selbstvertrauen gegeben zu haben, auch wenn sie – wie er – Befehle stets hinterfragte, mal laut, mal nicht. So hatten sie hinter Huggins' Rücken nicht nur einmal über den Sinn und Zweck seiner Anweisungen debattiert und waren sich oft einig gewesen. Jetzt sah sie einen Weg vor sich liegen, den sie mit gutem Gewissen beschreiten konnte. Und wollte. Und Cap würde sie bereitwillig begleiten.

Hoshi spitzte leicht die Lippen. »Wir schießen Ihnen in den Oberschenkel, Miss Martinez«, antwortete er ungerührt auf ihre Frage.

Sie starrte ihn an. »Charmant.«

»Wäre Ihnen das Knie lieber?«

»Sie könnten Cap in den Oberschenkel schießen«, schlug sie vor.

»Bedaure, aber Mister Hallberg benötigen wir im Vollbesitz seiner körperlichen Fitness. Auf der Krankenstation nützt er uns leider nichts.«

Larissa deutete mit dem Finger auf Cap. »Er darf also der Held sein, während ich das blonde Dummchen spielen muss, das sich nicht wehren konnte?«, fragte sie vorwurfsvoll.

Eine Weile stand Hoshi gedankenverloren da, als würde er mit sich selbst diskutieren. Die leicht zuckenden Mundwinkel unterstrichen dieses mysteriöse Schauspiel. »Ich bin untröstlich«, sagte er dann, »aber es muss überzeugend wirken. Ein kleiner Kinnhaken reicht da leider nicht. Sehen Sie, Miss Martinez, Ihr besonderer Einsatz ist um einiges heldenhafter. Und es gebührt Ihnen vorbehaltloser Respekt.«

»Ich hasse das«, brummte sie. »Und ich will Erdbeeren auf die Krankenstation.«

Der Biologe sah sie an, als ob sie sich eben einen eigenen Planeten gewünscht hätte.

»Wen aus Ihrer Crew werden Sie opfern, Hoshi?«, fragte Cap schnell.

»Galina. Sie ist recht umgänglich und bereit, sich vor den Augen Huggins, beziehungsweise der Überwachungskameras auf Ebene 0, von Ihnen bewusstlos schlagen zu lassen. Oder Ähnliches«, fügte er nach einer kleinen Pause hinzu.

Larissa verschränkte die Arme vor der Brust. »Dein Job macht erheblich mehr Spaß, Cap«, nörgelte sie.

»Ist sie immer so?«, fragte Hoshi Cap.

»Ist schlimmer geworden.« Er grinste Larissa an. »Miss Dekkers Umgangston scheint abgefärbt zu haben.«

»Mir ist klar, wie viel ich von Ihnen verlange«, sagte Hoshi zu Larissa und deutete eine Verbeugung an.

Sie ignorierte die Geste. »Was springt für mich dabei raus? Außer Ehre, Eingang in die Ludditen-Annalen und ein Loch im Oberschenkel?«

Cap unterdrückte ein Lachen und bewunderte insgeheim, wie schlagfertig Larissa in den letzten Stunden geworden war.

»Nedd Ludd hat uns von einem Ihrer Talente berichtet«, sagte Hoshi, der nicht darüber verwundert zu sein schien, dass sie eine Gegenleistung verlangte. »Natürlich hat er auch Sie erwähnt, Mister Hallberg, sonst würde ich nicht mit Ihnen reden.«

»Ein Talent? Wie Zeltplanen waschen?«, fragte sie.

»Verhandlungen führen«, antwortete er.

Larissas Augenbrauen hoben sich. »Das hat er gesagt?«

Der Biologe nickte. »Er hat sie in Notsituationen beobachten können, daher traue ich ihm bei dieser Einschätzung. Sie werden mich bei der Kommunikation mit unseren … Partnern unterstützen.«

Cap horchte auf. »Bei dieser Einschätzung«? Was sollte diese Einschränkung? Waren sich Ludd und der Biologie nicht grün? Handelte Hoshi womöglich gar nicht im Auftrag von Ludd? Oder hatte er sich eben nur verhört?

»Wobei genau soll ich Sie unterstützen?« Larissa schien der Sache nicht recht zu trauen. »Wo denn?«

»Zu gegebener Zeit werde ich Ihnen Details zukommen lassen, Miss Martinez.«

Sie musterte ihn knapp und hielt ihm die Hand hin. »Larissa. Von jetzt an. Spar dir das Miss, bitte.«

Zögernd nahm er ihre Hand in die seine. »Hiroyuki«, sagte er. »Es ist mir eine Freude.« Dem Asiaten schien diese Vertraulichkeit zu schnell zu gehen. »Gut.« Er räusperte sich verlegen. »Dann ist das also geklärt. Das Vorgehen lautet wie folgt: Ich schieße Ihnen … dir in den Oberschenkel. Durchschuss, keine bleibenden Schäden, schneller Heilungsprozess.«

»Du bist sicher, dass du das hinbekommst?«, hakte sie nach.

»Der Umgang mit Waffen ist mir durchaus vertraut«, entgegnete Hiroyuki. »Und ich bin Biologe. Ich kenne den menschlichen Körper.«

»Entzückend.« Larissa lächelte.

»Ganz reizend«, bestätigte Cap. »Ich nehme an, dass ich mich mit Galina ein wenig prügeln darf und sie sich dabei etwas zurücknimmt?«

»Für die Überwachungskameras macht sich das gewiss gut«, stimmte Hiroyuki zu. »Danach bleiben wir in Kontakt. Wir sehen uns wieder. Bald.«

»Und wie?«

Der Japaner wedelte mit der Hand. »Werden Sie schon merken.«

»Kontaktieren Sie uns nicht, wir kontaktieren Sie?« Cap grinste.

Hiroyuki lächelte zurück. »Du hast es erfasst.«

Cap stutzte und sah an Hoshi vorbei.

»Fenna«, sagte er. »Wie schön, dass du wach bist.«

»Was geht hier vor?«, fragte sie, und ihr Ton verhieß nichts Gutes.

***

»Jippie!«

Der Security-Jeep heizte die verstaubte Straße entlang. Tess sprang vom Beifahrersitz auf, riss sich das schützende Tuch vom Gesicht und ruderte mit den Armen. Sie schrie, was ihre kleine Lunge hergab.

Louis neben ihr lachte, hielt den Blick aber konzentriert auf die Straße gerichtet. Der Weg war holprig, das Fahrzeug drohte abzuheben, wenn es über Unebenheiten schoss, die aus dem ewig gleichen Braun wie aus dem Nichts emporzuschießen schienen.

Mit einem weiteren Jubelschrei ließ sich Tess in den Sitz zurückfallen. »Schneller, Louis! So stelle ich mir eine Fahrt mit der Schiffschaukel vor! Kannst du dich daran erinnern, wie Großvater davon erzählt hat?«

»Er wäre stolz auf dich, Kleines.«

»Ich hab's gut gemacht, oder?«

»Ganz der Profi.«

»Es war einfacher, als ich dachte«, sagte Tess selbstbewusst. »Die Typen sind derart doof, die merken es nicht einmal, wenn sie verarscht werden.«

Tatsächlich hatten die zwei Männer der Security auf einfache Beute gehofft, als Tess mit schmerzverzerrtem Gesicht auf sie zugehumpelt war. Der Wind hatte die braune Staubschicht auf der Straße wie eine Folie aufgewirbelt und ihr Dreck in die Augen getrieben, sie zum Tränen gebracht. Das machte ihre Darstellung noch überzeugender. Weinend hatte sie sich das Tuch vom Mund gezogen, damit man ihr Mienenspiel besser sehen konnte. Die beiden mussten nicht lange überlegen. Ein Mädchen, ein junges Mädchen, allem Anschein nach verletzt, aber nicht so schwer, dass man es nicht der First Class anbieten könnte.

Kurz war Tess von Panik übermannt worden, als sie bemerkte, dass ihr Auftrag, einen Jeep der Security zu klauen, tatsächlich zu funktionieren schien. Ihr war schier schlecht geworden. Aber schon Augenblicke später war Louis aus seinem Versteck gestürzt, das auf der Route der Security lag, wie ihnen Ciara auf einer sogenannten Landkarte gezeigt hatte, und hatte die Männer mit dem Taser gebraten.

Einmal hatte Tess das Vergnügen gehabt, einen Teich zu sehen, der noch etwas Wasser trug und in dem noch ein paar faltige Fische schwammen. Als ihr Vater die Hand ausgestreckt und sie ohne Schwierigkeiten geschnappt hatte, hatten ihre schuppigen Leiber genauso gezuckt wie die Körper der beiden Männer, die sich unter den Stromschlägen der Elektro-Impulswaffe auf dem staubigen Boden gewälzt hatten.

»Wie geht's jetzt weiter?«, fragte sie Louis, der scharf bremsen musste, um nicht mit dem Vorderrad gegen einen Stein zu stoßen, der sich urplötzlich vor ihnen materialisiert hatte.

»Wir bringen den Jeep zu Ciaras Versteck. Erweitern den Fuhrpark. Wenn genügend zusammen sind, geht's los.«

»Genügend Jeeps?«

Louis nickte. »Genügend Leute sind wir inzwischen.«

»Ist noch jemand da, den ich kenne?«

Er zuckte mit den Schultern. »Ist das für dich wichtig?«

Sie überlegte kurz und verschränkte dann die Arme, wie sie es gern tat, wenn ihr prinzipiell alles egal war. »Hauptsache, Marge kommt frei. Und ich sehe Cap wieder. Das wird doch passieren, oder?«

»Worauf du einen lassen kannst, Eichhörnchen.« Louis trat das Gaspedal durch, und der Jeep schoss weiter den mit Dreck überzogenen Weg entlang.

Tess jauchzte auf, hielt sich am Überrollbügel fest und zog sich hoch. »Jippie!«

***

»Wir versuchen gerade, die Situation mit einem Gespräch zu klären«, sagte Larissa schnell. »Ich habe keine Lust mehr auf herumfliegende Patronen, und den anderen geht es genauso.«

Fenna betrachtete sie skeptisch. »Der Pilot ist tot, was gibt es da zu diskutieren?« Mit verschwitztem Gesicht hielt sie sich an einer der Konsolen fest, aber der feste Klang ihrer Stimme machte klar, dass sie sich durch ihren angeschlagenen Körper nicht kleinkriegen lassen würde. »Das sind Mörder. Sie gehören ausgeliefert.«

»Fenna …« Larissa sah Cap an und schien darauf zu warten, dass er eine Entscheidung traf.

Aber Hoshi hatte schon geschaltet und reckte ihm fast übertrieben theatralisch die Pistole ins Gesicht. »Sie hat recht, Mister Hallberg. Die Diskussion ist beendet. Wilson, Kusnezow!«, gab er den Befehl Richtung Frachtraum. »Nach vorne!«

Cap benötigte ein paar Sekunden, bis er begriff, dass Hoshi nur spielte. Im Gegensatz zu Wilson war er darauf bedacht, so wenige Leben wie möglich aufs Spiel zu setzen. Fenna sollte glauben, er hätte die Situation wie vor ihrem Blackout im Griff.

Die Irritation in den Gesichtern von Hoshis Leuten hielt ebenfalls nur wenige Augenblicke, dann begriffen auch sie, dass ihr Boss zu einem Schauspiel übergegangen war. Wilson jedoch schien es regelrecht zu genießen, Fenna erneut auf die Pelle rücken zu dürfen. Wie zufällig streifte er ihren Arm, als er sich neben sie stellte und die OC-Gun in seiner Hand rotieren ließ. Hoshi, der nur einen Schritt von ihr entfernt stand und die grüne Laserzielerfassung auf Caps Brust sinken ließ, warf seinem Mann einen Blick zu, der deutlich machte, dass er die Spielereien nicht guthieß.

Fennas Gesicht blieb völlig ausdruckslos, als sie dem unkonzentrierten Japaner unerwartet in den Unterleib trat.

»Kussotare!«, fluchte der, knickte ein und taumelte ein paar Schritte rückwärts. Der grüne Punkt schwankte mit ihm und verharrte schließlich auf dem Boden. Dann erlosch er. Hoshi hatte vor Schmerz gekrümmt die Zielerfassung deaktiviert.

Fenna selbst stand nunmehr keuchend und schwankend vor der Konsole und starrte ins Leere.

Wilson und Kusnezow sahen zuerst Cap, dann Larissa an. Sie schienen ihre Befehle zu haben, dennoch hielt Wilson die Gun auf Fenna gerichtet, die nicht einmal zu bemerken schien, wie er den Finger auf den biometrischen Scanner legte und der tanzenden Zielerfassung auf ihrem Brustkorb keine Aufmerksamkeit schenkte.

Wie in Trance starrte Fenna in den Raum.

Das Brummen des Frachters drang überdeutlich in Caps Ohren. Die ersten Schrecksekunden vergingen, und allmählich begann es in ihm zu brodeln. Kurz überlegte er, ob er Fenna nicht besser ins Vertrauen ziehen sollte. Was, wenn der Plan nicht aufging? Wilson war ein echter Drecksack. Cap traute ihm alles zu.

»Nein, Craig!«, stieß Hoshi aus und rappelte sich mühsam auf.

»Sie ist ein Risiko«, brummte Wilson. Und er hatte natürlich recht. Was ihm freilich nicht den Freischein gab, ihr ein Loch in den Brustkorb zu stanzen.

Plötzlich flackerten Fennas Lider, sie stöhnte auf, fiel hin und presste beide Hände gegen den Kopf. Larissa stürzte zu ihr, Wilson, der die Niederländerin wie ein Weltwunder anstarrte, ließ sich von Hoshi widerstandslos die Waffe abnehmen. Der grüne Punkt erlosch, als er sie auf einen Sitz legte. Wilson glotzte fasziniert auf die am Boden zusammengesunkene Gestalt vor sich.

»Fenna?« Larissas Gesicht war nah an ihrem. »Fenna?«

Ein weiteres Stöhnen. Fenna versuchte, sich aufzusetzen, verlor aber das Gleichgewicht und sank erneut zusammen. »Ich kann nicht mehr.« Ihre Schultern begannen zu zucken. »Ich kann einfach nicht mehr. Scheiße.

Ich bin fertig. Total fertig.« Sie sah auf. »Ist es so weit? Ihr müsst es mir sagen!« Ihre Stimme wurde lauter. »Meine Augen. Wie sehen sie aus?«

»Normal. Alles normal«, sagte Cap, der sich ebenfalls neben sie hockte.

»Lüg mich nicht an! Ich bin reif für die Lagerhalle! Sag es!«

»Es ist alles in Ordnung«, bestätigte auch Larissa sanft. »Keine geplatzten Äderchen, alles gut. Das ist es nicht.«

»Was ist es dann?« Sie schrie fast. »Was ist –« Weiter kam sie nicht, denn ein erneuter Kopfschmerz ließ sie zusammenzucken, ihre Lider flackerten, kurz zeigte sich das Weiß der Augäpfel, dann kippte sie nach hinten. Dieses Mal war Cap nicht schnell genug, und sie schlug mit dem Kopf gegen eine Konsole, blieb still liegen.

Nach einer kleinen Ewigkeit stieß Wilson hörbar Luft aus. »Was zum Henker war das?« Er deutete mit dem Finger auf den reglosen Körper, als ob er ein unbekanntes Insekt entdeckt hätte.

»Das Problem hat sich offenbar von allein erledigt«, sagte Hoshi. »Allerdings hätte ich diesen Ausgang niemals erwartet. Miss Dekker kam mir psychisch erheblich stabiler vor.«

»Du bist ein kaltherziger Mistkerl«, fauchte Larissa und richtete sich auf. »Dein Spiel wäre beinahe tödlich ausgegangen.«

»Da wir erst vor Kurzem miteinander Bekanntschaft geschlossen haben«, erwiderte er ungerührt, »möchte ich klarstellen, dass ich stets das zu sagen pflege, was ich meine.«

»Ach ja? Dann ersparst du uns nächstes Mal einfach deine Ansichten, okay?«

»Gewöhn dich dran«, sagte Hoshi salopp. »Dieser Ausgang ist für uns alle das Beste.«

Larissa funkelte ihn wütend an, hielt aber den Mund.

»Na also.« Mit seinem üblichen charmanten Lächeln schoss Hoshi ihr in den Oberschenkel.

BÜHNENPRÄSENZ

»Sie brauchen mich.«

Der Brigadier verspürte das tiefe Bedürfnis, vehement zu widersprechen, wusste aber, dass Winter recht hatte. Sie waren notorisch unterbesetzt, und er musste nach dem letzten Strohhalm greifen, bevor er in einer Suppe aus Chaos versank. Und wer wusste schon, welche Luschen ihm Kreissler schickte? Während ihres Gesprächs hatte sie derart desorientiert und panisch geklungen, dass zu befürchten stand, sie habe die ersten Namen aus der Datenbank des Stationsputztrupps herausgepickt. Er grunzte.

»Doktor Patel hat mir versichert, dass die Orthese in ein paar Tagen abgenommen werden kann«, sprach Winter weiter.

Dass er dabei permanent die Flosse seines Meerjungfrauentattoos streichelte, brachte Lawrence aus dem Konzept. Bewusst vermied er den Blick auf den Unterarm des Mannes und verfolgte stattdessen mit den Augen einen Saugroboter, der sich im Korridor zu schaffen machte.

Winter humpelte fast nicht mehr. Sein gleichmäßiger Gang konnte mit Lawrence' Tempo ohne Weiteres mithalten. Der Mann aus dem Berliner Camp hatte ihn auf dem Weg zum Büro abgepasst.

»Wenn Sie mich noch nicht aktiv einsetzen wollen, dann geben Sie mir andere Aufgaben.« Winter legte einen Zahn zu, als ob er seine Einsatzfähigkeit hier und jetzt unter Beweis stellen wollte. »Ich könnte Bianchi die Auswertung der Kommunikationsdaten abnehmen oder mit der Koordinationsstelle Kontakt halten.«

»Auf keinen Fall!«, entfuhr es Lawrence. Er brauchte persönlichen Kontakt zu Markus Schwarz. Jederzeit. Obgleich ihn sein Anspruch, immer und überall die Fäden in der Hand zu behalten, seit einiger Zeit überforderte.

Er blickte in das Auge des biometrischen Scanners an seinem Büro, zu dem während seiner Abwesenheit nicht einmal Nia Zutritt hatte, und mit dem üblichen »Herzlich willkommen, Brigadier Lawrence Huggins« glitt die Tür zischend zur Seite.

»Natürlich bekommen wir Nachschub von Kepler«, sprach Winter beharrlich weiter und folgte seinem Vorgesetzten unaufgefordert in das Dienstzimmer, wo er sich ebenso uneingeladen auf einen der Besucherstühle setzte, während Lawrence, entgeistert über diesen Mangel an Respekt, noch im Raum stand. »Aber: Können Sie sicher sein, dass die Leute was taugen?«

Damit sprach er Lawrence' Befürchtungen laut aus. »Ach, und Sie tun es? Was taugen?«, entgegnete er.

»Ich mag die physische Ausbildung auf der Station nicht absolviert haben, Sir, aber ich weiß, welche Schwerpunkte Sie setzen und was Ihnen momentan auf dem Pelz brennt. Ich werde Kopernikus nützlich sein.«

Das »Sir« beschwichtigte den Brigadier ein wenig, und er nahm Platz. Seine Finger huschten über den Touchscreen, als er vorgab, nach einer nützlichen Beschäftigung für Michael Winter zu suchen, da summte die Büroglocke und Diego Bianchi erschien im Rahmen der sich sofort öffnenden Tür.

»Nicht jetzt.« Lawrence winkte ab und wollte eben die Taste zum Schließen betätigen, als irgendetwas im Gesicht des Italieners seinen Finger über dem ovalen Display schweben ließ.

»Es geht um die Auswertung der Kommunikationsdaten, Sir«, stieß Bianchi hervor. »Ich habe mich mit ihnen be–«

»Sie haben was gefunden?« Ungeduldig winkte ihn Lawrence herein, und sein Teammitglied betrat eilig den Raum.

»Genau. Ach, hallo, Michael. Störe ich? Es ist jedoch dringend, fürchte ich.« Er wippte nervös auf den Zehenspitzen.

Lawrence zeigte wie ein Dompteur auf einen weiteren Stuhl. »Setzen.«

»Die Auswertung ist von heute Morgen –«

»Heute Morgen?« Lawrence sprang auf.

»Ich kam bisher nicht dazu«, verteidigte sich Bianchi. »Der Tag war nicht gerade verschnarcht.«

»Werden Sie nicht witzig.«

»Tut mir leid. Es ist nur … Ich hatte keine Zeit –«

»Sparen Sie sich die Ausflüchte und erstatten Sie Bericht.«

Diego Bianchi schaute auf das PDA, das er auf den Schreibtisch legte. »Geburtstagswünsche.«

»Bitte?«

»Wir haben Geburtstagswünsche abgefangen.«

Winter schien sich ein Grinsen verkneifen zu müssen. Ebenso wie der Brigadier selbst hatte er offenbar den Eindruck, Bianchi habe seine Aufgabe ein wenig zu ernst genommen.

»Wie hilft uns das weiter?«, blaffte Lawrence.

»Der Empfängername lautet Dietrich Ward.«

An irgendeinem Ort in Lawrence' Hinterkopf erklang eine Klingel von der Größe eines tibetanischen Gongs. »Hat der nicht was mit Harvest Top zu tun?« Die Firma belieferte sie mit der Nährstofflösung.

»Exakt, Sir. Er ist dort Handelsvertreter«

Vor Aufregung bekam Lawrence zunächst keinen Ton heraus. Konnte es sein, dass sie den Spitzel der NH bereits gefunden hatten? Mit dem Fingerknöchel klopfte er auf die Tischplatte und überlegte. Dann bemerkte er, dass ihn seine beiden Rekruten gespannt ansahen. »Ward war ein paar Mal auf Kopernikus, als wir das Feld aufgebaut haben. Von wo aus wurden die Grüße übermittelt?«

»Ebene C, Sektion 2, Zimmer 13.4.«

»Da liegen die Quartiere der wissenschaftlichen Arbeiter.«

Bianchi nickte. »Rosie Ward.«

Erneut schlug der Gong in Lawrence' Kopf, dieses Mal aber deutlich verhaltener. »Und sie ist …?«

»Sie ist Ernährungswissenschaftlerin und –«

»Kam vor Kurzem aus Neu-Peking.« Lawrence erinnerte sich. Er hatte den Namen mit einem Zu-überprüfen-Haken versehen, nachdem ihn Markus über die Ankunft eines Spitzels informiert hatte. Allerdings war es ein Name unter vielen gewesen. Unter fast allen, um der Wahrheit die Ehre zu geben.

»Genau. Anscheinend wurde sie direkt von SpaceSeed geschickt und hat den üblichen Bewerbungszirkus der Wissenschaftler nicht absolviert.«

Lawrence überhörte die Ironie in Bianchis Stimme. »Wo ist die Verbindung?«

»Zu?«

»Dietrich Ward. Mitdenken!«

»Er ist ihr Onkel.«

»Checken Sie ihren biografischen Hintergrund. Ich will alles wissen, was Sie auftreiben können. Alles. Eltern, Ausbildung, Wohnsitze, Beziehungen. Das ganze Zeug.«

»Ich habe mir schon erlaubt, da eigenmächtig vorzugehen«, verkündete Bianchi stolz. Anscheinend legte er sich mächtig ins Zeug, um seinen katastrophalen Einsatz auf der Krankenstation ungeschehen zu machen. »Die Ehefrau des Geschäftsführers von Harvest Top hat so einen Tick.«

»Spucken Sie's aus.«

»Sie verrichtet Wohltätigkeitsarbeit in den Slums.« Diego Bianchi konnte den Triumph in seiner Stimme nun nicht mehr unterdrücken. »Da hätten wir doch ein Motiv, oder? Dietrich Ward tut sich mit der Gemahlin seines Chefs zusammen, um zu überprüfen, ob die Weizenproduktion so läuft wie abgemacht, und dabei werden sie von der NH unterstützt und von seiner Nichte, die es geschafft hat, sich bei Hong einzuschleimen.«

Lawrence musterte den Mann. »Wollen Sie damit andeuten, dass unsere Produktion nicht ordentlich abläuft?« Er versuchte, möglichst viel Empörung in seine Stimme zu legen.

»Natürlich nicht«, beeilte sich Bianchi zu sagen. »Aber, die NH –«

»Sir«, meldete sich Michael Winter zu Wort. »Sollten wir nicht auch darüber nachdenken, dass es sich einfach nur um die netten Worte einer Nichte an ihren Onkel handelt? Und die wirren Spekulationen erst mal hintenanstellen?«

Der Sicherheitschef funkelte ihn an. »Sie helfen Bianchi. Da haben wir doch schon eine Beschäftigung für Sie gefunden. Wie das Schicksal so spielt.«

Dieses Mal hob Winter demonstrativ die Hand. »Wenn ich anmerken darf: Diese Rosie Ward müsste sich dann das Vertrauen von SpaceSeed und Mister Hong persönlich erschlichen haben.«

»Und?«

»Finden Sie das nicht alles ein wenig … umständlich und langwierig?«

»Soll heißen?«

»Nun, etwas dieser Größenordnung braucht Zeit. Viel Zeit. Sind Sie sicher, dass eine einfache Stationsüberprüfung inkognito von derart langer Hand geplant worden ist?«

»Mir war nicht bewusst, dass vor mir eine Kapazität in Sachen Spionageausbildung sitzt. Meine Befehle sind klar«, schnaubte Lawrence erbost.

»Aber, Sir«, hob sein Rekrut erneut an, da meldete das Kommunikationspanel einen eingehenden Anruf. Von der OPS.

Augenblicklich war Lawrence, als säbelte jemand mit einem Messer an seinen Eingeweiden herum. Winter redete weiter, aber er hörte nicht zu. Etwas oder jemand machte gewaltigen Ärger. Kommandantin Beljajew war in aller Regel einen Scheißdreck daran interessiert, mit ihm zu sprechen. Er gebot Winter mit einem Handwedeln, den Mund zu halten.

»Kommandantin, was beschert mir das Vergnügen?«, meldete er sich überfreundlich und versuchte, ihre Nasenspitze anstatt ihrer stahlgrauen Augen zu fixieren.

»Haben Sie in letzter Zeit einmal einen Blick auf Ihre Überwachungsmonitore geworfen, Huggins?« Beljajew scherte sich nicht um Titel, solange es nicht ihr eigener war. »Oder bohren Sie den ganzen Tag in der Nase?« Ihre Stimme dröhnte durch den Raum, und kurz schalt sich der Brigadier, seine Rekruten nicht vorher hinausbeordert zu haben. Er griff zu den kleinen kabellosen Ohrhörern und schaltete auf stumm.

»Was gibt es?«, wollte er wissen.

»Normalerweise lasse ich Sie an der langen Leine, das wissen Sie, aber jetzt bleibt mir keine andere Möglichkeit, als Sie persönlich darauf hinzuweisen, dass es höchste Zeit wird, dieser Station wieder zu einem beschaulichen Zustand zu verhelfen.«

Beschaulich war Kopernikus nun wahrlich niemals gewesen, aber Beljajew war schließlich diejenige, die auf der OPS in der Nase bohrte und im Grunde nichts mitbekam.

»Welcher Sektor?«, fragte Lawrence.

»Hangar«, kam die knappe Antwort.

***

Galina schien ihre Rolle mit Leib und Seele auszufüllen. Schon beim Verlassen des Raumers, noch bevor sie im schwach beleuchteten Korridor standen, der sie vom Hangar zu Ebene 0 bringen sollte, verpasste sie Cap einen Stoß in die Nieren, der ihn die Zähne zusammenbeißen ließ.

»Verdammt!«, beschwerte er sich.

Sie packte ihn am Kragen seines Shirts und zog ihn so nahe an sich heran, dass er die Poren auf ihrer Nase zählen konnte. »Authentisch«, zischte sie und schaffte es, selbst in dieses kleine Wort einen schweren Akzent zu legen. Dann schubste sie ihn mit einer solchen Kraft fort, dass er der Länge nach hinschlug.

Hoshi hatte Fenna beim Aussteigen hinter sich hergeschleift wie einen Sandsack, sie war nicht aufgewacht, und Larissa schleppte sich in Richtung Schleuse wie eine schwer verletzte Soldatin. Die sie im Grunde ja auch war, auch wenn Hoshi versichert hatte, dass ein Durchschuss schnell heilte. Die wenig damenhaften Flüche waren echt; so rasch würde sie dem Biologen nicht verzeihen.

Cap, der sich alle Mühe gab, seiner Aufgabe gerecht zu werden, rappelte sich auf, rannte an Galina vorbei, verpasste ihr ihm Vorbeilaufen genüsslich einen Schlag in die Seite, den sie verblüfft einsteckte, bevor sie sich fallen ließ, eilte zu Larissa, strich ihr beruhigend über die Schulter – eine Geste, die er ernst meinte – und ließ sich damit gerade so viel Zeit, dass Hoshi von innen die Frachtluke schließen konnte. Kurz danach wurden die vier durch die freundliche KI von Kopernikus aufgefordert, die Schleuse »bitte äußerst kurzfristig« zu verlassen – der Asiate hatte schon die Triebwerke hochgefahren.

Larissa kämpfte sich hoch und taumelte zu Cap, der Fenna unter den Achseln gepackt hatte. Galina warf sich ein letztes Mal in gespielter Verzweiflung in Richtung des Raumers, dann rannte auch sie zum Schleusentor, das sich nur wenig später hinter ihnen schloss.

***

Mit angehaltenem Atem beobachtete Lawrence die Geschehnisse auf dem Monitor. Hallberg lieferte sich einen Faustkampf mit einer weißblonden Amazone mit geflochtenen Haaren, die nur selten einsteckte, dafür aber umso mehr austeilte, bis Hallberg endgültig die Hutschnur zu reißen schien und er ihr ein paar gezielte Schwinger an die Kinnlade knallte. Martinez lehnte an der Korridorwand und hielt sich mit schmerzverzerrtem Gesicht den Oberschenkel. Und Dekker lag einfach nur da. Wie tot.

»Sir?«, wagte Bianchi zu fragen.

Lawrence, der die Lautsprecher des Kommunikationspanels wieder aktiviert hatte, konnte es nicht fassen. Hatten da eben ein paar Arschlöcher von Kepler einen SpaceSeed-Raumer geklaut? Was für Barbaren hatte ihm Kreissler da auf den Hals gehetzt?

»Huggins?«, riss ihn Beljajew aus seinem Albtraum. »Haben Sie auf UM 3 geschaltet?«

Er nickte, erinnerte sich aber daran, dass er die Videofunktion zur Kommandantin deaktiviert hatte, um sich samt und sonders der Überwachung widmen zu können. Er schaltete auf Splitscreen. »Was ist passiert?«

»Sehen Sie das nicht?« Sie starrte ihn an, als ob sich ihre Vermutung, dass er geistig umnachtet wäre, in diesem Augenblick bestätigte.

»Was ist passiert?«

»Als sich die Hermion nicht zum automatischen Andockmanöver gemeldet hat, haben wir sie gerufen. Erst nach einiger Zeit bekamen wir Antwort, aber nicht von Richter, dem Piloten, sondern von einem Mann, der sich Shogun nennt.«

»Shogun?«, echote Lawrence.

»Haben Sie keine Erziehung genossen?«, kam es prompt zurück.

»Ein Shogun war im Mittelalter ein japanischer Militärtitel für –«, begann Winter ungefragt.

Dieser elende Klugschwätzer. »Ich weiß, was ein Shogun ist … wer einer war … was … Ich weiß, was das bedeutet. Was ich wissen will: Ist dieser Mann ein Luddianer?« Wenn jetzt noch eine neue Gruppierung auftauchte, dann, so schwor sich Lawrence, würde er alles an Waffen auspacken, was Kopernikus zu bieten hatte.

»Ist mir egal«, schnaubte Beljajew. »Das sind Dinge, die mich momentan nicht interessieren.«

Überraschung, dachte Lawrence.

»Dieser Shogun« – sie spuckte den Titel förmlich aus – »hat die Übernahme der Hermion bewerkstelligt und ist augenblicklich dabei, mit unserem Schiff über alle Berge zu fliegen. Dem Vernehmen nach ist es ihm gelungen, Ihr Team zu überwältigen. Zumindest hat auch er ein Crewmitglied verloren, sodass die Hoffnung besteht, hier ermittelnd ansetzen zu können.«

Es ist auch dein Team, fuhr es Lawrence stinksauer durch den Kopf, und er dachte an sein Gespräch mit Kreissler. Der Verbleib der fehlenden

OC-Guns schien jetzt offenkundig. »Meine Leute waren in der Unterzahl. Ich habe schon oft darauf hingewiesen, dass ich mehr Unterstützung brauche.«

»Nicht mir gegenüber.«

Du interessierst dich ja auch nur für deine Schaltzentrale, du blöde Kuh, wollte Lawrence brüllen, und versuchte, sich zu beruhigen. Es gelang ihm nicht.

Noch bevor ihm Beljajew ein »Helfen Sie sofort Ihrem Team« entgegenschleudern konnte, hatte er seine beiden Rekruten mit dem Befehl, sich auf der Stelle im Korridor auf Ebene 0 um die Scheiße zu kümmern, aus dem Büro geworfen. Vom Rest der Schwadronade der Kommandantin hörte er noch: »Ich kümmere mich um die Hermion.« Das verkündete sie mit derart stolz geschwängerter Stimme, als ob sie vorhätte, persönlich ein Jetpack umzuschnallen und hinterherzufliegen. »Und dann will ich die Liste der Personen, die Kreissler auf der Hermion mitfliegen hat lassen – die müsste Ihnen ja vorliegen –, zusätzlich zu einem umfassenden Bericht. In einer Stunde will ich ihn haben.«

»Bezüglich?«, schnaufte Lawrence verächtlich.

»Bezüglich allem, was seit Wochen auf meiner Station schiefläuft, Brigadier. Die Leine, an der Sie hängen, wird in diesem Moment eingeholt. Sie gehen jetzt bei Fuß. Und was den Bericht angeht – den werden Sie mir persönlich überreichen.«

***

»Es tut weh.«

Cap wollte die Augen öffnen, aber seine Lider fühlten sich wie festzementiert an.

»Es tut verdammt weh. Hoshi – du –!«

Ausgehend vom Nacken fuhr ein blitzartiger Schmerz durch seine linke Kopfhälfte, die ihn aufstöhnen ließ. Dieses Mal gelang es ihm, durch einen Spalt seiner Lider den Polstersessel wahrzunehmen, auf dem er früher regelmäßig gegenüber Michaels Bett Platz genommen hatte.

»Larissa?« Seine Kehle fühlte sich staubig an. Ausgetrocknet. Wie mit Schmirgelpapier bearbeitet. Er hatte Durst, Hunger, und als der Kopfschmerz erneut zuschlug, wollte er nur wieder in die Ohnmacht sinken, aus der er gerade aufgewacht war.

»Wann schlagen die Schmerzmittel an? Nia hat gesagt, es dauert nur ein paar Minuten … Die sind aber schon vorbei … Wann wird es endlich besser … Das war so nicht abgemacht … Wo ist die verdammte Anforderungstaste für Monica? … Wo –?«

»Larissa?« Dieses Mal kam ihr Name deutlicher aus seinem Mund, der sich anfühlte, als ob man ihm eine Ladung ungeschroteten Weizen in den Hals gestopft hätte. Und da war dieses Ziehen in der Schädeldecke. Undefinierbar, aber sehr präsent. Stärker, als in den Stunden zuvor, wo es sich nur als breiiger Kopfschmerz bemerkbar gemacht hatte.

»Die Taste … wo ist die Taste?«

»Larissa!« Dieses Mal schrie er ihren Namen heraus. Versuchte, sich aufzusetzen, scheiterte, sank stöhnend zurück und hätte beim Versuch, nach dem Bedienungspanel der Matratze zu greifen, schier Dr. Patel ins Gesicht geschlagen, die sich nun über ihn beugte.

»Cap, es ist alles in Ordnung.« Ihre Stimme war sanft wie immer, ihre braunen Augen leuchteten, alles an ihr wirkte beruhigend, und doch regte sich Widerstand in ihm.

»Larissa ruft nach Monica. Sie benötigt ein Schmerzmittel. Oder … Ich weiß nicht. Sie braucht Hilfe. Sie müssen nach ihr sehen.«

Sie zog eine Augenbraue hoch. »Larissa ist nicht hier. Sie liegt bei euch im Quartier. Die Wunde ist nicht schlimm, auch wenn sie wehtut. Die Versorgung in eurer Unterkunft ist komplett gewährleistet.«

»Unsinn«, fuhr er sie an. »Ich höre sie die ganze Zeit. Die Mittel wirken nicht.«

»Ah … Endlich. Jetzt … Ja, es wird besser … Wirkt also doch … Alles gut … schön …«

Dr. Patel sah besorgt aus, tippte auf dem Display am Bettende herum, schien Diagramme und Zahlen zu betrachten. »Weißt du noch, was passiert ist?«

Er versuchte, den Kopf zu schütteln, aber schon der Ansatz einer Drehbewegung brachte die Welt aus den Fugen. »Ah. Nein.«

»Du bist plötzlich weggesackt.«

»Wann?«

»Nachdem du dich mit dieser Walküre geprügelt hattest.«

Er erinnerte sich, dass Galina zu Hochform aufgelaufen war, nachdem er Fenna aus dem Gefahrenbereich gezogen hatte.

»Winter und Sakamoto kamen rechtzeitig bei euch an, konnten sie festnehmen, und wir waren auch schon auf dem Weg zu Ebene 0.«

»Wo ist … sie?« Beinahe hätte er den Vornamen der ehemaligen Russin genannt.

»In Haft.«

Plötzlich fiel ihm ein, wie er Fenna im Korridor hatte liegen lassen. »Fenna?«

»Sie schläft. Ich habe ihr was gegeben«, sagte Nia. »Die Blutuntersuchung hat keine Vergiftung gezeigt. Sie ist einfach –« Sie brach ab und nahm erst nach einigen Sekunden den Faden wieder auf. »So aberwitzig es auch klingen mag, aber wir haben jetzt einen ärztlich unwiderlegbaren Fall von PTBS auf der Station.« Dr. Patel fuhr sich mit der Hand über die Stirn. »Offensichtlich ist unsere Fenna doch nicht so eisenhart, wie wir alle immer dachten.«

»Das mit der Vergiftung hat sie aus dem Gleichgewicht gebracht.« Cap ächzte, als der Schmerz erneut nahte. »Was ist das für ein Kopfschmerz?«

»In keiner Weise auffällig.« Dr. Patel lächelte. »Nichts, das ein bisschen Ruhe nicht kurieren könnte. Aber ich wollte Sie auf jeden Fall hierbehalten, bis Sie aufwachen.«

Aber ich höre Larissa, wollte er sagen. Obwohl sie eine Ebene höher in ihrem Bett liegt. Ich habe sie gehört. Deutlich. Klar.

Und dann mit einem Schlag war sie wieder da. Als ob sie neben ihm liegen würde.

»Cap?«, flüsterte es in seinem Schädel. »Bist du das?«

Vierter Teil

REBELLION

DAS EICHHÖRNCHEN

Tess' Handflächen klebten auf dem Boden des Versorgungsschachts. Hineinzugelangen war einfach gewesen.

Die Einstiegsstelle lag unbewacht in der Außenmauer des mächtigen Betonwürfels, und Tess war dank ihrer hervorragenden Kletterkünste problemlos an die in circa sieben Meter Höhe gelegene Vergitterung gelangt. Zuerst war Tess stinksauer gewesen, weil sie gedacht hatte, Ciara habe sie nur wegen ihres hageren Körpers und ihrer Größe rekrutiert, um genau solche Aufträge auszuführen. Aber nach dem Jeepklau und der Freundlichkeit von Ciaras Leuten vertraute Tess der Frau mit den Wühlmaushaaren.

Nun glich es einem großartigen Abenteuerspiel. Statt auf Bäumen kraxelte sie eben in Versorgungsschächten herum. Und dass diese Schächte im Kontrollzentrum der Security lagen, machte die Sache noch um einiges aufregender.

»Tess?« Ein Rauschen in ihrem Ohr. Sie legte den Finger auf den Schallschlauch, der sie kitzelte.

»Eichhörnchen ist einsatzbereit«, wisperte sie.

Louis am anderen Ende lachte leise. »Verstanden, Eichhörnchen. Du hast den Plan im Kopf?«

»Noch ein paar Meter geradeaus und dann links«, wiederholte sie, was ihr Ciara eingeimpft hatte. Die Wegbeschreibung war ausführlich gewesen. Einige Abzweigungen lagen schon hinter ihr. »Dann wieder rechts und dann ganz lange einfach den Schacht entlang, bis zu einem weiteren Lüftungsgitter.«

»Genau. Lass dir Zeit beim Öffnen. Du brauchst nicht viel Kraft, das erledigt das Werkzeug für dich. Mach langsam. Im Serverraum ist jetzt niemand.«

Ihre Hände glitten zu dem Mini-Akkuschrauber an ihrem Werkzeuggürtel, auf den sie mächtig stolz war. Als man ihr das Gerät anvertraut hatte, war Adrenalin durch ihren Körper gerauscht wie Strom durch eine Leitung. Technik wie diese war schwer zu bekommen.

Ihr schoss durch den Kopf, dass ihr durch Ciara und ihre Leute jetzt Dinge zur Verfügung stehen würden, von denen sie vorher nur hatte träumen können. »Ich mach das schon, Louis. Kannst dich auf mich verlassen.«

»Weiß ich doch, Eichhörnchen.«

***

»Man hat einen Truthahn auf der Krankenstation abgeliefert«, sagte Nia. »Lawrence würde der Schlag treffen, wenn er das wüsste.« Sie stand vor dem Mannschaftsquartier der Security, hielt in gespielter Empörung die Arme vor der Brust verschränkt, und ihre Lippen zitterten, weil sie ein Lachen unterdrücken musste. »Ich habe meinem Team mitgeteilt, dass das erst einmal unter uns bleiben muss.«

»Einen Truthahn?«, wiederholte Cap erstaunt und vergaß darüber, die Ärztin hereinzubitten. Seine Schicht war zu Ende, Kaito und Diego hatten übernommen. Michael war vermutlich noch bei Huggins. Er versuchte schon seit einigen Tagen, den Brigadier davon zu überzeugen, dass er wieder komplett einsatzfähig war.

Nia wartete nicht auf Caps Einladung, sondern schob ihren schlanken Körper geschickt an ihm vorbei, ließ sich erschöpft auf das Sofa neben Larissa plumpsen und zog ungeniert die Schuhe aus. »Genau. Für dich.«

Cap stand wie angenagelt bei der Tür, die mit einem Zischen zuglitt. »Einen Truthahn. Für mich«, wiederholte er wie ein Idiot.

»Lass mich raten.« Larissa, mit einem um ihre nassen Haare gewickelten Handtuch auf dem Kopf, legte ihr PDA weg und reichte der Ärztin eine Schüssel mit gerösteten Insekten, die diese höflich ablehnte. »Kreissler«, fuhr Larissa fort und betrachtete eingehend eine Heuschrecke, als ob damit alles gesagt wäre.

»Die Frau ist steif wie ein Brett und hat mit herumflatterndem Federvieh nichts zu tun«, erwiderte Cap begriffsstutzig.

Die Französin lachte. »C'est vrai. Aber die verkrampfte Sicherheitschefin hat einen Narren an dir gefressen, mein Lieber. Das war doch auf Kepler offensichtlich. Sie meint offenbar, ohne ihre persönliche Einflussnahme auf deine Menükarte würdest du hier verhungern.«

»Ich finde, das passt, denn sie gackert auch«, fügte Nia todernst hinzu.

Larissa prustete. »Ja, so hört es sich wirklich an, wenn sie den Schnabel aufmacht.«

Cap verstand immer noch nicht. »Sie wollte mich besuchen und hat mir einen Truthahn mitgebracht?« Woher um alles in der Welt bekam man heutzutage so ein Vieh?

»Aber leider hatte ich dich ja schon entlassen«, bestätigte Nia. »Ich konnte ihr nicht weiterhelfen. Oder hätte ich die beiden in euer Quartier schicken sollen? Sie und ihr Tier?«

Larissa gluckste.

»Ich weiß nicht, ob sie es für dich persönlich rupfen und kochen wollte«, sagte Nia. »Auf jeden Fall steckt es momentan in einer Vorratskammer in der Kantine. Wende dich bitte an Ruth, und frag sie nach den Besuchszeiten für Pedro.«

»Pedro?«, ächzte Cap. »Ihr habt ihm einen Namen gegeben?«

»Ruth hat netterweise die Verantwortung für ihn übernommen. Keine Ahnung, wie lange sie sie sich beherrschen kann.« Nia warf Larissa einen verschmitzten Blick zu, und die beiden Frauen brachen erneut in Lachen aus. »Wenn du nicht aufpasst, macht Kreissler dir noch einen Antrag«, kiekste Nia atemlos. »Anscheinend steht sie auf jüngere Männer.«

»Hochgradig witzig«, brummte Cap. »Sie ist hoffentlich nicht mehr da?«

»Geknickt zurückgeflogen, die Arme.«

»Mit gebrochenem Herzen«, fügte Larissa hinzu und verschluckte sich beinahe an einem Mehlwurm. »Gab es da nicht eine Tradition mit Hühnern oder Ziegen bei einer Hochzeit?«

»Ich bin erstaunt, dass du das kennst, denn das war ein Brauch in irgendeiner deutschen Gegend. Die unverheiratete, ältere Schwester der Braut musste mit einem Ziegenbock das Tanzbein schwingen«, sagte Nia kichernd.

»Das halte ich für ein Gerücht«, erwiderte Cap.

Nia schüttelte den Kopf. »Tut mir leid, aber das ist Fakt. Anscheinend muss ich dir den Zahn ziehen, dass ihr Deutschen fortschrittlicher gelebt habt als wir Inder. Da hat man euch am Lagerfeuer Märchen erzählt.«

»Bei uns gab es früher Autokorsos bei einer Hochzeit«, warf Larissa ein.

»Was ist denn das?«, fragten Nia und Cap aus einem Mund, aber Larissa winkte ab.

»Égal. Um auf Chief Stock-im-Arsch Kreissler zurückzukommen: Ich glaube, sie macht sich Vorwürfe.«

»Weil sie die Leute um diesen – wie nannte sich der Anführer noch gleich – in euren Raumer verfrachtet hat?«, fragte Nia.

»Shogun«, sagte Larissa nüchtern. Allein die Erwähnung des Namens schien sie zu erden. »Kreissler meint vielleicht, ihre Leute nicht genug überprüft zu haben.«

Obwohl Cap keine wirklichen Sympathien für die Security-Chefin von der Raumstation Kepler hegte, machte er ihr nicht die geringsten Vorwürfe. Die Direktive, das Wachpersonal für die Quarantänezone auf Kopernikus aufzustocken, war einfach zu kurzfristig erteilt worden. »Das ist nicht ihre Schuld. Huggins ging wieder alles nicht schnell genug.« Er dachte daran, dass Nia und Huggins ein Paar waren, und schob hinterher: »Sorry, Nia.«

Die Ärztin schien sich nicht daran zu stören. »Uns ist das klar, Cap. Ihr selbst aber nicht. Zu allem Überfluss hatte sie ein vertrauliches Gespräch mit Kommandantin Beljajew, bevor sie bei mir war. Sie hat's in meinem Beisein erwähnt. Ich kannte Kreissler zuvor nicht persönlich, weiß aber, wie unsere Kommandantin tickt. Mit der ist nicht gut Kirschen essen. Da sind sicher zwei Alpha-Weibchen aneinandergerasselt.«

»Mir egal«, wisperte Larissas Stimme in Caps Kopf, »solange Beljajew den Brigadier mal ordentlich fertigmacht –«

»Raus aus meinem Kopf, Larissa!«, sandte er zurück.

»Pardon. Ich habe das noch nicht richtig im Griff … strengt an, das zu kontrollieren.«

»Wir haben das besprochen. Du kannst es blocken und die Oberhand darüber behalten.«

»Das müssen wir eben noch üben.«

Das hatten sie zur Genüge.

»Von wegen. Wir haben nicht genug geübt. Ich habe Probleme damit.«

»Raus hier!«

Immer wenn sich Larissa in seinem Schädel zu Wort meldete, spürte Cap zunächst einen leicht stechenden Schmerz in der linken Kopfhälfte, der sich zu einem wuseligen Gefühl wandelte. Eine Armee trappelnder kleiner Ameisenfüße, die durch seinen Gehirnkasten zu eilen schienen, kündigten die Transmissionen an. So nannte er es: Transmission. Wie es funktionierte, wussten weder Larissa noch er. Die Vermutung lag jedoch nahe, dass es was mit der Veränderung ihrer Amygdala zu tun hatte, von der auch sie allem Anschein nach betroffen waren, auch wenn ihre Körper ansonsten keinerlei Anzeichen der Vergiftung zeigten. Anfangs hatten sie beide fast Todesängste ausgestanden, dachten, komplett irregeworden zu sein; dann gewöhnten sie sich allerdings erstaunlich schnell an den Gedankenaustausch. Cap hatte gelernt, persönliche Gefühle in eine Ecke seines Gehirns zu verschieben, an die seine Kollegin nicht herankam.

Nia wusste von nichts. Noch nicht. Larissa und Cap wollten die Sache erst einmal für sich behalten, bevor sie als Freaks der Station Prominentenstatus erreichten. Die Sache mit der Hermion hatte sich natürlich herumgesprochen, was Cap als schlimm genug empfand.

Der Ärztin schien das scheinbare Schweigen nicht unangenehm aufzufallen. Ihre Beine ruhten auf dem Couchtisch, an ihrem linken Fußgelenk baumelte ein silbernes Kettchen mit einem Elefantenanhänger. »Wie hieß er noch gleich richtig?«

»Wer?«, fragte Larissa.

»Dieser Shogun.«

»Hiroyuki Hoshi«, brummte die Französin, und ihre Finger legten sich auf die Stelle des Bademantels, unter dem sich die Oberschenkelnarbe befand.

Nia entging das nicht. »Er hat bei dir nicht die gängige OC-Munition benutzt«, stellte sie wie nebenbei fest. »Die Wunde wäre ansonsten viel besorgniserregender gewesen.«

Cap stieß einen überraschten Grunzlaut aus. Er hatte sich schon gewundert, warum der Schaden des Dauerfeuers, das Hoshi in der Hermion veranstaltet hatte, nicht größer ausgefallen war.

»Außerdem«, fuhr die Ärztin fort, »hat er offenbar genau gewusst, wohin er schießen muss, damit keine wichtigen Arterien, Nerven oder Muskelstränge verletzt werden.«

»Er ist Biologe.«

»Da gehört schon ein wenig mehr dazu, Cap, als das Wissen über den menschlichen Körper«, sagte sie.

»Wir können ihr nichts vormachen«, sagte Larissa in Caps Schädel. »Sie hat nicht wie Huggins den IQ eines Tampons.«

»Nicht jetzt, Larissa!«, sandte er zurück.

Cap setzte sich seufzend in den Sessel gegenüber dem Sofa. Liebend gerne würde er Nia ins Vertrauen ziehen, aber im Moment wusste er nicht einmal, wo ihm selbst der Kopf stand.

»Hoshi hat nicht auf den Piloten geschossen, sondern dieser Drecksack Wilson war's«, sagte er laut. »Shogun ist, wie es scheint, kein Freund der Cowboytaktik.«

Nia betrachtete versonnen den kleinen Anhänger an ihrem Fußgelenk. »Die Spur des Elefanten verdeckt die Spur der Zwergantilope«, murmelte sie und sah dann auf. »Altes Sprichwort.«

»Und das fällt dir jetzt ein, weil …?«, hakte Larissa vorsichtig nach.

»Weil wir in Shoguns Fall offenbar einen Fährtenleser gut gebrauchen könnten.«

***

Brigadier Lawrence Huggins stand im Korridor auf Ebene A, über und über mit Blut besudelt. Einige Reinigungsroboter hatten schon angefangen, den Flur zu säubern, als ob sie Dreck, Staub und menschliche Hinterlassenschaften jeglicher Couleur auf irgendeine technische Art witterten. Eine der Maschinen versuchte vergeblich, das Blut von der Hose des Arbeiters zu feudeln, der verrenkt auf dem Boden lag. Immer wieder stieß sie an dessen Schienbein, und das Schnaufen, das sie dabei produzierte, erschien Lawrence beinahe menschlich.

Auch er seufzte.

Inzwischen wusste jeder auf Kopernikus von der Quarantänezone. Die Bewohner waren alles andere als begeistert, die meisten jedoch verstanden die Notwendigkeit einer Isolierung, da sie sich vor Angriffen der Erkrankten fürchteten. Ludds Reden in der Kantine fanden wie stets ihre Zuhörer, aber deren skandierte Phrasen hallten anschließend weitestgehend in den eigenen Quartieren wider und mündeten nicht in offensiver Wut und Gewalt. Zumindest hatte Lawrence' Team niemanden verhaften müssen. Noch nicht. Darüber hinaus war Kreissler ihm gegenüber unerwartet wohlgesinnt und hatte ihm zusätzliches Personal für die Bewachung der Lagerhalle geschickt. Ohne Zwischenfälle waren die Männer und Frauen auf Kopernikus angekommen. Der Hirnfurz einer Schiffsentführung hatte sich genauso wenig wiederholt wie der missgeleitete Geistesblitz, einem Teammitglied den Oberschenkel zu durchlöchern.

Wenigstens etwas.

Aber immer noch rasteten Stationsbewohner aus. Von jetzt auf gleich verwandelten sie sich in Furien und Monster, liefen Amok, vergriffen sich an Quartiersnachbarn oder Arbeitskollegen. Männern wie Frauen sprangen alle Sicherungen aus den Gehirnkästen, sie fingen an zu tanzen, setzten sich mit blanken Hintern in die Kantine, öffneten Kommunikationskanäle, um die Kollegen mit einem Ständchen zu erfreuen, oder präsentierten ihren Gesprächspartnern offenherzig das, was man normalweise für sich behielt. Mit einem seligen Lächeln auf dem Gesicht und ohne jede Spur von Scham.

Erst gestern hatte Lawrence nichts ahnend hinter seinem Schreibtisch gesessen, als eine von Nias Schwestern um Unterstützung in der Krankenstation gebeten hatte. Sie schlug vor, Diego Bianchi dafür abzustellen – allem Anschein nach hatte sie einen Narren an ihm gefressen. Noch bevor der Brigadier ihr einen abschlägigen Bescheid geben konnte, waren ihm ihre nackten Brüste entgegengesprungen. Er war derart ruckartig aus seinem Stuhl aufgefahren, dass der gegen die Bürowand gekracht war und dort eine Delle in der Verkleidung hinterlassen hatte.

Mit Nia hatte er darüber nicht gesprochen. Überhaupt sprach er nicht mehr viel mit ihr.

Lawrence betrachtete sich in einer der spiegelnden Verkleidungen einer Sitzecke des Korridors und stopfte das versaute T-Shirt in die Hose, da es ihm beim Kampf herausgerutscht war. Eine Gruppe in Feldarbeiteroveralls kam ihm entgegen, stoppte, starrte zuerst ihn, dann die Leiche an und machte wie ein Corps de ballet auf dem Absatz kehrt.

Lawrence schlug den Weg zum Lift ein. Er sollte sich duschen und umziehen, bevor er Hong gegenübertrat. Denn der hatte sein Kommen für heute angekündigt. Schlimmer konnte der Tag wahrlich nicht werden.

Er zog sein Com aus der Beintasche. »Bianchi!«

»Sir?«

»Personenschaden auf Ebene A.«

»Verstanden. Wie viele?«

»Eine. Männlich.« Fürs Erste, dachte der Brigadier.

»Bin unterwegs.«

»Bevor Sie kommen, Bianchi: Wie läuft es unten?« Lawrence versuchte stets, den Begriff »Quarantäne« in der Kommunikation zu vermeiden, und hatte sein Team angehalten, ebenso zu verfahren.

»Ganz gut, Sir, wir haben es im Griff«, kam es gelassen zurück, als ob man über ein Pfadfinderlager plaudern würde.

»Gut.« Das letzte Mal, als Lawrence über die Schwelle der Lagerhalle getreten war, hatte er mit dem Gedanken gespielt, mehrere Rauchbomben hineinzuwerfen. Schreiende Menschen, die aufeinander losgingen, Essen, das an den Wänden klebte, und dreckige Flüche waren nur die Spitze des Eisbergs gewesen. Seitdem wurde Kunststoffbesteck ausgeteilt und die Nahrungsaufnahme überwacht. Er hatte sich unten schon eine Weile nicht mehr blicken lassen.

»Ich habe erst heute das Innere der … Halle überprüft. Alles ruhig so weit.« Bianchi schien zu zögern, als ob er darüber nachdachte, wie detailliert er die Gesamtlage schildern sollte. »Nur kleinere Schlägereien, die sich von alleine wieder auflösten. Aber insgesamt haben wir den Eindruck, die Aggressionen nehmen ab. Ist das medizinisch möglich?«

»Keinen Schimmer. Wäre eine zu begrüßende Entwicklung«, erwiderte Lawrence, der wirklich keine Ahnung hatte, ob sich die Veränderungen der Amygdala eines Erkrankten von selbst zurückentwickelten. Er dachte an die Vorfälle in der medizinischen Abteilung, in der einer der Durchgeknallten zwei Patienten abgeschlachtet und Nia als Geisel genommen hatte. Bewahrheitete sich Adekunles damalige Vermutung, der Höhepunkt der Vergiftung sei damit erreicht?

»Die Verletzungen, die sich die Vergifteten ab und an noch –«

Lawrence unterbrach ihn mit einem vorwurfsvollen Räuspern.

»Die Stationsbewohner, die zu ihrem eigenen Schutz separiert wurden, wollte ich natürlich sagen«, revidierte Bianchi sofort. »Doktor Patel und drei Leute ihres Teams widmen sich den Blessuren jeden Tag. Da greift ein Rädchen professionell ins andere. Wie gesagt: alles im Griff.«

»Doktor Patel tut was?« Lawrence massierte nervös seine Nasenwurzel.

Einige Sekunden war es still, und da der Brigadier den Monitor des Coms nicht aktiviert hatte, konnte er sich nur vorstellen, wie Bianchi ob dieses Versprechers eine Grimasse schnitt.

»Sie hat das nicht mit Ihnen besprochen?«, kam es zögernd aus dem Com.

»Nun ich … also …«, stotterte Bianchi unbehaglich weiter. »Das tut –«

»Vergessen Sie's«, unterbrach ihn Lawrence erneut. Verflixt noch eins, was dachte sich Nia eigentlich? Nachdem er lange ausgeatmet hatte, bemühte er sich um einen ruhigen Tonfall. »Berichten Sie mir in regelmäßigen Abständen über die Vorfälle dort.«

»Ja, Sir. Wie gesagt, das wird sich in Grenzen halten, so wie es momentan dort aussieht.«

»Ohne dass Sie mir Ihre Memoiren vorbeten.«

»Kurz und knapp, Sir. Natürlich.«

Guter Mann. Er würde ihn heute Hong präsentieren. Denn Fenna Dekker war nicht vorzeigbar. Sie saß immer noch trübselig in ihrem Quartier oder lag auf ihrem Bett und starrte an die Decke. Zumindest das hatte ihm Nia kurz erzählt. Er hatte nicht vor, seiner einstmaligen Lieblingsrekrutin selbst einen Krankenbesuch abzustatten. Er war schließlich ehemaliger Offizier der britischen Armee und kein Seelentröster.

COQ AU VIN

Cap starrte Pedro an, und Pedro starrte zurück.

Ruth' Kollegin, eine freundliche Brünette mit einem Grübchen im Kinn, hatte ihn in die Vorratskammer geführt und war dann hinter der Kantinentheke verschwunden. Cap hatte der Frau angesehen, dass ihr tausend Fragen auf der Zunge brannten, von denen sie keine einzige stellte.

Nun saßen sie sich gegenüber: Cap und sein Truthahn.

Der eine aus einem Camp bei Neu-Berlin und der andere wo-auch-immer-her.

»Wie sieht er aus?«, fragte Larissa in seinem Kopf. Die Transmission funktionierte auf der gesamten Station, egal wie weit sie voneinander entfernt waren. Sie hatten es einige Stunden lang getestet, auf verschiedenen Ebenen, in unterschiedlichen Räumen.

»Wie seine Artgenossen, die ich von Abbildungen kenne. Reichlich komisch, wenn du mich fragst.«

»Ist er fett? Ist er mager? Reicht er für sechs Personen?«

»Sechs?«

»Nia darf auch mitessen.«

»Er ist nicht zum Essen da!«

»Natürlich ist er das! Hast du vor, mit ihm auf der Station Gassi zu gehen? Fleisch, Cap! Weiches, zartes Truthahnfleisch!«

»Ehrlich gesagt …« Das große Federvieh spreizte sein Gewand, wandte die Knopfaugen aber nicht von ihm ab. Der lange Hautlappen, der ihm über den Schnabel hing, zitterte, als das Tier ruckartig mit dem Kopf zuckte. »Ehrlich gesagt, sieht er beeindruckend aus.«

»Er wird trotzdem gegessen. Schau mal, ob du irgendwo noch 'nen Rotwein herbekommst. In den Vorratskammern muss es doch geheime Ressourcen geben. Oder wir bestechen Roger aus dem Dreamz. Dann machen wir Coq au Vin. Rezept von meiner Großmutter. Meine Familie schwärmte davon.«

Cap grinste. »Heißt coq nicht Huhn?«

»Dann eben Dinde au Vin.«

»Und wer in deiner Familie hat das mal gegessen?«

»Was denkst du denn? Keiner natürlich. Ein Huhn? Woher sollten wir das bekommen haben? Aber darauf abfahren wird man ja wohl noch dürfen.«

»Er hat gerade mit diesem seltsamen Ding über seinem Schnabel gewackelt. Pedro gefällt mir.«

»Cap.« Die Stimme in seinem Kopf bekam einen drohenden Unterton.

»Du solltest ihn dir mal ansehen. Er ist außergewöhnlich. Und er macht nicht den Eindruck, als ob er von der Vorstellung, gebraten auf einer Servierplatte zu liegen, hingerissen wäre.«

»Er denkt nicht.«

Cap betrachtete das Tier, das den Blick nicht abwandte. Sie taxierten sich wie Gegner vor einem Duell. »Ich bestimme, was mit ihm passiert.«

»Du spinnst.«

»Ich werde eine Entscheidung treffen.«

»Solltest du. Mein Magen knurrt jetzt schon.«

»Meine Entscheidung, Larissa!«

Sie lachte, es hallte unter seiner Schädeldecke. Dann wurde es still, und für einen Moment fürchtete Cap, die Verbindung sei nun doch für immer abgebrochen.

Kreisslers Geschenk, das zutraulich ein paar Truthahnschritte auf ihn zustolziert kam, schien spitzzukriegen, wie er in flüchtige Panik verfiel. Voller Interesse beäugte es seinen neuen Besitzer, pickte zweimal auf dem Boden der Vorratskammer nach unsichtbaren Würmern und blieb dann nur wenige Zentimeter vor Cap erwartungsvoll stehen.

»Larissa?«

Nichts.

»Bist du noch da?«

»Sorry. Sitze bei Fenna. Musste mich bei dir kurz ausklinken.«

Caps erleichtertes Seufzen riss den Truthahn mit. Aus dem Tier brach eine Reihe seltsamer Geräusche hervor.

»Wie geht's Fenna?«, dachte Cap.

»Sie spricht immer noch nicht mit mir. Das geht nun schon seit der Sache mit der Hermion so.«

»Sie riecht den Braten.« Anscheinend dachte er beim Anblick des Federviehs doch ans Essen.

»Nia ahnt ja auch was.«

Cap schirmte seine nächsten Gedanken von Larissa ab und ging die Optionen durch. Nias Beziehung zu Huggins stand momentan unter keinem guten Stern. Das ahnte das Team nicht erst, seit die Ärztin dem Brigadier nach dessen Ankündigung, eine Quarantänestation in der Lagerhalle auf Ebene 0 einzurichten, schier an die Gurgel gegangen wäre. Nur: Hatte sie sich emotional schon genug von ihm gelöst, dass sie ihr uneingeschränkt alles anvertrauen konnten? Was Fenna anging, urteilte Cap noch zurückhaltender. Sie war angeschlagen. Psychisch instabil.

»Der Zeitpunkt ist der falsche«, dachte er in Larissas Richtung. Einem Ort in seinem Schädel, den nur er kannte und den er nicht einmal vage benennen konnte.

»Ach? Und wann, meinst du, wird der richtige kommen? Ich bin nicht glücklich damit, meine Freunde anzulügen.«

»Larissa.« Eindringlich konzentrierte er sich auf die Worte, mit der Hoffnung, sie würden dadurch lauter bei ihr ankommen und sie davon abhalten, eine Dummheit zu begehen. »Wir müssen noch abwarten.«

***

Das letzte, bleiche Licht, das durch den Einstiegsschacht zu Tess durchgedrungen war, verschwand endgültig. Sie hielt inne. Drehte den Kopf kurz nach hinten, atmete tief durch. Ciara hatte sie zwar darauf vorbereitet, dass die grellen Sonnenstrahlen nicht sehr lange in den Schacht fallen würden, aber erst in dem Moment fiel es Tess wieder ein. Sie unterdrückte den kleinen Schluchzer, der in ihr hochsteigen wollte. Dann nestelte sie energisch die Stirnlampe aus ihrer Hosentasche, schaltete sie ein und legte das breite Zugband um ihren Kopf. Viel besser. »Nicht unnötig bewegen«, hatte ihr Ciara eingeschärft. Das brächte nur Desorientierung und unter Umständen Schwindel. Tess lächelte in sich hinein. Schwindel. Etwas Derartiges kannte niemand, der sein Leben lang wie eine Fledermaus an den höchsten Ästen der wenigen Tannen des Camps gehangen hatte. Aber sie würde sich an die Anweisungen halten, nicht unbedingt für Ciara, aber Louis zuliebe. Seit Cap fort und ihre Eltern tot waren, hatte er sich ihrer angenommen. Das alte Ehepaar, bei dem sie zuerst untergekommen war, hatte schnell eingesehen, dass sein Nervenkostüm das Leben mit einer ständig unter Strom stehenden Elfjährigen auf lange Sicht nicht unbeschadet mitmachte.

»Noch ein paar Meter geradeaus und dann links«, murmelte sie leise vor sich hin. Ihre schweißfeuchten Handflächen gaben jedes Mal, wenn Tess sie vom Schachtboden abhob, ein kleines schmatzendes Geräusch von sich. Es war kühl hier drin, trotzdem schwitzte sie.

»Alles klar?« Louis wieder. »Sucht das Eichhörnchen fleißig nach unseren Nüssen?«

»Ach, hör doch auf. Ich bin nicht mehr vier.« Warum fingen Erwachsene immer an, sie wie ein Baby zu behandeln, nachdem sie ihr Verantwortung übertragen hatten? Als ob sie ihren Entschluss im Nachhinein bereuten. »Traust du mir das nun zu oder nicht?«

»Ich weiß, dass du das schaffst.«

»Dann laber keinen Quatsch mit Soße.«

In ihrem Ohr kicherte es. »Wie weit bist du?«

»Fast an der letzten Abzweigung.«

»Wie sieht's da drin aus?«

Was war denn das schon wieder für eine Frage? »Na, ziemlich dunkel halt. Langweilig. Der Schacht hat 'ne glänzende Oberfläche. Stimmt was nicht?«

»Nein«, beeilte sich Louis zu sagen. »Hat mich nur interessiert.«

»Ihr seid sicher, dass mich niemand hören kann?« Sie kroch äußerst langsam, stets darauf konzentriert, die Knie bedächtig und fast lautlos aufzusetzen.

»Absolut«, bestätigte Louis. »Keine Sorge.«

Je weiter sie kroch, desto lauter wurde ihr Atem. Das eigene Keuchen hallte durch den Schacht. Der tanzende Kegel des Lichts huschte über das T vor ihr, das drei Gänge entstehen ließ. Hier also rechts. Tess zwängte sich um die Ecke, und schlagartig drang ihr ins Bewusstsein, wie eng es hier war. Spätestens an dieser Stelle wäre einer der Erwachsenen stecken geblieben. Kurz hatte sie das Gefühl, ihr Atem setze aus. Das Blut rauschte in ihren Ohren, und das Licht … das Licht der Stirnlampe … war es kaputt? Es erschien ihr auf einmal glanzlos und fahl. Trüber als vorher.

»Louis?«, flüsterte sie atemlos. »Louis?« Ihre Lippen begannen zu zittern.

»Was ist, Eichhörnchen?« Er klang besorgt.

»Die Lampe. Ich glaube, sie geht aus. Sind die Batterien neu? Und … es ist echt eng … ich …« Sie versuchte, Luft zu holen, aber es wollte ihr nicht gelingen. Warum konnte sie nicht ordentlich einatmen?

»Tess?« Das war Ciara. »Mach mal die Augen zu. Ganz kurz? Bitte.« Ihre Stimme war ruhig. Angenehm ruhig, und Tess gehorchte.

»Okay. Sind zu. Aber … etwas stimmt nicht. Was stimmt nicht? Ich krieg schwer Luft. Ist da was im Schacht? Ist der verseucht oder so was?«

»Alles gut. Entspann dich. Du bist enge Räume nicht gewohnt. Kennst nur die Weite des Camps. Es geht vorüber, aber du musst dich kurz auf dich selbst konzentrieren. Verstehst du?«

Tess öffnete die Augen. »Was ist denn mit diesen engen Räumen?«

»Das nennt sich Klaustrophobie. Reg dich nicht auf, du hast es wahrscheinlich gar nicht, du fühlst dich im Schacht gerade nur ein wenig allein und bist es nicht gewohnt, an einem Ort zu sein, von dem du nicht ohne Weiteres wieder schnell wegkommst.«

Okay. Klaustrophobie. Schon das Wort allein entkrampfte sie ein wenig. Da war etwas, und es hatte einen Namen. Das hieß, dass sie damit fertigwerden konnte.

»Und jetzt?« Ihr Kopf summte. Ihr Magen revoltierte, und etwas drückte schwer auf ihren Brustkorb. »Es geht nicht!«, rief sie. »Holt mich raus!«

»Augen zu, Tess! Hast du die Augen zu?«

Sie schluchzte. Tränen liefen ihr über die Wangen, und sie konnte nichts dagegen tun.

***

Ohne Gäste und Beleuchtung erschien Cap das Dreamz irrwitzig leer. Die Sitzgelegenheiten wirkten verschlissen, die Theke schmutzig, die Tanzfläche matt. Cap wünschte sich, lieber im Büro von Huggins zu sitzen –auch wenn sie sich dort nach einer Weile gegenseitig die Luft weggeatmet hätten.

Allem Anschein nach genoss der Geschäftsführer von SpaceSeed die glanzlose Hülle des Nachtclubs während der Tagesstunden, denn Hong fläzte ungezwungen auf dem langen Ende der dunkelgrünen Sofagruppe und spielte mit der Zierkordel des samtroten Vorhangs, der die Bühne zu einem Separee werden ließ. Wie neulich in der Kantinenübertragung, so trug er auch heute den Angeberanzug, dessen Preis Cap auf das durchschnittliche Jahreseinkommen eines Feldarbeiters schätzte.

Ihm leuchtete nicht ein, was man hier von ihm erwartete. Huggins' Anweisung an sein Team, bei der Konferenz mit Hong dabei zu sein, ergab keinen Sinn. Ging man davon aus, dass Cap ein Statement zum Stand der Dinge auf Kopernikus abgab?

»Keinesfalls so prachtvoll wie bei Betrieb, aber durchaus salonfähig.« Hong strich sich mit abgespreizten Fingern über den spärlichen Haarkranz. »Der Konferenzsaal erschien mir ein wenig zu … konventionell für dieses Treffen.«

Huggins nickte, als ob er genau wisse, wovon sein Dienstherr redete. Cap war davon überzeugt, dass der Brigadier genauso wenig Ahnung davon hatte, von was Hong faselte, wie der Rest der Truppe. Sie saßen auf einem recht gemütlichen Sofa, ja. Sie hatten Erfrischungsgetränke vor sich stehen, die nicht aus Weizen gewonnen waren, okay. Aber die Luft schien vor Anspannung wie vor einem Gemetzel zu knistern, und Kaitos verkrampfte Beinhaltung sprach Bände. Alle warteten darauf, dass Hong die verbale Knarre zog. Letale Konsequenzen nicht ausgeschlossen.

»Wir haben unsere Probleme –«, begann der Geschäftsführer.

»Im Griff«, fiel ihm Huggins umgehend ins Wort.

»Nicht so vorschnell, Brigadier.« Die Augenbrauen des Asiaten wurden zu schwarzen Pinselstrichen, und er fingerte am Kragen seines Hemds herum.

Huggins verzog keine Miene. »Zusätzliches Personal, Überwachung und Auswertung der Kommunikation –«

»Dazu kommen wir später«, sagte Hong gönnerhaft. »Zunächst möchte ich mich nach unseren strahlenden Siegern erkundigen. Miss Martinez? Ihnen geht es gut?«

Larissa grinste ihn an, ihre höhnische Stimme aber erklang nur in Caps Kopf. »Hat der sie noch alle? Seit wann wird einem eine Trophäe in die Hand gedrückt, nachdem man sich einen Frachter unter dem Arsch hat klauen lassen?«

Cap schaute konzentriert auf den Drink in seiner Hand und unterdrückte ein Lachen. »Bedank dich brav für seine Anteilnahme und tu's unter schrullig ab.«

»Der spinnt doch.«

»Kann sein, dass er einfach nur dankbar dafür ist, dass Huggins nicht noch mehr Rekruten verschlissen hat.«

Larissa schenkte dem Geschäftsführer ihr charmantestes Lächeln. »Die Wunde verheilt gut, Mister Hong. Danke der Nachfrage. Ich bin jederzeit einsatzbereit.«

»Das freut mich zu hören«, erwiderte Hong mit einem idiotischen Grinsen im Gesicht. »Denn auch wenn Brigadier Huggins der Ansicht ist, die Gesamtlage im Griff zu haben, werden wir heute einige Richtschnüre neu ziehen müssen.«

»Ich bin ganz bei Ihnen«, säuselte sie. »Was immer Sie und der Brigadier entscheiden.«

»Fantastisch gelobhudelt, meine Liebe«, spottete Cap in Larissas Kopf. »An die Geschütze, Fähnrich Martinez!«

»Halt die Klappe, Cap! Ich arbeite hier.«

»Ist was, Mister Hallberg?«, fuhr Huggins Cap an. »Sie scheinen sich gut zu unterhalten.«

»Dieser Drink schmeckt ausgezeichnet. Das ist doch ein Lächeln wert, meinen Sie nicht auch?«

»Du kannst es aber auch, du Schleimer.« Larissa kicherte in seinem Kopf. »Das Zeug schmeckt ekelhaft.«

»Und Miss Dekker?« Hong richtete die Frage an niemand Bestimmten, und sie schwebte einen kurzen Moment im Raum, bevor Huggins erneut das Wort ergriff.

»Wie mir Doktor Patel mitgeteilt hat, bittet Fenna Dekker um einen Transfer auf die Erde. Ich werde diesem Wunsch entsprechen und Markus Schwarz bitten, sie in sein Team in Neu-Berlin aufzunehmen.«

Cap zuckte zusammen. Fenna wollte zurück zur Erde? Und ausgerechnet zum Rekrutierungsteam?

Hongs Grinsen war wie eingemeißelt. »Nun, manchmal hält dein Schiff unvorhergesehen an und spuckt dich in einem Sonnensystem aus, in dem du noch nie zuvor gewesen bist.«

»Welch griffiges Bonmot«, brummte der Brigadier. »Wir jedoch werden den Verlust der Besatzung merken. Unser Schiff, um bei Ihrer Metapher zu bleiben, bleibt nämlich auf Kurs.«

»Das glaubt aber auch nur er«, ätzte Cap in Gedanken.

Larissa antwortete sofort. »Ich sag doch: IQ wie ein Tampon. Aber lügen kann er wie gedruckt.«

»Der Verlust, Brigadier, um bei Ihren Worten zu bleiben«, fuhr Hong fort, »ist bereits ausgeglichen.« Mit einem angedeuteten Nicken wies er auf Diego Bianchi und Kaito Sakamoto, die wie verstoßene Gottesdienstbesucher auf der Büßerbank auf dem zweiten Sofa saßen. »Und, ähm –« Er deutete mit dem Kinn auf Michael.

»Michael Winter«, half der aus.

»Herr Winter ist wieder bei Kräften. Dann kann ich davon ausgehen, dass die Lagerhalle angemessen bewacht wird?«

Huggins nickte. Das Team auch.

»Weitere Vorfälle, von denen ich wissen sollte?«

Huggins schüttelte energisch den Kopf. Das Team hielt den Mund.

Hong schlug ein Bein über das andere und zupfte am glänzenden Stoff seiner Hose herum. »Es gehört zwar nicht hierher, aber ich möchte Sie darüber informieren, dass sich die Aktie des Unternehmens angenehmerweise immer noch auf ihrer steilen Reise nach oben befindet. Der heimtückische Anschlag von CropUniverse hat uns, trotz der Trauer, die über uns wie ein schwarzer Schleier fiel, einen Gewinn verschafft. Ich möchte das aus Pietätsgründen nicht als Glück im Unglück bezeichnen, aber …« Er machte eine bedeutungsschwangere Pause und zupfte weiter. »Sie alle wissen, was ich meine.«

»Dass du ein intriganter Drecksack bist?«, zischte Larissa in Caps Kopf. Auch sie war von Hoshi über die wahre Identität des Attentäters informiert worden. »Der schwarze Schleier der Trauer? Ich kotz ihm gleich auf seine Bügelfalten!«

LATRINENPAROLEN

Ein Rauschen und Summen umgab Tess. Sie hatte es geschafft. Hatte sich zusammengerissen, sich konzentriert, sich daran erinnert, dass alles von ihr abhing – und dann war es fast wie von selbst in Ordnung gekommen. Cap wäre stolz auf sie. Dermaßen stolz. Der Gedanke an ihn hatte ihr geholfen.

Jetzt stand sie inmitten einer brummenden Kolonie von schlanken schwarzen Geräten, die fast bis an die Decke reichten, und kam sich vor wie ein Störenfried in einem Ameisenhaufen. Von neugierigen Augen beobachtet, umzingelt, und kurz davor, geschnappt und verschleppt zu werden. Nur dass hier außer ihr nichts lebte. Über ihr schmiegten sich dicke Rohre wie Baumwurzeln an die Hallendecke. Ein Gewirr aus Leitungen, zum Teil verdeckt von spiegelnden Abdeckplatten, dazwischen unzählige Lüftungsgitter wie das, durch das sie sich gerade gezwängt hatte. Wie Dotter aus einem aufgeschlagenen Ei war sie langsam herausgeglitten, hatte sich auf einen der Leitungsäste gesetzt, war auf einen großen Kasten gekrabbelt, hinuntergesprungen und leichtfüßig aufgekommen. Ein Kinderspiel. Im wahrsten Sinne des Wortes.

»Sechshundertfünfzig Quadratmeter«, hatte ihr Ciara eingeschärft. »Es ist ein kleines Labyrinth, und du musst den Richtigen für uns finden.«

Bis jetzt hatte Tess sich nicht vorstellen können, welche Dimensionen sich hinter dieser Zahl verbargen – jetzt wusste sie es. Sie war das Staubkorn in einer Kiste voller Dominosteine.

»Eichhörnchen?«, drang es an ihr Ohr.

»Ich bin drin«, flüsterte sie. »Es ist …«

»Monströs?«, half Louis aus.

»Irre. Einfach irre.«

Ciara übernahm. »Sag mir, was du siehst.«

»Es sind … Moment.« Tess begann still zu zählen. »… zehn Reihen mit diesen Kästen. Weiß noch nicht, wie viele es pro Reihe sind.«

»Fünfzig. Du bist im richtigen Raum gelandet, Tess.«

Sie zog die Augenbrauen zusammen. Natürlich war sie das. Hielt Ciara sie für blöd?

»Ist einer der Kästen offen?«

Tess schaute sich kurz um. »Nicht da, wo ich stehe.«

»Okay. Macht nichts. Du wirst nachher welche aufmachen müssen. Es gibt viele Drähte, Kabel, Schläuche, und alles sieht bunt aus, aber ich werde dich da durchleiten.«

Tess nickte, dann fiel ihr ein, dass Ciara das nicht sehen konnte. »Gut. Was tun die Dinger?«

»Darin verstecken sich Rechenkerne, und jeder dieser Prozessoren tut seine Arbeit. Kepler und Kopernikus werden teilweise von hier aus verwaltet.«

»Warum von hier?«

»Weil es auf den Stationen zu wenig Platz dafür gibt, und weil sich durch die Rechner eine enorme Wärme bildet, die man mühsam, teuer und aufwendig herunterkühlen muss. Was außerdem Fläche kostet. Eben bist du ja durch eine dieser unzähligen Lüftungsleitungen dorthin gekrochen.«

Kühl war es, das stimmte. Angenehm kühl. Kühler als im Schacht.

»Was suche ich jetzt?«, fragte Tess.

»Eine ganz speziell aussehende Brille.«

»Wie die Angeberbrillen der Security?«

»Größer. Und verdammt chic. Die Typen von der Security würden vor Neid erblassen. Ich sag dir, wo du sie findest. Geh in den Gang zwischen der vierten und der fünften Reihe. Dort findest du ein Regal und nimmst dir das, was in einem der Fächer liegt.«

»Du warst schon mal hier?«

»Ja«, sagte Ciara. »Aber ich habe die Tür genommen.«

»Und wenn du die heute nehmen würdest, dann könnten die anderen sehen, dass du drin warst«, schlussfolgerte Tess.

»Genau, Kleines.« Das war wieder Louis. »Es gibt biometrische Türöffner, und eine Logdatei speichert, wer wann hinein- und wieder hinausgeht.«

Tess blieb vor dem von Ciara beschriebenen Regal stehen und nahm eine dunkelgraue kleine Box in die Hand, an der Stäbe klebten wie Insektenfühler. Vor ihr schillerte das Schwarz einer äußerst eleganten Brille mit abgerundeten Ecken und breiten Bügeln. Sie wurde vollständig von einem edlen Material umhüllt, das Tess noch niemals gesehen hatte. Ohne zu zögern, nahm sie die Stirnlampe ab, verstaute sie in ihrer Hosentasche und setzte die Brille auf.

»Scheiße!«, entfuhr es ihr. In ihrem Kopf braute sich ein Gewitter zusammen, vor ihren Augen drehten sich verschiedenartige, bunte, geometrische Figuren unterschiedlicher Größe. Neben ihr, über ihr, vor ihr.

»Ist was passiert?« Ciara klang fast panisch.

»Ich hab die Brille aufgesetzt. Was zum Henker … Fuck!«

»Tess!« Louis spielte den Empörten.

»Du hast keine Ahnung, was ich gerade sehe! Es ist fantastisch! Ich bin irgendwo … anders! Als ob ich in einer mathematischen Rechnung stecken würde. Als Zahl oder Formel.« Sie kicherte. »Darf ich das mitnehmen?«

»Untersteh dich.«

»Irre!«

»Tess«, sagte Ciara in leicht tadelndem Ton. »Setz die Brille wieder ab. Du brauchst sie erst nachher, und dann erkläre ich dir auch, wie du die Steuereinheit dazu benutzt.«

»Die Steuereinheit …« Tess griff nach dem linken Bügel und zog ihn sich vom Ohr, sodass die Brille an ihrer rechten Ohrmuschel baumelte. Vorsichtig drehte und wendete Tess die Box, auf der Suche nach einem Schalter. Auf der schmalen Seite entdeckte sie einen Knopf.

»… kannst du dich an den richtigen Rechner heranarbeiten, indem du …«

Ciara sprach noch mit ihr, aber Tess war zu beschäftigt, um zuzuhören. Sie klemmte den linken Bügel wieder hinter ihr Ohr und drückte auf den Schalter der Box. Ein wahres Feuerwerk explodierte in ihrem Hirn.

»Waaahnsinn!«, rief sie entzückt.

***

Cap hörte nur mit halbem Ohr hin, was Huggins erzählte. Wie immer ging es um die sogenannte »reibungslose Funktionalität der Station«, den unproblematischen Wiederaufbau des Feldes, die gelungene Eingliederung der Rekruten Bianchi und Sakamoto, wobei Diego über den Klee gelobt wurde – kurzum: Der Brigadier gab mit abgeklärter Miene erneut vor, Herr der Lage zu sein und alles im Griff zu haben. Bei dem Versuch, die Entführung der Hermion totzuschweigen – Huggins betonte nur kurz, dass sich Kommandantin Beljajew dem Thema kompetent verschrieben habe und man dem »aufrührerischen Gesindel selbstredend« auf der Spur wäre – fiel ihm Hong ins Wort.

»Handelt es sich hier um eine Splittergruppe der Luddianer?«

»Ludditen«, korrigierte Cap automatisch und hätte sich gerne die Zunge abgebissen.

»Bitte?«, hakte der Geschäftsführer nach. Vorsichtig nippte er an seinem Drink und stellte ihn mit gekräuselten Lippen auf dem niedrigen Glastisch ab.

»Laut dem Entführer, der sich Shogun nennt, heißt die Bezeichnung Ludditen«, antwortete Michael an Caps Stelle.

»Luddianer. Ludditen. Ist das wichtig?«, wies ihn Huggins zurecht und atmete nervös durch die bebenden Nasenflügel.

»Ich dachte, Mister Hong wollte umfassend ins Bild gesetzt werden.«

Der nickte befriedigt und repetierte: »Ludditen. Aha. Splittergruppe oder nicht?« Seine Augäpfel saugten sich an Cap fest.

»Ich sage ungern Dinge zweimal –«, begann Huggins.

»Das habe ich anders in Erinnerung«, schoss Hong sofort zurück.

Der Blick, den Huggins ihm daraufhin zuwarf, schrieb in Versalien DRECKSACK. »In jedem Fall möchte ich festhalten«, fuhr der Brigadier gereizt fort, »dass die Bildung einer Splittergruppe uns nicht interessieren sollte.«

»Nein?« Hong entfluste seinen Hemdkragen.

»Nein«, bekräftigte Huggins.

Cap fing Michaels und Larissas amüsierte Blicke auf. Auch er konnte nicht fassen, welch kindsköpfiger Auseinandersetzung er hier beiwohnte.

»Nun, Brigadier. Das Sexualverhalten einer Wanze fände ich persönlich uninteressant, aber auf die Bildung einer Splittergruppe würde ich ein Auge werfen wollen. Mister Hallberg, was sagen Sie dazu? Splittergruppe oder nicht?«

Cap zögerte. Er dachte daran, wie Hiroyuki auf der Hermion über Ned Ludd gesprochen hatte. Seine Wortwahl war zwar nicht beleidigend, aber ein wenig geringschätzend gewesen. »Ich würde sagen Nein«, antwortete er schließlich.

»Was meinen Sie, Miss Martinez?« Wieder das festgetackerte Lächeln in Hongs Gesicht.

Larissa schien nicht darüber brüten zu müssen. »Ich stimme meinem Kollegen zu. Es handelt sich nicht um eine Splittergruppe.«

Huggins schnaubte abschätzig. »Was ist mit diesem dämlichen Namen? Shogun.« Er spuckte das Wort aus wie vergorene Weizenmilch. »Alles, was recht ist. Wir wissen doch, um wen es sich handelt. Liz Kreissler hat uns die Namensliste derer, die sie auf die Hermion geschickt hatte, sofort nach den Vorfällen übermittelt.«

»Und wie lautet er?«, fragte Hong.

»Hiroyuki Hoshi«, antwortete Kaito schnell, bevor der Brigadier den Namen verbal verhunzen konnte. »Womöglich ist er der Ranghöchste nach Ludd?«

»Ich hatte bisher nicht den Eindruck, dass die … Ludditen … militärisch organisiert sind, Sakamoto.« Huggins straffte die Schultern. »Ich würde diese Gruppe als äußerst unstrukturiert beschreiben.«

»Dem stimme ich zu«, bestätigte Michael. »Die Sache im Hangar war –«

»Melodramatisch?«, warf Larissa spöttisch ein.

Michael sah sie verwirrt an. »Ich wollte den Begriff ›chaotisch‹ benutzen.«

»Was ist mit dem Streik?« Hong wechselte aus heiterem Himmel das Thema, und der Brigadier schien auf einen Schlag einen Kopf kleiner zu werden. Seine Augen jedoch wurden groß wie fliegende Untertassen.

»Der Streik, Sir?«, echote er.

Cap horchte auf und stellte stummen Kontakt zu Larissa her. »Interessant. Weißt du was davon?«

»Ist mir neu«, schickte sie ihm.

»Es ist mir zu Ohren gekommen, dass einige Feldarbeiter angedroht haben, die Arbeit niederzulegen. Entspricht das etwa nicht der Wahrheit?«, bohrte Hong weiter.

»Wer hat Ihnen das geflüstert?«, wollte Huggins wissen, und auch Caps Neugierde wuchs. Hatte Hong einen Spitzel auf der Station? Wenn nicht nur die Nördliche Hemisphäre, sondern auch der Konzern selbst einen Schnüffler nach Kopernikus entsandt hatte, dann dauerte es nicht mehr lange, bis Huggins sämtliche Neuronen wegschmorten.

»Das tut nichts zur Sache«, wich Hong aus.

»Bei allem nötigen Respekt, das tut es doch«, fuhr Huggins ihn an. »Niemand streikt. Das ist Fakt. Die Arbeit auf dem Feld läuft wie vorgesehen. Die Schichten wurden wie geplant aufgenommen.«

»Ihre Schallplatte hängt, werter Brigadier.«

»Wie meinen?«

»Sie wiederholen sich.« Hong strich sich über die Anzughose. »Dann muss ich das wohl der Gerüchteküche zuordnen, wenn Ihre eigene Einschätzung eine andere ist, nicht wahr?« Hong zog spöttisch einen Mundwinkel hoch.

»Absolut. Was Sie da gehört haben, sind bestenfalls Latrinenparolen«, spie Huggins aus. »Latrinenparolen. Nichts weiter.«

***

Tess hatte den Bogen raus. Sie begriff, wie sie mit der Fernsteuerung um sich herum eine virtuelle Serverlandschaft entstehen lassen und diese anhand von Befehlen, die ihr Ciara übermittelte, durchsuchen konnte.

Zuerst hatte Tess, mit der Brille vor Augen, leicht schwankend und umgeben von den Rechnereinheiten zwischen Reihe vier und fünf gestanden und sich nicht getraut, auch nur einen Zentimeter vorwärtszugehen. Sie hatte der scheinbaren Welt in ihrem Kopf nicht getraut. Jetzt aber bewegte sie sich flink und ohne zu zögern, durch die Landschaft, die die Brille ihrem Hirn suggerierte. Nach Eingabe von Ciaras Befehlen zeigte sie ihr den Weg – eine grüne Linie schlängelte sich wie auf einer der Landkarten, mit denen Ciara arbeitete, durch die Reihen, an den Kästen entlang. Tess folgte ihr, bis sie vor den richtigen Rechnern stand.

»Follow the green brick road«, hatte Ciara deklamiert, aber Tess wusste nicht, was sie da zitierte.

»Wir kommen jetzt zu Ludds Quartier«, erklärte Ciara, als Tess eine der großen Servertüren schloss und die Verriegelung aktivierte. »Hast du die Anfrage von eben aus dem Speicher gelöscht?«

»Klar.«

»Wir wollen nicht, dass irgendetwas nachvollzogen werden kann.«

»Hab's vorher schon kapiert«, maulte Tess. »Die Daten, die ich eingegeben habe, sind weg.«

»Gut. Dann mal weiter.«

»Wie viele Personen leben da?«, fragte Tess routiniert nach.

»Ludd wohnt dort mit drei anderen Arbeitern.«

»Also vier Kommunikationskanäle?«

»Nein, nur einer. Nur die wissenschaftlichen Kräfte besitzen ein eigenes Terminal.«

Tess schob die Brille vor die Augen und nahm die Box – den »Commander«, wie Ciara sie nannte – fester in die Hand. Ihre Finger wussten inzwischen blind, welche Stellen sie berühren mussten. »Bin bereit.«

»Befehlseingabe: Kommunikationsterminals. Quartier von Professor Nedd Ludd. Kopernikus, Ebene C«, leierte Ciara herunter, und Tess bereitete den Commander für die Spracheingabe vor, indem sie sanft ein paar seitliche Tasten berührte. Anschließend wiederholte sie die Angaben, wobei sie sich bemühte, deutlich zu artikulieren, wie Ciara es ihr gesagt hatte.

Wie schon bei den ersten beiden Malen materialisierte sich ein dreidimensionaler Grundriss des Rechenzentrums vor ihren Augen. Mit einem Wink ihrer Hand drehte sie die Darstellung und wechselte von der Vogelperspektive zu ihrer eigenen. Tess schob und zerrte an der Abbildung, bis sie sich zurechtfand und die grüne Linie mühelos erkennen konnte, der sie folgen musste.

Sie hastete los. »Wie wissen wir, ob das funktioniert, was ich hier mache?«, fragte sie, blieb kurz stehen, justierte die Ansicht erneut, zoomte etwas größer, indem sie mit Daumen und Zeigefinger das Bild vor ihren Augen zu sich heranzog, und eilte dann weiter. »Was ist, wenn die Kommunikation deiner Leute immer noch an die Security der Stationen übertragen wird, nachdem ich das gemacht habe?«

»Du hast doch von jedem der Kästen eine entsprechende positive Rückmeldung bekommen«, erwiderte Ciara.

»Ja, schon. Aber was, wenn die falsch ist?«

Ciara lachte leise. »Ist sie nicht, Tess. Sei beruhigt. Du machst das großartig, und bald werden wir wieder Nachrichten von Kopernikus erhalten, die durch das, was du hier machst, nicht abgefangen werden können.«

»Und das fällt denen nicht auf?«

»Zuallererst sind wir nur auf die Verbindung mit fünf Leuten auf Kopernikus und vier auf Kepler angewiesen. Es betrifft ja nicht das gesamte Netzwerk der Terminals auf den Stationen, sondern nur einige wenige. Wirklich wenige. Und dann –«

»– wird der Security-Typ dermaßen mit anderem Kram beschäftigt sein, dass er nicht mitbekommt, dass ein kleines bisschen nicht mehr so ist, wie es vorher war?«, hakte Tess ein. »Ihr haut da in der Zwischenzeit mächtig auf die Kacke?«

»Wir haben derzeitig nicht vor, auf die Kacke zu hauen. Zuerst müssen wir auf den aktuellen Stand kommen. Aber sie werden es trotzdem nicht merken, Eichhörnchen.«

»So darf nur Louis mich nennen«, brauste sie auf.

»'tschuldigung. Wird nicht wieder vorkommen.«

Tess meinte, Gelächter im Hintergrund zu hören. Mit der VR-Brille auf der Stirn öffnete sie die Klappe des Rechners, zu dem sie der Plan geführt hatte, und betrachtete das Gewirr aus Kabeln.

»Der Sicherheitschef auf Kopernikus ist im Moment total überlastet«, sprach Ciara weiter. »Sie haben zu wenig Leute, zu viele Probleme und keine Zeit für die Suche nach der Nadel im –«

»Da ist viel mehr rot«, unterbrach Tess sie.

»Bitte?«

»Mehr rote Kabel als bei den anderen.«

Stille in ihrem Ohr. Dann: »Beschreib's mir.«

»Na ja. Bei den anderen Kästen gab es viele verschiedene Farben, mehr oder weniger gleichmäßig verteilt, und hier sieht es eben seltsam aus. Und dann sind da noch komische Schläuche, die ich auch noch nicht gesehen habe. Andere eben. So wie … wie … eine Einspritzleitung.«

»Von was redest du?«

»Na, von den Jeeps.«

Es folgte ein Rauschen in Tess' Ohr, als ob Ciara ihre Hand über das Mikrofon gelegt hatte. »… Kind hat eindeutig zu viel auf … Schrottplatz«, hörte sie noch undeutlich, dann meldete sich Louis.

»Ich bin's. Die Schläuche sehen also aus wie die Einspritzleitung bei Jeep-Motoren?«

»Hab ich doch eben gesagt!«

»Und die anderen sahen aus wie …?«

»Wie konfektionierte Datenkabel.«

»Stehst du vor dem richtigen Rechenkern?«

Tess schob die Brille wieder vor die Augen und schaltete den Commander ein. »Jau«, bestätigte sie. »Das isser.«

»Ich geb dir wieder Ciara.«

Erneutes Rauschen.

»Tess. Ich war schon eine Weile nicht mehr im Serverraum. Bück dich bitte, und lies die Seriennummer ab, die sich ganz unten an den Kästen befindet.«

»Unten?«

»Fast auf Bodenhöhe.«

»Hab's. Warte.« Tess rückte die Brille wieder auf die Stirn, legte sich mit dem Bauch auf den Boden, da sie nur auf diesem Weg die kleinen Zahlen entziffern konnte. »GHT-4568-C.«

»68-C? Bist du sicher?«

Sie rückte näher heran, bis ihre Nase fast den Kasten berührte. »68-C.«

»Mist.« Ciara klang, als hätte sie sich verschluckt.

»Was ist?«

»Ein neues Modell.«

»Und?«

»Kenn mich mit dem Teil nicht aus.«

»Clusterfuck.« Tess glitt in den Schneidersitz, den Commander auf dem Schoß, und blieb neben dem Server. Dieses Mal empörte sich Louis nicht über ihren Fluch. »Und jetzt?«, fragte sie.

»David weiß Bescheid.«

»Wer ist –«, begann Tess, aber ein Pfeifen deutete an, dass Ciara ihr Mikrofon abgenommen und beiseitegelegt hatte. Was sollte sie jetzt tun? Abwarten? Sie brauchte Anweisungen. »Louis? Bist du noch da?«

Da erklang das markerschütternde Kreischen einer Sirene, das Tess fast das Trommelfell platzen ließ. Das Johlen des Alarms verebbte kurz, als ob er Luft holen musste, und hob dann erneut an. Mit eingezogenen

Schultern hielt sie sich die Handflächen vor die Ohren und sank in sich zusammen. Nach etwa zehn Sekunden verstummte der Lärm genauso unerwartet, wie er gekommen war.

»Verdammte Hacke«, flüsterte sie und nahm die Hände herunter. »Louis? Ciara?«

Stille.

Ihr hektischer Atem erinnerte sie an die Minuten im Lüftungsschacht, die ihr wie Stunden vorgekommen waren. »Konzentrieren. Konzentrieren«, flüsterte sie das Mantra vor sich hin, das ihr Ciara eingehämmert hatte. Gerade hatte sie sich so weit im Griff, dass die kleine Faust in ihrem Magen aufhörte, an ihre Bauchdecke zu klopfen, da hörte sie ein neues Geräusch.

Stiefelschritte auf dem Hallenboden.

Geistesgegenwärtig schloss sie die Klappe des Servers, an dem sie als Nächstes hätte arbeiten sollen – die Tür schnappte mit einem verhaltenen Klicklaut zu – und mit dem Commander in der Hand schlich sie zum Regal zurück. Das ist so wie auf der Deponie, schärfte sie sich in Gedanken ein. Du klaust einen Solarkocher, aber andere wollen ihn auch haben. Deswegen musst du einfach unsichtbar werden. Unsichtbar und still.

Die Stiefelschritte stoppten. Es folgte das Quietschen von Sohlen auf dem Linoleumboden. Jemand drehte sich langsam um. Tess nahm die VR-Brille von der Stirn und legte sie behutsam zusammen mit der Steuereinheit ins Regal. Langsam wanderten ihre Augen zur Decke. Der Schacht, aus dem sie gekommen war, lag mindestens drei Reihen entfernt zu ihrer Rechten. Dorthin zu kommen, ohne dabei gesehen zu werden, bedeutete, das Glück hochgradig herauszufordern. Darauf konnte sie es nicht ankommen lassen.

Zudem kam sie nicht ohne Weiteres dort hoch. Der Plan hatte vorgesehen, von einem bestimmten Rechner, der laut Ciara anders aussah als der Rest seiner Spielgefährten, auf die Leitungsrohre zu klettern, um dann zurück in den Schacht zu steigen. Was blieb ihr jetzt noch, verdammt?

Das Regal!

Gerade wollte sie einen Fuß auf das Brett stellen, da bewegten sich die Stiefel weiter. Und nur eine Sekunde später schrie eine dunkle Stimme: »Stopp!«

Tess keuchte erschrocken auf. Fuhr herum. Die Schritte beschleunigten. Das Knallen von Militärstiefeln auf dem Hallenboden kam näher.

Atmen. Konzentrieren. Zweimal rutschte sie auf der Suche nach einem Halt mit ihrem Schuh vom Regal ab. Es gab nur die Bretter, nach denen sie greifen und an denen sie sich hochziehen konnte. Ihre Handflächen waren schweißnass vor Nervosität und Angst. Gerade als sie umgegriffen und den Stiefel vom ersten Regalbrett genommen hatte, schrie sie auf.

Jemand umklammerte ihren Knöchel.

Sie wehrte sich, krümmte ihr Bein, versuchte, nach unten zu treten, aber ihre Finger wurden kraftlos, rutschten ab – und Tess fiel.

***

Brigadier Lawrence Huggins fragte sich, warum er sich für die arrogante Arschgeige Hong überhaupt umgezogen hatte. Er war es leid, dass seine Methode, für Sicherheit auf der Station zu sorgen, ständig infrage gestellt wurde.

»In einem Ausnahmezustand herrschen nun mal Ausnahmeregeln, Sir«, stieß er hervor, nachdem seine Rekruten von Hong aus dem Dreamz komplimentiert worden waren. Wobei es Lawrence in diesem Augenblick ausgesprochen schwerfiel, das »Sir« hinzuzufügen.

Hongs Augenlid zuckte. Fehlte nur noch, dass eine Ader an seiner Schläfe anfing zu pochen. »Sie haben mich nicht in allen Einzelheiten unterrichtet, Brigadier. Muss ich das als einen persönlichen Affront bewerten?«

»Sie haben gewiss Wichtigeres zu tun, Sir, als sich belanglose Details anzuhören.«

»Dem ist nicht so. Momentan ist Kopernikus der Dreh- und Angelpunkt. Es ist alles von Belang, was sich hier abspielt.«

In Lawrence' Kopf stieg eine Idee in die Gondel seiner Argumentationsachterbahn und stürzte sich mit Triumphgeheul in die Tiefe. Wenn er Hong erst einmal den Spürhund der NH, diese Rosie Ward, präsentierte …

»Trommeln Sie Ihre Crew zusammen, und geben Sie Folgendes weiter«, fuhr Hong fort. »Wenn ich in einer Woche zu einem erneuten Besuch hier eintreffe, dann erwarte ich nicht nur Schampus anstatt dieser erbärmlichen Durstlöscher, sondern auch business as usual. Sie können mir folgen, Brigadier? Kopernikus muss in sieben Tagen auf mich den Eindruck eines gut geführten Labors machen, das produktiv arbeitet und glitzert wie ein Lichterbaum. Und ich bin sogar großzügig und sichere Ihnen Erdtage zu und keine dieser siebenmal irgendwas Minuten, innerhalb derer sie die Sonne auf der Station auf- und untergehen sehen.«

»Ich –«

»Fröhliche Gesichter, zufriedene Arbeiter. Das will ich hier sehen.«

»Kommandantin Beljajew –«

»Workflow, Brigadier. Workflow!«

Lawrence widerstand dem inneren Drang, seinem Vorgesetzten die Fresse zu polieren. Aber etwas anderes war wichtiger. »Unsere Abmachung … Neu-Moskau?«, kroch es verstümmelt aus ihm heraus.

»Wir werden sehen. Vor der Misere auf dem Feld haben Sie stets zuverlässige Leistungen gezeigt und mir niemals Grund gegeben, an Ihrer Loyalität zu zweifeln«, sagte Hong väterlich und lächelte dann ölig. »Denken Sie daran: sieben Tage.« Hätte nur noch gefehlt, dass er dem Brigadier das Knie tätschelte. Hong kämpfte sich aus der niedrigen Couch, strich sein Jackett glatt und befreite sein Hosenbein erneut von einer unsichtbaren Faser. »Und dieses unsägliche Gesöff, Huggins, will ich nie wieder sehen.«

ALLES FALSCH

Cap fühlte sich hundsmiserabel. Mit verkniffener Miene stand er neben Michael in Ebene C, Sektion 2, vor Zimmer 13.4, dem Quartier von Rosie Ward. Sein Finger schwebte über dem Türsummer.

Obwohl Michael ihm erklärt hatte, wie Huggins zu der verworrenen Theorie gelangt war, dass es sich bei der Ernährungswissenschaftlerin um den von ihm hartnäckig gesuchten NH-Spion handele, konnte Cap das Gefühl nicht abschütteln, dass er selbst Anteil daran hatte, dass sie nun hier standen. Was zur Hölle sollte er zu ihr sagen? – Hallo, ich bin's? Erinnerst du dich noch an unseren Plausch auf dem Feld? Entschuldige bitte, ich muss dich einlochen?

Aber die Entscheidung des Brigadiers, dass ausgerechnet er das »gesellige Geplauder vor der Arretierung« – Huggins' Wortwahl – führen sollte, bot Cap womöglich die Chance, Dinge geradezurücken. Denn er fühlte, nein, er wusste, dass sie nur eine Zielscheibe war.

»Wischst du jetzt über den Summer, oder willst du noch ein wenig vor dich hinbrüten?«, fragte Michael.

Cap rieb sich das Kinn. »Das ist alles falsch«, brummte er.

»Ich weiß das. Aber El Aurens nicht.«

»Du weißt das?« Cap sah ihn verdutzt an. »Und warum hast du Huggins dann nicht widersprochen, als Diego ihm Rosie in vorauseilendem Gehorsam als Staatsfeind Nummer eins präsentiert hat?«

»Hab ich versucht. Aber dass die Beweisstücke Löcher haben und er nur hirnrissige Schlussfolgerungen zieht, hört El Aurens nicht gerne. Und ich bin nicht Hong. Ich kann ihm nicht drohen und dabei gleichzeitig die Leviten lesen. Und das auch noch vor versammelter Mannschaft.«

Cap wusste, dass sein Freund recht hatte. Es nützte niemandem, wenn Huggins Michael wegen Befehlsverweigerung, fehlender Subordination oder einem anderen Grund, den er sich spontan aus den Rippen schnitt, in die Arrestzelle warf. Oder womöglich gleich in die Lagerhalle steckte. »Diego ist mir in letzter Zeit ein wenig zu eifrig«, sagte Cap. »Seit dem Vorfall in der Krankenstation mit Nia hechelt er Huggins hinterher wie ein Hündchen und bringt ihm jeden Stock, den er findet.«

»Ich befürchte, dass Diego selbst nicht klar ist, dass er sich gerade aufführt wie eine speichelleckende Hofschranze«, sagte Michael. »Und was Rosie Ward angeht … El Aurens ist eben begeistert davon, dass er endlich jemanden gefunden hat, dem er all das in die Schuhe schieben kann, was er selbst verbockt hat. Aber sie hat Verbindungen zu den höheren Kreisen. Die sollte sie jetzt nutzen. Davon abgesehen: Was war das vorhin für eine Nummer mit dem Streik?«

»Keinen Schimmer. Sieht ganz danach aus, als ob Hong große Freude daran hat, Huggins kräftig auf den Schlips zu treten. Egal an welches der beiden Ekelpakete ich denke, meine Hand fährt automatisch Richtung OC-Gun.« Es dauerte normalerweise recht lang, bis es sich jemand mit Cap verscherzte, aber Hong hatte er sofort als formidablen Drecksack identifiziert. »Huggins ist der Fußabstreifer für Hong und tritt dann selbst nach unten weiter.«

Michael grinste. »Ja, die beiden haben den Charme eines Typhusausbruchs. Wir sollten sie mal zum Dinner einladen.«

»Larissa nagelt dir die Eier auf den Tisch.«

Michael lachte. »Dann lieber nicht. Was meinst du? Hat Hong sich das mit dem Streik nur ausgedacht?«

»So verschnupft, wie der Brigadier darauf reagiert hat, glaube ich eher, dass da echt was dran sein könnte.«

»Ein zweiter Spitzel auf der Station …?« Zwischen Michaels Augenbrauen bildete sich eine tiefe Falte. »Ich bin mir nicht mal sicher, ob Hong über den ersten Bescheid weiß. Zumindest hat er das vorher nicht ein einziges Mal thematisiert.«

Und keiner von uns hat diesbezüglich den Mund aufgemacht, fuhr es Cap durch den Kopf. Oder?

»Wir haben ja genauso die Klappe gehalten«, sprach Michael weiter, als ob er jetzt auch Zugang zu Caps Gedanken hätte. »Hätte eh nichts gebracht. Abgesehen davon ist es mir scheißegal, was unser Sicherheitschef für Probleme hat.«

Einen Atemzug lang erwog Cap, seinen Freund ins Vertrauen zu ziehen, was Huggins' Beitrag zur Feldexplosion anging, verwarf die Idee jedoch wieder. Falscher Zeitpunkt. Was Rosies Verhaftung betraf, mussten sie jetzt die Zügel gemeinsam in die Hand nehmen. Eine Unschuldige einzubunkern konnte Cap nicht verantworten. »Michael …?«

»Jap?«

»Unserer Meinung nach trifft Rosie keine Schuld.«

»Du willst jetzt von mir wissen, was wir tun können?«

»Tun müssen.« Sie brauchten eine Lösung. Jetzt. Schnell. »Erleuchtungen gegenüber bin ich durchaus offen.«

Michael kratzte nachdenklich über die Flosse seiner eintätowierten Meerjungfrau. »Wäre es erleuchtend, vorzuschlagen, der Sache einfach ihren Lauf zu lassen?«

Cap sah ihn ernst an. »Wir sind uns aber schon einig darüber, dass das nicht in einer Verhaftung enden kann?«

»Und dir ist hoffentlich klar, dass wir noch eine Stunde hier stehen könnten, ohne eine zufriedenstellende Lösung für unser Problem zu finden?«

»Verdammter Mist. Du hast ja recht«, murmelte Cap, strich endlich über den Summer und hoffte, ihnen möge die Erleuchtung in den nächsten Minuten spontan zuteilwerden.

***

Tess knetete ihre Finger, bis es schmerzte. Sie hatte Angst. Und die fühlte sich anders an als sonst. Real. Den Mann, der ihr gegenübersaß, konnte sie sehen. Sein bleiches Gesicht. Seine Augen, übermüdet und durchdringend.

Er war keine namenlose Bedrohung wie die Enge des Lüftungsschachts, nichts Unsichtbares wie das Dröhnen der Stiefel im Rechenzentrum. Er saß da und stellte Fragen. Viele Fragen. Auf die sie nicht antworten wollte. Nicht konnte.

»Willst du mir nicht wenigstens deinen Namen verraten?«, wiederholte der Mann. Er selbst hatte sich vorgestellt als Markus Schwarz. Ciaras Vorgesetzter. Ausgerechnet an ihn war Tess geraten. Man hatte sie in sein Büro gebracht, einen schmucklosen Raum, der pure Funktionalität ausstrahlte. Zwei Stühle, ein Schreibtisch, eine Lampe, ein Schrank. Betonwände. Tess vermisste Staub, Sand und die brennende Sonne.

Schon wollte sie wieder den Kopf schütteln, wie die unzähligen Male zuvor, aber dann besann sie sich. Was, wenn sie ihm stattdessen Häppchen zuwarf? Genauso wie es der alte Elias immer machte, wenn er nur Teile einer Geschichte am Lagerfeuer erzählte. Denn jedes Mal, nachdem er sie mit ein paar Sätzen gefüttert hatte, war Tess damit zufrieden gewesen. Zumindest eine Weile.

»Rebecca«, sagte sie. So hatte sie die Wühlmaus getauft, die früher immer wieder in die Küchenjurte gehuscht war, bevor Annika, die dumme Kuh, sie abgemurkst hatte. Annika verstand keinen Spaß, wenn es um Habenichtse ging. Egal, ob sie nun zwei oder vier Beine besaßen.

»Rebecca«, wiederholte Schwarz lethargisch.

Sicher wusste er, dass sie log, aber das war Tess schnuppe.

»Ist dir kalt?«, fragte er.

Sie schüttelte den Kopf. Zitterte.

»Du bist noch ein Kind, und wir sind keine Unmenschen. Sag uns einfach, wer dich in den Serverraum geschickt hat und was du dort getan hast. Wir werden dich sofort gehen lassen. Du hast nichts zu befürchten.«

Der Typ glaubte wohl, sie sei total verblödet.

Sie würde dichthalten. Sie musste dichthalten, auch wenn ihr Körper schmerzte, weil sich alles in ihr verkrampfte. Aber da waren Marge und Cap, Ciara und Louis. Und all die anderen, die auf sie zählten.

Sie knetete ihre Finger im Schoß und wich Schwarz' forschendem Blick aus.

»Ich weiß nicht, wie sie heißen«, sprach sie in Richtung Schreibtisch. Ihre Stimme war kaum hörbar. »Sie haben gesagt, ich bekomme zu essen, wenn ich's mache. Und zu trinken.« Das war nicht einmal gelogen.

»Wenn du was machst, Rebecca? Und wer sind ›sie‹?«

Tess zuckte mit den hageren Schultern.

Schwarz seufzte. Eine Weile starrte er auf den Monitor vor sich, dann stand er auf, ging um den Schreibtisch herum zu ihrem Stuhl und in die Hocke. Als er eine Hand auf ihr Knie legte, zuckte Tess zurück.

»Essen bekommst du auch hier. Trinken natürlich auch. Wir kümmern uns wirklich um dich. Oder haben wir dich bis jetzt nicht gut behandelt?«

Sie konnte sich nicht beklagen.

»Aber«, fuhr er in übertrieben nachsichtigem Tonfall fort, »du musst verstehen, dass das, was du tun wolltest oder getan hast, allen schadet. Nicht nur den Menschen hier in Neu-Berlin, sondern allen. Ist dir das klar?«

Unsinn, dachte Tess. Er redet Bockmist. Hör nicht hin! Louis hat gesagt, dass das, was ich tue, wichtig ist!

»Denn wir sind auf die Getreidelieferungen, die von den Stationen kommen werden, angewiesen. Die Wissenschaftler dort vollbringen gute und bedeutende Arbeit. Manipulationen werfen die Forschung zurück, verstehst du? Wir sind nicht die Bösen, Rebecca.«

Sie kaute auf der Unterlippe. Was, wenn das stimmte? Was, wenn sie verhindert hätte, dass den Menschen in Zukunft Getreide zur Verfügung stünde?

Aber nein, rief sie sich in Erinnerung. Es war nur darum gegangen, die Kommunikation mit den Stationen wieder möglich zu machen. Das Feld war kein Thema gewesen. Der Weizen auch nicht. Nur der Informationsaustausch. Oder etwa nicht?

Ciara hatte ihr nur gesagt, was sie tun solle. Sie hatte Tess angeleitet, aber nicht erklärt, was genau passierte, nachdem sie die Handgriffe ausgeführt hatte. Und: Ciara hatte Quartiernummern durchgegeben. Keine … Formeln oder so was. Und sie würde nie etwas anordnen, was irgendjemandem schaden könnte. Ebenso wenig wie Louis. Die beiden würden sie nicht anlügen!

Gut und Böse. In Tess' Kopf wirbelte alles durcheinander.

Schwarz hockte immer noch vor ihr, hatte seine Hand aber zurückgezogen. »Unsere Wissenschaftler auf den Stationen können nicht nur die Menschen in den Camps retten«, wiederholte er, und es klang wie ein einlullendes Mantra. »Sondern überall auf der Welt. Das willst du doch auch? Keinen Hunger mehr haben?«

Es war nur die Manipulation der Com-Terminals auf Kopernikus gewesen, versuchte sich Tess einzuschärfen.

Aber dann spürte Tess, wie sie nickte. Sie konnte nichts dagegen tun. Und sie hörte sich sagen: »Ja. Ja, ich will auch keinen Hunger mehr haben.«

Markus Schwarz lächelte.

***

Cap stand in Rosie Wards Quartier, und zwei Dinge gingen ihm durch den Kopf:

Grün und Luftfeuchtigkeit.

So war das also.

Erst in diesem Moment wurde ihm bewusst, was ihn auf Kopernikus am meisten befremdete. Sicher, der Ausblick auf die Sterne brachte ihn fortwährend aus dem Konzept, ebenso wie das Rauschen und Zischen der Stationstechnik. Aber was er bis jetzt nur unbewusst registriert hatte, war, dass er Luft atmete, die permanent gefiltert und erneuert wurde. Weswegen es auf der Station nach nichts roch – außer Diego stand frisch rasiert neben ihm und stank wie ein Iltis, den man in eine Wanne mit Rosenwasser geworfen hatte.

Rosie Ward, Ernährungswissenschaftlerin, umgab sich in ihrem privaten Reich mit Flora und Fauna aller Art. Sie hatte sich in ihrem Quartier ein zweites, nicht öffentliches Gewächshaus eingerichtet. Ihr eigenes Arboretum. Es roch frisch und dezent nach Blütenduft, und feine Wassertröpfchen schwebten in der Luft. Ein Geruch, von dem Cap wusste, dass er ihn vermissen würde, sobald er wieder auf dem Korridor stand. Auf dem Couchtisch, der weißen Kommode, der schmalen Küchenzeile, sogar auf dem hochflorigen Teppichboden in der Mitte des Wohnraums – der gleiche, der auch in ihrem Quartier lag – standen überall Topfpflanzen. In großen und kleinen Kübeln, hängend und stehend. Sicher hatte sie beim Anbringen der Tageslichtlampen ihre Beziehungen genutzt.

»Wow«, murmelte Michael statt einer offiziellen Begrüßung. »Das habe ich lange nicht mehr gesehen.«

Rosie, die sie freundlich hereingebeten hatte, zog fragend die Augenbrauen hoch.

»Also, streng genommen noch nie«, ergänzte er hastig.

Sie zeigte auf eine kleine Sofagruppe, und Cap ließ sich nicht zweimal bitten. Sein Körper sank in die Polster wie in weiche, frische Kiefernnadeln.

»Die Quartiere hier sind an sich schon außergewöhnlich, keine Frage«, begann Rosie. »Aber trotzdem brauche ich ein wenig Leben um mich. Der Luxus einer komplett privaten Unterkunft kann auch ein bisschen bedrückend sein. Und da ich meinen Kater bei meinem Bruder lassen musste, dachte ich –«

»– Sie bringen die ehemaligen Subtropen mit«, ergänzte Michael. Seine Finger fuhren forschend über die Blätter einer lila blühenden Pflanze, die ihre Blüten ausbreitete wie einen Fächer.

»Das hört sich alles ein wenig überheblich an, oder?«, sagte sie entschuldigend.

»Ich find's umwerfend«, sagte Michael und lümmelte sich dermaßen ungeniert auf das Sofa, als wäre er hier zu Hause.

Cap schaute interessiert von seinem Freund zu Rosie. Entging ihm hier gerade etwas? Larissa wäre in der Lage, die subtilen Schwingungen zwischen den beiden zu deuten. Er jedoch konnte sich nur wundern. Er hatte Rosie nur kurz kennengelernt und sie als eine interessante, sympathische Gesprächspartnerin empfunden. Hier steckte jedoch mehr dahinter. Zwischen Rosie und Michael ging etwas völlig anderes ab.

»Kann ich euch was zu trinken anbieten?« Sie deutete mit der Hand in Richtung Küchenzeile. »Ich habe von der Erde Zitronen mitgebracht.«

Cap entfuhr ein anerkennender Pfiff. Das ist wohl keine Hexerei für jemanden, der Kontakte zur First Class unterhielt, dachte er. Tess dagegen hatte noch niemals in ihrem Leben Zitrusfrüchte in der Hand gehalten.

Neben ihm nickte Michael enthusiastisch. »Limonade!«

Bevor sein Freund sich überschlug, ergriff Cap das Wort. »Dies ist leider kein Freundschaftsbesuch, Rosie. Ich wünschte, es wäre einer, aber wir sind hier, um etwas mit dir zu besprechen. Und um dir einige Fragen zu stellen.«

Das Messer in ihrer Hand blieb in der Luft stehen, als Rosie sich umdrehte. Ihre Augen weiteten sich. »Cap, wenn du mich da in etwas hineingeritten hast, nur weil ich aus Versehen vom Verkauf des Weizens sprach –«

»Nichts dergleichen«, unterbrach er sie.

»Moment. Der Weizen soll verkauft werden?« Michael löste sich aus seiner entspannten Haltung und beugte sich neugierig vor.

»Das tut momentan nichts zur Sache.«

»Doch, Cap, ich denke schon«, erwiderte sein Freund.

»Nicht jetzt, Michael«, bat Cap.

»Was ist denn nun passiert?«, fragte Rosie ungeduldig.

»Okay. Seit Kurzem werden die Com-Kanäle der Stationsbewohner überwacht«, begann Cap.

»Weiß ich. Gibt es ein Problem?«

»Gespräche oder Nachrichten werden ausgewertet«, schleppte er sich weiter vorwärts. »Und zwar ohne Ausnahme alle.«

Rosie stand vor der schmalen Küchenzeile, das Messer immer noch in der Hand. »Kommst du mal zur Sache, bitte?«

Michael, der sich aus dem Sofa gekämpft hatte, um Rosie bei der Limonadenzubereitung zur Hand zu gehen, räusperte sich. »Es gibt keinen Grund zur Sorge. Es gab nur gewisse … Verdachtsmomente.«

»Verdachtsmomente? Abstruser Scheiß!«, stieß sie hervor. »Um was geht es konkret?« Dann schien es ihr zu dämmern. Vorsichtig legte sie das Messer zur Seite und stemmte die Hände in die Hüften. »Huggins überwacht die Kommunikation wegen des Attentats. Meine Güte, da hätte ich auch schon früher drauf kommen können, aber die Wiederausstattung des Labors nimmt mich derart in Beschlag …« Sie hob ruckartig den Finger. »Es ist doch das Feld, oder? Es reicht Hong nicht, zu wissen, dass es die Konkurrenz war, die das Feld in die Luft gejagt hat. Er will Klarheit haben, ob sich der Attentäter noch auf der Station aufhält. Und da mein Onkel im Wasserkopf der Organisation von Harvest Top sitzt, glaubt ihr nun …« Sie lachte ohne Freude. »Das ist nicht euer Ernst.«

»Wir glauben gar nichts«, betonte Michael.

»Falsch«, korrigierte Cap. »Wir glauben, dass es genau das ist, was du sagst: abstruser Scheiß, den Huggins in die Welt gesetzt hat.« Am liebsten hätte er ihr gesagt, dass es der Brigadier selbst gewesen war, der das Feld in die Luft gejagt hatte.

»Aber die Security greift nach jedem Strohhalm?«, fragte sie argwöhnisch. »Jemand hat Kontakte zu einer Firma, die die technische Ausstattung für die Felder auf den SpaceSeed-Stationen liefert. Das bin ich. Und dann schlussfolgert man sofort, dass nur dieser Jemand dafür verantwortlich sein kann, dass nicht nur Menschen gestorben sind, sondern auch dafür, dass Bewohner wie Vieh in irgendeiner verschissenen Lagerhalle zusammengepfercht werden« – ihre Stimme wurde lauter – »und bei Rundumbewachung vor sich hin vegetieren müssen.«

»Nicht man. Aber Huggins«, berichtigte Michael.

Sie funkelte ihn an. »Ach, und ihr seid hier in … welcher Funktion genau?«

Cap schloss kurz die Augen. Es lief beschissen. »Wir sind hier, um dich zu unterstützen, denn wir können uns nicht vorstellen, dass du mit alldem etwas zu tun hast.«

»Natürlich habe ich nichts damit zu tun! Und wie, wenn ich fragen darf, soll diese Unterstützung aussehen?«

Mit dieser Frage hatte Rosie den Finger in die Wunde gelegt. Nein, einen Dolch in die Wunde gesteckt und ihn ein paar Mal darin herumgedreht.

»Wir wollen gemeinsam mit dir eine Idee entwickeln«, sagte Cap und warf Michael einen Jetzt-wäre-es-Zeit-für-einen-Vorschlag-Blick zu, aber sein Freund schaute ins Leere.

Für eine Weile herrschte Stille in Rosies Dschungel.

»Ich habe ebenfalls Kontakte«, sagte Michael schließlich.

»Bitte?«

»Cap, lass mich ausreden.«

»Kontakte zu wem?«

»Cap!« Michael hob beschwichtigend die Hände. Er drehte sich zu Rosie, die ihn jetzt mehr erstaunt als erbost anschaute. »Ich könnte etwas arrangieren, das Sie herausmanövriert.«

»Sie meinen, weg von Kopernikus?«, hakte sie nach.

Michael schüttelte den Kopf. »Das wäre zu auffällig. Huggins würde das als Schuldeingeständnis interpretieren.«

»Wäre das schlimm?«

»Nun, es würde Sie verfolgen«, gab er zu bedenken. »Das ist nichts, was Sie sich für Ihre Karriere wünschen.«

»Ich verstehe.« Sie verschränkte die Arme vor der Brust.

Michael nickte. »Gut, dann überlege ich mir was. Und ich beeile mich damit, Ehrenwort. Aber … was hat es mit dem Weizenverkauf auf sich? Ist das wahr?«

Sie senkte den Blick. »Ich habe etwas aufgeschnappt, als ich meinen Onkel vor ein paar Monaten in seinem Büro bei einem Gespräch überrascht habe. Der Weizen wird nicht verschenkt oder zu einem symbolischen Preis verteilt.«

»Und Sie wollten das für sich behalten? Warum haben Sie es nicht der NH gemeldet?«, fragte Michael.

»Meine Familie hängt da drin! Was hätte ich machen sollen?«

Michael schnaubte. »Ein anonymer Tipp vielleicht?« Er fing Rosies verzweifelten Blick auf. »Gut. Schieben wir diese Scherereien erst einmal zur Seite und widmen uns den anderen. Lasst mich darüber nachdenken.« Gedankenverloren strich er über die Flosse der Meerjungfrau seines Tattoos. »Mir fällt schon was ein.«

Rosie betrachtete ihn ruhelos. »Was sollte das sein?«

Cap stand ebenfalls auf. »Noch mal zurück, bitte. Was für verdammte Kontakte hast du«, fragte er zu Michael gewandt, »die Rosie davor bewahren, in der Arrestzelle zu landen?«

»Könnten wir das unter vier Augen besprechen?«

»Dafür ist es ein wenig zu spät, findest du ni–« Kleine Ameisenfüße trampelten heftig unter seiner Schädeldecke und kündigten eine Transmission von Larissa an. Stöhnend fiel er zurück aufs Sofa.

»Das ist verdammt mieses Timing!«, schickte er ihr verzweifelt.

»Es ist wichtig.«

»Das hier ist wichtiger! Larissa, das passt mir jetzt überhaupt nicht!«

»Ist alles in Ordnung, Cap?« Rosie beugte sich über ihn. »Du bist auf einen Schlag furchtbar blass geworden. Macht dir die Luft im Quartier zu schaffen? Ist die Feuchtigkeit zu hoch?«

»Cap«, sandte Larissa. »Ludd ist hier. Er steht direkt vor mir in unserem Quartier.«

»Dann schick ihn eben weg!«

Michaels Hand legte sich auf Caps Schulter. »Du siehst echt nicht gut aus, Mann. Es tut mir leid, dass ich den Geheimniskrämer spiele, aber manche Dinge … Ich erklär's dir später, in Ordnung? Momentan ist nur wichtig, dass ich glaube, Rosie aus der Sache heraushalten zu können.«

»Geht nicht.« Larissa wollte nicht aus seinem Kopf verschwinden. »Du musst herkommen. Denk dir was aus.«

»Würdest du bitte abschwirren. Jetzt!« Cap versuchte, die Stimme in seinem Kopf zu isolieren, zu umgehen, auf irgendeine Art zu unterdrücken, aber es wollte ihm nicht gelingen. Ihre Gedanken hafteten an seinen Neuronen, wickelten sie ein. Sein Fokus verschob sich. Rosies besorgtes Gesicht und Michaels eindringliche Stimme nahm er wie aus einem Nebenzimmer wahr.

Schließlich sandte Larissa einen Satz, der ihn endgültig aus dem Konzept brachte. »Cap, es geht um Tess.«

DER LÜSTER

»'tschuldigung«, wiederholte Cap nun schon zum vierten Mal, während er sich einen Weg durch den Korridor Richtung Mannschaftsquartier bahnte. Die zweite Feldschicht war gerade zu Ende gegangen. Orange und blaue Overalls strömten aus den Lifts in Richtung der Bars, die wie die Unterkünfte auf Ebene C der Raumstation lagen.

Er wich einer Gruppe aus, die stehen blieb und offensichtlich darüber diskutierte, ob man nun ins Dreamz oder ins Good Day Sunshine gehen sollte, und rannte beinahe Michael über den Haufen.

»Wie …?«, fing Cap an, bevor ihm einfiel, dass sich der Korridor wie ein Ring um die Ebene legte. Michael musste die andere Richtung genommen haben und ihm entgegengelaufen sein.

»Hör zu«, begann sein Freund atemlos. »Ich habe gerade meinen umwerfenden Charme eingesetzt, damit mich die englische Rose nicht an ihre fleischfressenden grünen Mitbewohner verfüttert, also gib mir bitte fünf Minuten.«

»Du hast drei«, sagte Cap und setzte sich wieder in Bewegung. »Ich hab's eilig.«

»Du siehst übrigens besser aus.«

»Zweieinhalb.«

»Na schön.« Michael wechselte mit gesenkter Stimme ins Deutsche und hielt Schritt. »Erstens: Die Nummer, die ihr am Hangar durchgezogen habt, war beeindruckend inszeniert – wie Larissa so treffend bemerkte: melodramatisch. Und außer mir haben sie wohl alle geschluckt. Zweitens –« Michael hinderte Cap mit erhobenem Zeigefinger daran, ihm ins Wort zu fallen. »Zweitens: Ludd ist ein kleines Licht, das es liebt zu strahlen wie ein beschissener Lüster.«

Lüster. Schon wieder ein Begriff von Michael, mit dem Cap nichts anzufangen wusste.

»Das kommt Hoshi gerade recht, denn es hat bis jetzt von ihm selbst abgelenkt. Allerdings«, fuhr Michael fort, »glaube ich, dass ihm gerade der Geduldsfaden reißt, sonst hätte er sich nicht als ›Shogun‹ geoutet.«

Abrupt blieb Cap stehen. Der Groschen war gefallen.

»Du bist es.« Jetzt, wo er es aussprach, wunderte sich Cap, warum es ihm nicht früher in den Sinn gekommen war. Michaels seltsame Äußerungen, seine Kenntnis von Dingen, über die er rein gar nichts wissen konnte, das Hasch-mich-Spiel im Wohnwagen, als die Security nach Frischfleisch suchte, das »Das habe ich lange nicht mehr gesehen« beim Betreten von Rosie Wards Quartier. Das alles ergab mit einem Schlag einen Sinn. Er holte tief Luft. »Du bist nicht aus Versehen hier. Du hast dich nicht zufällig im Camp erwischen lassen. Du bist der Spion! Aber warum? Scheiße, bist du aus der First Class?«

Sein Freund schüttelte vehement den Kopf. »Zu den Arschgeigen gehöre ich nicht, Cap. Aber ich kann mich nicht genug bei dir entschuldigen. Nicht nur weil ich deine Mutter für meine Zwecke benutzt habe. Ich habe mich nahezu aufgedrängt, damit sie mich in den Wohnwagen lässt. Völlig klar, dass mich Schwarz' Leute dort finden würden. Es musste überzeugend wirken.« Er klang zerknirscht. »Das Leben bei euch … Das war nicht einfach. Mich im Zeltlager einzuleben hat mich oft an meine Grenzen gebracht.«

»Ach ja? Und hat es dich auch an deine Grenzen gebracht, dir von Monica das Essen bringen zu lassen, während du genau wusstest, dass diese Scheißbalanceregel nur ein Vorwand ist, um Kinder zu verkaufen wie Enhancements?«

Michael schluckte. »Das mit den Säuglingsentführungen war für meine Arbeitgeber ein Gerücht, dem ich nachgehen sollte. Deswegen bin ich hier. Die NH will über die Abläufe auf der Station informiert werden. Das muss auch Huggins spitzgekriegt haben, weswegen er jetzt vorgibt, nach dem Attentäter zu suchen, obwohl er einen Spion sucht.«

»Aber dann ist der Raumer in den Weltraumschrott geraten, und du bist ausgefallen. Wie entsetzlich«, ätzte Cap und machte Anstalten zu gehen.

»Cap, hör zu.« Michael hielt ihn am Ärmel fest. »Ich bin hier, um nach einer Lösung zu suchen.«

»Für das alles hier?« Cap breitete die Arme aus. »Wie wäre es mit einer größeren Explosion? Eine, die nicht nur das Feld und ein paar Leute mitnimmt, sondern alles? Bumm! Problem gelöst.«

»Himmel, jetzt sei nicht so stur. Ich verstehe, dass du sauer bist. An deiner Stelle wäre ich es auch.«

Cap zwang sich dazu, tief durchzuatmen. Der Mann, der ihm gegenüberstand und an seinem Meerjungfrauentattoo herumkratzte, war immer noch sein Freund. Zumindest fühlte es sich so an. »Scheiße, Michael. Ich bin enttäuscht. Sei lieber vorsichtig, vielleicht stecke ich dich irgendwann in den Müllschlucker, wenn du nicht damit rechnest.« Er schaffte ein zögerliches Lächeln. »Ist stark davon abhängig, wie du Rosie jetzt aus dem Schlamassel rausholst. Und wie deine Pläne sonst so aussehen. Du weiß, was ich von der NH halte.«

»Du kannst mir vertrauen«, sagte Michael mit gesenkter Stimme, obwohl das Stimmengewirr auf dem Korridor ihre Überhaltung für alle anderen unhörbar machte. »Das konntest du immer. Und du solltest wissen, dass ich niemals gegen euch vorgehen würde.«

»Euch?«

»Larissa, Fenna, Nia, dich. Louis. Tess … Verdammt, Cap, ich erzähle dir alles ausführlich, wenn wir unter uns sind. Momentan kann ich dir nur versichern, dass du auf mich zählen kannst.«

»Was ist mit Hoshi?«

»Bin ihm noch nie begegnet.«

»Unterstützt die NH die Ludditen?«

»Interessante Frage. Nein, tun sie nicht. Die NH beobachtet deren Aktionen mit Neugierde. Sie will aber genauso wissen, was SpaceSeed hier treibt. Sag mir bitte, was du jetzt vorhast. Was war das vorhin?«

Cap sah keinen Grund mehr, mit der Wahrheit hinter dem Berg zu halten. Abgesehen davon hatte er Versteckspielen allgemein kräftig satt. Larissa hatte recht. Man konnte Dinge nicht ewig für sich behalten, es machte einen irre. Selbst Michael konnte es nicht, und es war immerhin sein Beruf.

»Es geht um Tess. Ich kenne die Details noch nicht, aber Larissa meinte, es sei dringend.« Als er es aussprach, fiel ihm auf, wie hirnrissig sich das anhören musste. »Ludd wartet in unserem Quartier auf mich.«

»Interessant. Dein Com hat sich aber nicht gemeldet.«

»Ich höre sie.«

Michael musterte ihn durchdringend. »Wen? Wie?«

»Larissa. In meinem Kopf. Seit dem Unfall auf dem Feld. Seitdem wir diesen blauen Dreck eingeatmet haben.«

»Scheiße.« Sein Freund schnappte nach Luft. »Ich dachte, ihr zwei seid resistent gegen das Zeug?«

»Ich rede ja auch nicht davon, dass ich mir gleich die Kleider vom Leib reißen und deine Leber fressen werde. Das wirkt sich bei uns anders aus.«

»Anders in dem Sinne, dass ihr telepathisch kommuniziert?!«

»So ähnlich. Nia hatte uns doch erklärt, dass die Vergiftung auf das limbische System wirkt, also was im Hirn verändert.«

»Deine Amygdala ist derart mutiert, dass du jetzt Larissas Gedanken hören kannst? Wow!«

»Wir hören uns gegenseitig. Und nein: Das ist nicht … wow, sondern zuallererst gewöhnungsbedürftig. Es gehört einiges an Übung dazu, es in die richtigen Bahnen zu lenken und zu kontrollieren. Wir haben lange gebraucht, um es einigermaßen in den Griff zu bekommen.« Das Thema war ihm unangenehm, also fragte er Michael: »Hast du Zugriff auf Informationen, an die andere nicht herankommen? Ist das der Grund für deine Art, dich manchmal seltsam auszudrücken?«

Michael schlug ihm brüderlich auf die Schulter. »Ich habe meine Nase jahrelang in unzählige Datenbanken gesteckt, Cap. Willst du was Bestimmtes wissen?«

Cap schüttelte den Kopf. »Kann aber hilfreich werden.«

»Kann es. Wir reden nachher in Ruhe. Meine Edelrose erwartet mich.« Rasch wurde er wieder ernst. »Vergiss nicht, um was auch immer es gehen mag: Verlange Hoshi als Gesprächspartner. Ludd plustert sich gerne auf wie ein Gockel und mag rhetorisch die Nase vorn haben. Aber er denkt unstrukturiert, und von Politik hat er keine Ahnung. Und er liebt es zu intrigieren.«

***

»Warum Tess?«, fragte Cap verärgert, nachdem ihn der Professor mit den ihm eigenen weitschweifigen Erklärungen auf den neuesten Stand gebracht hatte.

Ned Ludd wich ein paar Schritte zurück, als ob er Caps Wut Platz machen wollte, und rückte fiebrig seine Brille zurecht. »Ich dachte, das sei offensichtlich. Sie ist Ihre kleine Schwester, die den großen Bruder wiederhaben will – und sie ist die Einzige, die in den Luftschacht passt.« Schnell schob er hinterher: »Was für uns selbstverständlich von sekundärer Bedeutung ist.«

»Er dreht schon die ganze Zeit über am Rad«, sandte Larissa in Caps Kopf.

»Das tue ich auch, verdammt«, schickte er zurück.

Nervös wippte Ludd auf den Zehenspitzen, was bei seiner Statur wirkte, als würde sich ein Mops vor dem Langstreckenlauf auflockern. Dann nahm er auf dem Sofa Platz. »Ciara, die in Neu-Berlin für uns die Koordination übernommen hat, tut alles, um Ihre Schwester zu befreien.«

»Und das wäre?«, knurrte Cap.

»Sie ist mit den Örtlichkeiten vertraut und arbeitet außerdem im Team von Markus Schwarz. Ich nehme an, dass sie gerade dabei ist, Tess aus seinen Fängen zu befreien.«

»Aus seinen Fängen! Wissen Sie, Mister Ludd«, sagte Cap. »Manchmal sollten Sie versuchen, Dinge stilistisch weniger literarisch zu verpacken.«

»Tut mir leid, das klang wohl etwas pathetisch. Natürlich geht es Tess gut.« Ludd brach ab, als ob er sich sammeln müsste. »Es steht nicht zu befürchten, dass Schwarz ihr irgendetwas antut. Ich meine, sie ist noch ein Kind.«

»Das klingt nicht sehr überzeugend, Ludd!«

Tess war kein verhätscheltes Mädchen des First-Class-Zirkels; sie war ein Kind des Camps und dementsprechend hart im Nehmen. Raufereien, kleinere Diebstähle, Nachtwachen am Lagerfeuer, die Rekrutierungen der Security: All das hatten sie in Kauf genommen. Dass Louis sie jedoch den Ludditen angeboten hatte wie einen Kanister Wasser – einen Schatz, für den nicht wenige im Camp ihr Leben riskieren würden –, das schlug Cap auf den Magen.

Der Zeigefinger des Professors rückte erneut den Steg seiner Brille zurecht. »Natürlich werde ich Sie informieren. Bald. Ich wollte damit nur verbalisieren, dass Ciara sich des Ganzen annimmt. In diesem Augenblick. Und ich will hinzufügen, dass Ihre kleine Schwester Großartiges geleistet hat, Mister Hallberg. Großartiges! Die Kommunikation ist in den meisten Quartieren wiederhergestellt. Nur aus diesem Grund ist es mir überhaupt möglich, Sie über die Situation zu informieren. Mein eigenes Terminal« – er räusperte sich geziert – »kann ich leider noch nicht benutzen, aber dafür das eines Vertrauten in Quartier 5.28. Und auch Ihres steht Ihnen wieder uneingeschränkt zur Verfügung.«

Larissa und Cap sahen sich an. Keiner der beiden hatte auch nur eine Sekunde daran gedacht, das Kommunikationsterminal für Nachrichten zur Erde zu benutzen. Wozu auch? Die Camps verfügten über keinerlei Möglichkeit, sie zu empfangen. Jetzt aber war der Aktionsradius deutlich größer geworden.

»Wo ist Fenna?«, sandte Cap zu Larissa.

»Bei Nia. Anscheinend verlässt sie Kopernikus mit dem gleichen Shuttle wie Hong«, antwortete sie mental.

»Was? Sie verabschiedet sich schon?«, schickte Cap entgeistert und hörte Larissa bejahen.

»Mister Hallberg, ich frage ungern«, riss ihn Ludd aus der Transmission. »Kann man sich auf die Verschwiegenheit Ihrer Schwester verlassen?«

Er lachte freudlos auf. »Hätten Sie sich das nicht früher überlegen müssen? Dass eine Elfjährige sich unter Umständen leichter unter Druck setzen lässt als …« Das »Sie« kam Cap nicht über die Lippen. Er war davon überzeugt, dass Ludd unter Zwang plappern würde wie ein antiquiertes Radio. »… als ein Erwachsener? Meine Schwester riskiert in diesem Augenblick für Ihre Organisation ihr Leben! Und wie Sie selbst sagten: Sie ist noch ein Kind. Und: Da Sie sie in Gefahr gebracht haben –«

»Ja?«, fragte Ludd lauernd.

Cap schwieg. Er starrte dem Professor so lange ins Gesicht, bis sich Erkenntnis darin abzeichnete.

»Oh! Ich verstehe«, erwiderte er.

»Schön«, kommentierte Cap knapp.

Ludds Finger zuckten durch sein wirres Haar. »Sie wollen eine Entschädigung.«

Caps Blicke durchbohrten ihn wütend.

»Falscher Begriff, natürlich«, beeilte sich Ludd zu versichern. »Eine Information vielleicht? Darf ich fragen, nach wem sich meine … ähm … Quelle erkundigen soll?«

»Der Name ist Marge«, antwortete Cap.

Ludd fixierte ihn. »Wie weiter?«

»Hallberg. Ich möchte, dass Sie sie innerhalb der First Class ausfindig machen.«

»Hm«, murmelte der Professor. »Ihre Cousine? Nicht Ihre Mutter, nehme ich an, dafür sind Sie nicht jung genug. Nichts für ungut, Mister Hallberg, aber Ihre werte Frau Mama muss mindestens sechsundvierzig Lenze zählen, wenn man das durchschnittliche Gebäralter der Frauen in den Camps berücksichtigt. Nicht die geeignete Lebensperiode für die First Class –«

»Seine Schwester!«, unterbrach Larissa den Redeschwall gereizt.

»Hm«, machte Ludd erneut. »Ich will schauen, was sich machen lässt. Ort?«

»Neu-Berlin.«

»Hm«, brummte der Professor ein drittes Mal. »Momentan äußerst schwieriges Terrain, unter den gegebenen Umständen. Aber wie gesagt: Ich tue mein Bestes.«

Das Bedürfnis, Ludd hier und jetzt eine reinzuhauen, durchquerte mehrmals Caps Gehirn. In seiner Wut fiel es ihm schwer, seine Gedanken von Larissa abzuschirmen.

»Ich würde dich nicht daran hindern«, hörte er sie prompt unter seiner Schädeldecke. »Ich muss meine Meinung über ihn bedauerlicherweise revidieren. Er ist ein aufgeblasener Mistkerl und scheint nicht den geringsten Durchblick zu haben. Ich hätte nie gedacht, dass ich Huggins einmal zustimmen würde, aber: Ludd ist ein Wichtigtuer.«

Cap sah in ihre vor Wut blitzenden Augen und sandte ihr: »Wir werden jetzt ein paar Dinge klarstellen.«

Laut sagte er: »Da ist noch etwas, Professor.«

»Aber immer, Mister Hallberg. Stets zu Diensten. Vor allem, da Ihre Familie nun eine dermaßen signifikante Rolle in –«

»Wenn Sie so freundlich sein würden, eine Verbindung zu Shogun herzustellen.«

»Bitte?«

»Ich würde gerne mit Hiroyuki sprechen«, wiederholte Cap genüsslich langsam.

Ludds Miene verfinsterte sich. »Geht es um die Hermion?«

»Nein, um Tess. Unter anderem. Es gibt einiges, was ich gerne mit ihm selbst beratschlagen würde.«

»Aber ich schenke Ihnen jederzeit ein offenes Ohr. Ich bin Ihr Ansprechpartner. Ich sitze vor Ihnen, Mister Hallberg.« Ludds Stimme klang wie die eines kleinen Kindes, und seine Hand umklammerte die Lehne des Sofas.

»Das ist mir nicht entgangen.«

Die Miene des Professors wechselte von Empörung zu Resignation.

»Er ist eine Schachfigur!«, erklang Larissas Stimme in Caps Gehirn. »Meine Güte, er ist eine Marionette, und Hiroyuki zieht die Fäden!«

»Zumindest versucht er es.«

»Hiroyuki ist ein ausgefuchster Hund. Ich fange an, ihn zu mögen. Nur ein wenig.«

»Ich finde ihn schon seit der Sache mit deinem Oberschenkel sympathisch. Hätte schließlich auch meiner sein können.«

Larissa lachte laut auf.

Ludd sah sie entgeistert an.

***

Widerwillig und mit verkniffenen Gesichtszügen stellte der Professor eine Verbindung zur Hermion her. Nach ein paar kurzen Worten der Begrüßung wurde er von Hiroyuki Hoshi, der sehr erfreut schien, Cap zu sehen, aus dem Quartier komplimentiert. Larissa und Cap hatten das Terminal auf den Couchtisch gestellt, saßen vornübergebeugt auf dem Sofa und schauten in das Gesicht des Mannes, der sich Shogun nannte.

»Ich bin froh, dass wir endlich Kontakt aufnehmen können, Cap«, sagte Hiroyuki. »Das haben wir deiner Schwester zu verdanken.«

»Was unternehmt ihr, um sie zu befreien?«

»Alles. Mehr kann ich dir nicht sagen. Nicht weil ich es nicht will, sondern weil ich es selbst nicht weiß.«

»Vertraust du dieser Ciara?«

»Bis jetzt hat sie mir keinen Grund gegeben, es nicht zu tun. Schau mich an, Cap. Ich wiederhole es noch einmal: Tess wird nichts geschehen. Ciara holt sie da raus.« Hiroyukis mandelförmige Augen sandten pure Vertrauenswürdigkeit.

»Weißt du, Hiroyuki, mit dem Blick kannst du einem Camp-Bewohner einen Sandkasten verkaufen«, sagte Cap und grinste. »Ich kann von hier ohnehin nichts ausrichten. Also muss ich dir glauben. Aber wenn du sie mir nicht heil zurückbringst, dann –«

»– wird ein Loch in deinem Oberschenkel das Mindeste sein, über das du dir Sorgen machen musst«, ergänzte Larissa.

»Ist angekommen.« Hiroyuki salutierte und wurde gleich wieder ernst. »Ich bringe euch jetzt auf den neuesten Stand. Wie ihr mitbekommen habt, ist Ludd mein … nennen wir es Stellvertreter auf Kopernikus. Obwohl das die Sache nicht ganz trifft.«

»Vasall?«, schlug Larissa vor.

Hiroyuki hob die Augenbrauen. »Nein. Nachdem er hochkant aus seiner Anstellung als Privatlehrer einer First-Class-Familie geflogen war, weil er sich abwertend über die Enhancements seiner Schüler geäußert hatte, war er uns mit seiner eloquenten Art zunächst äußerst willkommen.«

Cap ließ sich zurücksinken und legte den Kopf auf die Rückenlehne des Sofas. »Ihr habt ihn auf Kopernikus geschickt?«

»Wir haben es arrangiert, das stimmt. Er sollte ein wenig für Ablenkung sorgen, während wir uns Gedanken über unser weiteres Vorgehen machten. Zudem habe ich mich für das Security-Team auf Kepler beworben. Auf diese Art konnte ich das Ganze ein wenig im Blick behalten. Jedoch hat Ludd mehr und mehr Aufgaben an sich gerissen. Seine Art, sich zu präsentieren, war schon immer gewöhnungsbedürftig. Er schießt leicht übers Ziel hinaus«, fuhr Hiroyuki fort. »Zuerst haben wir ihn walten lassen. Als er der Gruppe von Menschen, die er mit seinen Kantinenreden um sich schart, den Namen Ludditen gab, wurde ich jedoch hellhörig. Da sich dieser Begriff unter unseren Anhängern etablierte, habe ich ihn nicht korrigiert. Das war ein Fehler. Auch von den verbalen Schlachten, die er sich mit dem Brigadier geliefert hat, habe ich Kenntnis. Er ist dabei, die Feldarbeiter komplett für seine Zwecke zu instrumentalisieren. Ich habe also keinen verlässlichen Ansprechpartner mehr auf der Station. Außer euch.« Der wahre Wortführer der Untergrundkämpfer blickte nicht mehr ganz so charmant in die Kamera. »Er ist ein Risiko geworden.«

Alarmiert setzte sich Cap aufrecht. »Risiko?«

»Er improvisiert. Hält sich nicht an Vereinbarungen.«

»Was will er uns damit sagen?«, fragte Larissa entsetzt in Caps Hirn.

»Er muss in seine Schranken gewiesen werden«, fuhr der Japaner fort. »Momentan bin ich noch unschlüssig, auf welche Art das geschehen soll. Und da ist noch etwas. Einige der Arbeiter, die dem Professor nachfolgen, haben sich inzwischen radikalisiert. Der Aufstand am Hangar bei eurer Ankunft war nur ein Appetithäppchen. Das war nicht von mir abgesegnet.«

»Und wie sieht der Hauptgang aus?«, erkundigte sich Larissa vorsichtig.

Hiroyuki stellte eine Gegenfrage: »Wann wird Liang Hong die Station verlassen?« Seine dichten Augenbrauen berührten sich fast, so angespannt blickte er in die Kamera.

Augenblicklich zog es in Caps Magen unangenehm. »Heute noch. Voraussichtlich in den nächsten Stunden. Die genaue Abdockzeit kennen wir nicht. Warum?« Kaum hatte er die Frage gestellt, kannte er auch schon die Antwort.

Als Hiroyuki dies bestätigte, liefen Caps Gedanken Amok. Larissa stieß einen kleinen Schrei aus.

Das Shuttle, das den Geschäftsführer von SpaceSeed von der Station nach Neu-Peking bringen sollte, würde sein Ziel nie erreichen.

»Ich kann das nicht mehr verhindern«, stellte Hiroyuki klar. »Mir selbst ist es erst vor Kurzem zu Ohren gekommen. Die Konfuzius hat jegliche Kommunikation mit uns eingestellt, Hongs Pilot muss übergelaufen sein zu Ludds unstrukturiertem Tross. Sich selbst mit allen anderen in die Luft zu jagen ist kompletter Schwachsinn. Solch einen Befehl würde ich meinem Team niemals geben. Ludds Gurkentruppe jedoch scheint nichts zu hinterfragen. Denn was soll durch dieses Attentat erreicht werden? Wissen der Professor und seine Entourage überhaupt, wer Hong an der Spitze von SpaceSeed ersetzen wird? Natürlich nicht!« Hiroyuki hatte sich in Rage geredet. »Ihr seid vor Ort, ihr könnt das noch verhindern.«

Es gab also eine Art Splittergruppe, die sich auf Kopernikus befand. Ludd war nicht nur ein Wichtigtuer, sondern auch größenwahnsinnig. Und nun sollten er und Larissa Hongs Leben retten. Cap hätte beinahe gelacht. Doch dann fiel es ihm wieder ein:

Fenna würde dieses Shuttle ebenfalls besteigen.

KONFUZIUS

Als die Konfuzius, das Schiff von Liang Hong, Geschäftsführer von SpaceSeed International, Vater von drei illegal erworbenen Kindern, Ehemann einer mit Enhancements überfrachteten Ehefrau und Besitzer einer glaskuppelüberdachten Villa in Neu-Peking, explodierte, saß Brigadier Lawrence Huggins auf dem englischen Rasen im Arboretum und besoff sich. Er träumte von einem London, das noch nicht von den Wassermassen der schmuddeligen Themse überflutet worden war, von Wind auf seiner Haut und einem leichten Regenschauer. Das Spektakel, das sich über seinem Kopf im All abspielte, schrieb er dem Alkohol zu. Erst als sich aus der galaktischen Performance etwas Großes löste und auf ihn zuschoss, begriff er, dass etwas Bedeutsames vor sich ging.

Im gleichen Moment schlugen die ersten Trümmerteile der Konfuzius in die Aussichtskuppel des Arboretums ein. Die Hülle war dick genug, um dem ersten Hagel standzuhalten, aber selbst in seinem Zustand konnte Huggins unschwer erkennen, dass sich Risse in der Haut bildeten. Risse, die sich krachend ausbreiteten, bis das Material schließlich nachgeben würde.

Schon wenige Sekunden später war es so weit.

Lawrence ließ verdattert die Flasche Jameson neben eine Birke plumpsen, als der schrille Alarm einen Hüllenbruch verkündete. Im selben Moment spürte er sein Com vibrieren. Der kleine Riss in der durchsichtigen Aussichtskuppel des Arboretums entfaltete sich wie die Netzfäden einer fetten Spinne, die mächtig mies drauf war und sich mit der Arbeit beeilte, um noch etwas zum Abendessen zu fangen.

Auch die anderen Besucher, die ebenfalls hierhergekommen waren, um für eine Weile den Stationswahnsinn zu vergessen, schauten panisch in Richtung Kuppel, die ihre schützende Funktion alsbald aufgeben würde.

Dann rannten alle zugleich in die Mitte des Gewächshauses und auf den Ausgang zu.

***

Cap eilte zum Lift, als der Alarm loskreischte. Er war auf dem Weg zum Hangar, um zu retten, was noch zu retten war. Der Pilot musste überwältigt werden, die Konfuzius durfte nicht ablegen!

Nach dem Feuer auf dem Weizenfeld hatte er sich alle Warntöne angehört. Und diesen markerschütternden Krach, der jetzt durch den Korridor dröhnte, kannte er.

Hüllenbruch.

Die Konfuzius war hochgegangen.

Fenna, dachte er.

Menschen in Zivilkleidung, in orangen und blauen Overalls kamen ihm entgegengerannt, einige beugten sich vornüber und pressten sich die Hände auf die Ohren. Andere kamen auf ihn zu, mit weit aufgerissenen Augen, als ob sie von ihm sämtliche Problemlösungen der Milchstraße erwarteten. Cap wimmelte ihre Fragen mit bemüht freundlichen, kurzen Phrasen ab, half einem Mann auf, der gestolpert war, und traf schließlich mit einem Alten zusammen, den er zu kennen meinte.

»Sergeij, nicht?« Cap hielt ihn am hageren Arm fest.

Der Mann blieb mit vor Sorge zerfurchter Stirn stehen. »Mister Hallberg! Was ist passiert?«, stieß er hervor. »Katharina ist auf dem Feld. Ist dort wieder …? Sie müssen es mir sagen.« Seine Lippen zitterten.

»Nein. Zerbrechen Sie sich nicht den Kopf, Sergeij. Gehen Sie in Ihr Quartier. Bleiben Sie dort. Katharina wird gleich bei Ihnen sein, die nötigen Sicherheitsvorkehrungen werden eben getroffen.« Cap hoffte inständig, dass nicht erneut Ebene D von dem Unglück betroffen war. »Im Quartier bleiben, Sergeij«, wiederholte er bestimmt, legte dem verwirrten Mann die Hand auf den Rücken und gab ihm einen kleinen Schubs. Er hatte keine Zeit für lange Erklärungen. Ohne zu murren, taumelte der Alte den Korridor entlang und geriet inmitten seiner Kollegen außer Sicht.

Der Alarm plärrte unentwegt, und es dauerte eine Weile, bis Cap bemerkte, dass jemand versuchte, ihn über das Com zu erreichen. Nervös nahm er den Anruf entgegen. Es war Kaito.

»Wo bist du? Bin mit Diego auf Ebene C. Huggins antwortet nicht«, spulte Kaito ab.

Das war kein gutes Zeichen, da sich der Brigadier grundsätzlich Organisatorisches nicht gerne aus der Hand nehmen ließ. Und genau jetzt gab es einiges zu organisieren.

»Habt ihr Details?«, forderte Cap gehetzt. »Welche Bereiche sind betroffen?«

»Der Hüllenbruch ist im Arboretum. Mehr habe ich nicht herausbekommen, und das weiß ich auch nur, weil wir in dem Moment neben dem Barmann im Dreamz standen, der eine Nachricht von einer seiner Tänzerinnen bekam. Und dann ging schon der Scheißalarm los.«

Das Arboretum. Es spannte sich als Abschluss wie ein Schirm über den Pilzkopf der Station. Isoliert betrachtet war diese Ruhezone eine Ebene für sich. Aus unerfindlichen Gründen jedoch zählte man sie zu dem Ring, in dem sich auch das Feld befand. Ebene D. Eine Ebene über ihm. Cap dachte an Sergeij und Katharina. »Scheiße«, fluchte er. »Wie schlimm?«

»Kann ich nicht sagen. Die Mitteilung der Tänzerin beinhaltete nur einen Satz: Die Kuppel splittert. Was immer das zu bedeuten hat. Die Verbindung brach dann auch ab, und sie war nicht mehr zu erreichen.« Cap konnte hören, wie Kaito tief einatmete. »Es gibt so einiges, was ich auf dieser verschissenen Konserve ändern würde. Warum zum Henker wird einem nicht mitgeteilt, wo genau ein Hüllenbruch aufgetreten ist? Stattdessen schreien Mann und Maus herum und rennen kopflos durch die Gegend. Ich erreiche auch Beljajew nicht. Vermutlich sind die unten genauso am Durchdrehen wie alle anderen. Das ist doch zum Kotzen! Jetzt brauche ich die Zicke einmal, nur ein einziges Mal – und sie meldet sich nicht!«

Mit »unten« war die Kommandozentrale gemeint, die sich als Reif über den Hangarbereich schmiegte, der an der pilzförmigen Raumstation den oberen Teil des Stängels bildete, in dem die zwei Aufzüge fuhren.

Cap hatte Kaito noch nie derart durch den Wind erlebt. Er selbst durfte nicht auch noch den Kopf verlieren. Konzentrier dich, verdammt, ließ er als Mantra in sich kreisen. Es funktionierte. Die Faust, die seine Innereien hielt, öffnete sich langsam. Er konnte besser atmen. Das Bewusstsein, dass er jetzt, in diesem Augenblick, Entscheidungen treffen musste, normalisierte seinen Blutdruck. »Versucht, Nia zu erreichen. Sie soll ihr Team nach Ebene D und C schicken.«

»Zu Ebene C? Du glaubst, da kommt noch was?«, hakte Kaito nach.

Cap dachte an den Weltraumschrott, der die Hülle des Raumers, in dem er mit Larissa und Michael hierhergekommen war, durchlöchert hatte wie Pappe. »Bei dem Arboretum wird es vielleicht nicht bleiben.«

»Kacke! Wie konnte das passieren?«

»Hongs Shuttle ist explodiert.«

»Du willst mich wohl verarsch …! Ist … Fenna …?«

»Kaito«, unterbrach ihn Cap. »Lass uns jetzt nicht darüber nachdenken, bitte! Nia muss informiert werden, Diego soll zur OPS und du selbst setzt dich in Huggins' Büro vor die Überwachungskameras und hältst mich auf dem Laufenden. Ich will nicht auf Beljajew angewiesen sein.« Da fiel ihm ein, dass Huggins sein Büro in seiner Abwesenheit stets abriegelte. Cap sah verzweifelt an die Korridordecke und ballte eine Hand zur Faust. Am liebsten hätte er sie in eine Wand krachen lassen. Nicht das auch noch! Wenn Huggins sich nicht dort befand, und das tat er offensichtlich nicht, sonst hätte er Kaito sicher geantwortet, waren sie vollkommen auf Informationen aus dem Operation Center angewiesen. Dann fiel ihm Michael ein. Mit ein paar Befehlen schaltete er seinen Freund in das Gespräch.

»Wir brauchen dich«, sagte er knapp. »Huggins ist nicht im Büro.«

»Warum glaubst du, dass Michael dort hinein –«, fing Kaito an und wurde von Michael unterbrochen, der keine Fragen stellte, sondern nur ein »Bin schon unterwegs« ins Com bellte.

»Manchmal denke ich, du bist auch in meinem Kopf«, brummte Cap, der Michaels Atem laut und deutlich hören konnte. Anscheinend rannte er.

»Du erinnerst dich an den Winkelschlüssel, den Larissa mir im Raumer geklaut hat?«, fragte sein Freund abgehackt.

»Haltet mich auf dem Laufenden«, befahl Cap, während er über den inzwischen fast leeren Flur zum Lift eilte.

»Kommandozentrale, Büro oder Arboretum?«, fragte Kaito. »Wo brauchst du mich?«

Caps Finger lag schon auf der Anforderungstaste für die Raumanzüge in einer der eingelassenen Wandnischen im Korridor. »Ich bin auf dem Weg zum Arboretum. Hilf du Michael.«

Kaito bestätigte und kappte die Verbindung.

Eben wollte Cap einen Helm von der Halterung nehmen, als es in seinem Schädel pochte.

»Wo … bist … du?«, sandte ihm Larissa. Ihre Transmission klang abgehackt. Schwerfällig.

»Vor dem Lift der Mannschaftsquartiere. Ich erwarte dich hier. Wir brauchen Anzüge.«

»Bin … sofort da. Fenna –«

»Später, Larissa.«

Cap hatte seine Worte kaum abgeschickt, da sah er auch schon in Larissas tränenüberströmtes Gesicht am Ende des Korridors. Er streckte die Hand aus, zog sie an sich, und sie schmiegte sich kurz an ihn. Anschließend halfen sie einander in die Raumanzüge. Huggins hatte mehrere Male stolz auf deren Funktionalität hingewiesen, die einen althergebrachten EMU, einen Anzug der früher gängigen Extravehicular-Mobility-Units-Klasse mit einem Skaphander vereinte. Bebend stieg Larissa, nur mit ihrer grünen

Security-Unterwäsche bekleidet, hinein und zitterte dabei dermaßen, dass ihre Finger mehrere Male an dem Hightech-Material abglitten.

Als sie den Helm aufsetzen wollte, schüttelte Cap den Kopf. »Das machen wir, wenn wir wissen, mit was genau wir es zu tun haben. Die Handschuhe legen wir auch erst einmal nicht an. Nimm die OC mit.«

Ihre Kleidung stopften sie hastig in die Nische, danach stapften sie in die Liftkabine. Caps Erfahrungen mit dem Anzug, der in Notfällen für einen kurzen Außeneinsatz eingesetzt werden konnte und sie vor Mikrometeoriten beschützte, beschränkten sich auf eine einzige Übungseinheit. Er fühlte sich wie in ein in Haltbarkeitsfolie gewickeltes Weizenschnitzel und hob unbeholfen die Hand zum Tastenfeld. Doch noch bevor er den Finger auf die grüne Taste im Wandpanel legen konnte, setzte sich der Aufzug mit einem heftigen Stoß in Bewegung und jagte mit den beiden in die Tiefe.

JAMESON

»Halten Sie mich. Oh Gott, bitte halten Sie mich!«

Ein schwarzer Pferdeschwanz fuhr Lawrence durchs Gesicht, und er keuchte auf. Auf seinen Unterarmen traten die Adern wie Kabelstränge hervor. Er meinte, die Knochen seiner Finger würden in den nächsten Sekunden mitsamt Muskeln und Haut reißen und die Kuppen einfach an der Metallstrebe zurücklassen. Seine andere Hand hielt den Arm einer Frau umklammert, die ihm vage bekannt vorkam. Er hätte fast losgeprustet, als es ihm einfiel. Sie war Tänzerin im Dreamz. Nur drehte sie sich jetzt nicht an der Stange, sondern er. Zum Totlachen!

»Lassen Sie mich nicht los!«, kreischte sie.

Er erwiderte nichts. Natürlich ließ er sie nicht los. Obwohl er die Nase gestrichen voll von alldem hatte.

Der Riss in der Kuppel hatte sich vergrößert und Spuren hinterlassen wie die Kufen eines Schlittschuhs. Dann hatte sich das Knirschen der sich ausbreitenden Sprünge in kleinere Knallgeräusche verwandelt, und die vielen Löcher, die im durchsichtigen Gewölbe entstanden waren, sorgten für einen Druckabfall, der sich gewaschen hatte.

Lawrence hatte keinen blassen Schimmer, wie lange die Atmosphäre im Arboretum noch aufrechterhalten werden konnte. Die Stimme der KI, die auf nervtötende Weise in einer Tour »Störung« skandierte, brachte ihn dahingehend wenig weiter. Auch wusste er nicht, wann sich endlich die rettenden Schotts über die teilweise zerborstene Kuppel schieben würden. Ihn selbst hatte der durch den Druckunterschied entstehende Sog auf seiner Flucht zum Ausgang erwischt. Schlagartig war er nüchtern geworden, als es ihn von den Beinen gerissen hatte. Unter Aufbietung all seiner Kräfte hatte er nach dem dünnen Stamm eines Bäumchens greifen und sich auf den Boden pressen können und schließlich auf allen vieren kriechend den albernen Pavillon erreicht, der von Hong höchstpersönlich beim Bau von Kopernikus in Auftrag gegeben worden war. Die Mischung aus chinesischem Teehaus und viktorianischem Gewächshaus hatte Lawrence damals die Augen verdrehen lassen. Mit dem Geschäftsführer waren hier eindeutig die Design-Pferde durchgegangen. Just dieser krude Mix aus asiatischer und britischer Architektur jedoch bewahrte ihn jetzt davor, an die Kuppel gesogen zu werden wie ein Wattebausch.

»Sie dürfen nicht loslassen!«, wimmerte die junge Frau mit erstickter Stimme. »Sie dürfen nicht!«

Das Stöhnen des mächtigen Luftstroms, herumfliegendes Gartenmobiliar, das Geraschel vieler Blätter, die einem Sturm ausgesetzt wurden, Schreien und Jammern ... Das alles zusammen machte Lawrence beinahe wahnsinnig. Er war ins Arboretum gekommen, um seine Ruhe zu haben. Um sich ohne jede Spur von Hektik und Tohuwabohu die Kante zu geben, verdammt, und jetzt trieben Hongs Einzelteile zwischen denen der Konfuzius durchs All. Direkt über ihm zischten sie geräuschlos vorbei, prallten auf die schwer angeschlagene Kuppel, die das mit einem gequälten Laut quittierte, und tanzten vorbei.

Seltsamerweise ließ ihn die Erkenntnis, dass Hongs Shuttle explodiert war, kalt. Aber der Unfall würde mit der Station, mit ihm selbst in Verbindung gebracht werden. Und die verdammte Kuppel war ein weiteres Problem. Außerdem hing ihm diese Hupfdohle am Arm, und damit war er nicht nur für sein eigenes Leben verantwortlich, sondern auch für ihres. Er hatte alles so dermaßen satt!

Kurz schloss er die Augen und versuchte, an Neu-Moskau zu denken und sich das Brutzeln eines Steaks auf dem Grill vorzustellen. Da erwischte ihn das große Blatt irgendeiner beschissenen Dschungelpflanze im Gesicht, schnitt ihm die Wange auf und jagte Richtung Kuppel, hinaus in die Schwärze des Alls.

Lawrence' Muskeln fingen an zu zittern. Obwohl er all seine Kräfte mobilisieren musste, um nicht abzurutschen, schrieb er das seiner psychischen, nicht seiner physischen Konstitution zu. Er schloss die Augen und hoffte, dass die Flasche Jameson, die ihm aus der Hand geglitten war – die letzte, die Markus Schwarz' ihm hatte schicken können –, unversehrt auf der weichen, akribisch gepflegten Rasenfläche ruhte. Und dass er noch eine Gelegenheit bekommen würde, ihren Inhalt hinunterzukippen.

Plötzlich mischte sich ein anderes, dunkel grollendes Geräusch in den pfeifenden Ton des Mahlstroms. Endlich schoben sich die Schotts wie eine zweite Haut über die beschädigte Kuppel. Das Jammern der Frau an seinem Arm ging in ein hysterisches Schluchzen über. Sie legte den Kopf an seine Brust und umklammerte ihn. Es fühlte sich nicht schlecht an. Neben ihnen schlug ein entwurzelter Busch auf, dem ein lang gezogener Schrei und der dumpfe Aufprall eines männlichen Körpers folgten. Die künstliche Schwerkraft der Station holte sich zurück, was ihr gehörte.

Der Sog verschwand, das Tosen verebbte. Schließlich hob die Tänzerin den Kopf. Ihr verwischtes Augen-Make-up verlieh ihr das Aussehen eines hilfebedürftigen Pandaweibchens. Gemeinsam rappelten sie sich auf, taumelten benebelt Richtung Ausgang und standen wenig später mit den anderen Überlebenden vor der Tür – die sich nicht öffnen ließ. Der Brigadier griff in die Hosentasche und stellte mit einem tiefen Seufzer der Erleichterung fest, dass sein Com noch da war. Jedoch musste er nach mehrmaligen, ergebnislosen Versuchen zur Kenntnis nehmen, dass er damit keine Verbindungen herstellen konnte. Genauso wenig wie die anderen, die ebenso verzweifelt auf ihren Kommunikationsgeräten herumtippten. Was auch immer auf dem Rest der Station passierte, sie würden es erst einmal nicht erfahren.

Es war ihm schnurz. Er fühlte nichts als Gleichgültigkeit.

Die Tänzerin hakte sich dankbar und erschöpft bei ihm unter, und einvernehmlich schwankten sie auf die Rasenfläche zurück, richteten einen

Liegestuhl und ein paar Gartenstühle auf, räumten entwurzelte Stauden zur Seite. Als der Brigadier vor seinen Füßen Glas schimmern sah, in dem ihn die bernsteinfarbene Flüssigkeit des Whiskeys begrüßte wie Gemmen einen Goldschürfer, grinste er breit und bedankte sich lautlos bei Gott, Buddha, Allah, Ganesha, dem Spaghettimonster und allem anderem, das bereit war, ihm zuzuhören.

Lässig sah er in die Panda-Augen der Schwarzhaarigen. »Lust auf einen Drink, Love?«

***

Der Lift fiel ungebremst nach unten. Cap hämmerte gegen die Displays im Wandpanel des Aufzugs, während er verzweifelt versuchte, sich an irgendetwas festzuhalten. Aber das minimalistische Design des Fahrstuhls hatte ihm in der Hinsicht nichts zu bieten. Die weibliche Stimme, die sonst freundlich das Fahrtziel verkündete, schwieg. Dafür schrie Larissa. Sie hielt den Helm umklammert, als ob er sie von ihm Beistand verlangte.

Plötzlich griff die Absturzsicherung.

Larissa wurde zu Boden gerissen, etwas traf Cap an der Schläfe, sein Blickfeld wurde enger, und schließlich zog die Welt ihren schwarzen Vorhang komplett zu.

Abrupt fuhr er hoch. Sein Kopf schien bersten zu wollen, sein Puls raste. Die Zunge klebte ihm pelzig am Gaumen wie ein sehr kleines, sehr totes Tier.

»Cap?«

Larissas Stimme war nicht in seinem Schädel, sie war an seinem Ohr. Er hatte sich nicht im Griff, konnte sich nicht konzentrieren, und seine Gedanken drangen wild in ihre ein. Stöhnend sank sie neben ihm nieder. Ihre Coms vibrierten.

Unendlich langsam bewegte sich seine Hand. Der Anzug machte es ihm schwer, ein Gefühl für seinen Körper zu entwickeln, der ihm nicht recht gehorchen wollte. Die klobigen Handschuhe des weiterentwickelten Skaphanders steckten genauso wie sein Com in einer der geräumigen Taschen. Zumindest ordnete es seine Gedanken, als er sich komplett darauf konzentrierte, das kleine Gerät herauszufingern.

Larissa ächzte. »Mach das nicht noch mal. Das waren mit Abstand die schlimmsten Kopfschmerzen meines Lebens. Und weißt du überhaupt, wie schwer du bist? Ich hab mir schier das Kreuz ausgerenkt, als ich dich in den Korridor gezogen habe.«

Sie griff nach ihrem eigenen Com und wischte über das Display. »Michael?« Sie half Cap dabei, sein eigenes Gerät zu aktivieren, da er seine Finger noch nicht unter Kontrolle hatte. »Wir sind auf Ebene –« Larissa sah sich um. »Wir sind auf der Hangarebene.«

Cap schaffte es, sich ohne ihre Hilfe aufzurichten, und lehnte sich an die Korridorwand.

»Wolltet ihr nicht ins Arboretum?«, hörte er Kaito sagen; gleich darauf erschien dessen schmales Gesicht auf dem Monitor.

»Da ist was schiefgelaufen«, sagte Cap benommen. »Frag lieber nicht.«

»Seid ihr okay?« Das war Michael. Auf dem kleinen Splitscreen des Coms sah es so aus, als stecke seine Nase in Kaitos Ohr. Seine Stimme klang gehetzt, und er blickte nicht direkt in die Kamera. Es schien, als schaue er auf etwas, das sich auf einem anderen Monitor abspielte.

»Es geht schon«, sagte Cap.

»Gut, denn wir brauchen euch. Ich bin in Huggins' Büro, vor den Screens. Auf Ebene B tut sich was.«

»B? Gibt es da etwa auch einen Hüllenbruch?«

»Nein, da laufen Ludds Arschlöcher mit Knarren über den Korridor. Wie es aussieht, reicht es ihnen nicht, dass sie den Geschäftsführer und Fe..., dass sie Hong in die Luft gejagt haben.« Michael räusperte sich. »Ebene B. Beeilt euch.«

»Diego?«, fragte Larissa.

»Ist auf der OPS und kriecht dort Beljajew in den Hintern«, meldete Michael. »Nachdem El Aurens nirgends aufzutreiben ist, holt Diego jetzt ihre Stöckchen.«

»Vergesst Diego«, bestätigte Kaito. »Macht euch auf die Socken.«

»Wir tragen Raumanzüge«, protestierte Larissa. »Ich kann in denen kaum laufen, geschweige denn rennen.«

»Das ist nicht mein Problem«, erwiderte Kaito atemlos. »Das medizinische Team steht inzwischen vor dem Arboretum, dessen Tür sich nicht öffnen lässt. Skaphander sind nicht nötig, die Sicherheitsschotts haben sich um die Kuppel gelegt. Techniker sind dorthin unterwegs. Ich suche jetzt Huggins, und Michael bleibt hier. Er leitet euch, und ihr schwingt die Hufe, und zwar pronto!«

»Was für eine Schnapsidee«, zischte Larissa. »Wir sollen Ludds Anhänger stellen? In diesen Dingern?« Sie zeigte auf ihren Schutzanzug. »Das ist doch lächerlich.«

Cap erwiderte nichts und begann, die Verschlüsse zu lösen. Umständlich schälte er sich aus dem Skaphander und blieb dabei mit dem Stoff mehrere Male an seiner kaputten Armbanduhr hängen.

Sie starrte ihn an. »Tu n'y penses pas!«

»Unsere Unterwäsche ist verdammt züchtig«, sagte er und zupfte am Achselhemd, das ihm vorkam wie die Leibwäsche seines Großvaters. Gott sei Dank hatten die Hersteller der Security-Bekleidung darauf verzichtet, ihnen lange Unterhosen zu verpassen. Seine khakifarbenen Shorts reichten ihm jedoch fast bis an die Knie. »Jetzt hab dich nicht so. Wir haben dich schon unzählige Male in dieser feschen Rheumawäsche im Quartier herumrennen sehen.«

»Ja, ihr!«, maulte sie. »Aber nicht der Rest der Station. Was ist mit unseren Coms?«

Cap durchsuchte die Taschen seines Skaphanders nach den dort versteckten Headsets. »Wir schalten um. Oder wirst du dann Michaels freundliche Visage vermissen?«

Sie stöhnte. »Und die Waffe behalten wir in der Hand? In den Hosenbund kann ich sie ja kaum stecken.«

»Ganz genau.« Er zog seine Socken aus. Bei den gewienerten Korridorböden mussten sie sich nachher bestimmt nicht einmal die Füße waschen. »Mach schon. Den Weg zum zweiten Aufzug nehmen wir auf jeden Fall nicht in Richtung der Quarantänestation.« Sie hatten keine Zeit, die nervigen Fragen des Wachpersonals zu beantworten.

»Das ist 'ne Schnapsidee«, beschwerte sich Larissa erneut.

»Das ist die einzige Idee, die wir haben. Und jetzt komm endlich!«

PEDRO

»Sie sind hinter euch.« Michaels Stimme klang gefasst, hochkonzentriert. »Verschwindet aus dem Korridor!«

Cap presste sich an die Wand und umfasste die Waffe fester. »Wo genau hinter uns?«, fragte er in sein Headset.

»Ich sehe die Typen auf Monitor drei. Die Apotheke. An der offenen Tür.«

»Scheiße.« Cap sah kurz über seine Schulter und konnte sich gerade noch rechtzeitig hinter einen Pflanzkübel ducken, als auch schon ein Geschoss mit einem dumpfen »Fupp« ein Verkleidungsteil aus der Wand neben ihm fetzte. Da das Material nicht total zerlegt wurde, konnte die Patrone nach dem Einschlag nicht zerborsten sein.

»Herkömmliche Bewaffnung«, rief er Larissa zu, die auf der gegenüberliegenden Korridorseite kauerte und die OC-Gun mit ausgestreckten Armen auf die Apothekentür gerichtet hielt. »Konventionelle Projektile. Noch nicht schießen.«

»Raus. Sie gehen raus«, berichtete Michael aufgeregt. »Cap, sie gehen raus!«

»Ich hab's mitbekommen, verdammt.« Weitere Kugeln zischten den Flur entlang. Cap hörte es neben seinem Ohr fauchen. »Wieder keine OCs. Zumindest haben wir einen deutlichen Vorteil, was die Bewaffnung angeht.«

»Dann spart Munition«, hörte er Michael noch sagen, während er aus der Deckung trat und zweimal abdrückte. Einer der Ludditen klappte mit einem Aufschrei zusammen, der andere riss die Waffe hoch. Neben dem Mann explodierte etwas, und Cap meinte, den Splitterregen der Patrone, die automatisch in dem Moment des geringsten Abstands zum Objekt gezündet hatte, sehen zu können. Der Chip ihrer Waffe hatte Larissas Fehlschuss ausgeglichen. Der Mann keuchte, riss die Augen auf, ließ die Pistole fallen und presste beide Hände an den Hals. Blut sickerte zwischen den zitternden Fingern hindurch. Die Patronensplitter hatten offenbar eine Arterie getroffen. Er stürzte, krümmte sich zusammen und blieb dann regungslos liegen.

»Umdrehen!«, befahl Michael. »Schnell!« Er kicherte nervös. »Und verliert nicht eure Höschen.«

»Danke, du Arsch.« Cap folgte dem Befehl, ging in die Knie und erwischte eine Frau, bevor diese abdrücken konnte. Sofort signalisierte die OC-Gun, dass sie wieder einsatzbereit war. »Verflucht! Wie viele sind das denn?«

»Ich habe nur die eine gesehen. Haben wir tote Winkel im Korridor?«, antwortete die Stimme seines Freundes in Caps Ohr.

»Da hinten ist noch einer! Vite!«, schrie Larissa. »Der gehört mir!«

Geduckt rannte Cap Richtung Aufzug, während Larissa ihm Feuerschutz gab. In seinem Rücken explodierte etwas. Keine OC-Patrone. Die Französin hatte eine Leitung getroffen.

»Merde! Nicht stehen bleiben!«, brüllte sie ihm nach.

»Ihr kommt da nicht durch!«, krächzte Michael. »Nehmt die Krankenstation. Durch die Krankenstation!«

»Die hat nur einen Eingang«, brüllte Cap, machte sich aber trotzdem auf den Weg dorthin. Michael wusste, was er tat. Cap vertraute ihm – und er hatte ihm längst verziehen.

»Ein einziger Ein- und Ausgang? Nicht auf meiner Übersicht«, erwiderte Michael. »Da scheint ein Notausgang oder so was zu sein. Am Ende des inneren Krankenhausflurs, der an den Zimmern vorbeiläuft.«

Sie zogen die Köpfe ein und schlugen Haken, als erneut Projektile durch den Flur peitschten. Mit erhobener Waffe rannte Cap durch die aufzischende Tür, hinein in Nias Reich, stoppte kurz, presste sich an die Wand, scannte den Flur, sah niemanden, bog rechts ab, jagte an mehreren geschlossenen Patientenzimmern vorbei und weiter den inneren Korridor der Station entlang.

»Notausgang«, sagte Michael knapp. »Geradeaus. Weiterlaufen.«

Larissa hielt Schritt. »Bekommen wir die auf?« Ihr Atem ging schnell, aber ihre blauen Augen schauten wild entschlossen.

»Ich mach das, aber in der Zwischenzeit kann ich die Monitore nicht alle im Auge behalten.« Michael klang, als habe er sich bereits einer neuen Aufgabe zugewandt.

Zimmertüren öffneten sich. Verwirrte Patientengesichter sahen Cap und Larissa entgegen. Einige Patienten stotterten Fragen über die Unterwäsche, zogen sich aber sofort zurück, als Cap mit der Waffe herumfuchtelte.

»Drinbleiben!«, schrie er.

Hinter ihnen feuerte jemand.

»Sie haben uns eingeholt.« Larissa zog mit geröteten Wangen an ihm vorbei. Ihr Pferdeschwanz schlug ihr wie eine Rute auf den Rücken. »Michael! Mach das beknackte Ding auf!«

»Hab's gleich.«

»Jetzt, verdammt!«

Eine Kugel schlug in eine Patientenzimmertür vor ihnen ein.

»Wir haben Besuch!«, brüllte Cap in sein Headset.

Sie waren nur noch wenige Meter vom Ende des Korridors entfernt. Je näher sie kamen, desto deutlicher zeigte sich eine Ungleichmäßigkeit an der Wand, die ihm noch nie zuvor aufgefallen war. Nur ein kleiner roter Aufkleber wies auf die spezielle Funktion der Tür hin. Wahrscheinlich wusste nicht einmal Huggins, dass in diesem Korridor ein Notausgang existierte.

Noch circa dreißig Meter. Ein Geschoss sauste derart dicht an Caps Schulter vorbei, dass er zunächst befürchtete, getroffen worden zu sein.

Zwanzig Meter. Weitere Schüsse knallten. Jemand schrie schmerzvoll auf.

Cap drosselte das Tempo. »Die knallen Patienten ab, Michael!« Er drehte sich im Laufen um, bereit zurückzuschießen.

»Ihr könnt euch keine Ballerei in diesem engen Korridor leisten, Cap!«, blökte sein Freund.

»Willst du damit andeuten, dass wir am Arsch sind?«, schrie Cap zurück. »Das war deine verkackte Idee!«

»Schon mal mit zehn Küken in der Hosentasche in ein Terrarium voller Schlangen gestiegen?«, erwiderte Michael.

»Was zum Henker …? Sprich deutlich!«

»Das ist verdammt kniffelig, okay? Ich bin kein Hacker.«

»Mir egal, wie du das machst. Hauptsache, du machst es jetzt. Wir haben keine Zeit mehr!«, fuhr Cap ihn an.

Ende des Korridors. Erneuter Beschuss. Ruckartig blieb er stehen, ging in die Hocke, holte tief Luft, zielte und zog durch. Er erwischte eine Verfolgerin am Arm. Die Frau taumelte. Caps zweite Kugel durchschlug den Brustkorb. Die Ludditin wurde herumgerissen, ihr Körper knallte gegen die Wand und hinterließ grässliche Blutschlieren, als er daran hinabsank. Der andere Verfolger versuchte nicht einmal, hinter dem toten Körper seiner Kollegin in Deckung zu gehen. Was zum Henker ging in diesen Leuten vor? Sie waren unberechenbar – was sie umso gefährlicher machte.

Erneut drückte Cap ab.

Klack.

Nichts. Kein tiefes Husten der Waffe. Die grüne Zielerfassung erlosch.

»Scheiße, verflucht. Meine Munition ist alle!«, zischte er.

»Michael, jetzt!«, brüllte Larissa und brachte ihre Waffe in Anschlag.

Fauchend glitt die versteckte Tür mit dem roten Aufkleber auf.

»Endlich«, knurrte Cap. »Larissa. Lauf einfach! Ich halte sie hier drinnen auf.« Die Patienten waren in ihren Zimmern verschwunden. Er musste nur an die Waffe eines bereits ausgeschalteten Rebellen gelangen, dann würde er Larissa Feuerschutz geben können.

»Ohne OC? Willst du Ihnen eine Geschichte erzählen, um sie abzulenken? Du hast sie ja nicht mehr alle. Wir bleiben zusammen. Für Mätzchen haben wir keine Zeit.« Sie packte seinen Arm, zog Cap hoch und schubste ihn durch den Notausgang, der sich mit einem Zischen sofort hinter ihnen schloss.

Sie standen wieder im Korridor.

»Michael, verdammt, was soll das?«

»Tut mir leid, Leute, aber ich musste euch doch aus der Schusslinie bringen. Wohin hätte ich euch denn sonst lotsen können als durch den versteckten Ausgang?«

»Dann gib uns jetzt den Status durch!«

»Nun ja, es sieht nicht so gut aus«, gab Michael kleinlaut zu, der offensichtlich wieder vor den Monitoren der Überwachungskameras saß.

»Will heißen?«, schnappte Larissa.

»Der Flur ist besetzt. Zwei Leute. Keine Ahnung, wo die herkommen. Bei Lift zwei.«

»Super«, stöhnte Larissa. »Na, dann nehmen wir uns die jetzt vor. Bleib hinter mir, Cap, ohne Munition bist du zu nichts nutze.«

»Vielen Dank für das Kompliment«, raunte er ihr gedanklich zu.

Sie grinste.

»Was ist los bei euch?«, wollte Michael wissen. »Ich kann euch gerade nicht sehen.«

»Wir bewegen uns langsam Richtung Lift«, informierte ihn Larissa mit gesenkter Stimme.

Der Flur war leer. Larissa zog Cap näher zu sich. »Bleib dicht hinter mir. Keine Zicken.«

»Manchmal glaube ich echt, du hältst mich für bescheuert«, zischte er.

»Heiliges Kanonenrohr«, sagte Michael in Caps Ohr. »Leute …?«

»Nicht jetzt, wir erreichen gleich Lift zwei.«

Michael ließ sich nicht beirren. »Leute, da ist etwas, was ihr wissen solltet.«

Der Aufzug kam in Sicht. Cap schnappte nach Luft. Larissas Hand griff nach seiner.

Eine Frau und ein Mann standen mit gezogenen Pistolen vor den elliptisch geformten Anforderungstasten. Die eine Waffe zeigte auf Cap und Larissa, die andere war auf den Kopf einer jungen Frau in Zivil mit breiten Schultern und Irokesenhaarschnitt gerichtet.

Cap blieb wie angewurzelt stehen.

»Ich glaub's nicht«, stieß Larissa aus.

»Sind eure Klamotten in der Reinigung?«, sagte Fenna scheinbar gleichgültig. »Oder gibt es eine neue Kleiderordnung?« Falls sie Angst hatte, weil auf ihren Schädel eine Pistole gerichtet war, so zeigte sie es nicht.

Cap erhob seine OC. Zumindest drohen konnte er mir ihr.

»Waffen runter!«, herrschte die Frau Cap und Larissa an. »Wir steigen in diesen Aufzug. Mit ihr.« Sie deutete kurz auf ihre Geisel.

»Nicht mit ihr«, knurrte Cap. »Garantiert nicht mit ihr.«

»Nun«, sagte der Mann und entblößte ein Gebiss, das seit längerer Zeit keinen Zahnarzt mehr gesehen hatte. »Dann erschießen wir erst sie und dann euch. Ist nicht wirklich wichtig, wisst ihr.«

»Das sind alte Waffen einer ehemals deutschen Firma«, flüsterte Michael. »Früherer Polizeibestand. HK P2000, 19 Millimeter, Halbautomatik, Stangen–«

»Michael!«, unterbrach ihn Cap.

»Ja?«

»Was soll das jetzt?«

»Sorry«, kam es zurück. »Berufskrankheit. Schlagt einen Geiselaustausch vor.«

»Ich gehe«, sendete Cap gedanklich an Larissa und erntete keinen Widerspruch.

Langsam ging er in die Knie, und Larissa folgte seinem Beispiel. »Wir legen die OCs auf den Boden und schieben sie in eure Richtung«, erklärte er. »Dann werde ich zum Lift gehen. Ihr werdet Miss Dekker freilassen und mich dafür mitnehmen.«

»Nein, danke«, sagte die Frau. »Wir nehmen lieber deine Kollegin mit. Aber die Knarren dürft ihr uns trotzdem rüberschieben.«

Ihr Partner lachte, und der Lauf seiner Waffe glitt von Fennas Schläfe zu ihrer Wange. »Ich will meine Geisel auch behalten.«

»Wir haben einen Truthahn«, platzte Larissa heraus und stand auf. Ihre OC lag vor ihren Füßen. »Mindestens vierzig Pfund schwer.«

Cap sah sie von unten an. Über sein Headset hörte er, wie Michael den Atem ausstieß.

»Der reicht für mindestens sechs Personen«, improvisierte Larissa. »Ich weiß ja nicht, wie viele ihr seid, aber eins weiß ich sicher: Ein solches Mordsvieh schmeckt auch ohne Füllung gut. Mit Salz und Pfeffer einreiben genügt. Falls ihr Wein haben solltet … perfekt.«

»Außerdem?« Die Frau legte ihren Kopf schief.

Cap glaubte, sich verhört zu haben.

»Butter oder Öl wäre nicht schlecht«, fuhr Larissa ungerührt fort.

Die beiden Ludditen warfen sich einen kurzen Blick zu.

»Wo ist das Vieh?«

»Kantine.«

»Freie Fahrt zum Hangar inklusive!«, forderte die Frau.

Larissa zuckte mit den Schultern. »Okay. Deal.«

In ihren Headsets war es still. Allem Anschein nach hatte es Michael die Sprache verschlagen.

»Wir fahren alle gemeinsam nach Ebene C«, sagte der Mann, »holen das Vieh, und anschließend begleitet ihr uns bis zum Shuttle.«

Fennas Augen waren weit aufgerissen. »Ihr tauscht mich gegen einen Truthahn? Wer hat euch denn ins Gehirn geschissen?«

Das frage ich mich auch, dachte Cap, schirmte diesen Gedanken aber von Larissa ab. Er richtete sich auf. War Ludds Tross womöglich erkrankt? Hatten sie auch diese blauen Partikel eingeatmet? Dies wäre zumindest eine Erklärung für die unüberlegten Aktionen, in die sich der Fanklub des Professors andauernd stürzte.

»Headsets auf den Boden.« Die Frau betrat den geöffneten Lift.

»Michael?«, flüsterte Cap.

»Was ihr vorhabt, ist ausgesprochen irrsinnig«, wisperte es zurück. »Auf der anderen Seite gewinnen wir dadurch ein wenig Zeit.«

Nur mit Achselhemd und Shorts bekleidet, betraten Cap und Larissa gemeinsam mit den Entführern und Fenna Lift 2.

»Dinde au Vin«, sandte Larissa an Cap. »Die Vorstellung eines knusprig gebratenen Truthahnschenkels kann hier anscheinend Patronen ersetzen.«

Fünfter Teil

UNTERGANG

BETHANY'S REVENGE

Im Gegensatz zur Raumstation brüllte die Revenge. Viel lauter als der Frachter, mit dem sie nach Kopernikus gereist waren. Ein älteres Modell? Cap hatte keine Ahnung. Das Vibrieren des Bodens schien sich auf alles zu übertragen, was er berührte, auf was er sich setzte. Es kam ihm vor, als ob die Pritsche unter seinem Hintern bebte. Garantiert auch nur Einbildung. Nach den Geschehnissen auf der Station brauchte er einfach Zeit, um wieder klar denken zu können. Das war alles.

Schalter, Hebel und Knöpfe wirkten hier altmodisch auf ihn. Auf Kopernikus war er es gewohnt gewesen, dass die Technik auf einen leichten Druck seiner Finger hin reagierte. Dass ihn die KI mit Namen ansprach, nachdem sie seine Iris gescannt hatte. Hier musste er sich selbst auf die Handbewegungen konzentrieren, mit denen er zum Beispiel die Zugänge zur Pilotenkabine, zur Quartierhalle oder zur Bordküche öffnete.

Mit leerem Blick starrte Cap auf die graue Stoffbespannung des Raumteilers vor sich, eine von vielen, die im Frachtraum der Bethany's Revenge so etwas wie Privatsphäre schaffen sollten. Die Einzige, die ein eigenes Quartier bewohnt hatte, war Big Bethany selbst, doch dieses hatte sie als Besprechungsraum und Kommandozentrale zur Verfügung gestellt. Dimitri, ihre rechte Hand, hatte es sich schon vor dem Crewzuwachs zwischen Transportkisten bequem gemacht.

Caps Gedanken schweiften. Hong war tot. Cap hätte den Geschäftsführer von SpaceSeed lieber in irgendeinem Gefängnis verrotten sehen, als dessen Einzelteile für alle Zeiten in den Weiten der Galaxis verstreut zu wissen. Kindesentführung, illegale Adoptionen, Vertragsbruch mit der NH, Betrug an der Erdbevölkerung … Gewiss hatten sie nur an der

Oberfläche von Hongs Machenschaften gekratzt, aber schon dafür hätte er weitaus mehr verdient gehabt als einen schnellen Tod.

»Geht's dir gut?« Larissa stand neben Cap, eine Tasse in der Hand. »Ich hab dir was mitgebracht.«

»Weizenmilch?«

Grinsend schüttelte sie den Kopf. »Irgendein Kaffeeersatz. Weizenprodukte sind reglementiert. Die Pilotin hat da ein Auge drauf. Sie selbst gönnt sich ab und an mal ein Glas Milch, habe ich läuten hören. Für uns ist wieder Lagernahrung angesagt.«

»Genau wie Lageratmosphäre. Harte Betten und Mannschaftsquartiere.« Cap deutete mit dem Kinn auf den Paravent vor ihm.

Sie lachte. »Sich hier einzuleben fällt uns nicht schwer, oder?«

»Nicht unter dem Gesichtspunkt.« Er nahm die Tasse entgegen, nippte vorsichtig an der hellbraunen Flüssigkeit und verzog den Mund. »Oh Mann. Ich kann nicht behaupten, dass ich das vermisst habe.«

Larissa setzte sich neben ihn auf das Feldbett. »Nicht unter dem Gesichtspunkt?«, hakte sie nach. »Was soll das bedeuten?«

Er stellte die Tasse auf den Boden. »Wir sind auf einem umgebauten Frachter.«

»Und?«

»Auf dem Hiroyuki zusammen mit einer Frau das Sagen hat, die sich Big Bethany nennt …«

»… und die dem ›Big‹ alle Ehre macht«, ergänzte Larissa.

»Und über die wir nichts wissen. Vor allem nicht darüber, wie Hiroyuki gedenkt, gegen SpaceSeed vorzugehen. Was ist mit Ludd und seinen Leuten?«

»Du denkst zu viel nach.«

Er sah sie erstaunt an. »Du etwa nicht?«

Larissa zuckte mit den Schultern. »Ich halte Hiroyuki für jemanden, mit dem man reden kann, auch wenn's verdammt nervenaufreibend ist. Wir werden gemeinsam eine Lösung finden.«

»Und das, nachdem er dir ins Bein geschossen hat.«

Sie runzelte die Stirn. »Ich will nicht behaupten, dass er mein Seelenverwandter ist. Aber: Die Wunde ist gut verheilt. Ich spüre nichts mehr und finde, mein Einsatz hat sich gelohnt. Außerdem« – sie zögerte – »bei mir liegt der Fall anders als bei dir. Wohin sollte ich gehen? Auf mich wartet niemand auf der Erde. Zur Station zurückkehren kann ich nicht. Und selbst wenn ich's könnte – nein, danke.« Sie betrachtete ihn. »Dich beschäftigt doch noch was. Ist es wegen Fenna?«

»Wir haben die Typen entkommen lassen.«

»Mit Pedro.« Larissa kicherte.

»Jetzt bleib doch mal ernst.«

»Cap, wir hatten keine Chance, die beiden zu überwältigen. Fennas Leben stand auf dem Spiel. Wir waren zu zweit mit einer Schusswaffe, unser Team war komplett überfordert und über die gesamte Station verstreut. Hiroyuki sagt, Fenna ist heil in Neu-Berlin abgeliefert worden. Mir gefällt es auch nicht, dass sie jetzt für Markus Schwarz arbeitet, aber das war es, was sie wollte, und es geht ihr sicher gut.«

Fenna hatte sich geweigert, sie zu begleiten, als er sich mit Larissa zur Revenge aufgemacht hatte. Die Irokesin war regelrecht versteinert gewesen, ihr Mund zu einem dünnen Strich geworden. Vermutlich würden sie nie wieder etwas von ihr hören. »Als Lösung kann ich das hier nicht bezeichnen.«

»Sondern?«

Er zuckte mit den Schultern. »Als Flucht.«

Kurze Zeit nach Fennas Freilassung und dem Abdocken der Ludditen von Kopernikus hatte die Bethany's Revenge angedockt. Beide Ereignisse schien die OPS nicht zur Kenntnis genommen zu haben – oder die Kommandozentrale hatte den Überblick verloren, was wenig verwunderlich wäre. Viele Bewohner, inklusive Brigadier Lawrence Huggins, wurden vermisst, einige waren durch den Riss in der Arboretumskuppel ins All hinausgesogen worden wie in den eiskalten Staubbeutel eines Hausrobos. Ins Arboretum selbst kam niemand hinein oder hinaus, Techniker und Sanitäter rannten wie getrieben durch die Korridore der

Ebenen, und Kommandantin Beljajew hatte alle Hände voll zu tun, Neu-Peking zu erklären, warum der Kontakt zur Konfuzius plötzlich abgebrochen und das Shuttle von Hong vom Radar verschwunden war. Kurzum: Keinen interessierte es, dass Beth' Raumer andockte, Cap und Larissa in Unterwäsche durch den Tunnel und die Schleuse hetzten und sich die Revenge anschließend vom sprichwörtlichen Acker machte.

Ja, dachte Cap, so sieht Abhauen aus.

»Wir haben das mit Michael besprochen«, widersprach Larissa. »Er hat uns ermutigt, das Weite zu suchen.«

Inzwischen war sie über Michaels wahre Identität als Spion der Nördlichen Hemisphären informiert worden. Sie hatte es mit einem Achselzucken und der Androhung, ihn eigenhändig einen Kopf kürzer zu machen, sollte er seine Freunde hintergehen, akzeptiert.

Dass Michael auf Kopernikus die Stellung hielt, schmeckte Cap ebenso wenig, wie Fenna zurückgelassen zu haben, obwohl ihm durchaus bewusst war, dass sein Freund dort mehr erreichen konnte als auf Big Bethanys umgebautem Frachtschiff. Einen zuverlässigen Kontakt auf Kopernikus zu haben konnte nicht schaden.

»Er will übrigens mit uns reden«, sagte Larissa und stand auf.

»Michael?«

Sie nickte. »Wir erwarten dich im Konferenzsaal.«

Eine schamlose Übertreibung für die zehn Quadratmeter kleine Büchse, in die sie sich gleich zu dritt zwängen würden. Selbst Huggins' Büro wirkte im Gegensatz zu Big Bethanys ehemaligem Quartier wie ein Ballsaal.

Cap griff nach der Kaffeetasse. »Bin gleich da.«

***

Die Gabel in Tess' Hand schwebte unsicher in der Luft. Würziger Duft zog durch den kleinen Raum. Die dunkle Soße auf dem Tellerrand hatte bereits eine dünne Haut gebildet, trotzdem pochte Tess angesichts der

Köstlichkeiten das Herz. Fleisch. Braun. Gemüse. Grün. Und etwas Weißes, Körniges, das man ihr als »Reis« vorgestellt hatte.

Sie schluckte den Speichel hinunter, der sich in ihrem Mund gesammelt hatte.

Wäre sie eine Verräterin, wenn sie das aß?

Ihr Magen knurrte. Ihr Atem ging schneller.

Sie hatte nichts ausgeplaudert. Zumindest nichts von Bedeutung. Hatte Schwarz erfundene Namen genannt, sich Details ausgedacht. Darin war sie gut. Die vielen Geschichten, die sie während der langen Abende am Lagerfeuer gehört hatte, zahlten sich aus.

»Es ist wichtig, dass du weitermachst, Eichhörnchen«, wiederholte sie leise die Worte von Louis, die er ihr in der Lüftungsröhre durch den Ohrhörer zugeraunt hatte. »Du musst einfach nur daran denken, wie wichtig es ist, was du tust. Eichhörnchen, du stehst echt hoch im Kurs bei uns. Ohne dich sind wir alle aufgeschmissen. Unser Team, unsere Leute auf Kopernikus und Kepler. Alle. Und jetzt atme tief durch. Wir sind bei dir. Die ganze Zeit.«

Jetzt waren sie es nicht. Und Tess hatte Angst. Nicht davor, dass man sie tötete – nein, das brächten sie nicht fertig. Nicht ein gesundes Mädchen, wie sie es war. Sondern davor, dass man sie an die First Class auslieferte. Denn dort würde sie landen, wenn Schwarz herausbekäme, dass sie log wie gedruckt. Was würden er und seine Leute für sie bekommen? Wie viel brachte die Arbeitskraft einer knochigen Elfjährigen ein, in den Villen der Reichen und Schönen, die jeden Tag ihre Teller mit Fleisch, Gemüse und Reis füllen konnten?

Die Gabel stach zu, das Messer säbelte ein Stück des zarten Gewebes ab. Tess steckte es sich in den Mund und hätte beinahe laut geseufzt. Für das Aroma fand sie nur schwer Worte. Saftig? Würzig? Kleine Tropfen der sämigen Soße fielen auf ihre Hose. Tränen gesellten sich dazu. Es war ihr egal.

Schluchzend aß sie weiter. Schnitt alles klein, tunkte die Stückchen in die Soße, drehte und wendete sie darin. Lud sich zu viel auf die Gabel, kaute hingebungsvoll. Wischte sich den Rotz ab.

Ein dumpfer Schlag.

Sie fuhr herum.

Ein weiteres Geräusch kam aus der Richtung des Korridors und ließ sie zusammenzucken. Das waren nicht die Schritte des Mannes, der ihr das Essen gebracht hatte. Und auch nicht die schlurfende Gangart von Markus Schwarz.

Tess hörte, wie sich der Irisscanner auf der anderen Seite der Tür aktivierte.

»Jochen Böttcher. Abteilung: Security-Bewachung«, leierte die monotone Stimme des Geräts dumpf herunter. »Zugang gewährt.«

Als die Tür aufschwang, hatte Tess die Gabel schon zur Seite gelegt, sich auf die Kante ihres Betts gehockt und das verschmierte Messer unter ihrem Kopfkissen versteckt.

Vor ihr stand der Wachposten, die Arme erhoben. Seine verbissene Miene und der eiserne Blick befahlen Tess, sich nicht zu bewegen. Eine Pistole zeigte auf seinen Hinterkopf.

Als die Person, die sie hielt, sich an Böttcher vorbeischieben wollte, hob der das Bein und trat nach hinten, wirbelte herum und schlug blind zu.

Tess rutschte auf der Matratze ans Kopfende, presste den Rücken an die Wand und tastete nach dem Messer.

Die fremde Person blockte den Schlag mit einem Arm ab, holte mit dem anderen aus und hieb Böttcher die Pistole ins Gesicht. Etwas knackte. Blut spritzte. Noch einmal schlug der Angreifer zu, verfehlte Böttcher jedoch und trat ihm stattdessen in den Unterleib. Ein weiterer Kick zog ihm die Beine weg und fällte ihn wie einen Baum.

Tess atmete so flach wie möglich. Die kleinste Reaktion von ihr mochte das Interesse des Angreifers auf sie lenken, und im Moment konnte sie nicht einschätzen, ob der Fremde Freund oder Feind war. Die Person bewegte sich schnell, unmöglich zu erkennen, ob es sich um einen Mann oder eine Frau handelte. Tess' Finger schlossen sich fester um den Messergriff, und sie unterdrückte ein Zittern.

Da wandte sich die Person mit den fast orangefarbenen Haaren Tess flüchtig zu. Eine Frau. Das weite T-Shirt verbarg ihre Brüste, ihre breiten Schultern konnten mit der Statur eines Mannes mithalten. Sofort widmete sie sich wieder ihrem Opfer, das sich am Boden zusammengekrümmt hatte, und holte mit dem Bein aus. Böttcher versuchte, seinen Kopf vor den Tritten zu beschützen.

»Aufhören!«, hörte sich Tess rufen. Sie ließ das Messer los und schlug sich entsetzt die Hand vor den Mund. »Das reicht doch jetzt«, flüsterte sie in ihre Finger.

Die Frau hielt inne und ließ den bestiefelten Fuß sinken. »Tess?«, fragte sie, als ob sie das zusammengekauerte Mädchen auf dem Bett eben erst wahrnahm. Die Stimme klang unerwartet angenehm. Rund und samtig.

Einige Atemzüge lang traute sich Tess nicht, auch nur eine Faser zu bewegen. Dann nickte sie. »Ja. Ich heiße Tess Hallberg.«

Böttcher stöhnte, wollte sich aufrichten – ein Fausthieb nagelte ihn endgültig auf den Boden.

Plötzlich war es derart still in der kleinen Zelle, dass Tess am liebsten losgeschrien hätte.

Die Frau trat ans Bett. Einladend streckte sie die Hand aus. »Mein Name ist Fenna. Ich hole dich hier jetzt raus.«

NEUE AGENDA

»Wow, bei euch sieht es ja noch schlimmer aus als auf El Aurens' Schreibtisch.« Auf dem Monitor tauchte Michael auf. Hinter ihm kam eine großblätterige Topfpflanze in Sicht.

Die Pflanze kannte Cap nicht. Michael hingegen sah aus wie immer. »Stehst du neuerdings auf Chlorophyll?«, fragte er.

Sein Freund zeigte sein Koboldgrinsen. »Von Rosie. Hübsch, nicht? Irgendwas mit -llera hinten. Hab's vergessen. Braucht offenbar nicht viel Wasser.«

Rosie Ward. Cap wurde bei dem Gedanken, dass er die Ernährungswissenschaftlerin nicht aus Huggins' Schusslinie hatte bringen können, flau im Magen. »Hast du das Problem inzwischen gelöst?«

»Sicher. Der Zufall kam mir zur Hilfe. Oder sollte ich sagen, die durchgeknallten Ludditen?«

»Und wie?«, fragte Larissa und ließ sich in den Sitz neben Cap fallen.

»Der Hüllenbruch im Arboretum hat bedauerlicherweise Leben gekostet«, erklärte Michael. »Aber auf der anderen Seite –«

»Moment«, unterbrach Cap. »Kannst du einfach Namen austauschen? Rosie auf die Liste der Verunglückten schmuggeln?«

Wild gestikulierend winkte Michael ab. »Wo denkst du hin! Das könnte ich ihrer Verwandtschaft doch nicht zumuten. Nein. Kaito und ich haben ein paar neue, verdächtige Kommunikationsdateien angelegt und sie zurückdatiert.«

»Und derjenige, der die Gespräche geführt haben soll, ist im Arboretum gestorben?«, hakte Larissa nach.

»Wir haben darauf geachtet, dass dieser Jemand keine Familie hatte. Huggins' Spion der NH ist bei dem Mordanschlag auf Hong gestorben.

Ein Techniker aus Neu-Berlin, der bei den Aufräumarbeiten auf dem Feld geholfen hatte und kurz vor seiner Rückkehr zur Erde noch einen Spaziergang im Arboretum machte. Der Zeitpunkt, den er dazu auswählte, hätte dümmer nicht sein können. El Aurens hat die Geschichte brav geschluckt. Er hat jetzt ein Problem weniger, und wir auch.«

Cap musste anerkennen, dass sein Freund ein recht durchtriebener Hund war. »Dann weiß Kaito also über deine Datenmanipulation Bescheid?«

»Jepp«, antwortete Michael knapp und kratzte an seinem Tattoo. »Ich hatte keine andere Wahl. Ich brauche hier auch Unterstützung, das versteht ihr doch.«

»Weiß er auch, wer du bist?«

»Ja, Cap, darüber ist er ebenfalls im Bilde. Und er steht hundertprozentig hinter uns. Kaito will El Aurens und den Verantwortlichen von SpaceSeed am liebsten nacheinander ein Katana in die Innereien rammen und die Klinge mehrmals darin umdrehen. Er hat irgendwo in der ehemaligen Präfektur Nagano Familie, die wie so viele andere auf kostenlose Weizenlieferungen angewiesen ist. Und die Sache mit den Säuglingen – also, da geht jedem das Messer in der Tasche auf.«

Hiroyuki, der auf einem abgewetzten Sessel Platz genommen hatte, grunzte zustimmend. »Was ist mit Ludd?«

»Hinter Schloss und Riegel. Seine Leute ebenso. Die lässt El Aurens so schnell nicht raus.«

»Gut.« Der Biologe strich sich eine Strähne aus der Stirn. »Zumindest das kann Huggins. Einsperren. Was macht Galina?«

»Die Frau ist derart schlecht gelaunt, die macht El Aurens keine Freude, glaub mir. Du kannst beruhigt sein. Er ist momentan so genervt von ihr, dass er sie in Ruhe lässt.«

Hiroyuki zog belustigt die Mundwinkel nach oben.

»Und nachdem wir fort waren und du alles geregelt hattest, musstest du gleich unser ehemaliges Quartier umdekorieren?«, warf Larissa ein. »Was noch? Neue Wandfarbe? Neue Kissen?«

Das Lächeln auf Michaels Gesicht wich einer ernsten Miene. »Larissa, ma chérie, man bekommt den Eindruck, du vermisst die Station. Alles ist wie immer, nur wohnt jetzt Kaito bei mir. Diego musste ebenfalls aus dem Zwei-Personen-Quartier raus und pennt nun in Fennas Bett. Huggins hat nicht lange gefackelt. Quartierneubelegung ist wohl ein Teil seiner Stressbewältigung.« Er hielt inne, und seine Stirn legte sich in Falten. »Und bei euch so?«

»Och, alles prima«, ätzte Larissa und deutete mit dem Daumen auf Cap. »Er macht sich dauernd Vorwürfe und hat Gewissensbisse.« Sie legte die Beine auf die Tischplatte neben dem eingelassenen Keyboard. Die Tastatur glänzte speckig.

»Wenn ich gleich erzähle, wie sich hier alle gegenseitig belauern, werdet ihr froh sein, die Kurve gekratzt zu haben«, fuhr Michael fort. »Huggins schleppt sich von einem Beinahe-Hirnschlag zum nächsten. Ihr wisst doch, wie er sich immer mit den Fingern über den kahl rasierten Schädel fährt?«

Larissa gluckste. »Glänzt das Ding mittlerweile wie die Korridore auf Kopernikus?«

»Das trifft es. Es scheint, als ob er mit Nia das letzte bisschen Halt verloren habe. Es kommt noch weniger Vernünftiges aus ihm raus als früher.«

Larissa nahm die Beine vom Tisch und beugte sich vor. »Wie geht's ihr?«

»Beschissen«, kam es knapp zurück.

»Dann hat sie sich noch nicht entschieden?«, erkundigte sich Hiroyuki von seinem schäbigen Sessel aus.

»Nein. Ihre Patienten auf der Station gehen ihr über alles.«

»Falls Ludd auf Kepler noch überdrehtes Fußvolk hat –«, begann Larissa.

»Hat er nicht«, warf Hiroyuki dazwischen, brach jedoch sogleich ab und fuhr sich mit den Fingern über die Lippen. »Suimassen. Diese Unterbrechung war unhöflich und unbedacht.«

»Ja, also, Ludds überdrehtes Fußvolk«, fuhr Larissa leicht irritiert fort, die ihrerseits nicht die geringsten Bedenken hatte, jemanden ins Wort zu fallen. »Wenn das auch ohne seine schwülstigen Reden weitermacht und sich fliegende Untersätze klaut, dann werden auch wir auf der Revenge bald eine Ärztin brauchen. Zuerst lässt Ludd sich von seiner Gurkentruppe retten, und dann werden sie gemeinsam versuchen, Hiroyuki auszubooten. Du kannst Nia ausrichten, dass sich unsere medizinische Abteilung momentan zwischen Recycler und Vorratskammer befindet.«

»Die Ausstattung ist gleich null«, stimmte Hiroyuki zögernd zu. »Unsere Behandlungsmethoden bestehen aus Handauflegen und gutem Zureden.«

Michael lehnte sich vor und seufzte. Die Kamera verzerrte sein Gesicht. »Nia ist halsstarrig.«

»Versuch es bitte weiterhin«, bat Cap. »Wir brauchen sie.« Zumindest seine engsten Freunde wollte er um sich haben, wenn er schon auf seine Schwestern Tess und Marge verzichten musste. Weder hatte sich Hiroyuki zur Frage bezüglich Tess' Befreiung geäußert, noch waren sie in Sachen First-Class-Angestellte weitergekommen. Wo und bei wem Marge Arbeiten verrichtete, war Cap ebenso unbekannt wie Ciara Seligs Plan zur Rettung von Caps kleiner Schwester.

»Wie sollte Nia Kopernikus verlassen? Falls sie das will«, fragte Michael. »Habt ihr darüber schon nachgedacht?«

»Ein Medikamententransport ab Neu-Berlin. Sie könnte die Handelsware vor Ort checken. Das ist in der Vergangenheit nicht selten passiert«, sagte Hiroyuki. »Die Rückfahrtkarte löst sie dann nicht mehr, sondern wird von meinen Leuten abgeholt.«

»Von deinen Leuten«, echote Michael. »Sorry, aber die Idee hast du doch eben erst ausgeschissen. Hast du wirklich noch den Überblick, wer auf Kepler zu dir gehört und wer sich Ludd angeschlossen hat?«

»Würdest du bitte deine Ausdrucksweise zügeln?«, sagte der Biologe unwirsch. »Ich bin sehr wohl im Bilde darüber, wer mir folgt und wer nicht.«

Cap hob abwehrend die Hände. »Könntet ihr bitte –?«

»Tut mir leid«, kam es von Michael. »Aber das Thema geht mir mächtig auf die Schoten.«

»Ich stimme zu«, brummte Hiroyuki.

»Du kennst unser Angebot …«, fing Michael an.

»Und du meine Antwort«, erwiderte der Japaner. »Ich werde nicht mit der Regierung gemeinsame Sache machen.«

»Wir würden dich nicht nur mit Material und Barem unterstützen, sondern auch mit Leuten.«

»Die ich erst recht nicht will. Keine NH!« Hiroyuki verschränkte die Arme vor der Brust, und die Sehnen traten deutlich unter der Haut hervor. Seine Lippen wurden schmal.

»Die NH ist genauso wie wir daran interessiert, die Umtriebe von SpaceSeed ein für alle Mal zu beenden. Und dazu gehört auch, Kopernikus und Kepler von den Ludditen zu befreien. Wir brauchen einen kompletten Neuanfang auf den Stationen.«

Der Biologe stand auf. »Nein, Michael. Nicht auf diese Art und Weise.«

Larissa kaute auf der Unterlippe.

»Wie sähe deine Alternativstrategie bezüglich Huggins aus, Michael?«, mischte sich Cap ein, dem die Vorstellung, mit Unterstützung der Regierung, Gerechtigkeit herzustellen, genauso wenig schmeckte wie Hiroyuki. Wenn die NH die Finger im Spiel hatte – unter Umständen sogar der First Class –, würde diese Gerechtigkeit nicht von langer Dauer sein. Cap traute Michael auch nach dessen Enthüllung. Aber nur ihm. Mit der Regierung verband Cap keine Freundschaft. Sie hofierte die First Class, kümmerte sich nicht um die Lager außerhalb der Innenstädte und hatte die Welt in zwei Hälften geteilt.

Erneutes Schulterzucken. »Habe im Moment noch keine. Lächeln. Nicken. Arschloch denken.«

»Ist das irgendein irdisches, antiquiertes Bonmot, das du in deinen Regierungsakten gefunden hast und dessen Sinn mir entgeht, Michael?«, fragte Hiroyuki in einem fast drohenden Tonfall.

»Auf der Konservenbüchse, auf der du geboren wurdest, würde man ›Abwarten und Tee trinken‹ sagen«, erwiderte Michael. »Oder gab's zu dem Zeitpunkt für Normalsterbliche schon keinen Tee mehr?«

»Das nennt sich Forschungsstation«, korrigierte der Japaner, der merklich um seine Beherrschung rang. »Und auf der gab es, so unglaublich das auch klingt, Lebensmittel, die ihr auf eurem verwüsteten Planeten nur in euren Träumen gesehen habt. Nicht der einzige Vorteil gegenüber der verbrannten Kugel, auf der man sich im Sand wälzen muss, um sich zu waschen.«

»Das muss aufhören«, schickte Larissa in Caps Kopf. »Seit wann sind die beiden zu Streithähnen mutiert?«

»Seit Hiroyuki eine Zusammenarbeit mit der NH zum ersten Mal abgelehnt hat«, sandte Cap zurück. »Das Angebot hatte Michael ihm kürzlich schon mal gemacht.«

»Animositäten können wir nicht gebrauchen«, sagte Larissa unter seiner Schädeldecke. »Ich will ebenso wenig mit der NH zusammenarbeiten wie Hiroyuki und du. Nicht hier, nicht heute und auch nicht morgen. Aber wir müssen an einem Strang ziehen. Sonst können wir uns gleich aus der Luftschleuse stürzen. Michael muss das kapieren.«

Michael riss ein anderes Thema an. »Momentan herrscht auf Kopernikus ein Zustand der übertriebenen Geschäftigkeit. Reparaturen, Aufräumarbeiten, mehr Reinigungsroboter. Man scheint zu ignorieren, dass SpaceSeed nach Hongs Tod in eine Art Schockstarre verfallen ist. Das Unternehmen weiß momentan nicht, wie es reagieren soll, und die Aktie ist im Sinkflug. Die Anleger verabschieden sich von dem Unternehmen.«

»Diese Kopflosigkeit spielt doch Huggins in die Hände, oder nicht?«, meinte Cap.

»Genauso wie Beljajew«, bestätigte Michael. »Beide sehen ihre Chance gekommen, endgültig ihr Ding durchzuziehen. Stellt sich nur die Frage, ob sie das gemeinsam tun. Hongs Nachfolger, so hört man, scheint ein Hosenscheißer zu sein. All diese Gründe haben mich dazu bewogen, erst einmal als Beobachter zu fungieren, bevor ich der NH eine Empfehlung ausspreche. Abwarten und Tee trinken. Und Hiro: Dich und deine Leute werde ich aus dem Spiel lassen. Versprochen.«

Hiroyuki schnaubte.

»Aber zu welchem Schluss ich auch komme«, fuhr Michael fort. »Die beiden werden euch allen vor den Koffer scheißen. Ihr müsst euch darauf vorbereiten, dass ihr Gegenmaßnahmen ergreifen müsst, für die ihr Eier in der Hose braucht.«

Larissa feixte. »Tun's auch Eierstöcke?«

»Das müsst ihr unbedingt ernst nehmen«, betonte Michael. »El Aurens fühlt sich durch euer Vorgehen nicht nur bloßgestellt, sondern auch persönlich auf den Schwanz getreten. Dass er mit einem blauen Auge aus dem Arboretum davongekommen ist, scheint er als göttlichen Fingerzeig oder etwas in der Art zu deuten, auf euch vorbehaltlos Jagd machen zu dürfen.« Er rieb erneut über das Meerjungfrauentattoo und senkte kurz den Blick. »Nein, zu müssen. Persönlich. Huggins wird Beljajew das nicht überlassen, und SpaceSeed wird in der Richtung gegenwärtig nichts unternehmen. Die sind komplett mit sich selbst beschäftigt.«

»Hilfe wäre jetzt schon nicht schlecht«, sagte Larissa in Caps Kopf.

»Ich hätte da schon eine Idee«, funkte er zurück.

»Und die wäre?«

»CropUniverse. Sie könnten Interesse zeigen. Schließlich kennen wir den Namen des wahren Attentäters auf das Weizenfeld. Und SpaceSeed ist ihr einziger Konkurrent im All. Bis jetzt haben wir nichts Schlechtes über das Geschäftsgebaren von CropUniverse gehört. Ich weiß auch noch nicht genau, wie das aussehen soll, aber –«

»Das klingt nach einem echten Schnellschuss, Cap«, rutschte es Larissa laut heraus.

Michael sah erwartungsvoll vom Monitor. »Falls ihr beiden Telepathen gerade wieder miteinander in Funkkontakt steht – schaltet doch bitte auf Lautsprecher.«

***

Lawrence trug seine innere Einstellung zur Schau, indem er auf der Schreibtischkante saß und die Beine baumeln ließ. Nachdem er mit der dunkelhaarigen Kira aus dem Arboretum gerettet worden und der verdutzten Nia mitsamt ihrem Team in die Hände gelaufen war, hatte er den Entschluss gefasst, sich nicht mehr lenken zu lassen. Nia sprach nicht mehr mit ihm und wohnte quasi in einem leeren Patientenzimmer. Hong war tot und dessen Nachfolger ein Schlappschwanz. Zwar genauso geschniegelt, jedoch konzeptionslos, flatterhaft und zu keiner eigenen Meinung fähig. Der Mann war Wachs in Lawrence' Händen.

Die verschlüsselte Übertragung aus dem SpaceSeed-Headquarter hatte er sich auf den Wandschirm gelegt. Ruben Singer, geboren im ehemaligen Nordamerika, sollte einen guten Rundumblick auf das Büro haben, in dem es aussah, als habe dort seit Wochen niemand aufgeräumt. Was im Großen und Ganzen der Wahrheit entsprach. Bürotätigkeiten interessierten Lawrence nicht mehr. Er verfolgte nur ein Ziel: diesen infamen Deutschen und dessen französische Verräterschlampe dingfest zu machen.

Das SpaceSeed-Logo erschien auf dem Wandschirm und drehte sich ein paar Mal um die eigene Achse, bevor Singers Gesicht auftauchte. Sein künstlich gebräunter Teint schimmerte. Jemand wie er würde sich keine einzige Sekunde lang den Strahlen der echten, unerbittlichen Sonne aussetzen. Lawrence dachte an die blasse Haut von Markus Schwarz, der ebenfalls den Aufenthalt im Freien mied, die Nutzung eines Solariums aber niemals in Betracht zöge.

»Brigadier Huggins«, begann Singer mit breitem Akzent, der an den Vokalen zog wie an einem Stück Gummi. Der neue Geschäftsführer warf einen nervösen Blick auf seine manikürten Fingernägel, als ob er Lust habe, daran zu knabbern. Dann schweiften seine geweiteten Augen durch den Raum. »Gibt es Neuigkeiten? Es sieht umtriebig bei Ihnen aus.«

Lawrence' Bein schwang vor und zurück. »Kommandantin Beljajew und ich sind darin übereingekommen, der Bethany's Revenge« – was für ein dämlicher Name, dachte er – »einen von SpaceSeeds schnellen, kleineren Frachtern hinterherzuschicken. Klasse D, gegebenenfalls.«

Das musste Singer wohl erst einmal sacken lassen, denn für einige Sekunden schwieg er. Dann sagte er vorsichtig: »Also, das können Sie natürlich tun, aber sind Sie sich sicher, dass es das Richtige ist, in dieser Sache auf eigene Faust zu handeln?«

Lawrence bedachte ihn mit einem vorwurfsvollen Blick, der seinen Gesprächspartner kurz zusammenzucken ließ. »Absolut. Die NH hat damit nichts zu schaffen. Das ist Firmensache. Während ich weg bin, wird Diego Bianchi das Sicherheitsteam auf Kopernikus leiten. Ich vertraue dem Mann vollkommen. Außerdem ist immer noch Security-Personal von Kepler auf meiner Station; wir könnten es länger behalten.«

»Haben Sie das mit« – er senkte den Blick, wahrscheinlich auf einige Notizen vor sich – »Security Chief Liz Kreissler abgeklärt?«

»Nein.«

Singers Augen schnellten nach oben. Jedoch schien er sich nicht daran zu stören, dass Lawrence sich als Inhaber der Station bezeichnete oder eigenmächtig Entscheidungen bezüglich der Rekrutierung traf, denn er sagte nur: »Sie wollen selbst mitfliegen?«

»Auf jeden Fall«, erwiderte Lawrence in einem Ton, der keine Widerrede duldete.

»Nun. Wenn Sie meinen.«

»Tue ich.«

»Wie sind diese Putschisten überhaupt an einen unserer Frachter gekommen, Brigadier? Sie verschweigen mir doch nicht etwa ein zweites Kidnapping?«, wollte Singer wissen. »Vor Ihrer Zeit auf Kopernikus, natürlich«, schob er schnell hinterher.

Lawrence mahlte mit dem Kiefer. Den Begriff »Putschisten« hasste er genauso wie »Rebellen«. Diese Worte verliehen dem Treiben dieser Leute zu viel taktische Bedeutung. »Laut meinen Informationen handelt es sich bei der Bethany's Revenge um ein ausrangiertes SpaceSeed-Schiff mit dem ehemaligen Namen Durum.« Dass die Firma ihre Shuttles und Frachter nach Weizensorten benannte, fand er mehr als lächerlich. »Es wurde legal erworben.«

»Von wem?«

»Von einer Person namens Bethany Hubsucker.«

»Besagte Bethany, nehme ich an.«

Lawrence nickte. »Wir sind im Moment dabei, weitere Hinweise zu sammeln. Sie konnte damals eine gültige Handelslizenz vorweisen.«

Singer leckte sich die Lippen. »Dann will ich Ihnen in dieser Sache komplett vertrauen. Wie Sie wissen, habe ich gerade andere Sorgen.«

»Nur zu verständlich«, erwiderte Lawrence und bemühte sich um seinen besten englischen Akzent, um deutlich zu machen, was er von Singers Genuschel hielt. »Zutiefst unerquicklich.«

Der seufzte. »Sie machen sich keine Vorstellung, Brigadier. Keine Vorstellung.«

Was für ein Waschlappen, dachte Lawrence. »Die Bürde der Mächtigen, Sir«, sagte er und stieß dann ein kurzes Lachen aus, in das Singer nach einer Schrecksekunde mit einstimmte.

»Es gibt jedoch noch eine Sache«, fuhr der Brigadier jäh fort.

Singer rieb sich fahrig die Nasenwurzel. »Ja?«

»Stellen Sie sich folgendes Szenario vor: Wir fliegen der Bethany's Revenge hinterher und holen das Schiff ein.«

»Ja?«

»Was dann?«

Ruben Singer tippte sich ans Kinn. »Ich fürchte, ich kann nicht folgen.«

Natürlich kannst du das nicht, wütete Lawrence innerlich und rutschte mit dem Hintern von der Tischplatte. »Sollen wir sie rammen? Andocken? Höflich mit ihnen plaudern?«

Singer schaute immer noch fragend in die Kamera.

»Ein brüllender Löwe zerreißt keinen Menschen«, half ihm Lawrence auf die Sprünge. »Wir brauchen Krallen, Sir. Messerscharfe Klauen.«

Die Augen des SpaceSeed Geschäftsführers wurden größer. »Sie meinen … Kampfgerät?«

»Effizienz ist das A und O.«

»An was dachten Sie?«, erkundigte sich Singer vorsichtig.

»Es sollte kein Problem sein, den Frachter nachträglich entsprechend auszustatten.« Lawrence hatte läuten hören, dass Hong entschlossen gewesen war, alle Schiffe des Unternehmens mit Verteidigungs- und Angriffssystemen zu bestücken, obwohl der Rest der Firma dazu keinen Grund sah. Das Weltall machte, im Gegensatz zur Erde, einen ruhigen Eindruck. Diese Zeiten änderten sich nun.

Auf der hellbraun getönten Haut des Direktors breiteten sich hektische rote Flecken aus. Er schluckte. »Die Waffen waren als Abschreckung gedacht, Brigadier. Außerdem steckt alles noch in der Probephase.«

»Abschreckung«, begann Lawrence mit vor Wut zitternder Stimme. »Daran glauben Sie doch nicht ernsthaft. Ich bitte Sie, Sir. Waffen sind dazu da, sie dem Gegner an die Schläfe zu halten und dann abzudrücken. Sonst können Sie die Dinger gleich in den nächsten Müllschlucker werfen.«

Singer rang mit sich. »Ganz der Exmilitär«, meinte der neue Geschäftsführer schließlich mit krächzender Stimme. »Ich bin mir nicht sicher, ob die Entwicklung schon so weit ist. Gehen Sie in sich, Brigadier, und fragen Sie sich: Muss das sein? Ich meine, Putschisten … Das ist doch was völlig Neues auf unserer Agenda. Wir wissen zu wenig über diese Leute.«

»Genau das ist der Punkt, Sir. Denen ist alles zuzutrauen.« Lawrence zwang sich, tief durchzuatmen, und es funktionierte. Sein Tonfall wurde ruhiger. »Und ein Mann in Ihrer Position kann Dinge gewiss beschleunigen.«

Singer nickte geschmeichelt. »Natürlich«, sagte er langsam, als ob ihm das auch gerade erst aufgefallen wäre. »Ich denke darüber nach und schaue, was ich ausrichten kann. Sonst noch was?«

»Momentan nicht, Sir. Falls Sie nicht an Ludd und Kusnezow interessiert sind.«

»Wer war das noch gleich?«

Himmel, das durfte nicht wahr sein! »Professor Nedd Ludd ist –«, begann Lawrence.

Singer schüttelte den Kopf. »Dieser Name ist mir natürlich ein Begriff. Halten Sie ihn und seine Leute in Gewahrsam. Darüber müssen wir gar nicht diskutieren. Der andere.«

»Galina Kusnezow haben wir gleich nach der Piraterie der Hermion verhaftet.« Das klang entschieden besser als »ist uns in Ebene 0 vor die Füße gefallen«.

Jetzt nickte der Direktor. »Ein Volltreffer, Brigadier. Hat sie endlich ausgepackt?«

An dieser Stelle verfluchte sich Lawrence, überhaupt davon angefangen zu haben, denn Kusnezow schwieg wie ein Grab und war auch sonst nicht gerade das, was man eine Stimmungskanone nannte. Im Gegensatz zu Ludd, der in seiner Zelle herumzeterte wie ein bärbeißiges Weibsstück und hin und her lief wie ein an Hospitalismus leidendes Tier, saß die Frau mit den um den Kopf gelegten dicken blonden Zöpfen in der Ecke und rührte sich nicht. Ab und zu aß sie etwas, aber auch das nur sporadisch. Sie schien sich nicht die Bohne dafür zu interessieren, was um sie herum passierte. Was Lawrence auf die Palme brachte.

»Leider«, improvisierte er, »ließen sich ihre Aussagen bis dato nur schwer interpretieren.«

»Ich gehe davon aus, dass Sie sich bald ein vollständiges Bild machen können, Brigadier Huggins. Ein Mann in Ihrer Position.«

Verarschte ihn Singer gerade? Lawrence nickte widerwillig. »Absolut. In Professor Ludd haben wir einen gesprächigen Partner gefunden.« Der dabei aber leider nichts Sinnvolles ausspuckt, dachte Lawrence, außer sich ständig selbst über den grünen Klee zu loben.

»Das ist doch was!«

HÜFTGOLD

Tess konnte den weit ausholenden Schritten kaum folgen. Außerdem hegte sie im Stillen ernsthaft Zweifel daran, dass die Frau mit dem Irokesenschnitt wirklich eine Freundin von Cap war. Sie wirkte unkonzentriert und impulsiv – eine Mischung, die Tess von Jakob kannte, mit dem sie im Camp fast jeden Tag die Schrottplätze durchkämmt hatte. Nur, Jakob zählte fast achtzig Jahre, und mit diesem Alter gingen nicht selten Gedankenverlorenheit und Zorn einher. Fenna hingegen war jung.

»Wo gehen wir hin?«, fragte Tess, als sie in einen Gang einbogen, an dessen Ende ein weiterer Korridor abzweigte. Das Kontrollzentrum glich einem Labyrinth.

»Ich bringe uns hier raus.«

»Uns?«

»Ich bin hier fertig. Fertig mit allem.«

»Aber du hast doch vorhin erzählt, du wärst gerade erst angekommen?«

»Nach dem Stunt von eben kann ich ja kaum hierbleiben«, erwiderte Fenna. »Außerdem ist mir schon vorher einiges klar geworden.«

»Und was?«

»Das verstehst du nicht.«

»Weil ich ein Mädchen bin?«, blaffte Tess, die diesen Spruch des Öfteren vom alten Jakob gehört hatte. »Das bist du auch. Falls du's vergessen hast.«

Fenna blieb abrupt stehen, sodass Tess beinahe gestolpert wäre. »Blödsinn. Nein, weil du noch grün hinter den Ohren bist. Jetzt hör mal zu, Fräulein.« Das letzte Wort sprach sie auf Deutsch aus. »Ich hab's nicht so mit Kindern.«

Tess wollte etwas erwidern, aber Fenna hielt den Zeigefinger warnend in die Luft. »Also halt einfach den Rand, und mach, was ich dir sage.« Fenna eilte weiter.

»So, wie du redest, kannst du keine Freundin meines Bruders sein. Cap würde niemals zulassen, dass jemand mit mir spricht wie mit … mit einem beknackten Arsch«, wütete Tess, während sie versuchte, Schritt zu halten.

»Allmächtiger, du hast ein Mundwerk wie ich.« Sie seufzte. »Hör zu. In der letzten Zeit ist in meinem Leben einiges schiefgelaufen. Ich habe keine Lust, dir alles zu erklären, und außerdem geht es dich nichts an, okay? Du bist nicht meine beste Freundin. Aber, stell dir vor, ich habe Freunde, und denen muss ich jetzt endlich mal helfen.«

»Hast du das denn früher nicht getan?«

»In letzter Zeit nicht.«

»Das ist schlecht.«

»Messerscharf beobachtet.«

»Ist das ironisch gemeint?«

»Tess, hör auf, Fragen zu stellen! Wir haben nicht den lieben langen Tag Zeit, um hier rauszukommen.«

Sie bogen in den nächsten Korridor ein.

»Woher weiß ich, dass ich dir trauen kann?«, stieß Tess aus.

»Okay. Ich verstehe, dass du Zweifel hast. Ich bin auch nicht gerade gutgläubig. Also, stell mir noch eine Frage. Ausnahmsweise. Eine, die beweisen kann, dass ich die bin, die ich vorgebe zu sein.«

Tess überlegte. Wie blöd war das denn? Eine Frage. Caps großes Muttermal am Oberschenkel? Nein. Sie musste nach etwas suchen, das ihr Bruder nur einem äußerst ausgewählten Personenkreis offenbaren würde.

Fenna blieb stehen und hielt ihr Gesicht vor einen biometrischen Abtaster an der Wand. Eine kleine Lade öffnete sich geräuschlos, und das Gerät streckte mit einem leisen Surren seinen dünnen Arm nach ihrem Auge aus. Fenna machte den Hals lang und legte ihr Kinn in eine dafür vorgesehene schmale Schale. Der Scan wurde mit einem entgegenkommenden »Fenna

Dekker. Abteilung Markus Schwarz. Rekrutierung. Innendienst. Zutritt gewährt« der Vorrichtung beendet.

Mit einem Zischen öffnete sich eine Tür, die Tess vorher gar nicht aufgefallen war, und perplex sog sie die Luft ein. In einer weitläufigen Halle standen mindestens zehn Jeeps.

»Echt spitzenmäßig!«, sagte sie aufgeregt. »Welchen nehmen wir?«

Fenna grinste breit. »Das war sicher nicht die Frage der Fragen, die du mir stellen wolltest. Egal. Welchen möchtest du denn haben?« Sie zögerte. »Nein. Warte. Ich zeig dir, was ich … spitzenmäßig finde.«

Sie ging zügig voran, und Tess beeilte sich, sie einzuholen. Nachdem sie einige Fahrzeugreihen abgelaufen waren und Tess den Arm ausstreckte, um über die dunkelgrüne Lackierung der Jeeps zu streichen, drosselte Fenna überraschend ihr Tempo und schritt bedächtig auf eine Plane zu, die etwas Großes unter sich begrub. Offensichtlich einen weiteren Jeep, den man keinen neugierigen Blicken aussetzen wollte oder der zu wertvoll war, um ständig gefahren zu werden.

Gerade als Fennas Hand nach der Abdeckung greifen wollte, fiel Tess die alles entscheidende Sache ein.

»Stopp. Ich hab's.«

»Was?«

»Den Beweis.«

»Ach.« Fenna ließ die Plane los. »Spuck's aus.«

»Da ist was«, begann Tess, »was meinen Bruder ehrlich bedrückt.«

»Dass er Marges Auslieferung an die First Class nicht verhindert hat? Dass er sich freiwillig meldete, um dir das gleiche Schicksal zu ersparen?«

Tess stutzte. Nicht die Antwort, die sie hatte hören wollen, aber – auch nicht schlecht. Allerdings etwas, was man nachlesen könnte, wenn man Zugang hätte. Nicht ausgeschlossen, dass Fenna diesen besaß. Die Rekrutierungsvorgänge wurden sicherlich dokumentiert. »Ja. Nein. Was anderes«, stotterte sie.

In Fennas Gesicht wechselte sich Konzentration mit Ungeduld ab. »Dass er seinem Sohn erst einen Namen gegeben hat«, sagte sie fast tonlos, »nachdem er schon gestorben war.«

Tess schluckte hart. »Und wie hat er ihn genannt?«

»Aaron«, antwortete Fenna sanft. »Kann's jetzt weitergehen?«

»Hm.« Tess schniefte leise.

Fenna beugte sich vor. »Tess, tut mir leid, wenn das schmerzliche Erinnerungen weckt. Aber wir müssen uns vom Acker machen.«

Mit einem Ruck zog sie an der Plane, und das, was zum Vorschein kam, ließ Tess alles vergessen, woran sie eben noch gedacht hatte. Vor ihnen standen fünf Motorräder der Security-Klasse.

»Alternativantrieb«, hauchte sie. »Das habe ich noch nie mit eigenen Augen gesehen!«

Die Security setzte in den Camps nur Jeeps ein, da sie Rekruten mitnehmen wollten. Und diese fuhren mit fossilen Brennstoffen dank einer Ausnahmegenehmigung, die sich SpaceSeed von der Regierung erschlichen hatte.

»Hast du nicht gesagt, du wärst noch nicht lange im Team von diesem … Schwarz?« Tess spürte schon wieder leichtes Unbehagen in sich aufkommen.

»Traust du mir schon wieder nicht mehr? Ja, ich bin erst seit kurzer Zeit hier, und ehrlich gesagt hatte ich ursprünglich gar nicht vor, diesen Dienst anzutreten. Und dann noch derart zackig. Aber wie gesagt: Es ging mir während meiner Versetzung einiges im Kopf rum.«

»Und hier kannst du Cap besser unterstützen als woanders?«

Fenna sah ihr in die Augen. »Natürlich. Ich helfe dir, oder nicht? Also helfe ich auch deinem Bruder. Gleich nachdem ich ankam, habe ich mir die Grundrisse des Kontrollzentrums vorgenommen, bin die technischen Spezifikationen durchgegangen, und als ich dann mitbekam, dass sie dich geschnappt hatten –«

»Moment«, unterbrach Tess sie. »Die wissen, wer ich bin? Die kennen meinen Namen?«

»Für wie blöd hältst du Schwarz?«, entgegnete Fenna. »Natürlich kennt er deinen Namen.«

»Aber ich bin nirgends registriert! Niemand aus den Camps, der noch nicht rekrutiert wurde, ist das.«

Fenna drückte ihren Daumen auf die biometrische Sicherung des Fahrzeugs. »Ach, Tess. Seit der Flucht deines Bruders haben die ihn im Visier. Und alle, die mit ihm in Verbindung stehen. Schon möglich, dass sie zuerst nicht wussten, wen sie vor sich hatten, aber jetzt ist das anders.«

»Aber du stehst auch mit ihm in Verbindung!«

»Mit Cap? Ich habe hier nach meinem Jobantritt äußerst überzeugend dargelegt, dass das der Vergangenheit angehört. Er und ich waren zwar im selben Team, aber ich will seit den Ereignissen auf der Hermion offiziell nichts mehr mit ihm zu tun haben. Und das glaubt mir Schwarz.« Sie brach ab, als sie Tess' fragenden Blick sah, und zeigte dann auf die Motorräder »Du stehst hier vor den neuesten Modellen. Ich bin nicht sicher, warum SpaceSeed ausgerechnet jetzt auf die alternativen Antriebe umrüstet, aber es wird vermutlich eine ihrer Augenwischereien sein, um ungeliebte Schreihälse für eine Weile ruhigzustellen.« Sie stemmte gebieterisch die Arme in die Hüften. »Bist du bereit?«

Tess grinste. »Scheißt der Papst in den Wald?«

»Was? Weißt du überhaupt, wer das war? Das hast du garantiert von Michael, oder?« Fenna lachte. »Dann mal los.«

***

Das Cockpit der Bethany's Revenge strahlte ein gemütliches, unordentliches Ambiente aus. Cap vermutete einen Zusammenhang mit Big Bethany selbst, von der eine behäbige Gelassenheit ausging, ohne den Eindruck, sie würde Dinge schleifen lassen. Hier hämmerte niemand auf Knöpfe, keiner legte hektisch einen Schalter um, nicht einer schrie Befehle. Hier ruhte die Dame des Hauses im Pilotensitz, die Füße, die sie in hohe Lederstiefel gezwängt hatte, thronten auf der Konsole, und im Mundwinkel steckte ein Strohhalm, der in einem Glas Weizenmilch endete.

Der Beiname »Big« war bei Bethany wörtlich zu verstehen. Denn alles an dieser resoluten Frau war groß – oder eher breit, denn Cap überragte die Besitzerin des Frachters um eineinhalb Köpfe.

»Hast du dich schon eingelebt, Junge?«, fragte sie in dröhnendem Alt. »Schon alle kennengelernt?«

Er drehte den Copilotensitz so, dass er ihr ins Gesicht sehen konnte. »Alles ist gut.« Cap grinste. Beth' Mannschaft bestand im Grunde nur aus ihr und Dimitri, einem Typen mit wirrem Haar, dem ständig seine Datenbrille vor den Augen klebte.

Sie zog die Augenbrauen hoch. »Übt der Herr Kritik an der Stärke meiner Mannschaft?« Sie zog den Strohhalm aus dem Becher, warf ihn auf den mit Abfall übersäten Boden und nahm einen kräftigen Schluck.

»Nichts läge mir ferner«, erwiderte er. »Was ich damit sagen wollte, ist, dass Dimitri –«

»Du meinst Goggles«, verbesserte Big Bethany. »Ja, da gibt es nicht viel zum Kennenlernen, hast schon recht. Der ist mit seiner Brille verwachsen. Schwebt in anderen Sphären.«

»Auf dein Geheiß, wie ich verstanden habe.«

Sie nickte. »Goggles holt für uns Daten ans Tageslicht, untersucht und filtert sie, leitet Dinge an mich weiter, die für uns interessant sein könnten. Er kommt natürlich nicht an alles ran, aber es reicht. Also wundere dich nicht, wenn er keinen Satz zu Ende spricht. Die restlichen Worte musst du dir eben denken.«

»Das ist mir aufgefallen, als er uns ein paar seiner Klamotten gegeben hat.« Cap schmunzelte. Wenigstens war Dimitri nur einen halben Kopf kleiner als er, sodass Hose, Shirt und Schuhe leidlich passten. Larissa hingegen hatte sich einen Gürtel leihen und die Hosenbeine hochkrempeln müssen. Das Shirt schlotterte um ihren schlanken Körper wie ein Segel, und sie hatte sich Stiefel von Beth geborgt.

»Und, was ist momentan von Interesse für dich?«, fragte Cap vorsichtig.

Big Bethany schlug mit der fleischigen Hand auf die Lehne. »Junge, was glaubst du denn? Du. Du bist wichtig. Dein Freund, der, der dich verarscht hat, wie hieß er noch gleich –?«

»Michael«, antwortete Cap, der sicher war, dass Bethany den Namen nicht vergessen hatte. »Und das war kein Betrug.«

»Ansichtssache.«

»Er hat …« – Cap suchte nach dem richtigen Begriff – »improvisiert.«

Bethany schnaubte. Auf ihrer Oberlippe war ein Milchbart getrocknet, aber Cap traute sich nicht, sie darauf hinzuweisen.

»Wie auch immer, Junge. Dieser sogenannte Freund von dir hat recht. Huggins klebt uns am Arsch wie eine Scheißhausfliege. Alle Vöglein, deren Gesang Goggles unter die Lupe nehmen kann, singen es im Chor. Er sucht nach meinem Schiff.«

»Was werden wir dagegen unternehmen?«

»Hast du denn eine Idee?« Hiroyuki tauchte hinter Bethany auf und ließ sich in den dritten Sitz fallen. »Ich wette, deine Frage war rein rhetorisch.«

Das war sie in der Tat gewesen. »Was zwitschert Goggles Vogelchor in Neu-Peking denn bezüglich der Maßnahmen, die Huggins zu ergreifen bereit ist?«, fragte er.

»Schießprügel«, antwortete Bethany knapp. »Und du brauchst mich gar nicht so kritisch zu beäugen, Junge. Die Antwort ist: Nein, SpaceSeed hat so was normalerweise nicht im Raumfahrergepäck.«

»Das meinte ich nicht. Ich sehe das Problem nicht. Wir haben doch unsere OC-Guns. Und ihr habt genügend Munition dafür an Bord. Woher auch immer die kommt.«

Bethany legte den Kopf schief. »Du verstehst hier was falsch, Junge. Ich rede nicht von kleinen Schießprügeln, ich spreche von den dicken Dingern. Die am Schiff kleben.«

»Kanonen?«, rief Cap ungläubig aus.

»Das könnte interessant werden«, murmelte Hiroyuki.

»Interessant? Du machst Witze! Was haben wir dagegen aufzubieten?«, erkundigte sich Cap. »Verfügt das Schiff über eine Art Raketenabwehrsystem oder etwas in der Richtung?« Nicht dass er sich damit auskannte.

Big Bethany starrte wie abwesend in den Monitor vor sich. »Wovon träumst du sonst noch? Das ist ein umgerüsteter Frachter. Kein Militärkreuzer aus deinen feuchten Träumen.«

»Etwas Ähnliches?«

Sie seufzte. »Wir haben uns vor einigen Monaten Impulslaserkanonen einbauen lassen. Das ist das Höchste der Gefühle. Schon damals haben wir die Scheiße gerochen. Man munkelte da aber noch von Abschreckung.«

Hiroyuki rieb sich die zerfurchte Stirn. »Impulslaserkanonen waren das?«, fragte er leise. »Ich bin davon ausgegangen, dass du etwas Effizienteres eingebaut hättest.« Er wandte sich an Cap und riss theatralisch die Arme hoch. »Das ist es, was ich meinte, als ich sagte, ich möchte Larissas Verhandlungskünste für unsere Sache nutzen. Dann hätten wir jetzt was Ordentliches am Rumpf kleben.«

»Impulslaserkanonen. Sind die schlecht?«, fragte Cap und kam sich dumm vor. »Was können die denn?«

»Sie sind eine Katastrophe«, antwortete der Biologe. »Einfache Impulswaffen mit geringer Durchschlagskraft.«

Big Bethany bedachte ihn mit einem wütenden Blick. »Ich muss schon bitten, Hiro. SpaceSeed wird auch nicht mehr zu bieten haben. Und es war das Einzige, was ich zu dem Zeitpunkt für das Geld kriegen konnte. Für die Kröten hätte unser Lieferant auch nicht mehr herausgerückt, wenn du die aktuelle Miss Galaxy der First Class persönlich hingeschickt hättest. Du hast gefragt, ob es erledigt sei, und das war es. Waffen eingebaut. Fertig. Wir wollen Huggins und sein Gefolge ja nicht in einen Feuerball verwandeln. Ein bisschen Erschrecken muss reichen.«

»Im All gibt es kein Feuer, und es geht hier nicht um Angriff, sondern um Verteidigung«, brummte Hiroyuki.

»Bist du sicher, was die Bewaffnung von SpaceSeed angeht?«, wollte Cap von ihr wissen. »Ist sich Goggles sicher?«

»Was heißt schon sicher?«, orakelte Beth. »Nehmen wir einfach an, sie wissen nicht, wie wir ausgestattet sind, und wollen erst mal nicht viel Geld investieren.«

»Das ist aber ein zutiefst frommer Wunsch«, grunzte Hiroyuki.

»Außerdem haben wir ein bisschen Hüftgold«, warf sie ein, was ihr einen amüsierten Blick der Männer einbrachte. »Spart euch euer blödes Grinsen. Alle beide. Das war rein metaphorisch gesprochen.«

»Gomen ne. Auf was spielst du bitte an?«, fragte Hiroyuki freundlich.

»Die Revenge hat eine dicke Hülle.«

»Das klingt doch gut«, sagte Cap verhalten, da ihm nicht klar war, was für einen Schaden Impulslaserkanonen an einem Raumer konkret anrichten konnten. »Oder nicht?«

»Eine dicke Hülle«, wiederholte Beth stolz, »war bei den älteren Modellen Usus. Und bei der Revenge handelt es sich nicht um das neueste Fabrikat, was uns hier einen Vorteil bringt. Inzwischen sparen sie ja überall.«

»Was deine Frage von vorher angeht, Cap. Wir sind uns nicht über die Bewaffnung von SpaceSeed im Klaren. Prinzipiell wissen wir gar nichts Genaues. Nur dass Hong die Frachter schon während seiner Amtszeit bestücken lassen wollte. Womit genau, stand damals noch in den Sternen.« Hiroyukis Finger deutete hinaus ins All. »Such dir einen aus.«

Cap entschied, dass es an der Zeit war, mit seiner Idee herauszurücken. »Dann wäre es doch sicherlich nicht schlecht«, begann er zögernd, »wenn wir uns einen Bündnispartner suchen würden. Einen mit dem nötigen finanziellen Hintergrund und Beziehungen. Einer, der –«

Hiroyuki funkelte ihn an. »Kommst du jetzt auch mit dieser irrwitzigen NH-Idee angekrochen? Oder etwas, worüber du insgeheim schon mit Larissa … konferiert hast?« Hiroyuki sprach den letzten Satz fast ehrfürchtig aus. Seit er von der Fähigkeit der beiden wusste, hatte er sie noch nie darauf angesprochen.

Cap nickte. »Wir dachten an CropUniverse.«

Beth verschluckte sich an ihrer Weizenmilch und begann zu husten.

REKONVALESZENZ

Die Hände der jungen Frau zitterten in ihrem Schoß. Unruhig rutschte sie auf dem Stuhl hin und her. »Sind wir fertig?«, hauchte sie und warf Lawrence einen verstohlenen Blick zu. Der wich ihm aus.

»Einen Moment noch, bitte, Samira.« Nia justierte das Autorefraktometer. »Wenn Sie etwas weiter vorrücken würden? Sodass Sie direkt in den Messkopf schauen können?«

Die junge Frau mit den schwarzen, streng nach hinten gebundenen Haaren zögerte.

»Die Untersuchung ist völlig schmerzfrei«, sprach Nia in einem Ton, mit der eine Mutter ihr panisches Kind beruhigt. »Sie kennen das doch von früher. Das Refraktometer fährt automatisch in die richtige Position und löst dann aus. Es geht mir nur um die Vermessung Ihrer Augen.« Sie tippte mit dem Finger auf ein kleines Display am Gerät, und die Stütze fuhr ein wenig höher, bis zu Samiras Kinn. »Gut so«, lobte Nia ihre Patientin. »Jetzt stillhalten.«

Lawrence wäre am liebsten aufgesprungen und hätte die Sache geräuschvoll beschleunigt. Im Behandlungsraum der medizinischen Abteilung ließ Samira, die – wie Lawrence sich verschwommen erinnern konnte – vor der Vergiftung einmal im Maschinenraum gearbeitet hatte, jetzt schon den vierten Test über sich ergehen. Nia bestand auf seiner Anwesenheit während der Untersuchungen, aber Lawrence begriff nicht, was er hier sollte. Händchen halten? Konnte sie ihm die Ergebnisse nicht später gesammelt übermitteln?

»Doktor Patel –«, begann er formell und mit heiserer Stimme.

Nia hob gebieterisch die Hand. »Sofort, Brigadier.« Ihre schlanken Finger huschten erneut über ein paar Tasten, und im Display des Geräts erschien eine Vergrößerung von Samiras Auge. Nia deutete auf einen Punkt in der Mitte der Linse. »Siehst du das?«

Lawrence beugte sich vor und achtete darauf, einen respektvollen Abstand einzuhalten. Etwas, was er noch vor wenigen Wochen niemals getan hätte. Im Gegenteil. Er hätte scheinbar zufällig ihren Arm berührt. Ihr dann etwas ins Ohr gehaucht, worauf sie lachend aufgesprungen wäre, um ihn zu umarmen. Auch vor Patienten war das schon vorgekommen. Früher einmal.

»Worauf soll ich achten?«, fragte er leicht verärgert.

»Siehst du etwas?«, wiederholte sie etwas lauter.

»Wenn ich nicht weiß, auf was du anspielst, dann –«

»Genau«, unterbrach Nia ihn ungeduldig. »Du siehst nichts. Danke, Samira«, sagte sie zu ihrer Patientin. »Sie können gehen.«

Die dunkelhaarige Frau erhob sich irritiert. »Gehen … Was meinen Sie? Wohin, Doktor Patel? Zurück zu Ebene null?«

Nia lächelte. »Nein. In Ihr Quartier.«

»Moment …«, begann Lawrence.

»Sie ist gesund. Die Ablagerungen in den Knochen sind fort, die Bildung der Blutzellen funktioniert nahezu normal. Und wie wir eben gesehen haben, liegen auch keine vergiftungsbedingten Sehfehler mehr vor. Keine Anzeichen eines Hyposphagmas. Die Bindehaut ist in Ordnung. Sie können gehen.« Nia zwinkerte der jungen Frau aufmunternd zu, deren Miene Bände sprach. Offensichtlich konnte sie nicht glauben, was sie da eben hörte.

Genauso wenig wie Lawrence. »Gesund?«

»Keine Auffälligkeiten«, bestätigte Nia und schob das medizinische Gerät zurück an seinen Platz. »Und diese Diagnose habe ich heute schon achtmal gestellt.« Sie warf einen kurzen Blick zur Tür, als ob sie sich vergewissern wolle, ob ihre Patientin das weitere Gespräch mitbekam, aber Samira war schon eilig im Vorzimmer verschwunden. Ihr Lachen klang gedämpft aus dem Nebenraum. Offenbar bejubelte sie mit Monica gerade ihre Genesung.

Trotzdem senkte Nia die Stimme. »Die achte Diagnose, Larry. Ist das nicht wunderbar? Ich wollte, dass du es mit eigenen Augen siehst.«

Er blieb skeptisch. »Acht von wie vielen?«

»Acht von acht.«

»Und diese acht sind wieder in ihren Quartieren?«, hakte Lawrence nach.

»So ist es«, bestätigte Nia. »Wenn sich die allgemeine Rekonvaleszenz auf Ebene 0 fortentwickelt, kannst du deine Pestkolonie, auf die du derart stolz bist, wieder dichtmachen.« Sie warf ihren dicken Zopf über die Schulter.

Eine Geste, die Lawrence anzeigte, dass sie sich für einen verbalen Kampf rüstete. Er verkniff sich die Entgegnung, dass »seine Pestkolonie« auf Kopernikus für eine kurze Zeit ein wenig Alltagstrott hatte einkehren lassen. »Was ist mit den Ausfällen, die wir in den letzten Wochen noch hatten?«, fragte er. »Sarah, die mir ihre Titten entgegengereckt hat? Der Typ, der Ruth in der Kantine seinen blanken Hintern zeigte, als sie ihn fragte, ob er den Porridge mit Weizenmilch oder Wasser will?«

»Ich gehe davon aus, dass auch diese Fälle bald der Vergangenheit angehören werden. Bei manchen traten die Vergiftungserscheinungen eben erst später auf. Wir durchleben gerade eine letzte Welle.«

»Eine letzte Welle?«, echote Lawrence. »Woher weißt du das?« Inzwischen war er sich selbst nicht mehr im Klaren darüber, was er glauben sollte. Hatte ihm nicht Bianchi schon erzählt, dass es auf Ebene 0 inzwischen überraschend ruhig zuging?

Nia ging über seine Frage hinweg und sprach weiter, während sie den Behandlungsraum für den nächsten Patienten vorbereitete. »Ich habe übrigens Michael und Kaito gebeten, Nachforschungen bezüglich Hongs Piloten anzustellen«, sagte sie und rückte den Besucherstuhl zurecht.

Er atmete tief durch. »In letzter Zeit handelst du äußerst eigenmächtig, findest du nicht auch? Es gibt eine Rangfolge auf der Station.« Darüber hinaus zog sie ausgerechnet die Rekruten zurate, denen er selbst nicht unvoreingenommen vertraute. Herrgott, sie nannte sie inzwischen beim Vornamen! Machte sie das absichtlich?

Sie hielt in ihrer Bewegung inne und sah ihn an. »Ach. Und du nicht? Du sprichst dich mit mir ab? Du erzählst mir alles? Hast keine Geheimnisse?« Ihre Hände ahmten die Kurven einer Frau nach, und sie klimperte theatralisch aufreizend mit den langen Wimpern.

Lawrence schwieg. Es stand völlig außer Frage, dass sie damit auf Kira anspielte.

»Hongs Pilot«, fuhr sie fort, »hielt sich nach der Explosion ebenfalls auf dem Feld auf. Normalerweise fungierte er nicht als Hongs Leibeigener, sondern flog einfache Shuttleflüge. Zur Zeit der Detonation befand er sich auf Kopernikus, weil er ein paar Mitarbeiter in den wohlverdienten Kurzurlaub fliegen sollte.«

»Das haben Winter und Sakamoto herausgefunden?«

Sie nickte. »Der Pilot hat geholfen. Bei der Bergung.«

»Und du willst damit andeuten, dass er ebenfalls infiziert war? Und dass er deswegen überreagierte? Plötzlich auf die glorreiche Idee kam, sich in die Luft zu jagen?« Verächtlich stieß Lawrence Luft aus. »Das ist nichts weiter als eine Vermutung, Nia. Du hast keinerlei Beweise. Wenn du mir sein Blutbild zeigen könntest, seine Scans –«

»Beweise«, ächzte sie. »Seit wann brauchst du so etwas?«

Er horchte auf. »Was willst du mir jetzt wieder unterstellen?«

»Ist nicht wichtig.« Sie winkte ab. »Dafür ist es eh zu spät. Ich interessiere mich nicht mehr für deine Ränkespiele, werde dir jedoch meine nächsten Schritte mitteilen.«

Lawrence rieb sich unruhig mit der Handfläche über den kahl rasierten Schädel. »Äußerst freundlich von dir.«

Erneut warf sie ihren Zopf, der sich wieder seinen Weg über ihre Schulter gebahnt hatte, nach hinten. »Ich werde demnächst mit meinem Team die Personen untersuchen, die du nach dem Hüllenbruch wegen … was war es noch gleich … ›Abtrünnigkeit und Konspiration‹ oder so ähnlich, festgenommen hast.«

»Du willst meine Inhaftierten untersuchen?«, schnaubte Lawrence. »Zu welchem Zweck?« Schlagartig begriff er. »Ludd soll sich der Vergifteten bedient haben? Das glaubst du nicht im Ernst? Als Nächstes erzählst du mir noch, dass er selbst infiziert und deswegen nicht mehr Herr seiner Gehirnzellen war.«

»Wie oft noch! Es ist keine Infektion!«

»Das beantwortet nicht meine Frage.«

»Er hat sich die Lage zunutze gemacht. Im Vollbesitz seiner Gehirnzellen. Ludd hat die Chance ergriffen, eine Menge Anhänger um sich zu scharen, die nicht mehr in der Lage waren, seine Befehle zu hinterfragen. Ja, das glaube ich.«

»Das ist ja lächerlich. Und dieser Shogun? Macht er das ebenfalls?«

»Ich halte diesen Shogun für weitaus ungefährlicher«, erwiderte sie. »Er manipuliert nicht. Seine Überlegungen scheinen eher strategischer Art zu sein. Okay, er lässt gern den Boss raushängen, aber das ist ja hier gang und gäbe. Nicht wahr?«

»Er verfolgt eine durchdachte Strategie, und Ludd indoktriniert – darf ich das so zusammenfassen?« Er stutzte. »Worauf beruht dein plötzlicher Sinneswandel bezüglich Ludd? Hoshi hat deiner Freundin, diesem hinterhältigen Aas, in den Oberschenkel geschossen. Nicht dass mich das berührt. Es zeigt nur, dass er nicht davor zurückschreckt, seine eigenen Leute zu misshandeln. Darüber hinaus hat er einen unseren Piloten abgeknallt. Wenn das eine Strategie ist … Ludd hingegen durfte sich immer wieder an deiner Schulter ausweinen, und du nanntest ihn ›schrullig‹, wenn ich mich recht erinnere. Schrullig, Nia.«

Ihre Blicke saugten sich am Boden fest. »Die Zeiten ändern sich«, sagte sie leise. »Und Sichtweisen auch. Dinge werden klarer. Es ist viel passiert in der Zwischenzeit. Zu viel.«

»Das ist alles?« Lawrence riss die Arme hoch. »Dinge werden klarer?« Er lachte. »Ich bitte dich! Ludd schart absichtlich Verrückte um sich? Freundlich ausgedrückt ist das eine äußerst steile Theorie.«

Sie ging zum Schreibtisch, nahm Platz und schaute auf den Monitor. »Findest du?« Ihre Finger flogen über das Keyboard. »Wir werden sehen.«

***

Als Lawrence sich wenig später der ehemaligen Lagerhalle auf Ebene 0 näherte, schien eine Hand seine Gedärme zusammenzuquetschen. Die Aussicht, dic in Quarantäne gepferchten Vergifteten wieder in den Alltag der Raumstation freizulassen, bereitete ihm Unbehagen. Was er nicht gebrauchen konnte, waren weitere Rückschläge, welche die aus der Stabilität gebrachten Routinen noch mehr ins Wanken brachten. Und die Balanceregel … Bei dem Gedanken daran schloss er kurz die Augen. Die Umsetzung war unter den momentan herrschenden Bedingungen unmöglich geworden.

Was nicht nur für ihn das berufliche Aus bedeuten konnte, sondern auch die gesamte Existenz von Kopernikus infrage stellte. Keine überschüssigen Kinder bedeutete: keine Adoptionen von nachwuchslosen Familien der First Class. Diese wiederum würden SpaceSeed die Unterstützung entziehen, Gelder einfrieren, eventuell sogar die Labors auf Kopernikus und Kepler schließen, den Weizen nicht abnehmen. Schlimmer: Sie könnten auf die Idee kommen, zusätzlich zu den jungen Arbeitskräften, die sie sich aus den Camps in ihre Haushalte liefern ließen, Säuglinge anzufordern. Nicht auszudenken, was dann dort passieren würde. Das alles könnte sich zu einem Bürgerkrieg hochschaukeln.

Auf den Stationen war es in der Vergangenheit stets gelungen, die verzweifelten Eltern mit besseren Jobs und luxuriösen Quartieren zu besänftigen. Abgesehen davon waren sie der Überzeugung, ihre Kinder eines Tages wiederzusehen. Nämlich dann, wenn ihre Verträge mit SpaceSeed auslaufen und sie die Stationen verlassen würden, um zur Erde zurückzukehren. Man hatte ihnen stets versichert, dass sie dann den eigenen Nachwuchs von Kepler wieder einsammeln und gemeinsam mit ihm und den Ersparnissen in einem Shuttle den Flug in eine neue Zukunft antreten würden. Was natürlich himmelschreiender Unsinn war. Aber: Wer aus den Camps kam, der konnte der Aussicht auf ein eigenes Apartment und mehr Freizeit nicht widerstehen. Und anscheinend auch nicht rechnen. Denn dass die durch die Abreise entstandenen Personenlücken ebenfalls wieder gefüllt werden müssten, hatte noch keiner zu Bedenken gegeben. Zumindest hatte sich niemand entsprechend geäußert. Fakt war, dass die Arbeitsverträge mit SpaceSeed jahrzehntelang liefen und der Fall einer Rückforderung des Nachwuchses damit noch niemals eingetreten war. Und während der Zeit auf der Station genossen die Eltern ihre luxuriösen Zimmer und trösteten sich mit dem Gedanken, dass ihre Kinder dieselben Annehmlichkeiten erhielten. Was in gewisser Weise stimmte. Die First Class zahlte stattliche Summen für die Babys und ließ es ihnen an nichts fehlen. Sie wurden ein Teil der eigenen Familien, dem man seinen wahren Ursprung verheimlichte.

Für einen flüchtigen Augenblick hatte Lawrence mit dem Wunsch geliebäugelt, Ruben Singer zu bitten, ihn aus dem Dienst zu entlassen. Allerdings wäre das einer Kapitulation gleichgekommen. Nicht nur vor seiner Aufgabe als Security Chief, sondern vor allem vor sich selbst. Ganz abgesehen von der desaströsen Außenwirkung, die allein das Gesuch nach einer Versetzung hervorgerufen hätte, und der Verabschiedung von seinem Traum, an den er noch glaubte.

Nein. Er war die »Dogge«. So nannte man ihn hier. Er würde nicht zum Chihuahua mutieren. Hong hatte zwar das Zeitliche gesegnet, aber Neu-Moskau wartete immer noch. Wenn die perfiden Extremisten der Bethany's Revenge erst einmal in Handfesseln vor dem voluminösen Schreibtisch des neuen Direktors in Neu-Peking zittern würden, musste Singer das entsprechend honorieren. Keine Frage. Und dieses Mal stand Lawrence mit Kira eine Frau an der Seite, die seine Bemühungen um ein mondänes Leben ohne Wenn und Aber zu würdigen wusste. Nia war ihm nicht mehr im Weg. Ebenso wenig wie Hong. Die Bahn war frei. Mit Beljajew konnte er sich irgendwie arrangieren.

»Sir?« Die buschigen Augenbrauen der Frau, die die Tür zur Quarantänezone sicherte, schossen überrascht nach oben. Sie stammte aus Liz Kreisslers Team, und Lawrence hatte sich ausnahmsweise den Namen merken können.

»Ich weiß, ich beehre Sie selten mit meiner Anwesenheit, Seo… young«, haspelte er.

»Sir, das war nicht, was ich ausdrücken wollte.« Mit einem Ruck straffte sich der gedrungene Körper.

Seoyoung Chois Heimat, das Vereinigte Korea, hatte sich erst spät der Nördlichen Hemisphäre angeschlossen. Laut der Sicherheitschefin verrichtete die Rekrutin ihre Arbeit derart penibel und dienstbeflissen, dass Lawrence vermutete, Kreissler selbst sei bereits dieser Emsigkeit überdrüssig geworden, weswegen sie ihr Teammitglied gern an ihn ausgeliehen hatte.

»Ihr Eindruck bezüglich des Zustands in der Halle muss inzwischen glasklar sein«, begann er.

Die junge Frau nickte, und ihr Bob wippte. »Ich kann Ihnen die exakte Stundenzahl nennen, die ich auf Kopernikus im Einsatz verbracht habe, Sir.«

»Nicht nötig, aber außerordentlich beeindruckend.« Lawrence lächelte. »Irgendeine Veränderung im Laufe der Zeit?«

Zur Überraschung des Brigadiers zeigte sich Choi nicht verwundert. »Sir, wenn ich vorschlagen darf: Machen Sie sich selbst ein Bild der Lage.«

Er zögerte.

»Natürlich werde ich den Eingang sichern«, beeilte sich Choi zu sagen, als ob sie die Bedenken ihres Vorgesetzten spürte. »Nicht dass ich damit sagen möchte, dass … Verstehen Sie mich nicht falsch, Sir –«

»Schon gut.«

»Sie werden jedoch feststellen, dass eine Absicherung nicht mehr nötig ist.«

Es ist also wahr, dachte Lawrence. Verdammt, es ist wahr.

»Machen Sie auf«, befahl er.

HEIMAT

Der Alternativantrieb verhielt sich zum Motor eines Jeeps nicht nur in puncto Lärmentwicklung wie eine Feder zu einem Schlagbohrer. Der Jeep hatte Tess herumgeworfen und ihre Innereien durcheinandergeschüttelt wie in einem Handmixer. Hier jedoch, auf dem weichen Sozius hinter Fenna, glitt sie dahin wie ein Vogel auf einem konstanten Luftstrom.

Ihre Arme waren um den breiten Brustkorb ihrer Lebensretterin geschlungen, und ihre Wange klebte am schweißdurchtränkten Shirt. Tess schloss die Augen und gab sich der Vorstellung hin, zu fliegen. Es funktionierte.

Ihre Bedenken schien der Fahrtwind mit sich zu nehmen. Fenna hatte sie gerettet, das Bike besorgt, die Rampe der Halle mit einem Zahlencode geöffnet, und dann waren sie davongeschossen wie ein Projektil. Hinaus in den Staub und in die sengenden Strahlen der Sonne.

Sie hob den Kopf und lugte nach vorn. Dann tippte sie Fenna zweimal auf den Rücken. »Hier links!« Tess musste nicht einmal die Stimme heben, um den Antrieb zu übertönen.

»Konntest du dir den Weg denn merken? Für mich sieht hier alles nur Braun und Gelb aus«, gab Fenna zurück, ohne das Tempo zu drosseln. Geschickt umfuhr sie eine Bodensenke und bog ab, als Tess es ihr mit dem Finger erneut signalisierte.

Fennas Frage erstaunte Tess. Es gab viel, an dem man sich orientieren konnte: ein entwurzelter Baum, eine Hügelgruppe, ein einsamer Strommast, baufällige und verlassene Gebäude, ausgetrocknete Teiche, die Himmelsrichtungen, der Stand der Sonne.

»Wie lange bist du schon nicht mehr hier gewesen?«, fragte Tess.

»Auf der Erde? Einige Jahre.«.

»Ach du Scheiße! Kein Wunder, dass für dich alles gleich aussieht.«

»Gehört das noch zu Neu-Berlin?«

»Nö, Neu-Berlin umfasst nur den ehemaligen Stadtkern. Das jetzige Villengebiet der First Class. Du kannst das hier Nowhere Land nennen, wenn du willst.«

»Denn das, was nichts wert ist, bekommt keinen Namen?«

Tess nickte. »Genau.«

»Und wie heißt es jetzt wirklich?« Vor ihnen lag eine ausgebaute Straße, die ehemals als Hauptverkehrsader genutzt worden sein musste, und Fenna erhöhte das Tempo.

Staub wirbelte auf und versperrte Tess einige Sekunden lang die Sicht. Sie zwinkerte. »Eigentlich ist es nur ›Das Camp‹«, meinte sie, nachdem sie wieder sehen konnte. »Aber die Alten nennen es ab und zu noch Seenland.«

»Hier war mal Wasser?« Fenna drehte kurz den Kopf. In ihrem Gesicht lag Erstaunen. »Verdammt.«

»Daran ist doch nichts merkwürdig.«

»Weißt du, da, wo ich herkomme, gibt es nur noch Wasser. Dafür ist das Land weg. Komplett.«

»Ach du Scheiße!«, sagte Tess erneut und rief: »Da ist es!«, als sich am Horizont ein heller Quader aus dem ungewaschenen Himmel schälte. Von dort war sie mit Ciara und Louis in dem Jeep, der vor einem großen Schiebetor auf sie gewartet hatte, zu ihrer Mission aufgebrochen, bei der Tess geschnappt worden war. Die Wahrscheinlichkeit, dass es zwei Gebäude dieser Art in unmittelbarer Nähe gab, erschien ihr gering. Sie mussten richtig sein.

Fenna beschleunigte erneut. Sie rasten an außer Betrieb genommenen Umspannmasten vorbei direkt auf die Halle zu. Mit einem abenteuerlichen Drift, der das Bike in Schräglage brachte und Tess beinahe vom Sitz geschleudert hätte, beendete Fenna die Fahrt, klappte den Ständer aus und stieg ab.

»Spaß gehabt?« Sie grinste.

»Meinst du, die folgen uns?«, fragte Tess und rutschte vom Sozius.

Fenna schüttelte den Kopf. »Habe mich vorher drum gekümmert. Der GPS-Tracker ist deaktiviert. Satellitenüberwachung in dem Gebiet ist zu teuer. Die stecken ihr Geld lieber in die Raumstationen. Bis jetzt haben sie sich mit Leuten wie euch nicht groß beschäftigen müssen.«

Tess fragte nicht nach, zu was für Leuten sie Fennas Meinung nach denn gehöre. Sie interessierte sich für etwas komplett anderes. »Du kannst einen Tracker deaktivieren? Zeigst du mir mal, wie? Beim Jeep hatte das Louis erledigt, aber er wollte mir nicht verraten, wie das geht.«

»Mache ich.«

»Echt?«

»Versprochen. Ich unterstütze gern, wenn kleine Mädchen bösen Buben ans Bein pinkeln wollen.« Fenna stieß Tess mit dem Ellbogen leicht in die Seite. »Du bist gar nicht so eine lästige Schmeißfliege, wie ich da–« Sie brach ab, fixierte etwas hinter Tess' Rücken und straffte ihren Körper, als ob sie einen Angriff erwartete. »Gehört der Typ zu dir?«

Tess fuhr herum und rannte los. »Louis!«

Er grinste breit und nahm sie in die Arme.

»Eichhörnchen«, sagte er mit gesenkter Stimme, sodass nur sie es hören konnte. »Verdammt, bin ich froh, dich zu sehen.«

Schnell löste er sich wieder von ihr, was ihm Tess hoch anrechnete. Emotionen dieser Art gehörten nicht hierher. Sie war schließlich Teil des Teams.

»Ich hab nix gesagt. Keinen Mucks.« Sie hob beschwörend zwei Finger.

»Du darfst nicht denken, wir hätten dich im Stich gelassen, Tess.« Auf seiner dunklen Haut glänzte Schweiß, und er fuhr sich mit dem Handrücken über die Stirn. »Das hätte ich niemals zugelassen. Wir haben daran gearbeitet. Aber Ciara wollte erst die aktuellen Schichtpläne in Erfahrung bringen und –«

»– überlegt allem Anschein nach zu viel«, ergänzte Fenna, die näher gekommen war. »Wer auch immer diese Ciara ist, sie handelt zu langsam.«

»Es gibt Dinge, die sorgfältig angegangen werden sollten«, ertönte eine Stimme. Ciara tauchte im Rahmen des Schiebetors auf. »Wer bist du überhaupt?«

»Die, die Tess gerettet hat«, schnappte Fenna.

Die beiden Frauen standen sich gegenüber wie Kampfhennen.

»Louis …«, flüsterte Tess.

»Hm?« Er drückte sie erneut kurz an sich, als ob er es noch nicht glauben könnte, sie vor sich stehen zu sehen.

»Glaubst du, die schlagen sich jetzt?«

Louis stieß einen amüsierten Laut aus. »Ich bin nicht sicher. Was meinst du?«

»Fenna würde Ciara so was von fertigmachen.«

»Kann ich mir lebhaft vorstellen«, brummte er. »Soll ich dazwischengehen?«

»Nö, lass mal sehen, was passiert.« Tess grinste. Rein physisch war Ciara der Frau mit dem breiten Kreuz weit unterlegen. Doch Tess konnte sich nicht vorstellen, dass sich die Frau mit den Wühlmaushaaren überhaupt auf Handgreiflichkeiten einlassen würde. Allerdings blitzten Ciaras Augen vor Wut. Selbst ihre Sommersprossen schienen zu glühen.

»Du kannst reichlich ausgekocht sein, weißt du das?«, murmelte Louis.

»Bin eben ein Produkt meiner Umwelt.«

Louis lachte leise. »Hört, hört. Ich würde eher sagen, das hast du von deiner Mutter.«

»Sagt Cap auch immer.« Tess fixierte ihre Schuhspitzen. »Louis, ich hab Fleisch gegessen. Braunes.«

Er löste den Blick von den zwei Frauen, die sich jetzt wüste Beschuldigungen an den Kopf warfen, und sah in die Augen seines Schützlings. »Offensichtlich kein Huhn. Das Fleisch ist hell.«

»Und Soße. Dicke Soße. Und Reis.«

Louis machte ein anerkennendes Geräusch. »Beachtlich.«

»Ich habe trotzdem keine Namen genannt.«

Er drückte ihre Schulter. »Hab's dir schon beim ersten Mal geglaubt und hätte nie etwas anderes erwartet. Komm, wir gehen rein. Von mir aus können die beiden ihren Bullshit in der Hitze ausdiskutieren. Ich geb dir erst einmal einen Willkommensdrink aus.«

Louis ging an den Frauen vorbei, warf ihnen dabei einen vorwurfsvollen Blick zu und drückte mit einiger Anstrengung das Tor weiter auf. »Das wurde früher elektrisch betrieben. Geht ein wenig schwer.« Mit einer Hand schob er Tess in den weitläufigen Raum.

Sie sah sich um. Außer den gestohlenen Jeeps war er leer. Die Sonne schien durch Ritzen in der Außenwand und warf ein bizarres Muster auf den dunklen Boden, die Luft war zum Schneiden dick. Sofort rann Tess der Schweiß in kleinen Rinnsalen über den Rücken.

»Die Halle diente früher als Lagerort. Keine Ahnung, wofür, wir haben einige Metallteile gefunden. Völlig unbrauchbar.« Louis klopfte auf eine Innenwand. Es klang hohl. »Trapezblech. Hat man vor vielen Jahren benutzt, wenn's schnell gehen sollte. Bei den jetzigen Temperaturen allerdings die sprichwörtliche Hölle.«

»Da ist es draußen ja noch besser«, japste Tess zustimmend.

»Geduld, Eichhörnchen.« Louis blieb vor einer circa zwei mal drei Meter großen Gummimatte stehen, zog sie beiseite und deutete theatralisch auf eine in den asphaltieren Boden eingelassene Platte, die zum Vorschein kam. »Tadaa!«

»Habt ihr das gemacht?« Tess konnte es nicht fassen. Ein Geheimversteck! Wie aus einer Abenteuergeschichte!

»Aber nein. Früher hat man dort unten garantiert die Ware gelagert, die man nicht oft auslieferte. Ist auch egal. Für uns ist das wie gemacht.« Er zog an einem Griff und schob die Platte zur Seite.

Noch bevor er einen Fuß auf die Leiter setzen konnte, hatte sich Tess an ihm vorbeigedrängt und stieg in die Tiefe. Satzfetzen drangen herauf. Je weiter sie sich nach unten bewegte, desto verständlicher wurden die Stimmen. Die Temperatur fiel, Tageslicht wich künstlicher Beleuchtung. Ein großer Raum kam in Sicht. Arbeitsstationen reihten sich an Schreibtische. Matratzen lagen auf dem Boden. Decken und Tücher unterteilten den Raum, einige Ventilatoren drehten sich.

Wie angenagelt blieb Tess auf der letzten Stufe stehen. »Wow. Ein echtes Einsatzquartier«, flüsterte sie.

Louis über ihr lachte. »Eins, in dem man isst, schläft, furzt, sich mehr schlecht als recht wäscht und einen Umsturz plant. Im Grunde genommen ist das ein Camp, nur mit einem Dach über dem Kopf und ein paar Waschbecken an der Wand.«

»Ihr habt Computer!«, warf Tess ein. »Richtige Technik.«

»Das würde ich eher als Verlegenheitslösung bezeichnen. Jetzt schieb deinen Hintern weiter, ich stell dir den Rest des Teams vor. Die konntest du ja noch gar nicht kennenlernen.«

»Wo kommt der Strom her?«, wollte sie wissen, als Louis die Platte wieder an ihren Platz zog.

»Solarzellen.« Er kletterte zu ihr herunter.

»Auf dem Dach habe ich aber keine gesehen.«

»Kluges Eichhörnchen«, lobte Louis. »Das Verteilernetz war schon vorhanden. Allein deswegen sind wir ganz zufrieden mit unserem unterirdischen Nest. Wir konnten alles wieder zum Laufen bringen. Wo die Kollektoren genau stehen, wissen wir gar nicht.«

Tess sah zu ihm auf. »Das ist aber ein Risiko.«

Er grinste. »Ist es, Ma'am. Aber eins, das wir eingehen müssen.«

***

Nachdem sich Beth von ihrem Hustenanfall erholt hatte, schnalzte sie mit der Zunge. Ein weiterer Tick von ihr. »CropUniverse«, wiederholte sie langsam und ließ sich die Silben auf der Zunge zergehen. »Interessant. Was weißt du denn über die?«

»Dieser Vorschlag ist kompletter geistiger Durchfall«, schnappte Hiroyuki, dessen Augen plötzlich nicht mehr freundlich schauten. »Von dir hatte ich ein wenig mehr Fingerspitzengefühl erwartet, Cap.«

»Sie haben Geld«, gab Beth zu bedenken. »In dieser Hinsicht hat der Junge schon recht.«

»Geld ist nicht alles.«

»Hiro, da muss ich dir leider widersprechen«, sagte Beth. »Wir brauchen einen Partner, der den Rubel rollen lassen kann, wenn's drauf ankommt.«

»Den Rubel?«, hakte Cap nach.

»Alte russische Währung, Junge. Redensart. Meine Güte, seid ihr zwei Neuankömmlinge noch grün hinter den Ohren.«

Cap gestand Big Bethany ihre altmütterlichen Kommentare zu und verkniff sich die Bemerkung, dass auch sie das Licht der Welt garantiert erst erblickt hatte, nachdem die alten Staatsstrukturen schon längst auseinandergefallen waren und sich schleichend die Nördlichen und Südlichen Hemisphärenbünde bildeten.

»Stehst du gerade mit Larissa in Verbindung?«, wollte sie wissen.

Da sich seine Gesprächspartner unwohl fühlten, wenn er gleichzeitig mit Larissa Transmissionen austauschte, waren sie übereingekommen, die mentale Kommunikation auf Notfälle zu beschränken. Er schüttelte den Kopf.

»Gut. Ich akzeptiere eure … Zusatzfähigkeit und rechne euch hoch an, dass ihr uns darüber in Kenntnis gesetzt habt, denn ich schätze es nicht, wenn es Nebenschauplätze gibt, von denen ich nichts weiß.«

Hiroyuki hüstelte.

»Seht ihr«, begann Cap. Das fehlende Fingerspitzengefühl, das der Biologe ihm vorgeworfen hatte, musste er jetzt einsetzen. »Es geht nicht nur ums Geld, das stimmt schon. Aber: Hat es CropUniverse geschafft, die Sache mit dem Chip aus der Welt zu schaffen?«

Der Biologe zog die dichten Augenbrauen hoch. »Nein, das weißt du doch. Sie suchen immer noch nach dem Verräter in den eigenen Reihen.«

»Genau«, sagte Cap. »Du aber hast ihn schon längst gefunden. Und würdest ihn ausliefern.«

»Würde ich?«

»Willst du einen Kampf Mann gegen Mann? Du gegen Huggins oder Kreissler oder den neuen Sesselfurzer von SpaceSeed? Sei nicht albern, Cowboy«, warf Beth ein. »Wir sind hier nicht im Wilden Westen.«

»Der Wilde Westen interessiert mich nicht«, warf Hiroyuki leicht beleidigt ein.

»Nach der Auslieferung könnte sich CropUniverse an der Börse erholen«, ergänzte Cap.

»Point taken.« Hiroyuki nickte. »Weiter.«

»Du bist mit deinen Leuten doch herumgekommen, verfügst über ein Netzwerk, pflegst Verbindungen …«

»Na ja«, murmelte Beth. »Wir bewegen uns im Großen und Ganzen im eigenen Dunstkreis.«

Cap runzelte die Stirn. »Aber dieser Dunstkreis muss doch auch etwas über CropUniverse gehört haben. Gibt es Gerüchte?«

Sie zuckte mit den Schultern. »Große Firma, die üblichen Machtspielchen in den Führungsetagen.«

»Balanceregel?«, hakte Cap nach.

»Heißt dort anders«, ließ sich Hiroyuki vernehmen. »Und wird unseren Informationen nach vertraglich geregelt.«

Beth holte Luft. »Jede Frau im gebärfähigen Alter hat sich vor Antritt des neuen Jobs einem operativen Eingriff zu unterziehen. Wenn der Vertrag ausläuft, wird der … Originalzustand wiederhergestellt.«

»Heilige Scheiße, was?«, entfuhr es Cap. »Das funktioniert? Ich meine, die Frauen machen da mit?«

»Warum nicht?« Beth hob die Brauen. »Es sind alles kurze Zeitverträge. Der Zustand ist absehbar, der Eingriff ist ungefährlich. Und danach können sie immer noch Kinder werfen wie die Karnickel.«

»Und warum zieht SpaceSeed da nicht nach?«, wollte er wissen.

Hiroyuki betrachtete ihn, wie Cap früher seine kleine Schwester angesehen hatte, wenn sie ihm eine kindische Frage gestellt hatte.

»SpaceSeed konnte das nie umsetzen, weil die Verträge sehr viel länger laufen und die Firma ihr Personal aus den Camps rekrutiert.«

»Und CropUniverse?«, fragte Cap.

»Aus den Slums. Die Unternehmen wollen sich bei der Rekrutierung nicht in die Quere kommen«, antwortete Beth. »Die Leute aus den Vorstädten ticken in puncto Nachwuchs anders als ihr. Außerdem: Die Eingriffe verursachen hohe Kosten und –«

»Und es wäre wirtschaftlich nicht sinnvoll, da man mit dem Säuglingshandel prima hinzuverdienen und zudem die First Class an sich binden kann«, vollendete Cap den Satz. »Ich verstehe. Jedes Mal, wenn ich drüber nachdenke, finde ich es noch abscheulicher. Na gut, die Sicherung einer konstanten Stationsbewohnerzahl ist ein Thema, über das wir später nachdenken müssen.«

»Später?«

»Wenn wir unsere Leute in der Firma platziert haben.«

Hiroyuki schnaubte verächtlich.

»Was ist denn dein Ziel, Hiro?«

»SpaceSeed erledigen, die Stationen übernehmen, die Weizenproduktion sichern«, leierte der herunter. »Das muss ich dir doch nicht sagen.«

»Und weiter?«

»Die Produktion gerecht zu verteilen«, antwortete der Biologe gehorsam. »Das bekommen wir aber auch alleine hin. Kompetenz in den eigenen Reihen ist bereits vorhanden. Wissenschaftler aller Kategorien, Ingenieure, Techniker –«

»Equipment?«, grätschte Beth dazwischen.

»Gibt es auf den Stationen«, erwiderte der Japaner.

»Ach, und du glaubst, dass SpaceSeed uns das einfach überlässt? Wir klopfen an, bitten recht höflich um Einlass, sie hofieren uns, und gemeinsam kotzen wir Regenbögen?«

Cap feixte, aber Hiroyuki warf Beth einen verärgerten Blick zu. »Natürlich nicht. Aber –«

»Genau«, unterbrach ihn Big Bethany erneut. »Es wird ein ordentliches Scharmützel geben, Widerstand, Zerstörung. Nichts wird unversehrt bleiben.«

»Ich muss Beth recht geben, Hiroyuki. Huggins, Beljajew ... Die ziehen ihr Ding durch. Bis zuletzt. Denen geht es nicht um SpaceSeed oder Menschenrechte, denen geht es ums Prinzip. Die Stationspfauen gehören definitiv nicht zu der vernünftigen Sorte.«

»Es wird nicht viel übrig bleiben«, stimmte die Pilotin zu. »Und denk an die Kontakte. Wir benötigen zuverlässige Partner mit einem ebenso stabilen Netzwerk und Einfluss in den höchsten Kreisen. Eventuell können wir das Problem gemeinsam ohne Blutvergießen und mit fein ausgearbeiteten Verträgen lösen.«

»Schöner hätte ich es nicht ausdrücken können«, lobte Cap.

»Danke, mein Junge«, sagte Beth.

»Immer wieder gerne«, erwiderte er.

»Könntet ihr aufhören, Süßholz zu raspeln?« Hiroyuki stand auf und lehnte sich neben Beth' Sessel mit dem Hintern an eine Konsole, auf der es munter in allen Farben blinkte.

»Aber wenn's doch gerade so gut läuft«, scherzte Beth weiter.

»Beth, bitte.« Hiroyuki hob die Hand. »Verträge. Ich defäkiere auf Verträge. Außerdem stellst du mich wie einen geistig verkümmerten Fantasten dar. Ist das der Eindruck, den du von mir hast?«

»Natürlich nicht.« Beth drehte ihren Sessel und legte ihre fleischige Hand auf seine. »Aber du musst den Gedanken begraben, dass du alleine als tapferer Samurai mit deinen Mannen die Gesetzlosen bekämpfen kannst. Und das weißt du genauso gut wie ich.«

»Du denkst an einen Ronin, nicht an einen Samurai, und auch der Rest des Vergleichs hinkt, meine Liebe. Du kennst meinen Alias.«

Beth riss die Hände hoch und verdrehte die Augen. »Himmel, ist doch egal. Benimm dich nicht wie ein aufgeblasener Gockel. Dein neckisches Pseudonym ist aus der Not geboren worden, um klarzumachen, dass

Ludd keine Führungsrolle innehat. Was ich sagen wollte, ist bei dir angekommen. Wir brauchen Hilfe.«

Hiroyuki schwieg. Es war ihm anzusehen, dass er sämtliche Optionen durchging, die ihm einfielen.

Cap betrachtete ihn voller Ungeduld. Der Japaner hatte das letzte Wort. Auch wenn Beth sich verbal in Hiroyukis Anwesenheit nicht zurücknahm, würde sie sich nicht gegen ihn stellen. Die beiden waren ein eingeschworenes Team.

»Kennst du jemanden?« Der Biologe richtete seine Frage erneut an Beth. »Jemanden von CropUniverse? Jemand, dem man vertrauen kann?«

Die schnalzte mit der Zunge. »Nicht direkt. Aber eine Freundin könnte den Kontakt herstellen, und sie könnte uns auch mitteilen, ob die Idee kompletter Unfug ist oder nicht. Sie hat Erfahrungen mit CropUniverse. War dort angestellt. Du weißt, von wem ich rede.«

Der Biologe schnappte kurz nach Luft, stieß sich von der Konsole ab und beugte sich zu der beleibten Pilotin hinunter. »Gouges?«, raunte er ihr zu. »Das würdest du tun?«

»Wer ist das denn?«, wollte Cap wissen.

»Nicht wer«, korrigierte Beth, »sondern was.« Sie hielt Blickkontakt mit Hiroyuki, als ob sie ihn zum Sprechen auffordern wollte.

Der seufzte. »Gouges ist eine verlassene biologische Forschungsstation des ehemaligen japanischen Staates. Damals hieß sie noch Kanai, nach einem Raumfahrer, der vor über hundertfünfzig Jahren … ist nicht relevant«, unterbrach er sich. »Wichtig ist jedoch, dass diese Station wiederbesetzt wurde. Und zwar ohne Wissen irgendeines Unternehmens oder des Hemisphärenbundes. Denn warum sollte man alte Raumstationen überwachen, die sowieso irgendwann ihre Umlaufbahnen verlassen und abstürzen? Das lohnt nicht.« Er sah Beth in die Augen. »Wenn das schiefgeht, dann –«

»Schon klar, mein Lieber. Dann darf ich nicht mehr fragen, ob du mit mir Ball spielen kommst.«

»Kanai muss unversehrt bleiben.«

»Gouges, Hiroyuki. Komm nicht auf die Idee, vor den Stationsbewohnerinnen den alten Namen zu benutzen. Natürlich werden wir auf sie aufpassen und nichts tun, was ihnen widerstrebt. Und bitte vergiss nicht, dass ich mich wirklich durchringen muss, diesen Kontakt herzustellen.«

Cap erinnerte sich daran, was Elias, der Pilot der Triticum, ihm erzählt hatte. »Dann sind nicht alle in die Jahre gekommenen Dinger schon abgestürzt und verglüht?«

»Die meisten schon«, sagte Beth. »Aber Gouges nicht. Und einige Zeit nachdem die Japaner die Station aufgegeben hatten, wurde sie eben übernommen, aufgemotzt und im Orbit gehalten.«

»Von wem?«

»Einer ehemaligen Freundin.« Beth schenkte ihm einen Blick, der ausdrückte, dass das alles war, was sie zu diesem Zeitpunkt darüber sagen würde. »Was ich dir jedoch verraten kann, Junge: Alles, was du grundsätzlich über den Aufbau und die Funktion der Station in Erfahrung bringen möchtest, bekommst du hier aus erster Hand. Vom Spezialisten.« Sie zwinkerte Hiroyuki zu. »Home sweet home, mein Lieber. Home sweet home.«

Cap horchte auf. »Das ist Hiros Geburts … station? Das wird sicher interessant«, murmelte er.

»Davon kannst du ausgehen«, wisperte Beth. »Und zwar in jeder Hinsicht.«

VERÄNDERUNGEN

Lawrence' Hand lag an seiner OC-Gun. Bis jetzt war alles ruhig. Aber er traute dem Frieden nicht. Grundsätzlich nicht. Während die Waffen schwiegen, bereiteten sich die Armeen auf den nächsten Kampfeinsatz vor. Das hatte er in seiner Funktion als Brigadier im Einsatz immer und immer wieder beobachtet.

Die Patienten spielten Karten, unterhielten sich, aßen, liefen hin und her, lagen auf ihren Pritschen. Manche gafften scheinbar ins Nichts. Die Ruhe vor dem Sturm?

Eben verwickelte Choi einen ehemaligen Mitarbeiter der OPS in ein Gespräch über Verantwortung, Gemeinschaft und die technischen Spezifikationen von Kopernikus. Allem Anschein nach wollte sie testen, ob ihr Gegenüber noch alle Murmeln beisammenhatte. Lawrence hörte nur mit halbem Ohr hin.

Seine Gedanken kreisten um die Zusammensetzung der Mannschaft. Wen sollte er mit auf den Raumer nehmen, den Singer hoffentlich bald auftrieb? Könnte Bianchi die Station und zugleich Kaito Sakamoto und Michael Winter im Auge behalten? Und nach Nias letzten Bemerkungen musste auch sie an der kurzen Leine gehalten werden. Diego Bianchi war noch jung, relativ unerfahren, aber hatte während der letzten Krise Stärke gezeigt. Und er verstand sich erstaunlich gut mit Kommandantin Beljajew. Lawrence selbst ertrug die spitzfindigen Bemerkungen von Sakamoto und Winter, die sich die Bälle ihrer Spöttelei während jeder Besprechung geschickt zuwarfen, immer weniger. Und wenn er sich mit Beljajew nicht auseinandersetzen musste, war das eine Erleichterung. Der kleine Wind, der stets an seinem Nervenkostüm zerrte, hatte sich während der letzten Wochen zu einem Hurrikan entwickelt. Er riss an ihm und brachte ihn schier zu Fall. Die Verfolgung der Revenge musste gut überlegt angegangen und durchgeführt werden. Da konnte er keine Stinkstiefel und Komiker gebrauchen, sondern Personen wie … Choi.

Wenn es keinen Grund mehr gab, die Quarantänestation rund um die Uhr aufmerksam zu bewachen, konnte er Choi durch Personal ersetzen, das über weniger Waffentraining verfügte. Allerdings musste er verhindern, dass Kreissler ihre Mitarbeiterin zurückforderte. Lawrence selbst hätte keine Skrupel damit, die Sicherheitschefin von Kepler erneut zu übergehen und Choi einfach mitzunehmen, aber der vorauseilende Gehorsam seiner Wunschkandidatin gegenüber Kreissler könnte ihm einen Strich durch die Rechnung machen. Das Ganze erforderte Fingerspitzengefühl. Lawrence war überzeugt, dieses im Überfluss zu besitzen. Alles würde gut werden.

»Was meinen Sie dazu, Sir?«

Er schreckte auf. »Wozu? Tut mir leid, ich war abwesend.« Lawrence zwang sich zu einem nicht übertriebenen Lächeln.

Der Mann, von dem er glaubte, ihn auf der OPS gesehen zu haben, als er von dort aus das Überleben der Frachterbesatzung beobachtet hatte, lächelte zurück. »Von der Entlassung in mein Quartier.«

Neuigkeiten verbreiten sich schnell, dachte Lawrence. »Und Sie meinen, in Ihr Quartier zurückkehren zu können, weil –«

»Etliche meiner Kollegen, die mit mir hier eingesper… die hier wie ich zu ihrer eigenen Sicherheit gut aufgehoben waren, haben die Quarantäne inzwischen mit Erlaubnis von Doktor Patel verlassen.« Der Mann strahlte. »Ich kann Ihnen versichern, dass es mir ebenfalls gut geht, Sir.«

»Ich mag Ihren Optimismus nicht mindern, Mister …« Lawrence ärgerte sich nicht zum ersten Mal, dass die Kleidung des Stationspersonals keine Namensschilder auswies. Das ewige Nachfragen ließ ihn wirken wie einen Demenzkranken. Vielleicht hätte er damals doch Nias Vorschlag, die Patienten mit Krankenhausbekleidung und Patientenarmbändern auszustatten, beherzigen sollen. Aber das war ihm zu dem Zeitpunkt komplett übertrieben vorgekommen. Verschwendete Ressourcen.

»Adamczyk, Sir.«

»Natürlich. Mister Adamczyk, solange Sie vom medizinischen Team nicht gründlich untersucht worden sind, kann ich Ihnen den Wunsch nicht erfüllen.« Erwarteten die Menschen hier von ihm, dass er sofort die Schleusen öffnete? Einfach weil alle gerade so beschissen gut drauf waren und ihm zulächelten? Er war nicht beschissen gut drauf, und er würde einen Teufel tun und vorschnell handeln.

Adamczyk schluckte. »Sicher. Ein paar Tage mehr werde ich schon aushalten«, erwiderte er hörbar enttäuscht.

»Guter Mann.« Lawrence klopfte ihm kameradschaftlich auf die Schulter, nickte Choi zu und verließ die Lagerhalle.

Sollten Adamczyk und Co ruhig noch eine Weile hinter Schloss und Riegel ausharren. Was Nia während seiner Abwesenheit entscheiden würde, war Lawrence inzwischen gleichgültig. Bianchi und Beljajew würden das Kind schon schaukeln. Allein die Mission hatte Vorrang. Und bis er sich von Kopernikus verabschiedete, wollte er jede verbleibende Minute für deren Planung nutzen. Und zwar ohne Ablenkung durch Nudisten, Preisboxer, Randalierer, Vergewaltiger und was in den letzten Wochen sonst noch alles seine Station bevölkert hatte.

Die Ludditen waren hinter Schloss und Riegel, die Ausgetickten in der Quarantänezone gut aufgehoben.

Und nach ihm die Sintflut.

***

Fenna und Ciara hatten sich nicht geprügelt, sondern sich noch eine Weile Beleidigungen an den Kopf geworfen, von denen Tess einige als anregende Bereicherung in ihren eigenen Wortschatz aufnahm.

»Okay«, sagte Tess und nahm noch einen Schluck Wasser. Dass Louis ihr vom sorgsam gehüteten Vorrat etwas abgezweigt hatte, rechnete sie ihm hoch an. »Wann nageln wir Huggins endlich die Eier an die Außenhülle von Kopernikus?«

Ciara schüttelte missbilligend den Kopf. Fenna aber warf den Kopf in den Nacken und lachte lauthals.

»Kannst es gar nicht abwarten, oder?«

»Ich will Cap sehen«, murmelte Tess. »Wenigstens mit ihm sprechen.«

Fenna wurde still. »Ja, das kann ich verstehen. Ich will das auch.«

Die Abendsonne, die noch lange auf Tess' Rücken gebrannt hatte, war untergegangen und hatte einem verhangenen Nachthimmel Platz gemacht. Tess quälte sich aus dem Schneidersitz, ging zum Solarkocher und rührte darin herum. Sie hatten alle eine Weile beieinandergesessen und geredet. Nichts Wichtiges, nichts Bestimmtes. David – den Ciara zu Hilfe gerufen hatte, kurz bevor Tess im Serverraum geschnappt worden war – hatte von seinem Camp erzählt. Er kam aus der Nähe einer einst an Bergen und einem Fluss gelegenen Stadt, bewacht von einer weißen Burg und prachtvollen Gebäuden mit Kuppeln. Tess war ins Träumen gekommen.

Die dünne, inzwischen kalt gewordene Suppe, die noch übrig war, leistete dem Kochlöffel keinen Widerstand. Tess dachte an braunes Fleisch, das von sämiger Soße bedeckt wurde, und seufzte. »Und ich habe diesen Fraß satt.«

»Tut mir leid, Eichhörnchen, aber damit wirst du leben müssen«, sagte Louis, der neben Ciara saß und ein PDA in der Hand hielt. »Eine Weile noch. Aber wenn die Sache mit der Getreidelieferung läuft, werden wir zumindest einige Varianten in unseren Speiseplan aufnehmen, das verspreche ich dir.«

»Weizenmilch.« Fenna verzog das Gesicht und streckte angewidert die Zunge heraus. »Oder Bratlinge. Obwohl – die waren nicht schlecht.«

»Gibt es denn was Neues von der Station?«, wollte Ciara wissen.

»Ludd ist immer noch inhaftiert«, antwortete Louis.

»Recht so«, brummte Fenna. »Seine willigen Vollstrecker hoffentlich auch.«

»Du meinst die, die dich für einen Truthahn eingetauscht haben?«, frotzelte Ciara und senkte schnell den Kopf, als Fennas wütende Blicke sie trafen.

»Mir kamen die nicht vor, als ob die einen von Anfang bis Ende durchdachten Plan gehabt hätten«, gab sie zurück. »Improvisation trifft es eher.«

Tess hörte aufmerksam zu. In Ciaras Gruppe fühlte sie sich erwachsen. Man hatte ihr auf die Schulter geklopft, sie spüren lassen, wie beeindruckt man von ihrer Willensstärke war. Alle um sie herum hatten geklatscht und gejohlt. Die ehrliche Freude der anderen über ihre Rückkehr tat wahnsinnig gut. Die Vorstellung, Cap bald alles erzählen zu können, verwandelte sie in ein aufgekratztes Huhn. »Louis, lass uns dieses Schiff kontaktieren, jetzt! Bitte!«

Louis fuhr stirnrunzelnd mit dem Finger über das PDA. »Ich bin dran, Eichhörnchen, nur ist die Revenge keine fabrikneue Karosse. Die müssen ein uraltes Schaltmodul in ihrer Antenne haben. Ich verliere immer wieder die Verbindung.« Ächzend stand er auf. »Ich versuch's von unten. Da haben wir auch einen besseren Videokontakt.«

»Ich komme mit.« Fenna folgte ihm mit einer leeren Suppenschüssel.

Tess, die sich ebenfalls in Bewegung setzte, blieb vor Ciara stehen. »Was ist mit dir?«

»Das ist was Privates. Unter euch. Ich will da nicht stören.«

»Es würde mir aber nichts ausmachen.«

Ein feines Lächeln umspielte Ciaras Lippen. »Meine neue beste Freundin will sicher ungestört plaudern.«

Tess brauchte eine Weile, bis sie begriff. »Traust du Fenna nicht?«

»Du etwa?«

»Cap vertraut ihr.«

»Cap vertraut auch Michael Winter.«

»Ja, und?« Tess war verwirrt. Michael war auch ihr Freund. Er war nicht freiwillig in den Jeep eingestiegen, er war unvorsichtig gewesen. Insgeheim wünschte sie sich ein ebenso schönes Tattoo wie seins. Sie liebte Meerjungfrauen. Bilder von Wellen, dem kühlen See, Fischen. So wie es früher ausgesehen hatte. Da, wo sie jetzt stand. Lange vor ihrer Geburt.

Ciara stand auf und klopfte sich den Staub von der Hose. »Nichts, Tess. Es ist nicht wichtig. Louis braucht bestimmt nicht mehr lange, um die Verbindung herzustellen. Warum gehst du nicht zu den anderen?«

Unter Umständen bin ich doch noch nicht so erwachsen, wie ich mich fühle, dachte Tess, als sie in die Halle zurückging und die Gummimatte zur Seite schob. Denn manchmal habe ich keine Ahnung, was die eigentlich sagen.

USHA UND KANAI

Lawrence träumte wieder einmal von Neu-Moskau, als das Piepen einer verschlüsselten Nachricht ihn aus dem Schlaf riss. Singer, in strahlend gebräunter Ausgeruhtheit, entschuldigte sich zuerst für den Anruf zur nächtlichen Stunde und überbrachte ihm dann die freudige Nachricht, dass das Schiff bereitstand. Mit dem erwünschten Zubehör. Lawrence musste sich zusammennehmen, um nicht vor Freude die Faust zu recken. Sah so aus, als sei der Mann doch nicht die Trantüte, für die er ihn bis jetzt gehalten hatte. Bei der Vorstellung, dass die Mission näher rückte, lief Lawrence ein wohliger Schauer über den Rücken.

Dem Brigadier war es egal, dass er die Mitglieder seiner neu zusammengestellten Mannschaft aus den Kojen holen musste. Besprechungen, in denen er Informationen ausgeben, Strategien äußern und Befehle erteilen konnte wie ein altrömischer Senator, liebte er außerordentlich. Als er den Korridor Richtung Konferenzsaal betrat, war es weit nach Mitternacht, er hatte die Dienstkleidung angelegt und sich die Zeit genommen, zu duschen und sich zu rasieren. Der Korridor wurde durch die Nachtbeleuchtung nur spärlich erhellt.

Piraten, dachte Lawrence. Das war die korrekte Bezeichnung für Kaspar Hallberg und Larissa Martinez. Feiges Piratenpack. Das wenige, was er über Piraten wusste, war ein wüster Mix aus undurchdachten Überfällen, Holzbeinen, schlechten Zähnen, schwachsinnigen Outfits und einfallsreichen Bestrafungsmaßnahmen. Auspeitschen? Lawrence stieg über einen liegen gebliebenen Saugroboter. Wenig effektvoll. Man sollte sie stattdessen an einem Satellitenmodul aufhängen, durchs All Kiel holen lassen oder sonst irgendeine Maßnahme der alten britischen

Seefahrertradition anwenden. Ohne Raumanzug natürlich. Bei der Vorstellung lachte er leise in sich hinein.

Die Wahl seiner Crewmitglieder hatte ihn eine Weile beansprucht. Natürlich Choi, die laut Datenbanken über reichlich Erfahrung als Pilotin verfügte und Adekunle Adu, auf dessen medizinische Kenntnisse, Muskelkraft und spontane Entscheidungsfähigkeit er nicht verzichten wollte. Sakamoto und Winter blieben auf Kopernikus: Er konnte die beiden nicht auf dem Schiff gebrauchen. Beim Besetzen des Ingenieursposten war er ins Schleudern geraten. Beljajew, die er in die Planung der Mission miteinbeziehen musste, hatte im Handumdrehen eine Lösung gefunden. Lawrence war nicht begeistert über die Wahl der Kommandantin, denn nun war ausgerechnet die Frau zur neuen Crew gestoßen, die ihn bei seinem letzten Besuch auf der OPS behandelt hatte wie einen Tölpel: Gabriela Rivera. Beljajew jedoch konnte niemand anders entbehren und hatte ihm versichert, er könne keine bessere Technikerin als Rivera finden. Sei's drum. Die Befehlskette schien die füllige Frau mit dem strengen Kurzhaarschnitt zumindest einhalten zu können. Das hatte sie damals auf der OPS bewiesen. Über ihr schnippisches Mundwerk musste er eben hinwegsehen.

Weder Kreissler noch Nia hatte er darüber informiert, dass sie in Zukunft eine Person weniger im Team haben würden. Adekunle hatte zwar mit dem Kiefer gemahlen, aber eingesehen, dass der Brigadier im Rang über der Ärztin stand, und Choi hatte Lawrence das Versprechen abgerungen, dass sie die Sicherheitschefin von Kepler gleich nach dem Abflug von Kopernikus kontaktieren durfte. Von ihm aus.

Die Tür zum Konferenzraum glitt auf, und er trat über die Schwelle. Durch die Panoramascheibe sah er die braune Erdkugel im All treiben, und kurz dachte er an das Meeting, das er vor nicht allzu langer Zeit mit Nia und seinem alten Team gehabt hatte. Kielholen im All, schoss es ihm erneut durch den Kopf.

Seine neue Crew sah ihm neugierig entgegen. Sakamoto, Winter und Bianchi waren ebenfalls anwesend. Lawrence hielt es für richtig, sie einzuweihen, vor allem Bianchi, seine temporäre Vertretung, musste umfassend informiert werden. Chois Augenlider flackerten ein wenig, als ob sie Mühe habe, sie offen zu halten. Er würde es wohl kurz und knackig machen müssen, um den Leuten noch ein wenig Ruhe vor dem Abflug zu gönnen, der kurz bevorstand.

Lawrence räusperte sich. »Vielen Dank, dass Sie gekommen sind«, begann er förmlich. »Außergewöhnliche Ereignisse erfordern außergewöhnliche Maßnahmen. Ruben Singer, der neue Geschäftsführer von SpaceSeed, den Sie noch nicht die Ehre hatten kennenzulernen, hat mir ein Schiff zur Verfügung gestellt, mit dem wir die Verräter –«

Michael Winter hustete. »'tschuldigung. Trockene Luft.«

»– einholen, überwältigen und ausliefern werden.«

»Was für eine Klasse, Sir?«, erkundigte sich Rivera.

Er nickte ihr wohlwollend zu. Bei ihr auf gut Wetter zu machen war kein Fehler. »Gute Frage. Klasse D.«

»Schnelles, schickes, wendiges Schiff«, sagte sie beeindruckt.

»Ja, wir dürfen uns glücklich schätzen. Um Ihre Freude noch ein wenig zu erhöhen: Die Kamut ist bewaffnet.«

Mit Genugtuung beobachtete er, wie seine Rekruten unruhig auf ihren Stühlen hin und her rutschten. Nur Riveras Augen blitzten voller Ungeduld.

»Wir werden zunächst Orte aufsuchen, die sich für einen Rückzug eignen würden«, fuhr er fort.

»Orte? Auf der Erde?«, hakte Sakamoto misstrauisch nach.

»Natürlich nicht«, schnappte der Brigadier. »Wozu bräuchten wir sonst Bewaffnung?« Innerlich beglückwünschte er sich zu der Entscheidung, Sakamoto auf Kopernikus zu lassen. »Ich spreche von Raumstationen.«

Erneute Unruhe kam auf.

»Welche Raumstationen kämen denn infrage, Sir?«, wollte Bianchi wissen. »Es gibt nur vier. Und bei der Konkurrenz werden Hallberg und Martinez sicher nicht vorbeischauen.«

Der Brigadier tippte auf eine Taste, woraufhin das in die Tischplatte eingelassene Keyboard sichtbar wurde. Anschließend rief er eine holografische Darstellung der Erde auf. Der Planet drehte sich über der Mitte des Konferenztisches.

»Ganz schön bunt«, murmelte Winter deutlich. »Grün, etwas braun und hübsch blau. Und alles da, wo es hingehört. Hey, ist das Island? Wie alt ist denn die Software? Der Amazonasregenwald? Echt jetzt?«

Der Brigadier schenkte ihm keine Beachtung und fügte der Ansicht die noch existierenden Raumstationen hinzu. Eine nach der anderen materialisierte sich. Sie zogen in Orbits um die Erde.

Sakamoto beugte sich vor. »Da kann doch was nicht stimmen. Das sind sechs«, sagte er ungläubig. Dann stand er auf und deutete auf eine pilzförmige Konstruktion. »Kopernikus –«

»Das ist Kepler«, verbesserte ihn der Brigadier. »Kopernikus ist hier.« Sein Finger zeigte auf den zweiten Pilz. »Des Weiteren haben wir die beiden Stationen von CropUniverse« – er deutete auf zwei knochenförmige Objekte – »sowie Kanai und Usha, zwei Stationen des asiatischen Kontinents, die seit der Regierungsbildung der Hemisphären verlassen sind. Jetzt schauen Sie nicht so ungläubig, Sakamoto, das sollte Ihnen doch bekannt sein. Zumindest die ehemalige japanische Station müssten Sie kennen. Dass Sie von der indischen nichts wissen, verüble ich Ihnen nicht.« Er dachte kurz an Nia.

Sakamoto schwieg.

Der Brigadier seufzte. »Bloody hell, was bringen sie den Kindern in den Camps eigentlich bei?«, murmelte er mehr zu sich.

»Zu überleben?«, schnappte Winter, der seinen Kollegen fast mitleidig beäugte.

»Die Stationen müssen doch in einem total maroden Zustand sein«, schaltete sich Rivera ein.

»In der Tat stehen Sie kurz vor dem Absturz«, bestätigte der Brigadier, der selbst keine Ahnung hatte, welche Zeitspanne er mit »kurz« meinte und ob die beiden Stationen ihren Orbit schon verlassen hatten. »Aber wir gehen davon aus, dass sich die Grundfunktionen wiederherstellen lassen, sodass ein längerer Aufenthalt dort möglich wäre.« Er sagte das, als ob ein Team von Wissenschaftlern hinter ihm stünde, das ihn mit Daten und Zahlen unterstützte. Was natürlich nicht der Fall war. Alles, was er wusste, stammte von der kurzen Besprechung mit Anisja Beljajew, die seine Mission sofort abgenickt hatte. Nicht auszuschließen, dass die Kommandantin im Dreamz einen ausgab, nachdem sie ihn endlich los war. Er würde das Gleiche in seinem Raumschiff tun. Sein Raumschiff. Mit ihm an der Spitze der Befehlskette. Ein Kommando. Wie in den guten alten Zeiten. Nur im All. Unbewusst fing er an zu grinsen.

»Wie viele Personen könnten darauf leben?«, fragte Bianchi. »Theoretisch?«

»Jeweils ungefähr vierzig«, antwortete Lawrence. »Allerdings im voll funktionstüchtigen Zustand«, fügte er hinzu, als er den entsetzten Gesichtsausdruck seines vorübergehend beförderten Rekruten sah. »Mit großer Wahrscheinlichkeit werden sich nicht alle Sektionen der Stationen in Betrieb nehmen lassen. Und vergessen Sie bitte nicht, dass wir bewaffnet sind.«

»Wollen Sie vorher anklopfen und fragen, ob auch jemand da ist, oder die Stationen gleich in die Luft jagen?« Winter hatte die Arme vor dem Brustkorb verschränkt.

Erneut ignorierte der Brigadier die Äußerung. Für den Sarkasmus von Hallbergs Campgenossen hatte er keine Zeit. »Wir fliegen zuallererst Usha an, die Station des ehemaligen Staates Indien.« Er griff nach dem etwas kleineren Holo-Objekt und zog es zu sich heran. Dann öffnete er die Faust und gab die Station in vergrößerter Form frei. Sie ähnelte einem Riesenbonbon. »Das, was aussieht wie die Enden von Einwickelpapier, sind Sonnensegel.«

»Kollektoren«, korrigierte ihn Rivera. »Segel treiben an. Kollektoren sammeln.«

Lawrence zwang sich, ruhig durchzuatmen. »Verbindlichen Dank. Wie viele von den … Kollektoren noch erhalten sind, wissen wir nicht. Es ist anzunehmen, dass Usha nur noch zu wenigen Teilen bewohnbar ist.« Lawrence schubste das Modell zurück in seine Ausgangsposition, und es nahm seine ursprüngliche Größe wieder an.

»Aber sie ist Kopernikus am nächsten«, stellte Rivera fest.

»Korrekt. Wie Sie sehen, befinden wir uns in einem viel höheren Orbit um die Erde als die beiden bejahrten Stationen. Und Usha erreichen wir am schnellsten.«

Choi zwang sich zu einer aufrechten Sitzposition. »Wie sieht es dort mit Schwerkraft aus?«

»Laut meinen Informationen ist sie wahrscheinlich nicht überall vorhanden. Worauf wollen Sie hinaus?«

»Es ist anzunehmen, dass sich die Ludditen einen Ort heraussuchen, an dem Schwerkraft herrscht.«

»Wir nennen sie nicht Ludditen«, sagte Lawrence ungehalten. »Und warum sollten sie das tun?«

»Bequemlichkeit?« Rivera zuckte mit den Achseln und nickte Bianchi zu. »Da hat Seoyoung nicht unrecht.«

»So, so. Haben Sie schon einmal daran gedacht, dass die Leute da nicht viele Auswahlmöglichkeiten haben? Wo sollen sie sich sonst verstecken?« Der Brigadier schnaubte und deutete auf eine der knochenartigen Stationen von CropUniverse. »Auf Galilei? Ganz sicher nicht, wie Mister Bianchi richtig bemerkte. Die nehmen, was sie kriegen können und was noch funktioniert. Und nun werde ich Ihnen die Spezifikationen der Mission erklären.«

Zurück in seinem Quartier ließ sich Lawrence erschöpft auf das Bett fallen. Spitzfindige Fragen laugten ihn aus. Wenigstens Adekunle hatte ihm einfach nur seelenruhig zugehört, und Choi war schließlich dem Vorbild ihres neuen Mannschaftskollegen gefolgt. Die beiden verstanden und akzeptierten, dass die Befehlsgewalt in seinen Händen lag. Und dass die Crew Anweisungen ausführen musste.

Ein paar Stunden Ruhe würde er sich gönnen, bevor er sich auf den Weg zum Hangar machte. Die Kamut befand sich schon im Anflug auf Kopernikus, das Personal des Raumers konnte sich kurz in den Bars vergnügen, bevor es mit Shuttles zurück nach Neu-Peking geflogen werden würde. Lawrence hatte auf einem kompletten Austausch der Mannschaft bestanden. Das war seine Mission. Der Einzige, den er als Fremdkörper akzeptierte, war ein Schiffsingenieur der Originalcrew. Der Rest musste gehen. Ruben Singer hatte allem zugestimmt. Der neue Geschäftsführer setzte Vertrauen in Lawrence. Zu Recht.

Seine Mission. Noch nachdem dem Brigadier die Augen zugefallen waren, lächelte er.

FUNKKONTAKT

Es dauerte noch Stunden, bis Louis mithilfe von David die Verbindung zur Revenge hergestellt hatte. Nicht mehr lange, und die Sonne würde wie jeden Tag unbarmherzig ihre Glut auf den Planeten schicken. Außer den Wachposten, Tess, Fenna, Louis und David hatten sich alle anderen längst in die Schlafsäcke verkrochen.

Tess spürte die Müdigkeit in ihren Gliedern, ihre Augenlider wurden immer schwerer, aber nichts konnte sie davon abbringen, dabei zu sein, wie Louis immer wieder die Revenge anfunkte. Sie saß auf dem Boden, lehnte mit dem Rücken an der Wand und dachte darüber nach, was sie Cap alles sagen wollte. Fenna lag zusammengerollt neben ihr und schien ebenfalls ihren Gedanken nachzuhängen. Ab und zu legte sich Tess dazu und schmiegte sich an ihren Rücken. Fenna beschwerte sich nicht.

»Heilige Scheiße, Bethany«, schnaufte der Programmierer plötzlich. »Beschaff dir endlich ein neues Schiff!«

Tess rappelte sich hoch.

»Dann bau mir halt eins«, giftete die Frau auf dem Monitor undeutlich zurück. »Kannst froh sein, dass ich so verflucht schlecht schlafe.« Sie hatte etliche Pfund zu viel auf den Rippen und nuckelte an einem Strohhalm. Als sie das Mädchen hinter Louis entdeckte, hellte sich ihr Gesicht auf.

»Du hast es rausgeschafft? Du bist doch sicher Tess, oder?« Die Frau knallte ihren Becher auf den Tisch, sodass weiße Flüssigkeit heraushüpfte. »Blimey!« Übermütig schlug sie die Hände zusammen und setzte ihren schwabbelnden Trizeps in Bewegung. »Er wird ausrasten!« Sie streckte den Arm aus und tippte auf ein Display. »Junge!«, brüllte sie. »Kriech aus den Federn, und schwing deinen knochigen Hintern zu mir!«

Neben Tess stieß Fenna ein amüsiertes Schnauben aus. »Wer zur Hölle ist das?«

Tess zuckte mit den Schultern. Sie hatte keine Ahnung. Eins aber wusste sie sofort: Sie mochte diese dicke Lady.

Als gleich darauf das breite Grinsen ihres Bruders auf dem Display auftauchte, hätte sie den Monitor am liebsten umarmt. Louis fluchte belustigt, als sie ihn aus dem Stuhl schubste und sich vor die Kommunikationsstation setzte.

»Wir sprechen uns später, okay?«, konnte er noch hervorstoßen.

»Deine Haare sind anders«, sagte sie. »Und du hast Stoppeln im Gesicht.« Sie berührte den Bildschirm mit dem Finger, als wolle sie ihm zeigen, welche Stelle sie meinte.

»Du nicht.« Er lachte. »Du bist wie immer. Nein, das stimmt nicht.« Er rieb sich die Nasenwurzel. »Ich habe gehört, dass du zur Elite gehörst. Zur Führungsriege. Du stehst ganz oben im Ranking.«

»Dann hat sich ja nichts geändert«, platzte sie heraus.

»Genau. Alles wie immer, Kleines.«

Ihr Herz schlug derart fest gegen ihre Rippen, dass Tess befürchtete, ihr knochiger Körper würde das nicht lange aushalten. Rotz lief ihr aus der Nase, und sie wischte ihn mit dem Handrücken fort. »Wann kommst du zurück?«

Er zuckte entschuldigend mit den Achseln. »Wir sehen uns bald«, versprach er. »Aber zuerst muss ich noch ein paar Sachen hier oben regeln. Mit Big Bethany und dem Rest der Crew.«

Big Bethany. Das konnte nur die Pilotin sein. »Ich habe hier unten auch noch einiges zu tun«, sagte Tess und schniefte.

»Kann ich mir vorstellen.« Cap lächelte. Dann blickte er hinter seine kleine Schwester, und seine Augen weiteten sich. »Fenna?«, fragte er ungläubig. »Scheiße, was machst du denn da?«

»Sie hat mich gerettet«, plapperte Tess. »Wir sind auf einem Motorrad ausgebrochen, das hatte den neuen Antrieb, der ist total leise, wir konnten uns während der Fahrt unterhalten, und davor hat sie diesem Typen, also ich glaube, Jochen hieß der, dem hat sie die Fresse poliert, das hättest du mal sehen sollen, wie die ihn fertiggemacht hat und –«

»Tess?« Fenna legte ihr die Hand auf die Schulter.

Das Mädchen fuhr herum. »Hm? Oh, klar.« Tess stand auf. »Bist du nachher noch da, Cap?«

»Ich bin immer da, Kleines.«

***

Fennas Lippen wurden schmal, und ihr Körper versteifte sich. »Du willst mich wohl verarschen?«

Tess, Louis und David hatten sich in ihre Schlafkojen zurückgezogen, und Cap sah Fenna an, wie schwer es ihr fiel, leise zu sprechen, um sie nicht zu alarmieren.

»Er ist auf unserer Seite.«

Sie deutete mit einer Kopfbewegung auf die Matratzen. »Echt jetzt? Wie lange, bis Michael mich verrät oder dich? Wie lange, bis er deine Schwester verrät?«

»Ich weiß«, sagte Cap beschwichtigend. »In letzter Zeit hatten wir viel mit Menschen zu tun, die uns enttäuscht haben.«

»Bitte?«, schnaubte sie. »Soll das eine Anspielung auf mich sein? Oder bittest du so um Verzeihung?«

»Nein! Ja! Verdammt, Fenna. Ich will damit nur sagen, dass es auch für mich schwierig war zu kapieren, wie Michael tickt.«

»Und jetzt weißt du's?«

»Er ist auf unserer Seite«, wiederholte Cap.

Sie beugte sich vor und stützte die Unterarme auf die Tischplatte. »Ich frag dich noch mal: Für wie lange?«

Cap stieß einen Seufzer aus und brachte sein Gesicht ebenfalls näher an die Kamera. »Du kennst mich. Gut. Wenn du ihm nicht traust, dann trau wenigstens mir. Ich hab's im Griff.«

»Weißt du, was du von mir verlangst?«, zischte sie. »Ich bin ein Kontrollfreak.«

»Überlass das mir, Fenna. Kümmere du dich um Tess. Sie mag dich.«

»Cap, ich schwöre bei … irgendwas, wenn Michael uns in die Scheiße reitet –«

»Dann nagelst du ihm die Eier und so weiter und so fort, schon klar.« Er lächelte.

»Nicht nur ihm. Er arbeitet für die Regierung. Die Regierung!«

»Die vom Säuglingshandel und dem Betrug rund um die Weizenverteilung sicherlich nicht begeistert ist«, hielt er dagegen und wunderte sich über sich selbst.

Fenna lehnte sich zurück und fuhr sich mit den Fingern durch den Irokesenschnitt. Dann sah sie ihn trotzig an. »Cap. Die NH hat nur Schiss, dass SpaceSeed zu mächtig wird. Die Firma darf den Orbit nicht kontrollieren und auch nicht in Regierungsgeschäfte eingreifen.«

Cap zögerte. Natürlich hatte sie recht. »Wir werden das verhindern. Ohne die NH dabei um Hilfe zu bitten. Du weißt, dass ich das nie tun würde.«

»Du nicht. Aber dein Freund, denn der arbeitet für sie.«

Er schwieg. Lange.

»Was?«, fragte sie. »Da ist doch noch was?«

Er räusperte sich. »Michael hat etwas vor. Es gab da einige Andeutungen bei unserem letzten Gespräch vor einigen Stunden. Nein, warte.« Er hob die Hand, um zu zeigen, dass sie ihn ausreden lassen sollte. »Huggins hat das Verfolgungsteam zusammengestellt. Sie haben ein Schiff, sie haben Waffen. Hiroyuki will nachher noch mit Ciara sprechen.«

Sie sprang auf. »Waffen? Scheiße, Cap. Ist er dabei?«

»Michael? Nein. Das versuche ich dir doch gerade zu erklären. Er hat was vor. Mit Nia. Mit Kaito. Mit Monica. Ruth. Und einigen anderen.« Cap konnte beobachten, wie Fenna die Informationen Stück für Stück verarbeitete. »Er wechselt endgültig die Seiten. Er will Beljajew entmachten. Gemeinsam mit uns, nicht mit der NH. Mit uns und für uns, verstehst du? Und bevor du noch einmal fragst: Ja, ich glaube, er meint es verdammt ernst.«

»Fuck.« Sie ließ sich langsam auf die Sitzfläche zurücksinken.

»Trau dich.«

»Was?« Sie sah ihn verständnislos an.

»Zu vertrauen.«

Ihre Mundwinkel zuckten. »Das habe ich schon eine halbe Ewigkeit nicht mehr getan.« Sie mahlte mit dem Kiefer. »Aber das, was du da von mir verlangst, darum habe ich erst vor Kurzem Tess gebeten. Ist schon komisch, oder?«

»Du magst sie also?«

»Cap, sie ist sensationell.«

Ihm wurde wohlig warm bei diesen Worten. Und fast hätte er »Du auch« geantwortet.

***

Nur wenige Minuten nachdem Lawrence am nächsten Morgen sein Quartier verlassen hatte, vibrierte sein Com. Choi wirkte ausgeschlafen und strahlte voller Tatendrang in die Kamera.

»Gepäck verstaut, Sir. Rivera und die anderen sind schon an Bord. Die Vorbereitungen zum Start laufen.«

Er nickte anerkennend. Das lief ja wie am Schnürchen. Sie waren dem Zeitplan sogar voraus. »Wunderbar. Ich bin unterwegs.«

»Soll ich auf Sie warten, Sir?«

»Nicht nötig, suchen Sie sich schon mal ein schönes Plätzchen und –« Er brach ab, als die Kamera ihr Gesicht verlor und den Hangarboden zeigte. »Choi?« Instinktiv ging er schneller. »Hallo?« Das Display zeigte verschwommene Bilder, als ob Choi ihr Com hektisch bewegen würde.

»Ich tue dir nur ungern weh«, hörte Lawrence jemand anders sagen.

Die Kamera von Chois Kommunikationsgerät zeigte nun von unten Michael Winter, der sich breitbeinig vor der neuen Pilotin aufgebaut hatte. »Ich schätze dich. Was ich jedoch nicht schätze, sind falsche Zielsetzungen.«

»Scheiße«. Der Brigadier nahm die Beine in die Hand. Zu seinem Glück musste er den Lift nicht erst anfordern. Er stieg ein und hieb auf das Aufzugsdisplay.

»Was?«, fragte Chois Stimme erstaunt.

Inzwischen war wieder die Hälfte ihres Gesichts zu sehen, anscheinend drehte sie das Gerät so, dass Lawrence mitbekam, was vor sich ging. Schlaues Mädchen, dachte er. Winter hatte offenbar keine Ahnung, dass sie mit ihm in Verbindung stand.

Ihr Kopf drehte sich, als ob sie nach jemandem suchen würde, und der Brigadier hieb erneut auf die Lifttaste, obwohl die Anzeige darauf hinwies, dass er die Hangarebene fast erreicht hatte. Dann brach die Verbindung ab.

»Mist!«

Der Aufzug hielt, Lawrence stürmte hinaus und rannte den Gang entlang. Dieser Scheißer, dieser verdammte Scheißer! Blind schaltete er auf Audiobefehl. »Verbindung zu Bianchi«, bellte er und bog in den Korridor zum Hangar ein.

»Sir?«, kam es sogleich zurück.

»Postwendend zu Ebene 0, Bianchi! Lassen Sie Sakamoto, wo er ist, und nehmen Sie die Beine in die Hand.«

Endlich sah er Choi und Winter vor sich im Hangar. Ihre Augen weiteten sich vor Erleichterung, als sie ihn kommen sah. Da ergriff der Deutsche ihren Arm, verdrehte ihn und brachte die Pilotin zu Fall. Mit einem dumpfen Geräusch schlug sie auf, und sofort war ihr Gegner über ihr, bog ihr beide Arme auf den Rücken und fesselte sie mit einem Kabelbinder.

»Verräter!« Lawrence' Stimme dröhnte durch Ebene 0. Noch im Rennen griff er nach der OC, wollte eben Winter anvisieren, da bohrte sich etwas von hinten in seinen Oberschenkel. Sein Arm krampfte, die Waffe fiel ihm aus der Hand und schlitterte über den Boden außer Reichweite.

»Hier geblieben, Huggins!«

Weitere Taserspitzen durchschossen seine Kleidung und blieben in ihm stecken. Unter Schmerzen hörte er das »Tacktack« der Stromschläge, die in seinen Körper eindrangen. Dann nahm er nichts mehr wahr außer dem eigenen Stöhnen. Zuckend warf er sich herum, fiel zu Boden, krampfte dort weiter. So war das also, dachte er. Aufhören!

Aber er wollte nicht betteln wie die anderen, die mit seiner Impulswaffe schon Bekanntschaft geschlossen hatten.

Er biss die Zähne zusammen. Schmeckte Blut.

Er war der Bulle, ein Exmilitär. Er würde nicht um Gnade flehen, auch wenn jeder einzelne, sich in seinem Körper zusammenziehende Muskel ihn darum bat, es endlich zu tun.

Ein Bein streckte sich nach seiner Hand aus. Choi? Lawrence versuchte es zu ergreifen, hatte aber den Arm nicht unter Kontrolle, der zuckte wie der Rest von ihm.

»Stopp!«, rief eine Stimme.

Für einen kurzen Moment glaubte er, der Schrei wäre ihm selbst herausgerutscht, das Ergebnis seines bebenden Körpers, aber dann schrie die Stimme ein weiteres Mal. Es war Seoyoung.

»Hören Sie auf damit! Was wollen Sie erreichen?«

»Nichts Besonderes«, antwortete Sakamoto ruhig über das Knistern des Tasers hinweg. »Rache? Bestrafung? Du solltest kein Mitleid mit ihm haben, Seoyoung. Ihr dürft diese Station nicht verlassen, und wenn du ein wenig in dich hineinhorchst, dann weißt du das.«

»Da liegst du falsch!«, erwiderte sie wütend. »Falsch. Hörst du?«

Aus den Augenwinkeln sah der Brigadier, wie sich die untersetzte Frau gegen ihre Fesseln wehrte. Dann wurde das Bild unklar, verschwamm vor seinen Augen.

»Er wird ohnmächtig«, hörte er den Deutschen sagen. »Ich denke, das reicht, Kaito.«

Das »Tacktack« verstummte, undeutlich stieg jemand über die Taserdrähte hinweg und beugte sich zu ihm.

»Der hat die Konstitution eines Zuchtbullen, Michael«, sagte Sakamoto. »Von mir aus kann ich noch eins draufsetzen.«

»Stell dich nicht mit diesem Drecksack auf eine Stufe, Kaito.«

Die Stimmen um ihn herum wurden wieder lauter. Der Nebel vor Lawrence' Augen schwand. Stöhnend versuchte er, sich aufzurichten.

»Wird nicht klappen, Arschloch«, hörte er Sakamoto dicht an seinem Ohr sagen. »Du bleibst jetzt hier liegen, bis wir dich ebenso verschnürt haben wie den Rest deiner hinterfotzigen Mannschaft.«

»Der Rest ist schon durch die Schleuse. Der Start wird vorbereitet«, ächzte Lawrence. »Ihr kommt zu spät.«

»Das glauben wir nicht. Und ein dermaßen hervorragend bewaffnetes Schiff wird uns ein gutes Stück weiterbringen, Brigadier Huggins.« Der Deutsche schien direkt hinter ihm zu stehen. »Wir danken vielmals.«

»So weit wird es nicht kommen«, presste Lawrence mühsam hervor.

Sakamoto lachte. »Bakabakashii! Sie müssen endlich lernen, wie ein englischer Gentleman verliert. Ich habe die Nase gestrichen voll von seinen Mätzchen, Michael. Lass mich noch einmal abdrücken.«

Lawrence, der in seinem Kopf schon wieder das Klacken des Tasers hörte, presste die Lippen zusammen. Einen weiteren Stromstoß konnte er nicht ertragen. Seine Blase würde sich entleeren. Und nicht nur die. Eingeschissen und vollgepisst würde er hier liegen – auf seiner Station! –, bis ihn irgendjemand aus dieser unerquicklichen Lage befreite. Womöglich Nia. Schlimmer noch: Beljajew. Lawrence betete, dass die Kommandantin gerade nicht auf die Überwachungsbildschirme schaute. Obwohl ihm Hilfe gelegen käme, wollte er sie nicht von ihr.

Der Japaner richtete sich auf. Die Drähte der Elektro-Impulswaffe spannten sich, als Sakamoto gemeinsam mit dem Deutschen in Lawrence' Gesichtsfeld auftauchte.

»Willst du, Michael?«, fragte Sakamoto und hielt ihm den Taser hin.

Lawrence atmete tief ein. Seine Instinkte kamen zurück, und zwar so schnell, dass nicht einmal Sakamoto, den er selbst ausgebildet hatte, angemessen reagieren konnte. Der Brigadier mobilisierte alle seine verbliebenen Kräfte und schnellte hoch. Sakamoto schaute verdutzt, als er einen Faustschlag in den Magen erhielt und ihm die Schockpistole aus der Hand fiel. Der Oberkörper des Japaners bog sich wie ein gebrochener Zweig nach vorn. Sofort trat Lawrence in den verletzten Oberschenkel des Deutschen, der mit einem lauten Aufschrei zusammenbrach.

Da stürmte Bianchi in die Halle, riss die Waffe hoch und feuerte ein paar Mal über Sakamoto hinweg, der zusammengekrümmt dastand und japste. Die Patronen explodierten hinter seinem gebeugten Rücken, und Lawrence stellte sich mit Genugtuung vor, wie sich die Splitter in das Fleisch bohrten. Eine weitere Salve aus Bianchis OC zischte weit über ihre Köpfe hinweg. Offenbar hatte der Italiener Angst, seinen Vorgesetzten zu treffen.

Die allgemeine Verunsicherung nutzte Lawrence, um noch einmal nachzutreten und dann auf allen vieren zu Choi zu robben, die wie eine Wahnsinnige an ihren Fesseln zerrte. Den Taser zog er hinter sich her wie einen Hund an der Leine. Die Spitzen der Impulswaffe steckten noch in seinem Körper.

»Halten Sie still«, befahl er ihr und machte sich an dem Kabelbinder zu schaffen. »Das haben wir gleich. Diese Spatzenhirne wissen nicht mal, wie man jemanden ordentlich fesselt. Bloody hell, dermaßen viel Inkompetenz auf einem Haufen habe ich noch nie gesehen.«

»Sir, das ist Kabelbinder. Den bekommen Sie nicht auf. Sie müssen methodisch denken. Der Taser, Sir«, japste sie. »Das Zeug steckt noch in Ihnen drin.« In ihrem Blick lag die Angst, einer von ihnen würde vor den Augen des anderen den Löffel abgeben. »Und Ihre Waffe!«

Verdutzt schaute der Brigadier in ihr rundes Gesicht. Er musste zugeben, dass sein Verstand, im Gegensatz zu seinen Kampfreflexen, noch nicht richtig rundlief, denn seine Pilotin hatte natürlich recht. Schnell kroch er auf allen vieren weiter, ignorierte das schmerzhafte Zittern seiner Muskeln und erreichte die weggeschleuderte OC gerade rechtzeitig.

Denn in der Zwischenzeit hatte sich Bianchi mit den beiden Männern auf einen Schusswechsel eingelassen, aus dem er ohne Unterstützung nicht als Sieger hervorgehen würde.

Lawrence versuchte aufzustehen, schaffte es aber nur auf die Knie. Anfangs schoss er blindlings auf das abtrünnige Geschmeiß, das er früher Rekruten genannt hatte, dann wurde seine Hand ruhiger. Sakamoto und Winter suchten Deckung hinter Pflanzkübeln, und der Brigadier jagte eine Salve nach der anderen in die Gefäße aus Fiberglas. Teile des verstärkten Kunststoffes fetzten durch die Halle.

»Versuchen Sie, sich in Sicherheit zu bringen, Choi!«, schrie er, als Sakamoto wahllos zurückschoss und die Schleusentür traf, die sich nur Sekunden später öffnete und die Sicht auf Rivera freigab, die sich mit gezogener OC sofort in den Rahmen presste.

Kurz darauf fauchten Geschosse aus ihrer Richtung über Lawrence' Kopf hinweg. »Verflucht, Rivera, zielen Sie verdammt noch eins höher!«, brüllte er die Ingenieurin an, die bestimmt noch nie mit einer Security-Waffe geschossen hatte. »Was ist mit der Startfreigabe?«

»Wir warten nur noch auf Sie und Seoyoung, Sir!« Rivera feuerte erneut. Diesmal fand ihre Kugel ein Ziel.

Das falsche.

Die Knie des Italieners gaben nach. Die OC rutschte ihm aus der Hand, die er jetzt auf den Bauch presste. Blut sickerte zwischen seinen Fingern hervor. Das sah nicht gut aus.

»Shit!« Lawrence brüllte, was seine Lungen hergaben. Der Schock und die Wut über den Verlust des Mannes, der die Station für ihn überwachen sollte, ließ ihn hochschnellen. Er hörte Choi schreien, und während er zu ihr stolperte, ihren Oberarm ergriff und sie mit einer Hand Richtung Schleuse schleifte, pumpte er mit der anderen den Rest des Magazins in die Pflanzkübel. Wenn er Glück hatte, würde eine von ihnen das Material komplett durchschlagen.

»Fuck!«, brüllte er außer sich, als sich das Schleusentor hinter ihnen geschlossen hatte. »Fuck! Wissen Sie, was Sie eben angerichtet haben, Rivera?«

»Es tut mir leid. Meine Hand hat gezittert, ich –«

»Gezittert? Am Arsch!«

»Sir –« Riveras Stimme bebte.

»Helfen Sie mir mit Choi, Sie verdammte Anfängerin!«

»Sir, die Station –«, begann die Koreanerin und rieb sich die Handgelenke, nachdem Rivera die Kabelbinder durchgeschnitten hatte.

»Das ist mir bewusst!«, schrie er. Er atmete ein paarmal tief durch und sah in ihr rundes Gesicht. »Um das Problem kümmern wir uns, wenn wir mit der Kamut abgedockt haben. Und das passiert schneller, als Sie Ihren vollen Namen sagen können.«

»Als Sie ihn sagen können, meinen Sie wohl.« Sie versuchte sich an einem Lächeln.

»Auch wieder wahr.«

»Wir müssen die Taserspitzen aus Ihrem Körper entfernen.« Adekunle beugte sich über ihn und begutachtete sachkundig die Nadelelektroden in Lawrence' Fleisch.

»Nicht jetzt. Wir müssen starten. Sofort!« Der Brigadier stieß ihn weg und humpelte Richtung Pilotenkanzel. Der Taser schleifte scheppernd über den Metallboden des Raumers hinter ihm her. Lawrence machte sich nicht die Mühe, ihn aufzuheben.

Kreissler musste ihm helfen. Ein weiteres Mal. Sie würde nicht umhinkommen, sich verpflichtet zu fühlen, Kopernikus gemeinsam mit Beljajew aus der Krise zu führen.

Herrgott, wie er es hasste, Liz erneut um etwas bitten zu müssen. Um etwas wirklich Großes.

GOUGES

Cap hatte schlecht geschlafen. Er fand es schwierig, auf der Revenge einen Rhythmus zu finden, hatte nichts zu tun und zudem den Eindruck, er würde den anderen nur auf den Zehen herumtreten. Larissa ging es ähnlich, jedoch wurde sie von Goggles in die Geheimnisse der nachträglich installierten Waffenkonsole eingearbeitet. Cap hingegen erschien es unmöglich, Goggles Kauderwelsch aus abgebrochenen Sätzen zu entschlüsseln und sich mit den Funktionen vertraut zu machen.

Stattdessen benutzte er morgens ein in die Jahre gekommenes Laufband, das er in der »Abstellkammer«, wie Beth den kleinen Raum nannte, entdeckt hatte. Dort joggte er inmitten von Technikschrott und Kabelgewirr – Dinge, von denen Big Bethany meinte, sie irgendwann einmal wiederverwenden zu können. Außerdem stapelten sich Kisten mit Handelsgütern, die Beth vorgab zu vertreiben, sollte sie einmal kontrolliert werden.

Bald würden sie auf Gouges ankommen. Und Hiroyuki behielt einiges Wissenswertes für sich. Womöglich verband der Biologe mit Gouges Erinnerungen, die er nicht teilen wollte. Der Japaner hielt sich in privaten Dingen stets bedeckt.

Das Training auf dem Laufband ermöglichte Cap, seine eigenen Gedanken im Zaum zu halten, die sich um Folter, Sklaverei und Gefängnisse drehten. Was Marge anging, tappte er weiterhin völlig im Dunkeln. Niemand hatte etwas Neues über seine Schwester in Erfahrung bringen können. Keiner wusste, wie es ihr ging.

»Stufe vier«, befahl er gerade dem Gerät, das gehorsam in ein höheres Tempo schaltete, als Beth sich über den internen Funk meldete.

»Junge, ich brauche dich hier.«

»Heißt?« Er verlangsamte das Tempo manuell und schaltete das Laufband schließlich ganz ab.

»Auf der Brücke, im Cockpit, in meinem Zuhause, wie auch immer du es nennen willst. Wir sind bald da.«

Mit dem Handtuch um die Schultern joggte Cap die kurze Strecke bis zur Pilotenkanzel. Inzwischen hatte er sich daran gewöhnt, dass er mit der flachen Hand auf den Türöffner hauen musste, damit sie kreischend aufging. Schnaufend ließ er sich in den Sitz neben Big Bethany fallen.

»Und?«, fragte er.

»Du stinkst.«

»Danke. Das war eine komplett überflüssige Information. Du hast mein morgendliches Training unterbrochen.«

»Dieses Gehopse wird dir nichts bringen, wenn du erst mal deine Gravstiefel anhast«, brummte sie und betätigte ein paar Schalter, woraufhin ein Ruck durch die Revenge ging.

»Ist das normal? Muss ich mir den Gurt anlegen?«

Ihre Mundwinkel hoben sich spöttisch. »Raumfahrt ist eine gefährliche Angelegenheit.«

Er sah sie verwirrt an. »Ist das jetzt ironisch gemeint?«

»Himmel, Junge! Gehen ist eine gefährliche Angelegenheit. Man könnte über ein Kabel stolpern und in das Messer fallen, das man in der Hand hält.«

»Für gewöhnlich pflege ich ohne Messer herumzulaufen. Und das ist auch nicht das, was ich gefragt habe.«

»Dann sei still. Die Luft hier ist zu schade für solch einen Mumpitz. Konzentrier dich lieber auf das Andockmanöver. Wir sitzen nicht im neuesten Modell, du musst ein paar Knöpfchen drücken, wenn ich es dir sage.«

»Du meinst, das Schiff macht das nicht automatisch?«, hakte Cap entsetzt nach.

Beth grinste. »Jetzt pinkel dir nicht in die Hose, Junge. Alles kein Problem, wenn man ein ruhiges Händchen hat. Und das hast du doch, oder?«

Er runzelte die Stirn. »Muss ich ja wohl, alle anderen sind beschäftigt oder pennen noch.«

»Ich habe vollstes Vertrauen in dich.«

»Beruhigend. Habe ich dir schon erzählt, dass ich gesehen habe, wie einem Piloten die Brust explodierte? In einem Cockpit? Ach, Hiroyuki war auch dabei.«

»Halt die Klappe«, erwiderte sie patzig. »Was glaubst du, wie oft ich das schon gemacht habe? Du musst nichts weiter tun, als meinen Anweisungen zu folgen. Und es war Craig, der dem armen Mann in die Brust schoss. Craig ist gemeingefährlich. Ich kann dir gar nicht sagen, wie froh ich bin, den nicht an Bord zu haben.«

Die Revenge drehte sich und Gouges kam in Sicht. Wie immer, wenn im All plötzlich etwas vor seinen Augen auftauchte, setzte Caps Herzschlag für einen Moment aus.

»Ist sie das?«

Ein grauer Körper trieb vor ihnen. Eine lange Röhre stieß auf der einen Seite in einen Zylinder, von dem Cap annahm, dass es sich um das Kommandomodul handelte, und endete auf der anderen in einer Art Gitternetz, an dem große Kokons hingen. Das Gebilde wirkte insgesamt ausgesprochen unästhetisch und ähnelte eher dem verunglückten Bauexperiment eines Kleinkinds als dem Ergebnis jahrelanger technischer Innovationen.

Big Bethany nickte. »Nicht schön, aber … selten.«

»Sieht dunkel aus dort.«

»Es muss nicht alles leuchten wie ein Weihnachtsbaum, Junge.«

»Was sind das für Eier?« Cap deutete auf die Kokons.

»Die Habitate. Hiroyuki wird wissen, wie viele Leute in so einem Ei unterkommen können. Er und seine Familie haben selbst mal eins bewohnt.«

Langsam glitt die Revenge durch den Raum, und Cap konnte es kaum noch erwarten, einen Fuß auf die Station zu setzen. Und sei es in einem Magnetstiefel. Plötzlich wollte er das Geheimnis lüften.

»Geht das nicht schneller?« Die Ungeduld nagte an ihm wie der Zahn einer Ratte.

»Schneller?«, empörte sich Beth. »Was glaubst du, wie unser Antrieb funktioniert? Meinst du, wir haben dreihundert Esel an einer Winde festgebunden und die fangen alle auf einmal an loszustapfen?«

»Dann geht's also nicht schneller.«

»Nein. Geht es nicht.« Sie öffnete den Kanal zum Mannschaftsraum. »Leute, es ist bald so weit.«

»Ich komme gleich, Beth«, ließ sich Hiroyukis Stimme sofort vernehmen. »Hat Gouges uns die Ausrüstung zur Verfügung gestellt?« Eine leichte Unruhe bebte in seiner Stimme. Auch er konnte es nicht erwarten anzudocken.

»Die Stiefel müssten nach der Schleuse auf uns warten«, antwortete Beth. »Zumindest habe ich Charlotte so verstanden. Sie wollte alles zusammenkramen, was sie noch finden kann. Die, die leer ausgehen, müssen sich anders fortbewegen.«

»Das heißt?«, hakte Cap vorsichtig nach.

»Du musst dich bis zur Gravitationssektion in der Schwerelosigkeit durchlavieren. Und fang nicht an zu grinsen: Ich schnappe mir auf alle Fälle ein Paar dieser Stiefel, darauf kannst du einen lassen. Falls Charlotte mich nicht verarscht hat. Wäre auch nichts Neues.« Sie drückte eine weitere Taste und öffnete den externen Kanal. »Bethany's Revenge an Gouges. Bereit zum Andocken. Nur zu eurer Information. Wir machen das mit der Hand am Arm.«

»Hallo, Revenge.« Eine weibliche Stimme, rau und ein wenig abweisend. »Wir haben auch eine optische Verbindung, Beth, wir sind nicht von vorgestern. Und pass auf, dass du uns beim Andocken nicht den Arsch rasierst, ist das klar?«

Beth schluckte. Allem Anschein nach hatte sie mit einem freundlicheren Empfang gerechnet.

»Was ist los?«, wagte Cap zu fragen.

»Ich erklär's dir später«, entgegnete sie reserviert und fummelte an ein paar Reglern herum. »Charlotte und ich. Das geht 'ne Weile zurück. Und es herrschte gegen Ende nicht gerade eitel Sonnenschein.« Auf dem in der Konsole eingelassenen Monitor erschien zuerst die Erde, die sich in voller blauer Pracht und strahlendem Grün drehte, und wenige Sekunden später legte sich ein kursiver Schriftzug mit Bethanys Namen um den Äquator.

»Kleine gefühlsduselige Spielerei«, entschuldigte sie sich.

Cap wollte gerade den Mund aufmachen, als der optische Verbindungsaufbau schriftlich angekündigt wurde, die blaue Kugel verschwand und drei Frauen unterschiedlichen Alters Platz machte. Aus deren Mitte trat eine Frau um die fünfzig. Groß, drahtig, kinnlanges graues Haar, schmale Lippen. Sie strahlte ein Selbstbewusstsein aus, das Cap kurz trocken schlucken ließ.

Und hinter ihr, bis jetzt versteckt, erschien plötzlich wie eine Fata Morgana eine schlanke Person mit verstrubbelten braunen Haaren und einem spitzbübischen Grinsen. Sie winkte wie wild.

Cap holte tief Luft. Er traute seinen Augen nicht. »Oh mein Gott. Marge?«

Sechster Teil

ÜBERLEBEN

EINFACH WEITERSCHWIMMEN

Cap atmete schwer. Gemeinsam mit Beth, Hiroyuki und Larissa stand er in der Hauptschleuse der Raumstation; in ein paar Minuten würde er Gouges betreten. Der Gedanke an die Gravstiefel, der ihm bis vor einer halben Stunde noch Magenziehen beschert hatte, bedrückte ihn nicht mehr. Die Schwerelosigkeit, die hinter der Schleuse auf ihn wartete, interessierte ihn nicht. Das alles hatte ihn vor der optischen Verbindung mit der Besetzung der Station gepeinigt.

Er würde Marge wiedersehen, seine Schwester. Auf Gouges, benannt nach einer Frauenrechtlerin, deren Leben unter dem Fallbeil geendet hatte. Cap hoffte, dass dieser Umstand keine Analogien für das Team bereithielt.

Ein dumpfer Ton verkündete das Versiegeln der Schleusentür zum Frachter Bethany's Revenge. Dem folgte ein wütendes Zischen. Geräusche, die Cap inzwischen kannte. Alles normal.

Während der Videoübertragung hatte er nicht viele Worte mit Marge wechseln können. Der stählerne Blick aus Charlottes Augen, die auf Gouges offensichtlich das Sagen hatte, ließ ihn alles Wichtige verschlucken, was ihm auf der Zunge brannte. Er würde seine Schwester ohnehin gleich sehen, und dieser Umstand war schwer zu begreifen. Tess und Marge: Beide hatte er wiedergefunden.

»Du machst ein verdammt fröhliches Gesicht für jemanden, der gleich ohne Stiefel den künstlichen Gravitationssektor der Station erreichen muss, Junge«, stichelte Beth, die genau wusste, warum Cap breit lächelte. »Da schwebt man 'ne Weile, meinte unser Samurai.«

»Es ist noch nicht raus, wer schwebt«, sagte Larissa verschmitzt. »Wer zuletzt an die Dinger kommt, hat verloren. Wir wissen ja nicht, wie viele sie da haben.«

»Augenblick!«, protestierte die übergewichtige Pilotin. In dem Moment öffnete sich die zweite Schleusentür.

Cap hatte Kopernikus und Kepler gesehen, luxuriöse Raumstationen mit Teppichen, Sitzecken und Sofas, deren Bezüge farblich aufeinander abgestimmt waren. Duschen mit Massagestrahl, bequeme Betten in großzügigen Quartieren. Er kannte aber auch Bethany's Revenge, ein Saustall von einem Raumschiff, das trotz seiner Beengtheit, dem Dreck und einer Luft, die einem das Atmen verleidete, eine gewisse Behaglichkeit ausstrahlte.

Gouges war nichts von beidem. Das, was sich jetzt vor Caps Augen auftat, versprach: Leere. Kälte. Einöde. Sie standen laut Hiroyuki in der Verbindungsröhre zwischen Kommandomodul und den Habitaten. Fahles, blau schimmerndes Licht flackerte vereinzelt aus Leuchtstäben an der Decke, begleitet von einem Brummen, das aussetzte, wenn die Lampen ausgingen, und einem Knistern, das dem erneuten Einschalten des Lichts vorausging. Ein durchlaufendes Metallgitter diente als Boden. Darunter schlängelten sich undeutlich Rohre und Kabel. Keine der Frauen erwartete sie, und Cap spürte, wie sein Körper bei jedem Schritt leichter wurde.

»Sind wir hier richtig?«, fragte Larissa. »Das ist doch die Hauptschleuse, oder? Mon dieu, ich habe das Gefühl, ich steige gerade in meine eigene Grabstätte.«

»Ich bitte dich.« Hiroyuki sah sich begeistert um. »Hier hat sich nichts verändert. Backbord geht es zu den Habitaten und steuerbord zum Hauptmodul mit Brücke, den Labors, der medizinischen Abteilung, der Messe und den wichtigen technischen Spielereien der Station. Aufzüge gibt es hier übrigens keine, die Module, die übereinanderliegen, werden in kleinen Zwischenräumen durch Treppen verbunden.« Er ignorierte Beths deprimiertes Schnaufen, mit dem sie das Fehlen eines Lifts kommentierte. »Und keine Panik: In den Habitaten könnt ihr wie im Hauptmodul bequem laufen. Mit Bodenkontakt. Ohne Stiefel. Null Schwerkraft herrscht nur hier.« Er drehte sich in der Luft und deutete dabei mit den Fingern in alle Richtungen. Seine langen Haare hatte er vorausschauend zu einem Knoten gebunden.

Larissas Pferdeschwanz dagegen plusterte sich über ihrem Kopf auf wie ein antiker weizenfarbener Staubwedel. »Schön zu sehen, dass es wenigstens dir gut geht.«

Der Gang schien in beiden Richtungen im Nirgendwo zu enden. Cap befahl seinem Mageninhalt, sich nicht zu bewegen. »Wo ist steuerbord noch mal?« Kürzlich hatte Beth von »achterlich« geredet, er war sich immer noch unsicher, ob damit »von hinten« oder »von vorne« gemeint war. Diese Fachtermini gingen ihm gehörig auf die Nerven. Warum konnte man nicht einfach sagen, wo was war? »Und heißt das, ich muss mich jedes Mal, wenn ich essen gehen will, mit jemand um die Magnetstiefel schlagen?«

»Den Gang kannst du doch entlangschweben. Es gibt überall Möglichkeiten, sich abzustoßen. Das ist ein Riesenspaß«, erwiderte der Biologe fröhlich.

»Riesenspaß? Erstens funktioniert die Beleuchtung nicht mehr richtig, und zweitens wird mir jetzt klar, woher du deine Macken hast, Hiro«, bemerkte Larissa.

»Welche Macken?«

»Ich muss zugeben, idyllisch sieht anders aus«, bestätigte Beth. »Ich wünschte, ich hätte eine Handleuchte mitgenommen, aber ehrlich gesagt hatte ich erwartet, ordnungsgemäß empfangen zu werden. Wo sind die denn alle?«

Außer Hiroyuki hielt sich das Team inzwischen an Griffen fest, die direkt hinter der Schleuse an der Stationswand angebracht waren. Während Larissa und Cap sich mit den Füßen auch in die unteren Halterungen eingehängt hatten, begann Beth abzuheben wie ein Ballon.

»Die Stiefel? Wo sind die Stiefel?«, ächzte sie und umfasste ihren Halt derart fest, dass das Weiße ihrer Knöchel sichtbar wurde. »Stehen die Dinger irgendwo? Charlotte?«, rief sie mit ungewohnt fiepender Stimme Richtung Korridordecke. Sie sah aus, als müsse sie sich gleich übergeben.

Lachend stieß sich Hiroyuki ein weiteres Mal ab, flog ein paar Meter durch den Korridor, rollte seinen Körper zusammen und kugelte durch den

Raum. »Genieß doch die Zeit ohne Schwerkraft, meine Liebe. Bekommt man nicht alle Tage.«

»Freut mich für dich, dass du die Stätte deiner Kindheit und Jugend als so malerisch empfindest. Ich verzichte auf Experimente schwebender Natur«, grummelte Beth und rief erneut: »Charlotte?«

»Wenn du so freundlich wärst?« Hiroyuki deutete auf etwas über Caps Kopf.

Als er hochsah, entdeckte Cap direkt über sich das, was er für das Interkom hielt, und drückte auf einen Knopf. Ein grünes Licht im Panel begann zu blinken. Da sich daraufhin keine Luke öffnete, sie nicht ins All hinaus wirbelten und auch nichts explodierte, hatte er offenbar das richtige Bedienungselement betätigt. »Wir sind drin!«, rief er in den Korridor, in der Hoffnung, dass eine der Stationsbewohnerinnen ihn hörte.

»Beth fühlt sich unpässlich«, rief Hiroyuki hinterdrein. »Wo habt ihr die Stiefel versteckt?« Er prustete wie ein überdrehter Jugendlicher und vollführte einen weiteren Salto.

Beth würgte. »Ich kann da nicht zusehen. Sei so gut, und lass das.«

»Willkommen auf Gouges.« Charlottes Stimme schwebte plötzlich durch den Hauptkorridor. »Wir erwarten euch in der Messe. Mit den Stiefeln. Euer Shogun müsste wissen, wo es langgeht.«

»Aber natürlich, Ma'am«, meldete Hiroyuki, brachte seinen Körper in Startposition, indem er mit den Armen ruderte, und stieß sich mit den Füßen an der Korridorwand ab. Auf dem Rücken liegend trieb er den Gang entlang wie ein Fisch im Wasser und nahm immer wieder an einer Halterung Schwung. Seine Arme lagen eng am Körper an, dann fing er wieder an, die rudernden Bewegungen auszuführen, rotierte um die eigene Achse, stieß sich erneut ab und glitt weiter. »Alle mir nach!«

»Ich hasse ihn«, sagte Big Bethany inbrünstig.

»Es sieht nicht so schwierig aus.« Larissa streckte der Pilotin die Hand entgegen. »Wollen wir das gemeinsam versuchen?«

»Nein, wollen wir nicht. Geht ihr Jungvolk schon voran. Ich komme nach.«

Larissa stieß sich ab, und Cap tat es ihr gleich. Hiroyukis Motorik ähnelte dem, was Cap für Brustschwimmbewegungen hielt. Schwimmen hatte er nie gelernt, wozu auch, wo es so gut wie keine Binnengewässer auf der Erde gab, aber trotzdem hatte Cap schnell den Bogen raus. Es lenkte ihn von der Mühe ab, seinen Mageninhalt in Schach zu halten.

»Ein Naturtalent«, rief ihm der Biologe begeistert zu, der sich kurz umdrehte, um nach dem Rechten zu sehen. »Meine Güte, Beth, lass endlich die Griffe los! Du wirst dich doch nicht den kompletten Korridor entlanghangeln wollen, das ist schiere Zeitvergeudung.«

»Halt die Schnauze, und schwimm weiter!«, gellte es unbeherrscht durch den Gang.

THE FUTURE IS FEMALE

»Brigadier, Sie legen auf der Stelle einen Umkehrkurs fest und fegen den Mist weg, den Sie auf meiner Station hinterlassen haben!« Anisja Beljajew stand mit geballten Händen vor der Kom-Kamera. »Augenblicklich!«

Lawrence rieb sich den schmerzenden Oberschenkel. Obwohl Adekunle die Stelle, in die einer der Taserpfeile eingedrungen war, sogleich behandelt hatte, strahlte die Wunde ein unangenehmes Brennen und Jucken aus. »Ich nehme an, mit Mist bezeichnen Sie mein ehemaliges, fahnenflüchtig gewordenes Security-Team.« Er versuchte, möglichst freundlich zu schauen, und stellte sich vor, wie sein Lächeln den breiten Bildschirm in Beljajews Büro einnahm.

»Nicht ihr ehemaliges, Huggins. Ihr momentanes. Tun Sie nicht, als ginge Sie das alles nichts mehr an. Sie tragen immer noch die Verantwortung für Ihre Leute!« Die Augen der Kommandantin glommen wütend.

»Tut mir leid, aber was die Beseitigung von Dreck angeht: Lassen Sie das ein paar Saugroboter erledigen. Und was das andere betrifft: Ich bin mit Kopernikus fertig, Kommandantin Beljajew. Sie können gerne alles haben.«

Sie warf theatralisch den Kopf in den Nacken und lachte gekünstelt. Als sie wieder in die Kamera sah, war ihre Miene eisig. »Als ob Ihnen jemals etwas davon gehört hätte. Sie sind ein Rädchen im Getriebe der Konzernmaschine wie wir alle.« Das Bild der Kamera hüpfte kurz, als Beljajew die Faust auf die Tischplatte hieb. »Sie kehren auf der Stelle um, Huggins!«

Lawrence hob belustigt eine Augenbraue. Früher hatte seine Faust auch gerne mit dem Tisch Zwiesprache gehalten. In Zukunft jedoch würde sie auf einen Knopf hämmern und ein paar Raketen losschicken. Das war um einiges effizienter. Immer wenn ihm gerade der Sinn danach stünde, könnte er der Revenge eins auf den Pelz brennen. Seine Mission, seine Regeln. Die Station interessierte ihn nicht mehr. Kira würde er auf irgendeinem Weg noch von dort abholen müssen – oder auch nicht. Diesbezüglich hatte er noch keinen endgültigen Entschluss gefasst. Verpflichtet fühlte er sich keineswegs, aber er mochte ihre Gegenwart. Er kratzte sich am Oberschenkel und räusperte sich. Was er jetzt zu sagen hatte, würde Beljajew ebenfalls wenig schmecken. »Nun, mein Rädchen fehlt jetzt. Chief Security Kreissler wird es würdig durch ihr eigenes ersetzen, und dann können Sie beide mit vereinten Kräften munter an der Kurbel der Konzernmaschine drehen.«

»Was soll das heißen?« Sie musterte ihn prüfend.

Da Lawrence davon ausging, dass die Kommandantin wusste, was das Wort »würdig« zu bedeuten hatte, antwortete er: »Sie müsste schon mit der Triticum auf dem Weg nach Kopernikus sein.«

»Auf Ihre Anweisung hin?« Wieder lachte sie geziert. »Das wird Kommandant Christopher kaum gebilligt haben.«

»Ach, die beiden ergänzen sich wie Taser und Elektroden.« Zugegeben eine äußerst dämliche Parallele, aber Lawrence' Oberschenkel prickelte dermaßen penetrant, dass ihm keine andere einfallen wollte. Er setzte sein freundlichstes Lächeln auf. »Er frisst ihr aus der Hand.« Wenn er darüber nachdachte, war der Vergleich vielleicht doch nicht so blödsinnig. Mit einem Taser hatte Kreissler einiges gemeinsam.

»Dann sind Sie inzwischen dazu übergegangen, Ihre Scheiße nicht mehr selbst aufzuwischen?« Beljajew war fassungslos. Sie wischte sich über die Stirn, dann atmete sie einmal tief durch und schloss umständlich den letzten Knopf ihrer Uniformjacke. Vermutlich ihre Art, Zeit für eine Retourkutsche zu gewinnen. Schließlich beugte sie sich vor und hämmerte auf ihr Schreibtischkeyboard. Ihr Gesicht verschwand von Lawrence' Monitor und machte der Zusammenfassung einiger Überwachungskameras Platz. »Messe, Krankenstationsebene, Ihre Ebene«, erläuterte Beljajew knapp.

»Sieht wie immer aus«, log der Brigadier und hatte plötzlich Mühe, sich zu beherrschen. Die Ansicht zeigte verlassene Korridore. Was alles andere als normal war, denn in Kürze würde auf der Station die Frühschicht beginnen. Wo befand sich das Personal? Frühstückte denn niemand?

»Hm«, hörte Lawrence Beljajew aus dem Off brummen. »Wie immer, meinen Sie?«

Die Anzeige wurde kurz schwarz, allem Anschein nach suchte die Kommandantin nach einem exakten Zeitabschnitt.

»Sieht das für Sie ebenfalls wie immer aus?«

Auf einem Ausschnitt eilte Michael Winter durchs Bild. Es folgte Kaito Sakamoto, dann eine außergewöhnlich hübsche Frau mit einem geflochtenen dicken Zopf. Erst nachdem sie aus dem Aufnahmewinkel der Kamera verschwunden war, registrierte Lawrence benebelt, dass er eben Nia gesehen hatte. »Verflucht«, stieß er leise zwischen den Zähnen hervor. Plötzlich erschien erneut Winter, hob den Arm, richtete den Lauf der Waffe direkt auf Lawrence, und der Bildausschnitt wurde schwarz.

Beljajews eisige Miene nahm wieder den Monitor ein. »Ich verliere nach und nach die wichtigen Kameras«, verkündete sie kühl. »Winter und Sakamoto haben ein eindrucksvolles Team gebildet und nehmen sich die Station vor. Ihnen schließen sich immer mehr Leute an. Mitarbeiter der Kantine, medizinisches Personal, Feldarbeiter. Doktor Patel … Huggins! Ihre eigene Freundin! Menschen, die sich bisher nichts zuschulden haben kommen lassen. Menschen, die bis jetzt mit ihrem Leben auf Kopernikus zufrieden waren. Menschen, die wir hier brauchen. Die Kacke ist am Dampfen, nein – am Überkochen, verstehen Sie?«

»Ich habe eine Mission«, stieß Lawrence hervor.

»Exakt. Diese lautet: Rückkehr!«

»Ich wiederhole: Meine Zukunft liegt nicht mehr auf dieser Station. Knallen Sie Sakamoto, Winter und den intriganten Rest einfach ab.«

Ihre Augen verengten sich, und sie massierte sich das Ohrläppchen, als ob sie sich eben verhört habe. »Ich soll Ihre Freundin erschießen? Es gibt viele Bezeichnungen für Sie, Huggins.« Beljajews Stimme rutschte bedrohlich eine Terz tiefer. »Gerade ist ›rückgratloser Jammerlappen‹ dazugekommen.«

In Gedanken ließ Lawrence Kopernikus per Knopfdruck in Flammen aufgehen. Ein lodernder Pilz im Weltall. Obwohl ihm durchaus klar war, dass Feuer und Vakuum nicht zusammenpassten, beruhigte ihn diese Filmsequenz ungemein. Er nahm sie in sich auf und ermahnte sich, sie jedes Mal von Neuem abzuspielen, wenn Beljajew oder irgendeine andere Person versuchen würde, ihre Dummdreistigkeit auf seine Kosten auszuleben.

»Ihr Verhalten wird Konsequenzen haben. Glauben Sie nur nicht, Sie kämen unge–«

»Leben Sie wohl, Kommandantin.« Lawrence beendete die Verbindung. Beljajew konnte sich den Rest des Satzes in den Hintern schieben.

***

Nachdem sich das Tor zum Hauptkorridor kreischend hinter ihm geschlossen hatte, gewann sein Körper mit jeder Bewegung, mit jedem Meter, den er lief, die gewohnte Schwere zurück. Ein seltsames Gefühl. Zugleich fand Caps Gleichgewichtssinn wieder Orientierung. Er spürte Larissas Hand an seinem Arm. Der graduelle Wechsel der Null-Schwerkraft zur Gravitation zauberte ein übermütiges Grinsen auf ihr Gesicht.

»C'est dingue!«, flüsterte sie.

»Bei allen vorhandenen Göttern, endlich«, kam es erleichtert von Big Bethany, die eine halbe Ewigkeit gebraucht hatte, sich an den Griffen bis zum Ende des Ganges zu hangeln.

Mit einer Handbewegung forderte Hiroyuki das Team auf, ihm zu folgen, und legte die letzten Meter zu einer weiteren Verbindungstür im Laufschritt zurück. Cap folgte ihm im wahrsten Sinne des Wortes erdenschwer. Noch bevor Hiroyuki den Finger auf den Öffner legen konnte, schob sich das meterdicke Metall auseinander, eine junge Frau stürzte über die Schwelle, drückte den Biologen ungalant zur Seite und blieb unentschlossen vor Cap stehen.

»Du trägst Großvaters Uhr noch«, sagte sie und deutete auf sein Handgelenk. Dann fiel sie Cap um den Hals. »Ich hab schon nicht mehr daran geglaubt!« Der Rest ging in Marges Schluchzen unter.

Sie ließen Marge vorangehen. Cap konnte das verklärte Lächeln in seinem Gesicht einfach nicht unterdrücken und wusste, dass er für alle anderen aussehen musste, als wäre er nicht gerade das hellste Licht im Leuchter. Seine Blicke hingen an Marges Rücken, an ihrem nackenlangen Haar, das bei jeder Bewegung wippte, an ihren schlanken, erstaunlich sehnigen Armen. Sie hatte deutlich an Muskulatur zugelegt. Außerdem kam es ihm vor, als sei sie gewachsen, was natürlich himmelschreiender Unsinn war.

»Hat Nia dir Drogen gegeben oder so was?«, kicherte Larissa in seinem Kopf. »Wisch mal schnell das entrückte Grinsen aus deinem Gesicht, Charlotte sah nicht aus, als ob sie empfänglich für Süßholzraspler wäre.«

»Erstens raspele ich nicht, und zweitens ist mir das schnurz«, sendete Cap ausgelassen zurück. »Von mir aus soll Beths Ex ruhig denken, ich wäre geistig unterbelichtet.«

»Das … sie … Fälle«, kam es undeutlich bei ihm an.

Er drehte sich ihr zu und runzelte die Stirn. »Schick mir den Satz noch einmal«, bat er sie in Gedanken.

Larissa reagierte nicht, sondern zuckte nur die Schultern, als ob sie nicht wüsste, was er von ihr wollte. Ein »Wow« entfuhr ihr, als sich die nächste Tür öffnete.

Der Unterschied zwischen Kantine und Hauptkorridor hätte größer nicht sein können. Die Wandverkleidung der Messe leuchtete in einem hellen Weiß, und schon dadurch wirkte der Raum einladend. Da es in diesem Sektor der Station keine Bullaugen gab, lenkte nichts vom Inneren ab, in dem sich die Bewohnerinnen künstlerisch verewigt hatten.

Unbeholfene Wandzeichnungen schreiend bunter Strichmännchen, die zu tanzen schienen, wechselten sich mit ausgetüftelten Gemälden üppiger Blumenwiesen und Waldlandschaften ab. In der Mitte des Raumes stand eine lange Reihe aus längs aneinandergeschobenen Tischen, mit bequem aussehenden Schwingern davor. Für Cap war klar: Er hatte seinen Lieblingsraum gefunden: großzügig statt beengt, ein wenig überkandidelt statt steril. Nicht weltfremd oder überdreht, sondern seltsam blutdrucksenkend. Das ideale Umfeld, um Mahlzeiten einzunehmen und abzuschalten. Die Schwärze des Alls draußen zu lassen und sich Träumereien hinzugeben. Hinter sich ein paar bunte Vögel, die ihre Schwingen ausbreiteten.

Hiroyuki schien anderer Meinung zu sein. »Was ist denn hier passiert?«

»Kunst ist passiert.« Marge grinste und steuerte eine Reihe grauer Automaten an. »Ihr habt Hunger, nehme ich an?«

Obwohl Cap das Gefühl hatte, keinen einzigen Bissen hinunterzubekommen, folgte er seiner Schwester wie in Trance.

»Kunst?« Der Biologe zog verächtlich einen Mundwinkel hoch und setzte sich auf einen der Schwinger, der sich sofort seinem Körper anpasste. »Also, ich weiß nicht. Die neuen Sitzgelegenheiten sind jedoch großartig, und was ihr mit dem Tisch gemacht habt, gefällt mir auch.« Rücksichtsvoll strich er mit den Fingern über Teile eines Schriftzugs, der sich über die gesamte Länge der an einigen Stellen deutlich lädierten Platte zog. »›Die Gesetze der Natur und der Vernunft verbieten alle Handlungen, die der Gesellschaft schädlich sein können‹«, las er lächelnd vor. »Ihr seid mir ja ein reaktionärer Haufen.«

»Und das von dir!« Larissa stöhnte.

»Ein Zitat der Namensgeberin unserer Station«, kam es von der zweiten Tür auf der anderen Seite der Messe, und Hiroyuki runzelte die Stirn.

Charlotte wirkte von Angesicht zu Angesicht noch resoluter als auf dem Monitor. Mit verschränkten Armen lehnte sie lässig am Rahmen des Durchgangs und musterte ihre Besucher eindringlich. Sie trug eine locker sitzende Arbeitshose und ein T-Shirt mit dem Slogan: Future is female.

In Caps Kopf kam abgehackt Larissas Lachen an. »Die macht euch alle fertig«, flüsterte sie ihm zu.

»Charlotte muss wohl vergessen haben, dass sie euch eigentlich zuerst in unser aller Namen herzlich willkommen heißen wollte«, sagte eine junge Frau, die sich an der Kommandantin vorbeischob. Das lange blonde Haar fiel ihr offen über die Schultern. Sie schmunzelte.

Hiroyuki, dem der Missmut deutlich im Gesicht gestanden hatte, entspannte sich sichtlich. Als die Blondine mit ausgestreckter Hand auf ihn zukam, stand er ruckartig auf.

»Doktor Svenja Anderson«, sagte sie mit einem charmanten Lächeln. »Meeresbiologin. Doktor Hoshi, nehme ich an? Auf Kanai aufgewachsen und Verfasser von etlichen Standardwerken zur synthetischen Biologie? Konnichi wa.«

»Arigatou. Korrekt. Hier aufgewachsen. Anderson?« Hiroyuki wirkte etwas durcheinander und hielt ihre Hand einen Augenblick zu lange in der seinen. »Alva Anderson?«

»Meine Großmutter«, lächelte sie.

»Interessante Überlegungen zum Thema Mikroplastikfilterung. Quallen, nicht wahr?«

»Faszinierende Wesen, die ich hier weiter untersuche.«

»Hier? Lassen Sie hören.« Hiroyukis Stimme kippte fast vor Begeisterung.

»Heilige Scheiße.« Larissas Stimme kam dieses Mal ohne Störung in Caps Kopf an. »Da scheinen sich zwei gefunden zu haben.«

»Wenn du deine Fußnoten bitte für dich behalten würdest«, schickte Cap ihr zurück. Inzwischen befürchtete er, zwischen Hiroyukis bizarrer Interpretation ihrer Transmissionen, Marge, Graffiti, weiblicher Zukunft und Larissas abgehackter Kommentare in seinem Kopf irgendetwas Unbedachtes zu äußern, das ihr gesamtes Vorhaben von vornherein torpedieren könnte. Gouges sollte ihnen nicht nur ein Versteck bieten, sondern sie suchten hier auch Verbündete.

Während sich der Biologe, begleitet von etlichen Verbeugungen, weiter mit seiner Kollegin unterhielt, zog Marge ihren Bruder zu den mit japanischen Schriftzeichen übersäten Nahrungssequenzierern. »Lass die beiden fachsimpeln. Svenja ist froh, jemanden gefunden zu haben, mit dem sie sich über ihre Arbeit austauschen kann. Ihr könnt euch bei ihr bedanken, dass ihr andocken durftet, denn es hat eine Menge Überzeugungskraft gekostet, Charlotte davon zu überzeugen, dass sie damit keinen Fehler begeht.«

»Wegen Beth?«

Marge schaute irritiert drein. »Beth? Warum wegen ihr? Nein, Charlotte will die – wie sie es nennt – Splendid Isolation der Station aufrechterhalten, bis wir mit unseren Forschungen fertig sind. Außerdem sind wir dabei, Frauen, die wie ich in Haushalten der First Class gelandet sind, herauszuboxen.«

Der letzte Satz kam bei Cap gar nicht mehr an, da ihn der davor verwunderte. »Du arbeitest jetzt als Forscherin? An was?« Er konnte sich gerade noch beherrschen, seiner jüngeren Schwester wie ein stolzer Patriarch über das Haar zu streichen. Marge hätte ihm die Geste verziehen. Charlotte mit Sicherheit nicht.

Sie grinste schelmisch. »Ich bin Mädchen für alles.«

»Oh Gott, die zwei sind nicht auszuhalten«, zischte Larissa, die sich zu ihnen gesellte. Skeptisch stemmte sie die Hände in die Hüften und deutete mit dem Kinn auf die grauen Kästen. »Und was haben wir da?«

»Die Nahrungsmittelausgabe funktionierte noch einwandfrei, als wir die Station übernahmen«, antwortete Marge und führte Larissa, die die Automatenreihe misstrauisch unter die Lupe nahm, vor einen der grauen, blinkenden Quader.

»Woher wisst ihr, was ihr anfordert?«, fragte Larissa und deutete auf die kunstvollen Schriftzeichen. »Kann das jemand von euch lesen?«

Marge lachte. »Anfänglich haben die Frauen die Schriftzeichen peu a peu mithilfe der Datenbank übersetzt und mit Zettelchen gekennzeichnet. Vor allem auf der Brücke wären sie sonst komplett aufgeschmissen gewesen.

Mit der Zeit kann man es sich merken. Zumindest das Wichtigste. An einigen Terminals kleben aber immer noch Merkzettel.«

»Und all die Jahre waren hier Lebensmittel drin?« Larissa klang entsetzt.

»Getrocknet. Werden auf Anforderung zubereitet und ausgespuckt. Erwarte keine First-Class-Küche, aber es ist ziemlich gut und abwechslungsreich. Und wie du siehst, leben wir noch.«

»Ich drück einfach mal hier.« Caps Finger schwebte zwei Automaten weiter über einer Taste, tippte darauf, und nach nur wenigen Sekunden öffnete sich der Ausgabeschacht.

Larissa linste neugierig herüber.

»Keine Ahnung, was ich angefordert habe, sieht aber wie eine Box aus Holz aus«, erklärte er.

»Tempura«, klärte ihn seine Schwester auf. »Schon zu Zeiten der japanischen Crew hat es den Stationsbewohnern an nichts gefehlt.«

Glücklicher Hiroyuki, schoss es Cap durch den Kopf.

Larissa betätigte ebenfalls blind eine Taste und nahm etwas entgegen, das aussah wie ein Eierkuchen, sich aber als Okonomiyaki entpuppte: laut Marge ein Fladen aus Mehl, Kohl, Ei, Wasser und Seetangbrühe. Sie starrte das Gericht an, als würde es leben. Beth, die seit Betreten der Kantine stumm an einer mit Bienenmotiven gestalteten Wand gelehnt hatte, bewegte sich langsam zur Stirnseite des Tisches und wählte einen Stuhl, der genug Platz zwischen ihr und ihrer ehemaligen Freundin ließ, die noch am Türrahmen lehnte. Die beiden würdigten sich keines Blickes. Die anderen setzten sich ebenfalls.

Unter weitschweifigen Erklärungen zur Regulierung von Genmaterial von Unterwasserbakterien servierte Svenja Hiroyuki etwas Pastöses, und dieser begann sofort begeistert darin herumzustochern. Als die Meeresbiologin mit einer Geste des Triumphes auch noch Stäbchen aus der Tasche ihres Labormantels ans Tageslicht beförderte, verschluckte sich Larissa beinahe an einem mit Teigmantel überzogenen Pilz.

»Mon dieu«, war dieses Mal alles, was sie sagte.

VIEL PLATZ IM MASCHINENRAUM

Tess sah nur noch die Hallendecke, flog danach zur Seite, ihr Körper drehte sich und schlug heftig mit Ellenbogen und Schulter auf. Sie stieß einen Klagelaut aus.

»Oh, verdammt.« Fenna war sofort bei ihr, hockte sich hin und half ihr behutsam auf die Beine. »Lass mich das mal ansehen.« Sanft berührte sie Tess' Schultergelenk, hob den Arm an und ließ ihn ein wenig kreisen. »Tut das weh? Damit hatte ich nicht gerechnet.«

»Meine Schuld«, jammerte Tess. »Ich hab dich ja gebeten, mir das mit dem Fußfeger zu zeigen.«

»Schon, aber ich dachte, du rechnest mit meinem Angriff«, entgegnete Fenna. »Scheiße. Das hätte nicht passieren dürfen.«

»Bin kein Weichei.« Tess schaffte es, die Tränen zurückzuhalten. Auf keinen Fall wollte sie Fenna gegenüber irgendeine Art von Schwäche zeigen. Im Gegenteil. Sie wollte sein wie sie: stark, entschlossen, geradeheraus. Wollte Motorräder kurzschließen können, GPS-Tracker deaktivieren und eine Waffe abfeuern; in der Lage sein, sich körperlich zu verteidigen und selbst auszuteilen. »Zeig mir dein Trainingsprogramm. Was muss ich tun, damit ich auch so ein breites Kreuz bekomme?«

Fenna konnte sich das Lachen nicht verkneifen. »Das kommt schon von selbst, wenn du weitermachst wie bisher. Keine Bange.« Sie beugte sich vor und strich Tess eine Haarsträhne hinter das Ohr, zog die Hand jedoch schnell wieder zurück. »Entschuldige. Ich weiß ja, dass du das nicht magst.«

»Bei dir ist das okay«, sagte Tess leise. Um ihre Verlegenheit zu überspielen, verschränkte sie die Finger ineinander, streckte die Arme und ließ demonstrativ die Knöchel knacken. »Das machen wir jetzt noch einmal«

verkündete sie und stellte die Beine auseinander. »Ich bin bereit.« Sie konzentrierte sich darauf, ihr Gewicht gleichmäßig zu verteilen, und wappnete sich für den Angriff.

»Jetzt? Bist du sicher?«

Tess nickte. »Absolut.«

»Okay.«

Fenna war in wenigen Sekunden mit ein paar Schritten bei ihr, packte das Shirt an ihrem Rücken und zog sie nach vorn. In dem Moment, in dem Tess spürte, wie sie instinktiv den Oberkörper beugte, aber gleichzeitig versuchte, gegen diese Bewegung anzukämpfen, hatte sich Fennas Fuß schon hinter ihrem rechten Knöchel eingehakt, hob ihr Bein mit einem Ruck vom Boden ab, und Tess wirbelte erneut durch die Luft. Dieses Mal linderten Fennas stützende Hände zwar den Sturz, Tess' Stolz jedoch bekam wieder die volle Breitseite ab. Fenna war sagenhaft schnell. Wieder hatte Tess sich von ihr überrumpeln lassen, obwohl ihre Lehrerin mit dem Irokesenschnitt den Angriff angekündigt hatte.

Jemand näherte sich. »Das Mädchen ist keine Kampfmaschine«, ertönte Ciaras Stimme.

Tess lag auf dem Rücken und fixierte zum zweiten Mal an diesem Tag die blendenden Neonröhren. »Das ist Judo. Was weißt du denn schon davon?«, brummte sie verärgert.

»Fallen und wieder aufstehen«, entgegnete Ciara, die offensichtlich beschlossen hatte, Fenna nicht zu grüßen, Tess aber ihre Hand hinstreckte, um ihr aufzuhelfen. »Das weiß ich von Judo. Gilt aber für alles andere ebenso.«

Noch so ein dämlicher Spruch, dachte Tess, als sie wieder stand und sich den Hallendreck an der Hose abwischte, und ich probiere meinen ersten Fußfeger an dir aus. Jedoch hatte sie fürs Erste genug. Sehr viel lieber wollte sie etwas tun, was ihr wirklich Spaß machte, und vor allem: bei dem sich der Erfolg schon nach ein paar Augenblicken einstellte. Außerdem behagte es ihr nicht, sich im gleichen Raum wie die beiden Frauen aufzuhalten, die sich am liebsten an die Gurgel gehen würden.

»Hat Louis schon nach den Jeeps gesehen?«, fragte sie deswegen. »Wir wollten uns gemeinsam den Output-Zylinder vornehmen.«

Die angestaubten Motoren der Offroader litten unter den Tagestemperaturen. Da Louis beim Anfahren stets einen Kavalierstart hinlegte, und schon die kleinste Berührung seines Fußes mit dem Gaspedal das Fahrzeug abgehen ließ wie eine Rakete, mussten die Jeeps öfters gewartet werden, als es Ciara lieb war. Nicht nur einmal hatte sie Louis deswegen die Leviten gelesen.

»Wenn dich deine Ausbilderin entlässt, kannst du ihm noch helfen«, brummte Ciara und warf Fenna einen grimmigen Blick zu. »Und auf dich wartet dieser Winter, Irokesin.« Ihre Stimme wurde angesichts der Tatsache, dass Michael sie als Anführerin des Bodenteams überging, eiskalt. »Videoverbindung.«

Fenna stopfte sich nachlässig das Shirt, das ihr beim Training herausgerutscht war, in die Hose. »Sie kommt mit.« Sie zeigte auf Tess. »Die Jeeps können warten.«

»Du bist nicht erfreut, mich zu sehen«, begrüßte Michael Fenna, nachdem sie sich vor das Kom gesetzt hatten. Tess erschrak. Sie hatte ihn, seit er den Dienst auf Kopernikus angetreten hatte, nicht mehr gesehen. Er war dünner geworden, und sein Gesicht zeigte Spuren langer Arbeitstage oder langer Nächte oder alles zusammen. Über seiner linken Augenbraue zog sich ein verkrusteter Schnitt quer über die Stirn, und sein Shirt strotzte vor Schweiß.

Fenna verschränkte scheinbar gelassen die Arme vor der Brust, streckte die Beine von sich und lehnte sich zurück. »Erstaunt dich das?«

»Eigentlich nicht.«

»In diesem Satz gibt es eine Einschränkung.«

Michael seufzte. »Ich kann es verstehen, Fenna.«

»Du siehst scheiße aus«, meinte sie.

Tess rutschte auf der Sitzfläche hin und her. »Ein bisschen müde«, schob sie dann beschwichtigend hinterher.

»Danke, Kleines.« Er fuhr sich lächelnd über die Bartstoppeln. »Mein Spiegel lügt jedoch nicht so gut wie du. Ihr beiden allerdings seid meine strahlenden Wüstenblumen.«

»Oh, bitte verschone uns.« Fenna beugte sich vor. »Was willst du, Michael?«

»Wir brauchen eure Hilfe.«

Sie schnaubte. »Warum sprichst du nicht mit Ciara? Sie hat hier das Sagen, nicht ich.«

»Du bist diejenige mit Ortskenntnis. Außerdem weiß ich nichts über die Frau.«

Fenna wartete. Ihre Miene zeigte, dass sie ganz genau wusste, was jetzt kam.

»Das Kontrollzentrum«, ergänzte Michael schließlich.

»Schwarz also?«

»Mir ist klar, was ich von dir verlange.« Seine Hand fuhr zu seinem Unterarm.

»Fang jetzt nicht an, dein Tattoo zu kratzen«, warnte sie ihn. »Ich weiß, was das bedeutet.«

Irritiert hielt Michael in der Bewegung inne.

»Unsicherheit, Verlegenheit, Unschlüssigkeit. Alles, aber nicht Entschlossenheit«, fuhr Fenna fort. »Also sag mir: Willst du das wirklich?«

»Dafür, dass du mich noch gar nicht so lange kennst, ist dein Einblick in meine Psyche erstaunlich«, gab er zögerlich zu. »Aber dieses Mal liegst du falsch. Ja, es ist wichtig. Wir müssen uns absprechen.« Auch er lehnte sich vor und sprach nun beschwörend in die Kamera. »Wir oben, ihr unten.«

Fennas Augen wurden groß. »Cap deutete bei unserem letzten Gespräch etwas an, aber ich hatte meine Zweifel.«

»Hast du die immer noch?«

Sie ließ sich mit der Antwort Zeit. »Er meinte, ich solle mich trauen, dir zu vertrauen.«

Ein kleines Lächeln umspielte seine Lippen. »Sehr philosophisch. Und? Rat befolgt? Ich kann dir versichern, dass ich nicht im Auftrag der Nördlichen Hemisphäre handele. Wir agieren hier oben solo. Gegen Beljajew, gegen SpaceSeed. Ich habe mich also entschieden. Entscheide du dich auch. Aber schnell, wenn's geht.«

»Mit den üblichen Verdächtigen?«, fragte sie.

Er nickte. »Und einigen mehr. Sakamoto wurde verletzt, ist aber einsatzfähig. Nia ist dabei.«

Die letzte Information entlockte Fenna ein Stöhnen. Fahrig strich sie sich mit den Fingern durch den Irokesen. »Michael, verdammt, ihr hättet sie da raushalten sollen!«

»Da gibt es kein Raushalten mehr, Fenna«, zischte er zurück. »Diesen Zeitpunkt haben wir längst überschritten.«

»Wie weit?«, wollte sie wissen.

»Tote, Verletzte, Schusswechsel, Sicherung der einzelnen Ebenen, außer Gefecht gesetzte Kameras, sabotierte Technik. Die Lebenserhaltungssysteme sind in unserer Hand, die Vorbereitungen zur Übernahme der OPS laufen. Kreissler ist unentschieden, könnte zu uns überlaufen. Willst du noch mehr wissen?«

»Kreissler ist bei euch?«

Fennas ungläubiger Tonfall alarmierte Tess. Sie krallte sich an der Armlehne fest. Da oben herrschte Krieg. Ihr Atem ging schneller, und ihre Brust wurde eng.

Fenna legte ihr behutsam die Hand auf den Oberschenkel.

»Du übernimmst die Leitung eures Einsatzes«, beschwor Michael sie. »Du kennst das Gebäude besser als jeder andere von uns. Meinst du, ein paar von Schwarz' Leuten würden sich dir anschließen, wenn's drauf ankommt?«

Fenna fuhr sich mit der Zunge kurz über die Lippen. Dann nickte sie. »Ich denke schon. Da gibt es einige, die schon lange an Schwarz' Vorgehensweise zweifeln. Das merkt man, selbst wenn man nur so kurz da ist, wie ich es war.«

»Ich komme mit!«, hörte Tess sich rufen.

Michael schüttelte grinsend den Kopf, und Fenna fuhr herum. »Kommt nicht infrage«, sagte sie barsch. »Du bleibst hier, sonst kannst du was erleben.«

Tess' Kinn fiel gekränkt auf den Brustkorb, und sie schwieg. Dann hellte sich ihr Gesicht auf. Offenbar rechnete niemand nicht damit, dass in einem kleinen hageren Körper einer Elfjährigen wirklich eine Menge Chuzpe stecken konnte.

***

»Du willst also CropUniverse die Sache übergeben?«, fragte Charlotte. »Und meinst, ich kann dir dabei helfen, weil ich meinen früheren Brötchengeber besser kenne als alle anderen hier im Raum. Weil ich dir vielleicht sogar sofort ein paar Personen nennen kann, die es lohnt zu kontaktieren.«

Nach dem Essen hatte sie sofort angefangen, Cap auszufragen. Offensichtlich war sie durch Beth nur unzureichend informiert worden. Die Stationsärztin Hedda war zu ihnen gestoßen, genauso wie Bronwen, die schweigsame, mürrisch aussehende Technikerin. Sie hielt ein Tablet umklammert und schien sich mehr auf Zahlen als auf das Gespräch zu konzentrieren.

»Ich will nichts übergeben, sondern das Unternehmen kontrolliert miteinbeziehen«, erwiderte er.

»Kontrolliert. Aha. Du meinst also, du könntest bei einer Biotechnologiefirma dieser Größe den Ton angeben? Das schmink dir mal ab.« Charlotte lehnte sich vor und klopfte mit dem Fingerknöchel auf den Tisch, als wolle sie um Gehör bitten. »Die werden dich gar nicht erst zu Wort kommen lassen. Einen Campjungen!« Ihr Oberkörper schnellte zurück, und sie warf der Meeresbiologin einen wütenden Blick zu, als diese die Hand beschwichtigend auf Charlottes Unterarm legen wollte. »Nein, Svenja, ich halte mich nicht zurück. Ich sag's klar und deutlich: Die werden sich bepissen vor Lachen.« Als Bestätigung stieß sie ein meckerndes Geräusch aus.

»Was machen wir dann hier?«, fragte Beth spitz, die sich bis jetzt in den Anblick ihres Essens versenkt hatte. Ihr Doppelkinn geriet in Bewegung, als sie den Kopf hob. »Warum hast du uns in deiner unermesslichen Güte aufgenommen?«

Hedda strich sich das krause Haar aus dem Gesicht und fasste es geschickt mit einer Spange zusammen, die sie aus der Brusttasche ihres Laborkittels zutage förderte. »Weil wir ebenfalls Unterstützung brauchen könnten«, sagte sie und sprach schnell weiter, bevor sich Charlotte einhaken konnte. »Die Idee, mit euch zusammenzukommen, erschien uns logisch, nachdem Bethany sich bei uns gemeldet hatte. Also«, ergänzte sie mit einem Seitenblick auf die selbst ernannte Kommandantin von Gouges, »fast allen.«

Beth, die sich erst jetzt über die Tragweite ihres Einfalls bewusst zu werden schien, ließ ihre Gabel auf dem Tisch rotieren und stoppte dann blitzartig die Kreiselbewegung mit der Hand. »Mal abgesehen von dieser unglückseligen Beziehung« – die Zinken deuteten anklagend auf ihre Exfreundin – »wisst ihr nichts über mich und den Rest des Teams. Ich gebe zu: Es war ein Fehler, uns euch aufzudrängen.« Sie knallte die Gabel auf den Tisch und schickte sich an aufzustehen.

»Sitzen bleiben.« Cap zog sie am Unterarm wieder zurück. Er hatte nicht vor, klein beizugeben, nur weil sich zwei Menschen aus irgendwelchen Gründen nicht mehr riechen konnten. »Noch mal von vorne«, sagte er lächelnd und sah Charlotte in die Augen. »Hallo, mein Name ist Kaspar Hallberg. Schön, dass ihr uns empfangen habt. Wir helfen euch gerne und freuen uns, wenn ihr uns ebenfalls behilflich seid.«

»Charme bringt dich hier nicht weiter«, fauchte Charlotte, entkrampfte sich aber eine Winzigkeit. Ihre Lippen sahen weniger schmal aus, und um ihre Augen glätteten sich die Falten.

Das helle Summen der Interkoms hielt Cap davon ab nachzuhaken, welche Unterstützung sich die Frauen von ihnen erhofften. Bronwen schaute mit gerunzelter Stirn von ihren Aufzeichnungen auf, machte aber keine Anstalten, sich zu erheben. Svenja und Charlotte wechselten fragende Blicke.

»Ist das die Revenge?«, wollte Hedda wissen.

Bevor Beth aufstehen konnte, trat Charlotte an das in der Wand eingelassene Bedienelement und tippte deutlich überreizt auf der eingeblendeten Tastatur herum. »Gouges hier. Was gibt es?«, bellte sie ungehalten.

»Übertragung«, antwortete Dimitri gewohnt eloquent.

Cap konnte sich nur zu gut vorstellen, wie er mit der Datenbrille vor den Augen vor den Terminals der Revenge saß, gleichzeitig wischte, tippte, Informationen sortierte und las, löschte oder ablegte und sich dabei noch einen Kaffee zubereitete.

Charlotte sah aus, als ob sie kurz davor wäre, das Kom-Modul aus der Wand zu reißen. »Ach, wirklich?«, blaffte sie. »Was du nicht sagst. Von wem?« Entnervt machte sie Beth Platz, bevor die sie mit ihrer Körperfülle zur Seite drängen konnte.

»Hier Bethany. Kopernikus?«, fragte die Eigentümerin der Revenge und passte sich nahtlos Goggles' Sprachstil an.

»Sakamoto. Stelle durch. Video«, sagte er.

Postwendend erschien Kaitos Kopf auf dem Monitor. Er hatte sich verändert: geschorene Haare und dunkle Stoppeln im Gesicht.

»Wow.« Larissa stieß einen kurzen Pfiff aus. »Dein neuer Look?«

»Nia hat sich geweigert, meinem Beispiel zu folgen.« Kaito lächelte verschmitzt und strich sich über die Stoppeln. »Mir völlig unverständlich.«

»Was wollen Sie?«, fragte ihn Charlotte empört.

»Und Sie sind?«, erwiderte Kaito.

»Weaver. Die Kommandantin dieser Station.«

»Schickes T-Shirt. Gibt's das auch für Männer?«

»Hören Sie –«, begann Charlotte gereizt, aber Cap unterbrach sie.

»Darf ich vorstellen: Kaito Sakamoto. Er gehört zu unseren Leuten auf Kopernikus. Kaito, was ist los? Wo bist du? Das ist ein fremdes Quartier.«

»Ich bin in Ludds Bude. Jetzt reg dich nicht auf, er befindet sich immer noch in der Arrestzelle. Diese äußerst einsatzbereite junge Dame haben wir jedoch herausgeholt.« Galina trat neben ihn vor die Kamera. Das blonde Haar wie immer in dicken Zöpfen um den Kopf gelegt, die Miene gewohnt verbissen, die Augen wie stets leicht verengt. Eine äußerst eindrucksvolle Waffe lag in ihren Armen wie ein schlafendes Baby.

»Galina!« Hiroyuki sprang auf und eilte zum Monitor. »Schön, dich zu sehen. Gut siehst du aus.« Angesichts ihres grimmigen Blicks war das die Übertreibung des Jahrhunderts.

»Wir werden Beljajew kaltstellen«, spuckte sie mit ihrem harten Akzent in die Kamera. »Und mit ihr all die Untertanen, die sich ihren debilen Direktiven immer noch fügen.«

»Bezaubernd«, grunzte Bronwen und wandte sich wieder ihren Zahlen zu.

Cap runzelte verständnislos die Stirn.

»Ja, also, das war die eindrucksvolle Kurzfassung meiner Kampfgefährtin«, erklärte Kaito. »Ich wollte dir alles ursprünglich anders erklären. Wir sind inzwischen zu einem äußerst bemerkenswerten Trupp angewachsen. Natürlich gerüstet« – er nickte in Richtung Galinas Waffen-Baby – »entschlossen und gut organisiert.«

»Durch wen?«, fragte Cap. »Michael?« Mit einem Schlag erinnerte er sich daran, wie sein Freund ihm gegenüber einen Plan angedeutet hatte, dennoch erschien ihm die Umsetzung nun unwirklich.

Kaito nickte. »Er koordiniert das neue Team. Und das äußerst effektiv, wie ich zugeben muss. Fenna ist eingeweiht, das heißt, dass eure Bodentruppen sich momentan auf den Einsatz vorbereiten, Markus Schwarz' Schaltzentrale in Neu-Berlin auf Trab zu bringen.«

Tess. Cap schluckte trocken, hoffte, Ciara Selig würde sie nicht einsetzen, und verließ sich insgeheim auf Fennas gesunden Menschenverstand.

»Wie habt ihr diesen … wie heißt er … Bianchi überredet, da mitzuziehen?«, fragte Beth, die das Gespräch bisher nur mit einigen Stoßseufzern kommentiert hatte.

Kaitos Miene wurde ausdruckslos. »Diego ist tot.«

»Was soll das heißen?«, stammelte Larissa.

»Was eben es heißt. Tot. Nicht mehr unter den Lebenden.« Kaito schüttelte den Kopf. »Lange Geschichte. Nein eigentlich nicht. Rivera hat ihn erschossen. Aus Versehen.«

»Aus Versehen?« Cap fluchte.

»Ihr seid mir ja eine feine Stationscrew«, ließ sich Bronwen vernehmen. In aller Seelenruhe tippte sie weitere Befehle in ihr Tablet. »Den Stress kann ich hier nicht gebrauchen. Bevor ihr euch auf Gouges gegenseitig umbringt, knüpfe ich euch im Maschinenraum auf. Macht nicht so viele Umstände.«

»Oh Gott.« Larissa schloss resigniert die Augen. »Das läuft alles beschissen.«

Cap versuchte auszublenden, was um ihn herum vorging. Er verstand immer weniger von dem, was Kaito ihm erzählte. »Könntest du mal konkreter werden?«, fragte er seinen Freund, der sich hektisch umdrehte und Galina etwas Unverständliches zuzischte, woraufhin sie den Sichtbereich der Kamera verließ.

»Es gab einen Schusswechsel auf der Hangarebene«, erwiderte Kaito, nun wieder zu Cap gewandt, »als wir versuchten, Huggins davon abzuhalten, mit seiner neuen Crew abzudocken. Rivera, diese Theoretikerin, hat, so sah das zumindest aus, noch nie eine Waffe in der Hand gehalten. Hat nicht gezielt, sondern einfach wild durchgezogen. Es hätte auch Michael oder mich erwischen können. Ich habe ein paar Schrapnelle abbekommen, aber mir geht's gut.« Er zuckte entschuldigend mit den Schultern. »Cap, wir konnten in dem Moment nichts ausrichten. Huggins ist uns zwar entkommen, aber dafür sind wir auf Kopernikus momentan dabei, die Oberhand zu gewinnen. Nia, Rosie, Ruth, Monica, nicht wenige Feldarbeiter, Ingenieure, Wissenschaftler, Leute wie Adamczyk, die –«

»Moment. Arbeitete der nicht auf der OPS bei Beljajew?«, fiel ihm Cap ins Wort. »Und: Hatte Huggins ihn nicht in die Lagerhalle verfrachtet?«

Was zum Henker war in den Tagen, nachdem die Revenge abgedockt hatte, alles passiert?

»Hatte er. Aber die Erkrankten fühlen sich nicht nur besser, die Symptome der Vergiftung lassen faktisch nach.«

»Sie tun was?« Larissa schnappte nach Luft und warf Cap einen verzweifelten Blick zu.

Die abgehackten Transmissionen kamen ihm in den Sinn. Auch bei Larissa kam nicht mehr alles an. Das Nächste, woran er dachte, waren die irren Blicke von Fennas Geiselnehmern, die sie, ohne lange darüber nachzudenken, gegen einen Truthahn namens Pedro getauscht hatten. Dass Ludd sich womöglich die Krankheit einiger Stationsbewohner für seine Pläne zunutze gemacht haben könnte, war Cap damals schon durch den Kopf gejagt.

»Die Bewohner sind wieder gesund oder werden es bald sein. Wir haben Huggins' Pestkolonie mit Nias Segen aufgelöst. Hört jetzt bitte genau zu.« Kaito drehte sich erneut gehetzt um, als ob er jeden Moment hereinstürmende gegnerische Trupps erwartete. »Huggins hat mit seinem Team Usha womöglich inzwischen erreicht und –«

»Einen Augenblick!«, stieß Charlotte entgeistert hervor. »Usha? Das …« Auf ihrem Gesicht spielte sich ein Wechselbad der Gefühle ab. Als sie sich zu Beth drehte, umklammerte ihre rechte Hand die Lehne des Stuhles, als fürchte sie, gleich umzukippen. »Warum erfahre ich erst jetzt von der Scheiße, in die ihr uns hineinzieht? Wenn ihr auch Gouges bei diesen Arschgeigen auf den Schirm bringt, wenn sie erfahren, dass wir hier sind …« Sie funkelte ihre ehemalige Freundin an. »Ich habe diesem Treffen schweren Herzens zugestimmt, weil ich die Hoffnung hatte, ihr könntet uns im Gegenzug bei der Befreiung der Frauen helfen, die aus den Camps entführt wurden. Frauen wie Marge!« Sie drehte sich um und zeigte auf Caps Schwester, die wie versteinert auf ihrem Stuhl saß.

»Jetzt habe ich endlich den T-Shirt-Spruch begriffen«, raunte Hiroyuki Cap zu, der bruchstückhaft Larissa »Schlamassel« in seinem Kopf raunen hörte.

»Und nun muss ich erfahren, dass du mir Dinge verschwiegen hast, die unsere Station in akute Gefahr bringen!« Charlottes bleiche Gesichtsfarbe nahm eine ungesunde Rötung an, und ihre Stimme schrillte durch die Messe. »Du nimmst jetzt deine übergeschnappte Besatzung und dockst sofort ab!«

»Wir sollten uns alle beruhigen und darüber –«, setzte Svenja an.

»Sofort!«, befahl Charlotte und rauschte aus der Kantine.

Eine Weile herrschte Schweigen, dann ergriff Marge das Wort. »Ich bin Caps Schwester«, sagte sie freundlich zu Kaito. »Wenn du bitte die Güte hättest, uns kurz zu erzählen, was genau passiert ist?«

»Wir wissen, du stehst unter Druck«, ergänzte Svenja, als Kaito erneut zur Quartiertür spähte. »Das ist nicht zu übersehen. Aber: Um für diese Station schützende Maßnahmen ergreifen zu können, müssen wir wissen, woran wir sind und was uns erwartet.«

»Und vor allem, wann«, fügte Hedda hinzu. »Scheint so, als hätten wir dafür verdammt wenig Zeit.«

»Wie gesagt«, raunte Bronwen aus dem Hintergrund. »Im Maschinenraum ist hübsch viel Platz.«

Plötzlich dröhnte ein lautes Grollen aus den Lautsprechern. Kaitos Gesicht näherte sich zuerst der Kamera, was seinen rasierten Schädel übergroß auf den Monitor brachte, dann drehte er den Kopf, und Cap sah ihn zurückweichen. Für einige Sekunden verschwand sein Freund vom Monitor, tauchte dann mit einer OC in der Hand wieder auf, verstaute noch im Gehen Munition in den Beintaschen, legte den Finger auf den biometrischen Scanner der Waffe und näherte sich wieder der Linse des Koms. »Tut mir leid, muss gehen. Melde mich später«, stieß er hektisch hervor.

Das Krachen nahm an Lautstärke zu, und erst jetzt begriff Cap, dass es sich um Pistolensalven handeln musste.

Kaitos Finger berührte das Terminal, und der Monitor wurde schwarz.

CHUZPE

Schritte auf Sand. Das Knirschen von Stiefelsohlen. Die Tür des Jeeps öffnete sich, und das Fahrzeug geriet in Bewegung. Jemand stieg ein. Tess machte sich noch schmaler, rutschte, so weit es ging, nach hinten und presste den Rücken gegen die Verkleidung, bis das Metall an ihre Wirbelsäule klopfte. Der Platz unter der Rückbank reichte nicht einmal aus, um sich ganz auszustrecken, sie musste aufpassen, dass ihre Knie nicht in den Fußraum hineinragten. Jedoch hatte die Sonne ihre wütenden Strahlen schon auf die andere Seite des Planeten geschickt, und durch die Dunkelheit fühlte sich Tess einigermaßen abgeschirmt.

»Schon seltsam, dass sie nicht da war«, hörte sie Louis von vorn sagen. Der Jeep bewegte sich heftiger, anscheinend nahm er gerade hinter dem Steuer Platz. »Muss ich mir Sorgen machen?«

»Verabschiedungen liegen ihr nicht.« Fennas angenehme Stimme. »Dir etwa?«

Die Enge machte Tess zu schaffen. Erneut trieben die Erinnerungen an den Lüftungsschacht durch ihren Kopf. Sie ballte die Hand zur Faust und biss leicht in ihre Fingerknöchel, um zur Vernunft zu kommen. Gleich wird Louis in seiner gewohnten Rennfahrermanier das Gaspedal malträtieren, schärfte sie sich ein. Es wäre also nützlicher, du machst dir weniger über den Platzmangel Sorgen, sondern wappnest dich gegen blaue Flecken und Prellungen. Außerdem würde der Fahrtwind den öligen Geruch vertreiben, der ihr in der Nase hing. Tess atmete leise durch den Mund ein und aus, so wie Cap ihr es beigebracht hatte, als sie sich zum ersten Mal gemeinsam durch den Schrottplatz wühlten. Es funktionierte.

Der Motor keuchte auf, und nur einen Lidschlag später wurde sie hart an die Verkleidung gepresst. Als Louis einen anderen Gang einlegte, glitt sie für einen Moment nach vorn, schob sich jedoch sogleich wieder in die ursprüngliche Position. Der Wagen machte einen Satz; Tess spürte, wie etwas gegen ihren Hüftknochen stieß, und dann fühlte sie den Gegenwind an den Armen, die sie vor der Brust hielt. Fast hätte sie gekichert. Louis gab mal wieder alles.

Mehrere Male knallte sie mit der Stirn gegen die Unterseite der Sitzbank. Wie immer achtete Louis nicht auf Bodenwellen oder andere Straßenunebenheiten. Ab und zu stieß Fenna einen missbilligenden Fluch aus, wenn die Kupplung Louis' Fahrweise mit dröhnendem Gezeter kommentierte, aber ansonsten war außer dem Röhren des Motors und dem Ächzen der Stoßdämpfer nichts zu hören. Schließlich ließ der Fahrtwind nach, und der Jeep kam zum Stehen.

»Bereit?«, fragte Louis knapp.

Fenna gab keine Antwort, und Tess konnte sie nicht nicken sehen, aber das Fahrzeug bewegte sich erneut. Sohlen knallten auf Asphalt oder Pflaster, und jemand lief um den Jeep herum.

»OC-Guns, zwei Taser und ein herkömmliches Sturmgewehr, das aussieht, als ob es zwei Jahrhunderte vergraben gewesen wäre. Das ist alles, was mir Ciara angeboten hat«, hörte sie Fenna sagen. Die hintere Tür wurde geöffnet, und Tess fiel siedend heiß ein, dass es sich bei dem, was während der Fahrt gegen ihre Waden gestoßen war, womöglich um die Einsatzwaffen handelte.

»Plasmakanonen hätten wir alle gerne«, erwiderte Louis, der jetzt anscheinend vom Fahrersitz glitt. »Können wir dir aber nicht anbieten. Ciara und Davids Einheit müssen mit dem genau gleichen Kram auskommen wie wir, also beschwer dich nicht. Gleiche Ausstattung für alle.«

Ein Militärstiefel tauchte in Tess' Blickfeld auf. Weitere Schritte näherten sich.

Fenna zog sich am Türrahmen ins Innere und kniete nieder. »Ich nehme die OC und den Taser. Was willst … Scheiße noch eins!« Sie fuhr erschrocken zurück. »Verdammt, Tess! Weißt du, was für ein Glück du hast, dass ich die OC noch nicht trage?«

»Was …?« Louis Gesicht tauchte hinter Fennas Schulter auf. »Das ist nicht doch dein Ernst!« Bestürzt griff er mit den Fingern in sein krauses Haar, als wolle er es sich ausreißen. Er machte auf dem Absatz kehrt, schritt auf und ab und wiederholte immer wieder nur einen Satz: »Cap killt mich.«

»Es war meine Entscheidung. Meine.« Langsam schälte sich Tess unter der Rückbank hervor. Dabei blieb ihre Hose an einer Strebe hängen. Der Stoff riss, und Fenna, die bis jetzt mit verkniffener Miene dabei zugesehen hatte, wie Tess sich abmühte, half ihr das letzte Stück aus dem Wagen.

»Cap killt mich«, ertönte es unentwegt hinter ihnen.

»Wie kann jemand, der bisher alle Regeln brav befolgt hat, so dumm sein, Tess?«, fragte Fenna. »Hier geht es nicht um Schächte und Server.« Sie deutete auf die Tasche unter der Rückbank. »Sondern um einen Einsatz mit Schusswaffen. Kugeln, Patronen, schweren Verletzungen, Blut, Schmerzensschreien. Es könnte Tote geben.«

»Cap killt mich.«

»Ich habe mich schon bewiesen«, maulte Tess, die fest vorhatte, sich nicht abwimmeln zu lassen. »Ich wurde gefangen genommen, habe durchgehalten und das Kontrollzentrum von innen gesehen.«

Fenna stemmte die Hände in die Hüften. »Du bleibst im Auto, Fräulein.«

»Cap killt mich.«

»Und du hältst jetzt den Rand, Louis!« Mit langen Schritten eilte sie auf ihn zu und stieß ihm den Finger derart hart vor die Brust, dass er zurücktaumelte.

»Allein, dass wir sie hierhergebracht haben«, stöhnte er. »Cap bringt mich um, wenn er das erfährt.«

»Ja. Hoffentlich. Dann muss ich mir dieses Gejammer nicht mehr anhören.«

Tess kicherte.

»Das ist nicht lustig.« Fenna, die stinkwütend war, jedoch versuchte, ihre Stimme nicht über die normale Lautstärke zu erheben, kroch zurück in den Wagen und erschien wenig später mit der Tasche wieder. Sie öffnete den Verschluss und drückte Tess einen Taser in die Hand. »Für dich. Weißt du, wie er funktioniert?«

Tess war zu verdutzt, um zu nicken. Hieß das, dass sie mitkommen durfte?

»Du bleibst hinter mir«, fuhr Fenna fort, die sich eine der OCs in den Bund stopfte und die Munition in den Oberschenkeltaschen der Hose unterbrachte. »Und tust, was ich dir sage. Genauso, wie wir es schon einmal zusammen gemacht haben. Ist das klar?« Mit einer geschickten Bewegung stopfte sie ein Funkgerät dazu. »Nimmst du den zweiten Taser und die andere OC, Louis, oder willst du dieses altmodische Teil?« Sie zeigte auf das Sturmgewehr.

Fassungslos hob er die Hände. »Sie bleibt doch da. Ich meine, sie geht doch nicht mit uns?«

»Ja, ich weiß: Cap killt dich.« Fenna warf das Sturmgewehr vor Louis in den Staub. »Aber ich habe hier die Einsatzleitung, also finde dich damit ab.« Inzwischen hatte sie den Ohrhörer angelegt und testete die Funkverbindung. »Ciara. David. Wir sind so weit. Einsatzbesprechung der Teams.«

»Fenna –«, begann Louis erneut und wollte sie am Arm packen, aber sie drehte sich so schnell zu ihm um, dass er alarmiert zurücktaumelte.

»Kein Wort mehr darüber«, zischte sie. »Schnapp dir das PDA, und schau dir den Grundriss noch einmal genau an. Präg dir alles ein. Dann nimmst du brav dein Nachtsichtgerät und justierst es auf deine Bedürfnisse. Es geht los.«

***

»Kaffee. Viel Milchschaum, wenig Zucker.« Lawrence überlegte. »Anforderung stoppen. Neue Anforderung. Samowartee. Stark.«

Es war nie zu früh, sich auf Neu-Moskau vorzubereiten. Alkoholische Getränke hatte die Molekularküche des Raumers Kamut nicht zu bieten, sonst hätte er sich einen Wodka genehmigt, und Kwas, ein Trunk, der sich tatsächlich in der Datenbank befand, erschien ihm etwas zu abenteuerlich.

Brot, Zucker und Hefe … Das würde seine Verdauung mit Sicherheit in dieser Stresssituation nicht mitmachen. Lawrence nahm sich vor, dieses Nationalgetränk auszuprobieren, gleich nachdem er sein neues Apartment im First-Class-Bezirk bezogen hatte. Nicht dass Ruben Singer in dieser Hinsicht schon tätig gewesen wäre, aber das würde noch kommen.

Die neue D-Klasse der SpaceSeed-Raumer war nicht auf Zweckmäßigkeit wie ihre Schwesternschiffe, sondern auf Komfort ausgerichtet. Mit allem Drum und Dran. Nicht nur Lawrence waren beim Anblick der Speisekarte die Augen übergegangen. So ließ es sich leben.

Der erfolglose Besuch von Usha jedoch hatte allen einen Dämpfer versetzt. Natürlich war es Unsinn gewesen anzunehmen, schon bei der ersten Anlaufstelle das Versteck dieser … Piraten zu entdecken, trotzdem schlug der Misserfolg der Crew aufs Gemüt. Zu allem Überfluss war die Schleuse dieses alten Blechbonbons nicht dicht gewesen, sodass Gabriela Rivera und er die Station in Raumanzügen hatten betreten müssen. Die Systeme von Usha funktionierten nicht mehr, die automatische Kurskorrektur war aus diesem Grund ebenso ausgefallen wie die Lebenserhaltungssysteme. In dieser Dose verbrachte niemand mehr sein Dasein. Sie würde bald den Gravitationsbereich der Erde erreichen, auf sie zutrudeln und in der Atmosphäre verglühen. Still fluchend hatte Lawrence den Rückweg zur Kamut angetreten. Der Samowartee sollte jetzt nicht nur seinen Kreislauf anregen, sondern ihn auch aufmuntern.

Nächster Stopp: Kanai. Den Kurs hatte Choi schon festgelegt, die Kamut flog ruhig, gab nur ab und zu schnurrende Laute von sich. Ebenfalls kein Vergleich zu den anderen Schiffen der Flotte, deren Stöhnen und Jammern Lawrence stets den letzten Nerv geraubt hatte. Wieder musste er feststellen, dass er fürs All nicht geschaffen war. Aber ein Mann muss tun, was ein Mann tun muss, dachte er und lächelte grimmig.

Er hatte seinem Team befohlen, sich in ihre luxuriösen Quartiere zu begeben und erst einmal richtig auszuschlafen, seine fleißige Pilotin würde er in den nächsten Minuten ablösen. Nicht dass er selbst Navigationskenntnisse hätte. Die zuverlässige Automatik erlaubte ihm, die Füße hochzulegen, Tee zu schlürfen, von Neu-Moskau zu träumen und dabei in der Geborgenheit des Schiffes die Sterne zu begaffen. So weit kein schlechter Job.

»Alle Systeme arbeiten normal, keine Abweichungen oder gar Ausfälle. Kurs stabil«, begrüßte ihn Choi, als er die Brücke betrat.

»Es ist exakt Mitternacht, Erdzeit. Ablösung von Seoyoung Choi durch Kommandant Lawrence Huggins«, erwiderte er formgemäß und lächelte ihr aufmunternd zu. »Zeit für Ihren Schönheitsschlaf.«

Errötend erhob sie sich und machte ihm an der Steuerkonsole Platz. »Ihr Schiff, Sir. Ich meine«, unterbrach sie sich hastig, »das ist es natürlich immer; ich wollte nur die richtigen Worte finden. Das ist wohl misslungen.« Hastig strich sie sich eine schimmernde Haarsträhne aus dem Gesicht, die das Licht der Brückenbeleuchtung zu reflektieren schien.

Er machte eine wegwerfende Handbewegung. »Ich übernehme.« Als er im Raumanzug durch die verlassene Usha gestapft war, hatte er die ersten Teile eines Plans entwickelt. Ein Plan, der ihm persönlich Rache an seinem ehemaligen Team ermöglichte. Inzwischen war er nämlich zu der Überzeugung gelangt, dass ihm ein schnelles Ende von Hallberg und Martinez nicht genügend Befriedigung verschaffen würde. Leben aus der Entfernung auszulöschen war nicht die Aufgabe eines wahren Soldaten, sondern eines Bürokraten, der Knöpfchen drückte. Selbstverständlich würde er den Abtrünnigen die Feuerkraft der neuen Waffensysteme an Bord der Kamut zuerst eindrücklich vorstellen, aber eher zum Zweck der Verwirrung und um Chaos zu stiften. Die endgültige Vernichtung des Feindes jedoch sollte Auge in Auge stattfinden. Sowohl Hallberg als auch dessen französische Kokotte waren armselige Kontrahenten. Lawrence lächelte bei dem Gedanken und nahm einen Schluck heißen Tees, der ihm zwar bitter, aber zugleich köstlich vorkam. Der Geschmack eines neuen Anfangs. Der Geschmack seiner eigenen Zukunft.

Er legte die Beine auf die Konsole und schloss die Augen.

***

Am nächsten Morgen sprach niemand auf der Gouges über den Zwischenfall des letzten Abends. Wie nach geheimer Absprache unterhielt man sich beim Frühstück ein wenig über das Essen und die Arbeit auf der Station.

Marges Fragen bezüglich Tess und den Neuigkeiten aus dem Lager wollten verständlicherweise kein Ende nehmen. Cap, der sich von seinem alten Leben ebenfalls schmerzhaft isoliert sah, versuchte auf alles eine Antwort zu geben, musste aber feststellen, dass es ihm nicht immer gelang. Am Abend zuvor hatte er seine Schwester über den Tod ihrer Eltern informiert, danach hatten sie lange nur schweigend dagesessen, bis er sie kurz in den Arm genommen und sich auf den Weg in sein eigenes Quartier gemacht hatte.

Marge schien nun alle Fragen, die sie gestern zurückgehalten hatte, gleichzeitig stellen zu wollen. Larissa beschwerte sich erfolglos über die Bibliotheksdatenbank, fügte aber hinzu, sie habe ihr wenigstens beim Wegdösen geholfen. Vor allem redeten sie über die Rettung von Marge aus den Händen der First Class. Charlottes Bodenteam in Neu-Berlin hatte sich Caps Schwester geschnappt, während Marge für die Familie, der sie als Dienstmädchen zugeteilt worden war, frische Lebensmittel besorgte. Das Ziel lautete, alle entführten Frauen aus den Händen der First Class zu befreien. Charlottes Plan sollte in der Sensibilisierung der Ehefrauen der oberen Gesellschaftsschicht enden, die sie zu einem gleichberechtigten Miteinander umstimmen wollte. Denn zu Caps Erstaunen hatte sich die First Class in puncto Geschlechterrollen auf die Vergangenheit besonnen. Luxus, Komfort, Enhancements und gestohlene Säuglinge gingen Hand in Hand mit einer archaischen Aufgabenverteilung. Etwas, von dem sich Cap nicht vorstellen konnte, wie es ansatzweise funktionieren sollte. Frauen durften nicht arbeiten? Keine Entscheidungen treffen? Ein Security-Team ohne Fenna und Larissa? Die Krankenstation ohne Nia und Monica? Auf Beljajew und Kreissler könnte er zwar verzichten; auf Huggins, nebenbei bemerkt, jedoch ebenso. Er stellte die Motivation von Kommandantin Weaver nun nicht mehr infrage, auch wenn er die Kommunikation mit ihr als äußerst kompliziert empfand.

Nicht nur Cap hatte an dieser neuen Information schwer zu kauen. Beth, die neben ihm gereizt ihre Suppe löffelte, beugte sich zu ihm, um ihn leise zu fragen, ob »dieser Winter denn auch von dieser Kacke« wisse. Cap schüttelte den Kopf, hatte sich aber haargenau dieselbe Frage gestellt. Im Vergleich zu den Ereignissen der letzten Wochen auf Kopernikus, der Revenge und jetzt Gouges war das Leben im Lager auf seine Art durchschaubar gewesen.

Charlotte schien beschlossen zu haben, am frühen Morgen niemanden mit Beschuldigungen zu quälen. Kein Wort kam über ihre Lippen, kein Blick fiel auf die Anwesenden, sogar Caps Enthüllungen bezüglich des Säuglingsverkaufs nahm sie verbissen hin, wohingegen selbst Bronwen entsetzt von ihren Tabellen aufsah. Stur hielt die Kommandantin die Augen auf den Teller gerichtet, bevor sie aufstand, die Essensreste in den Recycler kratzte, den Teller in den Reinigungsautomaten gab und die Messe in Richtung Brücke verließ. Kaum hatte Charlotte den Raum verlassen, löste sich die Anspannung auf.

»Wie war denn deine erste Nacht auf Gouges?«, fragte Hedda gut gelaunt. Ihre langen krausen Haare standen wie elektrifiziert vom Hinterkopf ab. Sie frühstückte etwas, was wie Dichtungsmittel aussah, sich aber als Reis entpuppte.

»Akzeptabel«, antwortete Cap, der stundenlang an Tess und Fenna gedacht hatte. »Geschlafen habe ich ehrlich gesagt nicht viel, aber das lag nicht am Quartier.«

Das bestand aus einem bequemen Bett, einem Schreibtisch, zwei Stühlen und einer zwar kleinen, aber komfortabel eingerichteten Nasszelle mit Waschbecken. Mehr brauchte er nicht. Cap hatte seine neue Bleibe zufrieden bezogen, aber keine Ruhe finden können. Zu viel war ihm durch den Kopf gegangen. In der benachbarten Unterkunft hatte sich

Beth breitgemacht, Hiroyuki war fast euphorisch in Richtung der Sektion gestürmt, in der er früher mit seiner Familie gewohnt hatte, und Larissas Quartier lag neben dem von Marge. Die beiden hatten sofort Freundschaft geschlossen.

»Die Geräuschkulisse müsstet ihr ja von Kopernikus kennen«, fuhr Hedda fort. »Gurgeln, Klopfen, Rauschen ... Auf mich wirkt das wunderbar entspannend.«

Larissa und Cap nickten. Hiroyuki war mit Svenja in ein Gespräch über Elektrizität erzeugende Bakterien verwickelt.

»Schau dir ... Hundeaugen«, klopften Larissas Gedanken unvollständig bei Cap an. »... Tisch sabbern.«

Er grinste, nickte ihr unauffällig zu und fragte sich, wann die Transmissionen ganz abbrachen. Würde er Larissa vermissen, wenn er sie nicht mehr hören konnte, oder froh sein, seine Gedanken wieder ganz für sich zu haben?

ELEGANZ UND GRAZIE

Das Leben auf Gouges schien angenehm zu sein, das Essen war gut, aber Caps Verlangen nach festem Boden unter seinen Füßen wuchs Tag für Tag. Obwohl Kopernikus sich bemühte, den Eindruck einer Stadt zu vermitteln, war die Raumstation für Cap immer eine schwebende Siedlung gewesen. Auch wenn er aus sicherer Entfernung die hypersensible Erde beobachtet hatte, verfolgen konnte, wie Sandstürme aufzogen oder sich Orkane zusammenbrauten, hatte ihn das unangenehme Gefühl, auf unsicherem Grund zu stehen, der jederzeit durchbrechen konnte, nie verlassen. Grundsätzlich verstand er, dass Marge gerne auf Gouges lebte, aber er selbst wollte nicht allzu viel Zeit hier verbringen. Und Cap teilte Charlottes Bedenken durchaus. Wie sollte es nun weitergehen?

Seine Schwester wartete seit seiner Ankunft sehnsüchtig darauf, ihm Svenjas Wirkungsstätte zu zeigen, ihrer Meinung nach der »glanzvollste Teil der Station«. Das Labor schloss sich der Messe achtern an, zu erreichen war es über einen kleinen Vorraum, in dem sich die Verbindung nach oben zur Brücke und nach unten zum Maschinenraum und der medizinischen Abteilung befand.

»Wie kommst du denn mit eurem Sonnenschein zurecht?«, fragte Cap, als sie den Durchgang betraten.

Marge wusste sofort, wen er damit meinte. »Sie hat mich rausgehauen, ich schulde ihr etwas.«

»Für deine Befreiung bin ich ihr ebenfalls dankbar, aber das meinte ich nicht.«

»Tja, weißt du, sie hat in den letzten Jahren beruflich einiges einstecken müssen. Bei CropUniverse lief ihr Vertrag aus, und aus Altersgründen wurde dieser nicht erneuert, sondern der Posten mit einer Jüngeren besetzt. Das nagt an einem. Und privat gab es ebenfalls Schlamassel.«

Cap warf ihr einen schelmischen Blick zu. »Soweit ich informiert bin, läuft dieser Schlamassel gerade auf eurer Station herum und verbreitet ebenfalls schlechte Laune.«

Marge riss überrascht die Augen auf. »Doch nicht etwa Beth?«

Er nickte und grinste.

»Daher deine Anspielung.« Sie ächzte. »Als ob es nicht schon kompliziert genug wäre. Komm jetzt weiter.«

Cap ging um ein Geländer herum, das ein Loch im Boden begrenzte, in dem sich die Verbindungsleiter der Ebenen vertikal durch das Schiff zog, und hoffte auf ein wenig Ablenkung.

Er sollte nicht enttäuscht werden.

Auch die Einrichtung dieses Raums bewies, dass man den überschaubaren Platz, der auf Gouges zur Verfügung stand, effektiv zu nutzen wusste. Quadratische Deckenlampen erhellten das Labor. An den Wänden links und rechts befanden sich Arbeitsstationen, deren genaue Funktion Cap nicht ergründen konnte. Technische Geräte und Greifer standen auf weißen Hochglanzarbeitsplatten, holografische Abbildungen chemischer Verbindungen drehten sich über kleinen Kästen. Abluftrohre führten von Glaszylindern zur Wandverkleidung, hier und da surrte eine Apparatur. Cap blieb wie angewurzelt stehen. Am Ende des Raumes befand sich eine mit Wasser gefüllte Röhre, die einen Durchmesser von circa vier Metern hatte und fast bis zur Labordecke reichte. Darin bewegte sich etwas Durchsichtiges mit einer derartigen Eleganz und Grazie, dass ihm für einen kurzen Augenblick die Luft wegblieb.

»Das sind also eure Quallen«, flüsterte er andächtig.

»Wunderschön, nicht wahr?« Marge sah verträumt ins Wasser. »Weißt du, als ich den Tank zum allerersten Mal sah, dachte ich, ich würde alles dafür geben, wenn ich hineinspringen dürfte. Oder auch nur einen Finger hineinstecken. Zwei Finger. Die ganze Hand.« Dann straffte sie abrupt den Rücken. »Jetzt stelle ich mir einfach vor, wie es wäre. Der Gedanke alleine reicht mir, nachdem Svenja meinte, ich solle es ja nicht versuchen, die Viecher würden mich sofort töten.« Sie schmunzelte.

»Und deine Schwimmübungen machst du stattdessen in der Null-G-Zone des Korridors?«, scherzte Cap und drückte sanft ihre Schulter.

»Genau. Aber dann« – ihre Stimme wurde leiser – »dann denke ich wieder einmal an Tess. Sie würde ausflippen, könnte sie den Tank sehen. Komplett.«

»Und würde sofort reinhüpfen«, ergänzte er.

»Quallen streicheln.«

»Aua.«

Sie lachten beide.

»Jetzt erzähl mir, was es mit diesen tanzenden Kreaturen auf sich hat«, sagte er.

Marge setzte sich auf einen der Hocker, die vor den Arbeitsplätzen standen. »Svenjas Großmutter –«

»Alva Anderson«, ergänzte Cap.

»Genau. Sie erforschte den wirtschaftlichen Nutzen von Quallen.« Marge grinste, als sie die verständnislose Miene ihres Bruders sah. »Habe ich zuerst auch nicht verstanden. Durch den massiven Klimawandel und die Überfischung haben sich die Quallen rasant vermehrt. Kannst du dich noch an diesen roten Teppich im Atlantik erinnern, von dem uns mal jemand im Lager erzählt hatte?«

»Nur zu gut.« Die Information war von einem Campbesucher gekommen, der sich vom Norden nach Neu-Berlin durchgeschlagen hatte. Nach wenigen Tagen war er weitergezogen, aber seine Berichte hatten sich in Caps Kopf eingenistet. Violette Tentakel, die sich über der Wasseroberfläche ausbreiteten, angespülte Glibbertiere, die kilometerweit das Land bedeckten.

»Als Svenjas Großmutter lebte, fing das alles an. Sie hat in einem breit angelegten Projekt versucht, Quallen als Rohstofflieferanten zu nutzen.«

»Wie?«

»Auch Quallen leiden unter Stress. Dann sondern sie ein transparentes Gelee ab. Dieser Schleim lässt sich wunderbar einsetzen.«

»Wozu?« Cap setzt sich neben seine Schwester, konnte aber den Blick nicht vom Tank lösen.

»Alva hat herausgefunden, dass sich dadurch kleine Partikel binden lassen, die im Wasser schweben.«

Jetzt ging ihm ein Licht auf. »Ein Biofilter für Mikroplastik. Sehr schlau. Sicher aufwendig.«

»Aber biologisch abbaubar und ohne Einsatz von Energie herzustellen.«

»Offensichtlich ging die Sache nicht gut aus, sonst hätten wir heute ein Problem weniger.«

Marge nickte. »Es war unklar, welche Arten sich dazu wirklich eignen und welche Mengen man benötigt. Das Projekt wurde eingestampft. Aber Svenja hat jetzt eine andere Idee.«

»Und die wäre?«

»Ersatznahrungsmittel. Quallen sind in Fülle vorhanden, cholesterin- und fettfrei, liefern Proteine und Spurenelemente wie Natrium, Calcium, Kalium und Magnesium, und in einigen Ländern hat man sie früher schon gegessen. Es braucht einen Kälteschock, damit das Gift unschädlich wird. Und die Tentakel sollte man besser auf dem Teller liegen lassen.«

Cap betrachtete die leuchtenden Augen seiner Schwester, in denen Begeisterung und Tatkraft standen. »Ihr wollt eine Alternative zu den Getreidefeldern entwickeln«, stellte er fest und bewunderte das Feuer, das in Marge brannte. All die Jahre über hatte sie sich nicht unterkriegen lassen. Es war ansteckend.

»Nennen wir es eine Erweiterung. Euer Vorschlag zur Übernahme von SpaceSeed kam für uns zur rechten Zeit.«

Er seufzte. »Diese Idee müssen wir noch einmal gründlich durchdenken, fürchte ich.«

***

Sie machten es genauso wie vor einer Woche. Fenna, Tess und Louis drangen von Westen her in das Gelände ein, da es dort nachlässigerweise nur von einem normalen Zaun begrenzt war, dessen Sensoren zu bestimmten Zeiten neu kalibriert wurden. Dabei musste man aufpassen, den anderen Messfühlern nicht zu nahe zu kommen, aber Tess, die das Gefühl hatte, das Terrain schon jetzt in- und auswendig zu kennen, bewegte sich mit schlafwandlerischer Sicherheit in der Dunkelheit auf den grauen Kasten zu.

»Respekt«, flüsterte Fenna. Gemeinsam legten sie ein ordentliches Tempo vor. »Man sollte meinen, du überfällst Markus Schwarz jede Nacht. Mach aber trotzdem langsam. Wir dürfen uns keine Fehler leisten.«

»Könnt ihr mal warten?«, hechelte Louis mit unterdrücktem Fluchen. »Sind die anderen schon in Position?«

Fenna legte den Finger auf den Ohrhörer. »Ciara? David?« Sie blieb stehen, griff nach dem Nachtsichtgerät um ihren Hals und sah hindurch. »Ich schätze, in zehn Minuten sind wir da.« Lauschend legte sie den Kopf schief. »Dann sind wir gleichauf. Zehn Sekunden nur. Okay. Das ist verschissen knapp, um den Zaun zu überwinden.« Sie fixierte Tess.

»Wir haben es das letzte Mal geschafft, also schaffen wir das wieder«, flüsterte Tess. »Diese lahmarschigen Sensoren kriegen uns nicht. Bis die das kapiert haben, sind wir längst drüber.«

»Sollte ich mich geirrt haben, was deine Anwesenheit hier angeht, Eichhörnchen?« Louis hatte schnaufend aufgeschlossen. »Das Gelände ist übrigens die Hölle. Auf und ab und auf und ab. Das hätte mir ruhig jemand sagen können. Letztes Mal saß ich gemütlich im Wagen.«

Fenna drehte sich zu ihm. »Moment. Du hast Tess alleine gelassen? Und im Jeep auf sie gewartet? Und du erzählst mir etwas von ›Cap bringt mich um‹?«, äffte sie ihn nach. »Du tickst ja nicht richtig.«

Bevor Louis irgendetwas zu seiner Verteidigung erwidern konnte, fuhr sich Fenna mit dem Finger in einer Schnittbewegung über den Hals. »Halt jetzt bloß den Rand«, fauchte sie ihn an. »Außerdem sind Ciara und David in Position. In zehn Minuten werden sie den Vordereingang stürmen, während wir über den Zaun müssen. Ich hoffe, du hast nichts gegessen.«

»Wie witzig. Was hätte ich denn essen sollen? Sahnetorte? Ich schaff das schon«, motzte Louis.

»Es geht mir eher darum, dass du dir nicht vor Angst in die Hosen scheißt«, erwiderte Fenna.

Tess kicherte nervös.

Sie erreichten ihren Zielpunkt und hockten sich vor den Zaun, der ein leises Summen und Knistern aussendete.

»Das hört auf, wenn die Neukalibrierung einsetzt«, flüsterte Tess, die sich durch ihren Wissensvorsprung fast wie die Einsatzleiterin vorkam. »Dann ist es schlagartig still. Und dann haben wir noch zehn Sekunden.«

Fenna betrachtete die Uhr auf dem Display ihres Funkgeräts. »Ich hoffe, du kannst wenigstens zählen, Louis. Ab jetzt noch zwei Minuten. Alle bereit?«

Sie nickten. Louis' Adamsapfel bewegte sich unruhig auf und ab. Auf Fennas Kommando duckten sie sich flach auf die staubige Erde.

»Jetzt!«, zischte sie.

Das Knistern verstummte. Sie sprangen hoch und hängten sich an den Zaun. Gleichzeitig ließen Ciaras und Davids Leute die Hölle auf das Kontrollzentrum los. Während Tess sich geschickt über den Zaun manövrierte, erhellten Lichtblitze die Nacht. Gewehrsalven drangen vom Eingang bis zur Westseite herüber. Tess meinte, Schreie zu hören, verharrte in ihrer Bewegung und fürchtete einen Moment lang, die Nerven zu verlieren.

»Weiter!«, trieb Fenna sie an und zog sie am Arm. Sie selbst hatte es fast geschafft, während Louis sich bewegte wie eine träge Raupe. »Drei, zwei, eins«, zählte sie herunter.

Tess sprang herunter und rollte ihren Körper weiter, blieb erst außerhalb der Sensorenreichweite auf dem Bauch liegen und lauschte. Da war es wieder, das Summen und Knistern. Und Louis' röchelnder Atem.

Er drehte sich zur Seite und spuckte Dreck. »Das mache ich nicht noch einmal.«

»Nun«, sagte Fenna, die ihre Munition und die OC auf Rückstände untersuchte und sie anschließend wieder wegsteckte. »Raus darfst du durch den Haupteingang.« Sie grinste. »Wenn du Glück hast, sogar lebend.«

Er richtete sich auf und funkelte sie an. »Ich habe keine Ahnung, was Cap an dir findet.«

***

Vor Lawrence stand bereits die vierte leere Tasse, als die Sensoren anschlugen. Immer wieder war er bei der Nachtschicht weggenickt, dann hochgeschreckt, hatte sich von der KI die aktuelle Sachlage schildern lassen, während er sich etwas zu trinken holte, um dann erneut der Hypnose des funkelnden Panoramas zu verfallen und nochmals einzuschlafen. In dem Moment, als das Schiff meldete, die Raumstation Kanai gesichtet zu haben, war er jedoch umgehend hellwach. Er weckte den Rest der Crew über das Interkom und holte sich das fünfte Getränk. Dieses Mal den Kaffee, den er sich bis jetzt verkniffen hatte.

»Heiliger Strohsack, ist die hässlich«, sagte Rivera, die sich an einer heißen Schokolade festklammerte.

Kanai schwebte direkt vor ihnen. Im Gegensatz zu seinem Crewmitglied erschien Lawrence die unförmige Anhäufung von Stationselementen graziöser als alles andere, was er an Raumarchitektur bisher gesehen hatte.

An einer langen metallenen Röhre, die zwei große Komponenten miteinander verband, klebte ein Schiff.

Ein fieses Lächeln umspielte seine Lippen. »Gotcha!« Er schwang sich in seinem Sessel herum. »Öffnen Sie einen Kanal, und kontaktieren Sie dieses unförmige Stück Schrott, Choi.«

»Meinen Sie jetzt die Revenge oder Kanai, Sir?«, hakte sie nach.

»Die Station natürlich«, schnappte er. »Mit der Revenge halten wir uns nicht auf. Möglicherweise haben sie dort überhaupt kein Crewmitglied zurückgelassen, weil sie sich in ihrer Überheblichkeit sicher fühlen.« Insgeheim wog Lawrence das Für und Wider eines Angriffs auf die Revenge ab, aber wenn er das Schiff jetzt gleich in Schutt und Asche legte, nahm eventuell auch die Station dabei größeren Schaden. Es war ihm wichtig, Hallberg und seine erbärmlichen Ratten lebend festzunehmen und die eigene Position gegenüber SpaceSeed zu stärken. Nach dem, was gerade auf Kopernikus passierte, musste er sich wieder lieb Kind machen.

Choi setzte sich an das Funkterminal. »Niemand antwortet, Sir«, meinte sie nach einer Weile.

»Versuchen Sie es weiter«, befahl Lawrence und erhob sich. »Rivera, Sie haben die Brücke. Informieren Sie mich sofort, wenn sich etwas tut. Egal, was es ist. Wenn da drüben jemand einen fahren lässt, will ich es wissen. Und warten Sie auf meine Befehle.«

Gut gelaunt schlenderte er den Korridor zu den Quartieren entlang. Jetzt endlich war die Zeit gekommen, dem Plan, den er auf Usha geschmiedet hatte, Taten folgen zu lassen. Zuerst jedoch würde er sich eine kurze, aber heiße Dusche gönnen. Außerdem hatte er nicht vor, dem Feind unrasiert gegenüberzutreten.

***

»Alle mal herhören. Da versucht jemand, mit uns Kontakt aufzunehmen. Ich will hier Unterstützung.«

Die Information kam über das Interkom der Station, und Cap konnte sich vorstellen, dass auch den anderen das Herz in die Hose rutschte. Sein eigener Puls schien außer Kontrolle zu geraten.

»Wen meint Charlotte damit? Huggins?«, fragte Marge leise.

Angesichts ihres besorgten Gesichtsausdrucks setzte Cap das beruhigendste Lächeln auf, das er in diesem Moment hinbekam. »Es kann auch jemand anders sein.« Diese Erklärung klang sogar in seinen Ohren lausig. Wer bitte, sollte sie unangekündigt besuchen, außer der Dogge, die sich geschworen hatte, sie zu zerfleischen?

»Beth«, befahl Charlottes Stimme über das offene Kom, »schwing deinen Hintern sofort auf die Brücke. Ich brauche Kontakt zu diesem Autisten auf deinem Schiff. Ich kann hier nichts sehen, die Sensoren sind blind. Anscheinend versteckt sich der Anrufer hinter der Revenge, und die meldet sich nicht. Warum meldet sie sich nicht, verdammt noch mal? Wenn dieser Dimitri hinter seiner Datenbrille pennt, dann stanze ich sie ihm persönlich ins Hirn!«

Cap eilte zum Terminal und stellte eine Verbindung zur Brücke her. »Beth hat sich nach dem Frühstück in ihr Quartier zurückgezogen. Sie wollte nicht gestört werden und nachdenken.«

»Nachdenken?« Charlottes Stimme überschlug sich beinahe. »Was soll das bedeuten?«

»Dass sie das Kom eventuell stumm geschaltet hat.«

Lautes Fluchen war zu hören. »Dann schwing die Hufe, Campjunge, und bring sie auf Trab. Haben wir uns verstanden?«

Missverstehen konnte man es nun wirklich nicht. Cap warf Marge einen entschuldigenden Blick zu und rannte los. Kurz überlegte er, ob er für die Durchquerung des Hauptkorridors das Gravstiefelpaar benutzen sollte, das dort zu dem Zweck stets bereitstand, ließ sie dann jedoch im Eingangssektor zur Messe stehen und wappnete sich innerlich für die Null-G-Zone. Die meterdicke Stahlschleuse zur Messe schloss sich hinter ihm, er fühlte sich leichter werden, stieß sich ab, als er den richtigen Zeitpunkt für gekommen hielt, und bewegte sich vorwärts, indem er sich von Griff zu Griff hangelte und wegdrückte. Es ging besser als erwartet. Anscheinend hatte er »den Bogen raus«, wie Hiroyuki es ausgedrückt hatte. Zu den Habitaten backbord gelangte er in wenigen Minuten, er schloss die Schleusentür hinter sich und atmete tief durch, als sich sein Körper wieder auf Erdschwerkraft einpendelte. Dann rannte er los.

Über Beths Quartier leuchtete eine rote Lampe. Das »Nicht-stören«-Schild von Gouges. Er zögerte keine Sekunde und tippte auf die Signalanlage. Nichts geschah. Sie hatte doch nicht etwa auch die Türglocke abgestellt? Mit beiden Fäusten hämmerte Cap gegen das Metall.

»Beth? Es ist verdammt dringend!«

Da riss es ihn kurz von den Füßen. Die Station ächzte, und er stieß mit der Stirn voraus gegen Beths Eingangstür, was weitaus weniger schmerzvoll endete als erwartet. Aus dem Inneren des Quartiers ertönte ein Schrei. Fünf Sekunden später glitt die Tür zur Seite.

»Meine Hand!« Ihre Augen waren weit aufgerissen. Beth trug einen rosafarbenen Hausanzug, ihre Haare standen wild vom Kopf. Anscheinend hatte sie Schlaf nachgeholt. »Ich bin aufgewacht, und sie schien vor mir zu schweben, ich dachte, sie wäre abgetrennt, verstehst du?«

»Beth«, versuchte Cap, sie zu unterbrechen, aber sie war nicht zu stoppen.

»Abgetrennt!«, stieß sie hektisch hervor. »Diese Bronwen hängt den lieben langen Tag über ihren Zahlen, aber wenn dann wirklich mal kurz das Gravmodul ausfällt, dann –«

»Beth!« Cap packte sie bei den Schultern und schüttelte sie, was bei ihrer Statur gar nicht so einfach war.

Beth schaute verärgert und knurrte etwas Unverständliches. Sie ließ sich nicht gerne unterbrechen, wenn sie einmal in Fahrt gekommen war. »– dann kümmert sie sich einen Scheiß drum. Kein Hinweis, nichts!«

Alarmiert ließ Cap sie los. »Hinweis auf was?«

»Das Gravmodul. Wir hatten eine Null-G-Situation, das musst du doch bemerkt haben! Klein, aber fein.«

Er stutzte. Da lief etwas ziemlich falsch.

Wenige Sekunden später begriff er, was Beth meinte, denn sie fingen an zu treiben. Durch die geöffnete Quartiertür trudelte ein Kopfkissen. Das durfte in den Habitaten nicht sein.

Scheiße.

Da fing eine Sirene an zu plärren. Schon wieder. Cap hatte Sirenen aufrichtig satt. Rechts und links der Quartiertür begann eine Reihe Leuchten zu blinken.

»Verflucht!« Er ruderte mit den Armen, bis er die Türkante zu fassen bekam, stieß sich ab, segelte zu seinem eigenen Quartier hinüber, gab den Zahlencode ein, ruderte anschließend durch die offene Tür zu den Gravstiefeln und zog sie aus der Halterung. Das dumpfe »Klonk«, das signalisierte, dass die Stiefel Kontakt mit dem Boden aufgenommen hatten, wurde vom ohrenbetäubenden Geplärre des Alarms übertönt. Cap überzeugte sich, dass die Stiefel griffen, stapfte zurück und aktivierte mit einer Hand die interne Kommunikation zur Brücke, während er sich mit der anderen die Haare aus dem Gesicht strich, die um seine Stirn herum trieben.

»Hier Cap. Was ist los, Charlotte? Rede mit mir.«

Ungeduldig wartete er auf ihre Antwort, aber sie kam nicht. Leise fluchend versuchte er es noch zwei weitere Male. Auch im Labor und im Maschinenraum erreichte er niemanden. Kurz packte ihn die Panik. Er musste zur Brücke.

Noch bevor sich die Tür seines Habitats hinter ihm schließen konnte, wurde Caps Oberkörper an die Korridorwand gestoßen. Beth fing an zu kreiseln. Erneut schien die Station kurz aufzukreischen, ein Ton, der sogar den enervierenden Warnton übertönte, der einfach keine Ruhe geben wollte.

»Zieh die Stiefel an!«, brüllte er sie über den Alarm und des Plärrens von Metall hinweg an.

Ein weiteres Mal traf sein Rücken auf etwas Hartes, abermals sanfter als befürchtet. Die fehlende Schwerkraft, natürlich! Die Bewegung brachte Caps Gleichgewichtssinn gehörig durcheinander, da seine Füße durch die Magnetstiefel wie im Korridorboden verwurzelt waren. Und dann fiel ihm endlich ein, warum der Alarm plärrte. Er warnte nicht vor einer ausgefallenen Graveinheit, nein: Sie wurden angegriffen.

Huggins machte Nägel mit Köpfen.

»Oh Gott! Was passiert hier?« Beth wankte in den Stiefeln und dem rosafarbenen Zweiteiler wie ein überdimensionales Marshmallow auf ihn zu.

In einem anderen Moment hätte Cap sich gebogen vor Lachen, jetzt aber scheuchte er sie nur mit hektischen Gesten vorwärts. »Wir brauchen dich auf der Brücke. Sofort!«

»Sind das Kanonen?«

»Weiß ich nicht.«

»Ich muss Goggles Bescheid sagen«, stieß Beth hervor, die die Situation endlich erfasste. »Er muss Maßnahmen ergreifen. Zurückschießen. Abdocken. Irgendwas. Wenn diese Ärsche meine Revenge treffen … ich schwöre bei allem, was mir heilig ist –«

»Auf die Brücke mit dir!«, befahl Cap erneut.

Als ein erneutes Rucken durch die Station ging, die seinen Körper wanken ließ wie eine Tanne im Sturm, beschloss Cap, die Gravstiefel wieder auszuziehen, weil sie ihn eher behinderten. So schnell er konnte, flog Cap den Hauptkorridor entlang. Beth folgte ihm stapfend und schwer atmend. Nach nur wenigen ihrer dröhnenden Schritte verstummte der Alarm. Jemand auf der Brücke musste reagiert haben. Das hieß, dass sie es dort im Griff hatten.

Zumindest hoffte er das.

WHEN THE MAN COMES AROUND

»Sir? Was in aller Welt tun Sie da?«

»Ich gehe raus.« Lawrence stand vor dem inneren Schleusentor und prüfte in aller Seelenruhe die Funktionen seines Raumanzugs.

»Was?« Choi sah ihn konsterniert an. Sie bezweifelte offensichtlich das funktionsfähige Zusammenspiel zwischen Gehirn und Körper ihres Kommandanten.

»Ich benutze das neue Jetpack und entriegele die kleine Reparaturschleuse am Ende des Hauptkorridors von Kanai manuell.«

Sie schluckte schwer. »Ohne Leine? Das ist Selbstmord!«

»Können Sie mir denn eine Leine anbieten, die bis dahin reicht?« Lawrence deutete aus dem Schleusenfenster und ließ ihr einige Sekunden Zeit, um zu antworten, aber sie machte nicht den Eindruck, als ob sie die Sprache wiederfinden würde. »Eben«, erwiderte er an ihrer statt. »Sie wissen, dass es hier nicht darum geht, mit dem Ölzweig zu wedeln, bis die anderen nachgeben, Choi. Und ich habe ein Ziel. Ich liefere die Schweinebacken ab. Lebend. Und präsentiere SpaceSeed zudem eine intakte Station.«

In Chois Augen standen zwei Fragen. Die erste lautete: Wie? Und die zweite, die erste überstrahlende, hieß: Sind Sie bescheuert?

»Das haben Sie schon lange geplant«, stellte sie resigniert fest. »Und den Befehl, auf Kanai zu schießen, aber dabei keine wichtigen Module zu treffen, haben Sie Rivera nur erteilt, um die ›Schweinebacken‹ von Ihrer Harakiri-Aktion abzulenken. Während Hallberg und Martinez sich die Finger wund reparieren, hüpfen Sie durch die Schleuse.«

Er grinste. »So ähnlich. Gefällt es Ihnen?«

»Absolut nicht. Wenn wir es unbedingt auf Ihre Art machen müssen, dann lassen Sie mich gehen, Sir. Bitte.«

Für einen Augenblick fühlte Lawrence die wohlige Wärme der Sympathie durch seinen Körper fließen. Dann schüttelte er den Kopf. »Keine Chance. Sie sind außerdem die Einzige, die die Kamut annehmbar fliegen kann.«

»Fliegen?«, fragte sie irritiert. »Wir werden uns ohne Sie nicht von der Stelle bewegen.«

Die wohlige Wärme kehrte zurück. »Vielleicht wird es notwendig werden, einige Manöver durchzuführen.«

»Manöver?«

»Jetzt spielen Sie hier nicht den Papagei, Choi, sondern akzeptieren Sie die Entscheidung Ihres Vorgesetzten.«

Sie kaute auf ihrer Unterlippe. »Wie wollen Sie den Sensoren aus dem Weg gehen?«, hakte sie skeptisch nach. »Wir müssen davon ausgehen, dass Hallberg Wachposten auf dem Raumschiff zurückgelassen hat. Auf der Kanai mag man sie übersehen, aber auf der Revenge ist man nicht blind.«

Er sah sie an und schmunzelte. »Riveras Feuerwerk wird, wie Sie schon vermutet haben, von mir ablenken.«

»Sir? Sie verlangen von uns wirklich, dass wir weiterschießen, während Sie da draußen sind? Auch auf die Revenge?«

Statt einer Antwort legte er den Finger auf das Interkom. »Hier spricht Kommandant Lawrence Huggins. Ohren aufgesperrt.«

In kurzen Worten schilderte er seiner Crew die Mission. Nachdem er geendet hatte, schwieg die Funkverbindung. Allem Anschein nach hielt ihn nicht nur Choi für komplett bekloppt.

»Wir haben die Möglichkeit, Ihre Werte zu überwachen, Sir«, meldete sich Adekunles tiefe Stimme, ruhig und gefasst wie immer. »Bei einer Abweichung von der Norm könnten wir sofort –«

»Nicht nötig«, würgte Lawrence ihn ab. Das fehlte noch, dass die Crew über seine Herzfrequenz spekulierte. »Keine Überwachung.«

Adekunle schwieg. Er hatte wohl begriffen, dass nichts seinen Kommandanten davon abhalten würde, auf die Lone-Ranger-Tour zu gehen.

»Rivera«, sagte Lawrence. »Ich möchte Sie bitte, meinen Kurs zu beaufsichtigen und notfalls Korrekturen durchzugeben.«

»Verstanden, Sir. Flugrichtung wird überwacht. Wann gehen Sie?«

»In Kürze.« Jetzt kam es vor allem darauf an, dass Rivera die Impulsraketen großzügig an ihm vorbeilenkte und die Kanai weiterhin nur marginal beschädigte. Der Revenge konnte sie ebenfalls ein paar kleinere Schüsse auf den Pelz brennen, wenn er erst einmal sicher in der Station angelangt war. »Mein Leben liegt auch in Ihrer Hand, das ist Ihnen bewusst?«

Lässig nickte er Choi zu und schob sie sanft zur Seite. Nachdem sich das innere Schleusentor hinter ihm geschlossen hatte, überprüfte er ein letztes Mal den Anzug, setzte den Helm auf, schulterte das Jetpack, kontrollierte die wichtigsten Funktionen, drehte sich zu seiner Pilotin um, die ihn durch die Scheibe in der Tür erschüttert musterte, reckte den Daumen in die Höhe, grinste und startete den Druckausgleich. Dann befahl er Rivera, einen weiteren Schuss auf Kanai abzugeben.

Er zählte bis zehn.

Jetzt kam es erst einmal darauf an, da draußen, allein im All nicht komplett durchzudrehen.

***

Als Cap sich am Geländer der Metallleiter abstieß und seinen Kopf durch die runde Verbindungsöffnung zwischen Messe und Brücke streckte, zerriss erneut markerschütterndes Ächzen und Knirschen die Luft. PDAs, Tassen und Mobiliar – alles, was nicht am Boden der Station festgeschraubt war, flog an ihm vorbei und stieß mit anderen Dingen zusammen. Jedoch zerschellte nichts, sondern prallte voneinander ab. Der gleiche Effekt, den Cap mit dem Korridor erlebt hatte. Wenigstens brach man sich so nicht das Genick, während auf die Station gefeuert wurde.

Super, dachte Cap. Jetzt wünsche ich mir schon, dass die Schwerelosigkeit anhält.

Er spähte nach unten und sah Beth auf die Leiter zustapfen. Wenig später betrat auch sie die Brücke. Charlotte schrie etwas. Beth brüllte zurück.

»Ich hab's. Die Chander-Module eins und fünf sind beschädigt«, rief Hiroyuki dazwischen, der sich mit einer Hand an der Kom-Station festhielt und mit der anderen den Schadensbericht über die benachbarte Konsole aufrief.

»Verdammt!« Charlotte, die es geschafft hatte, sich während des zweiten Einschlags im Sitz zu halten, glitt von ihrem Stuhl und bewegte sich mit rudernden Armen zu ihm hinüber. »Lass sehen. Das betrifft also einen Teil der Habitate und uns hier oben.«

Hiroyuki machte ihr Platz und schwebte mit der ihm eigenen Körperbeherrschung zu Cap, der sich dankbar an ihm festhielt. Der Biologe bugsierte ihn zur nächsten Sitzgelegenheit. »Festhalten«, befahl er.

»Ich nehme an, das Chander-Modul ist für die künstliche Gravitation verantwortlich?«, fragte Cap Hiroyuki.

Er nickte. »Altes Modell. Heute verwendet man ein modifiziertes Gravmodul.«

»Und wie schwer ist der Schaden?«, wollte Cap wissen. »Also, ich meine sonst?«

»Kein Hüllenbruch. Mehr kann ich noch nicht sagen«, raunzte Charlotte. »Hiroyuki, geh runter und hilf Bronwen. Sie ist unter Garantie schon am Problem dran. Und falls sie Schwierigkeiten mit der Entzifferung einzelner Schriftzeichen haben sollte, dann übersetz das für sie.«

»Alles klar.« Der Biologe stieß sich ab und flog mit am Oberkörper angelegten Armen durch die Verbindung zwischen den Decks abwärts Richtung Messe und weiter zum Maschinenraum, ohne die Hände auch nur einmal an die Leiter zu legen. Cap sah ihm verblüfft nach und umgriff unwillkürlich die Armstützen des Sitzes fester. »Brauchen die beiden noch Hilfe da unten?«, wollte er wissen.

Charlotte warf ihm einen kurzen Blick zu. »Weißt du, um was es geht?«, fragte sie spöttisch und wandte sich wieder der Konsole zu.

»Nun, ich –«

»Genau. Bleib erst mal da, wo du bist, und belästige uns nicht mit blöden Fragen. Wenn ich weiß, wofür ich dich gebrauchen kann, werd ich's dir schon sagen. Beth, verdammt! Was ist jetzt mit diesem Dimitri?«, herrschte sie das rosa Marshmallow an. »Und was zum Henker hast du da an?«

Cap konnte sich ein Grinsen nicht verkneifen. Bei den beiden mussten die Fetzen geflogen sein. »Können wir uns wenigstens erkundigen, wie es den anderen geht?«, fragte er. Er hatte schon lange nichts mehr von Larissa gehört. Ihrer beider Fähigkeit, gedanklich miteinander zu kommunizieren, ließ deutlich nach. Nach dem Frühstück war sie Hedda in die Krankenstation gefolgt.

»Das Interkom funktioniert wieder einwandfrei«, kam es barsch von Charlotte zurück. »Wenn es jemandem aus meiner Crew schlecht ginge, hätte sie sich schon bei mir gemeldet. Die haben zu tun. Bereiten die Abteilung sicher für den Ernstfall vor.«

»Aber –«

Die Kommandantin wandte sich von den Terminalanzeigen ab und drehte sich zu Cap. »Klappe halten. Sei still und froh, dass sie nicht mehr auf uns schießen. Momentan haben wir genug zu tun.«

»Das ist ehrlich gesagt seltsam.« Beth, die immer noch versuchte, Goggles zu erreichen, ging parallel die Schadensmeldungen durch. »Ich hatte damit gerechnet, dass sie uns die Station unterm Gesäß wegschießen. Und sich die Lebenserhaltungssysteme vornehmen.«

»Der Grund, weswegen sie's nicht tun, juckt mich gerade nicht«, schnappte Charlotte. »Wie es bei uns aussieht, das will ich wissen. Genau, wenn's recht ist. Auch würde mich mal interessieren, warum sich dieser Dimitri nicht meldet.«

Sogleich durchfuhr die Station ein weiterer Stoß. Wieder geriet alles in Bewegung. Die Frauen schrien durcheinander. Ein Geräusch, als ob tektonische Platten aneinanderscheuern würden, brachte Caps Magensäure in Bewegung. Er hatte seinen Halt verloren, trieb über dem Sitz, prallte mit Beth zusammen und trudelte anschließend gegen etwas Eisenhartes, das schmerzhaft über seinen Beckenknochen schabte. Er verdrängte die Übelkeit, stieß sich ab, schwebte Richtung Verbindungsöffnung und hielt sich dort am Geländer fest.

»Warum hast du das nicht kommen sehen?«, schrie Charlotte Beth an.

»Ich habe an einer komplett anderen Konsole gearbeitet«, kläffte die zurück. »Was soll ich denn noch alles gleichzeitig tun?«

»Charlotte!« Svenjas Stimme gellte aus dem Kom durch die Kommandozentrale. »Noch so ein Ding, und mein Tank nimmt Schaden.«

»Wie sieht's bei dir und Marge aus?«

»Künstliche Gravitation ist hier vorhanden. Laut Bronwen seid bis jetzt nur ihr betroffen.«

»Das wissen wir auch«, blaffte Charlotte.

»Ein weiterer Einschlag … Das geht nicht mehr lange gut. Wir müssen jetzt handeln«, forderte Svenja.

»Ich werde Dimitri mal einheizen. Er soll seine Scheißdatenbrille absetzen und denen ein paar Schüsse vor den Latz knallen«, ließ Beth verlauten.

Es versetzte Cap einen Schock, als die Erkenntnis in ihn hineinsickerte, dass die Frauen recht hatten. Sie konnten sich nicht einfach als Zielscheibe präsentieren. Die Revenge musste zurückschießen. Ein Gefecht. Zwischen zwei Raumschiffen. Die ihnen am Arsch klebten. Nein: Zwischen denen die Station hing wie in einer Zange. Eine Vorstellung, die Cap kurz kalte und zugleich heiße Ströme durch die Adern schickte. Gerne wäre er jetzt abgetaucht. In sein Habitat geschwebt. In die Koje gekrochen. Wäre. Hätte. Dinge der Unmöglichkeit.

Die Kommandantin hangelte sich von Steuerpult zu Steuerpult. Nur noch wenige Meter trennten sie von der Funkkonsole und Beth.

»Ausfall des Chander-Moduls in der Kommandozentrale. Ausfall des Chander-Moduls in der –«

Im Vorbeischweben hieb Charlotte wütend auf eine Taste. Die Stimme verstummte abrupt. »Mist-KI. Ein richtiger Einstein. Und du, Cap, habe ich dir nicht gesagt, du sollst nicht im Weg herumschweben?«

Er spürte eine Hand an seinem Fuß und zuckte zusammen. Mit einer gemurmelten Entschuldigung drückte ihn Marge beiseite an die Wand, gab einer großen Stofftasche einen Schubs und glitt ebenfalls an ihm vorbei.

»Magnetstiefel«, sagte sie und öffnete noch im Schweben den Verschluss. »Leider nur zwei Paar. Bronwen ist an der Reparatur des Moduls dran. Sie kommt zurecht.«

»Schön, dass jemand mitdenkt. Für dich und mich«, befahl Charlotte und deutete auf Marge. Dann wandte sie sich an Cap. »Du wirst jetzt den Platz deiner Schwester im Labor einnehmen und Svenja helfen. Sie braucht gegebenenfalls einen Handlanger.« Sie fing die Magnetstiefel ein. »Du solltest dich beeilen«, fügte sie mit einem Blick auf die Funkkonsole hinzu. »Ich gebe dir nicht viel Zeit für den Ortswechsel.« Mit einem Klick rasteten die Verschlüsse ihrer Stiefel ein, die Bereitschaftleuchte flackerte auf. Mit einem dumpfen, satten Geräusch nahmen sie Kontakt auf. »Marge, du unterstützt mich. Worauf wartet ihr noch? Wir werden diesen Ärschen gleich was vor den Latz knallen. Nehmt eure Positionen ein.« Sie schob sich in den Sitz vor der Konsole, ließ den Gurt einrasten und trieb Beth an, es noch einmal zu versuchen.

Die öffnete erneut einen Kanal zur Revenge. »Dimitri, wenn du nicht wach bist, dann kannst du was erleben!«

»Im Griff«, kam die prompte, aber typisch knappe Antwort.

Beth schien nicht im Geringsten irritiert zu sein. »Bist du irre? Die beschießen uns! Wir haben hier massive technische Probleme, und du hast es im Griff? Halt uns die Mistkerle vom Hals, ist das klar? Jetzt ist es an der Zeit, unsere neuen Waffensysteme und das Hüftgold zu testen, Goggles! Nach deinem Ermessen!«

»Schicke Koordinaten«, kam es zurück, aber der Monitor blieb leer.

»Negativ. Ich sehe nichts, Dimitri. Sende die Daten noch einmal.«

»Warte.«

»Wir haben nicht ewig Zeit, hörst du?«

»Warte.«

Beth verdrehte die Augen. »Goggles, leg einen Zahn zu, verdammt … ah, endlich.«

Zahlen flimmerten über das Display, dann erschien das Bild eines Schiffes.

»Welche Klasse?«, fragte Charlotte und drängte Beth zur Seite.

»D.« Beth deutete auf eine Anzeige. »Neu. War mir bis dato unbekannt.«

In dem Moment fingen erneut die Sirenen von Gouges an zu kreischen. »Dimitri!«, schrie Charlotte. »Ich wiederhole den Befehl von Beth. Nach deinem Ermessen!«

Während Cap noch unentschlossen auf der Leiter stand und darüber nachdachte, welchen Weg er jetzt einschlagen sollte – wieder nach oben in die Kommandozentrale zu Marge oder nach unten ins Labor, so wie Charlotte es ihm befohlen hatte? –, bewegte sich über seinem Kopf eine in den Boden der Kommandozentrale eingelassene Platte. Ein neuer Alarmton begleitete das kratzende Geräusch von sich bewegendem Metall, das sich über die vertikale Verbindung zwischen Brücke und den darunter liegenden Ebenen schob.

»Die Station riegelt die Brücke ab!«, schrie er, und bevor er sich noch überlegen konnte, in welche Richtung er klettern sollte, löste Beth seine Finger vom Geländer und drückte seinen Kopf nach unten. »Hau ab! Wir kommen hier klar!«

Mit einem Krachen rastete die Platte über seinem Kopf ein.

***

Vor seinem Dienstantritt auf Kopernikus hatte Lawrence ein paar Außeneinsätze absolvieren müssen. Bei diesen Weltraumspaziergängen war es nicht darum gegangen, etwas zu reparieren, sondern darum, ein Gefühl für das All und das Jetpack zu entwickeln. Bei seinen ersten beiden

Flügen hatte er sich geradewegs eingenässt, aber es geschafft, dies verborgen zu halten. Wenigstens hatte er nicht gekotzt. Den Plan, Kanai mit einem Gang durchs All zu erreichen, konnte aus diesem Grund sogar er selbst nur als tollkühn bezeichnen.

Gleich nachdem sich die äußere Schleuse geöffnet hatte, stieg Lawrence' Herzfrequenz bis auf die Taktfrequenz eines Electrofloorbeats. Würde Adekunle die medizinischen Daten überwachen, er hätte den Brigadier zurückbeordert, noch bevor Lawrence überhaupt aus der Kamut gesprungen wäre.

Er zwang sich, tief ein- und auszuatmen, und schloss dabei die Augen. Nicht hyperventilieren. Er begann zu schwitzen.

»Anstieg der Körpertemperatur«, meldete sein Anzug prompt.

»Neu-Moskau«, murmelte er vor sich hin. »Neu-Moskau.«

Dann öffnete er die Augen und stieß sich ab.

Solange er sich auf der Station und in Schiffen aufhielt, war alles kein Problem. Die unendliche Weite allerdings, die einem theoretisch die Möglichkeit gab, sich einfach überallhin zu bewegen, bis einem der Sauerstoff ausging, war für ihn der Albtraum schlechthin. Lawrence konzentrierte sich auf die Helmanzeige und ließ den Blick stur auf den Zahlen ruhen. Nach einer Weile teilte ihm die Übersicht das Sinken seiner Körpertemperatur mit, und er fühlte sich ein wenig gelassener. Unter ihm lag die Erde, in all ihrer braunen, staubigen Herrlichkeit, vor ihm lagen Kanai und die Revenge: eine lange Röhre mit Insektenkokons an der einen und einem Zylinder an der anderen Seite, an dem das angedockte Raumschiff zu knabbern schien wie eine hungrige Raupe. Das Ziel war nicht mehr weit entfernt. Lawrence entspannte sich.

»Pilotin Choi an Kommandant Huggins. Alles in Ordnung bei Ihnen, Sir?«

»Huggins an Choi. Alles bestens«, antwortete er demonstrativ gelassen. »Nähere mich dem Hauptkorridor.«

»Sie müssen ein wenig korrigieren, Sir.« Rivera klang vorwurfsvoll. »Sieben Uhr. Sie sind zu weit westlich.«

»Verstanden.« Er aktivierte für zwei Sekunden eine Düse des Jetpacks, und die Positionsnadel des Helmdisplays wanderte. »Korrigiert.«

»Nebenschleuse liegt direkt vor Ihnen«, fuhr die Ingenieurin fort.

»Feuern Sie ein weiteres Mal«, befahl er.

»Jetzt?« Sie klang leicht panisch.

»Der Kurs ist in Ordnung, oder etwa nicht? Sie haben es gerade selbst gesagt.«

Eine Weile herrschte Stille, und Lawrence versuchte zu vermeiden, seinem eigenen Atem zu lauschen, um zu verhindern, dass erneut Panik in ihm aufwallte.

»Verstanden«, erwiderte Rivera zögernd. »Abschuss in zehn –«

Lawrence warf einen Blick nach unten. War das Neu-Moskau? Neben dem, was einst Schweden und Lettland gewesen war?

»Sechs –«

Die Raupe kam langsam näher. Er würde über sie hinwegfliegen und ihr die Zunge herausstrecken. Lawrence grinste breit.

»Drei –«

Die Gesichter von Hallberg und Martinez, wenn er …

»Abschuss!«

Der Brigadier zuckte zusammen. Sein Verstand sagte ihm, dass die Kamut die Raketenflugbahn dergestalt berechnet hatte, dass ihm nach dem Einschlag auf keinen Fall Trümmerteile, deren Geschwindigkeit nicht zu unterschätzen war, in die Quere kommen würden. Außerdem erfolgten weder eine Druckwelle noch ein gigantischer Feuerball. Trotzdem hielt er unsinnigerweise nach etwas Ausschau, was einer Explosion, wie er sie von der Erde kannte, auf die eine oder andere Weise nahekam. Er sah – gar nichts.

»Kommandant Huggins an Rivera. Statusbericht.«

»Leichter Treffer im Kommandomodul. Kein direkter Einschlag, eher etwas, was ich als Streifschuss bezeichnen würde. Sollte keinerlei schwere Schäden verursacht haben, aber trotzdem auf Kanai genug

Aufsehen erregen, sodass Sie ungehindert in die Reparaturschleuse einsteigen können. Ich nehme an, dass es dort drüben momentan piepst, fiept und blinkt, was die Displays hergeben.«

Plötzlich sah Lawrence etwas in hoher Geschwindigkeit auf sich zutreiben. Nein, auf sich zuzischen. Trümmer.

Verdammt. »Rivera! Sehen Sie das?«

»Das wird alles weit entfernt von Ihnen vorbeifliegen, Sir«, sagte sie. »Glauben Sie mir, das werden Sie beobachten können wie einen Meteoritenschauer auf die Erde. Vom gepolsterten Sessel Ihres Büros aus.«

Er war alles andere als beruhigt, denn die Bruchstücke kamen näher. Was vor ein paar Sekunden noch wie Staub- oder Aschepartikel ausgesehen hatte, wurde rasch größer. Lawrence aktivierte die Düsen.

Sofort meldete sich Rivera. »Sir, zünden Sie nicht ohne Grund. Wenn Ihnen vorher der Treibstoff ausgeht –«

»Halten Sie den Mund«, schnappte er atemlos. Eine nicht überschaubare Anzahl trudelnder Teilstücke hielt schnurstracks Kurs auf ihn wie ein Schwarm angriffslustiger Killerbienen. »Gepolsterter Sessel im Büro, ach ja?«

»Anstieg der Körpertemperatur«, meldete der Anzug.

In dem Moment traf ihn das erste, kleinere Trümmerteil und Lawrence geriet sofort ins Trudeln. Seine Hand glitt vom Steuerknüppel des Jetpacks, er verlor komplett die Orientierung. Der nächste Treffer wirbelte ihn um seine eigene Achse. Während er versuchte, die Kontrolle über das Jetpack wiederzuerlangen, zählte ihm sein Anzug in aller Seelenruhe auf, was im Augenblick alles schieflief. Darüber hinweg hörte er Adekunle, der sich aufgeregt über »Vollkörperatmung« und »Kreislaufregulierung« ausließ. Der Mistkerl missachtete seine Anweisungen und überwachte ihn! Das sonst sonore Organ des Nigerianers rutschte dabei eine Quarte höher.

Neu-Moskau, beschwor Lawrence sich. Er musste die Scheißkontrolle wiedererlangen, aber im Augenblick konnte er nicht einmal erkennen, was mit ihm passierte. Die Erde befand sich mal unten, mal oben, mal seitlich; er selbst rotierte wie eine Bowlingkugel, und das Zischen der Atemventile dröhnte in seinen Ohren. Er musste das alles unbedingt in den Griff bekommen; vor der Crew dazustehen wie der letzte Idiot, der in kompletter Panik die Mission versaute, erschien ihm schlimmer, als von einem dieser verfluchten Teile mitten im Gesicht getroffen zu werden. Aber die Leere um ihn herum erschien ihm noch leerer. Die Weite noch weiter. Und ihm wurde übel. Kurz schloss er die Augen und hoffte kindisch darauf, gleich aufzuwachen, um festzustellen, dass er geträumt hatte. Festhalten. Irgendwo festhalten. Und vorher diese Scheißpurzelbäume stoppen.

Die Finger seiner linken Hand fanden den Steuerknüppel, in kurzen Stößen zündete er den Raketenpack des Anzugs. Die Position der Erde schien sich wieder zu stabilisieren, und plötzlich tauchte direkt unter ihm die Hülle der Revenge auf. Da! Ein Wartungsgriff! Lawrence streckte die andere Hand aus, fasste ins Leere, zündete noch einmal, erspähte einen weiteren Bügel, packte zu und schlug gegen einige Ausbuchtungen in der Raumschiffhülle. Die Funktionsanzeigen des Anzugs in seinem Helm leuchteten rot, sein Atem zischte, Schweiß rann ihm übers Gesicht. Langsam beruhigte sich sein Magen.

»Sir? Seoyoung Choi an Kommandant Huggins. Geht es Ihnen gut? Ich wiederhole: Geht es Ihnen gut?«

Lawrence holte tief Luft und checkte die Helmanzeigen. Der Anzug hielt inzwischen den Mund. »Alles bestens.«

»Das war ein Mordsstunt, Sir, das …« Riveras Stimme kippte, und sie kam ins Stocken. »Die Berechnung hatte die Kamut durchgeführt. Ich weiß nicht, was da passiert ist, es …« Erneut brach sie ab.

»Vergessen Sie's«, sagte Lawrence knapp. Er schwor sich, der Ingenieurin nach seiner Rückkehr das Fell gehörig über die Ohren zu ziehen. Erst die Sache im Hangar und nun das. Er würde diese dumme Kuh versetzen lassen. Sobald er Zeit dafür fand.

Lawrence befahl dem Anzug, das klassische Musikstück abzuspielen, mit dem er ihn vor dem Abflug gefüttert hatte. Schon bei den ersten Tönen entspannte er sich.

»Ich kappe jetzt die Verbindung und melde mich nach eigenem Ermessen. Haben Sie das verstanden?«, fragte er seine Crew. »Kontaktieren Sie mich nur im äußersten Notfall.«

Seiner Anweisung folgte Schweigen auf der anderen Seite. Er konnte sich vorstellen, wie sie einander ansahen, wie Rivera mit den Schultern zuckte, Adekunle die Arme verschränkte und Choi schließlich nachgab. Nach einigen Sekunden bestätigte die Pilotin seinen Befehl.

Als akustische Gitarre und Orgel die Stille seines Helms ausfüllten, lächelte Lawrence selig. Eine dunkle, knarzige Männerstimme trug bedeutungsschwanger die Geschichte eines Mannes vor, der herumging und Namen einsammelte. Lawrence verstand den grundlegenden Inhalt der Story nicht, in der Jungfrauen ihre Perücken oder irgendwelche Kerzendochte richteten – da konnte beides gemeint sein – und sich eine goldene Leiter auf die Erde erstreckte, aber ihm gefiel die Vorstellung, dass es jemanden gab, der entschied, wer zu bestrafen war und wer verschont blieb. Jemanden – wie ihn. Während die schnarrende Stimme von Trompeten und Engeln sang, stieß Lawrence sich ab, zündete das Jetpack und steuerte auf die Reparaturschleuse zu. Er sichtete den Einstieg und näherte sich ihm vorsichtig. Der Song erreichte seinen Höhepunkt. Es war von schreienden und weinenden Stimmen die Rede, von einem Wirbelwind, der durch einen Dornbusch fegte. Die Orgel schwoll an.

Lawrence grölte mit.

KURZER PROZESS

Tess versuchte, unsichtbar zu werden. Ihr Körper war ein Lineal, das an der Wand klebte. Neben ihr stand Fenna, lugte um die Ecke und behielt mit erhobener OC den Korridor im Blick.

»Woher wusstest du das mit dem Eingangsterminal?«, fragte Tess nach einer Weile leise.

»Habe ich bei Adekunle gesehen. Arbeitet auf Kopernikus im medizinischen Team. Verkleidung entfernen, in die Kabelgedärme abtauchen. Manuell entriegeln. Nachdem ich ihn mit diesem Winkelschlüssel habe hantieren sehen, wusste ich, dass ich so was auch brauche.«

»Eine solche Türtechnik ist schwachsinnig«, murmelte Tess vorwurfsvoll.

»Wie gesagt: die gleiche wie auf den Stationen. Unser Glück. Deren Pech.«

»Pst!«, machte Louis, der auf der anderen Seite der T-Kreuzung des Korridors Stellung bezogen habt. »Hört Ihr das nicht? Sie kommen.«

Laut Fenna zeigte die Logdatei augenblicklich den unberechtigten Zutritt an. Dafür, dass dieser sofort als akustische Warnung an das Wachpersonal weitergegeben wurde, hatten sich Schwarz' Leute beachtlich viel Zeit gelassen. Zeit, in der Fenna, Louis und Tess eine ordentliche Strecke im Gebäude hatten zurücklegen können.

»Du bleibst immer hinter mir. Immer«, beschwor Fenna Tess. »In gebührendem Abstand. Erst wenn ich dir ein Zeichen gebe, rückst du auf.«

»Wie bisher. Ich habe das doch gut gemacht, oder?«

»Wie ein Profi. Jetzt wird es aber noch wichtiger.«

Gegen Tess' Brust drückte etwas Bleiernes, das Atmen fiel ihr kurzzeitig schwer. Waffen, Patronen. Fliegende Kugeln. Kugeln, die in Körper eindrangen, sie zerfetzten, sie …

»Eichhörnchen!« Louis machte das Victory-Zeichen. »Wir schaffen das.«

Das Stampfen von Absätzen wurde lauter. Unüberhörbar jetzt.

»Wie viele, schätzt du?«, fragte Louis.

»Acht. Unter Umständen auch nur sechs oder weniger. Ist aus der Entfernung schwer zu sagen«, antwortete Fenna.

»Stiefel?«, wisperte Tess mit zitternder Stimme.

»Nein, Schätzchen. Typen.«

Ohne Vorwarnung rannte Fenna los, feuerte eine Salve auf die in Sichtweite gekommenen Gestalten in schwarzer Kampfuniform ab und verschwand aus Tess' Sichtbereich. Hatte sie das Zeichen gegeben? Tess beschloss, zumindest bis zur nächsten Ecke zu rennen, was ihre Beine hergaben. Sie startete, glitt aus, wurde am Arm gepackt, von Louis einige Meter wie ein erlegtes Tier über den rutschigen Boden gezogen, rappelte sich dann auf, und beide rannten weiter. Kugeln zischten durch den Korridor. Louis deutete zu einer offen stehenden Tür, und Tess schlug einen Haken, knallte beinahe erneut hin und brachte sich in dem dahinter liegenden Raum in Sicherheit, während Fenna aus der Deckung kroch und ihnen Feuerschutz gab.

Tess kauerte am Türrahmen und sah um sich herum Kugeln einschlagen. Fenna rollte über den Boden, pumpte eine weitere Salve in die schwarze Menge und huschte in den gegenüberliegenden Gang. Einer der Schwarzen taumelte gegen die Korridorwand und hinterließ eine hellrote Spur, als er daran herabsank.

»Bleib hier, Tess«, befahl Louis noch, dann rannte auch er in den Flur zurück.

Neben ihm wurde eine Wandverkleidung regelrecht geschreddert, als ein Wachposten auf ihn schoss, und brüllend schnellte Louis vorwärts. Eine Patrone nach der anderen verließ den Lauf seiner OC. Eine Frau in Schwarz stolperte rückwärts, als mehrere Kugeln sie mitten in die Brust trafen, sie riss einen Kollegen mit, als sie hinschlug. Fenna war bereits wieder auf den Beinen und erledigte den Dritten, an den sich die sterbende Frau geklammert hielt, der feuerte wild um sich, die Schüsse trafen die

Decke und ließen Betonteile auf sie herabregnen. Gestein prasselte auf den Boden.

Tess konnte sie nicht bewegen. Wenn Fenna ihr jetzt das Zeichen geben würde – sie könnte keinen Muskel rühren. Eine zweite Frau in Schwarz, die vierte des Sicherheitsteams, sprang kühn aus der Deckung eines Seitengangs, wurde von Louis getroffen und fiel. Verrenkt blieb sie liegen. Der fünfte und letzte Mann, der mitten im Korridor kauerte, kroch langsam nach hinten. Wie hypnotisiert sah Tess zu, wie er seine Waffe von sich schleuderte, als er Fenna und Louis auf sich zurennen sah. Es war plötzlich sehr still, so still, dass Tess meinte, ihren Herzschlag könne man bis zum Camp hören. Der Mann starrte Fenna an, die mit erhobener OC auf ihn zukam, schlug die Augen nieder und hob langsam die Arme.

Fenna steckte die Waffe in das Holster. »Verschwinde!«

Er runzelte erst verständnislos die Stirn und erhob sich endlich schwerfällig. Dann, ein unheilvolles Krachen und Knarzen von oben, mit einem ohrenbetäubenden Lärm gaben erneut Teile der Decke nach, und die Gesteinsbrocken begruben die drei unter sich. Eine Staubwolke schob sich langsam durch den Korridor.

»Fenna?« Der Name wollte Tess kaum über die Lippen kommen. »Louis?«

Nach einer halben Ewigkeit der Stille kamen die zwei wie eine Fata Morgana auf sie zu. Verdreckt, mit blutigen Kratzern auf Gesicht und Armen.

»Eichhörnchen«, krächzte Louis und kniete vor ihr. »Alles paletti?«

Tess zog den Rotz hoch, nickte heftig und schlang dann die Arme um seinen Hals. Über seine Schulter sah sie Fenna an, die ihr aufmunternd zulächelte.

Louis drehte den Kopf. »Heilige Scheiße«, murmelte er. »Mir ist eben klar geworden, was Cap in dir sieht, Irokesin. Verdammt gute Teamarbeit.«

Sie klopfte ihm auf die Schulter. »Dito. Ich habe Rekruten erlebt, die ihre OC angefasst haben wie ein Stück dreckige Unterwäsche.«

»Dreckige Unterwäsche wird Schwarz gleich haben«, grinste Louis schwach. »Machen wir, dass wir weiterkommen.«

***

Nachdem der Druckausgleich stattgefunden hatte, nahm Lawrence den Helm ab, löste die Handschuhe und befreite sich vom Jetpack. In der Schwerelosigkeit stieg er aus dem Anzug. Da er keine Halterung fand, ließ er einfach alles schweben und konzentrierte sich auf das, was kommen würde. Die Munition befand sich noch in den Beintaschen, dort, wo er sie vor dem Anlegen des Anzugs in seinen eng anliegenden Overall gesteckt hatte; die OC war einsatzbereit. Lawrence öffnete die innere Schleuse der Station.

Während sie langsam aufglitt, schärfte er sich ein, in der Schwerelosigkeit nicht zu feuern. Den Lauf einer Waffe betrachtete er als die Verlängerung seines Arms, weswegen die Möglichkeit bestand, dass er unwillkürlich abdrückte und erst danach über die Sicherheitsrisiken in einer Null-G-Situation nachdachte. Wohin würde ihn der Rückstoß treiben? Nicht berechenbare Aktionen hatte er in den letzten Minuten genug erlebt. Vorsichtshalber überprüfte er noch einmal, ob die OC fest im Holster saß. Dann stieß er sich ab und schwebte in den leeren Hauptkorridor.

Rivera hatte äußerst wenig Informationen über Kanai in den Datenbanken finden können. Die Archivierung von technischen Spezifikationen einer Station, die als verloren und komplett überholt galt, ein Relikt aus alten Tagen, hielt man offensichtlich für unnötig. Zumindest wusste Lawrence, wohin er treiben musste, um zum Kommandomodul zu gelangen, wo er nicht nur Hallberg und Martinez vorzufinden hoffte, sondern auch die Schwerkraft.

»Geschmacklos. Außen wie innen«, knurrte er, als er an Kabelsträngen vorbeiflog, die sich die Wand entlangzogen. »Was für ein Müllhaufen!«

Die Hauptmodulverbindungstür ließ sich ohne Weiteres öffnen, und Lawrence schwebte hinein. Augenblicklich kroch die Schwerkraft in seine Glieder, und er seufzte erleichtert auf, als seine Schuhe den Boden berührten. Das Licht war ausgefallen, die Notbeleuchtung tauchte den nächsten Raum in einen grünen Schimmer. Arbeitsplatten, Stühle und ein großer Tisch in der Mitte deuteten darauf hin, dass er in der Messe stand. Eine Reihe roter Lampen blinkte neben einem Terminal. Anzunehmen, dass jemand den nervigen Warnton deaktiviert, den Alarm an sich aber nicht abgeschaltet hatte. Einige benutzte Teller standen herum, offensichtlich hatte man das Essen nicht weggeräumt. Müllhalde, dachte Lawrence erneut herablassend. Eine bunt bemalte Wand entlockte ihm ein abfälliges Schnauben. Dann entdeckte er etwas weitaus Bedeutsameres und ging einige Schritte vorwärts. Eine Jacke hing über der Lehne eines modernen Schwingers, der einen Tick zu avantgardistisch für eine im Verfall begriffene Station war. Als Nächstes blieb sein Blick an der Tischplatte kleben. »›Die Gesetze der Natur und der Vernunft verbieten alle Handlungen, die der Gesellschaft schädlich sein können‹«, las er stirnrunzelnd.

Und dann verstand er. Kanai war schon besetzt gewesen, bevor die Revenge angedockt hatte.

Verdammter Mist! Er griff nach der OC und aktivierte den Silencer. Gerade rechtzeitig, denn aus dem Nebenraum näherten sich hastige Schritte. Fast gewichtslos, kurzer Abstand. Eine Frau, dachte Lawrence, mit Sicherheit schlank. Er ließ sich auf den Boden gleiten, robbte geräuschlos unter den Tisch und nahm eine bequeme Seitenlage ein, aus der er zielen und schießen konnte. Endlich wieder im Einsatz.

Weiße Sneaker, die im Licht der Notlampen grün schimmerten, erschienen auf der Bildfläche. Blieben stehen, liefen eilig weiter Richtung Interkom. Eng an den Boden gepresst drehte Lawrence den Kopf, spähte zwischen den Stuhlbeinen hindurch und rollte dann auf seine andere Seite. Jeans, schlanke Beine. Sein Blick wanderte höher. Ein Labormantel. Offenes Haar, das weit über die Schulterblätter reichte. Mehr konnte er nicht erkennen, aber das genügte. Nicht Martinez. Lawrence senkte die Waffe nur kurz, um durchzuatmen. Er hatte sich schon entschieden. Kein Risiko. Kurzer Prozess. Er war der Jemand, der entschied, wer überleben durfte und wer sterben sollte. Er sammelte die Namen ein.

Er manövrierte sich leise in Schussposition, holte noch einmal bewusst Luft, zielte auf den Hinterkopf der Frau – und drückte ab.

HIGH NOON

Svenja hatte ihm versichert, dass es sich bei der Versiegelung der Brücke um eine Fehlfunktion handele, die Charlotte von der Kommandozentrale aus schnell beheben könne. Auch war das Interkom im Labor ausgefallen, der letzte Treffer musste einige Steuerungseinheiten der Gouges kräftig durcheinandergeschüttelt haben.

»War sie in Panik?«, fragte die Meeresbiologin ihn.

»Wer? Charlotte?« Cap schüttelte den Kopf. »Sie sah nicht beunruhigt aus. Also nicht mehr als in der letzten Stunde.«

Er konnte sich inzwischen vorstellen, dass Charlotte emotional zu erreichen war. Sie wirkte zwar einfühlsam wie ein Saugroboter, aber das war die Show einer souveränen Spezialistin, davon war er mittlerweile überzeugt. In ihrer Aufgabe als Kommandantin agierte sie kompetent.

»Sie bekommt das hin.« Svenja gab sich optimistisch. »Außerdem wird euer Verfolger sich jetzt auf die Revenge konzentrieren. Wir sollten das alles ausblenden und uns hier um den Tank kümmern. Ich meine, was bleibt uns anderes übrig? Ich habe Angst, dass er beim nächsten Treffer Schaden nimmt, und das darf auf keinen Fall passieren.« Sie zeigte auf einige feine Risse, die sich über die Außenhaut des Gefäßes zogen. »Mit was könnten wir das stabilisieren? Ich frage mal Bronwen.«

Erst jetzt bemerkten sie, dass weder die Technik noch Hedda noch die Brücke erreichbar war. Zumindest nicht vom Labor aus. Woraufhin Svenja mit fliegenden Laborschößen Richtung Messe sprintete, um es von dort zu probieren.

Svenjas Quallen bei ihrem eleganten Tanz zu beobachten wirkte selbst in dieser angespannten Lage verblüffend sedativ auf Cap. Das rhythmische Zusammenziehen ihrer Muskeln, das Schließen und Öffnen der elastischen Schirme – laut Svenja ein äußerst effektiver Rückstoßantrieb, den es lohnte, näher zu untersuchen und bionisch abzubilden – ließen ihn für einige Sekunden vergessen, dass auch im Labor die grüne Notbeleuchtung flimmerte, ab und zu ein Rucken durch die Station ging und rote Lämpchen bekräftigten, dass etwas ganz und gar nicht stimmte.

Die Station vibrierte erneut, entweder durch den Abschuss der Impulskanonen, die die Revenge auf Huggins feuerte, oder Gouges wurde bombardiert. Cap sah auf die Zeitanzeige eines medizinischen Monitors. Schon fünf Minuten vergangen. Zu lange für ein kurzes Nachfragen bei Bronwen. Svenja hätte längst zurück sein sollen.

Cap trat an die Tür zum Verbindungselement zwischen den Stationsebenen, blieb jedoch außer Reichweite des Öffnungssensors und lauschte. Dann schüttelte er den Kopf. Unsinn. Als er sich gerade abwenden wollte, hörte er durch die geschlossene Tür, wie sich der Eingang zur Messe zischend öffnete – und wieder schloss. Daraufhin: Stille.

Hier stimmte etwas definitiv nicht.

Unwillkürlich drehte sich Cap auf der Suche nach Deckung im Labor um. Noch während er überlegte, wo zum Henker er Schutz suchen könnte, schoss ihm durch den Kopf, dass es im Grunde idiotisch war zu vermuten, Huggins könne unbemerkt auf die Station gelangt sein. Auf der anderen Seite: Spielten nicht gerade die Sensoren verrückt? Die Brücke war von den anderen Ebenen abgeschnitten, die interne Kommunikation arbeitete nicht, die lebenserhaltenden Systeme jedoch schon. Zufall oder Vorsatz? Ein Ablenkungsmanöver? Er dachte an Beths Bemerkung auf der Brücke. Sie hatte auch vermutet, dass irgendetwas nicht stimmte, war aber von Charlotte ausgebremst worden.

Wieder versuchte er, Larissa zu erreichen. Konzentrierte sich auf die Region seines Hirns, die er nicht benennen konnte, versuchte, die trappelnden Ameisenfüße zu evozieren, die eine Transmission ankündigten, versuchte, irgendetwas zu senden oder zu empfangen. Nichts.

Er eilte seitlich am Tank vorbei und quetschte sich dahinter, stand eingeklemmt zwischen Quallen und hinterer Wand, hatte aber durch das Aquarium hindurch eine gute, wenn auch verzerrte Sicht auf den Raum. Als die Labortür plötzlich aufglitt, wurde ihm unversehens klar, dass, wer auch immer nun eintrat, auch ihn durch das Wasser wahrnahm. Nun war es zu spät, die Position zu ändern. Es gab kein Regal, unter das er kriechen, keinen Schrank, in den er sich zurückziehen konnte, seine OC hatte er natürlich auch nicht bei sich, wozu auch? Um Charlotte damit eins überzubraten, wenn sie mal wieder auf stur schaltete? Er war eingekeilt und hätte sich ohrfeigen können.

In seiner Verzweiflung spähte Cap nach oben. Der Tank war abgeflacht und ließ zwischen Decke und Abschluss gerade noch so viel Platz, dass er sich drauflegen könnte. Kurz schloss er hilflos die Augen. Dann sah er den verzerrten Schemen eines breit gebauten, bulligen Mannes mit kahl rasiertem Schädel, der mit vorgehaltener Waffe unter die Arbeitstische lugte.

Huggins. Seine schlimmsten Befürchtungen waren wahr geworden.

Eingekeilt, natürlich! Plötzlich nahm der Ausweg Gestalt an, auch wenn ihm diese eine Fratze schnitt, denn die Idee war einfach nur hirnrissig. Aber ohne eine Waffe in der Hand: momentan alternativlos. Cap drückte sich, so fest er konnte, mit dem Rücken gegen die Wand und stemmte die linke Sohle seines Stiefels flach gegen die Außenhülle des Tanks. Tess würde sich totlachen, dachte er, während er das Gewicht auf den Rücken verlagerte, die Handflächen wie Saugnäpfe an die Wandverkleidung legte, den rechten Fuß vom Boden abhob und neben den linken setzte. Trotz seines Rekrutentrainings in den vergangenen Wochen erforderte allein diese Bewegung mehr Muskelkraft von ihm, als Cap für den gesamten Aufstieg kalkuliert hatte. Vorsichtig bewegte er beide Füße weiter nach oben und beobachtete dabei Huggins, wie er Arbeitstisch für Arbeitstisch inspizierte, den Tank jedoch offensichtlich als gefahrlos einstufte, denn er ließ ihn links liegen. Stück für Stück wanderten Caps Füße an der Tankhülle empor, Stück für Stück rutschte er mit dem Rücken nach,

Stück für Stück unterstützten seine Handflächen die Bewegung. Seine Oberschenkelmuskulatur fing an zu zittern, die Angst, ein Geräusch zu machen, nahm ihm fast den Atem. Lange hielt er das nicht durch. Nicht abrutschen, beschwor er sich, jetzt nur nicht abrutschen. Außerdem musste er sich überlegen, was er tat, wäre er erst einmal oben angekommen.

***

Lawrence hatte sich nicht die Mühe gemacht, sein Opfer beiseitezuschaffen, sondern hatte die Frau einfach liegen lassen. Von ihrem blassen Teint war nicht mehr viel übrig, die OC hatte ihre Wirkung eindrucksvoll entfaltet und eine einzigartige Sauerei hinterlassen.

Ihr gertenschlanker Körper war in sich zusammengesunken und fast geräuschlos zu Boden geglitten, und Lawrence beglückwünschte sich zum reibungslosen Ablauf des zweiten Teils der Mission. Ja, er war derjenige, der die Namen aufschrieb und richtete.

Mit vorgehaltener Waffe betrat er einen kleinen Zwischenraum, richtete die OC kurz auf die Leiter in dessen Mitte, die nach unten und oben führte, kontrollierte die Umgebung. Niemand zu sehen. Da die Leiter aufsteigend an einer Metallplatte endete und vom unteren Deck kein Geräusch zu hören war, beschloss Lawrence, sich erst dem Raum zu widmen, der hinter der Tür gegenüber der Messe lag.

Die glitt zischend auf. Adrenalin schoss durch seine Adern, während Lawrence sich an den offenen Rahmen drückte. Kein Deckungstrupp, der ihm mit Sperrfeuer beistand, kein Sprengtrupp, der äußere Hindernisse aus dem Weg räumte. Er war sein eigener Sturmtrupp, der Kommandierende ohne Gefolgsleute. Und er allein entschied, wer befreit und wer beschuldigt werden würde. Die Liedzeile wollte ihm nicht mehr aus dem Hirn gehen.

Lawrence spähte um die Ecke, und wie magisch angezogen machte er zwei Schritte auf den großen, mit Wasser gefüllten Tank zu, in dem Quallen drifteten. Der Anblick brachte ihn vorübergehend aus dem Konzept. Dann kam ihm seine eigene Direktive wieder in den Sinn, und er begann, die Arbeitstische zu inspizieren, die links und rechts an der Wand standen. Die Chance, dass die Blonde mit dem Krater im Hinterkopf hier allein gearbeitet hatte, war zwar äußerst hoch, trotzdem widmete sich Lawrence jedem einzelnen Tisch mit Sorgfalt.

Schließlich entspannte er sich. Ließ die Waffe sinken, nahm den Finger jedoch nicht vom Abzug. Dieser Tank … Wie hypnotisiert schritt Lawrence langsam auf ihn zu.

***

Zum wiederholten Mal hatte Cap erfolglos versucht, Larissa zu erreichen. Es war nicht zu fassen, dass ausgerechnet jetzt die Fähigkeit komplett versagte, die er so dringend benötigte, um auf sich aufmerksam zu machen und Hilfe zu rufen. Inzwischen zitterten seine malträtierten Oberschenkel derart, dass er fürchtete, in den nächsten Sekunden entweder abzurutschen oder vor Schmerzen hörbar zu stöhnen. Von seiner Rückenmuskulatur ganz zu schweigen.

Lawrence kam näher. Scheiße, er ging direkt auf den Tank zu! Cap spähte nach oben, und obwohl es nicht mehr weit bis zur Decke war, kam ihm die Strecke endlos vor. Der Brigadier stand jetzt vor dem Aquarium. Starrte hinein. Hob nicht den Kopf. Cap konnte es nicht fassen. Dieser Idiot glotzte einfach nur geradeaus! In diesem Augenblick kamen Cap die Quallen, die Huggins mit den graziösen Fangarmbewegungen direkt vor seiner Nase davon abhielten, den Kopf in den Nacken zu legen, derart clever vor, dass ihm allein die Vorstellung, sie könnten einmal hübsch angerichtet auf seinem Teller liegen, schon pervers erschien.

Als sich der Brigadier in Bewegung setzte, um den Tank zu umrunden, hatte Cap das schier unstillbare Verlangen, ihn anzubrüllen oder zu bespucken. Sollte er sich einfach auf ihn fallen lassen, wenn er unter ihm stand? Davor würde Huggins ihn jedoch entdeckt haben. Er musste Zeit gewinnen, verdammt. Und der Brigadier musste weg vom Tank. Die Idee, ihn nicht direkt an der Tür anzugreifen, sondern sich zurückzuziehen und auf eine kräftezehrende Klettertour zu begeben, kam Cap noch hirnverbrannter vor als vorher.

Dann fiel sein Blick auf das Andenken seines Großvaters. Die Zeiger standen wie gewohnt still. Vorsichtig löste er eine Hand von der Wandverkleidung, übte noch mehr Druck mit dem Rücken und den Beinen aus und fing an, am Verschluss der Armbanduhr zu nesteln.

***

Lawrence überlegte, wann er diese Spezies das letzte Mal als anmutig und schön betrachtet hatte. Quallen waren zum Ungeziefer der Meere geworden, aber hier, in diesem monströsen Tank, wirkte ihre geschmeidige Wendigkeit derart hypnotisch auf ihn, dass er kaum den Blick abwenden konnte. Er kam erst wieder zu sich, als ein metallenes Klacken in seinem Rücken ihn instinktiv herumfahren ließ. Sein Finger berührte den Abzug, die OC stieß im Silencermodus das ihr eigene röchelnde »Fump« aus, und die Patrone schlug nahe einem silbernen Objekt ein, das über den Laborboden schlitterte. Der Brigadier erkannte es sofort – und ein geräuschvolles Klatschen von Stiefelsohlen sowie ein nachfolgender stechender Schmerz in der Nierengegend, der ihm wie ein Blitz in die Schulter fuhr, bestätigten seinen Verdacht.

»Hallberg!«, spuckte er atemlos aus und ging in die Knie.

Die OC wurde ihm aus der Hand gekickt und rutschte Richtung Tür. Als Hallberg an ihm vorbeihechtete, warf sich Lawrence ebenfalls nach vorn. Er erwischte seinen ehemaligen Rekruten am Knöchel und zog daran. Der hochgewachsene Deutsche schlug der Länge nach hin, seine Finger aber schienen wie Saugnäpfe mit dem Boden verwachsen zu sein, er trat nach Lawrence und zog sich gleichzeitig nach vorn. Der Brigadier aber bekam seine linke Wade zu fassen, zerrte ihn zu sich, hechtete über ihn und griff nach der OC.

Fast zärtlich legte er den Finger auf den Scanner und registrierte das Aufleuchten der Bereitschaft mit einem sanften Nicken. Dann schleuderte er sich herum und pumpte blind drei Kugeln in Richtung seines Gegners.

***

Der Überlebensmodus übernahm die Oberhand, und blitzschnell rollte Cap aus der Schussbahn. Die Patronen schlugen nur wenige Zentimeter neben ihm ein und hinterließen kleine Krater im Laborboden. Aus dem Liegen heraus kickte er Lawrence in den Magen. Der stöhnte, vergaß abzudrücken, woraufhin ihm Cap im Sitzen die Handfläche hart gegen den Brustkorb stieß. Der Schlag drückte Huggins nicht nur die Luft aus dem Thorax, sondern schleuderte seinen Oberkörper gegen einen Stuhl. Cap hatte gehofft, ihm erneut die Waffe abnehmen zu können, aber der Brigadier hielt sie fest umklammert. Auf diese Weise kam er gegen die Dogge nicht an. Zeit, er brauchte mehr Zeit. Cap schnellte hoch, ignorierte seine brüllenden Oberschenkel, griff nach dem Hocker am gegenüberliegenden Arbeitstisch und schleuderte ihn auf Huggins. Zwei Sekunden später war er schon auf dem Weg Richtung Messe, beugte sich kurz über das Geländer des Verbindungstunnels, schrie Heddas und Larissas Namen, nahm resigniert zur Kenntnis, dass ihm niemand antwortete, jagte weiter, wäre fast über Svenjas Leiche gestolpert, registrierte entsetzt das klaffende Loch in ihrem Schädel, stieg benommen über sie hinweg, schlug mit der Hand auf das Interkom der Kantine und bemerkte fluchend, dass diese Verbindung ebenfalls ausgefallen war. Scheiße! Kurz entschlossen öffnete er die Tür zum Hauptkorridor. Das Kom bei der großen Schleuse. Wenn er Glück hatte, funktionierte das noch. Ein letztes Mal konzentrierte er sich und sandte einen Hilferuf an Larissa. Lang, anhaltend, verzweifelt.

Als er in den Gang hinaus schwebte, hörte er hinter sich Huggins hysterisch lachen.

***

Meine Güte, das war zu drollig! Dachte Hallberg etwa, ihm in der Schwerelosigkeit entkommen zu können? Lawrence gluckste immer noch, als er sich abstieß. Im Zickzackkurs glitt der Deutsche vor ihm hin und her, was den Brigadier überaus amüsierte. Wollte er ihn abhängen, indem er einen Fisch imitierte? Aber Moment, was tat er jetzt? Mit der einen Hand hielt er sich an einem Griff fest, während er mit der anderen ein Terminal bediente. Lawrence' Arm mit der OC in der Hand bewegte sich gestreckt nach vorn. Wie ein Pfeil flog er auf Hallberg zu. Das Ziel direkt vor Augen. Perfekt. Abdrücken. Jetzt. Er konnte nicht verfehlen. Die Kugel würde sich in Hallbergs Gehirn bohren und seinen schlaffen Körper herumwirbeln lassen wie ein Blatt im Wind.

Dann verschwand der Deutsche vor seinen Augen. Ein Nebengang? Warum war ihm der vorhin nicht aufgefallen?

Lawrence verringerte sein Tempo, indem er sich an der Wand entlanggleiten ließ, bis er vor dem Terminal, an dem Hallberg herumgefingert hatte, zum Halten kam. Tatsächlich. Eine weitere Nebenschleuse. Der innere Zugang stand nun offen. Und drinnen schwebte sein ehemaliger Rekrut mit einem panischen Ausdruck im Gesicht, als ob ihm erst jetzt aufgegangen wäre, in was für eine Scheiße er sich hineingeritten hatte.

Lawrence lachte. »High Noon oder was?«

Hallberg sah sich kopflos um. »Ich habe ehrlich gesagt keine Ahnung, von was Sie reden«, entgegnete er mit bebender Stimme.

»Nun.« Lawrence machte eine ausladende Handbewegung. »Sie scheinen sich in eine Sackgasse manövriert zu haben. Wirklich idiotisch. Und ich bin der mit der Wumme in der Hand.«

Mit einem Schlag änderte sich die Miene des jungen Mannes. »Es steht noch nicht fest, wer hier wirklich der Dumme ist«, erwiderte Hallberg plötzlich siegessicher und lächelte. Dann fügte er ein akzentuiertes »Sir« hinzu, und sein Grinsen wurde breiter.

Noch bevor Lawrence begriff, dass er in eine Falle gelaufen war, wurde sein Kopf nach links geschleudert, alles verschwamm vor seinen Augen, als Nächstes trudelte sein Kopf nach rechts, stieß mit der Schleusenwand zusammen, härter und schmerzhafter, als er erwartet hatte – und seine Sicht verblasste.

***

»Er kommt zu sich.« Larissa klammerte sich in der Schwerelosigkeit an Cap fest.

Gemeinsam beobachteten sie durch das Bullauge der inneren Schleusentür, wie Huggins langsam das Bewusstsein wiedererlangte. Im Raum schwebend hielt er sich den Kopf, durch seine Finger sickerte Blut, das in feinen Tröpfchen in der Null-G-Zone tanzte.

»Platzwunde?«, fragte Cap.

»Mir scheißegal. Könnte von mir aus auch ein Schädelbasisbruch sein.«

»So hart hast du aber gar nicht zugeschlagen.«

»Meinst du. Ich wusste ja nicht, mit was ich zu rechnen hatte. Deine Angaben waren etwas nebulös, das meiste kam nur verstümmelt bei mir an. Und du hattest verdammtes Glück, dass ich gerade in Heddas Quartier war, um ihre zweite Notfallausrüstung zu holen, sonst wäre ich auf der falschen Seite der Station gewesen und gar nicht erst an euch vorbeigekommen.« Sie grinste, wurde aber sofort wieder ernst. »Was machen wir jetzt mit ihm?«

»Warten, bis Hedda mit dem Sedativum kommt.«

Mit rudernden Armbewegungen versuchte sich der Brigadier, in eine stabile Lage zu bringen. Der rechte Ärmel seines Overalls blieb an einem Schalter hängen, verzweifelt versuchte er, sich zu befreien.

»Verflucht, was macht dieser Idiot da?«, stieß Cap hervor. »Der wird noch den Druckausgleich einleiten, wenn er blind auf alles hämmert.« Mit beiden Fäusten schlug er warnend gegen das Bullauge.

Plötzlich begann im Schleuseninneren ein rotes Licht zu pochen wie ein Pulsschlag. Gehetzt schaute der Brigadier zur Anzeige zu seiner Rechten, schien jedoch nicht zu begreifen, was passierte.

»Scheiße«, flüsterte Larissa. »Er hat keinen Anzug an, ich meine, wenn er da … verstehst du, er ist die größte Arschgeige, die ich kenne, aber ich …«

Cap verstand. Schon Hong hatte sich mit einem überstürzten Abgang aus der Verantwortung gezogen – das sollte nicht noch einmal passieren.

»Kann man den Vorgang von hier aus deaktivieren?«, fragte er.

»Woher soll ich das wissen? Ich bin doch auch gerade erst auf dieser Blechdose angekommen.«

»Huggins«, brüllte Cap, obwohl er genau wusste, dass er ihn durch die Tür nicht hören konnte. »Huggins!« Larissas Pferdeschwanz schwebte ihm vor den Augen, und er schob ihn zur Seite. »Wie lange, bis die äußere Schleusentür aufgeht?«

»Ich. Weiß. Es. Nicht!«, antwortete Larissa abgehackt. »Wo bleibt Hedda, verdammt?«

***

Sein Kopf dröhnte. Wie durch Watte hörte Lawrence eine Sirene, gedämpft, fast singend. Dann eine Stimme. Eine Frauenstimme. Angenehm. Einlullend. Er verstand nicht, was sie sagte. Irgendetwas mit Zahlen, sie zählte herunter, warum tat sie das? Lawrence versuchte, sich zu konzentrieren, aber der pochende Schmerz hinter seiner Schläfe ließ es nicht zu.

»– in zehn Sekunden«, säuselte die weibliche Stimme.

Was passierte in zehn Sekunden?

Er drehte sich um die eigene Achse, sah Blutstropfen im Raum schweben, erfasste undeutlich, dass sie von ihm stammen mussten. Sah zwei Augenpaare, die ihn durch eine Scheibe fixierten. Hallberg! Und … Martinez? Wo kam die denn her? Warum waren diese Verräter draußen und er nicht? Sie gestikulierten wild. Klopften an die Scheibe.

»– in fünf Sekunden.«

Plötzlich kam die Erinnerung bruchstückhaft zurück. Hallberg in der Schleuse. Dieses vorgetäuschte Stottern, die gespielte Panik, dann das seltsam freundliche Lächeln, dieses überhebliche Grinsen, danach der Schlag auf den Hinterkopf.

»– in zwei Sekunden.«

Und dann bekam er plötzlich keine Luft mehr. Huggins riss die Augen auf, ruderte wie wild, näherte sich langsam dem Terminal. Jetzt verstand er. Der Countdown hallte höhnisch in seinen Ohren. Er lachte ihn aus. Furchtbar deutlich sah er, wie die Zahl Eins auf dem Display verblasste und in Zeitlupe der Null Platz machte. Mit dem Zeigefinger trommelte er auf die Abbruchtaste. Immer und immer wieder.

»Druckausgleich erreicht. Schleuse öffnet sich.«

Seine Hände griffen ins Leere, als er hinausgesogen wurde. Augenblicklich fühlte er sich, als ob man ihn in ein gigantisches Kühlaggregat gepackt hätte, seine Lungen schienen platzen zu wollen. In einem letzten Aufflackern von Bewusstsein nahm er die Erde unter sich wahr. Neu-Moskau. Lag dort Neu-Moskau? Dann schossen ihm die abschließenden Zeilen des alten Songs durch die nur noch müde arbeitenden Neuronen. Von einem fahlen Pferd war die Rede, dessen Reiter den Namen Tod trug.

Was für ein Bullenmist, dachte er noch. Das ist gründlich schiefgelaufen.

ÜBERLEBEN

Cap starrte Löcher in die Wandverkleidung. Im Schneidersitz saß er auf seinem Bett und schwieg. Ihm gegenüber rutschte Larissa mit der ihr eigenen Unruhe auf dem Stuhl herum.

»Jetzt sag was«, bat sie zum dritten Mal. »Michael und Nia wollen wissen, was Sache ist.«

Ihre Freunde hatten Kopernikus übernommen. Seit gestern war es offiziell. Die NH hielt sich bis jetzt mit einer Einschätzung der Lage zurück, auch weil Liz Kreissler tatsächlich die Fronten gewechselt und daraufhin Anisja Beljajew ihres Amtes als Kommandantin enthoben hatte. Eine unvorhersehbare Entwicklung, die Cap noch nicht verdauen konnte.

»Warum hat Michael zugelassen, dass sie Beljajew beerbt?«, murmelte er mehr zu sich selbst. »Das Risiko ist sehr hoch, oder etwa nicht?«

»Entschuldige, aber fragt mich das derjenige, der vorhatte, mit CropUniverse zusammenzuarbeiten?«

Cap streckte die Beine aus und seufzte. In den letzten zwei Tagen hatte er sich, was die weitere Planung anging, zurückgenommen und seinen eigenen Platz in der Szenerie des Neuanfangs beleuchtet. Wo stand er, und wo wollte er hin? Die Sache mit Svenja war ihm an die Nieren gegangen. Obwohl ihm fast alle auf Gouges bestätigten, dass er am Tod der Biologin keine Schuld trug, konnte er das Gefühl nicht abschütteln, dass er einen Teil dazu beigetragen hatte. Defensiv statt aggressiv. Zaudernd statt beherzt. Er hatte sich versteckt, statt Huggins sofort zu konfrontieren. Die Einzige, die ihm in der Hinsicht voll und ganz zustimmte, war Charlotte. Hedda hatte Cap in den letzten Stunden sicherlich zehnmal versichert, dass Svenja sofort tot gewesen sei und sie ihre Kollegin nicht mehr hätte retten können, auch wenn sie postwendend von ihm gerufen worden wäre.

»– Nia mit Hedda zusammenarbeiten, um die Sache mit der Vergiftung noch ein wenig näher zu untersuchen.«

»Bitte?« Cap hatte nicht zugehört.

Larissa runzelte die Stirn. »Die beiden wollen sich unsere Amygdalae genauer ansehen.«

»Warum? Die Sache ist doch erledigt. Ich kann dich nicht mehr hören und du mich auch nicht.«

»Nia denkt, dass sie noch etwas herauslesen könnte.«

»Herauslesen. Aha. Und wozu?«, fragte Cap, obwohl er genau wusste, weshalb. Die Idee, Transmissionen als permanente Fähigkeit in Personen zu installieren, um sie während eines speziellen Einsatzes oder eines Gefechtes bewusst einzuschalten, behagte ihm jedoch nicht.

»Und was Kreissler angeht«, redete Larissa weiter, »ich glaube, sie hat sich überlegt, dass die Seite, auf der ihr Herzbube steht, nicht die falsche sein kann.« Sie grinste.

»Äußerst amüsant«, brummte Cap.

»Wetten, sie überreicht dem siegreichen Campjungen einen weiteren Truthahn?«

»Lass gut sein, bitte«, stöhnte er.

»Michael lässt Kreissler nicht aus den Augen. Nia hat erwähnt, sie sei stinksauer darüber, dass SpaceSeed Huggins' kopflose Operation einfach ungeprüft abnickte und zudem billigte, dass er ohne die Einwilligung der Firma Seoyoung Choi mitnahm. Die sitzt übrigens, genauso wie Rivera und Adekunle, beaufsichtigt in ihrem Quartier und schmollt. Kaum zu fassen, aber die Frau war unserer Arschgeige aus tiefstem Herzen ergeben. Und Ludd hat in seiner Arrestzelle aufgehört zu zetern. Ich mutmaße, dass er sich bei uns lieb Kind machen will.«

»Da kann er lange warten«, murmelte Cap.

Als es an der Quartiertür summte, stand Larissa auf, als ob sie vorhabe zu gehen. »Wann soll ich Michael sagen, dass wir auf Kopernikus anrücken? Wie viel Zeit brauchst du?«

»Warte noch«, antwortete er und rief: »Herein!«, froh um die Ablenkung. Er war es leid, Entscheidungen zu treffen. Er wollte einfach nur hier sitzen und Löcher in die Wandverkleidung starren. »Was meint Hiroyuki?«

Die Tür öffnete sich, und Marge steckte den Kopf hinein. »Störe ich?«

»Nie.« Larissa zeigte auf den freien Stuhl und ließ sich wieder auf ihren plumpsen. »Zu deiner Frage, Cap: Hiroyuki ist für grundlegende Konsequenzen für die Geschäftsetage des Konzerns, den kompletten Austausch der Gremienmitglieder, Mitspracherecht, neue Verträge für die Arbeiter, die Neuausrichtung der biotechnischen Entwicklung bei SpaceSeed und CropUniverse, die Neuentwicklung der Logistik, Zusammenarbeit statt Konkurrenz …«, zählte sie auf. »Seine üblichen paradiesischen Forderungen eben. Allerdings sitzt er ein wenig zwischen zwei Stühlen.«

»Die Quallen«, stellte Marge fest. »Ich kann ihn verstehen. Er will Svenjas Arbeit fortführen. Kann aber eben nicht beides machen: verhandeln und forschen. Wir haben schon darüber gesprochen, weil auch ich in dieser Zwickmühle stecke. Soll ich mich jetzt Charlottes Bewegung anschließen oder mich weiter um meine Schwimmer kümmern? Ich will auf jeden Fall Tess sehen, das steht an allererster Stelle. Aber: Was mache ich danach?«

»Für Charlotte ist die Zukunft ausschließlich weiblich. Ganz klar, wo ihre Prioritäten liegen. Sie wird die First Class weiterbeackern. Mit Beth.« Larissa betonte den Namen überdeutlich.

Cap lächelte. Allem Anschein nach wollten die zwei Kommandantinnen gemeinsam den Neuanfang wagen. Nicht die schlechteste Idee, dachte er bei sich. »Charlotte ist also auf keinen Fall allein bei ihrer Mission«, sagte er zu seiner Schwester. »Du kannst dir bei deiner Entscheidung Zeit lassen.«

Plötzlich fiel ihm ein, was Hiroyuki ursprünglich einmal in Larissa gesehen hatte. »Verhandeln kannst du doch«, sagte er zu ihr. »Den Kontakt zu Gouges wird Kopernikus auf jeden Fall aufrechterhalten. Du und Hiroyuki – ihr könntet euch absprechen. Dann hat Hiroyuki auch Zeit für das Labor. Er könnte hier forschen, während du auf Kopernikus die Sache erst einmal in die Hand nimmst. Ich bin sicher, er steht dir jederzeit mit Rat zur Seite.«

Sie schob sich eine Haarsträhne hinters Ohr. »Das denkst du also auch. Interessant. Der gleiche Vorschlag stand nämlich gestern schon im Raum.«

»Und?«

»Reizvoll, oder? Und auch ein wenig …« Larissa suchte nach dem richtigen Wort. »Erdrückend. Aber« – sie straffte die Schultern – »ich werde zusagen. Klar werde ich zusagen.«

»Larissa Martinez, Verhandlungsführerin. Respekt. Und das meine ich vollkommen ernst. Du hast es geschafft. Ich habe nie daran gezweifelt.« Cap wurde bei den Worten ein kleines bisschen wehmütig.

»Ach, jetzt hör schon auf. Sag mir lieber, ob du mich nach Kopernikus begleitest.«

Er sah zuerst sie und dann seine Schwester an. »Nein. Zumindest nicht gleich.«

Auf Marges Gesicht schlich sich ein Lächeln.

»Ich hab's mir schon gedacht.« Larissa seufzte.

»Dass ich nicht mitkomme?«

Sie nickte, stand auf, rückte den Stuhl ordentlich an den kleinen Tisch und wandte sich ihm dann zu. »Du hast deine verlorene Schwester wiedergefunden. Das, was von deiner Familie noch übrig ist, ist nun beisammen. Ich freue mich für euch, versteht mich nicht falsch, aber … du erlaubst doch, Cap, dass ich ein wenig … traurig bin, dass ich mich jetzt alleine durchwurschteln muss?«

Cap erhob sich ebenfalls. »Du meinst doch nicht im Ernst, ich würde dir nie mehr über den Weg laufen wollen, nach all dem, was wir gemeinsam durchgemacht haben? Natürlich sehen wir uns wieder.«

»Und gemeinsam erreicht haben, vergiss das nicht«, sagte sie.

»Ich verspreche, mich in zwei Tagen bei euch auf Kopernikus zu melden. Dann werden wir in Ruhe reden.«

»Und ich verspreche dir«, fügte Marge hinzu, »dass ich ihn daran erinnern werde.«

Larissa stellte sich auf die Zehenspitzen und hauchte Cap einen Kuss auf die Wange. »Grüß mir den Sand«, sagte sie. Dann drehte sie sich um und ging.

Nachdem sich die Quartiertür hinter Larissa geschlossen hatte, atmete Cap ein paar Mal tief durch. »Du stimmst mir doch zu, oder?«, fragte er seine Schwester.

»Großes Campfest, Cap. Ich will ein Campfest, mit allem Drum und Dran. Und ich möchte, dass du mir die Stelle zeigst, wo Mum und Dad umgekommen sind. Ich will ihnen an Ort und Stelle … auf Wiedersehen sagen.«

Er nickte. »Wird gemacht.«

Dann stellte er eine Verbindung zur Revenge her.

»Dimitri, hier ist Cap. Ich brauche einen Kontakt zum Kontrollzentrum, Neu-Berlin.«

»Arbeit«, kam es prompt und gewohnt rudimentär zurück. »Treffer.«

»Ich glaube, du bist durchaus in der Lage, mir eine Verbindung einzurichten und nebenher die Reparaturarbeiten auszuführen, ohne dass Beths Hüftgold in die Luft fliegt. Optisch, bitte.«

Es dauerte eine Weile, dann erschien ein rotblonder Irokese auf dem kleinen Monitor an der Wand.

»Das hat aber lange gedauert.« Fenna grinste.

»Hab die Entscheidung erst vor circa einer Minute getroffen«, gab er zurück und zuckte entschuldigend mit den Schultern.

Sie brachte das Gesicht näher an die Kamera. »Und?«

»Wie lange bleibt ihr noch im Kontrollzentrum?«, fragte er.

»Tess ist bei mir. Genauso wie Louis. Aber der will in ein paar Tagen ins Camp zurück, er muss noch einige Sachen regeln, und Tess – du kennst sie ja, eigentlich will sie sich sofort in die nächste Mission stürzen.«

Cap grinste. »Wir werden morgen bei euch sein. Ich und Marge.« Er zerrte seine Schwester sanft vor die Kamera.

Fennas Lächeln war strahlend und verschmitzt zugleich. »Freut mich sehr, dich endlich kennenzulernen. Sei froh, dass du deinem Bruder nicht ähnlich siehst.«

»Wie ich gehört habe, warst du unserer kleinen Schwester eine gute Nanny«, erwiderte Marge.

Fenna lachte. »So kann man das ausdrücken. Davon werde ich dir viel zu berichten haben. Morgen. Wenn ihr angekommen seid.« Ihre Finger strichen durch den Irokesen, und dann schaute sie Cap direkt in die Augen. »Angekommen. Das klingt verdammt gut, oder?«

»Ja, das klingt verdammt gut«, sagte er.

Out of Balance ist in Einzelbänden als eBook und in Einzelteilen oder Sammelband als Hörbuch (gesprochen von Uve Teschner) im Original bei »be« – Das eBook-Imprint der Bastei Lübbe AG erschienen. EBooks und Hörbücher können über viele Plattformen bezogen werden.

Folge 1: Out of Balance – Kollision
Folge 2: Out of Balance – Verrat
Folge 3: Out of Balance – Zusammenbruch
Folge 4: Out of Balance – Rebellion
Folge 5: Out of Balance – Untergang
Folge 6: Out of Balance – Überleben

»Bienen« ist eine Klima Fiction Anthologie über den Zusammenbruch des Ökosystems, aber auch über die Hoffnung auf ein neues Morgen.

Die Zukunft ist ein trostloser Ort mit bröckelndem Ökosystem und alles begann mit dem Verschwinden der Bienen. Doch auch in dieser Zeit gibt es tapfere Held*innen, die versuchen die Natur wieder ins Gleichgewicht zu bringen. Vom kleinen Mädchen, dass in einem geheimen Hinterhof auf ein Meer aus Blumen stößt über Wissenschaftler*innen aus allen Teilen der Welt, die versuchen Bienen zu züchten oder zu klonen, bis hin zu magischen Wesen, die sich der Macht der kleinen schwarz-gelben Helfer bewusst sind, beschreiten alle ganz verschiedene Wege um ihre Welt zu retten. Diese zehn Geschichten nehmen Sie mit auf eine Reise in die Zukunft, in der Magie und Technik gar nicht so weit voneinander entfernt liegen.

Mit Kurzgeschichten von:
Veronika Lackerbauer, Sebastian Loy, Anne Danck, Nikolaj Kohler, Nele Sickel, Emilia Bach, Miriam Hutterer, Kornelia Schmid, Kai Focke, Silke Pahl

Überall als eBook und Print zu kaufen!